VERONIKA RUSCH

DER TOD IST EIN TÄNZER

Die Josephine-Baker-Verschwörung

PIPER

Mehr über unsere Autoren und Bücher:
www.piper.de

Wenn Ihnen dieser Kriminalroman gefallen hat, schreiben Sie uns unter Nennung des Titels »Der Tod ist ein Tänzer« an *empfehlungen@piper.de*, und wir empfehlen Ihnen gerne vergleichbare Bücher.

Inhalte fremder Webseiten, auf die in diesem Buch (etwa durch Links) hingewiesen wird, macht sich der Verlag nicht zu eigen. Eine Haftung dafür übernimmt der Verlag nicht.

ISBN 978-3-492-06241-1
© Piper Verlag GmbH, München 2021
Dieses Werk wurde vermittelt durch
die Montasser Medienagentur, München.
Redaktion: Martina Vogl
Satz: psb, Berlin
Gesetzt aus der Sabon
Druck und Bindung: CPI books GmbH, Leck
Printed in the EU

»Ich war nicht wirklich nackt.
Ich hatte nur keine Kleider an.«

Josephine Baker

Ich habe meinen Namen verloren. Er ist mir abhandengekommen, irgendwo in den Schützengräben von Flandern. Dort liegt er noch immer, im Schlamm begraben, vom Regen und dem Blut der Toten durchtränkt. Er hört auf ewig den Kanonendonner, die Schreie, das Wimmern und den Wind, der klagend über die Felder streicht.

Man sagt, der Name enthielte die Seele eines Menschen. Solange du namenlos bist, bist du ein Nichts, hast keine Vergangenheit und keine Zukunft. Erst mit deinem Namen kommst du wirklich auf diese Welt. Und wenn du ihn verlierst, verlierst du alles.

Ich bin Nowak. Und das ist meine Geschichte.

ERSTER AKT

Auf einem Häuserblocke sitzt er breit.
Die Winde lagern schwarz um seine Stirn.
Er schaut voll Wut, wo fern in Einsamkeit
Die letzten Häuser in das Land verirrn.

Georg Heym, »Der Gott der Stadt«, 1910

1

Paris, Dezember 1925

Der Mann, der in der Galerie des Théâtre des Champs-Elysées in der vordersten Reihe saß, war zutiefst angewidert von dem, was er sah. Seine rechte Hand, an der der kleine Finger und der Ringfinger fehlten, verkrampfte sich ruckartig zu einer Faust, und die sorgfältig maniküreten Nägel der übrigen Finger gruben sich tief in die Handballen. Der Schmerz lenkte ihn kurzfristig ab, reichte jedoch nicht aus, um ihn zu beruhigen. Seit Beginn der Vorstellung unterdrückte er nur mit Mühe den Impuls, einfach aufzustehen und zu gehen. Doch er wollte seine Gastgeber nicht unnötig brüskieren. Das Ehepaar Amsinck, bei dem er logierte, hatte mehrmals betont, dass es nur aufgrund von guten Beziehungen überhaupt möglich gewesen sei, noch Karten für die Vorführung zu bekommen, und die beiden waren außerordentlich stolz darauf gewesen, ihn einladen zu dürfen.

Er hatte sich keine Vorstellung gemacht, was ihn erwarten würde, inzwischen jedoch war er entsetzt. Die Dekadenz dieser Stadt war weiter fortgeschritten als vermutet, und die Amsincks hatten sich, obwohl Deutsche, ganz offenbar von dem Virus der sittenlosen Vergnügungssucht anstecken lassen. Jetzt flüsterte ihm Fritz Amsinck zu, dass die nächste Szene den Höhepunkt der gesamten Vorstellung darstellte. Seine Frau Mathilda, gepudert und geschminkt wie ein halbseidenes Mädchen, obwohl sie bereits über vierzig war, nickte, und ihre Augen leuchteten, als sie sich nun ebenfalls zu ihm herüberbeugte und leise hinzufügte: »*La Danse Sauvage.*« Eine Wolke ihres schweren Parfüms nebelte ihn ein, und er wich unauffällig zurück. Dann rang er sich ein höfliches Lächeln ab und fragte sich gleichzeitig bestürzt, was als Steigerung zum Bisherigen wohl noch Unsägliches aufgeboten werden konnte.

Es wurde dunkel auf der großen, von goldenen Reliefs eingefassten Bühne, und die unmelodische, quäkende Negermusik, die ihn die ganze Zeit in den Ohren geschmerzt hatte, veränderte sich, Trommeln gewannen die Oberhand. Dann flammte ein einzelner Scheinwerfer auf, und ein kräftiger, tiefschwarzer Wilder erschien. Nackt bis auf einen Lendenschurz und mit zahlreichen Perlenketten um Bizeps, Knöchel und Brust geschmückt, ging er vornübergebückt und trug eine Frau mit sich. Sie lag quer auf seinem Rücken, rücklings ausgestreckt wie auf einer Sänfte, und trug nichts am Leib außer ein paar zitternden Federn an Fuß- und Armgelenken und ein winziges, von Federn bedecktes Höschen. Ihre braune Haut glänzte im goldenen Licht des Scheinwerfers. Der Wilde setzte sie behutsam ab, und sie begann zum Rhythmus der Trommeln zu tanzen.

Der Mund des Mannes auf der Galerie wurde staubtrocken. Noch nie hatte er Derartiges gesehen. Mit jedem dunklen Trommelschlag, mit jeder obszönen Bewegung der Frau sank er tiefer in seinen Sessel. Mit einem Mal fiel ihm das Atmen schwer, und fast panisch lockerte er mit den verbliebenen Fingern seiner Rechten die Krawatte. Es war viel zu warm in dem Saal mit der prächtigen Glasrosette an der Decke. Die Luft war erfüllt vom süßlichen Duft der parfümierten Damen und dem Schweißgeruch der angeblich so kultivierten Pariser Männer, die das abstoßende Treiben auf der Bühne in einen Zustand atemloser Verzückung versetzte. Obwohl er glaubte, vor Abscheu ohnmächtig werden zu müssen, hier, in diesem Sessel aus rotem Samt, vor den Augen all dieser dekadenten Froschfresser, konnte er den Blick nicht von der Bühne abwenden. Fast gegen seinen Willen saugten sich seine Augen an der biegsamen Gestalt der Tänzerin fest, und er spürte mit Entsetzen, wie ihn eine nie gekannte Erregung erfasste und ihm seine Hose zu eng wurde.

Hastig richtete er sich auf und versuchte, sich innerlich abzukühlen. Das durfte nicht sein. Diese Darbietung überstieg die Grenzen allen Anstandes. Und plötzlich wusste er mit absoluter Klarheit: Das war er. Der endgültige Verfall all dessen, was einmal seine Welt, was einmal gut und richtig gewesen war. Hier, in diesem Theater, in der Stadt des Erbfeindes wurde er eingeläutet, und es würde nicht lange dauern, und der endgültige Niedergang würde auch Berlin erreichen. Es war ohnehin nicht mehr viel vonnöten, um seiner Stadt den Todesstoß zu versetzen. Sie taumelte bereits. All das Gesindel – die Republikaner, die Kommunisten und die Juden – hatte das seinige dazu beigetragen. Die Stadt wankte ihrem Untergang entgegen. Und wenn es so weit war, würde sie das ganze Land mit in den Abgrund reißen. Es brauchte nur noch einen Stoß …

Die Darbietung war zu Ende, und er blinzelte, wie aus einem Albtraum erwacht. Langsam beruhigten sich seine Nerven, und sein Körper gehorchte ihm wieder. Die Tänzerin verbeugte sich vor dem frenetisch klatschenden Publikum und verteilte lachend Handküsschen, bevor sie hinter der Bühne verschwand, um gleich darauf in einen glitzernden Umhang gehüllt zurückzukommen und mit ihr der ganze Rest der Truppe von Wilden. Um ihn herum, auf den Galerien und im Parkett sprangen die Zuschauer auf und jubelten, warfen Rosen auf die Bühne und benahmen sich wie toll. Auch seine Gastgeber waren aufgestanden und klatschten wie entfesselt. Pikiert schürzte er die Lippen und wandte sich ab. Als Einziger im Saal blieb er sitzen, wie versteinert, die Hände im Schoß, die rechte Faust noch immer zuckend vor unterdrückter Wut. Mit keiner Bewegung, und sei sie noch so zufällig, würde er sich erniedrigen und dieser Darbietung so etwas wie Beifall zollen.

Während ihn der Jubel des Publikums umtoste, wuchs sein Hass ins Unermessliche. Er fixierte die schwarze Tänzerin aus zusammengekniffenen Augen. Sie erschien ihm wie die Ausgeburt der Hölle, wie sie in ihrem Glitzerfummel vorne auf der Bühne stand und lachte, mit diesem großen, breiten Negermund, und sich unverfroren feiern ließ. Im nächsten Monat würde sie nach Berlin kommen. Die Revue war bereits angekündigt, und die Vorstellung, dass sich die Berliner für diese schamlose Person ebenso zum Affen machen würden wie die Pariser, war ihm unerträglich. Diese Revue war eine Beleidigung der Welt, in der er groß geworden war, in der Recht und Ordnung, Sitte und Anstand etwas gegolten hatten.

Dieses grinsende schwarze Miststück trat mit jeder schamlosen Zurschaustellung ihres nackten Körpers diese Welt mit Füßen, bespuckte ihr Andenken und würde sie letztendlich in den Abgrund stürzen. Wenn niemand es verhinderte.

Bei diesem letzten Gedanken richtete er sich auf, bemüht, ihn festzuhalten. Er beugte sich nach vorne, den Kopf leicht schräg, wie in Lauerstellung, darauf konzentriert, den Gedanken weiterzuspinnen, während um ihn herum der Applaus noch einmal anschwoll und nach einer Zugabe verlangt wurde. Als die Kapelle ein letztes Lied zu spielen begann, achtete er nicht mehr darauf. In ihm reifte ein Plan, und während sich nahezu mühelos ein Detail zum anderen fügte, erfasste ihn eine dunkle Woge gehässiger, boshafter Genugtuung. Er lachte laut auf, so berauscht war er von seiner Idee, doch sein Lachen ging in dem Lärm unter.

Niemand hörte es, denn niemand beachtete den dunkelhaarigen Mann im Stresemann, der leicht vorgebeugt und so steif und bleich wie eine Wachsfigur in seinem Sessel saß. Hätte jemand den Blick von der Bühne abgewandt und sich die Mühe gemacht, ihn näher zu betrachten, wären ihm wohl als Erstes die fehlenden Finger an der rechten Hand aufgefallen und die Angewohnheit, die verstümmelte Hand neben seinem Körper immer wieder ruckartig zur Faust zu ballen, als versuche er, etwas für alle anderen Unsichtbares zu greifen, um es zwischen seinen drei verbliebenen Fingern unbarmherzig zu zermalmen. Hätte sich der Beobachter noch ein wenig mehr Zeit gelassen, wäre sein Blick über das hagere Gesicht mit den hohen Wangenknochen und der eigentümlich faltenlosen Stirn geschweift, hätte vermutlich die zu großen, abstehenden Ohren und den militärischen Haarschnitt registriert und wäre dann bei den Augen des Mannes hängen geblieben. Irritiert. Vielleicht ein wenig verunsichert.

Es waren sehr dunkle Augen, und sie lagen leblos wie schwarze Glasmurmeln tief in den Höhlen. Diese Augen sprachen keine Sprache, nichts war darin zu lesen. Alles, was jener Mann auf der Galerie zu fühlen imstande war, alles, wozu er fähig war, blieb hinter dieser lichtlosen Dunkelheit verborgen. Kein Hass, keine Wut und kein Schmerz schimmerten daraus hervor. Er hatte früh schon gelernt, diese Gefühle im Zaum zu halten, sie tief in sich zu verbergen und keine Schwäche zu zeigen. Niemals.

Doch niemand beachtete den reglos inmitten der applaudierenden Zuschauer sitzenden Mann, niemand sah ihm in die leblosen Augen, niemand bemerkte seine zuckende Faust, die scharfen Fingernägel, die jetzt, endlich, die Haut an seinem Handballen aufgerissen hatten. Niemand sah das Blut, das auf den Boden tropfte.

2

Paris, Januar 1926

Die junge Frau stand allein am Bahngleis. Es war früher Morgen, der Dampf der Lokomotiven stieg weiß und dicht wie Nebel in den klaren Winterhimmel, und die Morgensonne warf ihre Strahlen auf die Gleise. Wie verheißungsvolle Pfade in eine andere Welt verliefen sie zunächst nebeneinander, kreuzten sich dann scheinbar ohne erkennbare Ordnung und verloren sich schließlich in der Ferne, wo sich der Rauch der unzähligen Kamine der Stadt mit dem Dampf der Lokomotiven vereinte. Die Luft roch nach Kohle und Kälte, auf den Dächern glitzerte der Frost. Die junge Frau trug einen hellgrauen Wollmantel mit Pelzkragen sowie einen weichen Hut in der gleichen Farbe, der sich eng an ihren Kopf schmiegte und ihre Augen beschattete. Ihre Schuhe glänzten silbern, ebenso die Kette, die sie um den Hals trug. Ein Dienstmann mit einem Gepäckwagen voller Koffer und Hutschachteln stand ein wenig abseits und zündete sich eine Zigarette an. Dabei ließ er die junge Frau im hellgrauen Mantel nicht aus den Augen.

Sie jedoch beachtete ihn nicht. Ihr Blick war auf die Gleise gerichtet, und ein Lächeln umspielte ihre Lippen. Noch war der Zug nicht da, der sie nach Berlin bringen sollte, aber er würde jeden Moment kommen.

»Berlin...« Sie flüsterte den so fremd und doch irgendwie vertraut klingenden Namen und wiederholte ihn zur Sicherheit noch ein paarmal, um ihn flüssig und so korrekt wie möglich aussprechen zu können.

Ihr Ruf eilte der Stadt weit voraus. Seit einigen Jahren schon war Berlin in aller Munde. Während sich Paris auf ihrer Eleganz und ihrer Schönheit auszuruhen begann wie eine in die Jahre gekommene Diva, die sich ihrer Sache zu sicher war, war aus dem zu Boden gedrückten, besiegten Nachkriegsberlin nach allem, was man hörte, eine ernst zu nehmende Konkurrentin geworden. Hungrig griff sie nach der Krone der alternden Diva, hielt sie vermutlich schon in den Händen.

Berlin hatte den Ruf einer wilden, leidenschaftlichen Stadt, die das Leben feierte wie keine andere in Europa. Dort gebe es keine Schranken des guten Geschmacks, des *comme il faut*, hieß es in Paris mit einer Mischung aus Bewunderung und Abscheu, und genau das war es, was die junge Frau so in Vorfreude versetzte, während sie wartete, bis der Zug einfuhr, der sie dorthin bringen würde. Mitten ins Herz jenes verheißungsvollen Ortes. Sie hatte keine Furcht vor Leidenschaft, und mit der Sprengung althergebrachter Vorstellungen kannte sie sich bestens aus. Eine vibrierende, elektrisierende Vorfreude erfasste sie beim Gedanken daran, diese Stadt zu erobern.

Sie schloss die Augen und versuchte sich vorzustellen, was sie erwartete. Wie würden die Gebäude und Straßen dort aussehen, die Lichter, die Cafés und Geschäfte und natürlich die Bühne, auf der sie stehen würde? Versonnen strich sie über das silbrig schimmernde Band um ihren Hals und flüsterte: »Wir werden Spaß haben, Kiki, nicht wahr?«

Es war ihre Entscheidung gewesen, einen Tag früher zu fahren als der Rest der Truppe. Morgen würden sie nachkommen, Sidney und Louis, Maud, ihre Freundin May, die

Garderobieren und alle anderen, und es würde wieder laut und fröhlich werden. Sie waren alle überrascht gewesen, als sie verkündet hatte, allein vorzufahren, doch sie war standhaft geblieben. Aus irgendeinem Grund, der ihr selbst nicht ganz klar war, wollte sie die ersten Schritte in dieser neuen, fremden Stadt allein machen. Sie hatte das unbestimmte Gefühl, als warte dort etwas auf sie. Und sie würde jede einzelne Meile der Fahrt dorthin genießen.

Nein. Kilometer, verbesserte sie sich schnell. Sie war in Europa. Weit, weit weg von dem Ort, den sie vor sechs Jahren mit nichts als einem Paar Schuhen und dem Kleid, das sie am Leib trug, verlassen hatte. Doch noch immer packte sie an manchen Tagen unversehens die Furcht, wieder dorthin zurückkehren zu müssen. Eine plötzliche Angst, dass alles, was sie seither erlebt hatte, nichts als ein Traum gewesen sein könnte und sie in Wirklichkeit noch immer »Tumpie« war, ein mageres Mädchen von elf Jahren, das mitansehen musste, wie der Rauch über den Hütten am Fluss aufstieg, und das hörte, wie die Menschen um sie herum in Panik und Todesangst schrien.

Sie vertrieb die Beklemmung mit einem geübten Lächeln, streifte ihre Furcht ab wie ein paar unerwartete Schneeflocken am Ärmel ihres Mantels und straffte die Schultern. Es war vorbei. Sie war in Paris, und jetzt würde sie Berlin erobern. Weiter, immer weiter. So weit weg wie möglich von dem Ort ihrer Kindheit. Es konnte nie weit genug sein.

* * *

Der Zug fuhr schnaufend ein, und der Dienstmann warf seine Zigarette weg. Jetzt. Jetzt war seine Chance gekommen. Er trat auf die Dame in dem silbergrauen Mantel zu und räusperte sich. »Mademoiselle«, sagte er, und seine

Stimme war so heiser, dass er sich ein zweites Mal räuspern musste. »Mademoiselle Baker…«

Sie drehte sich um und musterte ihn mit einem Lächeln. »Ja, bitte?«

Der Dienstmann schluckte. Sie war es tatsächlich. Stand direkt vor ihm. Mit diesem schönen Gesicht, den großen Augen, den fein geschwungenen Brauen und… diesem unglaublichen Lächeln, das er bisher nur von Fotos kannte.

»Ich… ich wollte nur sagen…«, stotterte er und knetete seine Finger. »Ich… bewundere Sie, Mademoiselle Baker. Ja, das wollte ich sagen… Ich wünschte, Sie würden nicht weggehen.«

Ihr Lächeln wurde breiter. »Danke. Wie lieb von Ihnen«, sagte sie. »Aber keine Sorge, ich komme wieder.«

Der Mann nickte ernst. »Hoffentlich, Mademoiselle. Paris ist nicht mehr dasselbe ohne Sie.« Dann fiel sein Blick auf die breite silberne Kette, die sie um den Hals trug, und er erkannte, dass es keine Kette, sondern eine lebende Schlange war, die jetzt, von den kreischenden Bremsen des einfahrenden Zuges geweckt, den Kopf hob.

Er zuckte vor Schreck zurück, und Mademoiselle Baker lachte vergnügt. »Das ist Kiki, sie freut sich auch schon auf Berlin. Genau wie ich.« Sie strich der Schlange mit einem Finger zärtlich über den Kopf. Schon am Einsteigen, drehte sie sich noch einmal um und warf ihm übermütig eine Kusshand zu. »*Au revoir*, Monsieur! Vergessen Sie Kiki und mich nicht!«

Nachdem die Koffer verstaut, die Passagiere eingestiegen und der Zug abgefahren war, stand der Dienstmann noch immer am Bahnsteig und sah auf die leeren Gleise hinaus.

»Wie könnte ich das vergessen«, murmelte er kopfschüttelnd. »Eine Schlange. Und eine Kusshand. Das glaubt mir kein Mensch.«

* * *

Josephine Bakers Abreise nach Berlin war noch von jemand anderem bemerkt worden, der etwas entfernt im Schatten einer Säule stand und die Begegnung zwischen der jungen Frau und dem Dienstmann genau beobachtet hatte. Jetzt, nachdem der Zug abgefahren war, zog er sich zurück und verließ eilig den Bahnhof. Auf der nahe gelegenen Post gab er ein Telegramm auf, dessen Text aus drei deutschen Wörtern bestand: SIE IST UNTERWEGS.

3

Berlin, Januar 1926

Schutzpolizist Willy Ahl betrachte die Stulle in seiner Aluminiumbüchse mit einiger Kümmernis. Eine einzige Scheibe Käse lag zwischen zwei harten Scheiben Graubrot, die nur hauchdünn mit Butter bestrichen waren. Die Ecken des Käses waren bereits trocken und krümmten sich. Keine erfreuliche Aussicht für seine wohlverdiente Pause. Er hob die obere Scheibe Brot zur Sicherheit auf und warf einen Blick darunter. Wie schon befürchtet war auch nicht das kleinste Fitzelchen Wurst zu sehen. Noch nicht einmal eine eingelegte Gurke.

Da hätte sich Ilse schon ein wenig mehr Mühe geben können, dachte er verstimmt, und das nicht zum ersten Mal. Seine Schwester war nicht gerade eine Leuchte, was die Haushaltsführung anbelangte, vor allem aber hatte sie keine Lust, ihren Bruder auch noch zu »verwöhnen«, wie sie es nannte. Als ob eine ordentliche Butterstulle mit Schinken und Senfgurke etwas mit Verwöhnen zu tun hätte. Aber da war nichts zu machen. Ilse war stur wie ein Maulesel. Ahl bückte sich ächzend, nahm eine Flasche Bier aus seiner Tasche und stellte sie behutsam auf seinen Schreibtisch. Elf Uhr. Zeit für die Pause. Er wollte gerade in sein karges Käsebrot beißen, als die Tür der Polizeiwache aufging und ein Herr hereinkam. Ahl sah sofort, dass es ein Herr war, auch wenn er ihn nicht kannte. Ein feiner Wollmantel, Lederhandschuhe und ein Filzhut, der so schräg saß, dass er dem Mann ein etwas leichtsinniges Aussehen gab. Ein Hut gehörte gerade auf den Kopf, fand Ahl, und nicht so keck über einem Auge, als wolle er sein Gegenüber verhöhnen.

Schließlich war dieser Mann beileibe nicht einer dieser modischen jungen Fatzkes, die man in letzter Zeit überall sah. Er hatte mit Sicherheit die fünfzig bereits überschritten. Jetzt nahm er den Hut ab, und Ahl blickte in zwei graue Augen, die ihn kühl musterten.

»Ich hörte, es gab heute Nacht eine Festnahme bei Ihnen, Herr Wachtmeister«, sagte er ohne eine Begrüßung.

Ahl bekam augenblicklich ein schlechtes Gewissen, was ihn ärgerte. Was bildete sich dieser Mann eigentlich ein, ihn hier bei seiner wohlverdienten Pause mit irgendwelchen Anschuldigungen zu überfallen? Schließlich war er der Arm des Gesetzes. Er packte seine Stulle und das Bier weg und richtete sich etwas auf. »Was geht Sie das an?«, blaffte er. »Wer sind Sie überhaupt?«

Der Mann lächelte, jedoch auf eine Art, die ihn eher noch arroganter wirken ließ. Es kräuselten sich nur die Mundwinkel kaum sichtbar, und die Augenbrauen hoben sich ein paar Millimeter. Er hatte ein schmales Gesicht mit einem gepflegten, an den Enden spitz zulaufenden Schnurrbart und Augenbrauen, wie mit dem Federkiel gezogen. Seine Nase war scharf gebogen, eine typische Adlernase. Dem Schutzmann kam der Gedanke, dass sein Gegenüber womöglich ein ehemaliger Offizier sein könnte. Hatten von denen nicht viele solche Adlernasen in ihren herrischen Visagen?

»Verzeihung.« Der Mann zog seine Handschuhe aus, knöpfte seinen Mantel auf und zog ein silbernes Etui aus der Innentasche. Er klappte es auf und entnahm ihm ein Kärtchen, das er Ahl reichte.

Johann Henry Graf von Seidlitz, stand dort in geschwungener Schrift auf festem Karton. Und unter einem geprägten Wappen war noch die Berufsbezeichnung zu lesen: *Diplomat.*

»Es geht um den jungen Mann, der heute am frühen Morgen in eine Auseinandersetzung vor der *Blauen Maus* verwickelt war«, sagte der Mann dann und schob das Etui in die Manteltasche zurück.

Ahl spürte, wie er unter seiner Uniformjacke zu schwitzen begann. Hatte er einen Fehler gemacht, als er den Kerl mitgenommen hatte? Er hatte ihn für einen dieser kleinen Gauner gehalten, die sich hier in der Gegend herumtrieben. Jede Nacht kam es in der *Blauen Maus* und den umliegenden Kneipen zu Schlägereien und Randale, meist war zu viel Alkohol im Spiel, dazu Wut, Verzweiflung, Hoffnungslosigkeit.

Willy Ahl kannte das alles, er wusste um den Frust der jungen Männer, verstand ihn sogar und war doch hilflos. Aufgreifen, wegsperren, ausnüchtern, das war seine Aufgabe. Und wenn man sie dann am nächsten Morgen zurück auf die Straße ließ, hinaus in die graue, leblose Kälte, der sie nichts entgegenzusetzen hatten als ein schäbiges Jackett und abgewetzte Schuhe, sah man schon in ihren Augen, dass das Elend in der nächsten Nacht von Neuem beginnen würde. Doch mehr konnte er nicht tun. Und es war wichtig, ein Mindestmaß an Ordnung aufrechtzuerhalten, davon war Ahl überzeugt. Wenn einem das auch noch durch die Finger glitt, war gar nichts mehr übrig. Wenn nun aber ein Graf – und Diplomat noch dazu – sich für den Mann interessierte, konnte er wohl kaum einer dieser Nichtsnutze sein, für den er ihn gehalten hatte. Ihm fiel ein, dass er ihn noch nicht einmal nach seinem Namen gefragt hatte. Er war aber auch zu betrunken gewesen. Hatte kaum gerade stehen können. Und das Gesicht war voller Blut gewesen. Hatte ganz schön was abgekriegt. Rein ins Loch und Rausch ausschlafen, das hatte er sich gedacht und die Tür hinter ihm zufallen lassen.

»Es gab eine Prügelei«, sagte er nun, erheblich vorsichtiger als zuvor. »Ich musste eingreifen.«

Der Graf nickte gleichmütig. »Sie werden Ihre Gründe gehabt haben. Doch sicher haben Sie nichts dagegen, wenn ich den Mann jetzt mitnehme?«

Der Schutzpolizist hörte zwei Botschaften aus dieser Äußerung heraus: Erstens hatte er nichts falsch gemacht, und zweitens würde es kein Nachspiel haben, selbst wenn dieser junge Schläger nicht der war, für den er ihn gehalten hatte. Er war aus dem Schneider. Keine »diplomatischen Verwicklungen« – so hieß es doch immer, wenn Diplomaten im Spiel waren. Und was das bedeutete, wusste man ja: Es war immer was Politisches und immer ungemütlich. Ahl dachte an das Bier, das neben seinem Schreibtisch wartete, und an das Käsebrot, das ihm plötzlich erheblich verlockender erschien als noch vor zehn Minuten. Er strich sich über seinen stattlichen Walrossschnurrbart und nickte. Und weil er so erleichtert war, lächelte er dem Grafen sogar ein klein wenig vertraulich zu. »Klar können Se den mitnehmen, Herr Graf. War ja nur 'ne kleine Rangelei. Ist niemand ernstlich zu Schaden gekommen.«

Willy Ahl ging nach hinten, um die Zelle aufzuschließen, in die er alle gesperrt hatte, die es heute Nacht zu weit getrieben hatten. Als er bemerkte, dass sein Besucher ihm folgte, wurde er erneut nervös.

Die Polizeiwache an der Friedrichstraße mit ihren »Verwahrräumen«, wie es im Amtsdeutsch hieß, war wenig einladend, und je weiter sie den Flur entlanggingen, desto schäbiger wurde es. Gelblich schimmernde Flecken Salpeter hatten sich in den feuchten Ecken breitgemacht, und stellenweise blätterte der Putz von den Wänden. Das Linoleum auf dem Boden war abgewetzt; der ganze Flur roch nach Resignation und Verzweiflung. Bei der vorletzten Tür blieb Ahl stehen und warf seinem feinen Gast einen zögerlichen Blick zu.

Doch dessen Gesichtsausdruck verriet nichts, keinen Ärger, keine Ungeduld, man konnte nicht einmal sagen, ob er seine schmuddelige Umgebung überhaupt registrierte.

Nun nickte er, fast unmerklich. »Nur zu, Herr Wachtmeister. Es ist mehr vonnöten, mich zu schockieren, als ein paar verkaterte Männer in einer Arrestzelle.«

Ahl drehte den Schlüssel im Schloss und öffnete die schwere Tür. Drei Männer in unterschiedlichen Stadien der Aus- beziehungsweise Ernüchterung befanden sich in dem fensterlosen Raum, in dem es nach ungewaschenen Körpern, kaltem Rauch und den Hinterlassenschaften nächtlicher Exzesse roch. Eine kahle Glühbirne beleuchtete zwei Pritschen, die fest an den sich gegenüberliegenden Wänden befestigt waren. Ein Eimer stand in einer Ecke, ein Krug mit Wasser in der anderen.

Der fette Alfons Dieckmeier, seines Zeichens Apotheker, saß auf der linken Pritsche und sah noch am anständigsten aus. Ahl fing ihn regelmäßig alle paar Wochen ein, weil er einfach nie genug kriegen konnte, wenn er einmal auf Tour war. Dann randalierte er, um sich danach, wenn er alles kurz und klein geschlagen hatte, an der Schulter des Schupos auszuflennen. Dieckmeier warf dem Wachtmeister einen bangen Blick zu, erwartete er doch, seine nicht minder beleibte Frau zu sehen, die ihn nach seinen Sauftouren jedes Mal abholte, stumm, mit einem Todesblick, der selbst den abgebrühten Wachtmeister erschaudern ließ.

Auf den Ernüchterungsstufen dem dicken Alfons diametral entgegengesetzt befand sich der Mann, der in einer Ecke am Boden kauerte und leise vor sich hin brabbelte. Seinem Zustand war mit Ausnüchterung nicht mehr beizukommen. Er war klapperdürr, und sein Gesicht glänzte von kaltem Schweiß. Es würde nicht mehr lange dauern, und sie würden ihn tot in irgendeiner dunklen Ecke finden. Erfroren oder totgesoffen mit billigem Fusel. Man brauchte viel Alkohol, um sich im Winter auf den Straßen Berlins warm zu halten.

Der dritte Mann, um den es dem Grafen offenbar ging und den Ahl heute in den frühen Morgenstunden vor dieser üblen Kaschemme aufgegriffen hatte, wirkte schon wieder einigermaßen nüchtern. Er hockte hemdsärmelig auf der zweiten Pritsche, hatte den Rücken an die Wand gelehnt und warf dem Wachtmeister einen misstrauischen Blick zu. Ahl machte eine Handbewegung in seine Richtung. »Rauskommen. Sie werden abgeholt.« In letzter Sekunde hatte er sich für das höfliche *Sie* entschieden. Man wusste ja nie.

Der Mann runzelte die Stirn. Er hatte sich das Blut aus dem Gesicht gewaschen und sah jetzt zwar einigermaßen sauber, aber blass und übernächtigt aus. An Kinn und Wangen sprossen rötliche Bartstoppeln. Ahl schätzte ihn auf etwa Ende zwanzig. Er hatte ein schmales, kantiges Gesicht und graublaue Augen. Seine Haare waren zerzaust, und oberhalb der rechten Augenbraue hatte er eine frische Platzwunde. Die Nase war ein wenig schief, offenbar war sie früher einmal gebrochen worden. Irgendwie kam dem Wachtmeister das Gesicht bekannt vor, doch er wusste nicht, woher.

Nach kurzem Zögern sprang der Mann von der Pritsche und griff nach seinem zerknitterten Jackett, das ihm als Kopfkissen gedient hatte. Mit einem kurzen Nicken verabschiedete er sich von seinen Zellengenossen und folgte Ahl nach draußen. Der Schupo ließ die Tür wieder ins Schloss fallen und drehte den Schlüssel um.

Der Graf hatte im Flur gewartet. Er musterte den jungen Mann einen Moment lang schweigend, dann sagte er: »Guten Morgen.«

Der junge Mann zuckte zurück, als hätte ihn eine Schlange gebissen. Seine Augen verengten sich zu schmalen Schlitzen. »Was willst du?«, sagte er dann leise, und in seinen Worten lag fast so etwas wie eine Drohung. Ahl dachte bei sich, dass mit diesem Kerl mit Sicherheit nicht gut Kirschen essen war. Er war nicht besonders groß, aber sehnig und hatte breite Schultern.

Jetzt wandte sich der junge Mann an ihn und deutete auf die Zellentür. »Sperren Sie wieder auf.«

»Wie?« Das war Ahl noch nie untergekommen. Einer, der freiwillig zurück in die Zelle wollte?

»Sei nicht albern, Junge.« Der Graf schüttelte ungeduldig den Kopf. »Lass uns wenigstens reden.«

»Kein Bedarf. Hau ab!«

Ahl wunderte sich immer mehr. Diese Geschichte mit dem Grafen wurde mit jeder Minute interessanter.

»Ich bitte dich.«

»Kannst du vergessen.« Der junge Mann warf dem Schutzmann einen ungeduldigen Blick zu. »Wenn Sie mich nicht mehr einsperren wollen, dann kann ich also gehen?« Ahls Blick wanderte unschlüssig zwischen dem Grafen und dessen unwilligem Schützling hin und her, dann nickte er. »Von mir aus.« Er wandte sich an den Grafen und fügte leise hinzu: »Vielleicht klären Sie das besser woanders.«

Der Graf gab keine Antwort. Er hastete dem jungen Mann hinterher, der in sein zerknittertes Jackett geschlüpft war, den Kragen nach oben geschlagen hatte und sich anschickte, die Wache zu verlassen, ohne sich noch einmal umzusehen.

Ahl ging achselzuckend zurück in die Amtsstube und setzte sich wieder an seinen Schreibtisch. Er stellte zum zweiten Mal an diesem Tag die Büchse mit dem Käsebrot und die Flasche Bier auf den Tisch und betrachtete beides unschlüssig. Nach einer Weile stand er wieder auf und ging zur Arrestzelle zurück. Er schickte Apotheker Dieckmeier mit einer knappen Kopfbewegung nach Hause, um ihm die demütigende Abholung durch seine Frau zu ersparen, und reichte seine Brotzeit dem klapperdürren Kerl, der noch in der Arrestzelle verblieben war. Der brabbelte ein zahnloses Dankeschön, bevor er sich als Erstes auf das Bier stürzte.

Nachdem Ahl ihm eine Weile beim Trinken zugesehen hatte, sagte er: »Wird langsam Zeit, 'ne Biege zu machen, mein Freund«, und deutete mit einem Daumen vielsagend zur Tür. Sein junger Kollege Gille würde gleich kommen, und er hatte keine Lust auf Diskussionen mit ihm.

Der Mann verstand, stopfte sich das Brot in die Jackentasche und rappelte sich auf. Als er Ahl noch einmal danken wollte, winkte dieser ab.

»Mach, dass de rauskommst. Will mal hoffen, dass ich dich nicht so bald hier wiederseh«, brummte er, doch es klang nicht unfreundlich.

Der Mann humpelte eilig davon, und Ahl sah ihm mitleidig nach. Diesen armen Teufeln war nicht mehr zu helfen. Da musste man ihnen das letzte Stück des Weges nicht noch bitterer machen, indem man nach ihnen trat, wo sie doch schon längst am Boden lagen. Das war seine feste Überzeugung, und die versuchte er auch immer seinem jungen Kollegen beizubringen. Doch Hermann Gille begriff es nicht. Er war pflichtbewusst, das schon, aber was Mitgefühl und Menschenkenntnis anbelangte, davon besaß er keinen Fingerhut voll.

Als er wenig später mit einem leichten Hungergefühl im Magen an seinem Schreibtisch saß, dachte Willy Ahl noch einmal über die seltsame Begegnung zwischen dem Grafen und dem jungen Mann nach. Wo hatte er Letzteren nur schon einmal gesehen? Er kannte dieses Gesicht. Ganz sicher. Und er hatte es in keiner guten Erinnerung.

4

Tristan mochte keine Bahnhöfe, und das hatte einen triftigen Grund. Vom Anhalter Bahnhof war er losgefahren, vor zwölf Jahren, ein sechzehnjähriger Schuljunge, aufgekratzt wie auf dem Weg ins Sommerlager. »*Heil dir im Siegerkranz*«, hatten sie gesungen, er und seine künftigen Kameraden, markige Sprüche geklopft, so wie »jeder Stoß ein Franzos, jeder Schuss ein Russ«, und ihren Proviant geteilt. Und hier war er zusammen mit den anderen, die mit ihm zurückkehrten, vier Jahre später wieder ausgestiegen. Krank und abgemagert war er auf den Bahnsteig getreten, zögerlich, das Grauen des Krieges noch vor Augen. Es hatte sich in diesen vier Jahren in seine Hornhaut eingebrannt, sich ins Innerste hineingefressen wie ein bösartiger Parasit, der sich nicht mehr vertreiben ließ.

Tristan erinnerte sich an seine Stiefel von damals, die die Bezeichnung kaum mehr verdient hatten, so zerfleddert waren sie gewesen. Mit den Riemen seines Tornisters hatte er die Sohlen notdürftig festgebunden. Socken hatte er schon lange keine mehr gehabt, hatte sie durchgelaufen oder zweckentfremdet, als notdürftiges Verbandszeug für verwundete Kameraden. Seine nackten Füße waren damals so wund gewesen, dass es ihm vorgekommen war, als seien sie mit dem harten Schuhleder verwachsen, und als er endlich die Stiefel ausziehen konnte, war die Haut in Fetzen am schrundigen Leder hängen geblieben.

Die Erinnerung an den Schmerz meldete sich zurück, klopfte an wie ein ungebetener Gast, während er langsam durch die belebte Bahnhofshalle ging. Graues Winterlicht drang von oben durch die Glasfenster. Tristans Blick fiel immer wieder auf die zahlreichen Bettler. Sie strichen herum wie halb verhungerte Streunerkatzen, mit demütig aufgehaltener Hand, schäbig und scheu, immer auf der Hut. Oder sie kauerten reglos in den dunklen Ecken, nicht mehr als Lumpenhaufen, die niemand beachtete.

Als er an einem Bettler in einem abgetragenen Offiziersmantel vorbeikam, blieb er stehen und drückte ihm ein paar Münzen in die ausgestreckte Hand. Der Mann bedankte sich mit einem stummen Nicken. Er hatte nur noch ein Bein und lehnte, auf eine Krücke gestützt, an einer der Säulen. Nur wenig älter als Tristan selbst, sah er aus, als würde er seit Kriegsende an diesem Platz stehen. Als sei er aus demselben Zug gestiegen, aus dem auch Tristan entkräftet gestolpert war, und einfach hiergeblieben, an diesem Bahnhof, auf ewig gefangen zwischen Abfahren und Ankommen.

Tristan war schon ein paar Schritte weitergegangen, als er innehielt und noch einmal umkehrte. Er zündete sich eine Zigarette an, nahm einen Zug und reichte die brennende Zigarette dann dem Bettler, der sie mit einem traurigen Lächeln entgegennahm. Die wenigen Zigaretten zu teilen, die man hatte, war damals in den Schützengräben ein heiliges Ritual gewesen, eine der wenigen menschlichen Gesten, die in der Hölle noch Bestand gehabt hatten. Obwohl er sich inzwischen ausreichend Zigaretten leisten konnte, brachte Tristan es noch immer nicht fertig, eine Zigarette wegzuwerfen, bevor er sie nicht ganz und gar zu Ende geraucht hatte.

Eine Durchsage kündigte die zehnminütige Verspätung des Expresszuges aus Paris an. Mit gemischten Gefühlen reihte Tristan sich am Kopf des Bahnsteigs in die Riege der Wartenden ein. Und zum wiederholten Mal seit heute Morgen fragte er sich, wieso er diesen Auftrag nur angenommen hatte.

Tristan hatte die Wache kaum verlassen, als der Graf ihn eingeholt und gemeint hatte, etwas Wichtiges mit ihm besprechen zu müssen.

»Aber ich nicht mit dir«, hatte Tristan ihn angeschnauzt und war einfach weitergegangen. Doch von Seidlitz hatte sich nicht abschütteln lassen, und so war Tristan mit ihm in eine unscheinbare Mokkadiele an der Friedrichstraße gegangen. Er hatte weder in das noble Auto steigen wollen, wie sein Onkel vorgeschlagen hatte, noch hatte er gewollt, dass ihn einer seiner Bekannten mit dem Grafen sah.

Sobald sie sich in eine der abgeteilten Nischen gesetzt hatten, bestellte von Seidlitz zwei Mokka – »Einen extrastark für den jungen Herrn« – und wandte sich dann an Tristan, der ihn ablehnend musterte. »Sagt dir der Name Josephine Baker etwas?«

Tristan runzelte die Stirn. »Das ist irgend so eine Varietétänzerin, oder?«

Seine Antwort schien von Seidlitz zu amüsieren. »Offenbar gehörst zu den wenigen Ahnungslosen in dieser Stadt, die nicht wissen, wer oder was sie tatsächlich ist.« Er schwieg, als ihre Getränke gebracht wurden. Nachdem sie beide einen Schluck von dem heißen, schwarzen Kaffee genommen hatten, fuhr er fort: »Josephine Baker ist nicht irgendeine Tänzerin, sondern ein Star. Sie ist erst neunzehn Jahre alt, und sie tanzt, wie es die Welt noch nicht gesehen hat. Seit sie mit ihrer Revue in Paris auftritt, liegt ihr die ganze Stadt zu Füßen«, schwärmte er und fügte dann hinzu: »Heute Abend kommt sie hier in Berlin an.«

Tristan zuckte mit den Schultern. »Na und? Was geht mich das an?«

»Viel, denn ich möchte, dass du auf sie aufpasst«, sagte von Seidlitz ernst.

Tristan starrte ihn ungläubig an. »Ich soll Kindermädchen für eine Tänzerin spielen?«, fragte er schließlich und wusste nicht, ob er lachen oder wütend werden sollte.

»Kindermädchen ist nicht das richtige Wort. Ich möchte, dass du die Verantwortung übernimmst für den Schutz und das Wohlergehen der jungen Dame während ihres Aufenthalts in der Stadt.«

Tristan verzog angesichts der umständlichen Ausdrucksweise verächtlich das Gesicht. Kindermädchen blieb Kindermädchen, egal wie geschraubt man es formulierte.

Der Graf hatte seine abschätzige Reaktion entweder nicht bemerkt oder bewusst ignoriert. Denn er sah sich erst um, dann beugte er sich vor und sagte leise: »Du weißt vermutlich, dass das heutzutage nicht mehr selbstverständlich ist. Josephine Baker tanzt nicht nur mehr oder weniger nackt, sie ist noch dazu dunkelhäutig, und beides zusammen passt vielen in der Stadt nicht.«

Tristan nickte widerwillig. Er wusste, wovon von Seidlitz sprach. Von der zunehmend nationalistischen und rassistischen Stimmung in der Stadt. Hetzartikel in einschlägigen Zeitungen, Beleidigungen auf offener Straße, Schlägertruppen, die nachts durch die Vergnügungsviertel zogen, Veranstaltungen störten und wahllos Menschen verprügelten, die sie für nicht passend hielten. Eine dunkelhäutige, amerikanische Nacktänzerin fiel genau in diese Kategorie. Dennoch verstand er nicht, weshalb der Graf damit zu ihm kam.

Sie hatten sich seit Jahren nicht gesehen, und wäre es nach Tristan gegangen, wäre es auch so geblieben.

»Gibt es dafür nicht die Polizei?«, wehrte er ab, doch von Seidlitz schüttelte den Kopf.

»Es handelt sich um einen inoffiziellen Auftrag der Regierung, und ich bin überzeugt davon, dass du dafür der beste Mann bist. Wir haben Informationen über einen geplanten Anschlag und sind überzeugt, dass die junge Frau in großer Gefahr schwebt.« Als Tristan ungläubig schnaubte, fügte er rasch hinzu: »Ich wäre nicht zu dir gekommen, wenn es eine andere Lösung gäbe.«

Nach diesem eher zweifelhaften Kompliment war Tristan versucht gewesen, einfach aufzustehen und zu gehen.

Er war seinem Onkel nichts schuldig, im Gegenteil. Eigentlich hatte der Graf es verdient, eine verpasst zu bekommen, allein dafür, dass er es gewagt hatte, ihn um etwas zu bitten.

Dennoch war Tristan nun hier am Bahnsteig und wartete auf diese sagenhafte Josephine Baker.

Am Ende war es das Geld gewesen, das ihn umgestimmt hatte. Für die Summe, die die Regierung ihm für diesen »inoffiziellen« Auftrag bezahlen würde, hätte sein Freund Freddy leichten Herzens seine Großmutter verscherbelt.

Einen Teil davon hatte von Seidlitz bereits dabeigehabt, ein dicker Umschlag voller Scheine. »Für Spesen«, wie er es genannt hatte, so als würde es sich nur um ein paar Groschen handeln, um sich Zigaretten zu kaufen. Der Rest würde folgen, sobald seine Arbeit getan sei.

* * *

Als der Zug mit zehnminütiger Verspätung um 18:24 Uhr in den Anhalter Bahnhof einfuhr, hatte Josephine Mühe, still zu sitzen. Während sie durch die Vorstädte gefahren waren, vorbei an rußgeschwärzten Mietshäusern und Fabriken mit rauchenden Schloten, war ihr klar geworden, wie groß diese Stadt tatsächlich war. Berlin hatte erheblich mehr Einwohner als Paris und erschien ihr plötzlich sehr viel fremder als die französische Hauptstadt, die sie im letzten Jahr mit offenen Armen willkommen geheißen hatte.

Ob ihre Entscheidung wirklich klug gewesen war, niemanden außer die Pensionswirtin über ihre frühere Ankunft informiert zu haben? Immerhin sprach sie kein Wort Deutsch. Würde sie sich überhaupt zurechtfinden? Sie hatte ja schon Mühe, Französisch zu lernen, auch wenn sie eifrig übte. Doch Deutsch erschien ihr noch um einiges schwieriger zu sein. Sie zog einen Zettel aus ihrer Handtasche, auf dem sie die Adresse der Pension notiert hatte, und versuchte, die fremd klingenden Wörter auszusprechen. Ihre Mutter kam ihr in den Sinn, wie sie verächtlich das Gesicht verzog und meinte: »Typisch Tumpie, immer erst nachdenken, wenn es zu spät ist.«

Unwirsch schüttelte sie den Kopf und schob alle negativen Gedanken beiseite. Was machte es schon, wenn sie kein Deutsch sprach? Sie war hier, um zu tanzen, und diese Sprache war zum Glück auf der ganzen Welt gleich.

Sie warf den Zettel in die Tasche zurück und holte ihren Taschenspiegel heraus. Als der Zug schnaufend und kreischend zum Stehen kam, legte sich Josephine Kiki, die die meiste Zeit zusammengerollt auf ihrem Schoß geschlafen hatte, wieder um den Hals. Dann warf sie einen letzten Blick in den Spiegel, zog den Lippenstift nach, atmete einmal tief durch und verließ das Abteil.

Der Bahnhof war beeindruckend groß und modern. Rundbögen aus rotem Backstein verliefen entlang der Bahnsteige, und darüber wölbte sich eine Kuppel aus Glas und Stahl. Überall waren Menschen. Ankommende, Abfahrende, verliebte Paare, die sich trennten oder gerade erst wiedersahen, müde Mütter mit Kinderwägen und noch ein paar Kindern am Rockzipfel, junge Burschen in geflickten Hosen, armselig aussehende Bettler neben gut gekleideten Damen und ihren Dienstmädchen, ernste Männer mit Schnauzbärten und Monokel, magere Mädchen mit bleichen Gesichtern, uniformierte Kofferträger, schreiende Zeitungsverkäufer und dazwischen immer wieder Polizisten mit seltsamen Helmen auf dem Kopf. Aus dem Gewimmel auf dem Bahnsteig und der Ankunftshalle drangen fremde Wortfetzen zu ihr empor, die ebenso rätselhaft waren wie die Hinweisschilder. Immer wieder erklangen schroff und abgehackt deutsche Durchsagen aus den Lautsprechern. Josephine setzte ihr Lächeln auf, dieses Lächeln, das sie schon über so vieles, weitaus Schlimmeres als eine fremde Stadt getragen hatte, rückte ihren Hut zurecht und stieg dann anmutig die Metallstufen hinunter auf den Bahnsteig, mitten hinein in ihr kleines, ganz privates Abenteuer.

Anfangs bemerkte sie es nicht, doch als sie sich einen Weg durch das Gedränge bahnte, fiel ihr auf, dass sie nur weiße Gesichter sah. Alle Menschen in dieser riesigen Bahnhofshalle waren weiß, auch die Kofferträger und Bediensteten. Natürlich erregte ihre schwarze, fünfundzwanzigköpfige Revuetruppe auch in Paris Aufsehen, wenn sie zusammen unterwegs waren. Aber dort gab es zahlreiche andere schwarze Musiker und Künstler, die Amerika den Rücken gekehrt hatten, weil sie die Repressalien und Demütigungen dort nicht mehr ertragen hatten. Josephine wusste nicht, ob es in Berlin ähnlich war. Immerhin hatte die Stadt den Ruf, ein Mekka für Künstler zu sein. Hier jedoch, auf dem Bahnhof, gab es nur Weiße. Sie spürte plötzlich, wie sie angestarrt wurde. Manche senkten den Blick, wenn sie sich ihnen zuwandte, andere aber glotzten einfach weiter, kümmerten sich nicht darum, ob sie ihre schamlose Neugier bemerkte.

Als Josephine feststellte, dass aus manchen Blicken unverhohlene Feindseligkeit sprach, gefror das erwartungsvolle Lächeln auf ihrem Gesicht. Und waren nicht auch abfällige Bemerkungen aus dem allumfassenden Lärm herauszuhören? Leise gemurmelte Wörter, die sie nicht verstand, deren Bedeutung sie aber wohl begriff. Sie umfasste ihre Handtasche mit beiden Händen, als könne ihr der Notizzettel mit der Adresse darin Halt bieten, und zwang sich, langsam und selbstsicher weiterzugehen.

Schritt für Schritt und mit unbeteiligtem Gesichtsausdruck schob sie sich an den Menschen vorbei, um zu den Gepäckwagen zu gelangen. Dort winkte sie nach einem der Dienstmännern, die herumstanden und auf Aufträge warteten. Als sie dem Träger ihren Koffer zeigte, der gerade ausgeladen wurde, drängelte sich ein Mann in ihre Richtung.

Er hatte ein kleines Oberlippenbärtchen, war recht beleibt und trug einen schäbigen Mantel.

Jetzt schnauzte er den Gepäckträger an, der gerade Josephines Koffer auf seinen Handkarren wuchten wollte, und bedeutete ihm mit einer herrischen Geste zu warten.

Josephine straffte die Schultern, und ihre Finger glitten flüchtig über den glatten Leib der Schlange um ihren Hals. Der Mann hatte einen Fotoapparat um den Hals hängen und Notizblock und Bleistift in der Hand, daher vermutete sie, dass es ein Journalist war. Offenbar war ihre frühere Ankunft nicht so geheim geblieben, wie sie gehofft hatte. Der Mann war ihr unsympathisch, und sie hatte keinerlei Bedürfnis, mit ihm zu sprechen. Sie sah sich um, überlegte, ob sie einfach im Gedränge verschwinden sollte, doch da sprach er sie bereits an.

»Josephine Baker!«, rief er laut, um dann in einem grauenhaften Englisch mit hartem deutschen Akzent zu fordern: »Ehlers, vom *Völkischen Kurier*. Unsere Leser hätten ein paar Fragen an Sie!«

Als die Umstehenden ihren Namen hörten, wurden sie aufmerksam und wandten sich ihnen zu. Noch immer war Josephine versucht, weiterzugehen und so zu tun, als ob sie nicht gemeint wäre, aber als einzige Schwarze weit und breit wäre dies wenig glaubwürdig. Daher fügte sie sich dem Unausweichlichen und wandte sich dem Mann zu.

»Ja, bitte?«, fragte sie und spürte, wie um sie herum immer mehr Menschen stehen blieben. Es wurde aufgeregt getuschelt, und schnell bildete sich ein Kreis aus Neugierigen um sie und den Journalisten.

»Sie beabsichtigen, hier bei uns in der Stadt aufzutreten?«, fragte der Mann und kniff seine eng stehenden blassblauen Augen zusammen.

Josephine nickte. »Ja. Wir wurden für das Nelson-Theater engagiert.«

»Engagiert, ja, mag sein!« Der Mann lachte verächtlich auf. »Aber glauben Sie wirklich, dass hier in Berlin jemand diesen Schmutz sehen will?«

»Schmutz?« Josephine runzelte die Stirn. »Ich verstehe nicht...«

»Ich hörte, Sie tanzen nackt! Wie ein Tier!«

Bevor Josephine antworten konnte, fuhr der Journalist mit vor Empörung bebender Stimme fort: »Eine Schande ist das! Wir sind doch hier nicht in einem Negerkral in Afrika!«

Offenbar verstanden einige der zuhörenden Passanten Englisch, denn Josephine hörte, wie jemand laut klatschte, und einige nickten zustimmend. Die meisten jedoch starrten nur schweigend auf ihre Fußspitzen oder musterten sie verstohlen.

Josephine hob das Kinn, lächelte und sah dem Journalisten dabei direkt in die Augen.

»Wissen Sie, Mister, wie ich mir eine ideale Welt vorstelle? Es wäre eine Welt, in der alle Menschen nackt leben könnten, genau wie im Paradies.« Sie musterte den feisten Mann provozierend langsam von oben bis unten. Als ihr Blick an seinem ausladenden Bauch angekommen war, fügte sie mit einer komischen Grimasse des Bedauerns hinzu: »Aber leider können sich nur sehr wenige Menschen nackt zeigen.«

Der Journalist lief puterrot an, und als jemand in der Menschenmenge, die sie umgab, zu lachen begann, fielen andere mit ein.

Josephine lächelte.

5

In dem Moment, in dem er sie sah, beschlich Tristan eine Ahnung, dass dieser Auftrag womöglich komplizierter werden könnte, als er vermutet hatte. Nach der denkwürdigen Unterredung mit seinem Onkel waren ihm zum ersten Mal die vielen Plakate an den Litfaßsäulen aufgefallen, mit denen die »Negerrevue«, in der Josephine Baker auftreten würde, beworben wurde. Darauf war sie breit grinsend, mit lang gezogenen, gummiartigen Gliedern, großen Ohrringen und mit nichts als einem kleinen Baströckchen bekleidet dargestellt. Eine lustige schokoladenbraune Biegepuppe umgeben von grotesk überzeichneten schwarzen Musikern, die nur aus rollenden Augen und riesigen Mündern zu bestehen schienen.

Die echte Josephine Baker war jedoch vollkommen anders. Auf den ersten Blick erkannte Tristan, dass sie genau das war, was sein Onkel gesagt hatte: ein Star. Sie trug teure Kleidung, einen Mantel mit Pelzkragen, silberfarbene Schuhe, schimmernde Strümpfe und hielt ihren Kopf selbstbewusst erhoben, obwohl alle Leute sie anstarrten wie ein Tier im Zoo. Sie war elegant, und vor allem war sie schön. Nicht auf diese grelle, aufdringliche Art, die er erwartet hatte. Tristan konnte nicht sagen, was ihre Schönheit ausmachte, und er suchte vergeblich nach Begriffen, es zu beschreiben. Die junge Frau schien ein Leuchten zu umgeben, das sie von allen anderen Leuten um sie herum abhob. So als wäre sie die einzige scharf gezeichnete Figur in einem abstrakten Gemälde. Und keinesfalls sah sie wie eine Varietétänzerin aus.

Tristan schob sich unauffällig durch die Menge, bis er fast neben ihr stand. Als ein schmieriger Kerl, der sich als Journalist vorstellte, begann, sie zu beleidigen, wollte er einschreiten, doch dann zeigte sich, dass es nicht nötig war. Josephine Baker konnte sich offenbar ganz gut alleine wehren. Mit wenigen Sätzen parierte sie den Angriff und lächelte dabei auch noch. Während die Umstehenden, die das Gespräch verfolgt hatten, lachten, verstummte der Schreiberling, das Gesicht rot vor Zorn und Scham. Er zog sich etwas zurück, doch als Josephine Baker sich in Begleitung des Dienstmanns zum Ausgang aufmachte, ging er in einigem Abstand hinter ihr her. Er machte sich nicht die Mühe, sich umzusehen, sonst hätte er bemerkt, dass Tristan, der sich ebenfalls in Bewegung gesetzt hatte, ihn nicht aus den Augen ließ.

Während der Gepäckträger Mühe hatte, den Handkarren an den vielen Leuten vorbeizubugsieren, und er und seine Kundin deshalb nur langsam vorankamen, bog der Journalist plötzlich Richtung Ostflügel des Bahnhofs ab. Einen Augenblick hin- und hergerissen, wem er folgen sollte, entschied sich Tristan für den Schmierfinken und wandte sich ebenfalls nach rechts. Er fand, dass dieser Armleuchter eine kleine Abreibung verdient hatte. Sie würde ihn davon abhalten, Josephine Baker noch einmal zu nahe zu treten.

In diesem wenig genutzten Teil des Bahnhofs war das Licht spärlicher, und die hohen Rundbögen aus Backstein, die die Flanken der Halle begrenzten, schienen schwarz und leer wie tote Augenhöhlen. Allerdings war es hier keineswegs so verlassen, wie es auf den ersten Blick wirkte.

Während Tristan dem Mann mit sicherem Abstand folgte, nahm er hie und da eine verstohlene Bewegung wahr, sah das Aufflammen eines Streichholzes, hörte leises, lustvolles Stöhnen. Irgendwo hustete jemand und spuckte qualvoll aus, und es klang, als würde dessen Urheber nur noch auf der Erde weilen, weil der Teufel ihn vergessen hatte.

Dennoch war kein Mensch zu sehen. Die Schritte des Journalisten klangen laut und aufdringlich in dieser gedämpften, verborgenen Welt, und Tristan begann sich zu fragen, wo der Kerl überhaupt hinwollte. Ein paar Meter weiter erhielt er die Antwort. Der Journalist blieb stehen. Leise sprach er mit einer Gestalt im Schatten, und wenig später sah Tristan, wie er eine braune Papiertüte erhielt, die er sich hastig in die Innentasche seines Mantels schob.

Koks, vermutete er. Das passte zu diesem Typen. Tristan wartete, bis die beiden das Geschäft abgewickelt hatten, und als der Mann weiterging, schloss er lautlos auf. Am nächsten Rundbogen rempelte er den Journalisten an, und als der fette Kerl ins Straucheln kam, packte er ihn am Kragen und presste ihn grob gegen die Backsteinmauer. Mit dem Unterarm drückte er ihm auf die Kehle, und während der Mann würgend nach Luft schnappte, flüsterte Tristan ihm ins Ohr: »Ich will keinen solchen Auftritt mehr erleben, solange das Fräulein hier in der Stadt ist. Sie steht unter meinem persönlichen Schutz. Kannst du weitersagen.«

Dann verpasste er ihm einen Magenschwinger, der ihn ächzend in die Knie gehen ließ, und setzte, als er sich gerade wieder aufgerichtet hatte, einen satten Kinnhaken hinterher. Der Mann fiel um wie ein gefällter Baum und rührte sich nicht mehr.

Tristan sah sich kurz um, dann durchsuchte er flink die Taschen des Bewusstlosen und schob alles ein, was er fand, auch die braune Tüte. Das Ganze hatte weniger als eine

Minute gedauert. Ebenso lautlos, wie er den Journalisten verfolgt hatte, lief er in Richtung Ausgang.

* * *

Josephine trat aus dem Bahnhofsgebäude hinaus. Der Wind pfiff ungemütlich nasskalt und wehte ein paar einzelne Schneeflocken vor sich her. Sie schloss mit der Hand den Kragen ihres Mantels, um Kiki vor der kalten Luft zu schützen, und sah sich um. Der Bahnhofsvorplatz entpuppte sich – mit Ausnahme einer kleinen Grünfläche mit ein paar kahlen Bäumen – als eine riesige Kreuzung, auf der lärmend der Verkehr toste. Straßenbahnen fuhren vorbei und spuckten an den Haltestellen Trauben von Leuten aus. Automobile schossen um die Kurven, hupten Pferdefuhrwerke und Radfahrer an, Fußgänger hasteten kreuz und quer über die Straßen. Auf der dem Bahnhof gegenüberliegenden Seite säumten herrschaftliche Häuser und noble Hotels den Platz. *Excelsior,* stand in Leuchtschrift an einer der Fassaden.

Der Gepäckträger, der mit seinem Handkarren neben ihr stand, deutete nach rechts, und als sie mit ihrem Blick seiner ausgestreckten Hand folgte, atmete sie erleichtert auf. Nur wenige Meter entfernt standen Taxis.

Sie gab dem Dienstmann seinen Lohn. Er lud ihren Koffer ab, verabschiedete sich mit einem knappen, aber nicht unfreundlichen Tippen an seine Uniformmütze und zog mit seinem Handkarren wieder ab.

Josephine begann, in ihrer Handtasche nach dem Notizzettel mit der Adresse der Pension zu suchen, doch sie fand ihn nicht. Der Zusammenstoß mit dem Journalisten hatte sie stärker beunruhigt, als sie vor sich selbst zugeben mochte. Er war so hasserfüllt gewesen. Was, wenn er recht hatte und sie in Berlin wirklich niemand sehen wollte?

Wenn man sie bei ihren Auftritten ausbuhte und mit faulen Eiern bewarf? Ihr war so etwas gottlob noch nie passiert, doch sie kannte es aus Erzählungen der anderen und hatte dabei jedes Mal gedacht, sie würde mit Sicherheit auf der Stelle sterben, wenn ihr das einmal geschehen sollte. Josephine liebte das Publikum und wollte auch von ihm geliebt werden.

Endlich fand sie den Zettel, und sie umschloss ihn fest mit ihrer Hand. Dann kamen ihr erneut Bedenken. Hoffentlich nahmen die Taxis sie überhaupt mit. Vielleicht gab es hier Regeln für Schwarze, wie in Amerika, und sie durfte gar nicht erst einsteigen? Als sie letztes Jahr in Frankreich angekommen war, war sie vollkommen überrascht gewesen, wie selbstverständlich man sie dort akzeptierte. Schwarze durften in allen Hotels übernachten, wurden in jedem Café und jedem Restaurant bedient, durften dieselben Toiletten wie die Weißen benutzen, und auch im Zug gab es keine abgetrennten Abteile mit harten Holzbänken für Leute wie sie.

Eben am Bahnsteig hatte sie das Starren der Passanten und der Journalist mit seinen Beleidigungen für einen Moment in ihr altes Leben zurückversetzt. Ein Leben, dem sie entkommen zu sein glaubte. Nein. Dem sie entkommen *war*. Mit ihrer freien Hand nahm sie ihren Koffer und ging entschlossen auf die wartenden Taxis zu.

In diesem Moment kam ein Mann mit langen Schritten auf sie zugelaufen.

»Miss Baker?« Er war ein wenig außer Atem.

Sie blieb stehen und musterte ihn misstrauisch. Anders als der Journalist vom Bahnsteig sah er zumindest sympathisch aus mit seinen rötlichen Haaren, den graublauen Augen und dem schmalen Gesicht, das allerdings etwas zerschrammt war. Oberhalb der rechten Augenbraue klebte ein Pflaster.

»Ja?«

»Es tut mir leid, ich bin ein bisschen zu spät«, sagte er in einwandfreiem, unverkennbar britischem Englisch. »Ich wurde aufgehalten.«

»Wer sind Sie?«

Er lüpfte seine Schiebermütze und lächelte. »Mein Name ist Nowak. Ich bin für die Dauer Ihres Aufenthalts in der Stadt Ihr Fahrer.«

6

Graf von Seidlitz war mit Paul Ballin, seinem Sekretär und heimlichen Lebensgefährten, im *Romanischen Café* verabredet. Das im neoromanischen Stil gehaltene, etwas düster wirkende Lokal mit seinen hohen Räumen, holzvertäfelten Wänden und den reich verzierten Säulen war ein beliebter Treffpunkt unter Intellektuellen, Künstlern und vor allem auch solchen, die es werden wollten. Um die Etablierten vor den Belästigungen derjenigen zu verschonen, die versuchten, deren Aufmerksamkeit zu erregen, waren die Räumlichkeiten aufgeteilt, was spöttisch »Schwimmer-« und »Nichtschwimmerbassin« genannt wurde. Das Nichtschwimmerbassin, ein großer Raum mit Blick auf den Auguste-Viktoria-Platz, und die Gedächtniskirche, war offen für alle, sogar für Touristen.

Von Seidlitz ging selbstverständlich nach nebenan ins kleinere, intimere »Schwimmerbassin«, wo Paul ihn schon erwartete. Er saß an einem der Fenster, die zum Kurfürstendamm hinausgingen, rauchte Zigarillo und nippte an seinem obligatorischen Glas Absinth. Als von Seidlitz eintrat, sah er erwartungsvoll auf, wartete jedoch mit seinen Fragen, bis dieser Mantel und Hut abgegeben und sich gesetzt hatte.

Der Kellner brachte von Seidlitz einen Kognak, von dem er erst einen großen Schluck nahm und sich dann eine

Players Navy Cut anzündete. Der Graf rauchte nur englische Zigaretten, die er sich direkt aus England schicken ließ, und dies nicht nur aus Geschmacksgründen. Während des Krieges war in Deutschland alles Ausländische verpönt gewesen, englische Namen von Bars und Restaurants wurden vaterländisch umbenannt und ausländische Zigarettenpackungen mit schwarz-weiß-roten Banderolen überklebt. Von Seidlitz, dessen Mutter aus England stammte und der in Frankreich aufgewachsen und in England zur Schule gegangen war, hatte dies unerträglich albern gefunden und auf diese Weise dagegen protestiert. Es hatte mitunter scheele Blicke unter seinen vaterländisch gesinnten Bekannten gegeben, auch die eine oder andere vorwurfsvolle Bemerkung. Im Allgemeinen hatte man es jedoch toleriert, wie so manch andere »liberale Absonderlichkeit« des Grafen: seine zahlreichen Bekanntschaften mit Künstlern und anderen zweifelhaften Subjekten oder, neuerdings, sein leidenschaftliches Engagement für die Sozialdemokraten und die Demokratie, was ihm den Spitznamen »Roter Graf« eingebracht hatte. Man tat es als typisch englischen Spleen ab und zog vor, es zu ignorieren. Der Graf war zu einflussreich und hatte zu viele Kontakte, um es sich mit ihm ohne Not zu verderben.

»Und?«, fragte Paul. »Wie ist es gelaufen?«

Von Seidlitz hob die Schultern. »Er macht es.«

»Aber das ist doch gut, oder?«, sagte Paul. »Das wolltest du doch?«

Von Seidlitz blies den Rauch aus und sah zu, wie er in einem dünnen Faden langsam zur hohen Decke aufstieg. »Ja.«

»Was ist los?«, wollte Paul wissen. »Gab es ein Problem?«

»Eines? Die ganze Sache ist ein einziges Problem«, murmelte von Seidlitz düster und nahm noch einen Schluck. Er musterte Paul eine Weile unschlüssig.

Paul Ballin war zweiunddreißig, also nicht viel älter als sein Neffe, aber die beiden hätten unterschiedlicher nicht sein können. Paul kümmerte sich um den kleinen Verlag, den von Seidlitz mehr als Hobby denn als Broterwerb betrieb und der teure, edel gestaltete Kunstbücher, ausgewählte Lyrik und Klassiker in kleiner Auflage herausbrachte, und war darin ganz in seinem Element. Er war kunstsinnig und ein Ästhet, hatte feine Gesichtszüge, dunkle Haare, die er immer etwas zu lang trug, und war stets nach der neuesten Mode gekleidet. Sein bissiger Humor und sein Scharfsinn waren bei ihren gemeinsamen Freunden gefürchtet, und das war es, was von Seidlitz an ihm besonders schätzte.

Paul hatte durchaus auch dunkle Seiten, doch er war ehrlich, sagte immer, was er dachte, und, was am wichtigsten war, er war unbedingt loyal.

»Ich habe ihn angelogen«, gestand von Seidlitz schließlich. »Ich habe behauptet, ich würde im Auftrag der Regierung handeln.«

»Nicht sehr klug, so eine Geschichte mit einer Lüge zu beginnen«, gab Paul trocken zurück.

»Es ist nicht ganz falsch«, beharrte von Seidlitz. »Immerhin habe ich mit Fritz Lemmau darüber gesprochen.« Das stimmte. Von Seidlitz hatte den Reichstagsabgeordneten gewarnt und dringend aufgefordert, entsprechende Schritte zu unternehmen, doch Lemmau hatte sich geweigert. Für ihn gab es keine ausreichenden Beweise, und ohne solche wollte er sich wegen dieser Tänzerin nicht zu weit aus dem Fenster lehnen. Er fürchtete, damit womöglich die konservativeren Mitglieder seiner eigenen Partei zu verärgern.

Auch wenn von Seidlitz wütend über diese feige Zurückhaltung gewesen war, die so typisch für den Zauderer Fritz Lemmau war – was er ihm auch unverblümt ins Gesicht gesagt hatte –, hatte er es ihm nicht einmal richtig verdenken können. Er hatte dem Abgeordneten nicht mehr als vage Gerüchte, ein paar angeblich mitgehörte Sätze und eine böse Ahnung präsentieren können und gehofft, dies und das Gewicht seiner Person würden reichen, um Lemmau zum Handeln zu bewegen.

Seine tatsächlichen Quellen preiszugeben, zu sagen, was er von wem erfahren und warum man es ausgerechnet ihm zugetragen hatte, hätte Fragen nach sich gezogen. Gefährliche Fragen, die er nicht beantworten konnte, ohne sich selbst und andere in Gefahr zu bringen. Von Seidlitz brauchte dies seinem Freund nicht erklären. Paul wusste Bescheid.

Aus besagten Quellen hatte der Graf schon vor einiger Zeit erfahren, dass von deutschnationaler Seite ein Anschlag geplant war, allerdings nicht, wann und wo, und vor allem nicht, wer die Zielperson sein würde. Am Ende war es Paul gewesen, der ihm gesagt hatte, dass es sich dabei um die amerikanische Tänzerin Josephine Baker handeln könnte.

Von Seidlitz hatte nicht weiter nachgefragt, wer jene Frau war, die Paul davon erzählt hatte, und wie die beiden zueinander standen. Er hatte es nicht so genau wissen wollen. Wie er von dem Leben, das Paul – mehr oder weniger diskret – neben ihrer langjährigen Beziehung noch führte, ohnehin so wenig wie möglich wissen wollte. Paul brauchte diese Abwechslung, das Abenteuer, und er machte keinen Hehl daraus. Von Seidlitz akzeptierte es, mal mehr, mal weniger gelassen. Weil er Paul liebte. So einfach war das. Und so kompliziert.

Pauls Worte rissen ihn zurück in die Gegenwart:

»Lemmau! Diese Memme. Es war völlig sinnlos, mit dem

zu reden. Das habe ich dir von Anfang gesagt, Henry. Der bewegt sich erst, wenn ihn die Nationalen mit vorgehaltenem Karabiner aus dem Reichstag jagen.« Er trank seinen Absinth aus und winkte dem Kellner, ihm ein weiteres Glas zu bringen.

»Wie auch immer. Tristan hätte es nicht gemacht, wenn er gewusst hätte, dass es mein Geld ist, mit dem er bezahlt wird«, sagte von Seidlitz bedrückt. »Er hat schon meinen Wagen, den ich ihm für die Zeit überlassen habe, nur mit allergrößtem Widerwillen genommen. Er hasst mich.«

»Was hast du erwartet?«

Von Seidlitz drehte seine Zigarette sorgfältig am Rand des Aschenbechers und vermied es dabei, Paul anzusehen. Natürlich hatte er sich mehr erwartet. Oder wenigstens *irgend*etwas. Ein winziges Gefühl von Verbundenheit, einen kleinen Funken Hoffnung auf Vergebung. Aber da war nichts gewesen. Sein Neffe hatte sich so abweisend, so voll kalter Verachtung gezeigt, dass es von Seidlitz lieber gewesen wäre, er hätte ihn beschimpft oder wäre auf ihn losgegangen. Dabei sah der Junge seiner Mutter so ähnlich, dass es fast schon unheimlich war. Die gleichen Augen, die gleichen widerspenstigen rötlich braunen Haare, das schmale Gesicht mit dem energischen Kinn. Und die gleiche Haltung. Stur, eigensinnig und zu stolz, um sich helfen zu lassen.

»Versuch, ihn zu verstehen«, sagte Paul jetzt. »Es muss ein Schock gewesen sein, als du plötzlich nach so vielen Jahren auf der Wache aufgetaucht bist.«

Von Seidlitz nickte. »Das war nicht sehr geschickt von mir. Aber die Zeit drängte, und ich hatte keine Wahl.«

Das stimmte nicht ganz, und beide wussten es, doch Paul war taktvoll genug, nichts zu sagen. Es hätte in den vergangenen Jahren genug andere Möglichkeiten gegeben, mit seinem Neffen wieder in Kontakt zu treten. Doch von Seidlitz hatte es nicht gewagt. Er hatte erst einen Vorwand gebraucht, und diese Geschichte hatte ihn geliefert.

Als von Seidlitz zusammen mit Paul darüber nachgedacht hatte, wie man Josephine Baker am besten beschützen könnte, ohne allzu großes Aufsehen zu erregen, war ihm sofort Tristan in den Sinn gekommen. Er war von Anfang an überzeugt gewesen, dass sein Neffe der Richtige für diese heikle Aufgabe war. Tristan war es gewohnt, im Verborgenen zu arbeiten, und er wusste sich zu wehren. Niemand würde Verdacht schöpfen, wenn Josephine Baker ein Fahrer zur Verfügung gestellt wurde. Fahrer beachtete man nicht. Sie waren unsichtbar, mehr Teil des Automobils, das sie fuhren, als reale Menschen. So konnte er in ihrer Nähe sein und gleichzeitig versuchen, herauszufinden, ob an den Gerüchten etwas dran war.

»Glaubst du nicht, Tristan stünde das Recht zu, die ganze Wahrheit zu erfahren?«, hakte Paul nun in seiner unerbittlichen Art nach.

»Vermutlich. Aber ich weiß nicht...« Von Seidlitz schüttelte den Kopf.

Es war schließlich Paul, der aussprach, was er selbst nicht sagen wollte: »Du weißt nicht, ob du ihm vertrauen kannst?«

* * *

Nicht weit vom *Romanischen Café* und doch Welten davon entfernt wartete Oberst Franz von Geldern auf den Reichstagsabgeordneten Alfred Claussen. Er war mit ihm im Restaurant *Horcher* zum Abendessen verabredet, doch heute verspätete er sich, was ungewöhnlich war. Von Geldern warf gerade zum wiederholten Mal einen ungeduldigen Blick auf seine Taschenuhr, als Claussen von Oskar, dem würdevollen, ältlichen Oberkellner, endlich hereinbegleitet wurde. Claussen war ein schwerer Mann mit rotem Gesicht, Schnauzer und Bürstenhaarschnitt, der an den Schläfen bereits grau zu werden begann. Im Moment war sein Gesicht besonders rot, er schwitzte und wirkte mitgenommen. »Entschuldigen Sie«, sagte er zur Begrüßung und setzte sich schwer atmend.

Von Geldern verzog das Gesicht zu einem spöttischen Lächeln. »Sind Sie etwa vom Reichstag zu Fuß hergelaufen?« Im Gegensatz zu Claussen achtete er auf seine Konstitution und sein Gewicht. Er fand, ein Mann sollte zumindest so viel Selbstbeherrschung an den Tag legen, dass er sich nicht jedes Jahr eine neue Garderobe kaufen musste. Von seiner Uniform ganz zu schweigen.

Claussen wischte sich mit einem Taschentuch über die Stirn. »Ich wurde aufgehalten. Kurtz hat beim Pförtner eine Nachricht für mich abgegeben. Wir haben uns gerade im Tiergarten getroffen.«

Von Geldern hob überrascht die Brauen, fragte aber nicht nach. Der Oberkellner stand noch immer hinter Claussen, unauffällig wie ein Einrichtungsgegenstand, jedoch jederzeit bereit, ihre Bestellung aufzunehmen. Auch wenn das *Horcher* für seinen diskreten Umgang mit seinen oft prominenten Gästen bekannt war, wollte er nicht riskieren, dass Oskar Dinge zu Ohren bekam, die ihn nichts angingen. Aus dem gleichen Grund sprach auch Claussen nicht weiter, sondern griff zunächst nach der Speisekarte. Erst nachdem Oskar ihre Bestellung aufgenommen und ihnen eine Flasche badischen Wein gebracht hatte, erklärte er leise: »Es gab einen Vorfall.«

»Vorfall? Was denn für einen Vorfall?« Von Geldern runzelte die Stirn. Mit Claussens vorsichtiger Ausdrucksweise konnte er nichts anfangen. Typisches Politikergeschwätz.

»Otto Ehlers wurde angegriffen.«

»Ach!« Von Geldern hob überrascht den Kopf. »Wann war das?«

»Vor etwa einer Stunde. Kurtz kam direkt von ihm. Wie Sie ja wissen, ist er am Bahnhof gewesen. Danach hat er sich mit Kurtz getroffen, um die vereinbarte Summe entgegenzunehmen. Und gleich dort ist es passiert. Kurtz stand fast noch daneben. Das Geld ist auch weg.«

»Hat Kurtz eingegriffen?«

»Nein. Es ging viel zu schnell. Kurtz meinte, der Angreifer sei wie aus dem Nichts aufgetaucht und gleich wieder verschwunden. Außerdem hielt er es nicht für opportun, sich zu erkennen zu geben.«

Von Geldern nickte. »Ist besser so. Vermutlich war der Überfall einfach Pech. Am Anhalter Bahnhof treibt sich übles Gesindel herum.«

Claussen schüttelte den Kopf. »Das war kein Zufall.«

»Wieso glauben Sie das?«, fragte von Geldern, doch bevor der Abgeordnete antworten konnte, kam der Kellner mit der Morchelrahmsuppe. Wieder warteten sie, bis sie ungestört waren, dann sagte Claussen mit gesenkter Stimme: »Der Angreifer hat etwas zu Ehlers gesagt, bevor er ihn bewusstlos geschlagen hat.« Er nahm ein Notizbuch aus seiner Westentasche und las davon die Worte ab.

Von Geldern verharrte einen Moment starr mit dem Suppenlöffel in der Luft. »Sie steht unter seinem persönlichen Schutz?«, fragte er nach.

Von Claussen nickte. »So hat Ehlers es Kurtz berichtet.«

»Das muss ein Zufall sein«, beharrte von Geldern. »Irgendein heißblütiger Verehrer, der mitbekommen hat, wie Ehlers das Negerweib zur Rede gestellt hat...«

Claussen schien nicht überzeugt. »Es wusste doch niemand, dass sie schon heute ankommen würde. Ehlers meinte zu Kurtz, es wäre niemand am Bahnhof gewesen, der die Frau erwartet hätte.«

»Dennoch kann sich jemand bemüßigt gefühlt haben, den Beschützer zu spielen …«

Claussen widmete sich eine ganze Weile seiner Suppe, bevor er sagte: »Und wenn nicht? Wenn sie gewarnt wurden?«

»Das kann nicht sein!«, gab von Geldern scharf zurück. »Das würde ja bedeuten, dass …« Er sprach nicht weiter, denn der Hauptgang wurde serviert. Medaillons Horcher. Er ließ seine nahezu unberührte Suppe mitnehmen und musterte das üppig mit Kapuzinerkresseblüten und Petersilienbüscheln dekorierte Gericht mit einem gewissen Widerwillen. Der Appetit war ihm gründlich vergangen.

»Wir müssen den anderen Bescheid geben«, sagte Claussen und spießte ein Stück Fleisch auf seine Gabel. »Womöglich ist die ganze Aktion in Gefahr.«

»Reden Sie keinen Unsinn, Claussen!«, erwiderte von Geldern barsch.

»Was?« Claussen warf von Geldern einen irritierten Blick zu. Er war es sichtlich nicht gewohnt, dass ihn jemand bezichtigte, Unsinn zu reden.

»Denken Sie nach. Wenn sie tatsächlich gewarnt wurden, bedeutet das, dass jemand geredet hat. Und das wiederum bedeutet, dass wir einen Verräter in unseren Reihen haben.«

Claussen starrte ihn an. »Einen Verräter?«

»Das ist doch offensichtlich.« Er warf dem Abgeordneten einen nachdenklichen Blick zu. »Seltsam, dass Sie nicht von selbst darauf gekommen sind. Sollte mir das zu denken geben?«

»Sie glauben doch nicht etwa, ich …«, empörte sich Claussen.

»Haben Sie? Politiker sind es ja gewohnt, viel zu reden.«

»Aber nein! Niemals!«

Von Geldern musterte ihn nach wie vor. »Wer war es dann?«

»Aber das weiß ich doch nicht!« Claussens Gesicht färbte sich noch röter, als es ohnehin schon war.

Der Oberst schob seinen Teller beiseite und zog eine Zigarre aus der Tasche seines Jacketts. »Nun, das ist das Problem, nicht wahr? Wir wissen es nicht. Es wäre daher höchst unklug, mit jemandem darüber zu sprechen. Sollte sich alles als harmlos herausstellen, beunruhigen wir die anderen nur unnötig. Und wenn nicht, würden wir den Verräter womöglich warnen.« Er schüttelte energisch den Kopf. »Das müssen wir selbst klären.«

»Wir? Aber wie?« Claussen wirkte nun völlig verunsichert.

Von Geldern betrachtete ihn mit einer gewissen Verachtung. Das hatte man nun von dieser sogenannten Demokratie: schwache, verweichlichte Männer, die nur klug zu reden verstanden, aber bereits bei der ersten Schwierigkeit zusammenbrachen. Sie hatten nichts im Griff, nicht einmal sich selbst. Er winkte einem vorbeieilenden Kellner und ließ die Teller abräumen. Auf die Frage, ob es nicht geschmeckt habe, weil sein Teller noch nahezu voll sei, sagte er nur knapp: »Doch durchaus«, und bestellte zwei Kognak.

Keine Rechtfertigungen, keine Entschuldigungen gegenüber dem Personal. Niemals. Er zündete seine Zigarre an und ließ sie sanft anbrennen. »Kurtz wird sich darum kümmern«, sagte er dann. »Er weiß, wie man mit Verrätern umzugehen hat.«

7

Tristan hielt die Tür auf, und Josephine Baker stieg in den Fond des geräumigen Wagens. Ihren Koffer hatte er bereits verstaut. Als er sie nun nach der Adresse ihrer Unterkunft fragte, reichte sie ihm einen zerknitterten Notizzettel, den sie offenbar schon länger in der Hand gehalten hatte, und meinte: »Können wir vorher noch ein bisschen herumfahren? Ich möchte so gern die Stadt sehen.«

Tristan nickte und startete den Wagen, den ihm sein Onkel unmittelbar nach seiner Zusage überlassen hatte. Der Graf selbst hatte sich ein Taxi gerufen. Das Fahren hatte Tristan im Krieg gelernt, er war eine Zeit lang Versorgungslastwagen gefahren, doch von Seidlitz' Wagen war etwas ganz anderes: eine Horch-Limousine, ziemlich angeberisch, wie er fand, das allerneueste Modell, mit cremefarbenen Sitzen und elektrischer Zündung. Er musste ein Vermögen gekostet haben. Der Innenraum roch nach teurem Leder und schwach nach den Zigaretten seines Onkels. Er rauchte englische Zigaretten, wie Tristan bereits bei ihrer Unterredung in der Mokkadiele aufgefallen war; natürlich, dieser elende Snob.

»Interessiert Sie etwas Bestimmtes?«, fragte er, während er sich schwungvoll in den dichten Abendverkehr einfädelte.

»Alles! Ich möchte einfach alles sehen!«, rief sie fröhlich.

Tristan wandte sich kurz zu ihr um und sagte trocken: »Das bezweifle ich, Miss Baker.«

Er fuhr über den Potsdamer Platz zum Brandenburger Tor, die Allee Unter den Linden entlang, am Stadtschloss, der Museumsinsel und dem Gendarmenmarkt vorbei und schließlich zurück nach Westen zum Kurfürstendamm. Hin und wieder warf er einen Blick in den Rückspiegel. Josephine hing förmlich an der Scheibe, schien alles, was sie sah, in sich aufzusaugen, lachte hin und wieder freudig auf und genoss sichtlich die vielen Menschen, den brodelnden Verkehr und die unzähligen Lichter der Restaurants, Cafés und Varietés.

Nach einer Weile sagte er: »Ich fahre Sie jetzt zu Ihrer Unterkunft.«

»In Ordnung«, gab sie zurück, und es klang ein wenig enttäuscht. Als er an der nächsten Kreuzung in eine ruhigere Seitenstraße bog, rief sie plötzlich: »Ich habe Hunger. Gibt es auf dem Weg noch etwas zu essen?«

Er überlegte. »Es kommt darauf an, was Sie möch...«

Josephine unterbrach ihn. »Schauen Sie, das da vorne sieht sehr hübsch aus. Lassen Sie es uns dort versuchen.«

Tristan warf einen Blick auf die hell erleuchteten Fenster eines Restaurants, das auf ihrer Straßenseite lag. *Horcher,* stand in diskreter Schrift über den beiden Fenstern. Er fuhr langsamer und hielt direkt davor am Straßenrand. »Das ist das *Horcher*«, sagte er nach kurzem Zögern. »Eines der teuersten Restaurants der Stadt.«

»Ist es gut?«

Er hob die Schultern. »Vermutlich.«

»Na, wunderbar! Da möchte ich hin!«

Er stieg achselzuckend aus, um ihr die Tür zu öffnen, doch sie war bereits aus dem Wagen gesprungen, ohne auf ihn zu warten.

»Was für ein glücklicher Zufall, dass wir hier entlanggefahren sind«, rief sie entzückt. »Finden Sie nicht, Nowak, dass es ein gutes Zeichen ist, am ersten Abend in einer neuen Stadt gleich im besten Restaurant zu speisen?«

Er zog bedächtig eine Zigarette aus seiner Jackentasche und zündete sie sich an. »Wenn Sie meinen«, sagte er gedehnt und warf einen skeptischen Blick auf das Restaurant. Kerzenlicht und teures Kristall schimmerten hinter den großen Sprossenfenstern, Kronleuchter funkelten an der Decke, und an den weiß gedeckten Tischen saßen vermutlich ausschließlich Gäste vom Schlag seines Onkels.

Josephines erwartungsfrohes Lächeln erlosch. Sie runzelte die Stirn und warf ihm einen kühlen Blick zu.

»Wer hat eigentlich veranlasst, dass ich einen eigenen Fahrer bekomme?«, fragte sie.

Tristan richtete sich auf. Er verfluchte sich innerlich, so schnell aus seiner Rolle gefallen zu sein. Er war ihr Fahrer. Er hatte sie dorthin zu bringen, wohin sie wollte, und ansonsten wachsam, aber möglichst unauffällig zu sein. Eine eigene Meinung zu äußern, und sei es auch noch so beiläufig, gehörte nicht dazu.

Er räusperte sich. »Der Veranstalter«, sagte er unbestimmt. Sein Onkel hatte ihm eingeschärft, keinesfalls die Regierung oder ihn selbst ins Spiel zu bringen.

»Herr Nelson?« Josephine machte große Augen.

Tristan nickte.

»Warum hat er uns das nicht gesagt? Er hat mit unserer Managerin doch gestern noch telefoniert.«

»Herr Nelson ist ein sehr zurückhaltender Mann«, improvisierte Tristan. Er kannte Rudolf Nelson zwar dem Namen nach – jeder, der lesen konnte, kannte den umtriebigen Theaterdirektor und Komponisten, dessen Name ständig an allen Litfaßsäulen der Stadt prangte –, aber er war ihm noch nie persönlich begegnet. »Er möchte, dass Sie es so komfortabel wie möglich haben, es aber nicht an die große Glocke hängen. Sie sollten ihn daher am besten gar nicht darauf ansprechen. Es würde ihn beschämen. Er wünscht... also... ich...« – Tristan kam ein wenig ins Stottern – »... ich bin für Ihren Schutz und Ihr Wohlergehen während Ihres Aufenthalts hier verantwortlich.« Peinlich berührt stellte er fest, dass er die gleiche Formulierung verwendet hatte, die ihm bei seinem Onkel am Morgen noch so geschraubt vorgekommen war.

Josephines Stirn glättete sich jedoch bei seinen Worten, und sie lächelte. »Schutz und Wohlergehen? Das ist ja sehr charmant. Wobei ich nicht glaube, dass ich Schutz benötige. Ich kann gut auf mich selbst aufpassen.«

»Das bezweifle ich nicht«, gab Tristan schnell zurück. »Aber Herr Nelson ist da etwas altmodisch, und Sie sind eine junge, schöne Frau...« Er verstummte abrupt und senkte den Blick auf die halb gerauchte Zigarette in seiner Hand.

Als Josephine nicht reagierte, hob er zögernd den Kopf. Die Tänzerin hatte sich bereits abgewandt und ging auf das hell erleuchtete Restaurant zu. Jetzt blieb sie stehen und drehte sich zu ihm um. »Was ist los?«, fragte sie. »Warum kommen Sie nicht?«

Er sah sie überrascht an. »Ich warte hier auf Sie.«

»Aber das geht nicht!«, rief Josephine. »Sie müssen mitgehen. Ich mag nicht alleine essen. Außerdem müssen Sie für mich übersetzen.«

Er warf einen unwilligen Blick auf das Edelrestaurant, dann auf seine eigene, wenig angemessene Kleidung und unterdrückte einen Seufzer. Vorsichtig drückte er die angerauchte Zigarette aus und schob sie zurück in seine Jackentasche. »Ich kann für Sie fragen, ob noch ein Tisch frei ist.«

Sie traten in das holzgetäfelte, gediegene Foyer des Restaurants, wo ihnen sofort ein weißhaariger Kellner in schwarzem Anzug und Fliege entgegentrat. Tristan fragte nach einem Tisch, und der Kellner hob die buschigen Brauen. »Sie haben reserviert?«

Er schüttelte den Kopf, und der Kellner machte ein zweifelndes Gesicht. »Normalerweise reserviert man bei uns. Ich muss nachsehen…«

»Tun Sie das.« Tristan verschränkte die Arme und schaute dem Kellner leicht gereizt dabei zu, wie er zu einem kleinen Stehtisch schlurfte, auf dem ein aufgeschlagenes Reservierungsbuch lag. Umständlich begann er zu blättern, wobei er sich bei jeder Seite die Finger befeuchtete, während mit Sicherheit der heutige Tag bereits aufgeschlagen gewesen war.

Da zupfte Josephine ihn am Ärmel. »Fragen Sie ihn bitte, ob es Würstchen gibt«, bat sie.

»Wie?« Tristan sah sie verblüfft an.

»Würstchen. Man sagte mir, die seien wirklich fantastisch in Berlin. Und Bier natürlich.«

Kommentarlos übersetzte Tristan ihre Frage.

»Wie bitte?« Der vornehme Kellner hob irritiert den Kopf.

»*Sausages*«, verdeutlichte Josephine, »*and German Beer.*«

Der Kellner räusperte sich geräuschvoll. »Ich denke nicht, dass wir den Herrschaften damit dienlich sein können.«

Tristan übersetzte Josephine die Antwort, und sie sah den weißhaarigen Kellner enttäuscht an. »Man sagte mir, Sie wären das beste Restaurant in der Stadt, und da haben Sie nicht mal Würstchen?«

Tristan kam nicht dazu, weiterzuübersetzen, denn in diesem Moment stieß Josephine einen spitzen Schrei aus. Etwas Silbriges glitt unter ihrem Mantel heraus zu

Boden und schlängelte über den glänzenden Parkettfußboden. Der Kellner machte einen erschrockenen Satz zur Seite.

»Entschuldigung«, rief Josephine. »Ich hatte ganz vergessen, dass Kiki mit dabei ist. Sie muss mir in den Ausschnitt geschlüpft sein. Vermutlich war es ihr zu kalt...« Flink griff sie nach der Schlange und ließ das Tier über ihre schlanken Hände auf ihre Brust gleiten.

Kiki ringelte sich ganz selbstverständlich um ihren Hals. Tristan musste grinsen und verzichtete auf eine Übersetzung von Josephines Worten. Sie war auch nicht nötig.

Der Kellner maß beide mit einem frostigen Blick. »Ich bedaure, aber wir haben keinen Tisch für Sie zur Verfügung. Vielleicht gehen Sie lieber zu einer Würstchenbude...«

Als sie wieder auf der Straße standen, lachte Josephine los. »Haben Sie das Gesicht des Mannes gesehen? Ich glaube, er hat Angst vor Schlangen.«

Tristan war sich nicht ganz sicher, was den Kellner mehr schockiert hatte: die Schlange oder eine schwarze Frau, die in seinem Restaurant nach Würstchen und Bier gefragt hatte. Er musterte sie skeptisch und fragte dann: »Sie wollen wirklich Würstchen essen gehen?«

»O ja!«, erwiderte Josephine überzeugt. »Ich mag Hotdogs für mein Leben gern. Also muss ich doch auch die deutsche Variante probieren. In Paris gibt es so etwas ja leider nicht.«

Tristan überlegte. »Es gibt eine Würstchenbude nicht weit von hier. Wir können zu Fuß hingehen. Wenn es Ihnen nichts ausmacht, im Freien und im Stehen zu essen...«

»Gibt es dort auch Bier?«

»Natürlich.«

»Na, dann los!«, sagte Josephine entschlossen, doch

dann zögerte sie kurz und griff sich an den Hals. »Wir sollten Kiki vielleicht lieber hierlassen.«

Tristan warf einen Blick auf die Schlange, die sich jetzt träge um Josephines Finger wickelte, und sah sich schon auf allen vieren den Bürgersteig nach dem Vieh absuchen. Er nickte trocken. »Das ist sicher nicht die schlechteste Idee.«

»Kiki ist meine Beschützerin. Sie hält mir unliebsame Verehrer vom Leib«, erklärte Josephine zwinkernd, während sie der kleinen Schlange mit einem vergessenen Wollschal des Grafen auf dem Rücksitz des Wagens ein Nest bereitete. »Um ehrlich zu sein, ist sie eigentlich ein großes Missverständnis. Ich hatte gehört, Schlange sei in Berlin groß in Mode. Als klar war, dass wir mit unserer Revue hierherfahren, habe ich mir bei einem Händler am Seine-Quai deshalb eine gekauft. Schließlich wollte ich für Berlin ganz *en vogue* sein. Leider habe ich erst danach begriffen, dass von Schlangenleder die Rede war.«

Josephine lachte über ihre eigene Naivität, und auch Tristan musste ein wenig grinsen. Es fühlte sich absolut unwirklich an, mit dieser schönen, fremden Frau im Pelz hier zu stehen und sich über so etwas Absurdes wie Schlangen als Halsschmuck zu unterhalten.

* * *

Oskar, der Oberkellner des *Horcher,* sah von seinem Platz neben der Tür, wie das ungleiche Paar noch eine Weile vor dem Restaurant stand und sich unterhielt. Sie schienen recht vergnügt, die Frau lachte. Er fragte sich, wer die beiden wohl sein mochten. Die exotisch aussehende, dunkelhäutige Frau war mit Sicherheit Amerikanerin. Niemand sonst käme wohl auf die Idee, mit einer Schlange um den Hals in ein Restaurant zu gehen. Und obwohl sie eine Negerin war, schien sie wohlhabend zu sein. Als sie nach einem

Tisch gefragt hatten, waren ihm der elegante Mantel und die silbernen Schuhe aufgefallen. Ihr rothaariger Begleiter hatte erheblich einfachere Kleidung und eine Schiebermütze getragen und ein wenig finster gewirkt. Allerdings fuhr er einen teuren Wagen.

Sie unterhielten sich auf eine Art, die ihm zeigte, dass sie sich noch nicht sehr lange kannten, was ihn noch neugieriger machte. Er konnte ihre Beziehung zueinander nicht recht ergründen. War er ihr Angestellter? Der Kleidung nach wirkte er so, aber seine Haltung war keineswegs unterwürfig, eher im Gegenteil.

Zwei seiner Stammgäste gaben ihm einen Wink, um zu bezahlen, und er musste sich für einen Moment vom Anblick dieses interessanten Paars losreißen. Als er wieder aus dem Fenster sah, gingen die beiden gerade vorbei Richtung Nollendorfplatz. Oskar sah ihnen nach, und einen kurzen Moment lang verspürte er so etwas wie Bedauern. Vielleicht hätte er über seinen Schatten springen und ihnen einen Tisch anbieten sollen, Schlange hin oder her. Wohin mochten sie stattdessen gehen? Die Limousine jedenfalls stand noch am Straßenrand.

Oberst von Geldern war offenbar aufgefallen, dass er abgelenkt gewesen war, denn er sah nun ebenfalls nach draußen, wo die beiden jungen Leute jedoch nicht mehr zu sehen waren. Als er das Automobil bemerkte, wurde seine Miene plötzlich verkniffen.

»Gehört der Horch einem Ihrer Gäste?«, fragte er mit seiner herrischen Stimme, und Oskar reckte den Hals und tat so, als würde er den Wagen erst jetzt bemerken.

»Nein, Herr Oberst. Nicht, dass ich wüsste. Gibt es ein Problem damit?«

Der Oberst schüttelte den Kopf und bezahlte dann schweigend die Rechnung für ihn und den Abgeordneten

Claasen, wobei er wie üblich ein sehr knapp bemessenes Trinkgeld gab. Als Oskar sich bedankte und langsam zum nächsten Tisch ging, wo ein älteres Paar ebenfalls nach der Rechnung verlangt hatte, kam er nicht umhin, dem Gespräch der beiden Männer zu folgen. Sie mussten ihn vergessen haben, denn sonst achteten sie sehr darauf, wer sie hören konnte.

»Erkennst du den Horch dort draußen?«, zischte von Geldern gerade. Als Claussen verneinte, fuhr er mit verhaltener Stimme fort: »Das ist der Wagen des Roten Grafen.«

»Bist du dir sicher?« Der Abgeordnete klang überrascht und ein wenig erschrocken, wie es Oskar vorkam.

»Hundertprozentig. Dieses Modell gibt es erst seit ein paar Wochen, und ich weiß, dass der Graf sich einen gekauft hat. Genau in dieser Farbe. Er kostet ein Vermögen. Wie viele werden davon wohl in der Stadt herumfahren?«

Claussen sah sich unauffällig um. »Du meinst, er ist hier irgendwo?«

»Du siehst doch, dass er es nicht ist«, schnappte von Geldern ungeduldig, während er aufstand.

»Aber was...?«

»Ich frage mich nur, ob es ein Zufall ist, dass sein Automobil ausgerechnet vor dem Restaurant steht, wenn wir uns hier treffen.«

Oskar konnte Claussens Antwort darauf nicht verstehen, obwohl er die Ohren spitzte, und während er sie ins Foyer begleitete, wechselte die beiden Männer kein Wort mehr miteinander.

Als er ihnen die Mäntel brachte, fragte Oberst von Geldern beiläufig: »Gab es Unannehmlichkeiten, Oskar? Uns war, als hätten wir vorhin einen Schrei gehört.«

Der Kellner zögerte einen Moment, war kurz versucht, von dieser wahrhaftig unglaublichen Begegnung mit der dunkelhäutigen Frau, ihrem Begleiter und der Schlange zu erzählen. Doch dann fiel ihm wieder ein, was er soeben gehört hatte. Oskar kannte den Mann, der der Rote Graf genannt wurde, auch wenn er bis gerade eben nicht gewusst hatte, dass er der Eigentümer des Automobils war, aus dem diese beiden jungen Leute gestiegen waren. Graf von Seidlitz war ein angenehmer und kultivierter Gast, der guten Kognak schätzte und sehr viel großzügiger beim Trinkgeld war als von Geldern. Es hatte Oskar erschüttert, mit welcher Abscheu der Oberst seinen Spitznamen ausgesprochen, ja geradezu ausgespuckt hatte. Und so schüttelte er nur den Kopf und sagte: »Nein, Herr Oberst, nichts von Belang.«

8

Josephine fand die Imbissbude »wundervoll«. Sie aß drei Paar Würstchen und trank ein Bier dazu, das sie mit großer Ehrfurcht in der Stimme als das beste Bier der Welt bezeichnete. Es hatte aufgeklart und war bitterkalt, Josephine fror mit Sicherheit in ihren leichten Schuhen und den hauchdünnen Strümpfen. Doch offenbar war ihr das egal. Sie hatte Spaß. An allem. Bewunderte die Sterne, die hoch über den Häusern funkelten, freute sich über den weißen Rauch, der aus den Gullys drang, lachte den Zeitungsverkäufern zu, die schreiend die Abendausgaben ihrer Blätter anpriesen, und kommentierte mit treffenden, aber nie wirklich verletzenden Worten die vorübereilenden Passanten, die zur Hochbahn hasteten oder versuchten, die Straßenbahn zu erreichen.

Tristan stand neben ihr, aß ebenfalls Würstchen, wenn auch nur ein Paar, trank Bier und brachte ihr einige deutsche Ausdrücke bei, die sie mit großer Ernsthaftigkeit und einem drolligen Akzent nachzusprechen versuchte. Dazwischen wanderten seine Blicke immer wieder aufmerksam zu den vorüberschlendernden Passanten. Vor allem Männer, die länger als notwendig in ihrer Nähe herumstanden, ließ er nicht aus den Augen. Als sie ein angetrunkener Mann im Vorbeigehen anrempelte, packte er ihn am Kragen und schob den heftig Protestierenden grob weiter.

Josephine warf ihm einen erstaunten Blick zu, als er zu ihr zurückkam, sagte aber nichts.

Zurück am Wagen, fanden sie Kiki glücklicherweise noch immer im Schal eingerollt, und wenig später hielt Tristan vor Josephines Pension, die den etwas lächerlich klingenden Namen *Heimat* hatte. Die stattliche Gründerzeitvilla, die vermutlich erst nach dem Krieg in ein Gästehaus umgewandelt worden war, stand etwas zurückgesetzt in einem kleinen Vorgarten mit gestutzten Buchsbäumen und einer hohen Linde, deren nackte Äste im Licht der Straßenlaterne lange Schatten an die Fassade warfen.

Das Haus war dunkel bis auf eine kleine Lampe über der Tür. Kein Mensch war zu sehen. Tristan trug Josephines Gepäck zum Eingang, wo es nach ausdauerndem Klingeln ein verschlafener Hausdiener in Empfang nahm.

Tristan verabschiedete sich und wandte sich bereits zum Gehen, als sie noch einmal seinen Namen rief. Fragend drehte er sich zu ihr um.

»Danke für den schönen Abend«, sagte sie mit einem kleinen Lächeln, das fast ein wenig schüchtern wirkte. »Um ehrlich zu sein, wusste ich nicht, ob ich mich in dieser fremden Stadt zurechtfinden würde. Aber in Ihrer Begleitung war es ganz anders. Jetzt habe ich das Gefühl, dass die Stadt mich wirklich willkommen heißt.«

Tristan dachte an den fetten Journalisten, dem er hoffentlich einen Denkzettel verpasst hatte, an die verächtlichen Blicke der Leute am Bahnhof, und ihn überkam das Bedürfnis, die junge Frau in ihrem guten Glauben zu bestärken, obwohl er es doch besser wusste.

»Sicher tut sie das«, sagte er nachdrücklich. »Die Leute können es kaum erwarten, Sie tanzen zu sehen.«

»Glauben Sie wirklich?«, fragte Josephine. »Man hat

mich gewarnt, wissen Sie. Nicht alle hier werden gut finden, was wir machen, hat unsere Managerin gesagt.«

Er winkte ab. »Das tun sie nie. Das sollte Sie nicht kümmern.«

»Werden Sie mir auch zusehen?«

Darüber hatte er noch gar nicht nachgedacht. Aber vermutlich gehörte das mit zu seinem Auftrag. »Ich denke schon.«

»Sie bekommen einen Platz ganz vorne. Ich kümmere mich darum. Und wenn Leute mit faulen Eiern auf mich werfen, müssen Sie dagegenhalten, ganz laut klatschen und Bravo rufen.«

Er nickte. »Mach ich.«

»Versprochen?« Ihre eben leicht dahingeworfene, eher scherzhafte Bitte klang plötzlich ernst, fast dringend. Tristan begriff, dass die umjubelte Josephine Baker, der angeblich ganz Paris zu Füßen lag, Angst davor hatte, abgelehnt zu werden.

»Versprochen.« Er erwiderte ihren Blick und hatte dabei das Gefühl, etwas zu versprechen, dessen Tragweite er noch gar nicht überblicken konnte. Nachdenklich sah er ihr nach, wie sie in der Villa verschwand, dann ging er über den geharkten Kiesweg zum Wagen zurück.

Als er im Vorgarten kurz stehen blieb, um sich eine Zigarette anzuzünden, bog ein Auto in die Straße ein. Es war ein schwarzer 8/38er-Mercedes. Irgendetwas daran kam Tristan verdächtig vor, vielleicht die Art, wie es langsamer wurde, als es näher kam. Er wich hinter den Stamm der großen Linde zurück und beobachtete das Auto von dort.

Als der Mercedes im Schritttempo an der Pension vorbeifuhr, konnte Tristan sehen, dass zwei Männer darin saßen, doch es war zu dunkel, um ihre Gesichter zu erkennen.

Dann, kurz nach der Pension, gab der Fahrer plötzlich Gas, bog um die nächste Ecke und war verschwunden.

Tristan lief zu seinem Auto, startete es und fuhr, so schnell er konnte, den beiden Männern hinterher. Doch die Straße, in die der Wagen eben abgebogen war, war leer. Fluchend fuhr er eine Weile in der Gegend herum, bis er sich eingestand, dass es nichts brachte. Der Mercedes hatte sich vermutlich längst in den lebhaften Verkehr auf der Tauentzienstraße eingereiht, die zum Kurfürstendamm führte, und war damit unauffindbar geworden.

Tristan wendete und fuhr die Potsdamer und Leipziger Straße entlang in den Osten Berlins. Hatte er sich nur eingebildet, dass sich die Männer in dem Mercedes verdächtig verhalten hatten? Er konnte es nicht sagen. Zu wenig greifbar schien ihm die Gefahr, in der Josephine Baker seinem Onkel nach schwebte, zu nebulös die Gerüchte und Vermutungen, von denen er gesprochen hatte. Doch er würde die Augen offen halten.

Wenig später parkte er den Horch am Alexanderplatz, unweit der roten Burg, und ging zu Fuß weiter. Es erschien ihm sicherer, die Limousine quasi unter den Augen des Polizeipräsidenten von Berlin abzustellen, als sie in das Viertel mitzunehmen, in dem er wohnte. Der Wagen war viel zu vornehm für die Gegend. Man würde glauben, er sei plötzlich zu Geld gekommen, mache einen auf dicke Hose, und das war in den Kreisen, in denen er verkehrte, nicht ganz ungefährlich.

Er ließ den Alexanderplatz hinter sich und tauchte in das enge Straßengewirr des Scheunenviertels ein, wo er zusammen mit seinem Freund Freddy zwischen jüdischen Geschäften und kleinen Handwerksbetrieben einen Boxclub betrieb. Dort bereitete er sich nicht nur selbst auf Boxkämpfe vor, er trainierte zusammen mit Freddy auch andere junge, zumeist arbeitslose Männer aus dem Viertel. So konnten sie sich bei illegalen Boxkämpfen ein paar Scheine dazuverdienen.

Für Tristan war der Club seine Heimat, er hatte keinen anderen Ort, wohin er gehen konnte, als dieses etwas heruntergekommene Haus in der Grenadierstraße. Leider war der Club nicht einträglich genug, um davon leben zu können, zumal Freddy und er von den Mitgliedern nur einen minimalen Beitrag verlangten. Am besten verdiente Tristan noch an den Wettkämpfen, die er bestritt, doch auch dieses Einkommen war unregelmäßig und von den Wettquoten abhängig. Als zweites Standbein hatten sich Freddy und Tristan daher im Laufe der Jahre auf dem Schwarzmarkt in der Münzstraße, die nur einen Steinwurf vom Boxclub entfernt war, eine weitere Einnahmequelle erschlossen. Die einzige Gefahr bei diesen Geschäften war es, den kriminellen Ringvereinen, die den Schwarzmarkt der Stadt kontrollierten, allzu sehr in die Quere zu kommen.

Bisher war es Tristan und Freddy jedoch gelungen, sich mit den Bossen zu arrangieren. Sie taten sich gegenseitig hin und wieder einen Gefallen, warnten einander vor Razzien oder potenziellen Eindringlingen in das hermetisch geschlossene System und achteten vor allem darauf, selbst nicht zu groß und damit für die Ringvereine ernsthaft gefährlich zu werden. Da die Hinterhofwettbüros ebenfalls von den Ringvereinen kontrolliert wurden, schadete es auch nicht, dass ihr Club den Ruf hatte, ausgesprochen zähe und angriffslustige Kämpfer hervorzubringen. Das sorgte für gute Quoten. So wusch eine Hand die andere, und man ließ sich weitgehend in Ruhe, von gelegentlichen Scharmützeln einmal abgesehen.

Der Zusammenstoß gestern vor der *Blauen Maus*, der Tristan eine Nacht im Gefängnis eingebracht hatte, war so ein Scharmützel gewesen. Alle hatten zu viel getrunken, da gab schnell ein Wort das andere, und plötzlich war es zu spät gewesen, um einem handfesten Streit noch aus dem Weg zu gehen.

Tristan war vor dem roten Backsteinhaus angekommen, in dem sich im Erdgeschoss, in den Räumen einer ehemaligen Fleischerei, der Boxclub befand. Von der Ladeneinrichtung waren noch die vergilbten Fliesen an einer Wand übrig sowie die Fleischerhaken an der Decke, von denen jetzt allerdings statt Schweine- oder Rinderhälften Sandsäcke hingen. Der Eingang war schmal und unauffällig, kein Schild verriet, worum es sich handelte. Das ehemalige Schaufenster hatten sie teilweise übermalt, um so vor allzu neugierigen Blicken geschützt zu sein. Die Männer, die hier trainierten, waren nicht erpicht auf Aufmerksamkeit, und ernsthaft Interessierte fanden den Laden auch so.

Darüber befand sich ein Etablissement, das sich *Fannys Wohnheim für junge Mädchen* nannte, was eine beschönigende Umschreibung für ein privates Bordell war, das von Fanny Katz, der Wohnungseigentümerin, betrieben wurde. Tristan war anfangs, als er und Freddy den Boxclub aufgebaut hatten, dort untergekommen und genoss auch heute noch Fannys Rundumservice: ein vergleichsweise luxuriöses Badezimmer, Frühstück, zwei warme Mahlzeiten am Tag und die angenehme Gesellschaft der vier bis fünf Mädchen, die Fannys Etablissement entweder regelmäßig in Anspruch nahmen oder ganz dort wohnten. Die Mädchen versorgten ihn mit Klatsch und Tratsch aus dem Viertel sowie Kuchen aus der nahen Conditorei Möller. Und hin und wieder, wenn wenig Geschäft war, nahm eines der Mädchen ihn mit auf ihr Zimmer.

Im Gegenzug dazu sorgte er dafür, dass sich die Freier zu benehmen wussten, und wenn es einer nicht kapierte, landete er mit einem blauen Auge oder Schlimmerem auf der Straße. Inzwischen wohnte Tristan jedoch nicht mehr bei Fanny, sondern schlief im Boxclub. Er hatte sich in dem rückwärtigen Zimmer, das gleichzeitig als Büro diente, häuslich eingerichtet und war froh, in der Nacht weitgehend seine Ruhe zu haben. Falls seine Hilfe gebraucht wurde, schlugen die Mädchen an die Wasserrohre, die durch sein Zimmer in den Keller führten und als Warnsystem besser funktionierten als jedes Telefon.

Heute versprach eine ruhige Nacht zu werden, nur in einem der Fenster im ersten Stock brannte noch gedämpftes Licht. Es war Helenes Zimmer, wie Tristan wusste, und er seufzte unwillkürlich. Die schlagfertige Helene mit den wilden kurzen Locken mochte er von allen Mädchen am liebsten, und auch wenn es unsinnig war, störte es ihn, wenn er allzu deutlich mitbekam, dass sie einen Kunden bei sich hatte. Sie behauptete, eigentlich Philosophie zu studieren und mit dem Anschaffen aufzuhören, sobald sie genug Geld verdient hatte. Aber das sagte sie schon, seit Tristan sie kannte. Der Bücherstapel in ihrem Zimmer wuchs und wuchs, doch er hörte nie, dass sie eine Prüfung bestanden hätte oder wann sie gedachte, einen Abschluss zu machen.

Tristan wandte den Blick von Helenes Fenster ab, sperrte die Tür auf und ging durch den dunklen, nach Schweiß, feuchtem Leder und abgestandenem Zigarettenrauch riechenden Trainingsraum nach hinten, trat in den kleinen, muffigen Flur und von dort in sein Zimmer. Dort war es so kalt, dass er seinen Atem sehen konnte. Der kleine Kohleofen in der Ecke war gestern Nachmittag zum letzten Mal geschürt worden, und das in Zeitungspapier eingewickelte Brikett, das er noch hineingelegt hatte, bevor er am Abend gegangen war, zerfiel in dem Moment zu brauner, staubfeiner Asche, als er die Ofentür öffnete.

Er schloss die Klappe, ohne ein Feuer zu machen, denn er hatte keine Lust, in den Keller zu gehen und neue Kohlen zu holen, setzte sich auf sein schmales Bett, zog Jacke und Schuhe aus und schaltete die Nachttischlampe ein. Dann holte er die Sachen, die er dem Journalisten abgenommen hatte, aus der Jackentasche und breitete sie auf dem Bett aus. Neben dem braunen Umschlag waren es eine Brieftasche, ein abgekauter Bleistiftstummel, ein eselsohriger Schreibblock und eine bis auf ein paar Münzen leere Geldbörse.

Als Erstes öffnete er die Brieftasche und fand zwei auf einen gewissen *Otto Ehlers* ausgestellte Mitgliedsausweise. Einer betraf eine Vereinigung mit dem Namen *Deutsch-Österreichischer Antisemitenbund* und der zweite einen Kaninchenzüchterverein in Pankow. Außerdem hatte Ehlers ein paar Zeitungsartikel ausgeschnitten, auf denen er auf der Rückseite die jeweilige Zeitung und das Datum handschriftlich vermerkt hatte: der *Völkische Kurier* und ein offenbar ähnlich gesinntes Blatt mit Namen *Eiserner Besen*, von dem Tristan noch nie gehört hatte. Der Inhalt der von Ehlers selbst verfassten Artikel war gespickt mit Ausrufezeichen, voller wilder Spekulationen, Beleidigungen und Ressentiments gegenüber allem, was nicht in das Weltbild des Verfassers passte.

Angewidert knüllte Tristan das dünne Papier zu einem Ball zusammen und warf es in den kalten Ofen. Dann hielt er ein brennendes Streichholz daran und sah zu, wie eine grünliche Flamme diesen Dreck in Asche verwandelte. Wenn es nur immer so einfach wäre, Dummheit und Bosheit aus der Welt schaffen.

Zuletzt öffnete er den braunen Umschlag, den Ehlers am Bahnhof bekommen hatte. Doch statt Kokain oder anderen Drogen, die er erwartet hatte, befand sich eine dicke Rolle

Geld darin. Nachdenklich streifte Tristan das Gummiband ab und ließ die Scheine ein paarmal durch die Finger gleiten. Der Mann war ein Rassist, ein Antisemit und rechtsnationaler Schmierfink, das war ihm schon vor der Lektüre der Artikel klar gewesen. Interessant jedoch war, dass er bezahlt worden war. Von wem und wofür? Für etwas, was er schon getan hatte? Oder für etwas, was noch kommen sollte? Ein paar Beleidigungen gegenüber einer schwarzen Tänzerin bekam man von ihm sicher kostenlos. Keiner würde dafür eine solche Summe bezahlen.

War Ehlers womöglich nicht nur ein reaktionärer kleiner Mistkerl, sondern Teil einer größeren Sache? Tristan blickte nachdenklich auf den Packen Geld in seinen Händen. Wofür bezahlte man einen Journalisten? Um Artikel im Sinne des Geldgebers zu schreiben, vermutlich. Um Lügen zu verbreiten, Stimmung zu machen. Mit dieser Menge Scheine, die er in den Händen hielt, ließ sich Einfluss im ganz großen Stil ausüben. Das hatte niemand mal so eben aus der Portokasse genommen, um Ehlers um einen kleinen Gefallen zu bitten. Da steckte mehr dahinter.

Langsam rollte Tristan das Geld wieder zusammen, wickelte das Gummiband darum und schob es in seinen Kopfkissenbezug. Die restlichen Sachen legte er in die Schublade des wuchtigen Schreibtisches, der mitten im Zimmer stand und dem Raum einen leicht verwaltungsmäßigen Anstrich gab.

Konnte es sein, dass dieses Geld etwas mit dem geplanten Anschlag auf Josephine Baker zu tun hatte? Dann jedoch mussten Leute dahinterstecken, die richtig reich waren. Keine kleinen Schläger und Unruhestifter, wie sein Onkel angedeutet hatte.

Tristan spürte, wie ihm trotz der Kälte im Raum heiß vor Zorn wurde. Ihm hätte bei dem Gespräch gleich auffallen müssen, dass da etwas nicht stimmte. Der Graf war Diplomat und hatte seine Finger in allem, was hier in der Stadt politisch vor sich ging. Wie wahrscheinlich war es da, dass ihm die Dimension der Geschichte entgangen war?

Er ging rastlos in seinem kleinen Zimmer umher. Dann blieb er vor dem Fenster stehen und sah hinaus in den Hinterhof, der nur vom matten Licht einer einzelnen Laterne erleuchtet wurde. Er zündete sich eine Zigarette an und rief sich in Erinnerung, was ihm sein Onkel an kargen Informationen mitgegeben hatte: Eine Frau namens Mara, eine Bekannte seines Sekretärs Paul Ballin, hatte angeblich von dem geplanten Anschlag auf Josephine erfahren.

Allein das schien ihm nun bereits verdächtig zu sein. Es war doch höchst unwahrscheinlich, dass sich die Regierung aufgrund der aufgeschnappten Bemerkung einer einzelnen Frau zum Handeln veranlasst sah. Tristan zog heftig an seiner Zigarette, und die Spitze glomm knisternd auf. Wollte der Graf ihn verarschen? Er nahm noch einen letzten Zug von der filterlosen Zigarette, der ihm fast die Finger verbrannte, dann drückte er sie aus und warf den Stummel in eine leere Bierflasche, die auf dem Fensterbrett stand und als Aschenbecher fungierte. Er hatte gute Lust, seinem Onkel sein verdammtes Geld gleich morgen früh vor die Füße zu werfen und ihm zu sagen, wohin er sich seinen Auftrag stecken konnte. Doch dann wanderten seine Gedanken zu Josephine.

Was für eine verrückte Person. Reiste mit einer Schlange um den Hals durch halb Europa. Sie war eine Berühmtheit, schön, elegant, teuer gekleidet, und auf der anderen Seite so normal und fröhlich. Von einer Offenheit, die Tristan vollkommen fremd war. Er sah sie wieder vor sich, wie sie mit ihrem Pelz und ihren silbernen Prinzessinnenschuhen mit ihm zusammen an dieser schäbigen kleinen Bude gestanden und ein Würstchen nach dem anderen vertilgt, Bier getrunken und dabei ununterbrochen geredet und gelacht hatte.

Es war völlig ausgeschlossen, die junge Frau ihrem Schicksal zu überlassen. Mochte der Graf seine Spielchen spielen, es kümmerte ihn nicht. Er würde Josephine Baker beschützen. Und selbst herausfinden, was hinter dem Ganzen steckte.

9

»Du bist zu spät. Schrippen sind längst alle.« Fanny bedachte Tristan mit einem vorwurfsvollen Blick. Die Hauswirtin war eine üppige Frau Mitte fünfzig mit pechschwarz gefärbten Haaren. Sie hatte eine Vorliebe für auffallenden Schmuck und eng geschnittene Kleider, die ihren vollen Busen und den imposanten Hintern zur Geltung brachten, und trug schon zum Frühstück grellroten Lippenstift. Tristan hatte sie noch nie ungeschminkt gesehen.

»Kein Problem, Fanny.« Er setzte sich neben Helene auf die Küchenbank und goss sich eine Tasse Kaffee aus der bauchigen Porzellankanne ein, die vom Frühstück noch auf dem Tisch stand. Es war bereits später Vormittag. Frieda, das jüngste und magerste der Mädchen, hockte mit angezogenen Beinen auf dem Küchenstuhl, kaute auf einem Fingernagel und ignorierte ihn wie üblich. Sie war so blass, dass ihre Haut fast durchscheinend wirkte. Ihre Haare waren weißblond und fein wie Federn. Sie trug sie meist zu Zöpfen geflochten und hochgesteckt.

Im Moment jedoch hingen sie noch zu beiden Seiten bis weit über ihre Schultern nach unten, dünn wie Rattenschwänze. Laut Helene hatte sie die meisten Kunden, weil sie aussah wie zwölf und beim Vögeln nie den Mund aufmachte. Tristan hatte dazu keine Meinung, weil Frieda ihn noch nie eingeladen hatte, mit ihr zu kommen, und er auch nicht scharf darauf war, das zu ändern. Magere, wortkarge Frauen, die aussahen wie Kinder, entsprachen nicht seinem Geschmack.

Fannys große Küche war zugleich Wohnzimmer und Aufenthaltsraum für die Mädchen, und entsprechend plüschig war das Interieur. Die alten Holzdielen waren unter dicken Teppichen verborgen, die Wände mit blumigen Tapeten bedeckt und die Vorhänge an den Fenstern altrosa. An einem der Fenster hing ein Holzkäfig mit zwei Kanarienvögeln, ein Geschenk von Fannys Liebhaber Vito, einem redseligen Italiener, der in einem Bestattungsunternehmen um die Ecke arbeitete. Trotz seines traurigen Berufs war er ein fröhlicher Geselle mit einem schier unerschöpflichen Fundus an makabren Geschichten, die er gegen ein paar Korn zum Kaffee meist so lange zum Besten gab, bis Fanny sich endlich von seinen schmachtenden Blicken erweichen ließ und mit ihm in ihrem Schlafzimmer verschwand. Außerdem gab es ein Grammofon und ein großes, mit mitternachtsblauem Samt bezogenes Sofa. Dort saß jetzt, noch im Morgenmantel, Dorothea mit den feuerroten Haaren und dem losen Mundwerk und lackierte sich die Nägel. Babette, die Mann und Kinder zu Hause hatte, kam immer erst am Abend, ebenso wie Olga, von der niemand wusste, wo sie wohnte und was sie tagsüber trieb.

Helene fuhr mit einem Finger über Tristans Kratzer an der Stirn. »Hast du dich wieder geprügelt?«

»Nicht absichtlich«, gab Tristan zurück und nippte an seiner Tasse Kaffee. Er war bitter und nur noch lauwarm, und er verzog das Gesicht.

»Wärste früher gekommen, wär er noch heiß«, schnappte Fanny, der nichts entging.

Tristan ignorierte den Vorwurf und wandte sich an

Helene. »Könntest du mir einen Gefallen tun?«, fragte er.

Helene lächelte ein wenig anzüglich. »Kommt darauf an...«

»Lass Lenchen in Ruhe, Tristan, die ist verliebt«, rief Doro vom Sofa her.

»Verliebt?«, wunderte sich Tristan.

Helene winkte ab. »Doro redet Quatsch.«

»Wenn ich es doch sage.« Doro kam an den Tisch und wedelte dabei mit den Händen. Ihre Nägel waren dunkelrot lackiert, fast schwarz. »Da kommt neuerdings immer dieser feine Herr mit den Rosen...« Sie machte einen Kratzfuß und kicherte.

»Halt die Klappe«, sagte Helene und wurde ein wenig rot.

»Wenn dit was Ernstes wird mit dem, musste ausziehen, Schätzchen«, sagte Fanny. »Ick mach mir doch nicht wegen Kuppelei schuldig.«

Helene hob empört den Kopf. »Wenn ich also nur noch mit einem ins Bett steige, dann wirfst du mich raus?«

»So isses«, erwiderte Fanny ungerührt. »Dienst is Dienst, und Schnaps is Schnaps.«

Tristan hielt es für klüger, sich aus dieser Diskussion rauszuhalten, und schmierte sich stattdessen ein Butterbrot. Er fühlte Friedas helle Augen spöttisch auf sich gerichtet und sagte scharf: »Was?«

Frieda hob ihre mageren Arme und steckte gelassen ihre Zöpfe auf dem Kopf fest. Sie trug nur ein hauchdünnes Unterhemd, das mehr entblößte als bedeckte. »Nichts.«

»Was ist das denn für ein Gefallen, den ich dir tun soll?«, fragte Helene, die offenbar keine Lust mehr hatte, über den feinen Herrn mit den Rosen zu sprechen.

»Könntest du später mit mir einkaufen gehen?«, fragte Tristan. »Ich brauch was Ordentliches zum Anziehen.«

»Was Ordentliches?« Helene lachte und zog spielerisch an seinen Hosenträgern. »Was soll das denn heißen? Einen seidenen Schlips?«

»Auch. Aber vor allem einen eleganten Anzug, einen, mit dem man ins Theater gehen kann, in feine Restaurants und zum Tanzen oder so.«

Jetzt hatte er die volle Aufmerksamkeit der drei Frauen. Nur Frieda schaute betont unbeteiligt aus dem Fenster.

»Wat willste denn im Theater?«, fragte Fanny. »Ist doch hier schon genug Drama den ganzen Tag.« Sie lachte.

»Schon.« Tristan biss herzhaft in sein Butterbrot. »Aber ich brauche auch mal ein bisschen Abwechslung von euch.«

»Du bist auch verliebt«, schlussfolgerte Doro und musterte ihn wie ein seltsames Insekt. »Is nich wahr, oder? Der Nowak ist verliebt?«

Tristan schüttelte den Kopf. »Ist nur eine Arbeit.«

»Im Theater? Türsteher, oder was? Und tanzen musst du auch?« Doro setzte sich wieder auf das Sofa und überlegte mit gerunzelter Stirn. Dann rief sie: »Ich weiß es: Tristan wird Eintänzer im *Adlon*. Verführt alte Schachteln beim Tanztee. Er hat also richtig was gelernt bei uns.«

Alle außer Tristan lachten, sogar Frieda grinste.

Er trank den Kaffee aus, der inzwischen ganz kalt geworden war, und bereute, damit angefangen zu haben.

»Lasst es gut sein. Ich kümmere mich allein darum.«

»Aber nein!« Helene legte ihre Hand auf seinen Arm. »Natürlich helfe ich dir. Wir gehen zu Wertheim oder zu Tietz...« Sie unterbrach sich. »Hast du denn genug Geld für einen guten Anzug?«

Tristan nickte. »Zahlt mein Auftraggeber.«

Helenes Augen wurden größer. »Wenn das so ist, gehen wir ins KaDeWe.«

»Da komm ich mit«, schaltete sich Doro ein und blies auf ihre Fingernägel. »Glaub mir, Nowak, mit unserer Hilfe wirst du der bestangezogene Gigolo von ganz Berlin.«

Sie verabredeten sich für ein Uhr mittags, und Tristan brach auf, um Josephine zum Theater zu fahren. Sie hatte ihm gestern gesagt, dass sie ausschlafen wolle und er nicht vor elf zu kommen brauche. Der Rest der Truppe würde nach der Ankunft in Berlin direkt ins Theater gebracht werden, wo sie dann offiziell von Herrn Nelson begrüßt würden. Der Veranstalter hatte einen Bus organisiert, der sie vom Bahnhof abholte. Tristan sollte Josephine ebenfalls dorthin bringen, danach würde sie aber mit ihren Kollegen zurück zur Pension fahren, sodass sie ihn für die Rückfahrt nicht mehr benötigte.

Josephine erwartete ihn bereits gut gelaunt im Foyer der Pension, im selben Mantel wie gestern, aber mit einem asymmetrisch geschnittenen pflaumenfarbenen Hut und extravaganten Schnürstiefeletten in der gleichen Farbe. Und ohne Schlange.

»Ich habe Kiki bei der Köchin gelassen«, sagte sie, während sie zum Wagen gingen. »Sie hat ihr in einer Kiste ein Nest gebaut und sie neben den Herd gestellt. Da hat sie es schön warm.«

Tristan bewunderte den Stoizismus der Köchin. Offenbar war sie von den Gästen einiges gewöhnt. Wenn er Fanny mit einer Schlange kommen würde, würde sie ihn hochkant aus ihrer Küche werfen.

Auf dem Weg zum Theater hing Josephine nicht mehr so gebannt an der Scheibe wie gestern Abend. Stattdessen hatte Tristan das befremdliche Gefühl, dass er Gegenstand ihres Interesses geworden war. Jedes Mal, wenn er in den Rückspiegel sah, ruhte ihr Blick auf ihm.

»Warum sprechen Sie eigentlich so gut Englisch, Nowak?«, wollte sie plötzlich wissen.

»Meine Mutter war Engländerin«, gab Tristan knapp zurück.

»Ach, deshalb.« Josephine klang zufrieden. »Daher der britische Akzent. Ist mir gleich aufgefallen. Und sie hat einen Deutschen geheiratet?«

Tristan gab keine Antwort.

Doch Josephine gab nicht auf. Nach einer Weile beugte sie sich nach vorne und meinte: »Sie sagten, sie *war* Engländerin. Ist sie gestorben?«

»Was geht Sie das an?«, entfuhr es ihm.

»Verzeihen Sie, ich wollte nicht ...« Sie verstummte.

Er schüttelte den Kopf, ärgerlich über sich selbst. »Schon gut. Ja. Sie ist tot.«

Josephine fragte nicht weiter nach. Sie ließ sich zurück auf ihren Sitz gleiten, und als Tristan erneut in den Rückspiegel blickte, hatte sie den Blick abgewandt und schaute aus dem Fenster.

Den Rest der Fahrt verbrachten sie schweigend. Als er vor dem Nelson-Theater hielt, bemerkte Tristan eine Traube Menschen, die sich vor dem Haupteingang versammelt hatte. Er war davon ausgegangen, dass der große Trubel erst kurz vor der Premiere beginnen würde. Warteten diese Leute etwa jetzt schon auf Josephine? Auf den zweiten Blick wirkten sie allerdings nicht wie erwartungsvolle Bewunderer. Zudem schüttelten einige Passanten, die vorbeigingen, die Köpfe. Tristan begleitete Josephine zum Bühneneingang, wobei er unauffällig versuchte, sie von den Blicken der Leute am Haupteingang abzuschirmen. Am Bühneneingang erwartete sie der Hausportier, ein großer, grauhaariger Mann, der trotz seines Alters noch über eine bemerkenswert kräftige Statur verfügte. Er sah ihnen etwas besorgt entgegen, wie Tristan schien. Doch als sie bei ihm angelangt waren, schüttelte er Josephine mit seinen riesigen Pranken herzlich die Hand, und sein Gesicht legte sich in tausend winzige Lachfalten.

»Hab Se schon erwartet, Frollein Baker«, sagte er mit einer kleinen Verbeugung und fügte mit gewissem Stolz in tadellosem Englisch hinzu: »*My name is Arthur Butzke. It's a pleasure for me to meet you.*«

Josephine strahlte den Portier, der sie um fast zwei Köpfe überragte, an, und Tristan entspannte sich etwas. Bei diesem Mann war sie gut aufgehoben. Er würde nachher noch ein paar Worte mit ihm wechseln. Zunächst wollte er sich jedoch diese Leute vor dem Theater genauer ansehen.

Er verabschiedete sich von Josephine, die ihn bat, nach dem Abendessen in die Pension zu kommen.

»Ich möchte Sie der Truppe vorstellen.« Als sie sein Zögern bemerkte, zog sie eine Schnute. »Entspannen Sie sich doch mal, Nowak. Meine Freunde beißen nicht. Außerdem sind Sie doch für mich angestellt. Sie *müssen* also kommen.«

Als Tristan um die Ecke bog und auf die Menschen vor dem Theater zuging, fiel ihm auf, dass ihre Aufmerksamkeit auf die Wand des Gebäudes gerichtet war. Er folgte ihrem Blick und erschrak. In etwa zwei Meter Höhe hatte jemand mit roter Farbe etwas hingeschmiert, mit groben Pinselstrichen, aber dennoch unverkennbar: ein Affenweibchen mit grotesk großen Brüsten, das auf einer Palme hockte. Auf seinem Kopf trug es einen Reif mit einer Feder, und in der Hand hielt es eine Banane.

Tristan trat näher und sah sich um. Die Anwesenden schienen überwiegend mit dem Bild einer Meinung zu sein. Sie feixten, stießen sich gegenseitig an, und einer machte

Affengeräusche, um seine Freunde zum Lachen zu bringen. Tristan rempelte den grunzenden Mann, der den Affen gab, grob an. Als dieser sich murrend beschwerte, stieß Tristan ihn mit beiden Händen ein paarmal vor die Brust, sodass er zurücktaumelte und gefallen wäre, wenn ihn sein Hintermann nicht festgehalten hätte.

»Wär besser, du ziehst Leine«, sagte Tristan drohend. Dann hob er die Stimme und sah sich dabei herausfordernd um. »Das gilt für euch alle. Seht zu, dass ihr Land gewinnt!« Was in seinem Viertel höchstens als Auftakt für eine Schlägerei getaugt hätte, reichte hier am noblen Kurfürstendamm aus, um die Schaulustigen nach und nach zu vertreiben. Tristan starrte ihnen noch einen Moment lang zornig hinterher, dann lief er zurück zum Bühneneingang. Butzke, der Portier, sah ihn erschrocken an, als er auf ihn zugestürmt kam und ohne Umschweife fragte, ob er von der Schmiererei wusste.

»Ja. Ganz furchtbar ist dit«, antwortete er bekümmert. Wir haben schon einen Maler verständigt...«

»Das reicht nicht«, unterbrach ihn Tristan wütend. »Diese Schweinerei muss sofort verschwinden. Haben Sie mich verstanden? SOFORT!«

»Ja, natürlich. Aber der Maler ist noch nicht da«, erwiderte Butzke.

»Dann müssen wir es verbergen. Niemand soll davor stehen bleiben und es anglotzen. Und auf keinen Fall darf es Fräulein Baker zu Gesicht bekommen.«

Der Portier sah ihn betreten an. »Da ham Se recht. Das arme Frollein. So ein nettes Mädel.« Er überlegte. »Ich könnte eine Leiter und ein paar Plakate holen...«

Tristan nickte. »Schnell.«

Nachdem die beiden mit vier Plakaten kommender Aufführungen die Schmiererei verdeckt hatten, rauchten sie zusammen eine Zigarette, und Tristan bat den Portier, ein besonderes Auge auf Josephine zu haben. Warum, brauchte er jetzt nicht mehr zu erklären.

Arthur Butzke, der ganz offensichtlich einen Narren an Josephine gefressen hatte, versprach, auf sie aufzupassen. »Wie auf meinen Augapfel.« Als Tristan ihm Geld geben wollte, lehnte er fast empört ab. »Dit is mir 'ne Ehre.«

Von der Gedächtniskirche her schlug es halb eins. Es wurde langsam Zeit für seine Einkaufstour mit Helene und Doro. Widerstrebend verabschiedete sich Tristan von Butzke, der ihm noch einmal beteuerte, dass Josephine bei ihm gut aufgehoben sei, und ging zu seinem Wagen.

Wie erwartet stürzten sich Helene und Doro mit Begeisterung in das Gigolo-Projekt, wie Doro es trotz Tristans Protesten nannte. Sie nötigten ihm nicht nur einen sündhaft teuren Anzug und zwei neue Hemden auf, sondern auch einen Mantel, einen dunklen Filzhut, eine Krawatte und ein Paar elegante Schuhe. Außerdem bestanden sie darauf, dass er sich die Haare schneiden ließ. Als Dankeschön fiel für Helene eine Handtasche aus mauvefarbenem Tüllstoff und für Doro eine ellenlange Kunstperlenkette nebst Ohrringen ab.

Als Tristan mit Paketen beladen zurück in den Boxclub kam, war es bereits später Nachmittag und der Laden gut besucht. Ein paar Männer trainierten an den Sandsäcken, zwei kämpften im Sparring, andere standen herum, rauchten und unterhielten sich. Tristan wusste, dass es für manche die einzige Zeit des Tages war, an denen sie im Winter im Warmen waren.

Freddy stand gerade bei einem jungen Burschen am Sandsack und redete auf ihn ein. Es war Rudko Franzen, und Freddy hielt ihn für den kommenden Boxchampion. Tristan war seiner Meinung, der sechzehnjährige Roma, der mit seiner vielköpfigen Familie in einer Einzimmerwohnung in einem der Hinterhöfe in der Münzstraße hauste, war schnell und taktisch geschickt. Er hatte auch schon mit ihm trainiert und fand, der Junge gehöre eigentlich in einen der offiziellen Boxställe der Stadt, um richtig gefördert zu werden. Doch von denen nahm niemand Zigeuner auf, egal, wie gut sie boxen konnten.

Jetzt hatte Freddy Tristan bemerkt und grüßte zu ihm herüber. Sie hatten sich seit der Prügelei noch nicht gesehen. Nach dem unerwarteten Zusammentreffen mit seinem Onkel war Tristan gestern nur kurz vorbeigekommen, um sich zu waschen und umzuziehen, und danach zum Bahnhof gefahren. Freddy folgte ihm, als er ins Hinterzimmer ging, wo er seine Pakete und Papiertüten aufs Bett stellte und sich eine Zigarette anzündete.

»*KaDeWe?*«, las sein Freund. »Hab ich was verpasst?«

Tristan ließ sich neben den Paketen auf das Bett fallen und lehnte sich mit dem Rücken gegen die Wand. »Du ahnst gar nicht, was alles.«

Freddy zog einen Stuhl heran und setzte sich. »Tut mir leid wegen der Polente vorgestern. Dass sie dich geschnappt haben. Haste Ärger bekommen?«

»Nein. War halb so wild.« Tristan entschied sich, seinem Freund vorerst nichts von der Begegnung mit seinem Onkel und dem Auftrag zu erzählen. Er und Freddy kannten sich seit dem Krieg und hatten viel miteinander durchgemacht. Dennoch wusste Freddy kaum etwas über Tristans Leben vor dem Krieg, vor allem nichts über seine Familie. Freddy, der ein paar Jahre älter als Tristan war, kam aus Köpenick, war der jüngste von sechs Söhnen und zwei Töchtern einer lärmenden, chaotischen Großfamilie. Der Vater und mehrere Brüder arbeiteten in den Borsig-Werken in Tegel, die Dampfmaschinen und Lokomotiven herstellten, und sie alle waren überzeugte Sozialisten, was auch auf den eigentlich eher unpolitischen Freddy abgefärbt hatte. Tristan war sich daher nicht sicher, wie sein Freund reagieren würde, wenn er erführe, dass der Onkel seines Freundes ein waschechter Graf war.

Freddy hatte Tristan als Jan Nowak kennengelernt. Das war der Name, mit dem Tristan sich kurz nach Kriegsbeginn die Einberufung erschlichen hatte, indem er ihn einem vor Angst schlotternden Kerl von knapp achtzehn abgekauft hatte, der sich lieber hinter dem Rockzipfel seiner Mutter versteckte, als zu kämpfen, wie er damals verächtlich gedacht hatte.

Als Jan Nowak war er kriegsbegeistert abgereist, heimlich und ohne sich von seinen Eltern zu verabschieden. Nur einen eilig geschriebenen Brief hatte er ihnen hinterlassen, nicht ahnend, dass er sie nie mehr wiedersehen würde.

Obwohl Tristan Freddy von seinem Betrug erzählt und ihm in einer jener endlosen Nächte unter Sperrfeuerbeschuss im Schützengraben auch seinen richtigen Vornamen verraten hatte, hatte er nie die ganze Wahrheit gesagt. Und Freddy hatte nicht nachgehakt. Es schien nicht wichtig zu sein, wie einer früher geheißen hatte, wenn man nicht wusste, ob man die nächsten Stunden überlebte.

Nach dem Krieg, als er feststellen musste, dass alles, was sein Leben einst ausgemacht hatte, in Scherben lag, behielt Tristan den Nachnamen Nowak. Er wollte nichts mehr mit der Familie zu schaffen haben, von der er seinen eigentlichen Nachnamen hatte, wollte seine Herkunft ausmerzen und alles, was war, vergessen. Seine Eltern waren beide tot, es war niemand mehr übrig, dem er sich noch verbunden gefühlt hätte. Er stellte sich nur noch als Nowak vor. Der

Vorname des anderen, Jan, verkümmerte zu drei nichtssagenden Buchstaben auf dem Papier, jenem verhängnisvollen Einberufungsbefehl, den Tristan bis heute aufbewahrt hatte, und auch sein tatsächlicher Vorname, den niemand mehr benutzte, geriet nach und nach in Vergessenheit. Hin und wieder nahm er das brüchig gewordene Papier zur Hand, faltete es vorsichtig auseinander, las die amtlichen Worte, die er inzwischen auswendig kannte, und der alte Hass auf sich selbst, die Wut über seine Naivität und seinen Egoismus nahm ihm noch immer schier den Atem. Irgendwann würde er den vergilbten Fetzen wegwerfen. Aber noch war es nicht so weit. Noch brauchte er ihn, und sei es nur, um sich selbst zu bestrafen.

»Gut, dass du noch aufgetaucht bist.« Freddy war Tristans Zögern nicht aufgefallen. Er grinste. »Hätte mich ganz schön in Schwulitäten gebracht, wenn die Polente dich länger eingebuchtet hätte.«

»Wieso?«

»Weil du boxen musst.«

»Wann?«

»Heute Nacht.«

Tristan lachte auf. »Vergiss es.«

»Hans ist gestern vom Gerüst gefallen. Hat sich den Arm gebrochen.«

Hans Gatzkowski, »der Hammer«, wie sein Spitzname lautete, war einer ihrer besten Boxer.

»Dann soll eben jemand anders ran. Sind doch genug da.« Tristan deutete zur Tür, durch die dumpf die Schläge der trainierenden Männer drangen.

»Das geht nicht. Rudi will dich, das hat er gleich gesagt, als ich ihm gesagt habe, dass der Hammer ausfällt. Sonst lässt er die Sache platzen, und wir beide stecken bis zum Hals in der Scheiße.«

Tristan richtete sich auf. »Rudi Maschke? Die Dampfwalze?«

Freddy nickte. »Du weißt doch. Der giert schon seit Langem auf 'ne Revanche.«

Tristan verzog das Gesicht. Sein letzter Boxkampf mit Rudi Maschke lag ein paar Monate zurück. Obwohl er damals gewonnen hatte, war ihm der Abend nicht in guter Erinnerung geblieben. Die Polizei war kurz nach Ende des Kampfes aufgetaucht und hatte die Veranstaltung aufgelöst; das Ganze hatte in Tumulten geendet.

»Springt auch einiges für uns raus«, sagte Freddy jetzt. »Die Quoten sind erste Sahne.«

Tristan zögerte noch immer. Rudi Maschke war ein dumpfer, bulliger Typ mit Stiernacken, der zwar über erhebliche Kraft verfügte, aber eher schwerfällig und einfallslos kämpfte. Dennoch war er nicht zu unterschätzen. Er hieß nicht umsonst Dampfwalze. Wo er traf, wuchs kein Gras mehr.

Freddy stand auf, beugte sich vor und klopfte Tristan auf den Oberschenkel. »Mensch, den klatschst du doch weg wie nix.«

Er gab nach. Im Grunde blieb ihm nichts anderes übrig. Es war schließlich auch sein Geschäft. »Wann und wo?«

Freddy nannte ihm eine Adresse ganz in der Nähe. »Zeit wie üblich, um Mitternacht.«

Tristan nickte. »Aber danach ist erst mal eine Weile gut. Ich werde in nächster Zeit viel unterwegs sein.«

Freddy kniff die Augen zusammen. »Was treibst du denn so Wichtiges?«

»Erzähl ich dir ein anderes Mal.«

»Es ist 'ne Frauengeschichte, oder?« Freddy hatte strohblonde Haare und ein rundes, spitzbübisches Gesicht, das jetzt, als er grinste, noch ein wenig breiter wirkte. Er warf erneut einen Blick auf Tristans Einkäufe. »Jetzt kapier ich das. Du hast dir eine Nobelschnecke aufgerissen und machst nun einen auf feiner Pinkel. Nix mehr mit Fannys Mädels. Die Ärmsten werden dich vermissen. Aber ich werd sie schon trösten. Am liebsten alle auf einmal. Halleluja!« Er warf eine Kusshand in Richtung Himmel.

Tristan schüttelte den Kopf. »Keine Frau«, sagte er. »Also nicht, was du denkst. Ich hab nur was zu erledigen.«

»Aha. Na, wenn du das sagst.« Freddy fragte nicht weiter nach. »Kannst mir ja heute Abend bei 'nem Bier erzählen. Ich lad dich ein. *Nachdem* du gewonnen hast, versteht sich.« Er warf seinem Freund einen letzten prüfenden Blick zu und schüttelte dann den Kopf. »Ich verwette den Dackel meiner Oma drauf, dass das 'ne Frauengeschichte ist.«

Tristans Miene blieb unbewegt. »Bis heut Nacht, Freddy.«

10

Willy Ahl machte seine übliche Runde über den Kiez. Wenn seine Zeit es zuließ, spazierte er zweimal am Tag, vormittags und nachmittags, durch die Straßen seines Reviers, das er kannte wie seine Westentasche. Gegen vier gönnte er sich dann meist eine kleine Pause in einer Mokkadiele nicht weit von der Wache, wo ein hübsches Mädchen hinter der Theke stand. Er trank einen Mokka, sah dem Mädel dabei zu, wie sie mit der Kaffeemaschine hantierte, und plauderte ein paar Worte mit ihr. Das war seine tägliche Dosis Weiblichkeit, neben seiner Schwester, die nicht zählte, und sie reichte ihm, dem eingefleischten Junggesellen, vollkommen.

Heute war er allerdings nicht sehr gesprächig gewesen, und dem Mädchen war es sogar aufgefallen. »Sie sind ja gar nicht anwesend, Herr Schupo«, hatte sie gesagt und gelacht. Und sie hatte recht. Noch immer trieb ihn der junge Mann von gestern um. Der mit dem Grafen-Onkel. Er kam einfach nicht drauf, wo er ihn schon einmal gesehen hatte. Ihn störten solche offenen Fragen und vor allem solche, wo er die Lösung auf der Zunge zu haben glaubte. Während er gemächlich weiter seine Runde machte und dabei mal hierhin, mal dorthin grüßte, einem Bettler einen Groschen in die Hand drückte und einem kleinen Mädchen eine Schachtel Streichhölzer abkaufte, grübelte er weiter darüber nach. Es erschien ihm irgendwie bedeutsam, ohne dass er sagen konnte, weshalb. Es gab so viele von dieser Sorte. Junge Männer, die sich in der Stadt durchschlugen mit allem Möglichen, Geschäfte machten mit diesem oder jenem, halb legal oder illegal. So schätzte er auch ihn ein. Eigentlich nicht der Rede wert. Wenn er sich um sie alle kümmern würde, hätte er wahrlich viel zu tun. Doch seine Gedanken hatten sich an diesem jungen Mann festgehakt. Das Gesicht kannte er, die roten Haare, den aggressiven Blick. Wieso hatte er nur nicht seinen Namen aufgenommen? Er wusste schon, weshalb: In der Nacht war der Bursche zu betrunken gewesen, um noch einen vernünftigen Satz herauszubringen, und als der Graf dann da war, hatte er sich nicht mehr getraut. Was ihn ziemlich wurmte. Er hatte es nicht gern, wenn er sich selbst dabei ertappte, dass er sich von solchen Adelsschnöseln und ihresgleichen ins Bockshorn jagen ließ. Wie dem auch sei, er hatte ihn nicht notiert, und jetzt ging ihm die Sache noch immer im Kopf herum. Solche Dinge konnten Willy Ahl oft tagelang beschäftigen. Er war ein Mensch, der gerne Ordnung hielt. Auf seinem Schreibtisch ebenso wie in seinem Kopf. Fehlende Knöpfe, verlegte Schlüssel, einmal gehörte Stimmen, diffuse Gerüchte, fehlende Zusammenhänge, all das machte ihn unruhig und sorgte mitunter sogar für eine schlaflose Nacht.

Es begann zu schneien, und in kürzester Zeit bedeckte eine zarte weiße Schneeschicht den Bürgersteig. Sie wurde sofort zu Matsch zertrampelt, von Schuhen, Fahrrädern, Kinderwägen, Hundepfoten, und doch schien der Schnee die Betriebsamkeit der Straße ein wenig zu dämpfen. Der Schnee fiel in dicken, weichen Flocken auf die Gaslaternen, die jetzt aufflammten, die U-Bahn-Schilder, Geländer und Fenstersimse. Eine alte Frau in einem schwarzen Mantel und einem wollenen Schultertuch kauerte in einem Hauseingang, einen Bauchladen mit Zigaretten auf dem Schoß. Neben ihr schlief ein Hund. Ihr Kinn war auf die Brust gesunken, sie war offenbar ebenfalls eingeschlafen, und die Schneeflocken legten sich auf ihre grauen Haare. Ahl bückte sich zu ihr hinunter und rüttelte sie sanft an der Schulter. Sie schrak hoch, und er war erleichtert. Hin und wieder hatte er schon Leute zu wecken versucht, die auf Bänken lagen oder in dunklen Ecken hockten, die nicht mehr zu wecken waren. Die Frau jedoch war noch am Leben. Sie blinzelte verwirrt, und Ahl sah an ihrem milchigen Blick, dass sie blind war. Er sprach sie vorsichtig an, bot ihr an, sie nach Hause zu bringen, doch sie lehnte ab. Mühsam rappelte sie sich mit seiner Hilfe hoch und schlurfte davon, der Hund trottete an der Leine neben ihr her.

Er sah ihr nach und fragte sich, wo sie wohl wohnen mochte. Ob sie überhaupt eine Bleibe hatte, Kohle zum Heizen, eine warme Suppe, einen Kanten Brot. Seine Schwester Ilse hatte ihm heute Morgen, als sie vom Arzt kam, erzählt, dass der Doktor ein Schild im Wartezimmer aufgehängt hatte, auf dem er jeden Patienten darum bat, ein Brikett mitzubringen, um das Wartezimmer heizen zu können, und er war froh darüber, dass es bei ihm auf der Wache wenigstens warm war. Während er noch über die alte blinde Frau nachsann, fiel sein Blick auf die Litfaßsäule direkt vor ihm. Dort klebte ein Aufruf zu einer Versammlung der NSDAP, die den Wachtmeister augenblicklich wütend machte. Seiner Meinung nach hätte man diesen kleinen, schreienden Österreicher nach seinem Putschversuch dort unten in Bayern vor drei Jahren eigentlich noch eingesperrt lassen oder aber gleich für immer aus Deutschland rauswerfen sollen. Stattdessen hatte er im letzten Jahr frech ein Buch veröffentlicht und schickte sich jetzt an, seine Partei wieder groß zu machen. Blieb zu hoffen, dass dieser Versuch ebenso scheiterte wie dieser Putsch.

Daneben hing ein weiteres Plakat, das groß aufgemacht einen Boxkampf im Sportpalast ankündigte. In diesem Moment traf ihn die Erkenntnis wie ein Blitz.

***

»Nowak!«, rief Willy Ahl ihm schon vom Eingang aus zu.

Hermann Gille hob überrascht den Kopf. Er war gut zwanzig Jahre jünger als sein Chef und groß und dünn. Außerdem verfügte er über einen grotesk hervorstehenden Adamsapfel, der, wenn er erregt war, zu zittern und hüpfen begann, als ob er lebendig wäre. Sie gaben ein komisches Gespann ab: der kleine, runde Willy Ahl mit seinem Walrossschnauzer und der Gelassenheit des Alters und daneben die nervöse, zappelige Bohnenstange Hermann Gille.

»Was ist los?«, fragte Gille.

Willy Ahl legte den Tschako aufs Fensterbrett und strich seine spärlichen Haare glatt. Dann zog er schnaufend seine Uniformjacke aus. Der feuchte Wollstoff roch nach nassem Hund. »Gille, erinnern Se sich an die Prügelei vorgestern? Ich hab doch erzählt, dass dieser junge Kerl am Morgen danach von 'nem Grafen abgeholt wurde.«

Gille nickte vage. Ahl hatte ihm die Geschichte erzählt, als er mittags zum Dienst gekommen war, doch er hatte nicht richtig zugehört. Er war, wie sein Vorgesetzter auch, fast die ganze Nacht im Einsatz gewesen, und als er am frühen Morgen nach Hause gekommen war, um sich noch ein paar Stunden aufs Ohr zu legen, hatte seine Mutter am Tisch gesessen und geweint, und er hatte sich um sie kümmern müssen. Sie war nicht mehr ganz richtig im Kopf, seit der Vater sich mit dem Karabiner in ihrem gemeinsamen Schlafzimmer den Kopf weggeschossen hatte. Er hatte den

Krieg nicht gut überstanden. War zu schwach gewesen, um mit allem fertigzuwerden. Dabei war er nicht einmal verwundet worden.

Hermann hatte seiner Mutter das Gesicht gewaschen und sie wieder ins Bett gebracht, wo er an der Kante sitzen geblieben war, bis die Sonne schon über den Dächern der düsteren Mietskasernen von Moabit stand. Zurück im Dienst war er deshalb so müde gewesen, dass er fast im Stehen eingeschlafen wäre. Ahls Geschichte von den drei Betrunkenen in der Arrestzelle hatte ihn einen feuchten Furz interessiert.

»Ick hab mir die ganze Zeit den Kopf darüber zerbrochen, woher ick das Gesicht des jungen Kerls kenne«, sagte Willy Ahl nun, als er sich ächzend hinter seinen Schreibtisch setzte. »Ick war mir sicher, dass ich den schon irgendwo einmal gesehen hatte.«

»Mmhja«, murmelte Hermann Gille gelangweilt. Er verstand nicht, wieso sich Ahl immer so lange mit irgendwelchem Kleinkram beschäftigte. In einer Polizeistation wie dieser passierte nie etwas Aufregendes, nur kleine Diebstähle, Prügeleien, Betrunkene, Bettler, Huren und dieser ganze elende Kram. Sie beide waren nur dafür gut, jede Nacht aufs Neue den Bodensatz der Stadt aufzukratzen. Im Grunde waren sie nichts anderes als Müllmänner.

Anders als Willy Ahl sah Hermann Gille darin nicht seine Lebensaufgabe. Er wollte hier raus, so schnell wie möglich. Wollte etwas werden. Etwas bewirken. Er hatte das Zeug dazu, das wusste er. Deshalb war er vor Kurzem auch Mitglied dieses Vereins geworden. Wehrsportgruppe Pfeiffer. Die Männer dort hatten Ehrgeiz. Und Visionen. Er brauchte nur an die Treffen zu denken, und ihm wurde heiß vor Freude. Die Reden, die sie hielten, die Worte, die sie wählten, trafen ihn direkt ins Herz. Sie sprachen direkt zu ihm. Sie kannten ihn, wie ihn niemand sonst kannte. Er hatte es vom ersten Moment an gespürt. Seine Hand tastete nach dem kleinen silbernen Abzeichen, das er unauffällig am Kragen seiner Uniform trug. Es sah aus wie ein spiegelverkehrtes Z, und es machte ihn unfassbar stolz, es zu tragen. Fremde Abzeichen an der Polizeiuniform waren natürlich verboten, Ahl hatte es aber noch nicht bemerkt, oder, wenn er es bemerkt hatte, hatte er nichts gesagt.

»... kann mir einfach nich vorstellen, wie der mit diesem Seidlitz zusammenhängt...«, sagte Ahl gerade.

Gille klinkte sich wieder ein. Diesen Namen hatte er schon mal gehört. Auf einer der Vereinsversammlungen. »Graf von Seidlitz?«, fragte er nach.

»Ja, sag ick doch. Der Graf von gestern.« Willy Ahl nahm die Visitenkarte, die er in seiner Schreibtischschublade verwahrt hatte, und reichte sie seinem Kollegen. »Diplomat«, sagte er, halb ehrfürchtig, halb abschätzig.

Hermann Gille musterte die edle Karte, und sein Adamsapfel begann zu zittern. Mit Sicherheit gab es keine zwei Männer in Berlin mit dem gleichen Titel und dem gleichen Namen. Es war keine Verwechslung möglich. Er war es. *Der Rote Graf.* So hatte ihn der Redner auf der Versammlung voller Verachtung genannt. Ein Nestbeschmutzer. Vaterlandsverräter. Männer wie er hatten die Schmach von Versailles zu verantworten. Sie waren schuld daran, dass sein Vater tot war und seine Mutter den ganzen Tag aus dem Fenster starrte.

Seine Finger zitterten leicht, als er die Visitenkarte musterte. »Und was war jetzt mit dem jungen Mann, der von ihm abgeholt wurde?«, fragte er und bemühte sich, nicht allzu interessiert zu klingen.

»Hören Se nicht zu, Gille, oder was?«

»Ich war gerade abgelenkt. Tut mir leid. Erzählen Sie es mir bitte noch einmal.«

»Mir ist wieder eingefallen, woher ick den kenne.«

»Ja? Und woher?«

»Er heißt Nowak.«

Gille hob den Kopf. Irgendetwas klingelte bei ihm, doch er kam nicht drauf. Willy Ahl half ihm auf die Sprünge.

»Erinnern Se sich denn nicht an diese Boxveranstaltung vor ein paar Monaten? Wir haben versucht, das Spektakel aufzulösen, aber wir waren zu wenige ...« Gille überlegte. »Ja, doch. Das war in der alten Fabrikhalle hinter dem Oranienburger Tor. Die Leute haben getobt. Es war das totale Chaos.«

Ahl nickte. »Nowak hat jewonnen. Und da gab es noch so 'nen Blonden, der det Janze vermutlich organisiert hatte, uns aber am Ende entwischt ist, wie alle anderen auch.«

»Schimek«, sagte Gille, der jetzt im Bilde war, voller Verachtung. »Ein dreckiger kleiner Kommunist, soviel ich weiß. Treibt sich viel am Schwarzmarkt an der Münzstraße herum.«

»Der Name war mir entfallen. Aber Sie haben recht. Schimek heißt der. Schimek und Nowak. Die sollen doch so 'nen Boxstall im Scheunenviertel haben.« Willy Ahl nickte noch einmal und sah sehr zufrieden mit sich und der Welt aus.

Bei Gille dauerte es noch eine Weile, bis der Groschen fiel, doch als es so weit war, begann sein Adamsapfel erneut nervös zu hüpfen. »Sie meinen, dieser rothaarige, tollwütige Hund, der den anderen fast totgeschlagen hat, ist ein Freund des Grafen von Seidlitz?«

»Na ja, er hat ihn k. o. geschlagen«, schränkte Ahl ein. »Det is nu mal üblich bei solchen Veranstaltungen. Immerhin war's 'n Boxkampf.«

»Aber ein illegaler«, ereiferte sich Gille. »Ohne Regeln. Die gehen aufeinander los wie die Tiere.«

Sein Vorgesetzter musterte ihn scheinbar mit mildem Spott. »Wenn Boxkämpfe det Einzije wär, wo sich die Menschen wie die Tiere benehmen, würden wa im Paradies leben.«

»Was soll das nun schon wieder heißen?«, fragte Gille scharf.

»Nüscht weiter. Aber vergessen Se nicht, wir haben gerade einen Krieg hinter uns.«

»Das kann man doch nicht vergleichen!«, empörte er sich und spürte, wie ihm heiß vor Entrüstung wurde. »Da sind ehrbare Männer den Heldentod gestorben.«

Ahl begann zu lachen. Er lachte so lange und so heftig, dass ihm die Tränen kamen. Gille musterte ihn irritiert. War es möglich, dass Ahl am Ende ein verkappter Liberaler war? Er warf erneut einen Blick auf die feine Visitenkarte in seiner Hand und schob sie dann unauffällig in die Brusttasche seiner Jacke.

11

Die Köthener Straße, in der der Graf wohnte, befand sich im sogenannten Geheimratsviertel, unweit des Potsdamer Platzes. Als Kind hatte Tristan seinen Onkel, der eigentlich sein Großonkel war, dort oft besucht, und er erinnerte sich vage daran, wie er an der Hand seiner Mutter vom Landwehrkanal kommend die Straße entlanggegangen war. Seitdem war er nicht mehr hier gewesen. Er lebte schon so viele Jahre buchstäblich auf der anderen Seite der Stadt, dass er die prunkvoll gestalteten Villen und protzigen Bürgerhäuser, die als Kind für ihn völlig normal gewesen waren, jetzt mit zunehmendem Widerwillen registrierte. Makellos weiße und hellgraue Fassaden, verschnörkelte Eisenbalkone, große, geschwungene Fenster. Der Reichtum und die Selbstgerechtigkeit der Bewohner drangen aus jeder Mauerritze, grinsten ihm von jeder der blumigen Bordüren und stilisierten Blattranken entgegen, die sich an den Fassaden entlangzogen wie goldene Geschenkbänder.

Tristan hatte das Auto etwas entfernt geparkt, um nicht aufzufallen, falls sein Onkel zufällig aus dem Haus kommen sollte. Ihm wollte er heute nicht begegnen.

Es dämmerte bereits und schneite noch immer heftig. Tristan zog sich in einen geschützten Hauseingang zurück. Zum Glück musste er nicht lange warten, bis ein Mann das

Haus verließ, der Tristans Vorstellung von einem Privatsekretär nahekam: Er war etwa Anfang dreißig, hatte dunkel gelockte, etwas zu lange Haare, trug einen eleganten Mantel und einen modischen, breitkrempigen Hut. Als er kurz stehen blieb, um den Kragen seines Mantels nach oben zu schlagen, sah Tristan, dass er ausgesprochen gut aussehend war.

Tristan ließ den Mann vorübergehen, dann folgte er ihm eine Weile gemächlich und mit einigem Abstand. Erst als er in einen Tabakladen gehen wollte, schloss er rasch auf und trat hinter ihn.

»Englische Zigaretten wirst du hier nicht kriegen«, sagte er.

Der Mann zuckte sichtlich zusammen, als so plötzlich das Wort an ihn gerichtet wurde. Er drehte sich um, und seine Augen weiteten sich überrascht. »Tristan!«, platzte er heraus.

Sofern Tristan noch Zweifel gehabt hatte, dass es sich bei dem Mann tatsächlich um den Sekretär des Grafen handelte, waren sie damit beseitigt.

Paul Ballin war nicht nur gut aussehend. Die Schönheit seines Gesichts hatte etwas Unwirkliches, wie das Gemälde eines alten Meisters, und Tristan dachte bei sich, dass dieser Bursche mit Sicherheit nicht nur der Sekretär seines Onkels war.

Nach einem Moment unbehaglichen Schweigens sagte Paul Ballin: »Wenn Sie zu Ihrem Onkel wollen, er ist zu Hause.« Er deutete mit seiner behandschuhten Hand die Straße hinunter.

Tristan schüttelte den Kopf. »Ich wollte zu dir, Paul.«

Paul hob die Brauen. »Tatsächlich?«, erwiderte er gedehnt. »Und warum, wenn ich fragen darf?«

»Wo kann ich Mara finden?«

Paul schob die Hände in die Taschen seines Mantels und warf Tristan einen kühlen Blick zu. »Wozu?«

»Ich muss mit ihr sprechen.«

»Ich glaube nicht, dass das nötig ist. Der Graf hat Ihnen doch sicher...«

»Was nötig ist und was nicht, entscheide ich«, unterbrach ihn Tristan ungehalten.

»Das sehe ich nicht so«, widersprach der Sekretär und richtete sich demonstrativ ein wenig auf. Er war etwa genauso groß wie Tristan, aber um einiges schmaler gebaut. »Ihre Aufgabe ist es, sich um das Fräulein Baker zu kümmern, und nicht, irgendwelchen Leuten hinterherzuschnüffeln...«

Er verstummte, als Tristan ruckartig das Kinn hob.

»Hast du mich gerade einen Schnüffler genannt?«

Paul wich einen Schritt zurück. »Nein. Also, ich habe das nicht so gemeint. Ich dachte nur...«

»Ah. Du dachtest nur. Immer gut, wenn jemand mitdenkt.« Tristan legte ihm scheinbar freundschaftlich seinen Arm um die Schulter und packte ihn dabei hart an der Schulter. Er spürte, wie sich der Sekretär unter seinem Griff versteifte. »Komm. Lass uns gehen.«

Paul rührte sich nicht von der Stelle. »Wohin?«, fragte er.

»Zu meinem Onkel. Er soll klären, wer hier was zu tun und zu lassen hat.«

Paul schüttelte den Kopf. »Ich glaube, wir müssen den Grafen nicht deswegen bemühen«, sagte er, und es klang eher resigniert als ängstlich.

Tristan ließ ihn los. »Ach, nein?«

Paul zuckte mit den Schultern. »Sie können Mara heute Abend treffen. Da hat sie frei. Sie wird im *Papagei* sein. Das ist eine Bar in der...«

»Ich weiß, wo das ist«, unterbrach ihn Tristan. Ohne ein

weiteres Wort wandte er sich ab. Er hatte erfahren, was er wissen wollte. Doch Paul rief ihn zurück. »Tristan?«

Unwirsch drehte er sich zu ihm um. »Ist noch was?«

Paul räusperte sich. »Ich wäre Ihnen zu großem Dank verpflichtet, wenn Sie Details, die Mara betreffen, für sich behalten würden. Sie ist... Also, ich mag Mara sehr, und sie hat nicht verdient, dass man... dass jemand...« Er wurde leiser, und der Rest des Satzes verlor sich im heftiger werdenden Schneegestöber.

Tristan verstand nicht ganz, was Paul mit Details meinte, doch es schien ihm, als sei der hübsche Sekretär im feinen Zwirn zweigleisig unterwegs, und davon sollte sein Onkel nichts wissen. »Ganz deiner Meinung. Wir sollten den Grafen nicht mit zu vielen Details belästigen. Das gilt auch für unser kleines Gespräch, oder wie siehst du das?«

Als Paul langsam nickte, klopfte Tristan ihm auf die Schulter. »War nett, dich kennengelernt zu haben.«

Erst als er nach Hause fuhr, fiel ihm auf, dass Paul Ballin ihn augenblicklich erkannt hatte. Er fragte sich, wie das möglich war. Sie waren sich noch nie zuvor begegnet.

12

Als Tristan später am Abend vor Josephines Pension hielt und aus dem Wagen stieg, hatte es zu schneien aufgehört, doch es war kalt, und der am Nachmittag gefallene Schnee war in der wenig befahrenen Straße liegen geblieben. Die Gaslaternen tauchten das leicht bucklige Kopfsteinpflaster in ein trügerisch warmes Licht. Er sah sich aufmerksam um, dachte an den schwarzen Mercedes von gestern Nacht, aber niemand war zu sehen, und kein Auto stand am Straßenrand außer seinem Horch. Er ging rasch durch den Vorgarten, wo der Schnee unter seinen Schuhen knirschte, doch als er vor der wuchtigen Haustür unter einem von zwei Säulen getragenen Portikus stand, zögerte er kurz, bevor er die Klingel drückte.

Als niemand öffnete, drückte er versuchsweise gegen die Tür und bemerkte mit einigem Missfallen, dass sie nur angelehnt war. Jeder, ob Freund ob Feind, konnte also einfach ein und aus gehen.

Er trat in den hell erleuchteten Eingangsbereich. Zahlreiche Mäntel und Hüte hingen an den Garderobenhaken, Winterschuhe standen darunter aufgereiht. Kleine Wandlampen tauchten die Holzvertäfelung in warmes Licht. Es roch nach Kaminfeuer, Tabak und Gebratenem, offenbar dem Abendessen. Tristan sah, wie ein dralles Dienstmädchen mit Schürze und Häubchen in dem großen Zimmer zu seiner Rechten gerade die Tische abräumte. Sie blickte auf, als sie ihn bemerkte.

Er stellte sich als Besucher der Künstlertruppe vor, und sie deutete auf die große Flügeltür zu seiner Linken. Die Gäste seien alle bereits in den Salon umgezogen, erklärte sie. Und tatsächlich drangen von dort Stimmen und Gelächter heraus. Tristan bedankte sich, blieb dann aber erneut einen Moment vor der Tür stehen. Er war nicht schüchtern, aber kein großer Freund größerer Gesellschaften, vor allem, wenn er die Leute nicht kannte. Oberflächliches Geplauder, Austausch von Höflichkeiten, Erzählen harmloser Witze, das alles lag ihm nicht. Er hatte in den letzten Jahren weder Gelegenheit noch das Bedürfnis gehabt, sich auf gesellschaftlichem Parkett zu beweisen, und er hatte keine Erfahrung im Umgang mit Künstlern. Noch dazu amerikanischen, die geradewegs aus Paris kamen.

Er beherrschte zwar außer Englisch auch Französisch, doch das war ziemlich eingerostet. Er hatte es auf dem noblen Gymnasium gelernt, das er auf Wunsch seines Vaters besucht hatte, und war damals sogar für mehrere Monate in Frankreich gewesen. Seither hatte er es jedoch kaum mehr gesprochen. In den Kreisen, in denen er als Nowak verkehrte, sprach kein Mensch Französisch.

Er zupfte an seinem alten Hemd – für seine Pläne an diesem Abend war die neue Kleidung zu fein – und straffte die Schultern. Dann öffnete er die Tür und trat in einen gediegen eingerichteten Raum mit einem großen Erker, der zum Vorgarten hinausging. Ein großer Perserteppich bedeckte den Parkettboden, und an den dezent gestreift tapezierten Wänden hingen Porträts ernst dreinschauender Männer neben Stadtansichten von Berlin. Es gab ein Klavier und einen offenen Kamin, in dem ein Feuer knisterte, und auf einer mit einem Spitzendeckchen bedeckten Kommode thronte wie ein Buddha ein großes Radio. Tristan berührte die Einrichtung eigentümlich. Der Salon in dem Haus seiner Kindheit war ähnlich eingerichtet gewesen. Ungebetene Erinnerungen tauchten auf, an das Klavierspiel seiner Mutter, Vögel vor dem Fenster, die Schläge der alten Standuhr, selbstvergessene Spiele mit Zinnsoldaten auf dem Teppich vor dem Kaminfeuer.

Unwirsch schüttelte er den Kopf, und die Bilder verflüchtigten sich. Während er sich nach Josephine umsah, wurde ihm plötzlich klar, dass alle Menschen in dem Raum schwarz waren. Es war im Grunde natürlich keine Überraschung, dass eine *Revue nègre* nicht von Weißen aufgeführt wurde, dennoch war es wie ein Schock, so viele Schwarze auf einmal zu sehen. Und der einzige Weiße im Raum zu sein. Zum ersten Mal in seinem Leben wurde er sich seiner eigenen Hautfarbe bewusst, über die er bisher nie nachgedacht hatte.

Die Künstler waren ausgesprochen extravagant gekleidet, mit Karohosen, getüpfelten Kleidern, auffallenden Krawatten. Die Männer trugen spitze zweifarbige Schuhe und die Frauen hohe Pumps und Schnürstiefeletten aus farbigem Leder. Ein schlanker, großer Mann in einem flaschengrünen Anzug legte, wie nebenbei, einen kleinen Stepptanz hin, während er mit einer imposanten Frau in einem rosa Kleid sprach. Ein anderer, in dunklem Anzug und Krawatte, der etwa in Tristans Alter war, begann, Klarinette zu spielen, und selbst Tristan, der wenig Ahnung von Jazz hatte, erkannte augenblicklich, dass er ein Meister seines Fachs sein musste. Während die klaren, eindringlichen Töne noch durch den Raum schwebten, setzte sich der Mann im grünen Anzug an das Klavier, nahm die melancholische Melodie der Klarinette auf und verwandelte sie in einen flotten Ragtime, der alle im Raum zum Wippen und Tanzen brachte. Nach einer Weile begann die Frau im rosa Kleid dazu zu singen, und Tristan hatte das Gefühl, diese Art von Musik, die in den Kneipen, in denen er verkehrte, durchaus gespielt wurde, zum ersten Mal zu hören. Es klang vollkommen anders, lebendiger, spontaner und auf eine Art selbstverständlich, die ihn irritierte. Er fühlte sich plötzlich zutiefst fremd, irgendwie sperrig, steif und staubig, wie ein ausrangiertes Möbelstück, das ganz und gar unpassend im Weg stand. Langsam trat er den Rückzug an. Er hatte hier nichts zu suchen.

»Guten Abend!« Vor ihm stand, wie aus dem Boden gewachsen, Josephine und schenkte ihm ein strahlendes Lächeln. Sie trug ein himmelblaues Kleid, das ihr locker über die Hüften fiel, und einfache, flache Schuhe. Ihre kurzen Haare waren glatt zurückgekämmt. Außer kleinen Perlen in den Ohren trug sie keinen Schmuck. »Ich dachte schon, Sie kommen nicht mehr.«

Ihm gelang es, ihr Lächeln zu erwidern, wenngleich etwas mühsam. »Aber sicher. So war es doch ausgemacht.«

Sie nickte und bedeutete ihm, mitzukommen. »Ich stelle Sie meinen Freunden vor.«

»Alle mal herhören!«, rief sie laut in die Menge, und als die Musik verstummt war und sie die Aufmerksamkeit aller hatte, verkündete sie: »Das ist Nowak. Er hat mich gestern vom Bahnhof abgeholt, und danach haben wir die besten Würstchen gegessen und das beste Bier der Welt zusammen getrunken. Und jetzt sind wir beste Freunde.« Sie sah ihn an und flüsterte: »Das sind wir doch, oder?«

Er nickte, ein wenig überrumpelt.

Josephines Revuekollegen kamen auf ihn zu, klopften ihm auf die Schulter, machten spaßige Bemerkungen. Er schüttelte Hände, nickte und versuchte, sich die Namen der einzelnen Personen zu merken, die ihm vorgestellt wurden, Sidney, der Klarinettenspieler, Louis, der schlanke Stepptänzer, Maud, die Frau in Rosa, May, eine hübsche junge Frau etwa in Josephines Alter, die ihn besonders neugierig musterte. Louise, Alex, Mary... Die Aufmerksamkeit ihm gegenüber ließ jedoch so schnell nach, wie sie gekommen war, und nach kurzer Zeit begannen die Musiker wieder zu spielen. Tristan stellte sich in die Nähe der Tür und ließ Josephine nicht aus den Augen. Ohne ihn zu beachten, wirbelte sie zwischen ihren Freunden herum, lachte und scherzte und wirkte um einiges gelöster als gestern. Und um einiges jünger, fast noch wie ein Kind.

Tristan wartete noch eine Weile, ohne dass irgendjemand mit ihm gesprochen hätte, dann zog er sich unauffällig zurück. Noch bevor er die Haustür erreichte, rief ihm jedoch Josephine hinterher. »Warten Sie!«

Er drehte sich zu ihr um. »Es tut mir leid, aber ich muss gehen. Ich habe noch etwas vor.«

»Ich komme mit«, sagte sie.

»Nein!«, platzte Tristan heraus. »Das geht nicht.«

»Wieso nicht? Haben Sie ein Rendezvous?«

»Nein, das nicht, aber...«

»Dann kann ich doch mitkommen.« Sie streifte ihre flachen Schuhe ab und stieg in die Stiefeletten, die an der Garderobe neben dem Eingang standen.

»Alle Ihre Freunde sind da, Sie wollen sie doch sicher nicht allein lassen«, wandte Tristan ein.

Josephine griff nach ihrem grauen Mantel, schlüpfte hinein und setzte sich ihren Hut auf. »Die sehe ich doch jeden Tag. Tag und Nacht, um genau zu sein. Morgen fangen wir mit den Proben an, es soll noch etwas im Programm geändert werden. Ich bin mir sicher, ich komme tagelang nicht mehr aus dem Theater raus. Ich sehe nichts von der Stadt.«

Sie hängte sich bei ihm ein und sah ihn mit einem halb verführerischen, halb komischen Augenaufschlag an. »Bitte, bitte, Nowak! Nehmen Sie mich mit.«

Tristan schüttelte den Kopf. »Es geht wirklich nicht. Das ist nichts für Sie.«

Sie lockerte den Griff ein wenig, und ihr Blick verdunkelte sich. »Ist es, weil ich schwarz bin? Schämen Sie sich, mit mir gesehen zu werden?«

»Aber nein! Das hat damit nichts zu tun.«

»Womit denn dann?«

Er zögerte. »Ich muss in ein etwas zweifelhaftes Etablissement, mit jemandem sprechen ...«

»Ich liebe zweifelhafte Etablissements«, sagte Josephine überzeugt.

»... und danach zu einem Boxkampf.«

Josephine warf ihm einen entzückten Blick zu. »Im Ernst? Ein richtiger Boxkampf? Bei so etwas war ich noch nie.«

Tristan nickte. »Dabei sollte es auch bleiben.«

»Das sehe ich nicht so.« Sie griff nach ihrer Tasche, die ebenfalls an der Garderobe bereithing, was Tristan argwöhnen ließ, dass sie womöglich von Anfang an einen Ausflug mit ihm geplant hatte. Er hatte geglaubt, sie würde ihn nicht beachten, dabei hatte sie ihn wohl nie aus den Augen gelassen.

Sie schmiegte sich spielerisch an seinen Arm. »Seien Sie kein Spielverderber, Nowak«, sagte sie. »Ich habe Lust auf ein bisschen Aufregung. Und mit Ihnen an meiner Seite kann mir doch nichts passieren.«

Tristan runzelte die Stirn. Er konnte sie nicht mitnehmen. Es war undenkbar, mit Josephine Baker durch den schmuddeligen Osten der Stadt zu ziehen, als sei sie irgendein halbseidenes Mädchen, das er an einer Straßenecke aufgegabelt hatte. Von dem verdammten Boxkampf ganz zu schweigen. Sein Onkel wäre entsetzt. Andererseits…

Sie stand so eng an ihn gelehnt, dass er die Wärme ihres Körpers spüren, den Duft ihres Parfums riechen konnte. Sie hatte Lust auf Aufregung, hatte sie gesagt, und er konnte es verstehen. Er kannte diese Lust, diesen unersättlich scheinenden Hunger auf ein Leben, das Dunkles, Wildes, Verbotenes beinhaltete, vermutlich sogar besser als sie. Nach einem weiteren Moment des Haderns nickte er daher. »Also gut. Kommen Sie.«

Sie klatschte in die Hände. »Fein. Lassen Sie uns ein Abenteuer erleben!«

Im Salon begann ein neues Lied, und als sie in die kalte Winternacht hinaustraten, folgte ihnen der Klang von Klarinette und Klavier und dazu der kraftvolle, rauchige Gesang Mauds: »*I want to be happy…*«

* * *

Während sie einmal quer durch die Stadt fuhren – Josephine gut gelaunt in der Erwartung eines Abenteuers, Tristan eher widerwillig, aber auch seltsam berauscht von der unerwarteten, aufregenden Gesellschaft an seiner Seite –, lauschte Schutzpolizist Hermann Gille im Hinterzimmer eines Gasthofs auf eine ganz andere Weise erregt der markigen Rede des ehemaligen Feldwebels Ludwig Pfeiffer. Sein Herz hüpfte in seiner mageren Brust vor Freude, als Pfeiffer die Ehre der Deutschen beschwor, die nicht länger in den Dreck gezogen werden dürfe. Gille wünschte sich, sein Vater könnte hören, wie aus vielstimmigen Kehlen Zustimmung zu diesen Worten gebrüllt wurde. Es hätte ihn so glücklich gemacht, eine dieser Stimmen zu sein, dessen war sich Gille sicher. Es hätte ihn davor bewahrt, sich umzubringen und so am Ende, nach einem ruhmreichen Kampf im Felde, doch noch als elender

Feigling dazustehen. Als einer, der nicht stark genug gewesen war, die Friedenszeit auszuhalten.

Gille hatte sehr wohl bemerkt, wie alte Kameraden bei der Beerdigung seines Vaters auf den Boden spuckten, als der Sarg vorübergetragen wurde, es war ihm nicht entgangen, dass sie sich abwandten, als er in die Erde gelassen wurde, und er hatte ihre Mienen gesehen, kalt vor Verachtung, als sie seiner Mutter hinter zusammengebissenen Zähnen ihr Beileid bekundet hatten. Hätte sein Vater nur ein Mal, ein einziges Mal, eine solche Rede wie diese hier gehört, hätte ihn das mit Sicherheit aufgerichtet, und er hätte nicht so feige und elend aufgegeben. Seine Verzweiflung wäre angesichts der unbeugsamen Stärke dieser Männer, die nur darauf warteten, das Ruder wieder herumzureißen, zu einem unbedeutenden Schemen verblasst.

Hermann Gilles Adamsapfel zitterte, als er in den Jubel miteinfiel, der das Ende der Rede begleitete. Er war Teil einer Bewegung, Teil von etwas ganz Großem. Er würde etwas bewirken. Er würde die Schande seines Vaters ausmerzen. Der Redner stieg jetzt von der improvisierten Bühne herunter und wurde augenblicklich umringt von seinen Anhängern. Jemand reichte ihm ein Bier, viele klopften ihm auf die Schulter. Gilles Finger wanderten nervös zur Brusttasche seines Jacketts, und er mahnte sich zur Geduld. Als die Bedienung Pfeiffer einen Teller mit Buletten brachte, nutzte Gille die Gelegenheit, an dessen Tisch heranzutreten.

»Guten Appetit, Herr Feldwebel«, sagte er aufgeregt.

Der Mann hob den Kopf. »Danke«, sagte er und musterte ihn prüfend. »Ich habe Sie hier noch nie gesehen.«

»Hermann Gille. Schutzpolizei Friedrichstraße«, stellte sich Gille hastig vor. »Ich bin erst seit Kurzem Mitglied«, sagte er und tippte auf das Abzeichen am Reverskragen. Er war ein wenig atemlos vor Nervosität und hoffte, der

Mann würde nicht gleich den Blick wieder abwenden und das Interesse verlieren. »Es war eine wunderbare Rede. Wie... n-n-nach Hause kommen«, stotterte er und spürte, wie seine Ohren zu glühen begannen.

Der Mann lächelte, während er eine Bulette in den Senf tunkte. »Freut mich, dass es Ihnen gefallen hat, Kamerad Gille. Setzen Sie sich doch.« Er deutete auf den freien Stuhl neben ihm und biss von seiner Bulette ab. »Schutzpolizist sind Sie also? Stehen tagtäglich auf der Straße Ihren Mann und stemmen sich gegen das Chaos in dieser Stadt?« Er kaute schmatzend.

Gille nickte. »Jawohl, Herr Feldwebel.«

Der Mann winkte ab. »Vergessen Sie den Titel. Nennen Sie mich Kamerad Pfeiffer. Wir sind hier doch alle Brüder im Geiste.«

»Jawohl... Kamerad Pfeiffer.« Hermann Gille räusperte sich und hielt den Zeitpunkt für gekommen, zu seinem eigentlichen Anliegen vorzustoßen: »Bei einer Ihrer letzten Reden meinten Sie, wir sollten Augen und Ohren offen halten, um die schändlichen Umtriebe in der Stadt an der Wurzel packen zu können...«

»Sie haben gut aufgepasst«, schmunzelte Pfeiffer und griff noch kauend nach der zweiten Bulette.

Offenbar hat die Rede ihn hungrig gemacht, dachte Hermann Gille, während er ihm dabei zusah, wie er mit zwei großen Bissen auch die zweite Bulette verschlang. Er konnte das verstehen. Er selbst fühlte sich nach diesen Abenden voller Emotionen auch immer ganz leer und ausgepumpt, und er musste kein Wort reden. »Mir ist da etwas untergekommen...«, begann er erneut und griff in seine Jackentasche. »Im Zusammenhang mit dem Grafen von Seidlitz.«

»Ja?« Jetzt hatte er die volle Aufmerksamkeit.

Gille reichte Kamerad Pfeiffer die Visitenkarte und erzählte von dem jungen Mann in der Arrestzelle, der von dem Grafen abgeholt worden war. »Mir kam diese Verbindung etwas verdächtig vor«, schloss er, wohlweislich verschweigend, dass ihn erst sein Chef darauf gebracht hatte.

»In der Tat...« Pfeiffer musterte die Visitenkarte nachdenklich. »Weißt du den Namen dieses Mannes?«

Mit einem warmen Gefühl des Stolzes registrierte Hermann Gille, dass Kamerad Pfeiffer unvermittelt zum Du übergegangen war. Er gehörte tatsächlich dazu. »Er heißt Nowak«, sagte er. »Und er boxt.«

Pfeiffer hob die Brauen.

Gille nickte eifrig. »Aber nicht offiziell. Es sind illegale Kämpfe. In Kellern und verlassenen Hallen, heimlich und verschlagen.«

»Das ist wirklich sehr interessant«, sagte Pfeiffer langsam. »Ich möchte, dass du das einem Freund erzählst.« Er winkte einem Mann, der im Schatten einer Säule stand und die Veranstaltung von dort beobachtet hatte. Der Mann war Gille bereits aufgefallen, weil er während der Veranstaltung weder seinen Hut abgenommen noch seinen Mantel ausgezogen hatte, obwohl es im Saal heiß und stickig war. Außerdem trug er während der ganzen Zeit seine Handschuhe.

Während sie warteten, nahm Pfeiffer eine Schachtel Zigarillos aus der Innentasche seines Jacketts, steckte sich eine in den Mund und bot dann auch Gille eine an. »Du rauchst doch eine mit uns, oder, Kamerad?«

Gille konnte sein Glück kaum fassen. »Sehr gerne.«

Der Mann mit Hut war inzwischen an den Tisch gekommen, Pfeiffer nickte ihm zu und sagte: »Kurtz, das ist Kamerad Gille von der Schutzpolizei. Er hat eine Beobachtung gemacht, die dich interessieren dürfte.«

Der Mann setzte sich. Er ließ sowohl Handschuhe als auch den Mantel an, nahm nur seinen Hut ab, und Gille musste sich zusammenreißen, um nicht vor Schreck zusammenzuzucken. Der Kopf des Mannes war fast vollkommen kahl, nur ein paar Stellen auf der rechten Seite waren mit Inseln dünner hellbrauner Haare bedeckt. Der Rest war vernarbt, wie auch Teile seines Halses. Das hellrote Narbengewebe glänzte im trüben Licht der Wirtshauslampen wie rohes Fleisch, der unversehrte Teil seiner Haut dagegen war blass und teigig. Er hatte weder Augenbrauen noch Wimpern und trug eine Nickelbrille.

Das Beunruhigendste jedoch waren seine Augen. Sie hatten eine seltsame Farbe, wie dunkles, trübes Wasser, und die schweren, halb geschlossenen Lider gaben seinem Blick etwas Lauerndes. Gille fühlte sich ausgesprochen unbehaglich, als er von diesen Reptilienaugen gemustert wurde.

»Dann erzählen Sie mal, Kamerad«, sagte der Mann, und seine Stimme klang wie rostiges Eisen, ohne jede Wärme darin.

13

Der *Papagei* befand sich am nördlichen Ende der Friedrichstraße, dort, wo die Straße dunkler wurde, der Lichterglanz der Varietés und Restaurants abzublättern begann, Bars langsam zu Absteigen wurden und sich hinter den Schildern mit der Aufschrift *Hotel* keine Logiermöglichkeiten für Gäste verbargen. Die Bar selbst lag im Keller eines abbruchreifen Hauses und war, hatte man erst einmal den Abstieg über die enge, schmale Treppe hinter sich gebracht, größer als vermutet. Um einen Saal mit dunkel glänzendem Gewölbe scharten sich mehrere kleine Räume und mit plüschigem Samt ausgekleidete Nischen. Schwere Vorhänge schützten dort vor neugierigen Blicken. Es gab auch eine von einem Rundbogen eingefasste Bühne, deren Hintergrund blutrot beleuchtet war. Von der Decke hingen verspiegelte, sich drehende Kugeln, die blitzende Reflexe an die in dunklem Gold gehaltenen Wände warf. Ein riesiger grüner Papagei, der mit ausgebreiteten Flügeln aus schillernden Pfauenfedern die lange Bar beschirmte, war der Namensgeber des Etablissements.

Als Tristan und Josephine den Raum betraten, war er bereits gut gefüllt. Eine fünfköpfige Band in abgetragenen schwarzen Anzügen spielte, und an der Bar drängten sich zahlreiche Gäste. Tristan kannte das Lokal aus Zeiten, die er, so wie er hoffte, inzwischen hinter sich gelassen hatte. Er war jedenfalls schon lange nicht mehr hier gewesen. Es war ein seltsamer Ort, und er war froh, dass es ihm gelungen war, sich seiner Faszination zu entziehen. Hier ging es nicht wie in den Bars im luxuriöseren Westen um das Sehen und Gesehen werden, nicht um oberflächliches Amüsement. Die Leute, die hierherkamen, hatten anderes im Sinn. Sie suchten nach Befriedigung ihrer dunkelsten Sehnsüchte, Begierden und Leidenschaften, die sie sich im Alltag nicht eingestehen mochten und die deshalb einen umso stärkeren Sog ausübten.

Tristan spürte diesen Sog in dem Moment, in dem er eintrat, und er bereute augenblicklich, Josephine hierhergebracht zu haben. Natürlich konnte sie nicht wissen, was dies für ein Ort war und wie gut er ihn kannte. Dennoch hatte er das Gefühl, sich auf irgendeine Weise zu verraten und ihr so eine Seite von sich zu offenbaren, die er um jeden Preis im Verborgenen halten wollte.

Das Publikum hatte sich nicht geändert, seit er das letzte Mal hier gewesen war. Noch immer diese Mischung aus Trauer und Lust in den Blicken der Männer an den Tischen, noch immer die bleichen, hart geschminkten Gesichter der Frauen, ihre hauchdünnen Kleider, das dunkle Funkeln, das von ihnen ausging. Dann die Paare, nur für den Augenblick, die sich noch fremd waren, ihr Lachen, das ein wenig zu laut war, Schnäpse, die zu schnell getrunken wurden, Umarmungen wie Umklammerungen, hastige Griffe an Brüste, unmissverständliche Gesten, Blicke, Geflüstertes, die kaum verhohlene Eile, mit der man hinter einem Vorhang verschwand. An der Bar die flinken Kellner, die auf winzige Handbewegungen reagierten und routiniert unter die Theke griffen, kleine Tütchen und Ampullen gegen Scheine tauschten, um dann weiter Wein, Bier, Absinth,

Branntwein, Korn und Kognak auszuschenken. Selten war einmal etwas dabei, was nicht dazu diente, den Rausch der Nacht zu verstärken.

Tristan spürte, wie seine Kiefer sich anspannten in dem Versuch, sich gegen die Erinnerungen, die in ihm aufstiegen, abzuschotten. Es waren die Jahre nach dem Krieg gewesen, in denen er hier Stammgast gewesen war. Als er 1918, gerade mal zwanzigjährig, zurückkam, das Grauen des Krieges noch im Kopf und in den Knochen, hatte er erkennen müssen, dass nichts von dem, was sein Leben vorher ausgemacht hatte, mehr existierte. Er hatte seine Eltern und seine Heimat verloren. In dem Haus, in dem er groß geworden war, war er nicht mehr erwünscht, und es gab keinen Ort, wohin er gehen konnte, keinen Menschen, zu dem er noch gehörte.

Sein Vater war bereits kurz nach seinem Weggang an einem Herzinfarkt gestorben, ohne dass er davon erfahren hatte, und seine Mutter … Er wollte nicht daran denken, was ihr widerfahren war, nicht jetzt und am liebsten überhaupt nie mehr, doch er konnte nicht verhindern, dass das Gefühl völliger Verlorenheit, das ihn damals erfasst hatte, wieder an die Oberfläche drang. Eine Verlorenheit, die umso grausamer war, weil er sich selbst die Schuld an der Tragödie um seine Mutter gab. Sich und seinem Onkel.

Wenn er, was selten vorkam, an die Zeit damals zurückdachte, an diese Jahre, in denen er anfangs noch versucht hatte, irgendwo Halt zu finden, jedoch überall abgerutscht war, und sich schließlich hatte fallen lassen, um in einem Strudel aus Drogen, Sex und Gewalt zu versinken, kam es ihm so vor, als sei diese Zeit die Fortführung des Krieges mit anderen Waffen gewesen. Es hatte zwar keine Sperrfeuer mehr gegeben, keine Handgranaten und kein Giftgas. Doch das stumme Grauen, das sich in seinem Kopf eingenistet hatte und sich durch nichts, was er ausprobierte, vertreiben ließ, sowie der abgrundtiefe Selbsthass, den er empfand, wenn er, in den wenigen nüchternen Momenten, die es gab, über sich selbst nachdachte, hatten ausgereicht, um sich zu wünschen, er wäre damals wie so viele seiner Kameraden in einem der schlammigen Schützengräben gestorben. Auf diese Weise hätte er von den Dingen danach nie erfahren.

Er verdankte es Freddy, dass er dieser Hölle entkommen war. Zuerst hatte er nichts davon wissen wollen, sich von seinem besten Freund retten zu lassen. Er hatte ihn beschimpft, und es hätte nicht viel gebraucht, und er wäre handgreiflich geworden. Doch gottlob hatte Freddy sich davon nicht abschrecken lassen.

Tristan versuchte, den galligen Geschmack in seinem Mund zu ignorieren, während er sich mit Josephine einen Weg durch die Leute suchte, die vor der Bar standen. Er nahm sie unwillkürlich an der Hand, damit sie unterwegs nicht verloren ging.

Sie ergatterten einen Platz an der Theke. Josephine setzte sich auf den Barhocker, während Tristan neben ihr stehen blieb und sich umsah. Er bemerkte die Blicke der Männer und auch einiger Frauen, die Josephine mit kaum verhülltem Interesse taxierten. Erst als sein Blick sich mit den ihren kreuzte und deutlich machte, dass hier alles Hoffen vergeblich war, wandten sie den Kopf ab.

Dann wurde auf der Bühne eine Darbietung angekündigt, und das Interesse der Gäste verlagerte sich dorthin. Die Band begann einen langsamen Tango zu spielen, und eine junge Frau trat auf. Sie hatte dunkles Haar und auffallend große Augen, war puppenhaft starr geschminkt und trug ein weißes Balletttrikot mit fedrigem Tutu. Im Arm hielt sie eine lebensgroße Puppe mit Smoking, deren Füße an ihren Schuhen befestigt waren. Die Puppe war in der gleichen Weise geschminkt wie sie, mit grellrotem Mund und schwarz umrandeten Augen. Die Frau begann zu tanzen, wiegte sich langsam mit der Puppe in einem makabren, todessehnsüchtigen Tanz.

»Was möchten Sie trinken?«, wandte sich Tristan an Josephine. »Champagner?«

Josephine, die die junge Tänzerin kritisch musterte, schüttelte den Kopf. »Gibt es kein Bier?«, fragte sie.

»Natürlich gibt es das.« Tristan winkte dem Kellner und bestellte für Josephine ein Glas Bier und für sich selbst Wasser. Alkohol, und wenn auch nur in Form eines kleinen Biers, war das Letzte, was er jetzt brauchen konnte. Als der Barkeeper beides auf die Theke stellte, sah Tristan an seinem Blick, dass er ihn wiedererkannte.

»Nowak«, sagte er, ohne zu lächeln. »Lange nicht gesehen.«

Tristan nickte knapp. Auch er erkannte den Mann. Er hieß Maxim und war mit Vorsicht zu genießen. Er hatte keinerlei Skrupel, seine betrunkenen oder anderweitig handlungsunfähigen Gäste zu später Stunde um die letzten Kröten zu erleichtern, die ihnen noch geblieben waren.

»Dachte, du wärst längst übern Jordan«, sagte Maxim.

Tristan ging nicht darauf ein, sondern fragte ihn nach Mara. »Mir wurde gesagt, sie sei heute Abend hier.«

Maxim deutete auf einen Ecktisch an der Wand. »Dort hinten.« Er verzog das Gesicht zu einem Grinsen und sagte, mit einem Seitenblick auf Josephine, die an ihrem Bier nippte und nach wie vor zur Bühne sah: »Reicht dir die Schokopraline etwa nicht?«

Tristan beugte sich ein wenig vor. »Wär besser, wenn du dich um deinen eigenen Mist kümmerst«, erwiderte er leise, aber unverkennbar drohend.

»Aber sicher.« Maxim hob beschwichtigend beide Hände. »Kein Grund, wütend zu werden.«

Tristan wandte sich an Josephine. »Kann ich Sie einen Moment hier alleine lassen?«

Sie nickte, ein wenig abwesend. »Haben Sie die Musiker gesehen? Der Saxofonist ist der erste Schwarze, den ich hier in Berlin gesehen habe.« Sie trank einen Schluck. »Das Mädchen tanzt erbärmlich. Als wüsste sie gar nicht, was sie da tut.«

Tristan folgte ihrem Blick, musterte die kalkige Blässe der jungen Frau und den leeren Blick. »Vermutlich nimmt sie Drogen«, meinte er.

»Wie traurig. Das arme Mädchen«, sagte Josephine bekümmert, und als der Tanz beendet war, stellte sie ihr Glas ab und klatschte so laut, dass sie alle anderen Gäste übertönte, als versuchte sie, die junge Frau allein durch ihren Applaus in die Realität zurückzuholen.

Tristan ging zu dem Tisch hinüber, der ihm von Maxim gezeigt worden war und an dem eine Frau allein vor einem halb leeren Glas Champagner saß und rauchte. Ihre tiefschwarzen Haare waren zu einem gewellten Bubikopf geschnitten, und sie trug einen Anzug mit Hemd, Krawatte und weiten Hosen zu hohen Pumps. Ihr Gesicht war ungewöhnlich: hohe Wangenknochen, lange, dunkle Wimpern, olivfarbene Haut und große, mandelförmige Augen.

Tristan blieb vor ihrem Tisch stehen. »Mara?«, fragte er. Die Frau sah mit einem spöttischen Lächeln zu ihm hoch.

»Kennen wir uns?« Ihre Stimme war samtig und der Tonfall verführerisch.

Tristan schüttelte den Kopf. »Nein. Aber wir haben einen gemeinsamen Bekannten. Paul Ballin.«

»Paul? Ach, sieh mal an…« Die Miene der Frau veränderte sich leicht. Der etwas distanzierte Blick wurde weicher. »Willst du dich nicht zu mir setzen, schöner Mann?« Sie duzte ihn wie einen alten Bekannten und hob bedeutungsvoll ihr Glas.

Tristan wandte sich um und bedeutete dem Kellner, nachzuschenken, dann setzte er sich zu ihr.

»Ist Paul ein enger Freund von dir?«, wollte Mara wissen und musterte Tristan jetzt mit unverhohlenem Interesse.

»Nein. Eigentlich kenne ich ihn gar nicht. Ich bin ... ein Bekannter seines Arbeitgebers«, sagte Tristan vage.

»Ach, der Graf ...« Das spöttische Lächeln um die Mundwinkel kehrte zurück.

»Du hast Paul Ballin etwas erzählt.«

»Tatsächlich, habe ich das?« Mara lächelte anzüglich. »Normalerweise reden wir nicht so viel ,..«

»Angeblich weißt du etwas, das mit meiner Begleiterin zu tun hat«, sagte Tristan und warf einen Blick an die Bar, wo Josephine saß.

Mara hob eine Augenbraue. »Dann ist sie es tatsächlich? Ich hatte schon so eine Ahnung, als ihr beide hereingekommen seid. Aber dann dachte ich, ich muss mich täuschen ...« Sie beugte sich vor und legte ihre Hand auf Tristans Arm. »Pass bloß gut auf sie auf!« Sie war ihm jetzt ganz nah. Ihre Augen waren zwei dunkle Seen, in die man stürzen konnte, wenn man nicht auf der Hut war.

Er wich ihrem Blick aus. »Warum?«, fragte er.

Sie ließ sich in ihren Stuhl zurücksinken, schlug die langen Beine übereinander und zündete sich eine weitere Zigarette an. »Sie wollen sie umbringen«, sagte sie.

»Wer sind *sie*?« Tristan runzelte die Stirn.

»Keine Ahnung.« Sie nahm ihr Glas. »Ich kenne die Truppe nur vom Sehen. Drei junge Burschen. Einer von ihnen hat es mir verraten.«

»Wann? Wo?«, fragte Tristan.

»Im *Shalimar Tanzpalast*. Ich arbeite dort.«

»Und was genau hat er gesagt?«

»Sie haben zu viel getrunken, so wie immer. Und dieses Mal ist einer noch geblieben, als die anderen schon gegangen waren. Hockte bei mir an der Bar und hat vor sich hin geflennt. Dass alles vor die Hunde geht und er mit. Dass er ein erbärmlicher Feigling sei. Es klang ein bisschen ernster als das übliche Selbstmitleid. Ich habe ihn deshalb gefragt, worum es ginge. Und da murmelte er etwas von dieser Negerin, die aus Paris käme, um hier nackt zu tanzen, und dass es nicht angehen könnte, so etwas auch noch durchgehen zu lassen. Dass sie verrecken solle und sie jetzt endlich etwas tun würden. Etwas Großes.«

»Etwas Großes?«

Mara nickte. »Danach hat er wieder zu flennen begonnen und gemeint, dass er nicht mehr mitmachen wolle.«

»Und was hast du ihm gesagt?«

Maras schönes Gesicht wurde hart. »Dass man immer eine Wahl hat. Dann hat er noch mehr geflennt, und ich hab ihm noch einen Schnaps spendiert. Der hat ihm dann den Rest gegeben. Hat uns den ganzen Eingangsbereich vollgekotzt.«

»Ist er danach noch einmal da gewesen?«

»Bisher noch nicht, aber die kommen ziemlich regelmäßig. Immer samstags. Wenn du Glück hast, kannst du ihn also morgen Abend treffen.«

Tristan drückte seine Zigarette im Aschenbecher aus. »Danke.«

Mara nickte. Dann beugte sie sich plötzlich über den Tisch, legte einen Arm um seinen Hals und küsste ihn auf den Mund. Völlig überrascht ließ Tristan es geschehen, spürte ihre weichen Lippen, nahm ihren herben Duft wahr, bevor sie sich wieder von ihm löste.

»Pass gut auf sie auf«, wiederholte Mara eindringlich.

Tristan stand auf. »Werde ich tun. Bist du am Samstag auch dort?«

Mara nickte. »Komm gegen neun und frag nach Ruben«, sagte sie mit völlig veränderter, dunkler Stimme und lachte, als Tristan sie irritiert ansah. »Es ist nicht alles so, wie es scheint, schöner Mann«, lächelte sie und hob zum Abschied ihr Glas.

Langsam ging Tristan zurück an die Bar. Ihm war leicht übel. Sein Onkel hatte von einem möglichen Anschlag gesprochen, das Wort »Verrecken« hatte er nicht in den Mund genommen, und Tristan konnte ihn verstehen. Es war furchtbar, es zu hören und sich dabei vorzustellen, dass jemand Josephine damit meinte... Dass sie etwas Großes tun wollten, passte allerdings zu dem, was er sich gestern Abend schon zusammengereimt hatte. Es gab also einen Plan. Irgendetwas war im Gange.

Nervös sah sich Tristan um. Die dunkle Faszination, die dieser Ort einst auf ihn ausgeübt hatte, verblasste angesichts dieser konkreten Bedrohung, die er nun, nachdem er mit Mara gesprochen hatte, erst richtig verstand.

Die Bar war inzwischen noch voller geworden, und als Tristan sich endlich dorthin durchgekämpft hatte, saß auf Josephines Platz ein Mann mit einer Frau auf dem Schoß, die gerade lachend ihre Perlenkette um seinen Hals wickelte und daran zog. Josephine selbst war nirgends zu sehen. Ihm war, als setzte sein Herzschlag für einen Moment aus. Kalte Furcht erfasste ihn, und er drängte sich rücksichtslos durch die Menge, schob Schultern und Arme beiseite, ignorierte die empörten Gesichter, das unwillige Murmeln, das ihm folgte. Wo war sie? Er war doch nur wenige Minuten fort gewesen. War ihnen jemand gefolgt und hatte seine Chance gesehen und sie entführt?

In diesem Moment begann die Band, lebhaften, schnellen Jazz zu spielen. Tristan warf einen flüchtigen Blick auf die Bühne, und ein weiteres Mal stockte ihm der Atem. Dort oben stand Josephine. Sie hatte den Mantel und ihren Hut abgelegt, wackelte mit Armen und Beinen, drehte sich um die eigene Achse und schielte dabei wie ein Clown. Und dann begann sie zu tanzen und warf dabei mit einer einzigen Bewegung ihrer Arme alles, was er bisher glaubte, über Tanz zu wissen, über den Haufen. Josephine schlenkerte Arme und Beine wie wild, beugte sich nach vorne und reckte ihren Po heraus und lachte dabei aus vollem Hals. Ihre Augen strahlten, ihr ganzer Körper war unaufhörlich in Bewegung, zitterte, wackelte, vibrierte. Es war, als folgte nicht sie dem Takt der Musik, sondern als käme der Rhythmus aus ihr heraus und zwinge die nun wie entfesselt spielenden Musiker, ihr zu folgen.

Tristan starrte sie mit offenem Mund an. Er vergaß, weshalb er hier war, vergaß die beunruhigenden Dinge, die er erfahren hatte. Er sah nur Josephine, ihr Lachen, ihre unglaublichen Bewegungen, und er wünschte, sie würde niemals zu tanzen aufhören, und er müsste niemals aufhören, ihr dabei zuzusehen. Er drehte sich um, entdeckte Mara, und ihre Blicke trafen sich. Sie hob ihr Glas und lächelte ihm auf eine Weise zu, die ihm sagte, dass ihm seine Gefühle ins Gesicht geschrieben standen.

Ertappt wandte er sich ab.

Als der Tanz beendet war, verlangten die Leute, die Josephine zunächst ähnlich entgeistert wie Tristan zugesehen hatten, lautstark nach einer Zugabe, doch sie winkte lächelnd ab, bedankte sich mit einer Verbeugung beim Publikum und bei den Musikern und stieg, Mantel, Tasche und Hut über dem Arm, brav von der Bühne, ganz so, als könne sie kein Wässerchen trüben.

Tristan stürzte auf sie zu. Stumm nahm er sie an der Hand und zog sie zur Treppe.

»Was ist denn los mit Ihnen?«, fragte Josephine erstaunt, als sie hinaus in die kalte Nacht traten. »Sie schauen so grimmig. Hat es Ihnen nicht gefallen?«

»Das spielt keine Rolle«, wehrte Tristan ab. Er würde sich eher die Zunge abbeißen, als zuzugeben, wie fasziniert er von ihrer Darbietung gewesen war. So sehr, dass er beinahe alles andere vergessen hatte. »Sie dürfen nicht einfach weglaufen«, sagte er, noch immer mühsam um Fassung ringend. »Ich habe mir Sorgen gemacht.«

»Sorgen? Aber wieso denn?« Josephine sah ihn mit großen Augen an.

Tristan fühlte sich seltsam atemlos, als wäre er eine lange Strecke gelaufen, und er brauchte eine Weile, um sich zu sammeln. Was, um Himmels willen, sollte er ihr nur sagen? Dass jemand beschlossen hatte, sie solle ›verrecken‹? Er wischte sich mit beiden Händen über das Gesicht und schüttelte dann den Kopf. »Vergessen Sie's. Ich habe Sie einfach nicht mehr gefunden, und da bin ich nervös geworden. Sie wissen doch, was Herr Nelson gesagt hat. Ich bin für Sie verantwortlich. Für …«

»… meinen Schutz und mein Wohlergehen. Ja, ich weiß.« Josephine nickte und setzte ihren Hut auf. »Aber das müssen Sie nicht so ernst nehmen, Nowak. Wie gesagt, ich kann gut auf mich selbst aufpassen.«

Tristan nickte und half ihr dann schweigend in den Mantel. Es war sinnlos, mit ihr darüber zu diskutieren. Sie hatte ja keine Ahnung. Und so sollte es, wenn möglich, auch bleiben. Als sie zum Wagen gingen, sagte er: »Es ist schon spät. Soll ich Sie nicht lieber in die Pension fahren?«

Sie blinzelte ihn schelmisch an. »Wollen Sie mich loswerden, Nowak?«

»Nein ... ich dachte nur, dieser Boxkampf ist nicht so interessant, wie Sie vielleicht denken. Es ist kalt und schmutzig, und keiner von den Leuten dort weiß sich zu benehmen ...«

Josephine lachte auf. »Wenn Sie wüssten, wo ich aufgewachsen bin, wäre Ihnen klar, dass mich weder Schmutz und Kälte noch Leute abschrecken können, die sich nicht zu benehmen wissen. Außerdem sind Sie ja dabei. Und Sie haben versprochen, auf mich aufzupassen.«

Jetzt. Jetzt war der richtige Moment, ihr zu sagen, dass er nicht da sein würde, um auf sie aufzupassen. Weil er nämlich selbst im Boxring stehen würde. Doch der Moment verstrich, ohne dass er den Mund geöffnet hätte. Stattdessen hakte sich Josephine bei ihm ein und sagte: »Jetzt geben Sie's schon zu, Nowak. Es hat Ihnen gefallen, als ich getanzt habe, oder?«

Sie waren am Auto angekommen. Tristan nickte widerstrebend, während er ihr die Tür aufhielt. »Ich kenne mich mit Tanz nicht aus«, begann er etwas hölzern, »aber ja, es hat mir gefallen.«

Josephine kicherte. »Ich wusste es! Ich habe nämlich Ihr Gesicht gesehen.«

Tristan schloss für einen Moment die Augen und atmete tief durch, bevor er einstieg und sich zusammen mit Josephine auf den Weg zu seinem Boxkampf machte.

14

Tristan parkte den Horch etwas vom Veranstaltungsort entfernt an der Oranienburger Straße. Von dort führte er Josephine zielsicher durch Hinterhöfe und dunkle Verbindungsgassen, vorbei an kleinen Handwerksbetrieben, düsteren Mietshäusern und spärlich beleuchteten Kneipen, bis sie an ein einstöckiges Backsteingebäude kamen, das vor dem Krieg eine Textilmanufaktur gewesen war. Auf einem rostigen Schild über dem Eingangstor stand noch der Name des ehemaligen Besitzers, wenngleich das Gebäude seit Jahren verlassen war. Bis auf eine einzelne Laterne über der Tür war alles dunkel, kein Lichtschimmer verriet, was sich in der Halle verbarg. Ein paar Männer standen vor dem Eingang herum und begafften Josephine wie eine Erscheinung, als sie näher kamen.

Tristan ignorierte sie, klopfte an die Tür, und ein drahtiger Mann mit dunklen Haaren und Schiebermütze öffnete einen Spalt. Es war Kurt Herzfeld, ein alter Freund von Freddy, der häufig im Boxclub trainierte.

»Ausverkauft«, brummte er zunächst, dann erkannte er Tristan und öffnete die Tür, sodass die beiden eintreten konnten. »Bist du irre, jetzt erst zu kommen, Nowak?«, knurrte er. »Freddy ist am Durchdrehen.« Erst jetzt bemerkte er Josephine. »Und wer ist das?«

»Eine Freundin.«

Herzfeld nickte knapp. Er wirkte ziemlich angespannt. »Macht, dass ihr reinkommt.«

Tristan führte Josephine den Flur entlang zu einer Tür, hinter der sich ein Raum verbarg, der früher einmal als Büro gedient haben mochte. An der Wand hing ein vergilbter Kalender aus dem Jahr 1917, und ein alter Aktenschrank stand in der Ecke. Eine nackte Glühbirne baumelte von der Decke. Es roch nach Staub und Moder. Als Freddy, der bei ihrem Eintritt noch auf einem Stuhl gesessen hatte, Tristan sah, sprang er auf und fluchte wie ein Bierkutscher. »Bist du bekloppt, oder was? Du müsstest längst da draußen stehen.«

Tristan, der sehr viel nervöser war, als er vor Josephine zugeben mochte, zuckte betont lässig die Achseln. »Ohne mich könnt ihr nicht anfangen, oder?«

»Du hast Nerven«, knurrte Freddy. Dann fiel sein Blick auf Josephine. »Und wen, bitte schön, hast du da dabei?«

»Eine Freundin. Sie heißt Josephine«, sagte Tristan und wechselte kurz ins Englische, um ihr wiederum Freddy vorzustellen.

Josephine schenkte Freddy ein herzliches Lächeln. »Guten Abend«, sagte sie mit einem charmanten amerikanischen Akzent die beiden Wörter, die Tristan ihr gestern an der Würstchenbude beigebracht hatte.

Freddy stutzte, betrachtete sie genauer, und man konnte seinem Gesicht ansehen, wie es in seinem Gehirn arbeitete. »Josephine«, wiederholte er, musterte sie erneut und sah dann Tristan an. »Aber nicht *die*...«

»Behalt es bitte für dich. Kannst du dich um sie kümmern? Ich habe ihr noch nicht gesagt, dass ich keine Zeit dafür habe...«

Freddy starrte ihn an. »Wie? Was soll das heißen? Sie weiß nicht, dass du dich jetzt gleich prügeln wirst?«

»Nein. Ich hatte noch keine Gelegenheit, es ihr zu erzählen«, log Tristan. »Josephine war noch nie bei einem Boxkampf dabei und wollte mich unbedingt begleiten, also ...« Er hob entschuldigend die Arme. »Um ehrlich zu sein, hatte ich keine Chance.«

»Aber ich kann mich nicht um sie kümmern, du Vollidiot. Ich bin der *Veranstalter*!«

Tristan packte ihn am Arm. »Bitte!«, sagte er drängend. »Versprich mir, dass du auf sie aufpasst. Lass sie keine Sekunde aus den Augen.«

Freddy sah von Tristan zu Josephine und wieder zu ihm zurück und schwieg. Von draußen war Stimmengewirr zu hören, dann streckte Kurt seinen Kopf zur Tür herein. »Wir müssen anfangen. Die Leute werden unruhig.«

Freddy schüttelte den Kopf. Er sah besorgt aus. »Nowak, das geht nicht«, sagte er leise mit einem unbehaglichen Seitenblick auf Josephine.

»Sie ist nicht so zartbesaitet, wie sie aussieht«, gab Tristan zurück. »Es wird ein schneller, sauberer Kampf werden. Taktisches K. o. Hast du selbst gesagt. Ich fühl mich gut ...«

»Das meine ich nicht. Es geht um ...«

»Kommste jetzt endlich, Nowak, oder soll ich lieber das Frollein in den Ring schicken?«, mischte sich Kurt ein, der an der Tür stehen geblieben war. »Rudi denkt sowieso schon, dass du die Hosen voll hast.«

Tristan nickte Josephine hastig zu und wandte sich dann noch einmal an Freddy:

»Und übrigens, sie spricht kein Deutsch, nur Englisch. Und Französisch.«

Dann war er aus der Tür, und sowohl Freddy als auch Josephine blickten ihm verdutzt nach.

* * *

Als Nowak gegangen war, warf Tristans Freund ihr einen ratlosen Blick zu, dann nahm er seine Mütze ab und kratzte sich am Kopf. Er sah besorgt aus, und Josephine wünschte sich, Nowak hätte sie nicht mit ihm allein gelassen.

Wohin mochte er wohl so schnell verschwunden sein, zusammen mit diesem finster aussehenden, dunkelhaarigen Mann, der sie reingelassen hatte? Ihr ging langsam auf, dass hier vermutlich niemand ein Wort Englisch sprach.

Nach ein paar Sekunden verlegenen Schweigens, in denen ihr Freddy immer wieder verstohlene Blicke zuwarf, kam der dunkelhaarige Mann zurück, und Freddy redete aufgeregt auf ihn ein. Es ging offenbar um sie, die beiden warfen ihr immer wieder kurze Blicke zu. Dann begann der dunkelhaarige Mann heftig zu fluchen, das begriff Josephine, auch ohne Deutsch zu verstehen. Er ging nach draußen und rief etwas, kurz darauf kamen drei weitere Männer herein, kräftige junge Kerle mit breiten Schultern, die sie neugierig anstarrten.

Der dunkelhaarige Mann wandte sich etwas verlegen an sie, räusperte sich ein paarmal und stellte sich mit ein paar unbeholfenen Brocken Englisch als Kurt vor, wobei er das R rollte wie eine Welle in der Brandung. Er erklärte ihr, dass diese drei Männer sich offenbar um sie kümmern würden. »*Care for you, understand?*«, fragte er mehrmals und sah sie aus seinen schwarzen Augen ernst, aber nicht unfreundlich an. Er war schon älter und an beiden Armen und dem muskulösen Hals tätowiert.

Matrose, schätzte Josephine, sie kannte solche Tätowierungen von zu Hause. Deshalb sprach er wohl auch ein wenig Englisch. Sie fragte sich etwas amüsiert, weshalb er drei Männer als notwendig erachtete, um auf sie aufzupassen, nickte aber. Es sollte ihr recht sein. »Wo ist Nowak?«, fragte sie dann.

Kurt deutete nach draußen. »*Go outside. Fight. Understand?*« Er ballte seine Hände zu Fäusten und deutete ein paar Boxschläge, und als sie erneut nickte, ohne wirklich zu verstehen, lächelte er ihr ermutigend zu und entblößte dabei eine Zahnlücke. »Jut, dann *come on, Lady.*«

Er ging voraus, und Josephine folgte ihm, fürsorglich umringt von den drei Muskelpaketen. Sie lächelte ihnen zu und fand diese Unternehmung ziemlich aufregend. Wie gut, dass sie Nowak dazu hatte überreden können, sie mitzunehmen. Er war ihr heute ein wenig angespannt vorgekommen, ganz anders als gestern, als sie zusammen Würstchen gegessen hatten und er etwas aufgetaut war. Überhaupt wurde sie nicht recht schlau aus ihm. Er sah ziemlich gut aus, mit seinen ungewöhnlichen roten Haaren, die trotz Friseurbesuch – das war ihr gleich aufgefallen – noch immer recht widerspenstig schienen, und dem schmalen, kantigen Gesicht. Wenn er nur nicht immer so finster dreinschauen würde. Er nannte sich Fahrer, spielte sich aber als Beschützer auf, kannte ziemlich zwielichtige Orte und redete Englisch wie ein britischer Earl. Einigen dieser etwas steifen Gesellen von der Insel war sie in New York schon begegnet. Sie hatte sie recht amüsant gefunden und ihren Akzent ziemlich sexy, verglichen mit dem Slang von St. Louis. Bedauerlicherweise waren sie allesamt zu schüchtern gewesen, um mit ihr auszugehen.

Jetzt öffnete Kurt eine Tür, und sie traten in eine große Halle. Kurt vertrieb ein paar überraschte Zuschauer mit einer knappen Handbewegung und ein paar Worten von der improvisierten Tribüne gleich neben der Tür und bedeutete ihr, sich zusammen mit ihren drei Begleitern dort hinzustellen. »*Stay! Understand?*«

Josephine nickte, kletterte vergnügt hinauf und sah sich dann neugierig um. Man hatte die Fenster des alten Backsteingebäudes mit Tüchern abgehängt, offenbar, damit kein verräterisches Licht nach draußen drang. Sie hatte längst begriffen, dass es sich hier nicht um eine offizielle Sportveranstaltung handelte, was das Ganze in ihren Augen noch interessanter machte. May würde Augen machen, wenn sie ihr morgen von diesem Ausflug berichtete.

In der Mitte des Raumes hing ein starker Scheinwerfer von der Decke. Er beleuchtete lediglich den leicht erhöhten Boxring, der noch leer war. Die Zuschauer, die sich außen herum drängten oder auf Bänken und einfachen Bretterpodesten standen, blieben weitgehend im diffusen Schatten. Der Rauch zahlloser Zigaretten hing in dicken Schwaden in der Luft und vermischte sich mit dem Geruch nach Schweiß und ungewaschenen Kleidern.

Einer der drei jungen Männer reichte ihr eine eiskalte Flasche Bier, und Josephine bedankte sich mit einem Lächeln. Dieses deutsche Bier war wirklich zu köstlich. Während sie einen Schluck trank, fiel ihr auf, dass dafür, dass so viele Menschen in der Halle versammelt waren, eine seltsame Stille herrschte. Sie ließ die Flasche sinken und sah sich erneut um. Unter den Männern auf ihrer Seite des Boxrings gab es eine Menge angespannter, ja teils zorniger Gesichter und sogar einige geballte Fäuste. Und sie alle blickten zur gegenüberliegenden Seite der Halle, wo die Zuschauer ebenfalls eng gedrängt standen. Als nun der Kampfrichter in den Ring stieg und einen muskulösen, großen Kerl namens Rudi Maschke ankündigte, brach dort ein Sturm der Begeisterung aus.

Offenbar waren das die Anhänger dieses stiernackigen Bullen. Sie bejubelten ihn wie aus einer Kehle, und Josephine bemerkte mit wachsender Unruhe, dass es mindestens doppelt so viele waren wie die Zuschauer auf ihrer Seite, die nun angesichts der lautstarken Beifallsbekundungen murrten. Einige spuckten sogar auf den Boden, stießen offenkundige Beleidigungen aus und schüttelten die Fäuste.

Josephine runzelte die Stirn. Das schien ja eine ziemlich ernste Sache zu sein. Als der Name des Kontrahenten aufgerufen wurde, erkannte sie mit Schrecken, dass niemand anderer als Nowak nun unter Beifall seiner Anhänger und Pfiffen der anderen in den Ring stieg. Ihre Hand flog zum Mund. Obwohl durchaus gut gebaut, wirkte Nowak im Vergleich zu seinem Gegner, der ihn fast um einen Kopf überragte, recht schmal. Die gegnerischen Anhänger rückten jetzt näher an den Boxring heran und schlugen mit den Fäusten und den flachen Händen auf die Bretter des Boxrings, der sich ungefähr auf Brusthöhe befand. Die Schläge verursachte einen dumpfen, bedrohlich klingenden Ton.

Josephine fiel auf, dass sie im Gegensatz zu den Zuschauern auf ihrer Seite alle einheitlich gekleidet waren, ja fast uniformiert wirkten. Sie trugen braune Hemden, und einige hatten rote Armbinden angelegt. Ihre Mienen waren unverkennbar feindselig, manche sogar hasserfüllt, und als Josephines Blick auf Nowaks Gesicht fiel, begriff sie, dass etwas nicht stimmte.

Nowak sah sich hektisch um, sein Blick flog über die Köpfe der Zuschauer, und sie wusste, er hielt Ausschau nach ihr. Er wollte sich vergewissern, dass jemand auf sie aufpasste. Sie hob die Hand, um ihm zuzuwinken, doch in dem Moment trat der Bulle vor und versperrte ihm die Sicht. Dann erklang der Gong, und praktisch im gleichen Moment verpasste er Nowak einen Haken, der ihn zurücktaumeln ließ. Josephine zuckte zusammen. Sie vergaß die seltsam gekleideten Anhänger von Nowaks Gegner, sie vergaß die Männer um sie herum, die auf sie aufpassen sollten und ihr hin und wieder verstohlene Blicke zuwarfen, sie vergaß, dass sie gerade noch überlegt hatte, mit welchen Worten sie May von ihrem aufregenden Ausflug erzählen würde. Wie gebannt sah sie dem Kampf zu, der wenige Meter vor ihr stattfand, und konnte kaum glauben, dass der Mann, der dort stand und versuchte, sich gegen einen übermächtig scheinenden Gegner zu wehren, ihr Fahrer war, der schweigsame, meist etwas abweisend wirkende Nowak, den sie gerade noch mit einem steifen britischen Earl verglichen hatte. Sie schrie entsetzt auf, als Rudi ihm einen brutalen Haken versetzte, der seinen Kopf zurückschleuderte und ihn in die Seile taumeln ließ.

Die gegnerischen Anhänger nahmen ihr Kriegsgetrommel wieder auf, und Rudi setzte nach. Er verpasste Nowak einen Magenschwinger, der ihn wie ein Klappmesser zusammensacken ließ und ihn so zwang, seine Deckung vollends aufzugeben. Rudi ließ einen weiteren Aufwärtshaken folgen, und Nowak ging krachend zu Boden. Die Halle tobte, und Josephine merkte, dass sie Tränen in den Augen hatte. Sie wollte den Blick abwenden, konnte es jedoch nicht. Zu ihrem Entsetzen sah sie, wie Rudi mit dem Fuß brutal nach Nowak trat, als dieser sich mühsam aufzurappeln versuchte. Er fiel zurück und blieb liegen. Der Kampfrichter rügte Rudi nur halbherzig, offenbar war er eingeschüchtert von dessen aufgepeitschten Anhängern, die von den Bänken heruntergestiegen waren und auf ihrer Seite so vehement nach vorne an den Boxring drängten, als wollten sie ihn erstürmen. Auch Nowaks Anhänger waren inzwischen an den Boxring getreten, doch ihre wütenden Proteste gingen im hasserfüllten Geschrei der zahlenmäßig weit überlegenen Gegner unter.

Nowak lag noch immer am Boden und rührte sich nicht. Der Kampfrichter begann, ihn anzuzählen.

Josephine presste sich die Fäuste an den Mund und

flüsterte leise zwischen ihren Fingern hindurch: »Komm schon... Komm schon... steh auf...« Dabei musste sie an ihre eigene Verzweiflung und das Gefühl völliger Verlassenheit denken, das sie in ihrer Kindheit so oft verspürt hatte angesichts der ständigen Schläge, des quälenden Hungers und der Lieblosigkeit, von der sie umgeben gewesen war. Sie hatte sich auf diese Weise immer wieder motiviert weiterzumachen, einfach, weil niemand anderes es getan hatte. Und plötzlich erkannte sie, dass sie mit dem am Boden liegenden Mann, den sie mit purer Willenskraft zum Aufstehen zu bewegen versuchte, etwas gemeinsam hatte: Hinter Nowaks Fassade verbarg sich die gleiche Verzweiflung, der gleiche tiefe Schmerz wie hinter ihrem Lachen. Sie hatte es wohl schon von Anfang an gespürt. Seine Blicke, seine zurückhaltende Art hatten etwas Gequältes, Gebrochenes, doch sie begriff es erst jetzt, hier auf diesem wackeligen Bretterpodest, während die umstehenden Männer sich die Seele aus dem Leib schrien.

Mit ihrem Tanz und ihrer eigensinnigen Fröhlichkeit hatte Josephine einen Weg gefunden, ihre Dunkelheit zu bannen, und sie vermutete, dass das Boxen Nowaks Versuch war, damit umzugehen. Sie presste ihre Fäuste fester gegen den Mund und flüsterte erneut: »Komm schon... steh auf...«

Während Rudi bereits siegessicher in die Menge brüllte, gelang es Nowak endlich, sich aufzurichten. Josephine stieß einen kleinen Freudenschrei aus, der jedoch im Lärm unterging. Schwankend stand Nowak einen Moment lang nur da, bemüht, das Gleichgewicht zu halten. Dann hob er langsam den Kopf. Sein Gesicht war blutüberströmt, doch Josephine konnte seine Augen sehen.

Ihr wurde kalt. Sein Blick war so voller Wut, dass es ihr fast den Atem nahm. Rudi schien es auch zu sehen, denn er wich zurück, während seine Anhänger unbeirrt weitergrölten. Josephine ließ die Hände langsam sinken. Nowak krümmte sich, machte einen Buckel wie eine Katze kurz vor dem Sprung, hob beide Fäuste und schlug zu.

* * *

Ein Geräusch drang zu ihm durch, von weit entfernt. Es war der Klang der Glocke. Jemand packte ihn grob von hinten an beiden Schultern und riss ihn von seinem Gegner weg. Rudi, die Dampfwalze, lag reglos vor ihm am Boden. Der Lärm um ihn herum war ohrenbetäubend, doch Tristan hörte ihn nur gedämpft. Schwankend stand er da und kam nur langsam wieder zu sich. In seinen Ohren rauschte es. Während seine Anhänger jubelten, blieben Maschkes Schlägertrupps stumm. Er fühlte sich von zahllosen Augenpaaren fixiert, konnte ihre Fassungslosigkeit, ja ihr Entsetzen und ihren Hass fast körperlich spüren.

Die schäbige alte Halle schien plötzlich kleiner und enger geworden zu sein, die Menge, der Rauch, die Hitze, der Gestank nach Schweiß und Alkohol, alles umschloss ihn, drückte ihm auf die Brust. Der Ringrichter packte seinen Arm, hob ihn hoch und wies ihn damit als Gewinner des Kampfes aus, während sich Rudi mithilfe seines Boxtrainers langsam und benommen aufrappelte. Beide Augen waren zu schmalen Schlitzen zugeschwollen, und er blutete heftig aus der Nase. Mühsam spuckte er einen blutigen Zahn in seine Hand, dann warf er Tristan einen hasserfüllten Blick zu und zischte: »Du bist tot, Nowak.«

Tristan gab keine Antwort. Sein Blick glitt auf die Seite der Halle, in der seine Anhänger standen, und blieb schließlich an einem himmelblauen Fleck hängen. Josephine stand ganz hinten am Eingang, drei Boxer aus dem Club dicht neben ihr. Scheinbar unbeteiligt vom frenetischen Jubel um sich herum, stand sie nur da und sah ihn an. In ihren Augen lag ein Ausdruck, den er nicht zu deuten wusste.

Als ihre Blicke sich trafen, war es Tristan, als sähe sie ihm mitten ins Herz. Er fröstelte, obwohl ihm der Schweiß in Strömen hinunterlief, und konnte den Blick nicht von ihr abwenden. Schwer atmend blieb er stehen, achtete nicht auf die Stimmen um ihn herum, die Anweisungen des Kampfrichters, der vergeblich versuchte, die gegnerischen Anhänger, die jetzt ihre Stimme wiedergefunden hatten und sich in Rage brüllten, zu beruhigen. Tristan hielt sich an Josephines Blick fest wie an einem Geländer, wenn man ins Straucheln gerät, und konnte nicht loslassen. Dann war Freddy bei ihm, packte ihn und schob ihn hinunter, weg vom Ring, hinaus. Er brachte Tristan zurück in die improvisierte Umkleidekabine, die nicht mehr war als ein kahler, fensterloser Raum mit welligem Linoleumboden, in dem der Putz von den Wänden blätterte. Ein Tisch mit einem Krug Wasser stand in der Mitte, und es gab ein paar Haken an der Wand, an dem seine Kleider hingen.

Freddy schlug die Tür zu. Grob stieß er Tristan vor die Brust. »Sag mal, biste komplett meschugge?«, brüllte er ihn an. »Du sollst deinen Gegner nicht totschlagen! Wir sind nicht im Krieg!«

Tristan schwieg einen Moment, dann sagte er: »Bist du dir sicher?«

Freddy holte tief Luft und setzte zu einer Entgegnung an, doch dann schüttelte er nur den Kopf. Während er Tristan half, die Lederhandschuhe auszuziehen, sagte er ernst: »Ich hab dein Gesicht gesehen, Nowak. Du hättest nicht aufgehört, wenn wir dich nicht zurückgehalten hätten.«

Tristan nickte zögernd. »Ich weiß«, sagte er leise. Er kannte diese Wut, die ihn überwältigte wie ein Strom, der über die Ufer trat und ohne Rücksicht alles mit sich riss.

»Ich dachte, du hättest das inzwischen im Griff«, sagte Freddy.

Tristan gab keine Antwort. Es war Freddy gewesen, der ihn zum Boxen gebracht hatte. Er hatte mit ihm trainiert, Stunde um Stunde, monatelang. Zusammen war es ihnen gelungen, Tristans explosive Gewaltausbrüche zu kanalisieren, seiner Wut eine Richtung zu geben, die beherrschbarer, weniger gefährlich war. Doch Tristan hatte seit Längerem geahnt, dass das Raubtier in ihm nur schlief. Es brauchte nicht viel, um es wecken, jemand musste ihn nur lange genug reizen. Heute Nacht hatte er wieder gespürt, wie er die Kontrolle verlor, und war dennoch unfähig gewesen, etwas dagegen zu unternehmen. Es gab Momente, da fürchtete er sich vor sich selbst mehr als vor seinem Gegner. Unbehaglich fragte er sich, was davon Josephine heute gesehen haben mochte.

Er nahm den Krug Wasser vom Tisch, goss ihn sich über den Kopf und wusch sich den Schweiß und das Blut aus den Haaren und vom Oberkörper. Mit vorsichtigen Bewegungen reinigte er sein Gesicht, dann griff er nach seinen Kleidern. »Wo ist Josephine?«, fragte er.

»Sag mal, hörst du mir überhaupt zu?«, fragte Freddy, jetzt mehr besorgt als zornig. »Keiner wird mehr gegen dich kämpfen wollen, wenn er Schiss haben muss, dass du ihn totschlägst.«

Tristan nickte. »Ich werd mich drum kümmern. Versprochen.«

Freddy schnaubte. »Kümmern! Wie soll das gehen?«

»Ich trainiere härter ...«

»Dit is doch Schwachsinn. Du musst den Krieg endlich mal loslassen.«

»Würd ich ja, Freddy.« Tristan lächelte bitter. »Aber er lässt mich nicht los.«

Sie schwiegen beide für einen Moment, dann wechselte Freddy abrupt das Thema: »Und was ist das überhaupt für eine Geschichte mit dieser Frau? Wie, bitte, kommst du denn zu der?«

Noch bevor Tristan antworten konnte, winkte Freddy ab. »Ich will es gar nicht wissen... Sie hat dich jedenfalls abgelenkt. Du warst am Anfang total unkonzentriert.«

Tristan knöpfte sein Hemd zu. »Nicht Josephine hat mich abgelenkt, sondern Maschkes Meute. Wo kam die plötzlich her? Diese Typen waren doch noch nie da.«

Freddy zuckte mit den Schultern. »Ich hab gehört, dass Rudi seit Neuestem Mitglied von einer verschissenen Bande von Freikorpslern ist. Wehrsportgruppe nennt sich das.«

»Na, dann wundert mich gar nichts mehr.« Tristan zog mit schmerzverzerrtem Gesicht die Hosenträger über die Schultern und griff nach seinem Jackett. »Wo ist Josephine?«, fragte er noch einmal.

»Ich hab ihr drei unserer Jungs zur Seite gestellt und sie gebeten, nach dem Kampf mit ihr im Büro auf dich zu warten.« Er deutete mit dem Daumen in Richtung Nebenzimmer.

Als Tristan sein Jackett anziehen wollte, entfuhr ihm unwillkürlich ein Stöhnen.

Freddy sah ihn stirnrunzelnd an. »Hat er dir 'ne Rippe gebrochen?«

»Höchstens angeknackt.« Tristan biss die Zähne zusammen. »Wird schon wieder.«

In dem Moment wurde die Tür aufgerissen, und Kurt Herzfeld stürmte herein. Sein Hemd war zerrissen. Hinter ihm standen Josephine, die Augen vor Schreck weit aufgerissen, und der junge Rudko Franzen, der aus der Nase blutete. »Da eskaliert grad was, da draußen«, sagte Kurt keuchend.

Von der Halle her war Lärm zu hören, erregte Rufe, das Splittern von Holz.

»Sie gehen aufeinander los.« Er drehte sich nervös um und wandte sich dann an Tristan. »Wir müssen sehen, dass wir die Biege machen. Wenn die Typen dich in die Finger kriegen, schlagen sie dich zu Brei.«

Wortlos schob sich Tristan an Kurt vorbei, nahm Josephine am Arm und rannte mit ihr den langen Flur entlang Richtung Ausgang. Ein Blick über die Schulter zeigte ihm, dass Kurt, Freddy und Rudko ihnen folgten.

Doch als sie sich der Eingangstür näherten, sah er, dass dort eine regelrechte Schlacht tobte. Maschkes Männer hatten Schlagstöcke dabei und prügelten selbst auf Unbeteiligte ein, die verzweifelt versuchten zu fliehen. Ein paar Männer hatten sich mit Brettern, Flaschen und Stuhlbeinen bewaffnet und bemühten sich, die Schläger zurückzudrängen. Als einer von Maschkes Männern den Kopf hob und Tristan entdeckte, deutete er mit seinem Schlagstock auf ihn und schrie: »Da ist die Ratte!«

»Zurück!«, rief Tristan, drehte sich um und zog die noch immer sprachlose Josephine mit sich. Die drei anderen folgten ihnen, als sie den Gang zurückrannten. Immer wieder warf Tristan einen Blick nach hinten und sah, dass der Mann Mühe hatte, aus dem Gedränge herauszukommen, um ihnen zu folgen. Doch er brüllte so lange: »Da ist er! Da ist Nowak!«, dass die anderen Schläger auch auf sie aufmerksam wurden, und bald hörten sie vielfaches Trampeln hinter sich. Freddy, der sich an die Spitze ihrer kleinen Gruppe gesetzt hatte, lief an der Umkleide vorbei und riss die Tür zum Büro auf.

»Da rein«, rief er, lief zum Fenster, öffnete es und half Josephine hinauszuklettern, während Kurt und Rudko an der Tür stehen blieben, um die Männer, die mit erhobenen Schlagstöcken auf sie zukamen, aufzuhalten.

Tristan war einen Moment hin- und hergerissen, ob er Josephine folgen oder sich den beiden Männern an der Tür anschließen sollte, doch Kurt deutete mit dem Kinn zum Fenster. »Mach, dass du wegkommst, Nowak. Is niemandem gedient, wenn se dich kriegen.«

Tristan kletterte hinaus und berührte Josephine, die sich an die Wand neben das Fenster gepresst hatte, sanft an den Schultern. »Alles in Ordnung?«

Sie nickte stumm, die Augen furchtsam geweitet.

Während wildes Gebrüll aus dem offenen Fenster zu ihnen drang, liefen sie durch den dunklen Hinterhof davon.

Tristan brachte Josephine nach Hause. Es war inzwischen weit nach Mitternacht, doch die Boulevards waren noch immer belebt. Er versuchte, sich nicht anmerken zu lassen, wie schwer es ihm fiel, sich am Steuer aufrecht zu halten. Sein ganzer Körper schmerzte, und vermutlich war die eine oder andere Rippe tatsächlich angeknackst. Er war so erschöpft, dass er Mühe hatte, die Augen offen zu halten. Josephine sah schweigend aus dem Fenster. Sie hatten noch immer kein Wort gewechselt. Tristan dachte mit brennender Scham an gestern Abend, als sie so offen und begeistert wie ein Kind gewesen war. »Ich möchte alles sehen«, hatte sie gesagt. Doch Dinge wie heute Abend hatte sie mit Sicherheit nicht damit gemeint.

»Was waren das für Leute?«, brach sie endlich das Schweigen, als sie die Pension erreichten und er den Motor ausschaltete.

»Organisierte Schläger«, antwortete Tristan, ohne sich zu ihr umzudrehen.

»Sie haben mich an zu Hause erinnert, an St. Louis«, hörte er Josephine leise sagen. »An die Weißen, die unsere Häuser angezündet haben.«

Er nickte nur, fragte nicht nach. Ihm fehlten die Worte. Er wollte sich entschuldigen, ihr irgendeine Erklärung geben, doch alles, was ihm einfiel, schien unzureichend. »Es tut mir leid«, brachte er schließlich hervor. »Ich hätte Sie nicht dorthin mitnehmen dürfen.«

Josephine beugte sich zu ihm nach vorne. »Ich hatte mir gewünscht, ein Abenteuer zu erleben, erinnern Sie sich? Der Wunsch hat sich erfüllt.« Dann gab sie ihm einen flüchtigen Kuss auf die Wange. »Gute Nacht.«

Sie sprang aus dem Auto, bevor er reagieren oder ihr ins Gesicht sehen konnte. Er konnte ihr nur nachblicken, wie sie leichtfüßig über den Gehsteig und durch den Vorgarten lief und in der Pension verschwand. Als sich die Tür hinter ihr geschlossen hatte, ließ er seinen Kopf auf das Lenkrad sinken und schloss die Augen.

15

In seinem Zimmer im Boxclub angekommen, riss Tristan die Schublade des alten Schreibtisches auf und nahm eine kleine Papiertüte heraus, die er dort noch immer für alle Fälle gelagert hatte. Es waren nur Schmerzmittel, aber keine, die Ärzte verschrieben, sondern vom Schwarzmarkt. Er schluckte zwei davon und ließ sich dann kraftlos auf sein Bett fallen. Nach einer Weile spürte er, wie er abdriftete und die Schmerzen nachließen. Obwohl er wusste, welchen Preis er bezahlen müsste, begrüßte er das Nichts, auf das er zutrieb, wie einen alten Freund, ließ sich fallen, sank tiefer und tiefer ins Dunkel, an einen Ort, wo es keine Erinnerungen mehr gab, keine Schmerzen und keine Angst.

Er bekam nicht mit, wie am Vormittag Freddy in den Boxclub kam und den Männern die gewonnenen Wetten auszahlte, er wachte nicht auf, als sein Freund einen Blick in sein Zimmer warf und dann die Tür mit sorgenvoll gerunzelter Stirn wieder schloss, hörte nicht, wie sich die Männer beim Training über den nächtlichen Kampf unterhielten, prahlten und fluchten und Rachepläne schmiedeten. Tristan war nicht da. Es war nur sein Körper, der auf dem Bett lag, bäuchlings, noch in den zerknitterten Kleidern von gestern und mit den schmutzigen Schuhen an den Füßen. Sein Geist befand sich an einem anderen Ort, er war tief am Grund eines dunklen Brunnenschachts gefangen und kämpfte mit allen Mitteln, die ihm zu Verfügung standen, darum, wieder heil nach oben zu kommen.

Als er schließlich gegen Mittag mühsam, wie gegen einen Sog ankämpfend, erwachte, hatte er nicht das Gefühl, geschlafen zu haben, sondern über Stunden regelrecht ausgelöscht worden zu sein. Wie eine Lampe, deren Schalter man herumdreht, oder eine Kerze, die man ausbläst, wenn man das Haus verlässt. Er hatte keine Lust, auf Freddy und die anderen zu treffen, wollte nicht reden, keine Fragen zu Josephine beantworten, ja, er wollte an Josephine nicht einmal denken, deshalb kramte er nur frische Kleider aus dem schmalen Schrank und ging hinaus auf den Flur und über die Hintertreppe nach oben zu Fanny, um sich zu waschen.

Frisch angezogen, rasiert und halbwegs ordentlich frisiert musterte sich Tristan eine halbe Stunde später im kleinen Spiegel des Gemeinschaftsbads der Mädchen. Die Blessuren von gestern Nacht waren zumindest im Gesicht weniger deutlich sichtbar als erwartet. Die alte Platzwunde über der Augenbraue hatte sich wieder geöffnet, war größer geworden und dunkel verkrustet, und seine Kinnpartie wies eine deutliche, bläulich verfärbte Schwellung auf, doch recht viel mehr war äußerlich nicht zu sehen. Wenn man von den blutunterlaufenen Augen und der Blässe seines Gesichts absah. Die Nachwirkungen dieser Nacht waren eher innerer Natur: Ihm dröhnte nicht nur der Kopf, sondern ihm schmerzte jeder einzelne Knochen im Leib. Doch auch das würde sich legen, ebenso wie die zahlreichen Blutergüsse am ganzen Körper verschwinden würden.

Jemand klopfte energisch an die Tür.

»Nowak, bist du eingepennt, oder was? Ich muss mal.« Es war Doro.

Er knöpfte sein Hemd zu und sperrte dann die Tür auf.

»Na, endlich«, brummte Doro missgelaunt und drängte sich an ihm vorbei. »Ich hätt mich fast angepinkelt. Sag mir noch einmal einer, ihr Kerle wärt nicht eitel.« Sie musterte ihn unwirsch. »Siehst trotzdem scheiße aus«, fügte sie dann hinzu und warf selbst einen Blick in den Spiegel. »Noch schlimmer als ich.«

Tatsächlich sah Doro ziemlich derangiert aus. Ihre roten Haare waren wirr und ungekämmt, und sie hatte tiefe Ringe unter den Augen. Demonstrativ stellte sie sich vor die Kloschüssel und hob ihr Nachthemd. »Zieh Leine, Nowak. Oder willste zusehen?«

Tristan drehte sich wortlos um, schloss die Tür und ging in Fannys große Wohnküche, wo es einladend nach Mittagessen duftete. Am Tisch saßen Fanny und Helene.

Fanny stand auf und brachte ihm einen Teller Rouladen mit Kartoffelpüree. »Kannste nicht mal pünktlich sein, Nowak? Hier kommen se alle, wie et ihnen passt. Bin doch keene Imbissbude.«

Er aß schweigend und spürte mit jedem Bissen, wie ausgehungert er war. Fanny sah ihm schweigend zu, und als sein Teller leer war, füllte sie ihn neu. »Schwere Nacht jehabt, wa?«

»Kann man so sagen«, sagte Tristan. Langsam kehrten seine Lebensgeister zurück. »Bin unter eine Dampfwalze gekommen.« Er warf einen Blick auf Helene, die in der Ecke saß, den halb leeren Teller vor sich auf dem Tisch, die Nase in ein Buch versenkt. In der Rechten hielt sie die leere Gabel in die Luft gereckt und schien nicht nur das Mittagessen, sondern auch ihre Umgebung vollkommen vergessen zu haben. Fanny war seinem Blick gefolgt. »Lenchen studiert wieder«, sagte sie, und aus ihrer Stimme war eine gehörige Portion Skepsis herauszuhören.

Helene sah auf. Ihre dunklen Augen leuchteten. »Dieses Mal werd ich die Prüfung machen«, sagte sie. »Dann hab ich 'nen Abschluss von der Universität.«

»Und was dann? Dann biste diplomierte Hure, oder wie?«, sagte Doro, die gerade hereingekommen war und sich am Herd einen Teller füllte.

»Dann kann mir keiner mehr was«, erwiderte Helene, Doros Bemerkung ignorierend. Sie zog den Teller näher heran und begann wieder zu essen. »Dann werd ich an der Uni unterrichten. Vorlesungen halten. Und vielleicht Bücher schreiben...«

»Bis dich ein Freier erkennt und dir vor versammelter Mannschaft zwischen die Beene greift«, sagte Fanny. »Dann isses vorbei mit Bücherschreiben.«

Das Leuchten in Helenes Augen erlosch. »Wart's nur ab, Fanny«, sagte sie wütend. »Frauen haben heutzutage viel mehr Möglichkeiten. Ihnen steht alles offen, was früher nur den Männern erlaubt war. Ich kann alles sein, was ich will. Das ist die neue Zeit.«

»Neue Zeit, pah.« Fanny zündete sich eine Zigarette an. »Das glaubste wohl selber nicht, Lenchen. Vielleicht steht der eine oder andere drauf, wenn du beim Vögeln auch noch mal was Kluges zum Besten gibst. Aber am Ende mag kein Mann 'ne Frau, die klüger ist als er.« Sie wandte sich an Tristan. »Hab ich nicht recht, Nowak?«

Tristan hob den Kopf. »Ich hab damit kein Problem«, sagte er etwas überrumpelt.

Doro lachte. »Weil du keine kennst. Hängst ja nur bei den Huren und den Boxern rum.«

Fanny fiel in Doros Lachen ein. Dann kniff sie die Augen zusammen und fixierte Tristan nachdenklich. »Wobei... ick hab mir ja schon manchmal gedacht, dass du och viel fixer im Kopf bist, als du tust.« Sie tippte mit den beiden

Fingern, die die Zigarette hielten, Tristan an die Stirn. Bist 'n schlaues Kerlchen, Nowak. Ick wette, du kommst aus 'nem guten Stall …«

Tristan warf ihr einen kalten Blick zu, und sie verstummte abrupt. Er wandte sich an Helene, die wieder ihr Buch aufgeklappt hatte. »Du wirst das sicher schaffen«, sagte er, und Helene lächelte ihm dankbar zu.

»Das sagt er auch immer.«

»Wer?« Tristans Bemühen, Helene zu ermutigen, bekam einen leichten Dämpfer.

»Sie spricht von dem feinen Pinkel mit den Rosen«, mischte sich jetzt Doro wieder ein. »Der isses, der ihr solche Flausen in den Kopf setzt.«

»Er ist auch Student«, erklärte Helene eifrig, an Tristan gewandt. »Und ein wirklich anständiger Kerl. So ein Lieber, Anhänglicher …«

Tristan zuckte leicht zusammen. Über die Freier, die zu Helene gingen, wollte er so wenig wie möglich wissen und sich vor allem nichts vorstellen müssen.

Helene bemerkte sein Unbehagen offenbar nicht, denn sie erzählte begeistert weiter: »Er bringt mir Bücher mit, und wir reden über Aristoteles und Kant …«

»Bevor oder nachdem er dich gepimpert hat?«, warf Doro ein.

Helene ließ ihre Gabel sinken. »Du bist doch nur neidisch.«

Doro lachte. »Neidisch? Auf den Fatzke? Wirklich nicht. Glaub mir, Lenchen, das is 'n falscher Fuffziger, so wie alle Freier. Wahrscheinlich geilt ihn das auf, ein bisschen Aristoteles, während er dir das Höschen runterzieht, ein bisschen Kant, während er dir seinen …«

Tristan verschluckte sich an einem Stück Roulade und musste husten, was ihm einen schmerzhaften Stich in die lädierten Rippen bescherte. Fanny mischte sich ein. »Jetzt halt mal die Gusche, Doro. Machst den armen Nowak ja ganz kirre.«

»Der ist doch sonst auch nicht so empfindlich«, schnappte Doro beleidigt.

»Ich glaub, der Nowak versteht mich«, meldete sich Helene zu Wort. »Stimmt doch, oder?« Sie warf Tristan einen auffordernden Blick zu.

Tristan räusperte sich. »Also, ich kann da gar nichts dazu...«

Helene unterbrach ihn. »Sehnst du dich nicht auch manchmal nach jemandem, der weiß, wie du wirklich bist, ohne dass du etwas erklären musst? Jemand, bei dem du dich vollkommen zu Hause fühlst?«

Plötzlich herrschte Schweigen am Tisch. Tristan spürte, wie ihm heiß wurde. Fehlte gerade noch, dass er errötete. Abrupt stand er auf. »Ich muss jetzt los«, murmelte er, ohne Helene anzusehen, und ergriff die Flucht.

Fanny folgte Tristan in den Flur. »Alles in Ordnung, Nowak?«

Er nickte schweigend.

»Ick müsste mal wieder wat koofen gehen«, sagte sie dann beiläufig.

Tristan drehte sich zu ihr um. »Kaffee? Zigaretten?«

»'ne Flasche Korn wär auch nicht schlecht. Und 'n bisschen Wein.«

»Bring ich dir.«

16

Hermann Gille war kurz davor, die Geduld zu verlieren. Es war völlige Zeitverschwendung, was er hier machte. Seit Stunden stand er sich die Beine in den Bauch und wartete, und nichts geschah. Wenn es nach ihm gegangen wäre, hätte er nicht lange gefackelt. Wäre in den Boxverein gestürmt und hätte sich diesen Nowak gehörig zur Brust genommen. Doch Kamerad Pfeiffer hatte gemeint, das Ganze müsse so unauffällig wie möglich vonstattengehen. Niemand dürfe spitzkriegen, wieso sich jemand für den Mann interessierte. Gille hatte eingewandt, dass er immerhin die Staatsmacht verkörpere und illegale Boxkämpfe Grund genug seien, sich ihn einmal vorzunehmen, doch Pfeiffer hatte ihm erklärt, dass die Sache von höherem Interesse sei und man daher nicht vorsichtig genug sein könne. Das hatte ihn verstummen lassen. Von höherem Interesse. Man stelle dich das vor. Er, Hermann Gille, war damit beauftragt, einer Sache von höherem Interesse nachzugehen. Und das nur, weil der einfältige Ahl ausnahmsweise mal eine Erleuchtung gehabt hatte.

Gille hatte von Pfeiffer den Auftrag bekommen, den Boxclub zu beobachten, den Nowak zusammen mit dem kleinen blonden Kommunisten Schimek betrieb, und wenn er auftauchte, sollte er ihm folgen und berichten, mit wem er sich traf. Boxclub! Gille verzog verächtlich das Gesicht. Das war ja wohl ein viel zu hochtrabender Name für diesen schäbigen Laden in einer Gegend, in der es von Juden und anderem Gesocks nur so wimmelte. Er beobachtete nun schon ewig die unscheinbare Tür, und dieser Nowak war noch nicht aufgetaucht. Freddy Schimek war gekommen, auch eine ganze Menge anderer zwielichtiger Kerle gingen hier ein und aus, aber Nowak ließ sich nicht blicken. Und dafür hatte er sich extra einen Tag freigenommen. Gille beschloss, die Sache etwas offensiver anzugehen. Die Kameraden erwarteten schließlich Ergebnisse, da konnte es nicht schaden, ein wenig Eigeninitiative an den Tag zu legen. Er verließ seinen Beobachtungsposten an der Litfaßsäule, wo er sich neben Zeitungs- und Streichholzverkäufern, einem Scherenschleifer und diversen herumlungernden Taugenichtsen die Beine in den Bauch gestanden hatte, und überquerte die Straße, um einen genaueren Blick auf diesen Laden zu werfen. Er befand sich im Erdgeschoss eines roten Backsteinhauses, das eingezwängt war zwischen einer jüdischen Buchhandlung und einem Schuster, der seine Schuhe an Haken entlang der Fassade ausgestellt hatte. Ein Junge mit einem Bauchladen mit ein paar blassen Brötchen stand etwas verloren davor, einen handgeschriebenen Zettel an die Brust geheftet: *Schrippen. Extrafeine Ware, 1 Pfg./Stck.*

Der Boxclub war offenbar früher auch ein Ladengeschäft gewesen, denn er hatte ein Schaufenster, über dem man noch schwach den Schriftzug Fleischerei lesen konnte. Jetzt war es allerdings zur Hälfte mit weißer Farbe übermalt, was ja für sich gesehen schon ziemlich verdächtig war, wie Gille fand. Zum Glück war er groß genug, um darüber hinwegzulinsen. Er sah einen nicht besonders großen Raum, in dem ein paar Männer in Hosenträgern und

Unterhemden herumstanden, rauchten und sich unterhielten. An den teilweise noch gefliesten Wänden hingen zwischen ausrangierten Handschuhen und Springseilen Plakate von Boxveranstaltungen. Der Rest der Wände war dunkelrot gestrichen. Im Hintergrund konnte man einen leeren Boxring und ein paar Sandsäcke erkennen, an denen je ein Mann trainierte.

Hermann Gille war etwas enttäuscht. Er wusste nicht, was er erwartet hatte, aber jedenfalls nicht einen Ort, in dem es tatsächlich aussah wie in einem harmlosen Sportverein, von der etwas extravaganten Farbwahl der Wände einmal abgesehen. Er hatte sich das Ganze irgendwie verrufener, verkommener vorgestellt. Er ging noch etwas näher an das Schaufenster heran, stellte sich auf die Zehenspitzen und erhaschte einen Blick auf Freddy Schimek selbst, der gerade einem Mann ein paar Scheine in die Hand drückte. Dann ging die rückwärtige Tür auf, und ein Mann trat ein, den Gille sofort an seinen rotbraunen Haaren erkannte, noch bevor er sein Gesicht deutlich sehen konnte. Er war es. Nowak. Auf den er den ganzen verdammten Tag gewartet hatte.

Gille konnte sich nicht erklären, wie dieser Kerl in den Laden gekommen war, ohne dass er ihn bemerkt hatte, und vergaß vor Aufregung jegliche Vorsicht. Er streckte sich noch ein wenig höher, damit ihm ja nichts entging. Die beiden redeten jedoch nur miteinander. Schimek sagte etwas, und Nowak grinste und schüttelte den Kopf. Ein junger Bursche trat zu ihnen, mit kohlschwarzen Haaren und dunkler Gesichtshaut, und Nowak zerzauste ihm lachend die Haare. Der Junge ist mit Sicherheit ein Zigeuner, dachte Gille und verzog angewidert das Gesicht. Neben Juden war es dieses diebische, nichtsnutzige Pack, dem sein besonderer Hass galt. Im nächsten Moment, völlig unerwartet, wanderte Schimeks Blick zum Schaufenster. Gille zuckte zurück und duckte sich schnell, doch nicht schnell genug.

Schimek kam aus dem Laden gestürmt und packte ihn an den Aufschlägen seiner Jacke. »He, Bohnenstange, wat glotzt du so?«, schnauzte er ihn an.

Hermann Gille wusste nichts zu antworten. Jetzt kamen auch Nowak und der Zigeunerjunge heraus.

»Wen hast du denn da am Kragen?«, fragte Nowak belustigt. Schimek ließ Gille los und gab ihm gleichzeitig einen groben Stoß, sodass er stolperte und nach hinten auf den Gehsteig fiel.

»Wieder einer von den Strichern, die sich hier in letzter Zeit rumtreiben«, sagte er missmutig. »Die werden langsam unverschämt. Letzte Woche hat einer von ihnen Kurt angemacht und ihm dann, als er davon nix wissen wollte, die Brieftasche gemopst.«

Hermann Gille rappelte sich empört auf. »Ich bin doch kein...«

Doch Schimek ließ ihn nicht zu Wort kommen. »Sieh zu, dass de Land gewinnst, Bohnenstange. Und lass dich hier nicht mehr blicken, sonst versetz ick dir 'nen Tritt in deinen Arsch, dass du ihn ein paar Wochen lang nicht mehr hinhalten kannst.«

Gille schnappte nach Luft, befand es jedoch nach kurzer Überlegung für klüger, nichts zu erwidern, sondern erst einmal das Weite zu suchen, zumal nun noch weitere Männer herausgekommen waren, um nachzusehen, was los war. Er trollte sich bis zur nächsten Straßenecke, von wo aus er beobachtete, wie alle wieder im Boxclub verschwanden. Er bebte vor Wut und Scham. So eine Demütigung, vor aller Augen, war ihm noch nie, nie, niemals widerfahren. Ihn mit einem dieser schwindsüchtigen Stricherjungen zu verwechseln, die sich am Stettiner Bahnhof herumtrieben, war unerhört! Zugegeben, er hatte, als er erfahren hatte, wo er seine Beobachtungstätigkeiten ausführen sollte, seine schäbigste Kleidung angezogen, als Tarnung sozusagen, um unter all dem Pack nicht aufzufallen, doch das ging zu weit. Wenn er seine Uniform angehabt hätte, dann wäre ihm dieser Dreckskerl mit Respekt und vermutlich sogar mit Unterwürfigkeit begegnet, dessen war Gille sich sicher. Uniformen bewirkten das. Man zollte ihnen und den Menschen, die sie trugen, Respekt. Er zog sein mehrfach geflicktes Wolljackett gerade und rückte die Mütze zurecht, die er bei der groben Behandlung beinahe verloren hätte. Sein Adamsapfel bebte, als ob sich ein lebendiges Tier darunter verbarg, das verzweifelt darum kämpfte, ins Freie zu gelangen. Es würde der Moment kommen, an dem er sich an Freddy Schimek rächen konnte. Er würde sein Verhalten ihm gegenüber noch bitter bereuen. Doch noch war es nicht so weit. Jetzt galt es, die ihm gestellte Aufgabe zu erfüllen. Er hatte Nowak gefunden. Und von nun an würde er ihn nicht mehr aus den Augen lassen.

* * *

Tristan folgte seinem Freund, der nicht ahnte, dass er sich soeben einen Todfeind gemacht hatte, zurück in den Club. Er ließ sich von den anderen erzählen, wie die nächtliche Schlägerei ausgegangen war. Nachdem sich herumgesprochen hatte, dass Nowak entwischt war, war den Schlägern ein wenig die Luft ausgegangen, und sie hatten sich nach und nach davongemacht. Schimeks und Nowaks Leute hatten ein paar von ihnen noch verfolgt, doch im Großen und Ganzen war die Sache damit vorbei gewesen. Zahlreiche Zuschauer waren verletzt worden, einige ziemlich schwer.

»Die verdammten Hurensöhne haben mit ihren Schlagstöcken auf alles eingedroschen, was sich bewegt hat«, knurrte Kurt Herzfeld, der selbst einige Blessuren davongetragen hatte. »Das werden die uns noch büßen, dit kannste mir glauben.«

Danach gingen Freddy und Tristan zusammen nach hinten in sein Zimmer.

»Wie geht's dir?«, fragte Freddy und warf Tristan einen prüfenden Blick zu.

»Prima. Wie neugeboren«, sagte Tristan ironisch. »Nur lachen darf ich nicht.« Er setzte sich auf einen der wackeligen Holzstühle und zündete sich eine Zigarette an.

»Prima Quote für uns heute.« Freddy reichte ihm einen Packen Scheine, und Tristan schob sie unbesehen in die Innentasche seiner Jacke. Nachzählen brauchte man bei Freddy nicht.

»Und was macht deine neue Freundin?« Freddy nahm sich ebenfalls eine Zigarette aus Tristans Päckchen und klopfte sie ein paarmal auf den Schreibtisch, bevor er sie sich anzündete. »Kein Wunder, dass du dir neue Klamotten gekauft hast. Ich dachte, mir fallen die Augen ausm Kopf, als du gestern mit ihr aufgekreuzt bist. Hättste mich auch mal vorwarnen können.«

»Josephine ist nicht meine Freundin«, wehrte Tristan ab. »Also nicht, wie du denkst. Und ich kenne sie auch erst seit vorgestern.«

Freddy lachte. »Aber dir ist schon klar, dass deine Bekanntschaft zufällig Josephine Baker ist, die heißeste Schnecke zwischen New York und Moskau, der wandelnde Traum aller Männer zwischen zwölf und hundert?«

»Schon.« Tristan nickte vage. »Aber sie ist nicht so. Nicht so... wie alle sie sich vorstellen.«

»Und das weißt du, obwohl du sie erst seit vorgestern kennst und sie noch nicht mal ge...«

»Lass gut sein Freddy«, unterbrach ihn Tristan barscher als beabsichtigt.

Freddy verstummte, allerdings mit einem Grinsen im Gesicht. »Verrätst du mir trotzdem, was du mit ihr zu schaffen hast?«

Tristan sah seinen Freund nachdenklich an. »Aber du musst es für dich behalten.«

Freddy hob spöttisch die Brauen. »Oh, hoppla ...«

»Ich meine es ernst.«

Der Spott verschwand aus Freddys Miene, und er sagte: »Haste dich jemals nicht auf mich verlassen können?«

Tristan schüttelte den Kopf, dann sagte er: »Ich soll auf sie aufpassen.«

»Aufpassen?« Freddy sah ihn irritiert an. »Versteh ich dit richtig? Du spielst Kindermädchen für Josephine Baker?«

»Kann man so sagen.« Tristan zuckte mit den Schultern.

Freddy lachte.

»Es gibt Schlimmeres.«

Sein Freund nickte nachdrücklich. »Dit kannste laut sagen. Könnte auch 'ne hässliche Schrapnelle sein, die nach Veilchenwasser riecht und 'nen inkontinenten Pudel hat, mit dem du ständig Gassi gehen musst ...«

»Es wird gut bezahlt.«

Sie rauchten eine Weile schweigend, dann sagte Freddy plötzlich: »Und wer ist dein Auftraggeber?«

Als Tristan schwieg, hob sein Freund die hellblonden Augenbrauen. »Oha. Großes Geheimnis. Pass bloß auf, dass du damit keine Scherereien bekommst.«

Tristan dachte an seinen Onkel, den er in diesem Leben nicht hatte wiedersehen wollen, und an Josephine, ihr bezauberndes Lächeln und ihren Kuss. Er verzog das Gesicht. »Ich glaube, Freddy, die hab ich schon.«

17

Als Tristan kurz darauf am Alexanderplatz in die U-Bahn Richtung Kurfürstendamm stieg, fiel ihm der hoch aufgeschossene, dünne junge Mann, der sich im letzten Moment in das Abteil schob, nicht auf. Er war mit seinen Gedanken weit weg. Den Blick auf das dunkle Fenster gerichtet, in dem sich die müden Gesichter der Fahrgäste spiegelten, fragte er sich, was er hier eigentlich machte. Josephine hatte ihm auf ihrem Weg zum Boxkampf erzählt, dass sie und ihre Kollegen die Tage bis zur Premiere am kommenden Dienstag zu intensiven Proben nutzen würden. Der Veranstalter hatte einen Bus angemietet, der die Truppe jeden Morgen abholte und am Abend wieder zurück in die Pension brachte, um zu gewährleisten, dass alle immer rechtzeitig vor Ort waren. Josephine wollte fürs Erste mit der Truppe mitfahren, hatte sie gemeint. Tristan hatte den Eindruck gehabt, als wäre es ihr gegenüber ihren Kollegen ein bisschen peinlich, eine Sonderbehandlung zu erhalten. Es gab daher keine Notwendigkeit für ihn, heute bei ihr aufzukreuzen. Und dennoch war er gerade auf dem Weg zum Theater. Er hatte den Wagen am Alexanderplatz stehen gelassen und die U-Bahn gewählt, um den Anschein zu erwecken, ganz privat und nur aus Neugier wegen der Revue vorbeigekommen zu sein. Außerdem wollte er einen

Blick auf die beschmierte Fassade werfen, um sicherzustellen, dass sie ordentlich übermalt worden war.

Tristan war klar, dass er sich damit nicht einmal selbst etwas vormachen konnte. Es gab nur einen einzigen Grund, dorthin zu fahren: Er wollte Josephine sehen. Alles andere interessierte ihn nicht.

Er stieg am Wittenbergplatz aus und ging den Rest zu Fuß. Das Nelson-Theater war berühmt für seine Revuen. Es war daher nur folgerichtig, die *Revue nègre* aus Paris genau hierher geholt zu haben. Und obwohl Tristan dort noch nie eine der Aufführungen besucht hatte, würde es bestimmt spektakulär werden. Wie inzwischen auf allen Litfaßsäulen aufgeklebt war, waren die Vorstellungen schon restlos ausverkauft.

Nachdem er sich vergewissert hatte, dass die Fassade wieder in unschuldigem Weiß erstrahlte, ging er zum Bühneneingang, wo ihm sofort Arthur Butzke entgegentrat.

»Kein Zutritt!«, verkündete er mit Donnerstimme, dann erkannte er Tristan und trat zur Seite. »Ach, Sie sind's. Entschuldigen Se, ich hab Sie nicht gleich wiedererkannt.« Er tippte sich an seine Mütze.

Tristan begrüßte ihn mit Handschlag. Der Portier gefiel ihm. »Alles ruhig?«, fragte er.

Butzke nickte. »Keine Schmierfinken mehr da jewesen. Und auch sonst nüscht Unanjenehmes für das Frollein Baker.« Er lächelte und deutete nach hinten. »Sie proben schon. Ein paar Pressefritzen sind auch da.«

Tristan bedankte sich und machte sich auf den Weg zur Bühne. Unterwegs stieß er auf die Gruppe der Journalisten und Fotografen, von denen Butzke gesprochen hatte.

»Die Baker sieht aus wie ein exotisches Tierchen, das grad von 'ner Urwaldpalme gehüpft ist«, sagte einer von ihnen gerade und leckte sich anzüglich die Lippen. »Diesen kleinen Affen würde ich mir gerne einfangen.«

Die anderen lachten.

Tristan ballte die Fäuste in seinen Hosentaschen und ging mit gesenktem Kopf an ihnen vorbei.

Wenig später trat er durch eine Seitentür und stand unmittelbar neben der Bühne, auf der Sidney gerade eine bittersüße Melodie auf seiner Klarinette spielte. Tristan zog sich in den Schatten einer Säule zurück und hörte zu. Ein Paar, die Namen der beiden Künstler wusste er nicht mehr, erschien und tanzte leichtfüßig um den Klarinettenspieler herum. Vom Choreografen aus dem Zuschauerraum heraus waren ein paar Einwände zu hören, sie wiederholten den Tanz, dann klatschte der Mann in die Hände und sagte: »Gut. Und jetzt noch einmal den *Danse Sauvage*.«

Trommeln erklangen, und der große dunkle Tänzer namens Alex kam herein, nackt bis auf einen Lendenschurz, mit bedrohlich aufgerissenen Augen. Er trug Josephine, die ebenfalls nahezu nackt war, rücklings auf seinem Rücken. Als er sie absetzte und sie zu tanzen begann, stockte Tristan der Atem. Es war erregend auf eine Art und Weise, wie er es noch nie erlebt hatte. Dabei war es nur eine Probe – Leute standen herum, in ihrer Alltagskleidung, es gab noch nicht einmal ein Bühnenbild. Lediglich Josephines Schatten wurde auf die leere graue Rückwand der Bühne geworfen, riesenhaft vergrößert, rätselhaft verzerrt wie das Abbild eines entfesselten Derwischs.

Tristan wollte sie nicht auf diese Weise betrachten, ihren nackten Körper, die entblößten Brüste, die zuckenden Beine. Es fühlte sich nicht richtig an, voyeuristisch, gierig, verboten, und gleichzeitig konnte er den Blick nicht abwenden. Als er sich die eigentliche Aufführung vorstellte, Hunderte aufgeheizte Zuschauer, alle Blicke auf Josephine gerichtet, atemlos, schockiert, erregt, schloss er für einen Moment die Augen. Dann schüttelte er den Kopf, um das verstörende

Bild zu vertreiben, und als der wilde Tanz mit einem Trommelwirbel endete, zog er sich leise zurück und verliess das Theater, ohne sich bei ihr bemerkbar gemacht zu haben.

Da es noch zu früh war, um Mara zu treffen, ging Tristan den Kurfürstendamm entlang. Die eleganten Damen in ihren Pelzmänteln, die sich lachend bei ihren Begleitern einhakten und den Pfützen und Matschinseln auf dem Gehsteig auswichen, um ihre dünnen Schuhe nicht zu beschmutzen, ignorierte er ebenso wie die hell erleuchteten Auslagen mit ihren sündhaft teuren Dingen wie Schmuck, Uhren, Handtaschen oder zu prächtigen Türmen aufgeschichtete exotische Feinkost wie getrocknete Datteln, kandierte Orangenscheiben und Päckchen türkischen Kaffees. Erst bei einer der Imbissbuden am Strassenrand blieb er kurz stehen und kaufte sich ein Paar heisse Würstchen, das er dann im Gehen verschlang. An der Gedächtniskirche bog er schliesslich in Richtung Tiergarten ab.

Es wurde stiller, das Rattern und Klingeln der Strassenbahnen, das Dröhnen der Omnibusse, die zahllosen Autohupen und das Klappern der Hufe der Pferdefuhrwerke verklang, und als er in den breiten, von kahlen Bäumen gesäumten Weg einbog, der zum Landwehrkanal führte, verlangsamte er endlich seinen Schritt. Nebel lag über dem Boden, und unter seinen Schuhen knirschte der gefrorene Schnee. Eine kleine Verkaufsbude zu seiner Rechten hielt noch wacker die Stellung, obwohl die Allee längst menschenleer war. Durch die kahlen Wipfel der Bäume wehte ein ruppiger Ostwind. Im Winter war der Stadtpark nach Einbruch der Dunkelheit kein Ort, wo man sich gerne zum Flanieren aufhielt. Doch das war ihm gerade recht. Tristan kaufte sich eine Flasche Bier und setzte sich auf eine Parkbank. Er war aufgewühlt, konnte die Bilder nicht aus dem

Kopf verbannen, sah Josephine noch immer deutlich vor sich, eine nackte, ekstatische, wilde Person, die tanzte, als gäbe es kein Morgen. Das Bier war eiskalt und rann wie flüssiges Eis seine Kehle hinunter. Er trank dennoch in großen Schlucken. Die Kälte, die sich in ihm ausbreitete, war ihm willkommen. Um ehrlich zu sein, konnte es ihm im Augenblick nicht kalt genug sein.

* * *

Hermann Gille, der Tristan, hinter einem Baum verborgen, aus sicherer Entfernung beobachtete, war ebenfalls kalt, und er genoss es keineswegs. Im Gegenteil. Seine Hände waren bereits blau gefroren, und er hatte sich schon dafür verflucht, dass er seinen warmen Mantel zu Hause gelassen hatte. Was tat dieser nichtsnutzige Streuner da nur? Wie kam er auf die bescheuerte Idee, sich bei dieser Eiseskälte auf eine Parkbank zu setzen, um ein Bier zu trinken? Als ob es nicht genug Bierlokale in der Stadt gäbe.

Einen Moment lang überlegte er, ob er die Observation, wie er seinen Auftrag inzwischen fachmännisch bezeichnete, abbrechen sollte. Doch würde Kamerad Pfeiffer damit zufrieden sein? Vermutlich würde er wissen wollen, was der Kerl am Abend noch getrieben hatte. Er kramte seine Kladde hervor, in der er sich akribisch Notizen gemacht hatte: *Boxclub, Unterredung mit Freddy Schimek, der Geld an zweifelhafte Subjekte auszahlt; Inhalt des Gesprächs unbekannt; Besuch Nelson-Theater am Kurfürstendamm über Bühneneingang, Zweck unbekannt.* Dahinter hatte er jeweils die Uhrzeit vermerkt. Jetzt fügte er hinzu: *Zielloses Herumstreunen – Tiergarten, Parkbank. Trinkt Bier.* Während Gille, die Kladde an den Baumstamm gepresst und die Augen wegen des spärlichen Lichts angestrengt zusammengekniffen, die Uhrzeit dazukritzelte, fiel ihm Schimek wieder ein, und prompt kroch das Gefühl der Demütigung erneut gallig und bitter in seine Kehle.

»Schimek, du Schwein, das wirst du mir büßen«, flüsterte er leise vor sich hin, und sein Atem produzierte kleine weiße Wölkchen in der kalten Luft. Schimek. Dieser Name klang doch irgendwie fremdländisch. Wie Nowak auch. Slawisch, vermutlich sogar jüdisch. Bestimmt hatten die beiden deswegen ihren Boxladen mitten in diesem Drecksviertel. Diese Sorte Leute hockte aufeinander wie Ungeziefer im Müll, die konnten nicht alleine sein, brauchten die dumpfe, schale Wärme von ihresgleichen.

Gille steckte sein Notizbuch zurück in die Tasche, rieb sich die Hände und blies ein paarmal hinein. Nowak war endlich aufgestanden. Er ging zurück zu dem Verkaufsstand – hoffentlich soff er nicht noch ein Bier in dieser Affenkälte. Nein, er brachte nur die Flasche zurück, zündete sich eine Zigarette an, wechselte ein paar Worte mit dem Verkäufer und ging dann weiter. Gott sei Dank. Hermann Gille streckte sich ein wenig, lockerte seine Beine, dann nahm er die Verfolgung wieder auf.

* * *

Das *Shalimar* in der Blumenstraße war das luxuriöseste Ballhaus der Stadt. Wie sein Name schon vermuten ließ, erinnerte die Einrichtung an ein Märchen aus *Tausendundeine Nacht*. Unzählige elektrisch beleuchtete Sterne funkelten am dunkelblauen Glasfirmament über der Tanzfläche, und unzählige Spiegel an den Wänden und der Decke reflektierten jeden Lichtschimmer ins Unendliche. Auf den kleinen Tischen, die um die Tanzfläche herum angeordnet waren, spendeten dunkelrot beschirmte Lämpchen sanftes Licht, und auf der Bühne sprudelten echte, aufwendig beleuchtete Wasserspiele. Es gab Tischtelefone, mit deren Hilfe die Gäste diskreten Kontakt miteinander aufnehmen konnten, und sogar eine Rohrpost für Briefe und kleine Aufmerksamkeiten. Tristan war noch nie hier gewesen, obwohl er das Ballhaus, wie vermutlich jeder in Berlin, kannte. Doro und Olga waren einmal von zwei miteinander befreundeten Freiern dorthin eingeladen gewesen, und Doro hatte ihnen am nächsten Tag beim Frühstück alles haarklein beschrieben, bis hin zum sagenhaften Parfümautomat auf der Toilette. »Sechs Sorten kannste dir aussuchen«, hatte sie ungläubig erzählt. »Hab mir jedes Mal, wenn ich pinkeln musste, von Nobert Geld geben lassen. So gut hab ick in meinem Leben noch nicht gerochen.«

Der Saal war bereits gut gefüllt, auf der Galerie spielte ein Orchester, und viele Paare tanzten. Tristan blieb am Eingang stehen und sah sich um. Zahlreiche Kellner in Frack und Fliege eilten mit Champagnerkübeln und Weinkaraffen umher. Als er sich bei einem von ihnen nach Ruben erkundigte, so wie Mara es ihm aufgetragen hatte, deutete dieser zu einer Tür auf der linken Seite. »Der ist am Bier-Buffet.«

Das »Bier-Buffet« befand sich in einem kleineren Nebenraum, in dem es zwangloser zuging als im Tanzsaal. Er war vom Foyer und vom Saal aus zugänglich, und es wurde nur Bier ausgeschenkt. Als Tristan langsam durch die voll besetzten Tische hindurchging, sprach ihn jemand von hinten an.

»Na, schöner Mann? Hab dich schon erwartet.«

Tristan drehte sich um. Ein dunkelhaariger Kellner stand mit einem Tablett voller Biergläser vor ihm. Auch wenn er unverkennbar männlich war, war es Mara: die gleiche ebenmäßige Gesichtsform, die gleichen schönen Augen, die langen Wimpern, das spöttische Lächeln.

»Ich erinnere mich, dich gestern geküsst zu haben«, sagte Ruben und grinste anzüglich, doch Tristan nickte ungerührt. »Ich mich auch. Dunkel.«

Ruben beugte sich ein wenig zu ihm und flüsterte, wie nebenbei: »Sie sitzen an dem Tisch in der Ecke, gleich neben der Bar. Ich bringe ihnen gerade die Getränke. Achte auf das blonde Bürschchen mit der Zigarre.« Dann ging er weiter, und Tristan trat an die Bar und bestellte ein Bier. Unauffällig beobachtete er den Tisch, an dem Ruben gerade die Gläser verteilte. Drei junge Männer, unverkennbar auf militärisch getrimmt, mit zackigen Haarschnitten und steifen Hemden. Jeder von ihnen mit jenem Gesichtsausdruck herablassender Überheblichkeit, die Leuten zu eigen ist, die sich anderen von Geburt an überlegen fühlen. Tristan kannte diese Typen zu Genüge. Er hatte sie schon als Schüler jenes Elitegymnasiums verabscheut, das er auf Wunsch seines Vaters besucht hatte. Richtig kennengelernt aber hatte er sie erst an der Front, als sie ihr wahres Gesicht zeigten.

Diese hier hatten erkennbar schon einiges getrunken, Nacken und Wangen waren gerötet, auf dem Tisch stand eine ganze Reihe leerer Gläser. Das »Bürschchen«, wie Ruben ihn betitelt hatte, hatte einen kleinen, blonden Schnauzbart, mühsam angezüchtet, wie Tristan vermutete, und runde, noch kindliche Pausbacken. Der Schmiss an der Wange trug nicht dazu bei, ihn männlicher wirken zu lassen, die dünne, wie mit einem Bleistift gezogene Narbe wirkte irgendwie fehl am Platz in dem weichen Gesicht. Von den beiden anderen war einer ebenfalls blond und blauäugig, der andere dunkelhaarig, schmal, mit feinen Gesichtszügen und dunklen Augen. Auch er hatte einen Schmiss im Gesicht. Tristan schätzte die drei auf Anfang zwanzig, gerade so erwachsen. Studenten einer schlagenden Verbindung. Und zu jung, um im Krieg gewesen zu sein. Was sie mit Sicherheit bedauerten. Diese Idioten. Tristan verzog verächtlich das Gesicht. Er war auch einmal so ein Idiot gewesen.

Ruben kam zurück und stellte sich neben ihn. »Natürlich erkennt er mich nicht mehr. Jedenfalls tut er so.«

»Konntest du hören, worüber sie sprechen?«

»Nicht viel.« Ruben überlegte. »Jedenfalls nichts, was von Bedeutung wäre, glaube ich. Irgendetwas über Arbeit an einem Bau. Sie sprachen über Putze und Füllmaterial, irgend so was. Vielleicht studieren sie Architektur? Klang für mich nicht sehr aufregend. Jedenfalls nicht nach Verschwörung. Sie haben übrigens alle drei ein Abzeichen am Hemdkragen.«

»Was sieht das aus?«

»So ähnlich wie ein spiegelverkehrtes Z.« Ruben zeichnete es mit dem Finger auf die feuchte Theke.

Tristan betrachtete das Symbol, und eine plötzliche Kälte ließ ihn frösteln. Etwas rührte an seinem Unterbewusstsein, eine tief begrabene Erinnerung. Sie verlangte nach Beachtung, doch er konnte ihr nicht nachgeben. Seine Nackenhaare sträubten sich allein bei dem Gedanken, diese Tür auch nur einen winzigen Spalt zu öffnen.

Mit einer heftigen Handbewegung wischte er über die feuchte Theke, und das unheilvolle Zeichen verschwand. Er bemerkte, dass seine Hände zitterten, und verschränkte die Arme vor der Brust, um sie zu verbergen.

Ruben musterte ihn. »Alles in Ordnung?«

»Ja.« Tristan nickte knapp.

Ruben gab beim Schankkellner eine neue Bestellung auf. »Wie heißt du eigentlich?«, fragte er Tristan, während er die rasch gereichten Getränke auf das Tablett stellte.

»Nowak.«

»Und dein Vorname?«

»Nur Nowak.«

»So, so.« Ruben grinste. »Sehen wir uns mal wieder, Nur-Nowak?«

Tristan zuckte mit den Schultern. Sein Herzschlag beruhigte sich nur langsam. »Wer weiß?«, sagte er vage.

Ruben lächelte, und sein Lächeln verwandelte ihn wieder in Mara, rassig, verführerisch, die Augen zwei dunkle Seen, in denen man sich verlieren konnte. Tristan dachte an ihren überraschenden Kuss gestern, und während Ruben sein Tablett hochhob und ging, fragte er sich, wen er lieber wiedersehen würde, Ruben oder Mara.

18

Hermann Gille lief, so schnell er konnte. Er war seiner unangemessenen Kleidung wegen nur kurz im Ballhaus gewesen, um nicht unnötig aufzufallen und gar von den Angestellten hinauskomplimentiert zu werden, doch er glaubte, genug gesehen zu haben. Er war Nowak in die Bierstube gefolgt, wo er sich mit einem ausländisch aussehenden Kellner unterhalten hatte. Er konnte sich zwar nicht viel dazu zusammenreimen, aber es hatte irgendwie konspirativ gewirkt. Was ihm jedoch viel bedeutsamer erschien, war die Tatsache, dass sich Nowak offenbar für die drei jungen Männer interessierte, die dort zechten. Er kannte sie nämlich. Nicht den Namen nach, aber vom Sehen. Sie waren Mitglieder im selben Verein wie er.

Als er nach rund zehn Minuten den öffentlichen Fernsprechautomaten am Alexanderplatz erreicht hatte, war Gille völlig außer Atem. Mit fahrigen Bewegungen kramte er den Zettel aus seiner Jackentasche, auf dem ihm dieser Kurtz auf der Versammlung seine Telefonnummer notiert hatte. Er solle ihn sofort anrufen, falls ihm etwas Bemerkenswertes zu Nowak auffiele, hatte er gesagt.

Gille warf ein paar Münzen ein, wählte die Nummer und wartete mit klopfendem Herzen. Nach zwei Klingeltönen wurde abgehoben.

»Ja?« Es war unverkennbar jene heisere Stimme von gestern.

Gille berichtete, noch immer etwas atemlos, von seinen Beobachtungen, und als er bei den drei Männern aus seiner Wehrsportgruppe angelangt war, unterbrach ihn der Mann. »Sind sie noch da?«

»Ja. Sie sitzen in der Bierstube. Nowak ist auch dort. Ich glaube, er wartet...«

»Gut. Du kannst heimgehen«, unterbrach ihn der Mann. »Ich übernehme das.«

»Aber...«, wagte Gille einzuwenden, doch die Leitung war bereits tot. Unschlüssig hängte er den Hörer auf die Gabel. Er hatte keine Lust, nach Hause zu gehen, wo doch nur seine Mutter auf ihn wartete, auf dem Stuhl in der Küche sitzend, dort, wo er sie am Morgen zurückgelassen hatte. Unter ihrer fleckigen Strickjacke würde sie noch immer ihr schmuddeliges Nachthemd tragen, mit dem sie am Morgen aufgestanden war und das nach altem Schweiß und Verzweiflung stank. Er würde sie zu Bett bringen müssen, ihre Hand halten und warten, bis sie in unruhigen Schlaf gefallen war. Seit der Vater tot war, schlief sie nur ein, wenn er bei ihr blieb. Sie fürchtete sich davor, beim Aufwachen immer und immer wieder aufs Neue ihren Mann neben dem Bett an der Wand lehnen zu sehen, die Waffe noch in der Hand, Blut und Hirn über die Wand verspritzt.

Gille vergrub seine Hände in seinen Hosentaschen und ging zurück in Richtung Ballhaus. Den ganzen Tag war er in der größten Saukälte diesem windigen Boxer hinterhergelaufen, hatte sogar deswegen freigenommen, und jetzt, wo es darum ging zu begreifen, wozu das alles gut gewesen war, sollte er nach Hause gehen? Auf keinen Fall. Er wollte dabei sein, wollte sehen, was Kurtz mit ihm vorhatte. Und wer weiß, vielleicht würde er sich sogar nützlich machen können?

Am *Shalimar* angekommen, ging er kurz hinein und warf einen Blick in die Bierstube. Als er sich vergewissert hatte, dass Nowak und die drei Kameraden aus dem Wehrsportverein noch an ihren Plätzen waren, verließ er das Lokal und zog sich in den Schatten eines Hauseingangs auf der gegenüberliegenden Straßenseite zurück. Von hier aus hatte er einen guten Überblick, ohne selbst gesehen zu werden. Kurtz hatte ihn unmissverständlich angewiesen, nach Hause zu gehen, und Gille vermutete, dass der vernarbte Mann ziemlich ungemütlich werden konnte, wenn man nicht tat, was er sagte, also wollte er ihm lieber nicht begegnen.

In dem Hauseingang stank es nach Pisse und Hundekot, doch wenigstens war es windgeschützt. Er deckte sich mit ein paar alten Zeitungen zu, die herumlagen, und hockte sich auf den Rest davon. Es dauerte, bis sich etwas tat, und Gille fror erbärmlich.

Die Blumenstraße hatte ihren Namen von den vielen Gärten, die im vorigen Jahrhundert von Hugenotten, die von Frankreich nach Preußen geflohen waren, angelegt worden waren. Die Franzosen hatten sich in dem ganzen Viertel hier ausgebreitet, Gille wusste das von seinem Großvater, der nicht gut auf die Froschfresser und ihre fremdländischen Sitten zu sprechen gewesen war. Es waren noch immer einige der alten Gärten erhalten. Die meisten von ihnen wurden jedoch nicht gepflegt und waren im Laufe der Jahre verwildert. Kein Wunder, dass es hier zahllose streunende Hunde, räudige Katzen und Ratten gab. Gerade lief eines dieser Biester nur eine Fußlänge von ihm entfernt vorbei, blieb einen Moment schnuppernd vor ihm stehen, wohl hoffend, dass er ein toter Penner und somit fette Beute war.

Er verpasste dem Mistvieh einen Fußtritt, der es quiekend mitten auf die gefrorene Straße schleuderte. Endlich kamen die jungen Männer aus dem Lokal. Sie waren sichtlich betrunken, stützten sich gegenseitig und grölten irgendeinen Gassenhauer. Als sie über das eisglatte Kopfsteinpflaster in Richtung Alexanderplatz schlitterten, löste sich aus dem Eingangsbereich des Lokals ein Schatten. Es war Nowak, der ihnen so lässig folgte, als scherte ihn die Hundekälte überhaupt nicht. Gille rieb sich grimmig die halb erfrorenen Hände. Am liebsten hätte er dem arroganten Kerl den gleichen Fußtritt wie der Ratte eben verpasst. Nowak hielt großzügigen Abstand zu den drei jungen Burschen, ließ sie jedoch nicht aus den Augen.

Gerade als Gille sich nervös umzublicken begann, wo denn nun Kurtz bliebe, kam aus einer Seitenstraße ein dunkler Wagen gefahren. Er hielt hinter Nowak, ein großer, gedrungener Mann sprang heraus und versetzte Nowak von hinten einen gezielten Schlag mit einem Schlagstock. Nowak sackte zusammen, ohne einen Laut von sich zu geben, und der Mann stieg wieder ein. Als das Auto an Gilles Versteck vorüberfuhr, konnte er den Fahrer erkennen. Es war unverkennbar Kurtz. Er war also längst da gewesen, während Gille noch ungeduldig auf ihn gewartet hatte.

Beunruhigt fragte er sich, ob die beiden ihn gesehen hatten, als er aus dem *Shalimar* gekommen war und sich in dem Hauseingang versteckt hatte. Würde ihn das in Schwierigkeiten bringen? Würde Kurtz Pfeiffer erzählen, dass er nicht gehorcht hatte? Gille brauchte Pfeiffers Gunst inzwischen so notwendig wie die Luft zum Atmen und würde es nicht ertragen, von ihm gerügt zu werden. Oder, noch schlimmer, wieder zurückgestoßen zu werden in die Bedeutungslosigkeit. Das Auto fuhr langsam weiter, folgte den jungen Burschen, die noch nicht weit gekommen waren und von alledem nichts mitbekommen hatten, überholte sie und bremste direkt vor ihnen. Jetzt stieg Kurtz persönlich aus, wie gestern in Hut und Mantel. Gille konnte sehen, wie sich seine Brillengläser im Licht der Straßenlaterne spiegelten. Es gab einen kurzen Wortwechsel, dann stiegen alle in den Wagen und fuhren davon. Als das Geräusch des Motors verklungen war, wurde es totenstill.

Hermann Gille fühlte sich betrogen. Er hatte sich mehr erhofft. Irgendetwas Erhellendes. Irgendeine Information, um zu begreifen, worum es hier überhaupt ging. Mit einer heftigen Handbewegung schob er die Zeitungen von sich und stand auf. Er ging zu Nowak hinüber, der noch immer reglos am Boden lag, und starrte auf ihn hinunter. Mit der Spitze seines Stiefels versetzte er ihm zunächst einen kleinen Stoß, und als er nicht reagierte, trat er fester zu. Er wusste nicht genau, woher die Wut plötzlich kam, die in ihm aufstieg, heiß und ätzend wie Säure, doch sie fühlte sich gut an. Er trat weiter auf den am Boden Liegenden ein, der jetzt wieder zu Bewusstsein kam und aufstöhnte, was Gille nur noch mehr in Rage brachte.

»Du willst ein Boxer sein?«, schrie er. Du bist gar nichts. Nur eine dreckige kleine Ratte, die man zertreten kann...«

»He, Sie, was machen Sie da?«, rief plötzlich jemand von hinten, und er fuhr herum. Am Eingang des Ballhauses standen ein paar Leute und sahen zu ihm herüber. Gille schloss das Blut in den Kopf, und er machte, dass er davonkam.

19

Franz von Geldern saß an seinem Frühstückstisch und köpfte ein Ei. Es war wachsweich, genau so, wie er es gerne hatte. Als es an der Tür schellte, hob er unwillig den Kopf und sah dann vorwurfsvoll seine Frau Cornelia an.

»Wer kann das sein?«

»Woher soll ich das wissen?«, antwortete sie und schenkte sich Tee nach. »Sophie wird sich darum kümmern.«

Prompt kam Sophie, ihr Hausmädchen, wenige Augenblicke später herein. »Da ist ein Herr…«, begann sie zögernd, und ihr Gesicht zeigte so unverhohlene Abneigung, dass von Geldern sofort klar war, um wen es sich handelte. Auch seine Frau wusste Bescheid.

»O nein!«, sagte sie und rollte mit den Augen. »Nicht auch noch am Sonntag.«

Von Geldern war schon aufgestanden. »Führen Sie ihn ins Arbeitszimmer«, bat er das Mädchen und legte die Serviette auf den Tisch.

»Bin gleich zurück, meine Liebe«, sagte er zu seiner Frau gewandt, doch sie schnaubte nur kurz und verächtlich und nahm sich die Zeitung.

»Was ist so dringend, Kurtz, um mich sonntags beim Frühstück zu stören?«, fragte von Geldern ungehalten, als er zu seinem unerwarteten Gast trat. Dieser stand am Fenster und sah in den leeren, sonnenbeschienenen Garten hinaus. Vom Schnee der letzten Tage war kaum noch etwas übrig. Der Rasen lag braun und tot da, die Bäume staken kahl in den wolkenlosen Winterhimmel.

»Dir auch einen guten Morgen, Franz«, sagte Kurtz spöttisch und drehte sich um. Von Geldern schloss die Tür seines Arbeitszimmers. »Hätte das nicht bis Montag warten können?«

»Ich denke nicht.« Kurtz schüttelte den Kopf, dann fügte er leise hinzu: »Ich habe sie.«

»Wen, sie?«, fragte von Geldern.

»Beide. Das Leck und den Mann, der beauftragt wurde, auf die Frau aufzupassen.«

»Ach.« Von Geldern war wider Willen beeindruckt. Das war schneller gegangen als erwartet. Kurtz mochte nicht gerade ein Sympathieträger sein, aber er war effektiv.

»Und wer ist das Leck?«

»Heinrich von Ost.«

Franz von Geldern sah ihn einen Moment lang überrascht an, dann schnalzte er betrübt mit der Zunge. »Das sind keine guten Nachrichten. Für den Jungen hätte ich meine Hand ins Feuer gelegt.«

»Er war betrunken«, sagte Kurtz. »Hat es plötzlich mit der Angst bekommen und sich bei jemandem ausgeheult.«

Von Geldern verzog verächtlich das Gesicht. »Umso schlimmer. Bei wem?«

»Bei einem Kellner im *Shalimar*. Und der hat es offenbar weitergetragen.«

Von Geldern fragte nicht, wie Kurtz an die Informationen gekommen war. Es gab Dinge, die wollte er gar nicht genauer wissen. »Und wer ist der andere? Der Aufpasser?«, fragte er stattdessen.

»Ein Mann namens Nowak. Doch er ist nicht der Drahtzieher. Er wurde offenbar vom Roten Grafen damit beauftragt.«

»Der Rote Graf!« Von Geldern pfiff leise durch die Zähne. Ihm fiel der Abend mit Claussen im *Horcher* wieder ein, als der Wagen des Grafen vor der Tür gestanden hatte. »Als ob ich es geahnt hätte…« Wenn Graf von Seidlitz seine Hände im Spiel hatte, war Vorsicht geboten. Er verfügte nicht nur über ausgezeichnete Verbindungen in allerhöchste Kreise, sondern hatte, zumindest, wenn man den Gerüchten Glauben schenken wollte, während des Krieges eine höchst zwielichtige Rolle gespielt. Von Geldern und seine Gesinnungsgenossen bemühten sich seit Langem, von Seidlitz davon etwas nachzuweisen, bisher ohne Erfolg. Der Rote Graf war gerissen. Dennoch war es nur eine Frage der Zeit, davon war von Geldern überzeugt. Irgendwann würde einer auspacken über die Machenschaften des Grafen, und dann gnade ihm Gott.

»Wie zum Teufel kam diese Verbindung zustande? Und was hat der Graf mit einem Kellner im *Shalimar* zu schaffen?«, wandte er sich erneut an Kurtz.

»Da bin ich überfragt. Der Kellner war verschlossen wie der Schoß einer Nonne. Er hat nichts gesagt. Obwohl wir uns sehr bemüht haben, ihn zum Reden zu bringen.« Er knackte mit seinen Fingergelenken und machte ein betrübtes Gesicht.

»Verdammt!« Von Geldern ging erregt im Zimmer auf und ab. »Und wer ist dieser Nowak?«

»Ein Schläger und Schwarzmarktgauner aus dem Scheunenviertel. Der Graf hat ihn aus der Arrestzelle der Wache in der Friedrichstraße geholt.«

»Gauner? Arrestzelle?« Von Geldern blieb abrupt stehen und schüttelte ungläubig den Kopf. »Das wird ja immer toller!«

»Ein junger Kamerad aus Pfeiffers Truppe hat uns wertvolle Hilfe dabei geleistet, den Kerl aufzuspüren«, sagte Kurtz nun. »Er hat auch die Verbindung zum Roten Grafen aufgedeckt. Hermann Gille. Ein Schutzpolizist.«

»Schutzpolizist, tatsächlich? Dann ist er ja mir unterstellt.« Von Geldern lächelte überrascht. Er war vor Kurzem zum Generalkommandanten der Schutzpolizei Berlin befördert worden, und es war allgemein bekannt, dass er nach noch Höherem strebte. Am liebsten sähe er sich als Polizeipräsident. »Den Namen werde ich mir merken. Vielleicht kann ich ja irgendwann einmal etwas für ihn tun…«

»Was ist jetzt mit diesem Nowak?«, wollte Kurtz wissen. »Soll ich mich um ihn kümmern?«

»Noch nicht.« Von Geldern schüttelte den Kopf. »Wir sollten dem Grafen nicht verraten, dass wir über seine Beteiligung informiert sind. Erst müssen wir herausfinden, wie viel er weiß. Behalte den Kerl einstweilen nur im Auge.« Er überlegte, dann hellte sich seine Miene plötzlich auf. »Mir kommt da gerade eine brillante Idee, was wir tun könnten… Vielleicht kann uns da unser braver Schutzpolizist behilflich sein…«

* * *

Tristan erwachte am frühen Morgen mit höllischen Kopfschmerzen. Draußen begann es gerade erst zu dämmern. Er erinnerte sich nur undeutlich an den gestrigen Abend. Ein Auto hatte hinter ihm gehalten, jemand hatte ihm einen Schlag versetzt. Zudem hatte ihn einer getreten; ein Gesicht erschien vor seinem inneren Auge, das ihm irgendwie bekannt vorkam. An seinen Heimweg konnte er sich nur noch verschwommen erinnern.

Er atmete vorsichtig ein und ächzte, als er schmerzhaft seine Rippen spürte. Die Tritte dieses Unbekannten gestern hatten der Prellung nicht gutgetan. Langsam kamen mehr Erinnerungen zurück: die drei Burschen, die grölend vor ihm die Straße entlangwankten, Maras Lächeln, ein unheilvolles Zeichen, in eine Bierpfütze am Tresen gemalt...

Schlagartig richtete er sich auf. Grelle Blitze zuckten vor seinen Augen, und er stöhnte auf. Die Fäuste gegen die Schläfen gepresst blieb er schwer atmend an der Bettkante sitzen. Das Wolfszeichen an den Hemdkrägen dieser jungen Trottel konnte kein Zufall sein. Noch wehrte er sich gegen die Ahnung, die ihn bedrängte, und gegen das Grauen, das dahinter lauerte, doch irgendwann würde er sich seiner Erinnerung stellen müssen.

Mühsam stand er auf. Das mit grauem Morgenlicht erfüllte Zimmer begann sich um ihn zu drehen, und er musste sich mit beiden Händen an der Wand abstützen. Sein Magen krampfte sich schmerzhaft zusammen, und er schaffte es gerade noch zum Waschbecken, dort übergab er sich würgend, bis er sich vollkommen leer fühlte.

Tristan brauchte drei Stunden, ein heißes Bad, etliche Tassen Kaffee und Fannys üppiges »Katerfrühstück«, bestehend aus Spiegeleiern mit Speck, Brötchen, Butter, Schinken, Rollmöpsen, Buletten und zwei Aspirin, um wieder auf die Beine zu kommen. Fanny, sonst eher mitleidlos, was die Ausschweifungen ihrer Schäfchen – zu denen sie auch Nowak zählte – anbelangte, musterte ihn besorgt.

»Wär besser, du würdest dich noch mal aufs Ohr hauen«, sagte sie, als er seinen Teller mit einem letzten Stück Brot auswischte und dann zufrieden seufzend von sich schob. »Siehst immer noch aus wie zweimal ausjekotzt.«

Tristan lachte auf. »Gut beobachtet, Fanny. Aber dafür habe ich keine Zeit.« Er stand auf. Ihn hatte eine drängende Unruhe erfasst. Er musste unbedingt zu Josephine und sehen, ob es ihr gut ging, auch auf die Gefahr hin, dass er sich lächerlich machte.

»Die neue Arbeit, die du da hast, tut dir nicht jut«, sagte Fanny unbeirrt. »Da helfen die feinen Klamotten och nüscht.«

»Wo sind denn die Mädels?«, fragte Tristan, ohne auf Fannys Einwand einzugehen. Er schlüpfte in sein Jackett und dann in seinen neuen Mantel. Die Jacke von gestern konnte er nicht mehr anziehen, sie war verdreckt und stank erbärmlich. Als er sie Fanny für die Wäschefrau gebracht hatte, hatte sie angewidert die Nase gerümpft und gefragt, ob er in einem Hundezwinger übernachtet hätte.

»Doro ist nach Hause jefahren. Ihre kleene Schwester hat heute Geburtstag.« Dorotheas Familie wohnte irgendwo außerhalb Berlins auf dem Land. Tristan wusste nicht, was Doro ihnen von ihrem Leben hier erzählte, vermutlich log sie ihnen das Blaue vom Himmel herunter. Sie sprach nie über ihre Eltern, nur an ihrer kleinen Schwester hing sie.

»Und Helene?«

»Noch nicht aufjetaucht heute Morgen«, sagte Fanny achselzuckend. »Ihr piekfeiner Student war gestern Abend noch kurz hier. Danach hat se sich nich mehr blicken lassen.« Sie schüttelte den Kopf. »Dit dumme Luder lässt sich von dem Graf Koks den Kopf verdrehen.«

Wie auf das Stichwort kam Helene in die Küche. Sie stoppte abrupt, als sie Tristan sah, und wandte den Kopf ab.

»Morgen, Lenchen«, sagte er, schon im Hinausgehen.

Sie antwortete etwas Undeutliches, schob sich an ihm vorbei und setzte sich an den Tisch. Tristan blieb stehen und wandte sich zu ihr um. Als sie seinen Blick spürte, senkte sie den Kopf und ließ ihre kurzen, lockigen Haare ins Gesicht fallen. Er trat zu ihr und schob die Haare beiseite. Die Haut um ihr linkes Auge herum war blau verfärbt und die Unterlippe aufgeplatzt.

Tristans Gesicht verdüsterte sich. »Wer war das?«, fragte er.

Helene stieß seine Hand weg. »Geht dich 'nen Scheißdreck an, Nowak. Zieh Leine.« Sie sah ihn nicht an.

Er warf Fanny einen Blick zu und bewegte lautlos die Lippen: »Graf Koks?«

Fanny zuckte erneut mit den Achseln und schwieg.

Tristan ging ohne ein weiteres Wort. Im Flur stand noch die Holzkiste mit Fannys Bestellungen, die er ihr gestern gebracht hatte, auf dem Boden. Er versetzte ihr einen zornigen Fußtritt, sodass die Weinflaschen und die Flasche Korn gefährlich klirrten, dann stürmte er aus der Tür und ließ sie lautstark hinter sich zufallen.

Als er die Pension betrat, erkannte Tristan sofort, dass etwas vorgefallen war. Im Vorraum stand das dralle Dienstmädchen, das er schon kannte. Sie hielt sich an einem Servierwagen fest, der mit Kaffeekannen und Brotkörbchen beladen war, und lauschte den lauten und erregten Stimmen, die aus dem Salon drangen.

»Was ist passiert?«, fragte Tristan alarmiert.

»Fräulein Baker wurde überfallen«, sagte das Mädchen aufgeregt.

»Was? Wo ist sie?«

»Oben. Zimmer drei.« Das Mädchen deutete zur Treppe. »Sie hat den Mann…«, begann sie, doch Tristan hörte nicht mehr zu. Mit langen Schritten sprang er die Treppe hinauf, immer zwei Stufen auf einmal nehmend. Zimmer Nummer drei war ein Eckzimmer der ehemaligen Beletage. Als Tristan die Tür, ohne anzuklopfen, öffnete, drehten sich zwei Frauen zu ihm um: die Sängerin Maud, in einem ausladenden Nachthemd und mit Lockenwicklern, und ein schlankes Mädchen im Flanellpyjama, eines der Tanzgirls, May, wenn sich Tristan recht erinnerte. Sie saßen beide am Bettende, auf dem Josephine in einem Morgenmantel, der mehr enthüllte, als er verdeckte, im Schneidersitz hockte und abwechselnd weinte und schimpfte wie ein Rohrspatz. Die Balkontür stand offen, auf dem Boden lagen Glasscherben und Sand, und es war eiskalt im Zimmer.

Tristan blieb anstandshalber an der Tür stehen. »Was ist passiert?«, fragte er.

Josephine hob den Kopf. »Nowak! Wie gut, dass Sie da sind!« Sie sprang vom Bett und lief auf ihn zu. »Es ist schrecklich. Dieser Hurensohn... ich wünschte, ich hätte ihn getötet!« Sie ballte ihre Hände zu Fäusten und schluchzte auf.

Tristan wurde flau im Magen. »Wer? Was hat er Ihnen angetan?«

Als Josephine nicht antwortete, warf Tristan einen fragenden Blick zu den beiden Frauen.

»Er stand auf dem Balkon«, sagte Maud. »Josephine hat gekreischt wie am Spieß, wir sind alle wach geworden davon, und dann hat sie die Tür aufgerissen und ihn runtergeschubst. Er ist mit Karacho in die Büsche gekracht.«

Tristan trat auf den Balkon hinaus und warf einen Blick nach unten. Offenbar war der Eindringling an dem Rosenspalier an der Fassade hochgeklettert. Unter dem Steinbalkon, der sich über dem Erker des Salons befand, wuchsen ein paar Büsche, die völlig zerdrückt aussahen. Er ging ins Zimmer zurück, schloss die Tür und drehte sich zu den Frauen um. »Und wo ist er jetzt?«

»Unten im Salon«, sagte die junge Tänzerin. »Die Männer passen auf ihn auf. Wir wissen nicht, was wir mit ihm machen sollen...«

Wortlos eilte Tristan nach unten in den Salon. Eine Handvoll Männer der Revuetruppe standen, in unterschiedlichen Stadien der Bekleidung, drohend um einen Mann herum, der auf einem Stuhl hockte und sich ein Taschentuch an eine blutende Schramme an der Wange hielt. Neben ihm am Boden lag eine Kamera. Tristan erkannte ihn sofort wieder als den Journalisten, der sich gestern im Theater so abfällig über Josephine geäußert hatte, und atmete unwillkürlich auf. Dieser Schmierfink mochte ein unangenehmer Zeitgenosse sein, aber er war mit Sicherheit nicht der Attentäter, den er in seinem Schreck erwartet hatte.

Er ging auf ihn zu, packte ihn am Revers seiner Jacke und zog ihn grob auf die Beine. »Was treibst du hier, du Armleuchter?«

Der Mann hob beide Arme und jammerte: »Nichts, ich wollte nur...«

Tristan ließ ihn los und hob die Kamera auf. Es war nicht der große Apparat, mit dem die Pressefotografen normalerweise unterwegs waren, sondern eine moderne, kleine Schraubleica. Er klappte das Gehäuse auf und nahm den Film heraus.

»He!«, protestierte der Journalist empört. »Da sind auch noch andere Fotos drauf.«

»Möchtest du wirklich wissen, was mich das kümmert?«, fragte Tristan. Er warf den Film in den prasselnden Kamin, was augenblicklich eine helle Stichflamme produzierte. Ein stechender Geruch breitete sich aus.

»Ich dachte mir, ich mach ein bisschen Extrakohle mit privaten Bildern von der Baker«, sagte der Mann, kein bisschen reumütig. »Macht doch jeder, wenn er kann. Was mischst du dich eigentlich da ein? Wer bist du überhaupt?«

»Ich bin der, mit dem du's zu tun bekommst, wenn du dich Fräulein Baker noch einmal näherst«, sagte Tristan.

»Aha ...« Der Journalist verzog das Gesicht. »Dann sag ich dir mal was: Deine Negerbraut ist gemeingefährlich. Hat mich den Balkon runtergestoßen. Ich hätte tot sein können.«

»Leider hat's nicht ganz hingehauen«, entgegnete Tristan.

»Die ist auf mich losgegangen wie ein Tier. Eine Wilde ist das, die gehört eingesperrt, am besten in den Zoo ...«

Tristan gab ihm eine heftige Ohrfeige. »Halt dein dreckiges Maul, und hau ab«, sagte er kalt. »Und wage es nicht, noch einmal hier aufzutauchen. Sonst sorge ich dafür, dass es dir leidtut.«

Die anderen Männer hatten ihren Wortwechsel auf Deutsch zwar nicht verstanden, aber den Inhalt sehr wohl. Sie murmelten beifällig, als der Journalist seine Kamera packte und ohne ein weiteres Wort verschwand.

* * *

Josephine konnte von unten Nowaks Stimme hören, kalt wie Eis, und die Stimme des anderen Mannes, die trotzig, aber auch unsicher klang. Dann war Ruhe. Schritte, zornig. Die Haustür schlug zu.

»Hoffentlich sperren sie dich nicht ins Gefängnis«, sagte Maud.

»Warum sollten sie?«, fragte Josephine erstaunt.

»Du hast einen Mann vom Balkon geworfen. Einen weißen Mann.«

Josephine lachte. »Aber Maud, wir sind nicht in Amerika, schon vergessen? Hier spielt es keine Rolle, ob der Mann weiß oder schwarz war.«

Maud schnaubte. »Wenn du meinst. Aber er hätte tot sein können. Dann wären wir womöglich alle ins Gefängnis gekommen.« Sie erhob sich schwerfällig vom Bettende und ging zur Tür. »Warum musst du immer Ärger machen?«

»Ich?« Josephine riss die Augen auf. »Ich habe doch gar nichts gemacht. Dieser Mann stand auf meinem Balkon und hat Fotos von mir gemacht. Ich war nackt!«

»Als ob dich das stören würde«, sagte Maud. »Jeden Abend starren Hunderte Männer deine Titten an, und es juckt dich nicht.«

»Das ist doch etwas anderes«, wandte May ein. »Das ist unpersönlich. Und außerdem …«

»Halt dich da raus, May!«, fauchte Maud. »Josephine ist das Küken hier, und ich finde, sie sollte sich ein wenig zurückhalten.«

»Zurückhalten wobei?«, fragte Josephine.

»Nimm's mir nicht übel, aber du kannst froh sein, dass du dabei bist, Kleine. Bist ja noch nicht mal volljährig. Immer werden deine kleinen, süßen Titties nicht so appetitlich aussehen. Und was machst du dann? Du kannst ja nicht mal singen.«

»Kann ich sehr wohl«, widersprach Josephine.

»Hat man ja gehört, was das Publikum davon hielt.«

Josephine sah sie verletzt an. Sie wusste, worauf Maud anspielte. Auf der Überfahrt von New York nach Le Havre waren sie eines Abends gebeten worden, zur Unterhaltung der Weißen aufzutreten. Josephine hatte darauf bestanden, zu singen, obwohl Caroline, ihre Managerin, gemeint hatte: »Tu's nicht. Tanz lieber.«

Sie hatte nicht auf Caroline gehört. Sie war so wütend darüber gewesen, dass die Weißen fast das ganze Schiff für sich beanspruchen durften, während für sie nur ein kleiner Teil zur Verfügung stand. Doch sie würde diesen Bleichgesichtern schon zeigen, was so ein kleines Niggerbalg draufhatte, hatte sie gedacht und sich das berauschende Gefühl ausgemalt, wenn das Publikum, vor Bewunderung zunächst sekundenlang wie gelähmt, in Begeisterungsstürme ausbrechen würde. Es war ein kompletter Reinfall geworden. Niemand hatte ihr zugehört. Ihre Stimme war zu dünn gewesen und ausgerutscht, auch die Kapelle hatte die Patzer nicht überdecken können. Am Ende hatte sie nur noch zurück nach Harlem gewollt, wo sie sich wenigstens ein bisschen zu Hause fühlte. May war die Einzige gewesen, die versucht hatte, sie zu trösten. Sie hatte Josephine in den Arm genommen und gemeint, es hätte an den Liedern gelegen, die sie ausgesucht hatte, sie wären zu traurig gewesen. Sie wäre doch am besten, wenn sie fröhlich wäre und genau das täte, was ihr am meisten Spaß machte. Tanzen. Aber immer konnte man auch nicht fröhlich sein.

»Du bist eine dämliche Kuh«, sagte Josephine zu Maud. Ihr Kinn zitterte.

Maud zuckte mit den Achseln. »Ich bin nur ehrlich, Schätzchen. Es schadet nicht, den Dingen ins Auge zu blicken.« Sie warf May einen Blick zu. »Komm, lass uns gehen. Josephines hübscher weißer Verehrer wird gleich zurückkommen.« Und damit verließ sie in ihrem wogenden weißen Nachthemd das Zimmer. May stand nun ebenfalls auf. »Nimm's dir nicht zu Herzen«, sagte sie. »Maud ist nur neidisch.«

»Kann sie auch sein!«, rief Josephine und schniefte. »Wirst schon sehen, von mir wird man noch reden, wenn längst keiner mehr weiß, wer Maud de Ville gewesen ist.«

May kicherte. »Schon klar, Josephine.« Sie ging, noch immer kichernd.

* * *

Tristan stand im Flur, als Maud und May herauskamen, er hatte ungewollt das Gespräch mitangehört. Maud musterte ihn verächtlich, als sie wortlos an ihm vorüberging. May dagegen schenkte ihm ein schüchternes Lächeln. Er warf einen Blick in Josephines Zimmer, unschlüssig, ob er hineingehen sollte.

»Alles in Ordnung?«, fragte er schließlich.

Josephine gab keine Antwort. Sie saß wieder auf ihrem Bett, und sie weinte. Er ging hinein, und nach kurzem Zögern setzte er sich zu ihr und reichte ihr ein Taschentuch. »Um die Fotos brauchen Sie sich keine Sorgen mehr zu machen. Ich habe sie ins Feuer geworfen.«

Josephine schluchzte auf und zeigte auf die Glasscherben und den Sand am Boden. »Kiki ist weg. Ich habe das Terrarium hinuntergestoßen, als ich auf den Balkon hinausgelaufen bin, da ist es kaputtgegangen. Sie ist unter den Schrank gekrochen, und jetzt finde ich sie nicht mehr.«

»Sie wird schon wieder auftauchen«, sagte Tristan.

»Nein. Sie wird sterben.«

»Wird sie nicht.« Spontan beugte er sich zu ihr und legte den Arm um sie. Er konnte die Wärme ihrer Haut unter dem hauchdünnen Stoff ihres Morgenrocks spüren. »Ganz sicher nicht.«

Josephine legte ihren Kopf an seine Schulter, und er spürte, wie ihr schmaler Körper noch immer von Schluchzern bebte. Ihre Haare waren noch nicht geglättet, und die dichten dunklen Locken kitzelten ihn am Kinn. Sie dufteten schwach nach Zitrone, und er war einen Moment lang versucht, sein Gesicht darin zu vergraben, ihren Duft einzusaugen, ihren zarten Nacken zu streicheln. Abrupt ließ er sie los und stand auf.

Josephine hatte sich inzwischen etwas gefangen. Sie faltete sein Taschentuch auseinander und schnäuzte sich. »Ich will heute nicht hierbleiben. Können wir nicht irgendwo hinfahren?« Sie sah aus dem Fenster, wo die Sonne von einem wolkenlosen Winterhimmel schien. »Es ist so ein schöner Tag.«

»Müssen Sie denn nicht ins Theater?«, fragte Tristan.
»Pah!« Josephine machte eine wegwerfende Handbewegung. »Was kümmern mich die Proben? Sollen doch die üben, die es nötig haben. Ich kann schon alles.«
Tristan überlegte. »Ich glaube, ich weiß einen Ort, der Ihnen gefallen könnte«, sagte er schließlich.
Josephine sah erwartungsvoll zu ihm auf. »Ja? Welchen denn?«
Tristan lächelte. »Überraschung.«

Tristan wartete im Auto auf Josephine. Er hatte Mauds Stimme, wie sie ihn Josephine gegenüber voller Verachtung »deinen hübschen weißen Verehrer« genannt hatte, noch in den Ohren. Er musste darauf achten, dass sich die Grenzen nicht verschoben. Er war Nowak. Josephines Fahrer, und so sollte es auch für alle bleiben, sonst würde er seine Aufgabe nicht erfüllen können. Und das wollte er um jeden Preis. Er wollte seine Sache gut machen. Um Josephines willen. Und um seiner selbst willen.

Als Josephine schließlich kam, stockte ihm für einen Moment der Atem. Die Verwandlung des wütenden Mädchens, das Fotografen vom Balkon schubste, um dann halb nackt auf dem Bett zu sitzen und um ihre Schlange zu weinen, in jene atemberaubend schöne Frau, die jetzt aus der Pension trat, war wahrhaftig schwer zu fassen. Josephine trug ein knielanges cremefarbenes Faltenkleid aus leichter Wolle mit passendem Mantel und einen hellen Glockenhut. Dazu ebenfalls cremefarbene Schuhe mit Riemchen, transparente Strümpfe und eine passende Handtasche. Sie war dezent geschminkt, und ihre eben noch verweinten Augen strahlten, während sie auf ihn zukam und dabei wirkte, als würde sie über einen Pariser Boulevard schreiten. Tristan fragte sich unwillkürlich, ob es wirklich eine gute Idee war, mit ihr den Tag zu verbringen, während er sich eben noch vorgenommen hatte, Distanz zu wahren. Zumindest konnte er sie so den ganzen Tag über unauffällig beschützen und darauf achten, dass ihr nicht noch weitere aufdringliche Presseleute zu nahe kamen.

Er fuhr mit ihr zum Zoologischen Garten. Als sie auf das Tor zugingen, hinter dem schon das prächtige, im orientalischen Stil erbaute Elefantenhaus zu sehen war, lächelte sie und sagte: »Woher wussten Sie das?«

»Was?«

»Dass ich Zoos liebe.«

»Wusste ich nicht.«

Er kaufte zwei Tagestickets und Futter für die Tiere, das in großen Papiertüten am Eingangskiosk angeboten wurde. Es war Sonntag, die Sonne schien, und der Zoo war gut besucht, fast ausschließlich von Familien. Kinder sprangen herum, Babys weinten, und die Kindermädchen reicherer Familien waren unablässig bemüht, ihre Schützlinge im Zaum zu halten. Etwas befangen gingen sie nebeneinander die breiten Wege entlang. Tristan hatte Mühe, locker zu wirken. Seine Rippen schmerzten, die Schwellung am Kiefer spannte, und seine Kopfschmerzen lauerten trotz der zwei Aspirin noch immer im Hintergrund, bereit, jederzeit wieder auszubrechen.

Als ihn Josephine am Affengehege bei den Kunststückchen eines besonders vorwitzigen Äffchens entzückt in die Seite knuffte, zuckte er unwillkürlich zusammen. Sie merkte es sofort.

»Geht es Ihnen nicht gut?«, fragte sie besorgt.

Er schüttelte unwirsch den Kopf. »Alles in Ordnung.«

»Das war ziemlich schlimm vorgestern Abend«, sagte sie beiläufig.

Tristan betrachtete angestrengt einen kleinen schwarzen

Affen, der von einem Ast zum anderen sprang. »Na ja ... ein Boxkampf eben«, murmelte er.

»Das war nicht nur ein Boxkampf.« Sie drehte sich zu ihm um, und Tristan blieb nichts anderes übrig, als sie anzusehen, wenn er nicht unhöflich sein wollte. Er suchte nach Worten. »Es war eine Art Show, die die Gegner da abgezogen haben«, sagte er, doch sie schüttelte den Kopf.

»Das meinte ich nicht. Ich meine Sie, Nowak. Ich habe Ihr Gesicht gesehen, als Sie auf den Mann losgegangen sind.«

Tristan schluckte und musterte seine Hände, die die Tüte mit dem Futter umklammerten, als böte sie irgendeine Art von Halt.

»Hätten Sie ihn umgebracht, wenn Ihr Freund Sie nicht weggezogen hätte?«

Tristan zog scharf die Luft ein. »Ja«, sagte er leise, »ich glaube schon.« Das Papier zwischen seinen Fingern riss, und die Körner, für welches Tier sie auch immer gedacht gewesen waren, rieselten auf den Boden. Er ließ die Tüte fallen.

Da spürte er ihre Hand, die sich sacht in seine schob, ihre Finger, die sich fest und warm um seine schlossen.

»Lassen Sie uns zu den Fischen gehen«, sagte Josephine. »Ich liebe Fische.« Sie ließ seine Hand nicht los, als sie alle anderen Gehege ignorierend zum Aquarium gingen. In dem dämmrigen, nur vom grünlichen Licht der Wasserbassins erhellten Raum setzten sie sich auf eine Bank und sahen eine ganze Weile schweigend den bunten Fischen zu, die zwischen den Wasserpflanzen ihre Kreise drehten. Sie hatten die Hände noch immer ineinander verschränkt, so, als wagten sie es nicht, einander loszulassen.

»Wussten Sie, Nowak, dass alle Tiere tanzen?«, sagte Josephine verträumt. »Wir können so viel von ihnen lernen.«

Die tanzenden Fische interessierten Tristan nur am Rande. Er konnte sich dagegen kaum von Josephines Anblick losreißen, konnte sich nicht sattsehen an dem Strahlen ihres Gesichts, dem sanften Lächeln, genoss ihre kindliche Unbekümmertheit ebenso wie die unerschrockene Stärke, die sie ausstrahlte. Am meisten genoss er jedoch, dass sie einander an den Händen hielten. Er hatte sie vorgestern schon an der Hand genommen, spontan und ohne nachzudenken, im *Papagei*, doch heute war es anders. Sie hielt ihn fest und nicht umgekehrt. Er konnte sich nicht erinnern, wann ihm das letzte Mal so etwas widerfahren war. Mit Sicherheit nicht als Erwachsener. Es machte ihn sprachlos, hilflos und auch ein wenig verlegen. Deshalb blieb er stumm, nahezu reglos, er fürchtete sich, durch irgendeine unbedachte Reaktion den Zauber dieses Moments zu zerstören.

Sie verließen den Zoo erst, als es bereits zu dämmern begann, doch keiner von beiden schlug vor, zurück zur Pension zu fahren. Sie schlenderten noch eine Weile durch den Park, gingen zwischen verliebten Pärchen und Familien am Spreeufer entlang, kauften heiße Maroni und Glühwein an einem Stand und hörten einem Drehorgelspieler zu. Die Luft roch nach Schnee, und auf dem Fluss trieben die Eisschollen. Wenn es weiter so kalt blieb, würde die Spree bald ganz zufrieren, und man könnte darauf eislaufen. Tristan ertappte sich dabei, wie er sich vorstellte, Josephine das Eislaufen beizubringen, und schalt sich selbst einen Idioten.

Die Sonne war längst kalt glühend hinter den Bäumen des Tiergartens untergegangen, als sie zurück zum Wagen gingen. Josephines Gesicht war vor Kälte gerötet, ihre Nasenspitze leuchtete.

»Was machen wir jetzt?«, fragte sie übermütig.

Tristan wusste, er sollte sie nun wirklich zurückbringen

und sich dann höflich, aber bestimmt verabschieden, doch als er Josephines erwartungsvollen Blick sah, zögerte er.

»Lassen Sie uns tanzen gehen«, schlug Josephine vor, als er nichts sagte.

»Tanzen?«

»O ja! Sidney hat mir erzählt, dass es in der Stadt wunderbare Ballhäuser gibt.«

»Ja, das stimmt schon, aber ...«

»Können Sie nicht tanzen, Nowak?«

Tristan dachte an seine Tanzstunden, die vor ewigen Zeiten, in einem anderen Leben, stattgefunden hatten, an verschwitzte Hemden, verkrampfte Hände und die Angst, dem Mädchen, das sich damals seiner erbarmt hatte, auf die Füße zu treten. In den finsteren Jahren nach dem Krieg hatte er auch getanzt, zu später Stunde, in zwielichtigen Clubs und düsteren Kaschemmen, und da war es nicht darauf angekommen, sich elegant zu bewegen.

Was Josephine hingegen vorschwebte, waren Ballhäuser wie das *Moka Efti*, *Clärchens Ballhaus* oder das *Shalimar* ... Nein, verbesserte er sich: Für Josephine kam nur das *Shalimar* infrage. Dann dachte er an seinen neuen Anzug, der noch ungetragen im Schrank hing, und warf den kümmerlichen Rest seiner guten Vorsätze über den Haufen.

»Ich fahre Sie jetzt nach Hause«, sagte er, und als er Josephines enttäuschten Blick sah, schüttelte er lächelnd den Kopf. »Und um neun hole ich Sie ab, und wir gehen tanzen.«

20

Tristan schlüpfte leise in Fannys Gemeinschaftsbad und hoffte, dass niemand ihn bemerkte. Er hatte weder Lust auf dumme Bemerkungen noch wollte er Helene blaues Auge und die blutige Lippe noch einmal ansehen müssen. Er seifte sich ein und rasierte sich noch einmal, dann streifte er sich das neue weiße Hemd über, zog den eleganten Anzug samt Weste an und band sich die Krawatte um. Zum Schluss schlüpfte er in die glänzenden Lederschuhe. Seine störrischen Haare bändigte er mit einer üppigen Portion Brillantine. Als er sich anschließend im Spiegel betrachtete, erwiderte ein anderer Mann seinen Blick. Er wusste nicht genau, ob ihm gefiel, was er sah. Zu fremd schien ihm der geschniegelte Kerl im edlen Zwirn. Und doch war er ihm vertraut. Er sah weniger wie Nowak, mehr wie Tristan aus, oder besser, wie er hätte werden können, wenn ihm der Krieg nicht dazwischengekommen wäre. Diese Erkenntnis berührte ihn, er empfand Mitleid mit dem gepflegten, anständigen Mann im Spiegel, der über seine bloße Idee nie hinausgekommen war.

Verstört klaubte er seine Sachen zusammen und entriegelte die Tür. Was war nur los mit ihm? Warum kamen ihm plötzlich so krause Gedanken? Vielleicht hatte Fanny recht, und dieser Auftrag tat ihm nicht »jut«. Als er auf den Flur trat, lief er Doro in die Arme, die gerade zur Wohnungstür hereinkam. Offenbar war ihr Familienbesuch beendet. Auch sie sah vollkommen verändert aus, trug ein braves dunkelbraunes Kostüm mit wadenlangem Rock und hatte ihre dichten Haare zu einem strengen Knoten im Nacken zusammengerollt. Sie war blass, wirkte erschöpft.

Als sie ihn sah, hellte sich ihre Miene ein wenig auf. »Nowak«, sagte sie und musterte ihn von oben bis unten. »Was für ein schnieker Kerl du doch sein kannst, wenn du dir ein bisschen Mühe gibst.«

Tristan antwortete nicht. Ihm steckte der Schreck über sein Spiegelbild noch in den Knochen, und er wollte an ihr vorbei zur Tür, als sie ihn am Arm zurückhielt.

»Komm, trink noch einen Schnaps mit mir. Ich brauch den jetzt.« Sie öffnete den Haarknoten und schüttelte den Kopf. Ihre rote Mähne floss ihr über die Schultern.

Er wollte ablehnen, doch sie ließ ihn nicht los. »Bitte, Nowak.«

Er folgte ihr in die verwaiste Küche, wo sie aus ihren flachen, unförmigen Schuhen stieg, ihre Kostümjacke auszog und achtlos zu Boden fallen ließ, die Schleife ihrer Bluse regelrecht aufriss und ihnen dann zwei großzügige Gläser von dem Korn einschenkte, den er Fanny gestern gebracht hatte. Sie setzten sich an den Tisch. Doro kippte ihr Glas in einem Zug und schenkte sich sofort nach.

»So schlimm?«, fragte Tristan.

»Schlimmer.« Sie schüttelte den Kopf. »Irgendwann werde ich es nicht mehr aushalten, sie anzulügen. Ich weiß nicht, was dann passiert.«

»Vielleicht verstehen sie es. Irgendwie...«, sagte Tristan und hörte selbst, wie lächerlich das klang. Es gab Dinge, die würden Eltern nie verstehen.

Doro lachte bitter. »Ich komme aus Neuruppin. Sagt dir das was?«

Tristan runzelte die Stirn. »Fontane?«, fragte er.

Doro lächelte. »Sieh an. Unser Nowak ist literarisch gebildet. Neuruppin ist nicht nur Fontanes Geburtsstadt, sondern außerdem die preußischste aller preußischsten Städte, so sagt man jedenfalls bei uns zu Hause. Und mein Vater ist der dortige Pastor.«

»Oha.« Tristan verzog das Gesicht und trank seinen Schnaps aus. Im Leben wäre er nicht darauf gekommen, dass die wilde, laute, ungebärdige Doro eine Pastorentochter war.

Doro schenkte ihnen nach. »Und für wen hast du dich heute so rausgeputzt?«, wechselte sie das Thema.

»Arbeit«, gab er brüsk zurück, doch als Doro loslachte, konnte er nicht anders und musste ebenfalls grinsen, etwas verlegen.

»Dich hat's richtig erwischt, was?«, fragte Doro und strich Tristan über die glatten Haare. Dann schnupperte sie. »Du riechst sogar verliebt.«

Er zuckte mit den Schultern und schwieg.

»Erzählst du's mir mal?«

»Vielleicht. Wenn wir alt und grau sind.« Er stand auf. »Ich muss gehen.«

Doro sah zu ihm auf. »Was meinst du, Nowak, was hält man länger aus? Sich anzulügen oder die anderen?«

Tristan starrte sie an. Er wusste, Doro sprach von sich selbst, dennoch hatte er das Gefühl, dass die Frage an ihn gerichtet war. Sein Herz begann heftiger zu klopfen, und die alten Erinnerungen drängten immer dichter an die Oberfläche. Er ging wortlos und ließ Doro am Küchentisch sitzen.

An der Straßenecke zündete er sich eine Zigarette an, inhalierte tief und wartete, bis sich seine Erregung langsam legte. Dann machte er sich auf den Weg zu seinem Wagen.

Er bemerkte nicht, wie ein dunkler Mercedes ihm langsam folgte. Derselbe Mercedes folgte ihm auch noch, als er in den Horch stieg und auf die andere Seite der Stadt fuhr, um Josephine abzuholen. Während Tristan in die Pension ging und kurz darauf mit Josephine zurückkam, parkte er in einiger Entfernung. Und als sie losfuhren, folgte ihnen derselbe Mercedes in gebührendem Abstand. Am Steuer saß ein Mann mit Hut und Lederhandschuhen.

Auf der Tanzfläche des *Shalimar* drängten sich die Menschen und tanzten, als wollten sie sich alle noch einmal im kollektiven Rausch verlieren, bevor sie sich am Montag wieder mit der nüchternen Realität würden auseinandersetzen müssen. Auf der Galerie spielte das Orchester, und es lag ein Lachen und Zwinkern und Flirren in der Luft, das das Glitzern der gläsernen Sterne an der Decke blass erscheinen ließ. Josephine nahm Tristan an der Hand, kaum dass sie Hüte und Mäntel abgegeben hatten, und zog ihn auf die Tanzfläche. Er ließ sich gerne mitziehen, vergaß seine schmerzenden Rippen, seine zahlreichen anderen Blessuren und auch die Angst davor, sich zum Gespött zu machen. Lachend tauchten sie ein in das Gedränge aus erhitzten Leibern, fanden einen handtuchgroßen Platz zwischen Seide und Georgette, Perlenketten, Fransen, Federn, Strassohrringen, Hosenträgern, gelösten Schlipsen und verschwitzten Hemden, vergaßen für ein paar Stunden Schmerz, Einsamkeit, alte Erinnerungen und gehörten nur sich selbst.

* * *

Weit nach Mitternacht kündigte der Kapellmeister des *Shalimar* das letzte Lied an. Inzwischen drehte sich auf der Tanzfläche nur noch ein einzelnes Paar. Der Mann mit rötlich braunem, störrischem Haar, das ihm trotz aller Brillantine hartnäckig ins Gesicht fiel, hielt seine Begleiterin so fest im Arm, als fürchtete er, sie könnte sich wie eine Fata Morgana in Luft auflösen, wenn er seinen Griff nur ein wenig lockerte. Die Frau schmiegte ihren Kopf an seine Brust und hatte die Augen geschlossen. Sie bewegten sich langsam, wie in einem Traum, von dem beide nicht wollten, dass er endete. Als ahnte er, dass dem selbstvergessenen Paar ihr gemeinsamer Traum nicht allzu lange vergönnt sein würde, gab der Kapellmeister kurz vor dem Ende des Stücks seinen Musikern das Zeichen, noch ein wenig weiterzuspielen, lehnte sich über die Brüstung der Galerie und sah den beiden zu, bis die Musik schließlich verstummte.

* * *

Als Tristan und Josephine das Tanzlokal verließen, war es weit nach drei Uhr, und die Blumenstraße mit ihren verlassenen Gärten und dunklen Hauseingängen lag wie ausgestorben vor ihnen. Selbst in einer Stadt wie Berlin gab es Zeiten, in denen das Leben eine Pause einlegte. Montagmorgen war so eine Zeit. Nachtschwärmer und Feierwütige waren erschöpft vom Wochenende ins Bett getaumelt, um in den paar verbliebenen Stunden nachzuholen, was sie in den letzten Tagen versäumt hatten, und alle anderen, die Braven und Vernünftigen, ruhten ebenfalls, um der neuen Woche erholt entgegensehen zu können.

Auf dem Weg zur Pension waren sie nahezu allein in der Stadt unterwegs. Josephine saß neben ihm, hatte ihren Kopf an seine Schulter gelegt und die Augen geschlossen. Er hätte gerne seinen Arm um sie gelegt, sie noch näher an sich herangezogen und festgehalten, doch er wagte es nicht, aus Furcht davor, was dann geschehen würde. Deshalb behielt er seine Hände vorsichtshalber am Lenkrad, sah stur geradeaus und versuchte, sich nur auf die Fahrt zu konzentrieren. Als sie vor der Pension angekommen waren und Josephine den Kopf hob, spürte er die plötzliche Kühle an seiner Schulter so schmerzlich wie einen Verlust. Er stieg rasch aus, öffnete Josephine die Tür und begleitete sie zum Eingang.

Das Haus lag in tiefem Schlummer, alle Fenster waren dunkel, nur das kleine Licht über der Tür warf einen sanften Lichtkegel auf die Eingangsstufen. Josephines Finger lag schon auf der Klingel, als sie die Hand wieder sinken ließ, sich zu Tristan umdrehte und ihn mit ihren dunklen, großen Augen schweigend ansah.

Stumm erwiderte er ihren Blick und wünschte sich, er könnte ihr die lackschwarzen Haarsträhnen, die sich nach ihrem erhitzten Tanz an den Schläfen zu kräuseln begonnen hatten, behutsam hinter die Ohren streichen, die zarten Bögen ihrer Augenbrauen mit seinem Finger nachzeichnen, ihre Lippen berühren... und gab sich endlich geschlagen. Als sie den Mund öffnete, um etwas zu sagen, zog er sie in seine Arme und küsste sie. Sie erwiderte seinen Kuss, als habe sie den ganzen Abend nur darauf gewartet. Ihre Arme schlangen sich um seinen Nacken, er spürte ihren Körper fest an seinen geschmiegt, und sie taumelten zusammen gegen die Hausmauer, nicht willens, sich voneinander zu lösen. Ihre Finger öffneten die Knöpfe seines Mantels, glitten kühl unter sein verschwitztes Hemd, streichelten ihn und berührten dabei sanft die verbliebenen Spuren seines Boxkampfs. Er tat es ihr nach. Seine Hände wanderten unter ihren geöffneten Mantel und schoben ihr Kleid nach oben. Er spürte die dünnen Nylonstrümpfe unter seinen

Händen, den Streifen warmer, nackter Haut an den Oberschenkeln, dort, wo die Strümpfe endeten, und bewegten sich unter dem fließenden Stoff weiter nach oben. Als er ihre nackten Brüste berührte, seine Daumen über die kleinen, festen Brustwarzen glitten, lösten sich seine Lippen für einen Moment von den ihren, und er keuchte leise.

Ihre Blicke trafen sich, und er konnte in ihren Augen, die jetzt fast schwarz wirkten, die gleiche Erregung sehen, die er empfand. Er packte sie an den Hüften und hob sie auf die Fensterbrüstung. Dann drang er in sie ein, heftig und ungestüm. Ihre Finger umfassten seine Schultern, und sie drückte sich leise stöhnend an ihn.

Als sie beide langsam wieder zu Atem kamen, blieb er noch in ihr, spürte ihre Hitze und hielt sie so fest an sich gedrückt, als könne er sich nie wieder von ihr lösen. Schließlich hob Josephine den Kopf. Tristan streichelte ihr Gesicht, ihren schmalen, zarten Nacken und küsste sie wieder und wieder sanft.

»Wie heißt du eigentlich mit Vornamen?«, fragte sie ihn plötzlich leise.

Tristan schwieg einen Moment lang, rang mit sich, dann flüsterte er ihr seinen Namen ins Ohr, den er seit zwölf Jahren nicht mehr benutzt hatte, und ihm war dabei, als lieferte er sich ihr damit endgültig und unwiederbringlich aus.

Als sie beide zu frösteln begannen, zog Tristan sich widerstrebend zurück und hob Josephine von der kalten Fensterbrüstung herunter. Sie lächelten sich an, während beide etwas verlegen ihre Kleider ordneten.

»Bleibst du noch?«, fragte Josephine leise und nahm seine Hand, während sie zur Tür gingen.

Tristan schüttelte den Kopf, was ihn große Überwindung kostete. »Besser nicht«, sagte er. Seine Stimme klang heiser.

»Besser für wen?«, fragte Josephine, und ihre Augen blitzten schalkhaft im Licht der Straßenlaterne.

»Besser für dich«, antwortete er lächelnd und fügte dann ehrlich hinzu: »Und für mich auch.«

Als ein sehr müder Hausdiener nach langem Klingeln geöffnet und Josephine hineingelassen hatte, trat Tristan auf den Bürgersteig hinaus und wartete neben dem Wagen, bis oben in Josephines Zimmer das Licht anging und ihre Silhouette am Fenster erschien. Nach einer Weile riss er sich fast gewaltsam von ihrem Anblick los, stieg ein und fuhr nach Hause.

Tristan wusste nicht genau, wie er die Strecke zurücklegte. Alles in ihm, sein Körper, sein Verstand, seine Seele, war in Aufruhr. Vergeblich versuchte er, sich zu beruhigen. Nicht darüber nachzudenken, was soeben passiert war.

Einerseits durchströmte ihn ein Glücksgefühl, das so mächtig war, dass nichts mehr daneben Bestand zu haben schien, andererseits war er erschrocken über sich selbst. Wie hatte er sich so wenig beherrschen können, wie hatte er sie einfach so nehmen können, vor der Haustür, praktisch noch auf der Straße?

Nebel war aufgezogen, man konnte kaum die nächste Straßenlaterne sehen, und er fuhr viel zu schnell. Als er am Alexanderplatz angelangt war, beschloss er, ausnahmsweise weiterzufahren. In den engen Straßen seines Viertels hatte der dichte Nebel alle scharfen Konturen verschluckt, die vertrauten Häuser wirkten fremd, nur die milchigen Lichtkreise der Gaslampen bildeten unbestimmte Orientierungspunkte. Tristan parkte den Wagen etwas entfernt vom Boxclub und blieb einen Moment reglos sitzen. Im Auto hing noch zart der Duft nach Amber und Jasmin. Nach Josephine. Er wünschte, er wäre nicht gegangen. Sie hatte ihn darum gebeten zu bleiben. Er stellte sich vor, wie es wäre, jetzt mit ihr im Bett zu liegen, sie im Arm zu halten und die Wärme ihres Körpers zu spüren. Er stellte sich vor, wie es wäre, mit ihr im Arm einzuschlafen und mit ihr aufzuwachen …

Er fuhr sich mit beiden Händen heftig über das Gesicht. Solche Gedanken waren gefährlich. Er musste einen klaren Kopf behalten. Dennoch konnte er nicht verhindern, dass sich ein Lächeln auf sein Gesicht stahl, während er ausstieg. Josephine war in seinen Gedanken. Er konnte ihren Körper noch immer an seinem spüren, ihren Duft riechen, ihre Berührungen fühlen, und die Erregung darüber, mit ihr geschlafen zu haben, war noch immer da.

Langsam ging er die menschenleere Straße entlang, die Hände tief in den Manteltaschen vergraben. Eine Katze huschte vor ihm über die Straße, oder womöglich war es auch eine große Ratte, und von irgendwoher war das einsame Bellen eines Hundes zu hören. Die Luft war klamm und feucht. Als er sich dem Haus näherte, stutzte er. Dort, an der Gaslaterne vor dem Eingang zum Boxclub, hing etwas. Etwas Großes. Und noch bevor er im diffusen Laternenlicht erkennen konnte, was es war, durchbrach eine Erinnerung die Oberfläche seines Bewusstseins, die sich so tief in seine Seele eingebrannt hatte, dass es ihm nur unter größter Anstrengung gelungen war, sie all die Jahre unter Verschluss zu halten.

Er verlangsamte seinen Schritt. Sein Herzschlag nahm einen bedrohlichen, dumpfen Rhythmus an, jeder Schlag klang wie eine böse Stimme in seinen Ohren, und sein Blickfeld verengte sich unerbittlich, bis er sich in einem Tunnel ohne Ausgang wähnte. Mühsam ging er weiter, sich gegen das Rauschen in seinem Kopf vorankämpfend wie gegen erbitterten Widerstand. Als er schließlich die Straßenlampe erreichte, sah er bestätigt, was er in den tiefsten Schichten seines Unterbewusstseins bereits geahnt hatte. Er keuchte und spürte, wie seine Knie unter ihm fast nachgaben.

An der Laterne hing ein Mann. Er war nackt, und seine Arme waren auf dem Rücken gefesselt. Vertikal über seine Brust bis hinunter zur Scham zog sich ein langer Schnitt, der so tief war, dass seine Eingeweide wie bei einem ausgeweideten Tier heraushingen. Es stank nach Blut und Exkrementen. Doch das, was Tristan schließlich endgültig auf die Knie zwang, war etwas anderes.

Der Mann hing nicht an einem Seil. In seinem blutüberströmten Nacken steckte eine spitze Zacke aus schwarz geschmiedetem Eisen, einem Z gleich, die an einer Metallkette von der Querstrebe der Straßenlampe baumelte.

Eine Wolfsangel.

Um Tristan begann sich alles zu drehen. Er musste sich mit den Händen am Boden abstützen, um nicht umzufallen. Sein schlimmster Albtraum hatte ihn eingeholt. Er war wieder sechzehn, ein ungelenker Junge mit viel zu wenig Fleisch auf den Rippen. Er marschierte wieder durch ausgelöschte Dörfer, vorbei an toten Häusern, Rauch und Kanonendonner in der Ferne und nackte Angst in den Augen seiner Kameraden und den seinen. Er kam wieder an jenem einsamen Baum auf dem Feld vorbei, über das der eisige Wind pfiff, sah die grausige Fracht, die er trug…

Tristans Magen rebellierte. Seine Hände krallten sich in das unebene Straßenpflaster, und er würgte. Und während er am Boden kauerte, wurde ihm klar, was er im Grunde seines Herzens gewusst hatte, seit Ruben im *Shalimar* das Zeichen auf die Theke gemalt hatte: Jene Spur der Grausamkeit, die sich damals wie eine dunkle Ader durch die vom Krieg verwüstete, entmenschlichte Welt gezogen hatte,

hatte sich nicht auf den Feldern von Flandern verloren. Sie war noch immer da.

Nach einer Weile rappelte er sich auf, kam schwer atmend zum Stehen, die Hände auf die Oberschenkel gestützt, und zwang sich schließlich, den Toten genauer zu betrachten. Er blickte ihm in das wächserne Gesicht, sah das kleine, mühsam gezüchtete Bärtchen, den Schmiss an der Wange.

Der Tote war der Student, der sich bei Ruben an der Bar ausgeweint hatte, und dass er hier vor seiner Tür hing, konnte nur eines bedeuten. Es war eine Botschaft, und sie beinhaltete eine klare Drohung: Du wirst sie nicht beschützen können.

Josephine hatte am Fenster gestanden und hatte ihm nachgesehen, und er hatte sie allein gelassen. Allein in ihrem Zimmer, das ohne Probleme über das Spalier an der Fassade erreicht werden konnte.

So schnell er konnte, lief er zurück zu seinem Wagen. Die Dringlichkeit, die er verspürte, war so stark, dass er sich konzentrieren musste, überhaupt starten zu können. Als er schlingernd losfuhr, quietschten die Reifen auf dem nassen, glitschigen Kopfsteinpflaster, und er hatte Mühe, den schweren Wagen unter Kontrolle zu halten. Er stieß fast mit dem Pferdefuhrwerk eines Kohlenhändlers zusammen, das in dem Moment um die Ecke bog, und der Horch geriet ins Schleudern und rammte eine Mülltonne, die laut klappernd umfiel und ihren Inhalt auf die Straße entleerte. Das scheuende Pferd, die entsetzten Blicke der Männer in ihren schwarz verschmierten Gesichtern noch vor Augen fuhr er weiter. Es waren rund sechs Kilometer zu Josephines Pension, und sie kamen ihm vor wie sechshundert. Als er endlich in die Straße einbog, hatte er das sichere Gefühl, zu spät zu kommen.

ZWEITER AKT

Das Wetter schwelt in seinen Augenbrauen.
Der dunkle Abend wird in Nacht betäubt.
Die Stürme flattern, die wie Geier schauen
von seinem Haupthaar, das im Zorne sträubt.

Georg Heym, »Der Gott der Stadt«, 1910

21

Josephine lag im Bett und träumte mit offenen Augen. Sie hatte gespürt, dass in dieser Stadt etwas auf sie wartete, ohne zu ahnen, was es war. Nein, wer es war, korrigierte sie sich und lächelte. Seit sie in Europa angekommen war, war ihr Leben ein einziger wilder Rausch aus Menschen, Gesichtern, Musik, Tanz und Applaus. Wie ein Blatt, das der Sturm vom Ast reißt, wurde sie weiter, immer weiter fortgetragen. Heute jedoch, in Tristans Gegenwart, in seinen Armen, hatte sie zum ersten Mal das Gefühl gehabt, endlich nicht mehr weggeweht, durcheinandergewirbelt zu werden. Sie hatte sich für eine kurze Weile im Zentrum des Sturms, im Auge des Hurrikans befunden, und alles um sie herum war still und gut gewesen.

Sie hatte immer gewusst, dass man zu zweit sein musste, um sich durch dieses Leben zu kämpfen. Nur zu zweit ließ sich die Einsamkeit besiegen, die nach jedem Auftritt in der Garderobe auf sie lauerte und sie unerbittlich daran erinnerte, dass sie das, wonach sie sich am meisten sehnte, erneut nicht bekommen hatte: Liebe.

»Tristan.« Josephine flüsterte seinen Namen in die Dunkelheit und lauschte dem ungewohnten Klang. Dann schloss sie die Augen und versuchte, sich an seine Blicke, sein Lächeln, an jedes seiner Worte an diesem Tag zu erinnern.

Als sie an den Moment dachte, als er sie geküsst hatte, um sie dann so mühelos auf die Brüstung zu heben, als sei sie leicht wie eine Feder, wühlte sie sich unruhig in ihre Kissen. Sie konnte seine Hände noch auf ihrem Körper spüren, seinen Geruch auf ihrer Haut riechen. Wenn er doch geblieben wäre. Wenn er jetzt hier neben ihr läge und sie in seinen Armen einschlafen könnte. Dann wäre alles gut.

Er hatte noch eine ganze Weile zu ihrem Fenster hinaufgesehen, bevor er gefahren war, und dieses Bild, wie er da unten auf der Straße gestanden hatte, hatte ihr Herz gerührt. Für einen Moment hatte er ebenso einsam gewirkt wie sie selbst.

Josephine fiel in einen leichten Schlummer. Sie träumte von funkelnden Lichtern, die sich an der Decke drehten, sie drehte sich mit ihnen zur Musik, und Tristan hielt sie fest. Sie ließ sich in seinen Armen fallen, hörte sich selbst auflachen. Doch dann war er plötzlich weg. Josephine fand keinen Halt mehr, stürzte zu Boden. Die funkelnden Lichter waren verschwunden, sie lag auf den rohen Planken des Boxrings, sah Tristan vor sich stehen, Wut in den Augen, die Hände voller Blut.

Erschrocken fuhr sie auf. Es war noch stockdunkel im Zimmer, vermutlich hatte sie kaum länger als eine halbe Stunde geschlafen. Ein Geräusch drang an ihr Ohr. Die Glocke schellte, jemand schlug gegen die Tür. Eine verschlafene Stimme war zu hören, der Hausdiener, er protestierte, es folgte eine Erwiderung, knapp und scharf, dann schnelle Schritte. Jemand kam die Treppe heraufgelaufen. Josephine richtete sich vollends auf und lauschte angstvoll. Wer konnte das um diese Zeit sein? Dann wurde ihre Tür aufgerissen, und eine große, dunkle Gestalt zeichnete sich im Türrahmen ab.

Sie schrie auf.

»Josephine!« Das Licht flammte auf, und sie erkannte, dass es Tristan war. Er wirkte vollkommen außer sich. Sein Gesicht war totenbleich, die Augen weit aufgerissen. Er sah aus, als hätte er einen Geist gesehen.

»Komm schnell«, sagte er gehetzt und trat hastig in das Zimmer. »Du kannst nicht hierbleiben.«

»Was ist denn los?« Josephine sprang erschrocken aus dem Bett.

»Ich erkläre es dir unterwegs. Zieh dich an, und pack auch ein paar Sachen ein.« Er eilte an ihr vorbei zum Fenster, schob den Vorhang ein wenig zur Seite und spähte hinunter.

»Ich verstehe nicht … ist etwas passiert?«

»Ja.« Tristan nickte, den Blick noch immer auf die Straße gerichtet. »Du bist hier nicht sicher.« Er ließ den Vorhang zurückfallen. »Beeil dich, ich warte unten.«

Angesteckt von seiner Unruhe schlüpfte sie rasch in ein Kleid und Strümpfe und warf ein paar Toilettenartikel und Ersatzkleidung in eine Tasche. Als sie aus ihrem Zimmer trat, standen May und zwei Musiker, die der Lärm offenbar geweckt hatte, im Flur vor ihren Türen und sahen Josephine verwirrt zu, wie sie zur Treppe lief.

»Wohin gehst du?«, fragte ihre Freundin mit aufgerissenen Augen.

Josephine zuckte mit den Schultern, ebenso ratlos wie sie. »Ich bin zur Probe wieder da«, sagte sie, mehr um sich selbst zu vergewissern als May.

Dann nickte sie ihr und den beiden Männern zu und lief die Treppe ins Foyer hinunter, wo Tristan sie schon ungeduldig erwartete. Er legte einen Arm um ihre Schulter, nahm ihr die Tasche ab, und sie verließen raschen Schrittes die Pension.

Auf dem Weg zu seinem Wagen sah er sich wachsam um, und Josephine spürte die Anspannung in seinem Körper.

»Was hat das zu bedeuten?«, fragte sie noch einmal, als sie nebeneinander im Auto saßen und Tristan in halsbrecherischem Tempo losfuhr, die Augen immer wieder auf den Rückspiegel gerichtet. Sie sah, dass seine Hände zitterten, und auf seiner Stirn glänzten trotz der Kälte Schweißperlen. Erst, als er sich offenbar vergewissert hatte, dass ihnen niemand folgte, entspannte er sich etwas. »Ich bringe dich an einen sicheren Ort.«

»An einen sicheren Ort? Wieso? Was soll das heißen?«

»Es wurde jemand ermordet«, sagte Tristan nach kurzem Zögern. »Und dieser Mord hängt mit einer ... Verschwörung zusammen.«

»Einer Verschwörung?«, wiederholte Josephine, nun noch verwirrter. »Was habe ich damit zu tun?«

Tristan bog um eine Kurve und wich in letzter Minute einem Zeitungsjungen aus, der mit seinem Handkarren über die Straße ging und ihnen, die Faust geballt, wütend hinterherschimpfte.

»Wir haben Grund zur Annahme, dass diese Leute dich ...« Tristan verstummte.

Josephine konnte sehen, wie er sich angestrengt bemühte, die richtigen Worte zu finden. Sie verstand nicht, worauf er hinauswollte, und als er nicht weitersprach, fragte sie: »Was meinst du? Welche Leute? Wer ist wir?«

Er antwortete nicht, bremste nun aber vor einem stattlichen weißen Wohngebäude mit stuckverzierten Simsen und einem aufwendig im Art-déco-Stil verzierten Eingangsportal. Noch immer schweigend machte er den Motor aus und musterte das Gebäude so finster, als wäre es der unbekannte Feind, von dem er gerade gesprochen hatte.

Josephine verschränkte die Arme vor der Brust. »Ich steige nicht aus, solange du mir nicht sagst, was los ist!«

Er sah sie eine Weile zweifelnd an, dann sagte er: »Du bist in Gefahr.«

»In Gefahr? Was soll das heißen?« Sie starrte ihn fassungslos an.

Tristan schwieg.

»Warum? Ich habe doch niemandem etwas getan.«

»Das interessiert diese Leute nicht«, gab er bitter zurück.

Josephine schüttelte langsam den Kopf. Was Tristan sagte, klang verrückt. Unglaublich. Und doch wieder nicht.

»Diese Leute, von denen du da sprichst, das sind Rassisten, oder?«, fragte sie schließlich leise. »Wie bei uns zu Hause.«

»Ja, das könnte man so sagen«, antwortete Tristan knapp und presste dann seine Lippen zu einem dünnen Strich zusammen.

Auch wenn Josephine nicht begriff, was genau passiert war und weshalb Tristan ihr keine weitere Erklärung gab, begann sie zu ahnen, dass das berauschende Gefühl der Freiheit, das sie erfasst hatte, als sie New York verlassen hatte, womöglich nur eine Illusion gewesen war. Auch hier in Europa gab es offenbar Menschen, die Leute wie sie, Schwarze, die ihr Recht in Anspruch nahmen, zu leben, wie sie wollten, nicht ertragen konnten. Sie schüttelte langsam den Kopf. Jede Faser ihres Körpers sträubte sich dagegen, dies zu akzeptieren. Sie war frei. Und sie würde frei bleiben. Immer.

Tristan schien ihr Kopfschütteln misszuverstehen. »Mach dir keine Sorgen. Ich werde alles tun, damit dir nichts geschieht«, sagte er, und seine Stimme klang so hart und kalt, dass Josephine fröstelte.

Das brauchst du nicht, wollte sie sagen. Ich kann selbst auf mich aufpassen. Das habe ich immer schon getan. Du sollst mich nicht beschützen. Du sollst mich lieben.

Doch stattdessen sah sie ihm schweigend zu, wie er ausstieg und um den Wagen herumlief, um ihr die Tür zu öffnen. Er schien so verändert, alles Vertraute war verschwunden, er war wie ein Fremder. Wie konnte sie ihn da um seine Liebe bitten?

Sie folgte ihm zu dem großen Eingangsportal, und während Tristan die glänzenden Messingschilder studierte und dann auf einen Klingelknopf drückte, fragte sie: »Wo bringst du mich hin?«

Sein blasses, angespanntes Gesicht wirkte wie aus Stein, als er steif antwortete: »Zum Grafen von Seidlitz.«

»Wer ist das?«

»Mein Onkel.«

* * *

Er drückte fast fünf Minuten ununterbrochen auf den Klingelknopf, doch niemand öffnete. Als er den Arm hob, um gegen die massive Holztür zu hämmern, wissend, dass er damit nichts ausrichten würde, spürte er, wie Josephine eine Hand auf seinen Arm legte.

»Hör auf. Es ist niemand da.«

»Verdammt!« Er trat mit dem Fuß gegen die Tür und wandte sich dann abrupt ab. Wie hatte er nur annehmen können, sein Onkel wäre zur Stelle, wenn er ihn brauchte?

Misstrauisch starrte er die Straße entlang. Niemand war zu sehen. Kein Auto, kein Mensch, nicht einmal eine Katze. Ihm fiel nur noch eine einzige Möglichkeit ein, Josephine für den Rest der Nacht sicher unterzubringen, selbst wenn sie eigentlich indiskutabel war. Er ging zum Wagen zurück und öffnete die Beifahrertür. »Steig ein.«

Er wusste, er war unhöflich, und er schuldete ihr eine Erklärung für sein Verhalten, doch im Moment musste er sie vor allem in Sicherheit bringen. Das Gefühl der Dringlichkeit, das ihn beim Anblick des Toten erfasst hatte, liess alles andere unwichtig erscheinen.

In angespannter Stille umfuhr er die Grenadierstraße großräumig und näherte sich dann von Norden her durch enge Gassen dem Wohnblock, in dessen Vorderhaus sich der Boxclub und Fannys Wohnheim für junge Mädchen befand. Er parkte etwas entfernt und ging mit Josephine durch den rückwärtig gelegenen Hausdurchgang und die zahlreichen, kaum beleuchteten Hinterhöfe, bis sie schließlich in den ersten Hof kamen, wo eine Tür ins Vorderhaus führte. Tristan hatte diesen umständlichen Weg gewählt, weil er um jeden Preis vermeiden wollte, dass Josephine den Toten an der Laterne zu Gesicht bekam. Er wusste, wie einen ein derartiger Anblick verfolgen konnte.

Obwohl es noch so früh am Morgen war, war Tristan überzeugt, dass der Tote inzwischen entdeckt worden war. Was natürlich eine große Aufregung nach sich ziehen würde: Polizei, die den Tatort untersuchte und Fragen stellte, Nachbarn, die kamen, um zu sehen, was los war. Vor allem der Polizei wollte Tristan aus dem Weg gehen. Zu seiner Überraschung war jedoch alles ruhig. Keine Stimmen drangen von der Grenadierstraße herein, keine Motorengeräusche, nichts. Verwundert runzelte er die Stirn. Er drehte sich zu Josephine um, hielt einen Zeigefinger an den Mund und bedeutete ihr, im Schatten des Torbogens zu warten. Dann schlich er sich hinaus und spähte die Straße hinunter.

Noch immer war alles in dichten Nebel gehüllt, die Fenster der Häuser dunkel. Nur in der jüdischen Bäckerei wurde schon gearbeitet – in der Backstube brannte Licht, und der Geruch nach warmem Brot drang heraus. Die Laterne, an der der Tote hing, war im Nebel kaum zu erkennen. Er ging ein paar Schritte darauf zu, dann blieb er verwirrt stehen. Die Leiche war verschwunden. Unschuldig und leer stand die Straßenlaterne vor ihm und warf einen milchigen Lichtkegel auf das nebelfeuchte Pflaster. Tristan blinzelte. Das war nicht möglich. Wo war der tote junge Mann?

Plötzlich fiel ihm das Pferdefuhrwerk ein, mit dem er auf seinem überstürzten Weg zur Pension fast kollidiert wäre. Das scheuende Pferd, vier Männer auf einem Kokswagen, die Gesichter geschwärzt. Eigentlich viel zu früh am Morgen, um Kohle zu liefern. Das waren sie gewesen! Hatten irgendwo auf ihn gewartet, um ihm ihr kleines Theaterstück zu präsentieren. Nur ihm allein. Und dann die Leiche wieder verschwinden zu lassen. Das bedeutete, sie hatten gewusst, oder zumindest geahnt, wann er kommen würde. Sie mussten ihn und Josephine die ganze Zeit im Auge gehabt haben. Auch, als sie ...

Er war so gottverdammt leichtsinnig gewesen. Wachsam sah er sich um. Waren sie noch immer da? Beobachteten sie ihn aus einem Hauseingang heraus oder lauerten in einer der Einfahrten? Er konnte keine Bewegung ausmachen, hörte kein Geräusch. Rasch kehrte er in den Torbogen zurück, wo Josephine auf ihn wartete.

Bevor sie ihn etwas fragen konnte, bedeutete er ihr erneut zu schweigen und ging mit ihr zur Hintertür. Dort kramte er seinen Schlüsselbund aus der Manteltasche, sperrte die Tür zum Treppenhaus auf und ging mit ihr in den ersten Stock hinauf.

Erst als sie Fannys Wohnungstür hinter sich geschlossen hatten, wagte er es, kurz aufzuatmen. Und begegnete Josephines misstrauischem Blick.

»Wo sind wir?«, fragte sie und sah sich in dem dunklen Flur um, der nur von einer kleinen Lampe mit rosafarbenem Schirm erhellt wurde. Mehrere Türen gingen davon ab, die Zimmer der Mädchen, der Empfangssalon und das Bad, die Küche und daneben zwei Türen, die in Fannys

Reich führten. Es herrschte die Stille, die Orten zu eigen ist, in denen Menschen tief und fest schlafen. Eine in gewisser Weise lebendige Stille, als hörte man das Haus atmen. Fannys Schlaf war ohnehin sprichwörtlich. Doro spottete immer, selbst ein betrunkener Bierkutscher wäre leichter zu wecken als Fanny, wenn sie einmal eingeschlafen war.

»Wohnst du hier?« Ihr Blick fiel auf die gerahmten Fotos und Zeichnungen an den Wänden, die ausnahmslos nicht jugendfreie Szenen zeigten, und ihre Augenbrauen hoben sich ein wenig.

»Nein«, erwiderte Tristan leise. »Das ist die Wohnung einer Freundin. Warte kurz.« Er ging in die Küche und schob die rosa Gardine ein wenig beiseite. Die Straße war noch immer menschenleer, nichts Verdächtiges war zu sehen. Als er zurück in den Flur kam, war Josephine gerade in der Betrachtung eines Fotos vertieft, auf dem ein Mann mit Nickelbrille und Ärmelschonern einer Frau in Strapsen den nackten Hintern versohlte.

Tristan räusperte sich. »Das ist ... also ...« Er wusste nicht recht weiter.

»Eine Freundin wohnt hier, sagtest du?«, fragte Josephine, und die Ironie in ihrer Stimme war unüberhörbar. Ihr Blick wanderte über die mit rotem Stoff bespannten Wände und den ehemals plüschigen Teppich, der an den strapazierten Stellen schon fadenscheinig wurde. Die Deckenlampe war mit einem Tuch verhängt und der Durchgang zum Salon von einem Samtvorhang mit Troddeln eingerahmt. Neben der Garderobe stand auf einer Kommode eine billige kleine Skulptur, die ein nacktes junges Mädchen in aufreizender Pose zeigte. Es roch nach schwerem Parfüm, Zigaretten, Nagellack und Körperpuder, und man brauchte kein Sherlock Holmes zu sein, um zu wissen, in welcher Art Wohnung man sich hier befand.

Tristan wandte sich ab, ohne auf ihre ohnehin rhetorisch gemeinte Frage weiter einzugehen.

»Komm, ich zeig dir, wo du bleiben kannst.« Er führte sie in ein Zimmer ganz am Ende des Flurs. Es stand leer und wurde auch von den beiden Frauen, die nur abends hier arbeiteten, nicht benutzt, soweit Tristan wusste. Er selbst hatte hier übernachtet, bevor er nach unten in den Boxclub gezogen war. Es machte einen relativ anständigen Eindruck, wenn man von der schummrigen Beleuchtung und den frivolen Fotos, die auch hier an der Wand hingen, einmal absah. Tristan nahm sie ab und legte sie umgedreht auf den Schrank. »Es ist nur, solange mein Onkel weg ist«, sagte er leise. »Aber wenigstens bist du hier sicher.«

Josephine setzte sich auf das Bett, das neben dem zierlichen Stuhl vor der Frisierkommode die einzige Sitzgelegenheit darstellte. »Du hast also einen Onkel, der ein Graf ist, und eine Freundin, die...« Sie machte eine unbestimmte Handbewegung, die den Raum und alles andere umfasste.

Tristan nickte unbehaglich.

»Wer bist du eigentlich, Tristan?«

Er zuckte zusammen. »Nenn mich nicht so!«, fuhr er sie an.

»Wie?« Sie sah ihn erstaunt an. »Aber du...«

»Ich bin Nowak, niemand sonst.« Er hatte einen unverzeihlichen Fehler gemacht, als er die Distanz zu Josephine aufgegeben hatte und sie damit in größte Gefahr gebracht, das war ihm jetzt klar. Noch vor wenigen Stunden hatte er beim Vorbereiten für den Tanzabend im Spiegel bemerkt, dass sein mühsam aufgebautes Ich Risse bekommen hatte. Nowak wäre so etwas nie passiert. Und es würde ihm nicht noch einmal passieren. Er musste Josephine beschützen. Das war seine Aufgabe. Und er würde sie erfüllen. Um jeden Preis.

Sie schwieg einen Moment lang tief verletzt, dann verschloss sich ihre Miene. »Gut. Verstehe.«

Tristan spürte, dass er zu weit gegangen war. Josephine konnte ja nichts ahnen von dem Gefühl der Schuld, das ihn im Innersten fast zerriss. »Nein, Josephine«, begann er hastig. »Du verstehst nicht…«

Sie stand auf. »Zeigst du mir das Bad? Ich bin müde.«

Als sie zur Tür gehen wollte, hielt er sie am Arm zurück. »Bitte, Josephine, ich kann dir jetzt nicht alles erklären, aber…«

»Du musst mir überhaupt nichts erklären«, sagte sie kühl und schüttelte seine Hand ab. »Du bist schließlich nur mein Fahrer.«

Nachdem er ihr das Bad gezeigt und ihr frische Handtücher gegeben hatte, ging er in die Küche. Dort ließ er sich erschöpft auf das durchgesessene Sofa fallen. Müde streifte er sich die neuen Schuhe von den Füßen und streckte sich auf dem Sofa aus. Morgen würde er noch einmal mit Josephine sprechen. Morgen würde er Fanny und den Mädels alles erklären. Morgen…

Tristan wachte auf, als jemand unsanft an seiner Schulter rüttelte. Als er die Augen öffnete, stand Fanny vor dem Sofa, die Arme vor ihrem imposanten Busen verschränkt.

»Na, ausjeschlafen?«

Er warf einen Blick auf die Uhr, die auf dem Küchenbuffet stand. Es war bereits halb zehn. Er hatte viel zu lange geschlafen. Hastig richtete er sich auf, stopfte sich sein zerknittertes Hemd in die Hose und schob die Hosenträger über die Schultern. Er jetzt bemerkte er Doro und Frieda, die hinter Fanny standen und ihn neugierig musterten.

»Haste kein eigenes Bett mehr, Nowak?«, fragte Doro. »Oder hattest du Sehnsucht nach uns?«

Er kam nicht dazu, zu antworten, denn Helene kam in die Küche. Sie war wie die anderen Frauen – mit Ausnahme von Fanny, die nicht nur vollständig bekleidet, sondern bereits geschminkt war – noch im Nachthemd. Es war bodenlang mit langen Ärmeln und Blümchenmuster, und sie sah darin aus wie eine Pensionatsschülerin. Offenbar hatte sie gestern einen ruhigen Abend gehabt. Kein feiner Besuch mit Rosen und lockerer Hand. So hoffte Tristan zumindest.

»Da ist jemand im Bad«, sagte sie. Ihr blaues Auge war inzwischen zu einem gelblichen Schatten verblasst und die aufgesprungene Lippe nicht mehr geschwollen. Im vorwurfsvollen Ton fügte sie hinzu: »Eine Amerikanerin, glaub ich.«

Tristan nickte. »Ja. Das ist Josephine.«

Fanny kniff die Augen zusammen. »Und was hat die hier zu suchen, diese Josephine?«

»Ich musste sie gestern Nacht in Sicherheit bringen.« Tristan kramte in seinem Jackett vergeblich nach Zigaretten. »Es war ein Notfall.«

»Und da haste se hier zu mir jebracht?« Fanny verzog zweifelnd das Gesicht.

Er grinste schief. »Ein besserer Ort ist mir nicht eingefallen.«

»Und du meinst, dit wär nüscht jewesen, was du mir hättest vorher sagen sollen?«

»Du hast geschlafen.«

»Wovor denn überhaupt in Sicherheit?«, mischte sich Frieda ein.

»Vor …« Tristan brach ab. Die Morgensonne schien durch die dünnen Vorhänge, die beiden Kanarienvögel hüpften fröhlich zwitschernd auf ihren Stangen herum. Es roch nach frisch gebrühtem Kaffee, warmer Milch und

Brötchen, und der Albtraum der letzten Nacht schien plötzlich so weit entfernt wie Doros preußischer Pastorenvater aus Neuruppin von Fannys Wohnheim für junge Mädchen. Er zuckte mit den Achseln. »Lange Geschichte.«

Helene ging zur Tür. »Mir egal. Ich muss jetzt jedenfalls ins Bad. Deine Josephine wird mal 'n bisschen hinnemachen müssen.«

»Warte!«, rief Tristan, doch Helene war schon verschwunden. Kurz darauf kam sie zurück, und auf ihrem hübschen, herzförmigen Gesicht lag ein seltsamer Ausdruck.

»Was ist?«, fragte Doro. »Lässt sie dich nicht rein? Soll ich dieser Pissnelke mal ordentlich die Meinung geigen?«

Bevor Tristan sich einmischen konnte, schüttelte Helene den Kopf. Sie schloss mit Bedacht die Tür, lehnte sich mit dem Rücken dagegen und sah fassungslos in die Runde.

»Ihr glaubt nicht, wer gerade aus unserem Badezimmer gekommen ist!« Sie lief zu dem Tischchen, auf dem das Grammofon stand, und blätterte in einer der Zeitschriften, die dort herumlagen.

Die anderen musterten sie verblüfft, nur Tristan ahnte, was gleich kommen würde. Und tatsächlich stieß Helene einen kleinen Kieks aus, als sie die richtige Seite fand, und drehte die Zeitschrift um, damit alle das Bild betrachten konnten. Auf einer ganzen Seite war Josephine abgebildet. Sie trug ein knappes Glitzertrikot und eine Straußenfeder auf dem Kopf, hatte beide Hände nach oben ausgestreckt und strahlte. *Star aus dem Théâtre des Champs-Élysées kommt nach Berlin!*, lautete die Überschrift.

Doro riss Helene die Zeitschrift aus der Hand. »Du verkackeierst uns doch…«

»Nein! Sie ist es. Ich schwöre! Sie kam eben aus dem Badezimmer«, beteuerte Helene aufgeregt. »Mit einem Handtuch auf dem Kopf. Sie hat ›Bonjour‹ gesagt. Und gelächelt. Genau so wie auf dem Bild.« Wie zum Beweis tippte sie noch einmal auf das Foto. »Und sie ist wunderschön.«

Ihr Blick wanderte zu Tristan, und jetzt lag ein gewisser Vorwurf darin, den Tristan nicht zu deuten wusste. War sie ärgerlich, weil er Josephine mit hierhergebracht hatte oder weil sie wunderschön war? Manchmal war es nicht einfach, Frauen zu verstehen. Die anderen musterten ihn nun ebenfalls.

Er räusperte sich. »Das stimmt«, sagte er.

Doro starrte ihn ungläubig an. »Du hast Josephine Baker hier übernachten lassen? Die Josephine Baker? Bei uns im Puff?«

»Wie gesagt, es war ein Notfall…«

Doro lachte. »Nowak, du bist echt 'ne Marke.«

Fanny, die zuletzt geschwiegen hatte, nahm Doro die Zeitschrift aus der Hand und überflog den Artikel auf der Seite neben der Abbildung. »Du meine Güte«, murmelte sie. »Wir sollten noch ein paar Schrippen holen. Und vielleicht Rühreier machen. Mit Schinken. So Divas mögen doch Rühreier oder?«

»Sie ist keine Diva, Fanny…«, wandte Tristan ein. »Sie ist…« In diesem Moment öffnete sich die Tür, und Josephine kam herein.

22

Der Nebel hatte sich im hellen Morgenlicht aufgelöst, und statt eines Toten, der von der Laterne baumelte, standen nun die Hausfrauen mit ihren Einkäufen vor der Bäckerei und unterhielten sich, wie sie es jeden Morgen taten. Der alte Scherenschleifer hatte seinen Stammplatz neben der Litfaßsäule eingenommen, und der Schuhverkäufer war gerade dabei, das große Brett mit den zur Schau gestellten Schuhen aus seinem Laden herauszuschleppen und an die starken Haken neben der Tür zu hängen.

Tristan ging an dem Grüppchen Frauen vorbei, schnappte ein paar gemurmelte Wortfetzen auf, die sich um das Wetter, die Brotpreise und die Kinder drehten, und sah, wie eine Mutter ihre kleine Tochter, die in der Nähe der Laterne ein Stück Brotrinde fallen gelassen hatte, am Arm hochzog, als sie sich danach bücken wollte. Das Kind begann zu weinen und versuchte, sich loszureißen, doch die Mutter hielt es fest und zerrte es mit sich. Das schrille Kreischen des Kindes noch im Ohr, trat Tristan näher und besah sich das Pflaster, und er war fast erleichtert, als er dort neben dem abgelutschten Stück Brot einen dunklen Blutfleck sah. Das war der Beweis dafür, dass der Tote heute Nacht nicht nur ein Produkt seiner überreizten Fantasie gewesen war. Bevor er wieder umkehrte, warf er einen Blick hoch zu Fannys Wohnung. Es widerstrebte ihm, Josephine alleine zu lassen, doch sie hatte ihm klipp und klar zu verstehen gegeben, dass sie auf seine Gesellschaft keinen Wert legte. Sie war von Fanny und den Mädchen mit der ihnen eigenen schnoddrigen Art begrüßt worden, allerdings gewürzt mit einer gehörigen Prise Ehrfurcht.

Fanny hatte Josephine mit Händen und Füßen gestikulierend zum Frühstück eingeladen – mit Rührei, wie sie vielsagend betonte –, und Doro, die die Okkupantin des Badezimmers eben noch mit Pissnelke tituliert hatte, war in ihr Zimmer gelaufen und mit einer Flasche Sekt zurückgekommen. Tristans Einwand, dass Josephine zur Probe musste, hatte diese mit einer Handbewegung weggewischt und gemeint, wenn sie mittags dort auftauchte, wäre das noch früh genug und er könne sie ja um zwölf abholen. Daraufhin war er aufgestanden und gegangen. Das aufgeregte Geschnatter der Mädchen, ihre Versuche, englisch oder französisch mit ihrem Gast zu sprechen, und ihr Gelächter war ihm hinaus auf den Flur gefolgt.

Wütend auf sich selbst, weil er sich in der Nacht Josephine gegenüber so ungeschickt verhalten hatte, verpasste er der Laterne einen Tritt mit dem Fuß. Wenn er sie später zum Theater fuhr, würde er sich entschuldigen und ihr alles erklären. Und sie würde es verstehen. Mit Sicherheit.

Er ging in den Boxclub, in dem um diese Zeit noch keine Männer trainierten, und wusch sich in seinem Zimmer mit dem kalten Wasser aus dem kleinen Waschbecken. Sein Oberkörper war mit hässlichen blauen Flecken bedeckt, und die Rippen schmerzten noch immer. Als er sich anzog, betrachtete er mit einer gewissen Wehmut den eleganten Anzug und die schönen Schuhe, die er gestern getragen hatte. Es kam ihm vor, als sei es in einem anderen Leben gewesen. Er hatte mit Josephine getanzt und keinerlei Schmerzen verspürt, keine schweren Gedanken, keine Angst. Er war glücklich gewesen. Doch nur ein paar Stunden später hatte sich das Glück als Fata Morgana erwiesen.

Unruhig ging er in seinem Zimmer auf und ab und überlegte, wie er jetzt weiter vorgehen sollte. Was war der nächste Schritt? Was hatten diese Leute vor? Sie hätten genug Möglichkeiten gehabt, Josephine etwas anzutun, wenn sie es wirklich gewollt hätten.

Wenn sie ihn und Josephine tatsächlich gestern Nacht beobachtet hatten, und davon war Tristan überzeugt, wäre es ein Leichtes gewesen, bei Josephine einzudringen, nachdem er weggefahren war. Oder aber sie hätten sie einschüchtern können, beleidigen, ihr Angst machen, was normalerweise die Vorgehensweise dieser Typen war und was er im Grunde auch erwartet hatte. Er dachte an die Schmierereien am Theater, an die verbale Attacke des Journalisten am Bahnhof. Doch nichts dergleichen war passiert. Stattdessen hatten sie es vorgezogen, sich mit einer Botschaft an ihn zu wenden. Es kam ihm wie Hohn vor, die geschändete Leiche vor seiner Tür, dieses schaurige Possenspiel, nur für ihn allein. Doch andererseits passte diese Art makabren Witzes genau zu dem Mann, den er sofort vor Augen gehabt hatte, diesem Ungeheuer, das ihn jahrelang in seinen Träumen verfolgt hatte. Er schüttelte den Kopf, nein, das konnte nicht sein. Dieser Mann war seit vielen Jahren tot.

Er musste sich konzentrieren. Etwas stimmte ganz und gar nicht an dieser Sache. Wie konnte ein Toter seine Finger im Spiel haben? Und wer steckte tatsächlich dahinter? Sein Blick fiel auf sein Kopfkissen, er nahm es zur Hand und holte die Geldrolle heraus, die er dort versteckt hatte. Schon als er sie zum ersten Mal in den Händen gehalten hatte, hatte er das Gefühl gehabt, dass etwas an dieser Geschichte nicht passte. Tristan schob das Geld in sein Jackett und griff nach dem Autoschlüssel. Er konnte es drehen und wenden, wie er wollte, eines war sicher: Er wurde verarscht. Und er wusste auch, von wem.

Als Tristan zum zweiten Mal innerhalb weniger Stunden vor dem Prachtbau parkte, in dem der Graf wohnte, hatte sich seine Wut auf seinen Onkel so hochgeschaukelt, dass er sich beherrschen musste, nicht sofort aus dem Auto zu stürzen und zu versuchen, die Wohnung zu stürmen und alles kurz und klein zu schlagen, gleichgültig, ob sein Onkel zu Hause war oder nicht. Mühsam zwang er sich zur Ruhe. Sein Onkel war ein anderes Kaliber als irgendein Armleuchter aus seinem Viertel, der ihm blöd kam. Er hatte ihn – und seine Mutter, vor allem sie – schon einmal verraten. Wenn er herausfinden wollte, weshalb der Graf ihm nicht die Wahrheit sagte, musste er mit dessen Waffen kämpfen. Und das hieß vor allem, einen kühlen Kopf bewahren.

Er warf einen kritischen Blick in den Rückspiegel, beäugte seine Wunde über der Augenbraue, die noch immer ziemlich hässlich aussah, und betastete vorsichtig seinen Kiefer. Die Schwellung war inzwischen zurückgegangen, doch die bläuliche Verfärbung war unübersehbar. Kühl und überlegen wirkte er so nicht. Er sah vielmehr genau aus wie das, was er war: ein Schläger aus dem Scheunenviertel. Doch es half nichts. Es musste auch so gehen. Tristan rückte seinen Hemdkragen gerade, fuhr sich ein paarmal mit angefeuchteten Fingern durch die Haare, setzte dann seine Schiebermütze auf und stieg aus. Gerade als er die Klingel drücken wollte, hörte er hinter sich ein Auto heranfahren. Als er sich umdrehte, sah er, wie sein Onkel und Paul Ballin aus einem Taxi stiegen.

»Tristan, was machst du denn hier?«, sagte sein Onkel überrascht.

»Wo warst du?«, fiel ihm Tristan ins Wort.

»In Potsdam. Bei Freunden. Wieso? Ist etwas passiert?« Alarmiert musterte er Tristans zerschlagenes Gesicht. »Du bist verletzt? Wo ist Josephine? Geht es ihr gut?«

»Ja. Es geht ihr gut. Können wir den Rest drinnen besprechen?«

Der Graf nickte und bezahlte den Taxifahrer, während Paul Ballin eine kleine Reisetasche aus dunklem Leder aus dem Kofferraum hob und Tristan dabei misstrauisch musterte. Als der Graf Paul als seinen Sekretär vorstellte, schüttelten sie einander schweigend die Hand. Keiner gab zu erkennen, dass sie sich schon begegnet waren.

Gemeinsam gingen sie nach oben in den ersten Stock, wo sie an der Wohnungstür von einem ältlichen Diener in Livree erwartet wurden. Stumm reichte ihm Tristan Mütze und Mantel und folgte seinem Onkel in ein helles Zimmer mit Erkerfenster und eleganten Jugendstilmöbeln. Ein Flügel stand mitten im Raum.

Tristan blieb an der Schwelle stehen. An diesem Flügel hatte er schon einmal gesessen. Er war vielleicht neun, zehn Jahre alt gewesen. Seine Mutter hatte ein paar Takte angeschlagen, eine Mazurka von Chopin, und dann hatten sie zusammen gespielt, während ihr Onkel ihnen zugehört hatte.

Tristan wandte sich brüsk ab. Als er dabei dem Blick seines Onkels begegnete, wusste er, dass dieser sich ebenfalls erinnerte.

Von Seidlitz räusperte sich. »Vielleicht gehen wir lieber in die Bibliothek«, sagte er, durchquerte den Salon und öffnete die Flügeltür in den nächsten Raum, in dem in deckenhohen Regalen Bücher über Bücher standen. Vor dem Fenster befand sich ein geschwungener Schreibtisch aus Kirschholz.

Tristan folgte ihm, während Paul Ballin an der Tür stehen blieb und von Seidlitz einen fragenden Blick zuwarf.

Der Graf wandte sich an Tristan: »Hast du etwas dagegen, wenn Paul dabei ist?«

Tristan zuckte mit den Schultern. »Von mir aus.«

»Also, was ist passiert?«, fragte von Seidlitz, nachdem sie alle drei in tiefen Sesseln vor dem Kamin Platz genommen hatten. Ein kleines Feuer prasselte bereits darin und verbreitete behagliche Wärme. Es roch nach Leder, Holzrauch und altem Papier.

»Euer Informant ist tot«, sagte Tristan und warf Paul einen kurzen Blick zu. »Er wurde ermordet.«

Bestürztes Schweigen antwortete ihm. Besonders Paul wirkte geschockt.

Noch bevor sein Onkel weitere Fragen stellen konnte, nahm Tristan die Rolle Geld, die er damals am Bahnhof dem Journalisten abgenommen hatte, aus seiner Tasche und legte sie vor sich auf den kleinen Rauchertisch. »Es ist Zeit, Tacheles zu reden, Onkel«, sagte er.

Von Seidlitz runzelte die Stirn. »Ich verstehe nicht, was du meinst…«, begann er.

»Red keinen Blödsinn«, unterbrach ihn Tristan kalt. »Du verstehst sehr gut. Du hast mir verschwiegen, mit welchen Leuten wir es hier tatsächlich zu tun haben.«

Von Seidlitz wollte etwas sagen, doch Tristan ließ ihn nicht zu Wort kommen. »Gab es dafür einen besonderen Grund, oder hat es dir einfach nur Spaß gemacht, mich ins offene Messer laufen zu lassen?«

»Aber nein, wie kannst du nur so etwas denken!« Von Seidlitz sah ehrlich erschrocken aus. »Kannst du mir nicht endlich verraten, was genau passiert ist?«

»Erst, wenn du ausspuckst, was du weißt und woher du deine Informationen hast.«

»Aber das sagte ich doch schon! Diese Frau, Mara …«

»Schluss damit!« Tristan schlug mit der Faust auf den Rauchertisch, und der gläserne Aschenbecher rutschte auf den steinernen Kaminvorsprung und zerbrach klirrend.

Sein Onkel schwieg, und als der Diener diskret in das Zimmer trat und fragte, ob er behilflich sein könne, bedeutete ihm der Graf mit einem knappen Wink, zu gehen. Tristan nahm die Rolle Geld in die Hand. »Diesen Batzen Geld hat jemand einem Journalisten bezahlt, und ich möchte wissen, wofür.«

»Einem Journalisten?« Von Seidlitz hob den Kopf. »Weißt du, wie er heißt?«

»Otto Ehlers. Er schreibt für den *Völkischen Kurier*.«

Tristan entging nicht, wie sein Onkel und Paul einen raschen Blick wechselten. »Kennst du ihn?«, fragte Tristan.

»Er ist mir nicht unbekannt«, gab von Seidlitz zögernd zu.

Tristan wartete. Sein Onkel schien mit sich zu kämpfen. Er warf seinem Sekretär erneut einen Blick zu, sie schienen sich über etwas auszutauschen, was Tristan nicht verstand. Schließlich beugte sich von Seidlitz vor, nahm sich eine von seinen englischen Zigaretten und bot Tristan ebenfalls eine an. Er versucht, Zeit zu gewinnen, dachte Tristan, während er sich eine nahm und seinen Onkel dabei musterte, wie er aufstand und einen zweiten Aschenbecher von seinem Schreibtisch holte.

»Der ist aus Messing«, sagte er, um einen kleinen Scherz bemüht. Als niemand lachte, setzte er sich wieder und sagte: »Du hast recht, Tristan. Ich habe dich angelogen.«

Tristan hörte, wie Paul scharf die Luft einzog.

»Es gibt keinen Auftrag der Regierung«, sagte von Seidlitz schließlich.

Tristan blieb äußerlich ruhig. Er wusste nicht genau, was er erwartet hatte, aber diese Eröffnung überraschte ihn.

»Was soll das heißen?«, fragte er. »In welchem Auftrag bin ich dann unterwegs?«

»In meinem.«

Tristan runzelte die Stirn. »Du? Als Privatperson? Was geht dich Josephine Baker an?«

Von Seidlitz nahm einen tiefen Zug von seiner Zigarette. »Erinnerst du dich an den Mord an Rathenau vor vier Jahren?«

»Natürlich.« Jedes Kind wusste davon. Der deutsche Außenminister Walther Rathenau war damals auf offener Straße erschossen worden, was zu einem Beben innerhalb der Regierung und in der Bevölkerung geführt hatte. Zuvor hatte man wochenlang in unerträglicher Weise gegen ihn gehetzt.

»Rathenau war ein sehr guter Freund von mir. Ich habe versucht, ihn zu warnen, doch er wollte nicht auf mich hören.« Von Seidlitz schüttelte den Kopf. »Vielleicht hätte ich noch mehr tun müssen, ich weiß es nicht.«

»Du hättest nichts tun können«, mischte sich jetzt Paul ein. »Rathenau wusste über die Gefahr Bescheid, Henry. Es war seine Entscheidung, auf Schutz zu verzichten. Und vermutlich hätte es ohnehin nichts genützt.«

Von Seidlitz nickte vage. »Wie dem auch sei. Der Mord an ihm war jedenfalls der dritte in einer Reihe von Attentaten gegenüber Politikern, die von einer rechten Terrororganisation aus ehemaligen Freikorpsmitgliedern begangen wurden«, fuhr er fort. »Die Täter waren überwiegend Studenten. Sie wurden gefasst, und ihnen wurde der Prozess gemacht. Doch obwohl alle Beteiligten rechtsterroristischen Vereinigungen angehörten, ließ das Gericht in ihrem Schuldspruch offen, ob hinter dem Mordanschlag ein organisiertes Komplott steckte. Die Richter stellten den Mord an Rathenau als isolierte Tat junger, unreifer Fanatiker dar, die von der antisemitischen Hetze aufgewiegelt worden seien.«

»Aber du hast nicht daran geglaubt?«, fragte Tristan.

Von Seidlitz schüttelte den Kopf. »Niemand, der ein bisschen Grips im Kopf hatte, hat daran geglaubt. Hinter diesem Anschlag steckte die Organisation Consul, die danach zwar verboten wurde, deren Mitglieder jedoch unbehelligt blieben. Otto Ehlers, der Journalist, war übrigens einer davon. Er ist Österreicher, aber das hindert ihn nicht daran, stramm deutschnational zu sein. Außerdem ist er ein überzeugter Antisemit. Die Köpfe dieser Organisation planten, mit den Morden eine Destabilisierung der Republik herbeizuführen, um einen Umsturz zu provozieren. Und sie planen es noch heute. Sie und ihre Gesinnungsgenossen sind an allen Schaltstellen der Macht vertreten, in der Regierung, beim Militär und bei der Polizei.«

Tristan versuchte zu begreifen, weshalb ihm sein Onkel das alles erzählte. »Und du denkst, diese Leute bedrohen jetzt auch Josephine?« Er schüttelte ungläubig den Kopf. »Sie ist keine Politikerin...«

»Aber sie erfüllt genau den gleichen Zweck. Ich hatte schon länger Informationen darüber, dass etwas Neues geplant ist, doch ich wusste lange nicht, wer die Zielperson sein würde, bis dann...« Er warf Paul einen Blick zu.

»... bis ihr diese Geschichte von Mara gehört habt.« Tristan nickte. »Aber warum kümmerst du dich persönlich darum? Warum nicht die Regierung? Die Polizei?«

»Ich sagte doch schon, es ist nicht sicher, wem man in dieser Hinsicht vertrauen kann. Und außerdem war Rathenau mein Freund«, erklärte von Seidlitz. »Ich bin es ihm schuldig.«

Das klang in Tristans Ohren etwas fadenscheinig. Er warf seinem Onkel einen scharfen Blick zu. »Das ist alles? Das ist der Grund? Und es gibt nichts mehr, was ich noch wissen sollte?«

Von Seidlitz zögerte den Bruchteil einer Sekunde, doch dann nickte er und sah Tristan offen ins Gesicht. »Ja. Das ist alles. Willst du mir jetzt nicht endlich erzählen, was passiert ist?«

Tristan beschloss, ihm zu glauben. Fürs Erste jedenfalls, und begann in knappen Worten zu erzählen, was sich in der Nacht zugetragen hatte, wobei er geflissentlich übersprang, wie nahe er und Josephine sich zuvor gekommen waren. Von Seidlitz und Paul hörten ihm schweigend zu.

»Ein Schlächter läuft dort draußen herum. Er hat diesem jungen Mann den Bauch aufgeschlitzt, ihm eine Wolfsangel ins Gehirn getrieben und ihn daran aufgehängt«, schloss Tristan seine Schilderung. »Wie Schlachtvieh.«

Als er eine brutale Handbewegung machte, die veranschaulichen sollte, wie das Ganze vonstattengegangen war, zuckte Paul zusammen.

»Was, um Gottes willen, ist eine Wolfsangel?«, fragte er. Bevor Tristan antworten konnte, tat es sein Onkel.

»Es ist ein altertümliches Jagdgerät aus Eisen, in Form eines spiegelverkehrten Z«, sagte er, blass geworden. »Man hat es im Mittelalter und auch später noch für die Wolfsjagd verwendet. Mit der einen Spitze wird es etwa zwei Meter hoch in einen Baum getrieben und auf die andere Spitze wird ein Köder gelegt. Der Wolf muss hochspringen, um den Köder zu schnappen, die Spitze dringt durch sein Maul, er kann sich nicht mehr befreien und verendet jämmerlich, mit dem Fang an der Wolfsangel hängend.«

Paul machte ein angewidertes Gesicht. »Woher weißt du denn so etwas?«

Von Seidlitz zuckte mit den Schultern. »Ich stamme aus einer blutrünstigen alten Adelsfamilie. Solche Dinge hingen bei meinem Großvater als Dekoration an der Wand.«

Mit einem prüfenden Blick wandte er sich Tristan zu.

»Dir ist also auch schon einmal eine Wolfsangel untergekommen? Und vermutlich nicht als Dekoration?«

Tristan starrte auf seine Hände. Sie hatten bei der Schilderung der Ereignisse wieder leicht zu zittern begonnen. Die Beherrschung, die er während der gesamten Zeit aufrechterhalten hatte, begann zu bröckeln. »Kann sein«, sagte er.

»Wo?«

»Im Krieg.« Er räusperte sich, dann sagte er leise, den Blick noch immer auf seine zitternden Hände gerichtet: »Ich weiß, wer hinter dem Mord steckt«, sagte er. »Ich weiß, wer das getan hat.«

23

Von Seidlitz stand auf und warf ein Holzscheit ins Feuer.

»Du warst in Flandern«, sagte er, als er sich wieder gesetzt hatte.

Tristan nickte und starrte ins Feuer. In abgehackten Sätzen begann er zu erzählen. »Wir waren Teil des Reserve-Korps der vierten Armee. Viele Freiwillige, Schüler, Studenten, kaum einer war ausgebildeter Soldat. Es fehlte an allem, vor allem an Schuhen und Essen. Es gab nicht einmal genügend Futter für die Pferde.« Er schüttelte den Kopf und schloss für einen Moment die Augen, beschwor die Bilder herauf und spürte, wie ihm die Hoffnungslosigkeit von damals wieder in die Glieder kroch. »Eines Tages gerieten wir in einen Hinterhalt und wurden vom Rest unserer Kompanie getrennt. Ein Grüppchen Ahnungsloser, mitten in einem Land, das wir trotz seiner Neutralität gerade brutal überfallen hatten. Wir waren vollkommen auf uns gestellt, ohne Versorgung, ohne einen Befehl, ohne Plan. Ein Kamerad ist desertiert. Er hieß Oskar. Oskar Sattler. Ich mochte ihn, er war ein guter Kumpel. Oskar war verlobt. Hatte immer das Bild seiner Freundin bei sich. Er hielt diese Ungewissheit, die ständige Angst nicht mehr aus.«

Tristan hob den Kopf und sprach weiter: »Die ganze Zeit gingen Gerüchte um. Gerüchte über belgische Heckenschützen, die sich in Häusern und Scheunen verbargen. Und über eine besonders brutale Sturmtruppe unseres eigenen Bataillons, die sich auf den Häuserkampf spezialisiert hatte. Sie nannte sich *Sturmtruppe Wolf,* und ihr Erkennungszeichen war ein germanisches Schriftzeichen, das wie eine Wolfsangel aussieht.« Er zeichnete mit einem Finger ein umgekehrtes Z in die Luft. »Das war die offizielle Version. Doch nach allem, was man von ihren Gräueltaten mitbekam, ging es ihnen in Wahrheit nicht um die feindlichen Heckenschützen, sondern nur ums Töten. Es war eine Truppe von skrupellosen Männern. Sie haben wahllos Zivilisten ermordet, Frauen, Kinder. Sie haben ganze Dörfer ausgelöscht.«

Tristan rieb sich über die Augen, blinzelte. »Wir haben die Toten gesehen. Sie lagen einfach so auf der Straße, weil niemand mehr da war, um sie zu beerdigen. Erschossene Frauen, ihre toten Kinder noch im Arm. Alte Leute mit Gehstöcken und Einkaufskörben. Junge Männer, die man zur Abschreckung an die Scheunentore der Höfe genagelt hatte. Rauch, Blut und Tod überall. Einer unserer Kameraden erzählte uns, er habe gehört, dass die Wölfe auch Jagd auf Deserteure machten. Gnadenlose Jagd. Danach hat niemand von uns es mehr gewagt, sich mehr als ein paar Schritte von der Truppe zu entfernen. Aber wir hofften alle, dass es Oskar geschafft hatte. Und so marschierten wir einfach weiter. Tagelang. Dann fanden wir ihn. Er hing an einem Baum, genauso zugerichtet wie der Student heute Nacht…«

Tristan verstummte. Er stand wieder vor dem einsamen Baum auf dem kahlen Feld. Er spürte den Wind, der scharf und kalt wehte, sah den Toten an seinem eisernen Haken hin und her schwanken. Tiere hatten an ihm genagt, Stücke herausgerissen, die Füße waren nur noch blutige Klumpen, sein Gesicht schwarz, zerschlagen, der Mund aufgerissen, die Augen leer.

Eine Zeit lang sagte keiner der drei Männer ein Wort. Das Holzscheit im Kamin hatte Feuer gefangen und loderte hell auf. Die Flammen warfen zuckende Schatten an die Wand.

»Als wir ein paar Tage später endlich wieder zu unserer Kompanie stießen, habe ich den Anführer der Sturmtruppe Wolf gesehen. Hinter vorgehaltener Hand nannten ihn alle nur den Schlächter. Er war unscheinbar, eher klein und trug eine runde Brille. Es war fast zum Lachen. Der Mann sah aus wie ein Buchhalter, den man versehentlich in eine Uniform gesteckt hatte. Doch seine Augen habe ich nie vergessen.«

»Was wurde aus ihm?«, fragte Paul.

»Nach dem Vorfall mit dem Hinterhalt, in den wir geraten waren, bekam das Bataillon, dem unsere Kompanie angehörte, einen neuen Kommandanten. Ich weiß nicht, ob jener die Machenschaften der Wölfe nicht billigte oder etwas anderes vorfiel, jedenfalls war die Sturmtruppe eines Tages verschwunden. Es hieß, sie seien zu einem anderen Einsatzort beordert worden. Später hörten wir, dass er und ein Großteil der Truppe bei einem Angriff der Engländer gefallen sei.«

Von Seidlitz runzelte die Stirn. »Der Mann ist also tot?«

»So hieß es jedenfalls.«

»Aber du glaubst es nicht?«

»Nicht mehr. Es kann keine zwei Täter geben, die auf diese Weise morden.«

»Kennst du seinen Namen?«

»Nur den Nachnamen. Kurtz.« Tristan ließ sich in seinen Sessel zurücksinken. Er war plötzlich erschöpft.

Sein Onkel überlegte. »Der Name sagt mir nichts. Aber

wenn er überlebt hat, dann kann ich das herausfinden. Ich habe einen Freund im Reichswehrministerium. Weißt du etwas über die anderen aus der Truppe?«

»Nein. Es war immer nur dieser Kurtz, über den geredet wurde.«

Paul durchbrach die plötzlich eintretende Stille und fragte: »Wenn es stimmt und dieser Kurtz noch lebt, dann haben wir doch etwas in der Hand, was auch die Polizei nicht ignorieren kann, nicht wahr? Immerhin hat es einen Mord gegeben.«

»Aber es gibt keine Leiche«, wandte Tristan ein. »Sie haben sie verschwinden lassen.«

Paul fluchte leise. »Aber vielleicht existieren noch Hinweise auf die Kriegsverbrechen dieser Wolfstruppe? Dann könnten wir wenigstens die anderen identifizieren? Wurde denn keiner von den Überlebenden vor Gericht gestellt?«

»Wurden sie?«, wandte sich von Seidlitz an Tristan.

»Nicht, dass ich wüsste. Von uns hat niemand etwas gesagt. Ich auch nicht.« Er starrte ins Feuer. »Vielleicht hätte ich das damals tun sollen…«

»Du allein hättest ohnehin nichts ausgerichtet. Ein einfacher Soldat, noch grün hinter den Ohren. Kaum einer dieser Leute ist nach dem Krieg verurteilt worden. Die haben damals alle zusammengehalten und tun es heute noch. Und außerdem hattest du weiß Gott andere Probleme.«

Tristans Kopf schnellte nach oben. »Allerdings, die hatte ich«, sagte er scharf.

Von Seidlitz seufzte. »Mein Junge, wir sollten endlich einmal darüber reden…«

»Nein!« Tristan schüttelte den Kopf, verfluchte sich dafür, seinem Onkel eine Steilvorlage dafür geliefert zu haben, ihrem Gespräch diese Wendung zu geben. Er wollte nicht darüber sprechen. Jetzt nicht und überhaupt niemals.

Sein Onkel ignorierte seine abwehrende Haltung. »Es tut mir unendlich leid, was mit deiner Mutter passiert ist, glaub mir.«

»Es tut dir *leid*?« Tristan spürte, wie die Wut auf seinen Onkel, die er um der Sache willen zurückgedrängt hatte, wieder Oberhand gewann. »Das ist alles?«

Von Seidlitz hob beide Arme in einer Geste der Hilflosigkeit. »Was willst du hören?«

»Sie war deine Cousine, und du hast zugelassen, dass Vaters Familie sie nach seinem Tod aus dem Haus geworfen hat. Mitten im Krieg!«

»Tristan, sie wollte sich nicht helfen lassen! Immer wieder habe ich ihr gesagt, dass sie sich auf diese unselige Liaison mit deinem Vater nicht verlassen kann. Wie oft haben wir deswegen gestritten. Sie hatte etwas Besseres verdient, als die Mätresse eines verheirateten Mannes zu sein. Und du im Übrigen auch …«

»Die beiden haben sich geliebt. Und Vater hat mich anerkannt, mir seinen Namen gegeben, er hat bei uns gelebt …«

»Aber davon hattet ihr beide nichts, als er tot war, nicht wahr?« Die immer etwas hochmütig wirkende Miene seines Onkels wurde bitter, und seine Augen verdunkelten sich. »Für die Ehefrau deines Vaters war Sarah nach seinem Tod nichts anderes als seine englische Hure und du ihr Bastard. Deine Mutter war talentiert, schön, gebildet, aus gutem Hause. Warum hat sie sich so demütigen lassen?«

»Sie wurde als englische Spionin interniert, weil du ihr nicht geholfen hast! Sie ist in dem Lager verreckt wie ein Tier!« Tristan war bei jedem Wort lauter geworden. Mit seiner Wut kehrten auch seine Erinnerungen zurück.

Er war nach seiner Rückkehr aus Frankreich an jenem Ort gewesen, an den sie sie gebracht hatten, war die endlosen flachen Backsteinbauten entlanggegangen, ehemalige

Ställe der Trabrennbahn Ruhleben, in denen während des Krieges britische Zivilisten als sogenannte »feindliche Ausländer« interniert gewesen waren. Mehr als viertausend Männer und dazu einige wenige Frauen, die man der Spionage bezichtigt hatte. Wie seine Mutter, Malerin und selbstbewusste, kapriziöse Tochter eines britischen Marineoffiziers.

Ein ehemaliger Lagerkommandant, der Tristan bei seinem bitteren Gang durch das Lager begleitete, hatte ihm, eifrig bemüht, sich im besten Licht darzustellen, versichert, dass die Frauen natürlich nicht in den Boxen auf Stroh hätten schlafen müssen, sondern im Verwaltungstrakt untergebracht gewesen wären. Tristan hatte nur stumm genickt und die Worte an sich vorbeirauschen lassen. Seine Mutter hatte es nicht ausgehalten, eingesperrt zu sein. Sie war langsam, aber sicher durchgedreht. Man hatte sie an einem Januarmorgen gefunden. Erfroren. Sie hatte versucht, mitten im Winter barfuß und im Nachthemd über den Stacheldrahtzaun zu klettern. Er hatte den Bericht gelesen, und es hatte ihm fast das Herz gebrochen.

»Warum zum Teufel hast du ihr nicht geholfen?«, sagte er jetzt leise. Er hatte sich diese Frage schon Hunderte, ja Tausende Male gestellt in den Jahren nach dem Krieg, als er in irgendwelchen Absteigen nächtelang wach gelegen hatte, schweißgebadet aus wirren Träumen aufgeschreckt war, irgendeine Frau oder einen Saufkumpan neben sich, an deren Namen er sich nicht mehr erinnern konnte.

»Tristan, ich wollte ja, aber ...«, begann sein Onkel, sprach jedoch nicht weiter. Stattdessen sagte er: »Warum hast du dir nicht helfen lassen, damals, als du aus dem Krieg zurückgekommen bist? Ich habe dir angesehen, wie schlecht es dir ging. Du hättest Unterstützung gebraucht. Und sie auch bekommen.«

Tristan schnaubte. Er dachte an ihr Treffen gleich nach dem Krieg, als der Graf ihm erzählt hatte, was seiner Mutter widerfahren war. An diesem Tag hatte ihm von Seidlitz auch einen Packen Briefe gegeben, den ihm die Lagerleitung geschickt hatte. Tristans eigene Feldpost und die Briefe seiner Mutter an ihn. Keiner hatte je seinen Empfänger erreicht. Sie waren alle in der Lagerkommandatur abgefangen worden, hängen geblieben, vergessen worden, und niemand konnte danach sagen, wer die Schuld daran trug.

»Unterstützung?«, sagte er verächtlich. »Von dir? So, wie du meine Mutter unterstützt hast?«

Paul wollte etwas sagen, doch ein warnender Blick des Grafen brachte ihn zum Schweigen.

Tristan dagegen konnte jetzt nicht mehr schweigen. Schon damals hatte er seinem Onkel diese Frage gestellt und keine Antwort erhalten. Nach jenem Treffen hatte er sich endgültig von seinem alten Leben verabschiedet und war abgetaucht mit dem Vorsatz, den Grafen nie wiederzusehen.

»Du warst nicht einmal an der Front, verdammt noch mal!«, platzte es nun aus ihm heraus. »Was hast du getrieben? Wo warst du, während meine Mutter hinter Stacheldrahtzäunen den Verstand verlor?«

»Das geht zu weit«, mischte sich Paul wütend ein. »Ich verstehe deinen Zorn, Tristan, aber du kannst nicht so mit deinem Onkel sprechen. Er hatte seine Gründe...«

»Schluss damit!« Von Seidlitz schnitt Paul rüde das Wort ab. Sie wechselten erneut einen dieser Blicke, die Tristan nicht zu deuten wusste, dann beugte er sich vor und sah Tristan in die Augen.

Tristan fiel zum ersten Mal auf, dass sein Onkel die gleiche Augenfarbe wie er selbst hatte: ein kühles, klares Graublau. Die Augen seiner Mutter waren grün gewesen.

»Du hast recht mit dem, was du mir vorwirfst«, sagte er plötzlich mit entwaffnender Offenheit. »Ich habe nicht genug getan, um deiner Mutter zu helfen. Ich ... war zu beschäftigt mit anderen Dingen, von denen ich dachte, dass sie wichtig wären. Glaub mir, es vergeht kein Tag, an dem ich das nicht bereue.«

Tristan wollte etwas erwidern, aber von Seidlitz hob kurz die Hand und sprach weiter: »Ich wollte es wiedergutmachen. An dir. Ich habe dich immer geliebt wie meinen eigenen Sohn, musst du wissen. Aber du hast es nicht zugelassen, was ich verstehen kann. Ich hätte mich an deiner Stelle auch gehasst. Als du untergetaucht bist, haben wir dich gesucht, Paul und ich. Es hat lange gedauert, bis wir dich gefunden hatten, du warst einige Jahre wie vom Erdboden verschluckt, und wir hatten bereits das Schlimmste befürchtet. Doch von dem Moment an, als wir dich schließlich ausfindig gemacht hatten, in diesem Boxladen in der Grenadierstraße, habe ich dich im Auge behalten.«

Tristan war wie vor den Kopf geschlagen. Hatte Paul ihn deshalb sofort erkannt, als er ihn vor dem Tabakladen angesprochen hatte? Nun ergab alles einen Sinn.

»Deshalb hast du auch gewusst, wo du mich suchen musstest, als ich in der Arrestzelle war?«, sagte er langsam.

Von Seidlitz nickte. »Es war Paul, der das in Erfahrung gebracht hat. Er hat recht ... vielfältige Kontakte in der Stadt.«

Tristan wandte sich Paul zu, der seinen Blick kühl erwiderte. Er hatte die Hände vor der Brust verschränkt und machte zumindest im Moment nicht den Eindruck, als habe er diese Aufgabe mit Freuden erledigt.

Tristan wusste nicht recht, was er mit der Entschuldigung seines Onkels anfangen sollte. Der Hass, den er so lange Zeit gegen ihn genährt hatte, hatte ihm auch so etwas wie Halt gegeben. Er hatte in der Abgrenzung seine Identität gefunden, was schwierig genug gewesen war. Der Moment im Bad gestern Abend fiel ihm wieder ein, als er sich im Spiegel betrachtet und Mitleid mit jenem Mann empfunden hatte, der er hätte sein können. Alles schien sich plötzlich aufzulösen, wegzubrechen, und er wusste nicht, was am Ende von ihm übrig bleiben würde.

Die Stimme seines Onkels riss ihn aus seinen Gedanken.

»Wenn du mir schon nicht verzeihen kannst, Tristan, dann lass uns wenigstens einen Waffenstillstand schließen, solange diese Geschichte dauert. Wir wollen doch beide, dass Josephine Baker nichts zustößt.« Sein Onkel streckte ihm seine Hand entgegen.

Josephine. Natürlich. Um sie ging es und um niemand anderes. Er musste sich zusammenreißen. Er musste es richtig machen. Wenigstens das, wenn er schon für seine Mutter nicht da gewesen war. Tristan richtete sich auf, straffte seine Schultern und ergriff die ausgestreckte Hand seines Onkels. Der Händedruck des Grafen war kräftig, und er berührte Tristan mehr, als er erwartet hatte. Etwas überstürzt ließ er los und wandte kurz den Blick ab.

»Was also sollen wir als Nächstes unternehmen?«, fragte von Seidlitz nach einem Moment des Schweigens.

»Du kannst versuchen herauszufinden, ob Kurtz noch lebt, und ich werde mich umhören, was das für ein Verein ist, der die Wolfsangel als Abzeichen benutzt«, schlug Tristan vor.

Als von Seidlitz nickte, fügte er hinzu: »Wir haben aber ein Problem, denn morgen ist die Premiere.«

»Du glaubst, sie schlagen bei der Premiere zu?«, fragte Paul ungläubig. »In aller Öffentlichkeit?«

Tristan nickte. »Ich habe die ganze Zeit gerätselt, was sie wohl vorhaben. Jetzt, nachdem ihr die Verbindung zu dem Mord an Rathenau und dieser Terrororganisation hergestellt habt, ist es mir klar geworden. Sie wollen ein Zeichen setzen, so laut und deutlich wie möglich. Da kommt nur ein öffentlicher Akt infrage.«

»Ein Attentat auf offener Bühne...«, wiederholte sein Onkel nachdenklich. »Du könntest recht haben. Aber während der Aufführung wirst du alleine Miss Bakers Schutz nicht bewerkstelligen können. Es werden Hunderte Leute im Theater sein.«

»Ich bin nicht alleine«, sagte Tristan. »Ich kann Leute besorgen.«

»Was für Leute?«

»Freunde.«

Sein Onkel hob eine Augenbraue. »Freunde«, wiederholte er skeptisch. »Ich nehme an, du sprichst von Leuten aus deinem Club. Glaubst du, dass Männer aus diesem Milieu vertrauenswürdig sind?«

»Ich habe keinen Grund, an ihnen zu zweifeln«, gab Tristan zurück. Er stand auf und warf seinem Onkel einen kühlen Blick zu. »Ich mache das auf meine Weise. Ob es dir passt oder nicht.«

»Natürlich tust du das.« Sein Onkel stand ebenfalls auf. »Aber dafür brauchst du Geld. Sie werden das nicht umsonst machen. Ich habe nicht so viel Bargeld im Haus, aber du kannst deinen Freunden versichern, sie werden von mir bezahlt werden.«

Tristan schüttelte den Kopf. »Danke, aber das übernehme ich selbst.« Er tippte sich an die Brusttasche, in der sich das Geld des Journalisten befand. »In meinem Milieu, wie du so schön sagtest, zählt Bargeld mehr als das Versprechen eines feinen Pinkels.«

»*Touché*«, murmelte Paul.

Tristan warf ihm einen Blick zu und deutete mit dem

Kinn unauffällig in Richtung Flur. Als Paul ebenso unauffällig nickte, wandte sich Tristan wieder seinem Onkel zu.

»Wir müssen mit dem Veranstalter sprechen. Er muss Bescheid wissen und auch seine Angestellten informieren.«

Von Seidlitz nickte. »Das erledige ich. Ich kenne Rudolf Nelson gut. Und ich werde ihn auch bitten, äußerst diskret zu sein.«

»Und noch etwas: Kann Josephine bei dir bleiben? Ich halte die Pension nicht für sicher.«

»Selbstverständlich«, sagte der Graf. »Jederzeit.«

Tristan war schon an der Tür, als sein Onkel ihn noch einmal rief. »Tristan...«

»Ja?« Er drehte sich zu ihm um.

»Pass auf dich auf.«

Er schlüpfte gerade in seinen Mantel, als Paul in den Flur trat und ihn fragend ansah.

»Hast du Rubens Adresse?«, fragte Tristan leise.

Paul wurde blass. »Du denkst, diese Leute...?«

»Ich möchte nur sichergehen, dass es ihm gut geht.« Tristan versuchte, ein beruhigendes Gesicht zu machen, doch es gelang ihm nicht. Es war unwahrscheinlich, dass der Student seinen Mördern nichts von dem Kellner erzählt hatte. Männer wie Kurtz verstanden sich darin, ihre Opfer zum Reden zu bringen. Er hatte Ruben gestern, als er mit Josephine im *Shalimar* gewesen war, nicht gesehen. Vielleicht hatte er sich freigenommen. Vielleicht aber auch nicht.

Paul nannte ihm eine Straße. »Das ist in Moabit. Er heißt da Silva. Ruben da Silva. Kommt ursprünglich aus Spanien.«

»Ich fahre vorbei.«

Pauls Gesicht hatte jegliche Farbe verloren. »Du denkst nicht wirklich, dass sie ihm etwas angetan haben, oder?«

»Ich melde mich, sobald ich etwas weiß«, gab Tristan knapp zurück, ohne seine Frage zu beantworten.

Paul sah ihn an. »Vielleicht bist du gar nicht so ein Arschloch, wie ich anfangs dachte«, sagte er.

Tristan erwiderte seinen Blick, dachte daran, wie Paul nicht nur Mara, sondern auch seinen Onkel vor ihm in Schutz genommen hatte. »Du vielleicht auch nicht.«

Seine Hoffnung, Josephine während der Fahrt von Fannys Wohnung zum Theater erklären zu können, weshalb er sich in der Nacht so merkwürdig verhalten hatte, erfüllte sich nicht. Sie sprach kein Wort mit ihm, stieg im Fond des Wagens ein und sah während der gesamten Fahrt demonstrativ aus dem Fenster. Alle Versuche, ein Gespräch zu beginnen, scheiterten kläglich, und schließlich gab er es auf. Es hatte inzwischen stark zu schneien begonnen, sodass die Straßen innerhalb kürzester Zeit schneebedeckt waren und der Verkehr nahezu zum Erliegen kam.

Die Autos vor ihnen krochen im Schneckentempo voran, und am Potsdamer Platz stand schließlich sogar ein Omnibus quer und blockierte fast alle Fahrspuren. Der Schupo, der die neumodische elektrische Ampelanlage, die vor zwei Jahren hier installiert worden war, zu bedienen hatte, hatte seine liebe Not. Niemand beachtete die Lichtzeichen des »verirrten Leuchtturms«, wie die Berliner das grüne Gestell mit dem Häuschen obendrauf spöttisch nannten. Sie gehorchten den roten und grünen Zeichen auch dann nicht sehr eifrig, wenn das Wetter besser war, wollten sich generell nicht von bunten Lichtern vorschreiben lassen, wie sie zu fahren hatten, doch heute, wo bei einem Halt die Gefahr bestand, auf der spiegelglatten Fahrbahn nicht mehr weiterzukommen, ignorierten sie hartnäckig jede Weisung, mit der Folge, dass bald niemand mehr vorankam. Tristan fand sich eingekeilt zwischen Omnibussen, Trambahnen, Autos, Fahrrädern und Pferdefuhrwerken. Die Pferde waren nervös, warfen die Köpfe zurück, bemüht, trotz Scheuklappen zu sehen, was um sie herum vorging, und versuchten dabei angstvoll, auf dem glatten Pflaster mit ihren Hufen Halt zu finden. Passanten schlitterten in dicken Mänteln und in Schals gewickelt zwischen den hupenden Autos hindurch, in der Hoffnung, heil und ohne Knochenbrüche auf die andere Straßenseite zu gelangen. Im Gegensatz zu dem Chaos draußen herrschte im Inneren des Wagens Stille, die nur gelegentlich vom Geräusch der Kurbel unterbrochen wurde, mit der Tristan den Scheibenwischer betätigte. Ihn überkam ein Gefühl von Unwirklichkeit, als er an den gestrigen Tag dachte, wo er bei strahlendem Sonnenschein mit Josephine im Zoo gewesen und das Leben einen trügerischen Moment lang leicht und sorglos erschienen war.

Als sie schließlich am Theater ankamen, bekam Tristan eine vage Ahnung davon, wie schwierig es werden würde, Josephine vor einem Mordanschlag zu schützen, von dem man nicht wusste, aus welcher Richtung er kommen würde. Trotz des miserablen Wetters hatte sich eine riesige Traube Neugieriger, Bewunderer, Schaulustiger und Journalisten gebildet. Mit Regenschirmen, Fotoapparaten, Blumen und Pralinen bewaffnet harrten sie vor dem Theater auf Josephine Baker, deren Ruf die Leute erschauern und entzücken zugleich ließ, und hofften, sie endlich wahrhaftig zu Gesicht zu bekommen.

Tristan vermutete, dass heute ein weiterer Artikel in der Zeitung erschienen war, der die morgige Premiere ankündigte. Als er Josephine die Tür öffnete, wurden die Wartenden sofort auf sie aufmerksam und bewegten sich, Schafen gleich, die zum Futtertrog drängten, in ihre Richtung.

Josephine stieg nicht sofort aus. Mit einer Mischung aus

Bestürzung und Stolz betrachtete sie die vielen Menschen. »Das ist doch vollkommen verrückt. Ich bin noch nicht einmal aufgetreten. Was wollen die nur alle von mir?«, murmelte sie.

»Sie wollen dich sehen«, sagte Tristan.

»Blödsinn.« Josephine warf ihm einen kühlen Blick zu. »Niemand will wirklich mich sehen, Nowak. Alle wollen nur das nackte kleine Niggermädchen begaffen, das sich vor ihnen zum Affen macht.« Sie stieg aus, lächelte, winkte, klatschte in die Hände und wirkte wie ein Kind, dem jemand eine Geburtstagsüberraschung bereitet hatte. Tristan biss sich auf die Lippen. Am liebsten hätte er sie gepackt und wieder ins Auto verfrachtet, wäre mit ihr weggefahren, weit weg, zurück nach Frankreich, oder noch weiter, an einen Ort, wo niemand sie kannte, wo sie nicht glauben musste, sie müsse sich für jemanden zum Affen machen, und wo niemand ihr nach dem Leben trachtete. Stattdessen blieb er dicht hinter ihr und sah sich wachsam um, während sie langsam durch die Menge schritt, Blumen und Konfekt entgegennahm, sich fotografieren ließ, geduldig jedem antwortete, der ihr in holprigem Englisch oder Französisch etwas zurief oder ihr eine Frage stellte. Nach einer Weile gelangten sie auf diese Weise über den Bühneneingang zu den Garderoben, wo Josephine bereits ungeduldig erwartet wurde.

Maud de Ville entdeckte sie als Erste. Die Hände in die Seiten gestemmt versperrte sie Josephine den Weg und fauchte: »Wo kommst du jetzt her? Wir hatten gerade die letzte Stellprobe! Und wo warst du gestern den ganzen Tag? Wer zur Hölle denkst du, dass du bist?«

Josephine zuckte lässig mit den Achseln. »Was geht's dich an? Jetzt bin ich ja da.«

Diese Antwort brachte Maud erwartungsgemäß noch

mehr auf die Palme. »Du stehst kurz vor dem Rausschmiss, Kleine.«

Josephine lachte. »Das glaubst du doch wohl selbst nicht.« Sie deutete in Richtung Ausgang. »Hast du die Leute dort draußen gesehen? Sie sind alle wegen mir da! Sie wollen mich tanzen sehen!« Sie drehte sich schwungvoll um die eigene Achse, verzog ihr Gesicht zu einer schielenden Grimasse und wackelte aufreizend mit dem Hintern.

Maud schnaubte. »Halt dich bloß nicht für unersetzlich. Das bist du nämlich nicht. Du bist nur ein rotznasiges, lumpiges Gör aus den Slums von St. Louis. Und wenn du nicht aufpasst, wirst du schneller wieder im Dreck landen, als dir lieb ist.«

Josephines Lächeln erstarrte. Ihre Miene bekam etwas Verkrampftes, und sie sah aus, als würde sie entweder gleich zu weinen anfangen oder sich auf Maud stürzen.

»Das war nicht nötig«, mischte sich Tristan wütend ein. »Sie sollten sich bei Josephine entschuldigen...«

Maud fuhr zu ihm herum wie eine Natter. »Halten Sie sich da raus, feiner weißer Mann. Wo werden Sie sein, wenn es so weit ist? Zuerst setzen Sie ihr Flausen in den Kopf, kutschieren sie in Ihrer Nobelkarosse herum, und dann verpissen Sie sich wieder. Ihnen geht's doch auch nur darum, mal einen schwarzen Arsch betatschen zu dürfen!«

Tristan blieb der Mund offen stehen. Er wollte etwas erwidern, doch er kam nicht dazu, denn inzwischen waren sie umringt vom Rest der Truppe.

Louis, der langbeinige, elegante Tänzer, redete auf Josephine ein, ein aufgeregtes Mädchen mit einem Arm voller Kostüme huschte um sie herum, und Maud zog ab, den Kopf zornig erhoben.

Als das Mädchen mit den Kostümen begann, an Josephine herumzuzupfen und eines der schillernden Kleider hochzuhalten, während Louis einen Tanzschritt andeutete und dazu mit den Händen gestikulierte, ging Josephine mit ihnen. Tristan sah ihr mit einer Mischung aus Zorn und Hilflosigkeit nach. Sie hatte sich nicht von ihm verabschiedet. Ihn noch nicht einmal mehr angesehen.

Er war so ein Idiot gewesen. Natürlich kannte sie die Fantasien der Männer, die sie umschwärmten wie die Motten das Licht; sie bediente diese mit Leichtigkeit, um sie dann, komisch schielend, tanzend und lachend, an sich abperlen zu lassen wie Regentropfen auf nackter Haut. Sie hatte ihm vertraut, weil sie gedacht hatte, dass er nicht so war. Dass er sie sah, wie sie wirklich war. Und er hatte nichts Besseres zu tun gehabt, sich bei der erstbesten Gelegenheit genau wie diese Arschlöcher zu benehmen. Hastig wandte er sich ab und ging den Flur zurück zum Portier, der ihm erzählte, dass er alle Hände voll zu tun gehabt hatte, aufdringliche Verehrer abzuwehren.

Obwohl Tristan wusste, dass er sich auf Arthur Butzke verlassen konnte, bat er ihn noch einmal eindringlich, niemanden vorzulassen. Außerdem versprach er, morgen zur Premiere ein paar Männer vorbeizuschicken, die ihn unterstützen würden. Wieder vor der Tür stand er eine Weile nur da, ohnmächtig angesichts des Gefühlsaufruhrs in seinem Inneren. Es hatte zu schneien aufgehört, doch der düstere Himmel verhieß, dass die Pause nur von kurzer Dauer sein würde.

Die Schaulustigen hatten sich inzwischen zerstreut, der Schnee auf dem Gehweg vor dem Theater war von den vielen Füßen zu Matsch zertrampelt, und zwischen den Pfützen lagen ein paar abgebrochene Blumen herum. Tristan hob eine matte Rose auf, während er zum Auto ging. Der Schneematsch durchnässte seine Schuhe.

Als er an einer kleinen Linde vorbeikam, die vor dem

Theater gepflanzt war, hieb er mit der Faust gegen den Stamm und stieß dazu einen herzhaften Fluch aus.

Eine dicke Dame im Nerz, die gerade mit ihrem Pudel vorbeiging, sah es und blieb kurz stehen.

»Na, na, na!«, sagte sie tadelnd. »Dit Bäumchen kann doch och nüscht dafür.«

Tristan warf ihr einen wütenden Blick zu, rieb sich die schmerzenden Knöchel und stieg in den Horch. Dort warf er die nasse Rose, die bereits ihre Blätter verlor, auf den Beifahrersitz und fuhr los.

24

Moabit war nie als Wohnviertel gedacht gewesen. Während der Industrialisierung hatte sich dort, die Lage an der Spree ausnützend, zunächst Schwerindustrie angesiedelt. Doch dann wurden immer mehr Mietskasernen gebaut, um auch die Arbeiter unterzubringen, und heute war es eines der bevölkerungsreichsten und ärmsten Viertel Berlins. Die schnell und herzlos geplanten Wohnblocks, denen es am Nötigsten fehlte, verfielen seit dem Krieg langsam, ungeachtet der darin hausenden Bewohner. Tristan kannte die Straße, in der Ruben wohnte, nicht, und er musste mehrmals nach dem Weg fragen, und seine Ungeduld wuchs. Je länger er fuhr, desto schäbiger wurde es. Inzwischen hatte es wieder zu schneien begonnen. Die Häuser wirkten im grauen Zwielicht des Wintertags wie Ruinen, trostlose Schatten im dichten Schneegestöber, eng aneinandergedrängt, rußgeschwärzt, lichtlos, hoffnungslos. In den Straßen waren nur wenige Autos unterwegs, und einen Wagen wie den Horch seines Onkels suchte man vergebens. Dafür wimmelte es trotz des Wetters vor Menschen. Vermutlich war es besser, im Freien herumzustehen und zu frieren, als in den dunklen, feuchten Räumen auszuharren. Zunehmend bedrückt fuhr er an Straßenverkäufern vorbei, die in Lumpen gekleidet daherkamen, hohläugigen Bettlern, erschöpften Frauen, die mit stumpfem Gesichtsausdruck ihre Kinderwägen durch den Schnee schoben, und begann sich seines noblen Autos zu schämen, das so viele feindselige Blicke auf sich zog.

Am schlimmsten waren für ihn aber die leeren Gesichter der kriegsversehrten Männer, die, auf Krücken gestützt, einfach nur dastanden oder mit ihren mit Lumpen umwickelten Beinstümpfen auf Zeitungen auf dem Gehsteig hockten wie Müll, den man abgestellt hatte, in der Hoffnung, dass ihn jemand mitnahm.

Ruben da Silvas Adresse entpuppte sich als ein fünfstöckiges Mietshaus im letzten Hinterhof eines Wohnblocks, in dem unzählige Familien wohnten. In dem Hof sprangen Kinder herum und bewarfen sich lachend und kreischend mit Schneebällen. Ihnen schien weder die trostlose Umgebung noch die Kälte etwas anhaben zu können. Da sein Name nirgendwo angeschrieben stand, war es nicht einfach, Ruben ausfindig zu machen. Tristan fragte sich auch hier durch. Der durchdringende, allgegenwärtige Geruch nach Kohl, zerkochten Kartoffeln und trocknenden Windeln nahm ihm fast die Luft zum Atmen, während er die ausgetretenen Stiegen Stockwerk um Stockwerk hinaufstieg und die klammen, schimmligen Wände betrachtete, von denen der Putz blätterte. Tristan fragte sich, ob Paul wusste, wo seine Bekanntschaft oder Affäre oder was auch immer Ruben für ihn sein mochte, wohnte. Er hatte ihm zwar die Adresse genannt, aber Tristan vermutete, dass er noch nie da gewesen war. Das war kein Ort, wo man Besucher vom Schlage Paul Ballins empfing.

An einer Wohnungstür im letzten Stockwerk wusste endlich jemand, wo Mara lebte. Eine schmuddelige Frau mit harten Augen verwies ihn unters Dach.

»Der wohnt bei uns zur Untermiete. In der Dachkammer«,

sagte sie und musterte Tristan scharf. »Wat woll'n Se denn von dem?«

Tristan lächelte kühl. »Das sag ich ihm doch lieber selbst.«

Während er die schmale, knarzende Stiege nach oben stieg und dabei zwei Stufen auf einmal nahm, verschwand die Frau in ihrer Wohnung. Als er oben angekommen war und die schrundige Tür am Ende des Treppenabsatzes musterte, begann sein Nacken warnend zu kribbeln: Das Schloss war aufgebrochen. Vorsichtig drückte er die Tür auf.

»Ruben?«

Es kam keine Antwort. Nur ein eiskalter Luftzug drang aus der Kammer. Er ließ die Tür ganz aufschwingen und trat langsam ein, sich wachsam umblickend. Die Kammer war so winzig, dass nach einem einzigen Blick klar war, dass niemand im Raum war. Niemand außer Ruben.

Er saß, an einen Stuhl gefesselt, neben dem durchgelegenen, schmalen Bett. Vor ihm stand ein kleiner wackeliger Tisch mit einer Petroleumlampe, die noch brannte. Sein Kopf war nach vorne gesunken, die dichten schwarzen Haare hingen ihm ins Gesicht. Tristan schloss die Tür, und wo eben noch Kinderschrei, Hundegebell und vielstimmiges Gezeter aus dem Treppenhaus heraufgedrungen waren, herrschte jetzt Totenstille. Langsam ging er auf die zusammengesunkene Gestalt zu und hob den Kopf an, tastete vergeblich nach einem Puls. Das schmale, schöne Gesicht war nicht mehr wiederzuerkennen.

Ruben war geschlagen worden, immer und immer wieder, bis die Gesichtshaut unter den Knöcheln des Angreifers aufgeplatzt war. Rubens dunkle Augen, deren Faszination sich sogar Tristan schwer hatte entziehen können, waren geschlossen, die erstaunlich unversehrt wirkenden langen

Wimpern lagen wie Fremdkörper auf den blutverkrusteten, zu Brei geschlagenen Wangen. Tristan schluckte schwer. Als sein Blick auf Rubens Hände fiel, gelang ihm nicht mehr, sich zu beherrschen. Er wandte sich ab. Sie hatten ihn gefoltert. Jeder einzelne Finger der linken Hand war gebrochen – sie standen verkrümmt und bizarr abgewinkelt ab.

Tristan trat an das offene Dachfenster, durch das der Schnee fiel, und sah hinaus in den bleigrauen Himmel. Seine Augen brannten. Mara erschien vor seinen Augen, wie sie im *Papagei* am Tisch gesessen hatte, schön und exotisch, im Smoking, ein spöttisches Lächeln auf den Lippen. Er hob den Kopf, spürte die nassen Flocken auf seinem Gesicht und wünschte sich, davonfliegen zu können, weg aus diesem deprimierenden Raum, wünschte sich, er wäre Mara nie begegnet, hätte nie mit Ruben im *Shalimar* gesprochen, dann wäre er vermutlich noch am Leben.

Als er sich vom Fenster abwandte, über die dunkle Pfütze stieg, die sich am Boden gebildet hatte, fiel sein Blick auf den Kleiderschrank. Die Tür stand halb offen, und er sah ein paar wenige schlichte Männerhemden, Hosen und ein Jackett. Als er die Tür ganz öffnete, tauchten daneben eine stattliche Anzahl glänzender, funkelnder Kleider auf, paillettenbesetzt, perlenbestickt und so vollkommen fehl am Platz in dieser schäbigen, trostlosen Umgebung, dass sie unwirklich schienen. Traumbilder einer schönen Frau, die nie wirklich existiert hatte und die jetzt, mit Rubens Tod, endgültig ausgelöscht worden war. Oder war es andersherum gewesen? War Mara die Realität und Ruben die Illusion? Tristan erinnerte sich an den überraschenden Kuss, den sie ihm gegeben hatte, spürte ihre Lippen auf seinen und schüttelte voller Trauer den Kopf. Es spielte keine Rolle mehr, sie waren beide tot.

Er sah sich noch einmal um, fand aber keine Spuren, die

Hinweise auf die Angreifer gegeben hätten, und ging die Treppe hinunter zur Wohnung der Vermieterin. Er klopfte mit der Faust an die Tür, und als sie öffnete, sagte er ohne Umschweife: »Herr da Silva ist tot. Vermutlich seit Samstagnacht. Ist Ihnen das nicht aufgefallen?«

»Tot?« Die Frau hob die Brauen, doch ihr Erstaunen wirkte falsch und aufgesetzt. »Wieso sollte mir dit auffallen?«

»Nun, er wurde ermordet. Gefoltert. Er hat mit Sicherheit vor Schmerzen geschrien. Sie können mir nicht erzählen, dass Sie nichts davon mitbekommen haben.«

»Ick kümmere mich nich um die Anjelegenheiten anderer Leute.« Die Frau verschränkte ihre mageren Arme vor der Brust, und der Blick, den sie Tristan zuwarf, sollte wohl herausfordernd sein.

Als er einen Schritt näher an sie herantrat, drang ihm der säuerliche Geruch von Angst in die Nase. Leise sagte er:

»Er hat direkt über Ihnen gewohnt. Er war Ihr Untermieter.«

»Dit war 'ne Schwuchtel. Ausländer noch dazu. Is immer mit Frauenkleidern rumjelaufen. Vor den Augen der Kinder. Selber schuld, wenn er sich dann auch noch mit Verbrechern einlässt«, verteidigte sie sich.

»Woher wissen Sie das?«

»Was?«

»Dass er sich mit Verbrechern eingelassen hat.«

»Weeß ick nich.« Die Frau trat einen Schritt zurück und schob trotzig das Kinn vor. »War nur so dahingesagt. Müssen ja wohl Verbrecher gewesen sein, wenn se ihn abjemurkst haben, oder?«

»Haben Sie jemanden von denen gesehen?«

»Nee. Ick hab jarnüscht gesehen.«

»Einen Mann mit einer runden Brille vielleicht?«

Das fahle Gesicht der Frau wurde womöglich noch ein wenig blasser, und an ihrem mageren Hals erschienen rote Flecken. Offenbar hatte er ins Schwarze getroffen.

»Und wenn?«, fragte sie, und es klang nicht mehr patzig, sondern furchtsam.

»Dann passen Sie gut auf sich und Ihre Familie auf«, sagte Tristan trocken. »Könnte sein, dass er wiederkommt.«

Die Frau starrte ihn entgeistert an.

»Wie viele waren es?«, fragte Tristan, ihren Schreck ausnutzend.

»Zwei. Der Mann mit der Brille und noch ein anderer.«

»Und wie sah der aus?«

Die Hand der Frau fuhr zu ihrem Ausschnitt, als versuche sie, die verräterischen roten Flecken zu verbergen. »So 'n Kerl. Ein ziemlicher Schrank. Jünger als der mit der Brille. Nich so gut gekleidet. Hatte 'ne Schiebermütze auf.«

»Wann sind sie gekommen?«

Die Frau überlegte. »Samstag spätnachts. Eigentlich war es schon morgens. So gegen drei, vier. Ich hab se oben gegen de Tür schlagen hören und bin raus, um nachzukieken. Der Mann mit der Brille hat mir jesehen und is runterjekommen, während der andere die Tür aufjebrochen hat.« Sie schauderte und schlang die Arme um ihren Oberkörper.

»Hat er Ihnen Geld gegeben, damit Sie den Mund halten?«

Sie schüttelte den Kopf. »Musste er nicht. Er hat mir nur anjesehen und gesagt, ick soll wieder ins Bett gehen. Ich hätt sicher schlecht geträumt.« Sie schüttelte den Kopf. »Der hatte furchtbare Augen. Kalt wie 'n Fisch. Hab mir jefürchtet vor dem.«

»Und Sie haben nicht gehört, was dann oben passiert ist?«

Die Frau ließ den Kopf hängen. »Doch«, sagte sie leise.

»War nich zu überhören. Ick hab mir das Kissen uff de Ohren jelegt und jehofft, dass es bald vorbei is. Und dass die Kinder nich aufwachen.«

»Und dann? Als die Männer weg waren? Am nächsten Tag? Sind Sie nicht raufgegangen und haben nachgesehen, ob Herr da Silva Hilfe braucht? Womöglich hat er noch gelebt.«

Die Frau begann zu weinen. »Ick hatte Angst. Wollt nicht wissen, was da passiert is. Mein Mann hat jemeint, da würde schon irjendwann jemand kommen und nachkieken. Der hatte ja wohl Freunde und so. Wir sollten uns da raushalten, dit gäbe nur Scherereien. Und jetzt sind ja Sie gekommen.« Sie schniefte und wischte sich die Nase und die Augen mit dem Ärmel ihrer Bluse ab. »Glauben Se wirklich, die kommen wieder? Wo wir doch Zeugen des Verbrechens sind?« Es klang wie aus einem Schundroman nachgeplappert.

»Wer weiß?« Tristan zuckte mit den Achseln. Er hatte weder Lust noch Grund, sie zu beruhigen, war angewidert und deprimiert zugleich.

»Wat sollen wir jetzt machen? Wer kümmert sich jetzt um den?« Die Frau deutete mit dem Kinn Richtung Dachkammer.«

»Sie müssen die Polizei rufen.«

»Die Polente? Dit mach ich janz sicher nicht. Dit darf doch keener wissen, dass wir die Kammer untervermietet haben. Und Bullen rühren sowieso keenen Finger wegen der Schwuchtel. Am Ende kriejen nur wir die Scherereien.«

Tristan gab keine Antwort. Sie hatte nicht ganz unrecht. Er wollte auch keine Probleme mit der Polizei. Selbst wenn die Beamten nicht mit den Verschwörern unter einer Decke stecken sollten, würden sie sich nicht besonders anstrengen, Rubens Mörder zu finden. Ein toter Transvestit in einer erbärmlichen Dachkammer in Moabit. Wahrscheinlich von einem Freier ermordet. Nichts, was irgendjemanden interessierte. Sie hatten Ruben da Silva nicht gekannt. Und sie hatten keine Vorstellung von Mara, der schönen, geheimnisvollen Frau, die er hatte sein können.

»Gut. Ich kümmere mich darum«, sagte er schließlich. »Gibt es hier irgendwo ein Telefon?«

»Telefon?« Die Frau schnaubte verächtlich. »Juter Mann, wat glauben Se denn? Wir haben hier im ganzen Haus nur een einziges Klosett, uff Parterre, da scheißen alle rein, die hier wohnen, und wenn's einer nicht bis unten schafft, kackt er in die Ecke. Was solln wir hier mit 'nem Telefon? 'ne Putzfrau rufen?« Sie lachte gackernd. Den Toten hatte sie anscheinend schon wieder vergessen.

Tristan fuhr nach Hause und bat Fanny, ihren Freund, den Bestatter, zu benachrichtigen und ihn zu bitten, den Toten in der Dachkammer abzuholen, seine Sachen mitzunehmen und die Beerdigung vorzubereiten. Er legte ausreichend Geld auf das Küchenbuffet und sagte: »Sag ihm, er soll schön aussehen.« Und nach einem Moment fügte er hinzu: »Wie eine schöne Frau.«

Zuletzt schärfte er Fanny ein, mit niemandem darüber zu sprechen.

Sie musterte ihn besorgt. »Haste dir am Ende in de Bredullje gebracht, Nowak?«

Er lächelte traurig. »Ausnahmsweise mal nicht.«

»Dit wär nich das erste Mal, dass bei dir 'n Streit ausm Ruder läuft. Bist ja 'n rechter Hitzkopf...«

»Nein, Fanny, ganz sicher nicht. Er war nur ein Freund. Und er hätte ein anderes Ende verdient.«

Sie nahm das Geld, steckte es sich in den Ausschnitt und schüttelte den Kopf. »Dit jefällt ma trotzdem nicht.«

Tristan warf einen Blick auf den großen Topf, der auf dem Herd stand. »Gibt's noch was von Mittag?«

»Erbsensuppe mit Würstchen«, sagte Fanny. »Ick kann dir noch 'nen Teller aufwärmen, bevor ich zu Vito rübergeh.«

Tristan schüttelte den Kopf. »Bitte kümmere dich gleich darum. Ich kann mir die Suppe allein heiß machen.«

Schon mit Hut und Mantel kam sie noch einmal zu ihm in die Küche zurück. »Aber dass du mir nich die Bude abfackelst«, sagte sie und drohte ihm mit dem Finger, bevor sie endgültig verschwand.

Tristan machte sich nicht die Mühe, Fannys heiligen Herd anzuheizen, er aß die Erbsensuppe kalt, schaufelte drei große Teller samt Würstchen in sich hinein und vertilgte mehrere Scheiben Brot dazu. Danach lehnte er sich wie betäubt auf der Küchenbank zurück und überlegte, wie es nun weitergehen sollte.

Er musste eingeschlafen sein, denn als er die Augen wieder aufmachte, dämmerte es schon. Von den Mädchen war niemand da, oder er hatte sie nicht bemerkt, und auch Fanny war noch nicht zurückgekommen. Er ging hinunter in den Boxclub, doch Freddy war nirgends zu sehen. Rudko, der schweißüberströmt im Ring stand und sich mit einem anderen jungen Mann, den Tristan erst flüchtig kannte, einen erbitterten Trainingskampf lieferte, meinte in einer kurzen Pause, Freddy sei heute zu Hause bei seinen Leuten in Köpenick. »Irgend so 'ne Familiensache.«

Tristan sah sich um. Ein paar Männer standen wie immer herum und rauchten, in der Ecke wummerte der Kohleofen, und die Scheiben waren so beschlagen, dass man kaum nach draußen sehen konnte. Es roch nach Schweiß und Zigarettenrauch und dem feuchten Leder der Sandsäcke. Tristan fühlte sich wohl unter diesen Männern, von denen die meisten so etwas wie Freunde waren, fühlte sich längst zu Hause in diesem »Milieu«, wie es sein Onkel so skeptisch genannt hatte. Er winkte Kurt Herzfeld zu sich, der gerade für einen anderen den Sandsack hielt, und sagte leise zu ihm: »Ich brauche morgen Abend alle vertrauenswürdigen Männer, die du zusammentrommeln kannst. Ich hab Arbeit für sie, die gut bezahlt wird. Aber wir müssen uns hundertprozentig auf sie verlassen können.« Er überlegte kurz, dann nannte er Kurt ein paar Namen. »Und wer dir sonst noch so einfällt.«

Kurt war ein drahtiger Mann Ende dreißig mit breitem Kreuz und einem zerknautschten Gesicht, rabenschwarzen Haaren und dunklen Augen. Er stammte aus Hamburg und war im Krieg Matrose gewesen, wovon zahlreiche Tätowierungen auf der Brust und den Armen Zeugnis ablegten. Wenn man nicht wusste, was für ein besonnener, durch und durch gutmütiger Kerl er war, konnte man ihn für einen gefährlichen Rabauken und üblen Raufbold halten. Er nickte. »Worum geht's?«

»Saalschutz.«

Herzfeld pfiff leise durch die Zähne. »Was Politisches?«

»Nicht direkt. Ich erkläre es euch morgen, wenn Freddy auch dabei ist. Und könntest du dich ein bisschen umhören, ob jemand einen Verein kennt, der ein umgedrehtes Z als Erkennungszeichen verwendet?«

Herzfeld nickte. »Mach ich.«

Tristan verabschiedete sich von Kurt, rief einen Gruß in die Runde, holte sich noch ein paar Zigaretten aus seinem Zimmer und machte sich auf den schweren Weg in die Köthener Straße, um Paul und seinem Onkel die Nachricht von Maras Tod zu überbringen.

Als Tristan Paul und seinen Onkel verließ und zum Theater fuhr, um Josephine abzuholen, war er zutiefst deprimiert. Wie erwartet, waren beide von der Nachricht, dass Mara ermordet worden war, geschockt gewesen, doch was Tristan bis ins Mark getroffen hatte, war der Blick, den Paul ihm dabei zugeworfen hatte. Es hatte kein Vorwurf, kein Zorn darin gelegen, was Tristan gut hätte verstehen können, nachdem er Paul unter Druck gesetzt hatte, um Mara zu treffen. Er hatte vielmehr eine Art traurige Verbundenheit signalisiert, und das hatte Tristan mehr getroffen als jeder offene Vorwurf.

Sie hatten beide Schuld auf sich geladen. Paul hatte Mara verraten, weil er verhindern wollte, dass der Graf etwas von seiner Liaison mit ihr erfuhr, und Tristan hatte sie letztendlich ans Messer geliefert, wenngleich ungewollt.

Er hatte ihnen die Adresse des Bestattungsunternehmens gegeben und sich dann rasch verabschiedet, weil er nicht zu spät zu Josephine kommen wollte. Er hoffte, dass sich ihr Groll auf ihn ein wenig gelegt hatte und er noch einmal mit ihr sprechen konnte. Es war inzwischen dunkel geworden. Die Restaurants und Geschäfte am Kurfürstendamm schillerten in allen Farben, und die Hotels und Varietés waren hell erleuchtet. Elegant gekleidete Paare und Grüppchen junger Männer und hübscher Frauen waren unterwegs, um sich mit einem Mokka oder einem Glas Likör für einen Abend voller Tanz und Flirts zu stärken.

Tristan bedachte sie mit finsteren Blicken. Es erschien ihm plötzlich obszön, diese Amüsiersucht, der oberflächliche Luxus überall, während im Untergrund, von allen unbemerkt, eine dunkle Strömung langsam anschwoll. Es gab ein unterirdisches Kanalsystem in dieser Stadt, von dem niemand genau wusste, wo es verlief. Schmutziges Wasser, stinkende Rinnsale, marode Rohre, aus denen stetig eine faulige Brühe tropfte. Wenn sie nicht achtsam waren, würde sich all das zu einem Strom aus Dreck und Unrat vereinigen, der irgendwann an die Oberfläche drängte und alles mit sich riss.

Am Hintereingang des Theaters winkte ihm Arthur Butzke schon zu. »Ich habe eine Nachricht für Sie. Von Frollein Baker.« Er reichte ihm einen gefalteten Zettel.

Tristan las die knappen Sätze, die Josephine ihm geschrieben hatte, und steckte den Zettel dann wortlos ein. Butzke musterte ihn. »Alles in Ordnung?«

Tristan nickte knapp. »Könnte nicht besser sein. Kann ich bei Ihnen telefonieren?« Der Pförtner deutete in den Flur. »Vorne im Foyer ist eine Telefonkabine.«

Mit versteinerter Miene ging Tristan an den Garderoben vorbei, sah weder nach rechts noch nach links und trat in das prächtige, von zahlreichen Kronleuchtern erhellte Foyer. Er rief seinen Onkel an und informierte ihn, dass Josephine in der Pension bleiben würde.

»Ist das klug?«, fragte von Seidlitz zweifelnd.

»Nein. Aber sie meint, sie kann auf sich selbst aufpassen.«

»Das ist doch töricht. Du solltest versuchen, sie zu überzeugen.«

Tristan lachte bitter auf.

Würde ich gerne, aber sie spricht nicht mehr mit mir, hätte er gerne gesagt, doch das hätte Fragen nach sich gezogen, die er nicht beantworten wollte. Vor allem nicht seinem Onkel. Ich habe mit ihr geschlafen, hätte er sagen müssen. Zwischen Tür und Angel, habe sie gevögelt wie ein billiges Flittchen aus irgendeiner Kaschemme. Und sie danach im Morgengrauen ohne vernünftige Erklärung aus dem Bett geholt, sie in ein Bordell gebracht und zu alledem auch noch angeschrien. Doch das war nur die halbe Wahrheit. All dem war ein wunderbarer Tag und ein rauschhafter Abend vorausgegangen. Wie leicht er sich gefühlt hatte. Wie sorglos. Und Josephine schien es genauso gegangen zu sein. In ihrer Gegenwart hatte er sich wie ein anderer Mann gefühlt. Wie eine bessere Version seiner selbst.

Was nichts daran änderte, dass er alles zerstört hatte. Das war es, wieder einmal, was am Ende übrig blieb. Und *das* konnte er seinem Onkel auf keinen Fall sagen. Deswegen meinte er nur, er würde es versuchen, und legte auf. Josephine würde heute Abend mit den anderen zurück in die Pension fahren, hatte noch auf dem Zettel gestanden. Und morgen ebenso. Im Grunde hatte sie ihm damit zu verstehen gegeben, dass sie ihn nicht mehr sehen wollte.

Doch er konnte Josephine nicht einfach alleine lassen. Sie hatte keine Ahnung, wie groß die Gefahr war, in der sie schwebte. Das jedoch konnte er ihr nicht zum Vorwurf machen. Sie hatte den aufgeschlitzten Studenten nicht gesehen, den toten Ruben, sie wusste nicht, was er wusste. Wenn sie ihn nicht mehr sehen wollte, musste er ihr eben unsichtbar auf den Fersen bleiben.

Er ging zurück zu Arthur Butzke und erkundigte sich, wie lange die Probe heute dauern würde. Noch mindestens zwei Stunden, erklärte dieser und musterte ihn dabei so mitleidig, als wüsste er um seine inneren Kämpfe.

Tristan bedankte sich und ging nach draußen. Es war halb sechs. Er würde sich in eine gut geheizte Mokkadiele in der Nähe setzen, warten, bis der Bus die Truppe nach Hause brachte, und ihnen dann hinterherfahren. Und dann würde er aufpassen, dass sich in der Nacht niemand dem Haus näherte. Auch wenn er überzeugt war, dass die größte Gefahr morgen während der Premiere drohte, konnte er sich nicht sicher sein. Er würde zur Stelle sein, wenn Josephine Hilfe brauchte.

Während er die Straße auf der Suche nach einem geeigneten Lokal entlangging, fiel ihm das Gespräch mit seinem Onkel von heute Morgen wieder ein. Irgendetwas daran kam ihm plötzlich bedeutsam vor. *Die Mitglieder der ehemaligen Terrortruppe sind überall*, hatte der Graf gesagt, *in der Regierung, bei der Presse und bei der Polizei...*

Tristan blieb so abrupt stehen, dass ein hinter ihm gehender Mann auf ihn aufprallte. Er ignorierte dessen wütende Beschimpfung, drehte sich auf dem Absatz um und lief zurück ins Foyer des Theaters.

»Sagt dir der Name Franz von Geldern etwas?«, rief er ins Telefon, als er seinen Onkel am Apparat hatte.

»Natürlich. Wieso?«

»Hat er nicht irgendetwas mit der Polizei zu tun? Ich meinte, so was in der Zeitung gelesen zu haben.«

»Er ist Generalkommandant der Schutzpolizei. Und er wird als der nächste Polizeipräsident Berlins gehandelt.«

Tristan fluchte. »Ich wusste, da war was.«

»Könntest du mich bitte aufklären? Was ist mit von Geldern?«

»Oberst Franz von Geldern war einer der Offiziere, dem die Sturmtruppe Wolf unterstellt war. Alles, was Kurtz und seine Truppe taten, geschah mit von Gelderns Wissen. Es wurde sogar gemunkelt, dass er der eigentliche Drahtzieher war.«

Auf der anderen Seite der Leitung antwortete ihm Stille. Nach einer Weile fragte Tristan: »Bist du noch dran?«

Der Graf räusperte sich. »Das sind keine guten Nachrichten, Tristan. Von Geldern hat nicht nur großen Einfluss auf die Berliner Polizei, er hat auch exzellente Verbindungen in die Politik. Alfred Claussen ist der Pate seines jüngsten Sohnes.«

Jetzt schwieg auch Tristan ernüchtert. Claussen war einer der profiliertesten Politiker der Deutschnationalen Volkspartei. Er gehörte dem extremen Flügel an, ein gewiefter Taktiker und eifernder Redner, der sein Talent vor allem für antisemitische Hetzreden nutzte. Jeder, der sich auch nur annähernd für Politik interessierte, und das waren in diesen Zeiten nahezu alle, vom Schuhputzer bis zum Bankier, kannte Alfred Claussen.

Von Seidlitz redete weiter: »Jetzt fällt mir wieder ein, dass es nach dem Krieg Gerede über die Rolle von Gelderns in Flandern gab. Es hieß, dass er wegen angeblicher Kriegsverbrechen vors Reichsgericht gestellt würde. Aber es wurde nie etwas daraus. Er hat eine absolut reine Weste zurückbehalten.«

»Die Sache ist noch viel größer, als wir dachten«, sagte Tristan langsam.

»Ja.« Von Seidlitz' Stimme klang tief besorgt, als er weitersprach: »Und sie wird vor allem zu groß für dich, Tristan. Wenn diese beiden Männer mit im Spiel sind, geht es um ganz andere Dimensionen. Du darfst nicht...«

»Ich melde mich.« Tristan hängte ein. Ihm war eine Idee gekommen. Eine verzweifelte, eine idiotische Idee vielleicht, aber zumindest etwas, was er tun konnte. Wenn sie ihm eine Botschaft überbrachten, konnte er das auch. Er würde diese Ratten aus ihren Löchern locken. Mit sich selbst als Köder.

25

Josephine saß in ihrem dunklen Zimmer in der Pension am Fenster und blickte auf den Garten hinaus. Obwohl der Himmel bedeckt war und kein Mond schien, herrschte draußen eine eigentümliche Helligkeit, die vom Schnee kam und gegen die Dunkelheit des Nachthimmels anleuchtete. Es hatte fast den ganzen Tag über kräftig geschneit, und der Vorgarten der Pension war mit einer dicken Schneeschicht bedeckt, die jede Unebenheit, alles Kantige und Raue unter sich begraben hatte. Auch die Straße war schneebedeckt, und die Laternen trugen putzige kleine Hauben. Inzwischen hatte es aufgehört zu schneien, und als sie vom Theater nach Hause gekommen waren, war es knochenkalt gewesen. Verschwitzt und erschöpft, wie sie waren, hatten sich alle beeilt, so schnell wie möglich in die warme Pension zu kommen. Josephine hatte nach dem Abendessen ein heißes Bad genommen und saß jetzt mit angezogenen Beinen in Flanellpyjama und dicken Socken auf dem Stuhl am Fenster. Keine Zeit für spinnwebdünne Negligés und flatternde Morgenröcke. Weil es durch die Fensterritzen zog, hatte sie sich zusätzlich die Bettdecke um die Schultern gelegt. Das Haus hatte keine Zentralheizung, und der Ofen in ihrem Zimmer wärmte nur mäßig. Bis zum Fenster reichte seine Kraft nicht.

Unten im Salon spielte Musik. Die Band probte noch einmal ein paar Stücke für die morgige Premiere, obwohl sie den ganzen Nachmittag nichts anderes gemacht hatten. Sie hatten geprobt und geprobt, so lange, bis sie sich alle gehasst hatten, feindselig angeknurrt wie erschöpfte Hunde, die sich kaum mehr in der Lage sahen, auch nur ihren Schlafplatz vor den anderen zu verteidigen.

Ihr Blick fiel auf das weiße Leinenhandtuch in ihrem Schoß, und sie wischte sich hastig eine Träne aus den Augenwinkeln. Nach dem Essen hatte die Köchin sie zur Seite genommen und ihr wortlos das weiße Bündel überreicht. Sie sprach kein Wort Englisch oder Französisch und deutete nur mit einem Achselzucken darauf. Es war Kiki, eingewickelt in ein Küchenhandtuch, und sie war tot. Die Köchin nahm Josephine mit in die große Küche und deutete in die hinterste Ecke, wo der Herd ein wenig zur Seite gerückt worden war. Dorthin hatte sich ihr silbernes Schlänglein verkrochen. Vermutlich, weil es dort warm gewesen war. Josephine hatte angefangen zu weinen, und Maud, die mit Sidney noch im Foyer stand, hatte sie ausgelacht. Wer weinte schon wegen einer Schlange? Wer war im Übrigen auch so dämlich, mit einer Schlange herumzulaufen? Sidney hatte auch ein wenig gelächelt, aber dann hatte er ihr ein bunt kariertes Taschentuch gereicht und zum Trost einen Blues auf dem Saxofon gespielt, weil er wusste, dass sie es liebte, wenn er Saxofon spielte.

Traurig strich sie über das Handtuch mit Kiki. Sie wusste, dass die anderen ihre Liebe zu Tieren albern fanden, kindisch, und vermutlich war sie das auch. Wer kaufte schon eine Schlange, um nach Berlin zu reisen? Doch im Grunde waren es immer die Tiere gewesen, die sie getröstet hatten, wenn es ihr schlecht ging. Josephine fiel der Hund von Mrs Keiser ein. Seit Jahren hatte sie nicht mehr an ihn gedacht. Sie war noch keine acht Jahre alt gewesen, als ihre Mutter sie zu Mrs Keiser brachte, damit sie als Älteste zum Unterhalt der Familie beitrug. Ihr Stiefvater könne nicht arbeiten, hatte ihre Mutter gemeint, wobei nicht ganz klar war, wieso nicht. Bei der weißen Frau musste sie jeden Morgen um fünf aufstehen, um im Haushalt zu arbeiten, bis die Schule begann, und nach der Schule erneut bis zehn Uhr abends. Josephine war noch heute überzeugt davon, dass Mrs Keisers Hund ihr das Leben gerettet hatte.

Sie hatte im Kohlenkeller auf dem Boden schlafen müssen und war immer zu dem Hund in die Kiste gekrochen, weil es dort wärmer war. Er überließ ihr dabei seine Flöhe, was nicht so schlimm war, denn er tat ihr auch etwas Gutes: Er leckte ihr Nacht für Nacht die Wunden, die sie von Mrs Keisers Prügeln bezog.

Josephine hatte den Hund noch Jahre danach vermisst, als sie schon längst nicht mehr bei Mrs Keiser war. Im Grunde vermisste sie ihn noch heute. Und jetzt, wo Kiki tot auf ihrem Schoß lag, wurde ihr erneut bewusst, dass sie vollkommen allein war. Es gab niemanden, der auf sie wartete, niemanden, der sie brauchte, niemanden, der sie bei sich haben wollte. Sie war mutterseelenallein auf der Welt.

Wenn sie etwas von diesem Leben haben wollte, dann war sie selbst dafür zuständig, es sich zu holen. Für ein schwarzes Mädchen aus den Slums gab es nur eine einzige Möglichkeit, sich ihre Träume zu erfüllen. Sie musste berühmt werden. Berühmter als alle anderen, musste strahlen, heller als alle anderen. Wenn sie ein helles Leben haben wollte, musste sie sich selbst ein Licht sein. Das hatte sie schon damals im dunklen Keller von Mrs Keiser begriffen und seitdem nie mehr vergessen.

Sorgsam legte sie das Handtuch mit Kiki in eine unbenutzte Schublade. Sie würde sie im Garten begraben, sobald es taute. Dann kehrte sie zurück auf ihren Fensterplatz und sah auf die nächtliche Straße hinunter. Und diesmal hielt ihr Blick sich an dem Auto fest, das dort schon die ganze Zeit stand und das der Grund war, weshalb sie hier in der Kälte am Fenster saß und nicht längst in ihrem Bett lag. Sie glaubte, das schwache Glimmen einer Zigarette zu erahnen, und als der Mann im Auto den Kopf wandte und zum Haus hinaufsah, konnte sie im Licht der Straßenlampe sein Gesicht erkennen.

Tristan saß schon seit Stunden dort. Um auf sie aufzupassen. Sie schämte sich plötzlich, als sie an die Nachricht dachte, die sie ihm heute geschrieben hatte. Sie hatte ihm nachgesehen, wie er langsam, wie betäubt den Flur entlanggegangen war, nachdem ihn Maud beschimpft und sie ihn nicht mehr beachtet hatte. Beinahe wäre sie ihm nachgelaufen, doch May hatte gemeint, es wäre das Dümmste, was sie tun könne. Sie wüsste doch, dass weiße Männer scharf auf schwarze Frauen seien. Heiraten würden sie niemals eine. Er würde sie fallen lassen wie eine heiße Kartoffel, sobald er genug von ihr hatte, hatte May prophezeit, und Maud, die zu ihrem Gespräch hinzugekommen war, hatte boshaft hinzugefügt, dass dieser Mann sie mit seinem Gerede, dass er auf sie aufpassen würde, nur einsperren wolle, um sie ganz für sich zu haben.

»Wieso sollst du plötzlich bei einem Grafen wohnen und nicht mehr bei uns?«, hatte Maud sie angefaucht, als sie ihnen davon erzählt hatte. »Hältst du dich für was Besseres, nur weil dieser Kerl dir hinterherschleicht?«

Sie hatte sich überzeugen lassen. Und er hatte sie ja auch angeschnauzt, fast angeschrien, als sie ihn Tristan genannt hatte, so, als habe nichts von dem stattgefunden, was vorher gewesen war. Oder als ob er es bereute, sich sogar dafür schämte. Sie verstand das alles nicht. Dieses Gerede von irgendeiner Gefahr. Josephine glaubte an das, was sie sah: eine glitzernde, funkelnde Stadt voller Musik, Spaß und Tanz, bereit, sie mit offenen Armen zu empfangen. Jede Vorstellung war bereits ausverkauft. Schon jetzt überschlugen sich die Zeitungen mit Lob und Begeisterung. Sie konnte nicht glauben, dass das alles nicht wahr sein sollte. Sie konnte nicht glauben, dass ihr jemand hier Böses wollte.

* * *

Tristan saß im Auto vor Josephines Pension und rieb sich die steifen Finger. Es war kalt, und er fror trotz seines dicken Mantels. Obwohl er sich leer und ausgelaugt fühlte, war er gleichzeitig von einer fiebrigen, unstillbaren Unruhe erfüllt. Die Reporter vom *Berliner Tageblatt* waren sehr interessiert gewesen an dem, was er zu erzählen gehabt hatte. Er hatte zwei von ihnen in dem Café im Zeitungsviertel angetroffen, wo sie sich regelmäßig trafen, nach getaner Arbeit, aber vor Redaktionsschluss um halb zehn, denn erst danach war ihnen gestattet, nach Hause zu gehen. Man wusste nie, was noch an aufregendem Neuen reinkäme, über das berichtet werden musste.

Das war sein Glück gewesen, denn so war er noch rechtzeitig gekommen. Tristan wusste das alles von Jeanne, einer Frau, die er vor längerer Zeit in der *Blauen Maus* kennengelernt hatte. Sie war einige Jahre älter als er, eine herbe, verschlossene Person, die meist einen schwarzen Rollkragenpullover trug und viel Rotwein trank. Häufig saß sie am Tresen und zeichnete und malte. Knutschende Pärchen jeden Geschlechts, einsame Frauen, Betrunkene, Raufbolde, Verzweifelte, Angeber. Alles hielt sie fest, schonungslos, auf eine treffende, bissige, immer leicht melancholische Art. Tristan hatte ihr hin und wieder dabei zugesehen, ihm gefielen ihre Bilder, sie erinnerten ihn an die Zeichnungen seiner Mutter. Jeanne und er waren darüber ins Gespräch gekommen, und sie hatte ihm ein Aquarell geschenkt. Ein Paar war darauf abgebildet, das in einer schäbigen Kneipe eng umschlungen tanzte, umgeben von Betrunkenen und finsteren Gestalten. Es hing bei ihm an der Wand über dem Bett, mit einem Reißnagel befestigt, und stellte den einzigen Schmuck seines Zimmers dar.

Jeanne arbeitete hin und wieder für das *Berliner Tageblatt*, illustrierte deren satirische Wochenbeilage. Deshalb hatte er sich auf sie berufen, als er heute Abend in das Café gegangen war und die Zeitungsleute angesprochen hatte. Das *Berliner Tageblatt* war eine liberal gesinnte Zeitung, die sich – auch das wusste er von Jeanne – immer wieder weit aus dem Fenster lehnte, um den deutschnationalen Kräften, von denen die Presse zunehmend beherrscht wurde, Einhalt zu gebieten. Tristan hatte darauf bestanden, dass die Geschichte in der Morgenausgabe erscheinen müsse, und als einer der Reporter sich bereit erklärte, den Artikel sofort zu schreiben und noch vor halb zehn in die Redaktion zu bringen, hatte er ihnen von dem Mord erzählt. Am Ende hatte der Reporter, ein dunkelhaariger Mann mit klugen Augen und beginnenden Geheimratsecken, seinen Namen wissen wollen und gefragt, ob er ihn zitieren dürfte, und Tristan hatte genickt. »Ich heiße Nowak.«

»Und wie noch?«, hatte der Mann wissen wollen.

»Nur Nowak.« Zuletzt hatte er ihm die Adresse des Boxclubs genannt. »Falls jemand mit mir sprechen will.«

Tristan spürte, dass etwas Furchtbares passieren würde. Am liebsten würde er die ganze Revue einfach absagen lassen und Josephine zurück nach Paris schicken. Aber das war unmöglich. Weder er noch sein Onkel hatten die Befugnis dazu. Niemand würde ihnen glauben, und sie hatten keine

Beweise. Nicht einmal mehr die Leiche. Und so war diese Alternative nicht mehr als ein frommer Wunsch.

Sein Blick wanderte zu Josephines Fenster. Dahinter war es dunkel. Vermutlich schlief sie schon. Oder sie war gar nicht ihrem Zimmer. Die Fenster im Erdgeschoss waren hell erleuchtet. Wie beim ersten Mal, als er Josephine hier besucht hatte, drang auch jetzt Musik aus dem Salon. Klavier, Trompete, Saxofon, und er sah, wie sich Schatten hinter den Vorhängen bewegten. Tristan stellte sich vor, wie Josephine gerade tanzte. Fröhlich, unbeschwert, ganz in ihrem Element. Er wollte, dass es so blieb. Dass sie immer so weitertanzte. Ihr ganzes Leben lang.

Er ließ seinen Blick durch den Vorgarten schweifen und prägte sich alle Winkel und Ecken ein. Der frisch gefallene Schnee war günstig, so würde man einen dunklen Schatten, der dort nicht hingehörte, schneller erkennen. Als er erneut zu ihrem Fenster hochsah, meinte er einen Moment lang, ihr Gesicht am Fenster zu erkennen. Doch gleichzeitig war ihm klar, dass er sich getäuscht haben musste. Da war niemand. Das Zimmer war dunkel und leer.

Er wandte sich ab, von plötzlicher Trauer erfüllt.

* * *

Während Tristan sich eine weitere Zigarette anzündete und sich auf eine lange, kalte Nacht einrichtete, zog Josephine einen zweiten Stuhl zu sich heran, legte ihre Beine darauf ab und kuschelte sich enger in die Bettdecke. Wenn Tristan vorhatte, die ganze Nacht dort unten ungemütlich im Auto zu verbringen, so konnte sie das hier oben auch. Sie würde ihn ebenso wenig aus den Augen lassen wie er sie. So waren sie beide nicht allein.

26

Der Morgen der Premiere begann grau und trüb. Tristans Glieder waren steif vor Kälte, und er fühlte sich zerschlagen wie nach einem Boxkampf über zehn Runden.

In der Nacht war er hin und wieder kurz eingenickt, um dann unvermittelt hochzuschrecken und mit aufgerissenen Augen in die Dunkelheit zu starren. In jedem Schatten zwischen den Häusern, in den dunklen Vorgärten und hinter Mauervorsprüngen sah er ihn. Den Schlächter. Das Funkeln seiner Brillengläser verfolgte ihn bis in seine unruhigen Träume, und aus dem toten Studenten an der Laterne wurden viele, sie hingen an allen Laternen der Stadt, in endlosen Reihen, blutüberströmt. Und dann Josephine, in einem über und über mit Strass besetzten Kleid. Sie lag leblos in seinen Armen. Er spürte, wie ihr Blut unaufhaltsam durch seine Finger rann und sich dunkel glänzend auf dem Boden ausbreitete. Er erwachte von seinem eigenen Schrei.

Nach diesem Traum setzte er alles daran, nicht mehr einzuschlafen. Stieg aus und lief herum, rauchte eine Zigarette nach der anderen, bis er glaubte, sich übergeben zu müssen. Als schließlich zögernd der Morgen heraufdämmerte und die Straße langsam in diffuses graues Licht getaucht wurde, war er erleichtert, ganz so, als sei mit diesem Morgen alles vorbei. Dabei begann es gerade erst.

Tristan wartete nicht auf den Bus, der die Truppe abholen und ins Theater fahren würde. Er wollte niemandem begegnen. Daher fuhr er los, sobald es hell geworden war. Er war sich sicher, dass Josephine die nächsten Stunden nichts zustoßen würde.

Wenig später parkte er den Wagen am Alexanderplatz, kaufte sich an einem Zeitungskiosk das *Berliner Tageblatt* und setzte sich in ein Café, um sich ein wenig aufzuwärmen. Während er heißen Tee trank und zwei Spiegeleier mit Speck aß, las er den Artikel, den der Reporter wie versprochen in der Frühausgabe untergebracht hatte. Er hatte es gut gemacht! Den Toten an der Laterne beschrieben, auch sein rätselhaftes Verschwinden erwähnt, alle Informationen, die Tristan ihm gegeben hatte, verwendet, ihn namentlich zitiert und gerade so viele Andeutungen in Bezug auf Wolfsangeln, Symbole und den Krieg untergebracht, dass man der Zeitung keine Verleumdung vorwerfen konnte. Tristan war sich bewusst, dass ein Zeitungsartikel niemanden von weiteren Morden abhalten würde. Doch Kurtz, von Geldern und wer auch immer noch hinter der Sache steckte, würde bei der Lektüre begreifen, dass auch er über sie Bescheid wusste. Das war die Botschaft dieses Artikels. Er war aus der Deckung gekommen, hatte sich in die Schusslinie gestellt und hoffte, sie damit aus dem Konzept zu bringen. Doch die Unruhe blieb. Es war natürlich auch ein Bluff dabei. Eine Finte. Er wusste bei Weitem nicht so viel, wie man aufgrund des Artikels meinen konnte. Im Grunde wusste er gar nichts, außer dass Kurtz seine Finger im Spiel hatte. Und das allein reichte schon. Er rollte die Zeitung zusammen, bezahlte und ging nach Hause.

Schon in dem Moment, als er in die Grenadierstraße einbog, fiel ihm auf, dass etwas nicht stimmte. Obwohl es viel zu früh für Einkäufe war und alle Läden noch geschlossen hatten, standen Gruppen von Leuten herum. Einige diskutieren wild gestikulierend und mit aufgebrachten Mienen, andere standen nur da und starrten kopfschüttelnd in eine Richtung. In die Richtung seines Boxclubs. Als Tristan näher kam und sich durch die Gaffer schob, sah er auch den Grund dafür: Die Schaufensterscheibe war eingeschlagen. Scharfkantige Zacken ragten aus dem Rahmen, und überall lagen Scherben. Die Tür zum Club war ebenfalls eingetreten. Alarmiert trat Tristan über die Schwelle.

Der Raum bot ein einziges Bild der Verwüstung. Alle Plakate waren von der Wand gerissen, die Deckenlampen zerschlagen, aus den aufgeschlitzten Sandsäcken quoll die Füllung heraus wie Grützwurst aus der Pelle. Der Boxring war offenbar mit einer Axt bearbeitet und dann angezündet worden, verkohlte Holzteile und Splitter lagen überall verteilt, die Wand dahinter war schwarz vom Ruß. Es roch nach Benzin und kaltem Rauch. Er lief in sein Zimmer. Auch hier hatten die Berserker gewütet. Der Schreibtisch war umgeworfen und ebenfalls mit einer Axt demoliert, das Waschbecken aus der Wand gerissen und das Bett und der Schrank zu Kleinholz verarbeitet. Überall lagen Bettfedern herum. Jeannes Aquarell lag am Boden, übersät von Abdrücken der groben Stiefel, die darauf herumgetrampelt waren. Es stank nach Urin, und an der Wand zeigten gelbliche Schlieren, wo sich die Schläger erleichtert hatten.

Tristan nahm das zerfledderte, aufgeschlitzte Kopfkissen, das schlaff am Boden lag, und war froh, dass er gestern nicht mehr daran gedacht hatte, nach seiner Unterredung mit seinem Onkel das Geld wieder dort zu verstecken. Er tastete nach der dicken Rolle in seiner Manteltasche und ging dann langsam zurück auf die Straße.

»Wer war das?«, fragte er einen Mann, den er vom Sehen kannte. Es war einer der Mieter vom Haus gegenüber.

»Ein Schlägertrupp«, sagte er und sah noch immer erschrocken aus. »Acht, zehn Leute. Mitten in der Nacht. Haben die ganze Straße aufjemischt.« Er deutete zur Bäckerei nebenan, und Tristan bemerkte erst jetzt, dass auch dort die Fensterscheibe eingeschlagen war. Ebenso wie bei der hebräischen Buchhandlung. Zerrissene Bücher und lose Blätter lagen auf dem nassen Pflaster, und der Besitzer kniete davor und klaubte jedes einzelne Blatt behutsam auf. »Aber da ham se nur die Scheiben kaputt jeschlagen. Am schlimmsten hat's euren Laden erwischt«, sagte der Nachbar aufgeregt. »Die wollten den abfackeln, dit sag ich dir. Wenn nicht die Leute aus der Bäckerei jekommen wären und jelöscht hätten, wär die janze Bude abgebrannt.«

Tristan bemerkte Fanny, Helene und Doro, die aus dem Torbogen traten. Er bedankte sich bei dem Mann und ging zu ihnen.

»Nowak!« Helene kam schon auf ihn zugelaufen. Sie trug wieder ihr Pensionatsschülerinnennachthemd und hatte nur Pantoffeln an den nackten Füßen. »Bist du verletzt?«

Er schüttelte den Kopf. »Ich war gar nicht da.« Ihm wurde erst jetzt klar, was für ein Glück er gehabt hatte – wer wusste, was mit ihm geschehen wäre, hätte er in seinem Bett gelegen, als das Rollkommando eingefallen war. Und nicht nur er hatte Glück gehabt. Das ganze Haus hätte abbrennen können. Mit Fanny und den Mädchen und all den anderen Bewohnern. Mit Helene – die zitternd vor Kälte neben ihm stand und ihn noch immer besorgt musterte. Offenbar konnte sie kaum glauben, dass es ihm gut ging. Er zog seinen Mantel aus und legte ihn ihr um die Schultern. Dann sah er zu Fanny, die seltsam fahl und ungewohnt alt aussah, und ihm fiel auf, dass er sie zum ersten Mal ungeschminkt sah. Sie bemerkte seinen Blick und kam auf ihn zu. »Wir haben nüscht mitbekommen, erst als der Bäckerjunge bei uns jeläutet hat«, erzählte sie ungläubig und sah sich kopfschüttelnd um. »Da haste dir mit die falschen Leute einjelassen, Nowak«, fügte sie leise hinzu.

Tristan schwieg.

»Es hat was mit Josephine Baker zu tun, oder?«, fragte Helene scharf. Sie musste Fannys Worte gehört haben.

Er wich ihrem Blick aus und wandte sich stattdessen an Fanny. »Kann ich ein paar Tage bei euch schlafen? Ich fürchte, ich hab kein Bett mehr.«

Gegen neun trudelten Freddy und die ersten Männer zum Training ein, und alle waren geschockt vom Ausmaß der Zerstörung und der dahinterliegenden Wut, die sich hier Bahn gebrochen hatte. Als Freddy Tristans Zimmer sah, schnalzte er mit der Zunge.

»Wärste da gewesen, wärste jetzt Matsche«, fasste er die Situation knapp und treffend zusammen.

Sie gingen gemeinsam hinüber zu den Bäckersleuten und deren Angestellten, um sich für ihr schnelles Eingreifen zu bedanken. Dann begannen sie ohne große Worte zusammen aufzuräumen und das kaputte Schaufenster fürs Erste mit den heil gebliebenen Brettern des zerstörten Boxrings zuzunageln, um die Kälte draußen zu halten. Dann halfen die Männer dem Bäcker und dem Buchhändler, ihre Schaufenster ebenfalls abzudecken. Der Bäcker brachte ihnen zum Dank eine große Ladung frischer Brötchen, und Fanny kam mit einer Kanne Kaffee herunter. Tristan und Freddy plünderten ihre Schwarzmarktbestände, die sich in einem gut versteckten Kellerraum zwischen dem Boxclub und der Bäckerei befanden, und steuerten Leckerbissen bei, die bei den Männern für großes Gelächter sorgten: luftgetrocknete französische Edelsalami und russischen Kaviar. Beides war kürzlich zufällig vom Lastwagen eines Händlers gefallen, der das *Adlon* belieferte, als – ebenso zufällig – Freddy gerade mit seinem Fahrrad samt Anhänger um die Ecke kam.

Während sich die Männer große Salamistücke absäbelten und grinsend ihre Schrippen mit Kaviar garnierten, nahm Tristan Freddy beiseite. Sie gingen zusammen in Tristans Zimmer und hockten sich auf das, was von seinem Bett noch übrig war.

»Du erinnerst dich an Flandern? An den Baum...?«, begann er zögernd.

Freddys Miene verfinsterte sich, und er versetzte Tristan einen groben Stoß gegen die Brust. »Halt die Klappe, Nowak! Du weißt, was wir ausgemacht haben! Erinnerst du dich? Damals, als ich dich in diesem üblen Loch gefunden habe, völlig weggetreten, pleite, am Ende. Du hast versprochen, dass du aufhörst, über den Krieg und die Toten und die Scheiße danach nachzudenken. Das alles hat dich fast umgebracht.«

»Ich weiß, aber...«

Freddy musterte ihn scharf. »Du hast doch nicht etwa wieder damit angefangen?«

»Nein!«

Freddy glaubte ihm nicht, Tristan konnte es in seinen Augen sehen. »Aufstehen, boxen, weitermachen. So war's abgemacht, du Idiot, und nicht anders.«

»Es geht nicht um mich, verdammt noch mal«, widersprach Tristan zornig. »Mir geht's gut.«

»Deswegen siehst du auch aus wie 's blühende Leben«, sagte Freddy trocken. »Seit wann hast du nicht mehr geschlafen?«

»Jetzt hör mir doch einfach mal zu!«

Freddy runzelte noch immer die Stirn, nickte aber schließlich. »Also gut. Schieß los.«

Und so erzählte ihm Tristan von den Gerüchten um ein geplantes Attentat auf Josephine, von den drei jungen Männern im *Shalimar*, ihren Abzeichen am Kragen. Als er die Wolfsangel beschrieb, an der der Student an der Laterne vor dem Club gehangen hatte und wie er wie durch Zauberhand wieder verschwunden war, wurde Freddy blass.

»Du meinst also, dieser Teufel hat den Krieg überlebt?«

»Ich bin mir sicher.«

Freddy zündete sich eine Zigarette an, nahm einen tiefen Zug und musterte dann die glühende Spitze nachdenklich. »Wenn das so ist, ist diese Sache, die du da übernommen hast, lebensgefährlich. Und das nicht nur für das Mädel.«

Tristan nickte. »Ist mir klar.« Er berichtete ihm vom geplanten Schutz des Theaters, über den er mit Kurt Herzfeld gesprochen hatte, und zog das Geld aus seiner Manteltasche. »Kannst du das mit Kurt organisieren?«

Freddy warf einen Blick auf das Bündel und hob die blonden Brauen bis unter seinen dichten Haarschopf. »Ganz schöner Batzen. Dafür lassen sich 'ne ganze Menge Aufpasser finden.«

»Es kann gefährlich werden«, warnte Tristan. »Wir wissen nicht, was passiert.«

»Brauchste mir nicht erzählen. Ich weiß schließlich auch, wozu der Kerl fähig ist.« Freddy schob das Geld ein und stand auf. »Ich klär das mit Kurt. Wir kriegen genug Leute zusammen«, sagte er. »Kannste dich drauf verlassen.«

Sie verabredeten sich für den Abend vor dem Nelson-Theater, eine Stunde vor Einlass. Bevor sie zurück zu den anderen gingen, warfen sie sich einen langen Blick zu.

Tristan wusste, was sein Freund dachte. Sie hatten die gleichen Bilder im Kopf, hatten beide die Todesangst und die Verzweiflung in den Augen des anderen gesehen, sie kannten einander, wie niemand sonst sie kannte. Sie würden einander immer helfen.

27

Hermann Gille war nervös. Gestern Abend vor der Versammlung hatten sie ihn beiseitegenommen, Pfeiffer und dieser Kurtz, der ihm immer noch unheimlich war, und in ihre Pläne eingeweiht. Und nicht nur das. Sie hatten ihm verkündet, dass er auserwählt worden war, eine wichtige Rolle darin zu spielen. Eine entscheidende Rolle, wie Pfeiffer betont hatte. Gille hatte zu allem, was sie gesagt hatten, nur genickt, und sein Kopf hatte geglüht vor Aufregung und Stolz. Dann hatte Kurtz ihm eine in ein Tuch eingeschlagene Pistole gegeben, die er verwenden sollte – keinesfalls seine eigene Polizeiwaffe, wie ihm Pfeiffer mehrfach eingeschärft hatte, so, als ob er schwer von Begriff wäre. Da war ihm klar geworden, dass sie das alles todernst meinten. Er hatte die Waffe am Abend zu Hause unter sein Kopfkissen gelegt und darauf geschlafen, und seit heute Morgen steckte sie unter seiner Uniform, ein zusätzliches Gewicht, das ihn jedes Mal, wenn er es spürte, an seine Mission erinnerte. Doch je weiter der Tag voranschritt, desto schwerer schien sie zu wiegen, und desto nervöser wurde er. Jetzt war es Mittag, und er hatte es nicht mehr ausgehalten in der muffigen Wache, neben dem dämlichen, ahnungslosen Ahl mit seiner Schmalzstulle und der obligatorischen Flasche Bier.

Obwohl Pfeiffer gesagt hatte, dass er nichts riskieren sollte, was den Plan gefährden konnte, hatte er beschlossen, in seiner Pause die halbe Stunde Fußweg ins Scheunenviertel zu gehen und nachzusehen, wie es um den Boxclub stand. Er war neugierig und wollte erfahren, wie die nächtliche Aktion seiner Kameraden ausgegangen war.

Als er vor der zersplitterten Tür stand, den Scherbenhaufen sah, den jemand zusammengekehrt und noch nicht weggeräumt hatte, und auf die wacklige Holzwand aus angekohlten Brettern blickte, mit der das Schaufenster notdürftig zugenagelt worden war, wusste er, dass die Männer ganze Arbeit geleistet hatten. Seit Gille sozusagen Pfeiffers rechte Hand geworden war, war sein Stand bei den anderen Männern gestiegen. Sie zollten ihm Respekt, und es hatte nur ein paar gezielte Bemerkungen zu ein paar ausgewählten Männern bedurft, und er hatte gewusst, sie würden in der Nacht noch losziehen.

Immerhin hatte Nowak einen der ihren, Rudi Maschke, auf unerträgliche Weise gedemütigt. Selbst mitgegangen war er nicht, immerhin war er Polizist, da musste man sich ein wenig zurückhalten. Apropos Polizist: In seiner Uniform fühlte sich Gille sicher genug, ganz nah an den zerstörten Laden heranzutreten und durch eine Lücke in der Bretterwand zu linsen. Dieses Mal würde dieser Hund Schimek es nicht wagen, ihm einen Fußtritt zu verpassen, und wenn doch, würde ihn das teuer zu stehen kommen.

Als sich seine Augen an das Dämmerlicht im Inneren gewöhnt hatten, konnte er Schimek und Nowak sehen, sie standen mit ein paar anderen Männern zwischen den Trümmern dessen, was einmal ihr Trainingsraum gewesen war, tranken Bier und aßen Wurstbrote. Gille wurde heiß vor Wut. Er hatte erwartet, sie niedergeschmettert zu sehen. Am Boden zerstört. Am liebsten wäre ihm ohnehin gewesen,

Pfeiffers Männer hätten nicht nur den Boxclub, sondern auch die beiden erwischt. »Ihnen die Fresse poliert«, wie sie es nannten. Doch stattdessen waren sie vollkommen unversehrt, jetzt gerade lachten sie sogar. Wütend malte sich Gille aus, was die Männer mit den beiden angestellt hätten. Da hätten auch Nowaks Boxkünste nichts genutzt. Pfeiffers Männer waren hoch aggressiv, vor allem im Rudel. Sie konnten mit dem Leerlauf, den die Arbeitslosigkeit mit sich brachte, und mit dem mangelnden Respekt, der ihnen entgegenschlug, obwohl sie im Krieg für Kaiser und Volk den Kopf hingehalten hatten, nicht gut umgehen. Sie fühlten sich, als wären ihnen der Schwanz und die Eier gleichzeitig abgeschnitten worden, und Gille konnte sie gut verstehen. Auch er war voller Hass auf das Gesocks, das sich jetzt mit Billigung dieser Unrechtsregierung überall breitmachte und alles vor die Hunde gehen ließ, was früher gut und recht gewesen war.

Gille spürte, wie sich der Neid wie Säure durch seine Eingeweide fraß. Diesen beiden Dreckskerlen da drinnen stand es nicht zu, so sorglos durchs Leben zu gehen, Freunde zu haben, zu lachen. Er wollte sie leiden sehen. Zuerst Freddy Schimek, der ihn gedemütigt hatte. Ihn wollte er sterben sehen. Dieser Gedanke kam ihm unvermittelt und sorgte für einen angenehmen Schauder, der das Gift des Neides, das ihm gerade noch so gallig aufgestoßen war, in etwas Angenehmes, Prickelndes verwandelte.

Er malte sich aus, wie es wäre, Schimek beim Sterben zuzusehen. Dann würde er nicht mehr lachen. Er würde ihn nicht mehr verhöhnen. Sein Herz würde aufhören zu schlagen, seine Augen würden brechen, und es wäre vorbei. Und dann wäre der andere dran. Der Rothaarige. Nowak. Gille dachte an den Roten Grafen, der ja in irgendeiner Verbindung mit dem Kerl stand, und verzog verächtlich das Gesicht. Eine rote Gesinnung war wie ein Virus.

Selbst sein Vorgesetzter schien davon infiziert zu sein. So langsam machte er sich Sorgen, dass die regierungsfreundliche Haltung von Ahl auch ein schlechtes Licht auf ihn selbst werfen könnte. Die ganze Polizeiwache Friedrichstraße konnte durch diesen dummen, dicken und schwerfälligen Polizisten in einem unangenehm liberalen, ja geradezu rot gefärbten Licht erscheinen, und man wusste ja, wie schwer es war, solche Verdachtsmomente wieder auszuräumen.

Er hatte seine Befürchtungen in Bezug auf Willy Ahl daher gestern dem Kameraden Pfeiffer vorgetragen, und dieser hatte ihm uneingeschränkt recht gegeben. Er solle vorsichtig sein und sich von Ahl fernhalten, hatte er ihm geraten. Außerdem könne es nicht schaden, wenn er die Augen aufhielt, ob sich dieser Mann womöglich etwas zuschulden kommen lasse. Bei solchen Leuten wisse man ja nie...

Wenn er Kamerad Pfeiffer bei der nächsten Versammlung von dem Vorfall von heute Morgen Mitteilung machen würde, wäre Pfeiffer mit Sicherheit ebenso empört wie er selbst. Willy Ahl hatte sein Abzeichen entdeckt und ihn gezwungen, dieses »lächerliche Pfadfinderbrimborium«, wie er es nannte, abzunehmen. Gille war rot geworden, hatte förmlich gespürt, wie ihm das Blut ins Gesicht geschossen war.

Ahl hatte nicht die Bohne interessiert, dass es das Abzeichen der Mitgliedschaft des Wehrsportkommandos Pfeiffer war. Im Gegenteil. Er hatte gelacht, bis ihm der fette Bauch gewackelt hatte, und in einer albernen, abgehackten Sprechweise, die wohl einen Soldaten imitieren sollte, gehöhnt: »Eins, zwei, drei, alles hört auf mein Kommando: Hirn ausschalten, Arsch hinhalten.«

Hermann Gille hatte vor Empörung nicht antworten

können. Willy Ahl war breitbeinig stehen geblieben, die Daumen in die Koppel um seinen dicken Bauch gehakt, und hatte seelenruhig zugesehen, wie er das Abzeichen vom Kragen seiner Uniform entfernt und in die Schublade seines Schreibtisches gelegt hatte. Dann hatte er genickt, war gegangen und hatte ihn einfach stehen lassen wie einen dummen Schulbuben, den er in die Ecke gestellt hatte. Gilles Hand fuhr an seine Brust. Er spürte erneut das Gewicht der Pistole, und jetzt kam sie ihm nicht mehr zu schwer vor. Im Gegenteil. Sie fühlte sich beruhigend an. Machte ihn stark. Wehrhaft. Unverwundbar. Seine Stunde war bald gekommen. Und er würde seine Kameraden nicht enttäuschen.

* * *

Während Gille, noch immer beseelt von seiner großen Aufgabe, zurück zur Wache ging, trafen sich Franz von Geldern und Kurtz im Tiergarten. Wie immer bei ihren Treffen gingen sie zunächst eine Weile schweigend nebeneinanderher, bis sie in einen abgelegenen Bereich kamen, der kaum von Spaziergängern frequentiert war.

Als sie den fast zugewachsenen, einsamen Hochuferweg an der Spree erreichten, blieb Franz von Geldern stehen.

Seine Stimme war leise, fast gelangweilt, als er sagte: »Ist für heute Abend alles geregelt?«

Kurtz nickte. »Pfeiffer und ich haben den jungen Schupo genau instruiert.«

»Und man kann sich auf ihn verlassen? Nicht, dass er zu übermotiviert ist.«

»Natürlich. Es wird alles nach Plan laufen.«

»Bist du dir da wirklich so sicher?«, fragte Geldern mit einem seltsamen Unterton in der Stimme.

»Ja, wieso?« Kurtz sah von Geldern überrascht an.

Als von Geldern weitersprach, war seine Stimme ruhig, dennoch konnte man die Wut darin hören. »Ich nehme an, du hast heute Morgen nicht die Zeitung gelesen?«

Als Kurtz den Kopf schüttelte, zog von Geldern eine einzelne zusammengefaltete Zeitungsseite aus seiner Manteltasche und reichte sie ihm.

Kurtz machte ein verächtliches Geräusch, als er das *Tageblatt* erkannte. »Seit wann interessierst du dich ausgerechnet für dieses Liberalistenblatt?«

»Lies!« Von Geldern deutete auf einen Artikel, der mit der Überschrift *Mord im Scheunenviertel?* versehen war.

Kurtz überflog die Zeilen, und seine Miene wurde finster. Er reichte die Zeitung an von Geldern zurück und sagte: »Langsam wird dieser Nowak lästig.«

»Lästig ist wohl nicht ganz der richtige Ausdruck.« Von Geldern sah ihn wütend an. »Ich würde es eher gefährlich nennen.«

Kurtz zuckte mit den Schultern, allerdings wirkte es weit weniger gleichgültig als vermutlich beabsichtigt. »Man sollte dieses Zeitungsgeschreibsel nicht so ernst nehmen. Wer liest das schon?«

»Nicht ernst nehmen?« Von Geldern schnaubte. »Du bist ein Idiot, Kurtz, wenn du das so siehst. Verstehst du nicht, was dieser Artikel bedeutet? Das ist eine Botschaft. Dieser Kerl hat die Zusammenhänge durchschaut, er hat verstanden, worum es hier geht.«

»Es könnte auch ein Bluff sein«, wandte Kurtz ein.

»Könnte, ja. Aber es ändert nichts an der Tatsache, dass er dich jedenfalls kennt. Vermutlich sogar aus dem Krieg. Warum musstest du ihm auch unbedingt den Studenten vor die Tür hängen? Konntest du den Burschen nicht einfach diskret verschwinden lassen?«

»Er sollte wissen, was wir mit Leuten machen, die uns in die Quere kommen.« Kurtz' Stimme war kalt. Er trat an die Brüstung und blickte auf den Fluss hinunter. Auf der Wasseroberfläche hatte sich dünner Nebel gebildet, der wie weißer Rauch aussah. Er sah wieder zu von Geldern.

»Für die beiden anderen Studenten war es ebenfalls eine Warnung. Du hättest ihre Gesichter sehen sollen.« Er verzog sein zerstörtes Gesicht zu einem bösen Grinsen. »Sie haben geheult wie Kleinkinder. Vermutlich haben sie sich sogar in die Hosen gemacht. Glaub mir, die werden sich genau überlegen, was sie in Zukunft wem erzählen.«

»Einstweilen werden sie gar niemandem mehr etwas erzählen. Dafür habe *ich* gesorgt.«

»Wie meinst du das?«

»Ich habe sie bis nach der Premiere aus der Stadt schaffen lassen. Danach werden sie so lange im Verbindungshaus bleiben, wie es nötig ist, und Pfeiffer passt auf, dass niemand mit ihnen spricht.«

»Du denkst, das ist wirklich nötig?«, wandte Kurtz unbehaglich ein. Offenbar ging ihm erst jetzt die Reichweite seiner unbedachten Aktion auf.

Von Geldern musterte ihn verächtlich. Kurtz mit seiner oft erschreckenden sadistischen Ader war ein guter Vollstrecker, aber nicht mehr. Er hielt ihm erneut die Zeitung vor die Nase. »Was glaubst du, wie lange es nach diesem Artikel dauern wird, bis Nowak ihre Namen herausfindet? Wenn er sie nicht schon längst weiß?«

»Sie werden nichts sagen…«

»Er wird sie zum Reden bringen. Irgendwann wird einer von ihnen einknicken. Dieser Mann ist Boxer und er ist nicht zimperlich, wie du weißt.« Er schwieg einen Moment, dann fügte er leise hinzu: »Du hast unseren gesamten Plan gefährdet. Du hast mich gefährdet.«

Kurtz' Lächeln verschwand. »Was willst du damit sagen?«, zischte er.

»Du wirst von der Bildfläche verschwinden«, sagte von Geldern.

Kurtz starrte ihn an. »Was soll das heißen?«

Von Geldern nahm einen kleinen Zettel aus seiner Manteltasche und reichte ihn Kurtz. »Das ist die Adresse eines Freundes. Er wohnt etwas außerhalb der Stadt. Dorthin fährst du. Jetzt sofort und ohne Umwege.«

»Ich soll mich verstecken? Wie eine Ratte?« Kurtz' Gesicht war jetzt wutverzerrt. »Wegen dieses räudigen roten Hundes, der große Töne spuckt? Was, meinst du, kann der mir schon tun? Ich breche ihm das Genick, ohne dass er weiß, wie ihm gesch...«

»Darum geht es nicht, und das weißt du«, unterbrach ihn von Geldern mit schneidender Stimme. »Wir müssen die Risiken minimieren, und du bist ein Risiko. Nowak kennt dich. Schon vergessen?« Er schaute nun ebenfalls auf das milchige Wasser hinunter. »Dein Zug geht in zwei Stunden«, sagte er. »Am besten, du beeilst dich. Am Bahnhof wirst du von jemandem abgeholt werden. Du bleibst dort, bis dich jemand von uns kontaktiert.«

»Ich verstecke mich nicht«, widersprach Kurtz, und seine Hände verkrampften sich um das Geländer. »Niemals. Vorher musst du mich töten.«

»Das wäre die zweite Option«, sagte von Geldern fast beiläufig. »Claussen hat sie befürwortet, doch ich war dagegen. Ich dachte, nachdem du schon einmal fast krepiert wärst, wäre dir dein Leben etwas wert...« Er zog eine Pistole aus seiner Manteltasche und richtete sie auf seinen Begleiter. »Wenn du aber anderer Ansicht bist, lasse ich mich auch umstimmen.«

Kurtz' Miene wechselte von Zorn zu Fassungslosigkeit.

»Du würdest mich erschießen? Du? Nach all dem, was ich für dich getan habe?«

»Nicht gerne, Kurtz. Wir haben viel zusammen erlebt.« Von Geldern verzog seine Mundwinkel zu einem schmalen Lächeln. »Ich habe Claussen widersprochen, als er meinte, du seist zu gefährlich geworden. Unberechenbar. Ich habe mich für dich eingesetzt. Doch was tust du? Du gefährdest nicht nur unsere Sache, du widersetzt dich. Vergiss nicht, wir sind im Krieg. Du weißt, was das heißt. Das ist Befehlsverweigerung.«

* * *

Willy Ahl brauchte man auf den Artikel im *Berliner Tageblatt* nicht extra hinweisen, er war ein treuer Leser und las alles, was dort gedruckt wurde. Neben dem Politischen berufsbedingt besonders gerne Dinge, die mit Verbrechen zu tun hatten. Bei dem Artikel mit der Überschrift *Mord im Scheunenviertel?* stach ihm jedoch als Erstes nicht das Verbrechen ins Auge, sondern der Name des Zeugen, der explizit genannt war: Nowak. Sofort fielen ihm der nächtliche Logiergast in der Arrestzelle, der Graf und die illegalen Boxkämpfe ein.

»Sieh mal einer an«, murmelte er und führte sich den Artikel gründlich zu Gemüte. Als er am Ende angelangt war, legte er die Zeitung stirnrunzelnd beiseite. Das gefiel ihm nicht. Man hatte ihn über diesen Mordfall überhaupt nicht informiert, obwohl das Scheunenviertel unmittelbar an sein Revier angrenzte, und dem Artikel zufolge war die Leiche offenbar verschwunden. Mehr noch als das beunruhigte ihn jedoch dieser Verein, von dem die Rede war und der als Erkennungszeichen ein spiegelverkehrtes Z verwendete. Offenbar stand der Mord mit diesem Verein im Zusammenhang, zumindest behauptete das dieser Nowak.

Willy Ahl schürzte die Lippen und sah zu seinem jüngeren Kollegen hinüber, der hinter seinem Schreibtisch saß und gedankenverloren vor sich hin starrte. Hatte nicht dieses Abzeichen, das Gille heute Morgen am Kragen getragen hatte, die Form eines solchen Z gehabt? Er wünschte, er hätte es sich genauer angesehen. *Wehrsportgruppe Pfeiffer* hieß dieser Verein, dem der Junge neuerdings angehörte. Gille hatte ihm den Namen entgegengeschleudert, als ob es sich dabei um irgendeine verdammte Elitekampftruppe handelte. Dabei gab es Dutzende dieser sogenannten Wehrsportgruppen, reaktionäre Vereinigungen, meist aus Freikorpsverbänden hervorgegangen, die noch immer Krieg spielten und dabei meist brandgefährlich waren. Wie die SA, die auch in Berlin wieder an Stärke gewann. Markige Worte in Hinterzimmern. Kameradschaftsschwüre, Saufgelage und Hasstiraden. Und dann Randale und Schlimmeres. Er hoffte, dass sich Gille nicht mit solchem Kroppzeug eingelassen hatte. Einmal dabei gab es meist kein Zurück mehr. Es hatte in den letzten Jahren genügend Fememorde gegeben, bei denen zweifelnde Kameraden, unzuverlässige Mitglieder oder unabsichtliche Mitwisser von diesen Bünden und Korps wegen angeblichen Verrats brutal ermordet worden waren.

Ahl fiel auf, dass sein junger Kollege heute besonders nervös war. Abwesend knibbelten seine langen, mit Tinte bekleckerten Finger an einem Blatt Papier herum, spielten mit dem Tintenfass und klopften auf die Tischplatte. Sein Adamsapfel zitterte. Ahl fragte sich, ob es mit dem Artikel zu tun haben könnte.

»Schon jelesen?«, fragte er ihn und hob die Zeitung hoch.
Gille fuhr zusammen. »Was?«
Ahl stand auf und legte ihm das Blatt auf den Schreibtisch. »Da!« Er tippte mit dem Finger auf den Artikel.
Gille schoss die Röte ins Gesicht, während er die Nach-

richt las. »Lügenpresse!«, schrie er, spuckte das Wort förmlich aus. »Wie kommt dieses erbärmliche Schundblatt dazu, solche ungeheuerlichen Dinge zu behaupten?«

»Sie glauben nich, Gille, dass dit wahr ist?«, fragte Ahl. Er selbst zweifelte nicht am Wahrheitsgehalt der Nachricht. Ihm waren schon zu viele Dinge untergekommen, die zunächst ungeheuerlich klangen und sich dann als wahr herausstellten. Aber Gilles empörte Reaktion schien ihm echt zu sein. Er hatte offenkundig nichts davon gewusst. Das erleichterte Ahl, wenn auch nur ein wenig.

»Natürlich nicht! Sonst hätten wir doch davon erfahren, Herr Ahl! Wir sind die Polizei! Es gibt doch nicht einmal einen Beweis. Keine Leiche! Das schreiben die ja selbst.«

»Aber warum sollten se so wat erfinden?«, fragte Ahl.

»Um uns aufrechte Deutsche zu verleumden«, antwortete Gille wie aus der Pistole geschossen. »Ist Ihnen nichts aufgefallen? Die Behauptung stammt von diesem Nowak. Den kennen wir doch schon. Dieser widerliche Dreckskerl schreckt wirklich vor nichts zurück. Aber dafür wird er bezahlen!«

Er ballte die Fäuste, und als Ahl in das von Hass verzerrte Gesicht seines jungen Kollegen sah, wurde ihm klar, dass Gille schon viel tiefer in diesem reaktionären Sumpf steckte, als er vermutet hatte. Sie hatten ihm offensichtlich schon eine Gehirnwäsche verpasst.

Ahl kam nicht umhin, eine gewisse Bewunderung für diesen jungen Boxer zu empfinden. Was für ein tollkühnes Unterfangen, sich in so einer brandgefährlichen Sache öffentlich als Zeuge mit Namen zitieren zu lassen. Dieser Artikel würde für gehörige Unruhe in jenen Kreisen sorgen, und Nowak würde alle Ressentiments unmittelbar auf sich ziehen. Ahl nahm die Zeitung an sich und setzte sich wieder auf seinen Platz.

»Wie geht's Ihrer Mutter?«, versuchte er die Konversation in andere Bahnen zu lenken.

»Nicht so gut.«

Zu seiner Überraschung wurde Gilles eben noch vor Aufregung gerötetes Gesicht plötzlich blass. Er wirkte, als würde er jeden Moment anfangen zu weinen.

»Sie können immer mit mir reden, Gille«, sagte Ahl. »Auch wenn wir nicht immer gut miteinander konnten in letzter Zeit, Sie können sich auf mich verlassen.«

Gille biss sich auf die Lippen und nickte stumm. Nach einer Weile sagte er: »Wenn mir was zustoßen würde... also, ganz theoretisch, würden Sie sich dann um meine Mutter kümmern?«

Ahl sah seinen jungen Kollegen überrascht an. Er bemühte sich um einen gelassenen Gesichtsausdruck, doch innerlich war er aufs Höchste alarmiert. Er hatte sich nicht getäuscht. Irgendetwas beschäftigte Gille, ja belastete ihn schwer. Was mochte das sein?

»Klar werd ick das tun«, versicherte er. »Aber was sollte Ihnen denn zustoßen?«

»Nichts, gar nichts. Ich meinte ja nur so. Eben theoretisch. Damit ich sicher sein kann.« Seine Stimme zitterte, und er sah ihn nicht an.

Ahl nickte und beschloss, den jungen Kollegen heute keine Sekunde mehr aus den Augen zu lassen.

28

Tristan hatte das Gefühl, gerade erst die Augen geschlossen zu haben, als Helene ihn weckte. Wobei sie eigentlich gar nichts tat, um ihn zu wecken. Er schrak plötzlich hoch, von irgendetwas irritiert, einer leichten Bewegung vielleicht, einem ungewohnten Geräusch, und als er die Augen öffnete, saß sie am Fußende des Betts, auf dem er eingeschlafen war, kaum dass sein Kopf das Kissen berührt hatte. Er hatte sich nach der durchwachten Nacht vor Josephines Haus und dem Aufräumen im Club nur ein wenig ausruhen wollen und war deshalb nach oben zu Fanny gegangen, in das Zimmer, in dem er Josephine hatte übernachten lassen.

Nun saß Helene mit angezogenen Beinen da, hatte den Rücken an das Fußteil gelehnt und betrachtete ihn. Tristan fiel auf, dass sie lange Hosen trug und ein Männerhemd. Es stand ihr gut. Sie sah burschikos aus, wie ein hübscher junger Mann und gleichzeitig zart. Und sehr verletzlich.

»Wie lange sitzt du schon dort?«, fragte er verlegen und richtete sich auf.

»Nur kurz. Ich wollte dich wecken, aber du hast so fest geschlafen. Ich hab dir ein bisschen dabei zugesehen.« Sie lächelte.

»Was ist los?«

»Unten wartet jemand auf dich.«

»Josephine?« Tristan sprang auf.

Helenes Lächeln erlosch, als ob jemand das Licht ausgedreht hätte. »Nein. So eine von und zu im Pelzmantel. Sie sagt, sie müsse dich unbedingt sprechen.«

Die Frau stand vor dem Boxclub auf dem Gehsteig und wirkte dort in ihrem russischen Zobelpelz wie ein Kronleuchter auf einer Bahnhofstoilette. Sie war etwa Mitte vierzig, hatte ein apartes Gesicht, das jedoch starr und wie in Marmor gemeißelt war. Unter ihrem eleganten Hut spitzte weiches hellblondes Haar hervor. Ihre ganze Erscheinung wirkte ausgesprochen vornehm und aufs Äußerste beherrscht.

»Sie sind Nowak?«, fragte sie und musterte ihn misstrauisch.

Als er nickte, reichte sie ihm eine behandschuhte, schmale Hand. »Mein Name ist Adelheid von Ost. Ich muss mit Ihnen sprechen.«

»Worum geht es?« Tristan kam der Name von Ost vage bekannt vor, er war sich aber sicher, dass er die Frau noch nie gesehen hatte.

»Um den Artikel in der Morgenausgabe des *Tageblatts*, in dem Sie als Zeuge eines angeblichen Mordes genannt wurden. Der Redakteur gab mir auf Nachfrage Ihre Adresse.«

»Ja?« Er sah sie abwartend an.

»Können wir irgendwohin gehen?«, fragte die Frau und blickte sich um. »Ich möchte nicht hier auf der Straße...«

»Natürlich.« Nachdem ihm weder der Boxclub noch Fannys Wohnung als Gesprächsort für Frau von Ost geeignet erschien, schlug Tristan vor, in eine nahe Konditorei zu gehen, die auch ein kleines Café betrieb. Sie war einverstanden, doch als sie sich dem *Café Krakau* näherten, zögerte sie.

»Ist das ein jüdisches Café?«, fragte sie, und man konnte ihr Unbehagen in der Stimme hören.

»Ja. Haben Sie ein Problem damit?«

Sie schüttelte den Kopf, doch ihr Gesichtsausdruck sprach Bände, als sie nach ihm in das Café trat.

Sie setzten sich in das kleine Nebenzimmer an einen mit Spitzendeckchen geschmückten Tisch an der Wand. Es war kühl, der Raum war kaum geheizt, und es roch nach Trockenblumen und feuchtem Mauerwerk, vermischt mit dem Duft von frischem Hefegebäck.

Tristan bestellte bei der dicken Besitzerin Kaffee.

»Die Schichttorte ist sehr gut«, sagte er etwas boshaft, als Frau von Ost mit verhaltener Stimme um ein Glas Wasser bat, doch sie schüttelte stumm den Kopf. Mit langsamen, zögernden Handbewegungen zog sie ihre Handschuhe aus und entblößte blasse, nervöse Finger mit blutrot lackierten Nägeln.

Als ein junges Mädchen ihnen die Bestellung gebracht hatte und wieder gegangen war, ohne dass sein Gegenüber Anstalten machte, etwas zu sagen, räusperte sich Tristan und sagte: »Sie meinten vorhin, Sie kämen wegen des Artikels?«

Frau von Ost nickte, zog wie als Beweis die zusammengefaltete Zeitung aus ihrer Tasche und hielt sie Tristan hin. »Meine Nachbarin hat ihn mir gezeigt.« Sie warf ihm einen fast vorwurfsvollen Blick zu. »Wir lesen dieses Blatt normalerweise nicht.«

Tristan bemerkte, dass ihre Hände zu zittern begonnen hatten. Sie schien ihre ganze Kraft aufwenden zu müssen, um weiterzusprechen. Endlich gab sie sich einen Ruck und sagte: »Es geht um meinen Sohn. Er ist Samstagnacht nicht nach Hause gekommen. Ich weiß nicht, wo er ist. Seine Freunde wissen auch nichts. Deshalb wollte ich mich vergewissern, dass nicht womöglich er ... dieser Tote ist, den Sie gesehen haben wollen.«

»Haben wollen?«, fragte Tristan nach und zündete sich eine Zigarette an.

»Nun, ich war heute Morgen bei der Polizei, doch die Beamten sagten mir, es gebe gar keine Leiche, es seien alles nur Hirngespinste der Presse.« Sie sah ihn fragend an. »Was bedeutet das?«

»Es waren keine Hirngespinste«, sagte Tristan. »Ich habe ihn tatsächlich gesehen.« Er deutete nach draußen. »Hier, in unserer Straße. Vor dem Boxclub.«

»Aber warum nur Sie?« Sie wirkte irritiert. »Das erscheint mir doch sehr zweifelhaft.«

»Es war vier Uhr morgens«, sagte er.

»Aber warum haben Sie nicht die Polizei gerufen?«

»Das hätte ich noch getan. Aber dann war die Leiche verschwunden.« Ersteres entsprach nicht ganz der Wahrheit. Selbst wenn er nach dieser Entdeckung fähig gewesen wäre, an etwas anderes als an Josephines Sicherheit zu denken, hätte er mit Sicherheit nicht die Polizei gerufen. Doch das würde er Frau von Ost nicht auf die Nase binden.

»Aber wieso verschwunden? Das verstehe ich nicht.« Sie zwinkerte nervös. »Vielleicht war es nur ein dummer Scherz, den sich jemand mit Ihnen erlaubt hat?«

»Ganz sicher war es kein Scherz, Frau von Ost«, antwortete er.

Sie nickte, und in ihr beherrschtes Gesicht schlich sich eine Spur Resignation.

»Vielleicht hat das alles ja gar nichts mit Ihrem Sohn zu tun? Wie sieht er denn aus? Können Sie ihn mir beschreiben?«

»Ich habe ein Bild dabei.« Adelheid von Ost griff erneut in ihre Tasche. Sie reichte Tristan ein Foto, auf dem mehrere junge Männer abgebildet waren. Alle trugen die Erkennungszeichen einer Studentenverbindung, das Band diagonal über der Hemdbrust und eine Studentenkappe.

»Das ist er, Heinrich.« Sie deutete mit ihrem roten Fingernagel behutsam auf den jungen Mann mit Bärtchen, der ganz rechts stand und den Tristan auch ohne diesen Hinweis sofort als den Toten wiedererkannte. Die beiden Freunde aus dem *Shalimar* waren ebenfalls unter den Männern auf dem Bild. Er bemühte sich, ruhig zu bleiben, während er das glatte, weiche Gesicht des jungen Studenten betrachtete, der mit fast lächerlichem Ernst in die Kamera sah, das Kinn gereckt, die Brust nach vorne geschoben.

»Er war korporiert?«, fragte er, um Zeit zu gewinnen.

»Ja. In der Burschenschaft Normannia. Ihr gehörte auch schon mein Mann an.«

»Ihr Mann ist…«

»Er ist 1917 in Flandern gefallen.«

Jetzt fiel ihm wieder ein, woher er den Namen von Ost kannte. Generaloberst Heinrich von Ost war damals jedem ein Begriff gewesen. »Ypern. Die dritte Flandernschlacht«, sagte er.

Sie musterte ihn. »Sie waren an der Front?«

Tristan nickte knapp und senkte dann den Blick demonstrativ auf das Foto. Er würde mit der Witwe eines hochdekorierten Offiziers auf keinen Fall über den Krieg sprechen. »Der Tote von gestern hatte einen Schmiss auf der rechten Wange«, sagte er und deutete auf das glatte Gesicht auf dem Bild. »Den hat Ihr Sohn nicht.«

»Doch.« Ihre Stimme bebte leicht, als sie weitersprach. »Heinrich hat eine solche Narbe. Diese Fotografie ist etwa ein Jahr alt. Kurz darauf hat er sich die Verletzung bei einer Mensur geholt.« Sie sah Tristan in die Augen, und er kam nicht umhin, ihre Contenance zu bewundern, als sie leise sagte: »Er ist es, nicht wahr?«

Er schwieg. Wie sagte man einer Mutter, dass man ihren Sohn tot, nackt und verstümmelt an einer Laterne hängen gesehen hat?

»Sagen Sie mir die Wahrheit.« Es war ein Befehl, keine Bitte.

Er nickte widerstrebend. »Ja. Er ist es.«

Adelheid von Ost schloss die Augen und atmete ein einziges Mal tief ein, dann hatte sie sich, zumindest äußerlich, wieder gefangen. »Wer war das? Wer hat das getan?«

»Das weiß ich nicht«, sagte Tristan nicht ganz wahrheitsgemäß.

Ihre Blicke trafen sich, und nach einer Weile sagte Frau von Ost: »Ich bin nicht dumm, Herr Nowak.«

»Das zu denken liegt mir völlig fern.«

»Waren es vielleicht Kommunisten?«

»Wie kommen Sie darauf?«, wollte Tristan wissen.

»Mein Sohn hat sich politisch engagiert. Das hat nicht jedem gefallen. Es gibt eine Menge Gesindel in dieser Stadt, das vor nichts zurückschreckt.«

»Da haben Sie recht«, erwiderte Tristan, obwohl ihm klar war, dass sie beide nicht die gleiche Art Gesindel vor Augen hatten. Er wusste, dass die Studentenverbindung Normannia dem äußersten rechten Flügel angehörte. Ihre Mitglieder waren häufig in erster Reihe dabei, wenn es darum ging, sich Straßenschlachten mit linken Demonstranten zu liefern und Versammlungen zu stören, die nicht in ihr Weltbild passten. »Kennen Sie die anderen Männer auf dem Bild?«

Adelheid von Ost deutete auf die zwei Freunde des Toten, die Tristan ebenfalls erkannt hatte. »Nur diese beiden. Das sind Frieder Crantz und Fedor von Busche. Seine besten

Freunde.« Wieder schloss sie für einen Moment die Augen und atmete auf diese seltsame Weise ein.

Tristan wäre es lieber gewesen, sie hätte laut geweint oder geschrien, sich die Haare gerauft, ihn beschimpft, was auch immer. Alles wäre ihm normaler vorgekommen als diese eisige Beherrschtheit.

»Sie studieren auch Jura. Wie mein Sohn.«

In Tristans Kopf klingelte eine kleine Alarmglocke, doch er konnte nicht sagen, was sie zu bedeuten hatte, bekam nicht zu fassen, was ihn an den Angaben der Frau plötzlich störte. Er prägte sich die Namen ein.

»Ich habe mit ihnen gesprochen, nachdem er Samstagnacht nicht nach Hause gekommen ist, aber sie wissen nichts. Sie sagten, sie hätten Heinrich schon eine Weile nicht mehr gesehen, meinten, er habe sich in letzter Zeit zunehmend von ihnen zurückgezogen.« Sie schüttelte den Kopf und schloss für einen Moment die Augen.

Tristan runzelte die Stirn angesichts dieser dreisten Lüge, die diese beiden Früchtchen der Mutter ihres toten Freundes aufgetischt hatten. Immerhin wusste er selbst mit Sicherheit, dass sie sich am Samstagabend noch im *Shalimar* recht vergnügt zusammen betrunken hatten. Andererseits war ihm klar, dass sie Angst hatten. Sie würden jedem alles erzählen, nur um nicht selbst ins Visier von Kurtz zu geraten.

»Hatte er eine Freundin? Verlobte?«

»Nein!« Die Antwort kam so schnell und scharf, dass Tristan überrascht aufblickte. Die Miene der Frau war noch kälter und starrer als zuvor. Tristan überkam ein gewisses Mitleid mit dem Toten. Er mochte ein nationalistischer, verblendeter Idiot gewesen sein, sogar an einem Mordplan beteiligt, bevor ihn die Skrupel gepackt hatten, aber mit Sicherheit hatte er keine großen Spielräume in seinem Leben gehabt.

»Wissen Sie etwas über diesen Verein, in dem er Mitglied war?«, fragte Tristan und deutete auf den Zeitungsartikel. »Wie Sie gelesen haben, ist ihr Erkennungszeichen ein umgedrehtes Z. Haben Sie davon vielleicht etwas mitbekommen?«

»Nein!« Wieder kam die Antwort wie ein Peitschenhieb, und Tristan war sich sicher, dass Adelheid von Ost mehr wusste, als sie zugab.

»Warum wollen Sie das alles überhaupt wissen?«, fragte sie plötzlich, und ihre Stimme klang nun zunehmend aggressiv. »Haben Sie vor, damit wieder zu dieser Zeitung zu laufen?«

Er antwortete nicht sofort. Bedächtig drückte er seine Zigarette im Aschenbecher aus. »Ich habe gar nichts vor, Frau von Ost. Sie sind zu mir gekommen. Nicht ich zu Ihnen.«

Adelheid von Ost sah aus, als bereute sie diesen Besuch inzwischen bereits. »Ich wollte lediglich wissen, was mit meinem Sohn passiert ist... Ist das etwa zu viel verlangt?«

»Ganz und gar nicht«, gab Tristan zurück. »Das verstehe ich sehr gut.« Er überlegte kurz und sagte dann, im sicheren Bewusstsein, dass er diesen Satz sofort bereuen würde: »Ich denke, Ihr Sohn ist einem Fememord zum Opfer gefallen.«

Sie starrte ihn an. Leise, mit einer Stimme, die vor unterdrückter Wut bebte, sagte sie: »Sie wollen damit sagen, dass er von seinen eigenen Freunden umgebracht wurde?«

»Im weitesten Sinne, ja.« Tristan nickte.

Die Ohrfeige kam so unvermittelt, dass Tristan sie nicht kommen sah. Adelheid von Ost war aufgesprungen und stand jetzt vor ihm. »Sie kleiner Mistkerl nennen meinen Sohn nicht ungestraft einen Verräter«, zischte sie, noch immer mit dieser fast unheimlich beherrschten Stimme. »Ich verspreche Ihnen, das wird Ihnen noch leidtun.«

Sie drehte sich um und verließ das Café. Ihr Wasser hatte sie nicht angerührt.

Tristan rieb sich die brennende Wange, zündete sich eine zweite Zigarette an und hatte das unbehagliche Gefühl, etwas Wichtiges erfahren zu haben, ohne zu wissen, was es gewesen war.

Als er zurück zum Boxclub ging, erwartete ihn eine weitere Überraschung. Auf dem Gehsteig vor dem Laden, fast an der gleichen Stelle, wo Frau von Ost auf ihn gewartet hatte, stand sein Onkel. Er trug seinen üblichen arroganten Gesichtsausdruck, den Hut leicht schräg, die Hände hatte er in den Taschen seines Mantels vergraben.

»Was ist denn hier passiert?«, fragte er, nachdem sie sich begrüßt hatten, und deutete auf die zerschlagene Scheibe.

Tristan winkte ab. »Nur irgendwelche Idioten. Was willst du hier?« Dieses unerwartete Auftauchen irritierte ihn mehr, als er zugeben mochte. Auch wenn er inzwischen wusste, dass sein Onkel über sein Leben umfassend im Bilde war, wollte er nicht, dass sich die Dinge allzu sehr vermischten.

Es war von Seidlitz anzusehen, dass ihn Tristans Antwort nicht beruhigte. Eher im Gegenteil. Doch er verkniff sich eine Erwiderung und meinte nur: »Ich habe mit meinem Freund aus dem Reichswehrministerium gesprochen. Kurtz hat tatsächlich überlebt. Als Einziger seiner Truppe. Er heißt mit Vornamen Josef. Und ich habe seine Adresse.«

29

»Du fährst wie der Henker.«

Tristan warf seinem Onkel einen kurzen Blick zu. Ihm entging nicht, dass der Graf sich unauffällig am Türgriff festhielt.

»Wir haben keine Zeit zu verlieren«, sagte er und stieß einen leisen Fluch aus, als er wegen eines Pferdefuhrwerks, das vor ihm dahinschlich, scharf bremsen musste.

Sie waren auf dem Weg zu einem Männerwohnheim in Spandau. Nach den Informationen, die der Graf von seinem Freund im Reichswehrministerium erhalten hatte, wohnte Josef Kurtz nicht nur dort, sondern fungierte auch als eine Art Hauswart. Ausgerechnet Spandau. Weiter weg ging es kaum. Ein paar Kilometer mehr, und sie wären in Brandenburg. Tristan trommelte nervös mit den Fingern auf das Lenkrad. Vom Boxclub bis nach Spandau waren es mit Sicherheit zehn, fünfzehn Kilometer, und es war bereits Nachmittag. In ein paar Stunden begann die Premiere. Er musste diesen Kurtz noch vorher erwischen. Er musste einfach.

Sein Onkel hatte versucht, ihn zu überreden, sich erst eine Strategie zu überlegen und um Gottes willen nicht allein dorthin zu fahren, doch er hatte ihn ignoriert. Ihnen blieb keine Zeit mehr für Strategien, und Freddy und seine

Freunde mussten den Einsatz am Abend vorbereiten. Als klar war, dass er in jedem Fall fahren würde, hatte der Graf darauf bestanden mitzufahren. Widerwillig hatte Tristan zugestimmt, ihn aber gebeten, vor dem Boxclub zu warten, weil er noch etwas mit seinem Freund besprechen musste. Ohne Freddy und die anderen jedoch zu beachten, war er durch den Trainingsraum hinaus in den Flur gegangen und hatte die unter einem Teppich verborgene Luke geöffnet, die in ihr Schwarzmarktlager führte. Als er die beiden Luger 08 in der Hand hielt, die er und Freddy vor einiger Zeit im Tausch für andere Ware erhalten und dort versteckt hatten, wurde ihm eigentümlich zumute.

Sie hatten sich nach dem Krieg geschworen, nie mehr eine solche Waffe in den Händen zu halten. Doch auch wenn er sich auf seine Fäuste verlassen konnte, einem Ungeheuer wie Kurtz unbewaffnet gegenüberzutreten wäre reiner Selbstmord. Er hatte sich eine der Pistolen in seinen Hosenbund gesteckt und war zurück zu seinem Onkel gelaufen, ohne die Waffe zu erwähnen.

»Was hast du noch über Kurtz erfahren?«, wollte er jetzt wissen, während er im Schneckentempo hinter dem Fuhrwerk herfuhr und auf eine Möglichkeit wartete zu überholen.

»Er war Kadett in Groß-Lichterfelde.«

Tristan zog scharf die Luft ein. »Ausgerechnet.«

»Du kennst die Schule?«, fragte von Seidlitz.

Tristan schüttelte den Kopf. »Nur vom Hörensagen. Mein Halbbruder war dort.«

»Natürlich war er das«, erwiderte von Seidlitz mit einer gewissen Ironie in der Stimme.

»Die Königlich Preußische Hauptkadettenanstalt, Elitekaderschmiede für adelige Mustersöhne.« Tristan verzog verächtlich den Mund. »Ich habe ihn zutiefst bewundert, damals als kleiner Knirps, wie ich ihn immer in den Ferien bei meinem Vater gesehen habe. Er sah so schneidig aus in seiner Uniform.« Er gab Gas und setzte zum Überholen an. Als er kurz vor einem entgegenkommenden Omnibus wieder auf ihre Spur einscherte, atmete von Seidlitz hörbar auf.

»Dass Kurtz die Kadettenanstalt besucht hat, ist unser Glück«, sagte er dann. »Wie du vielleicht weißt, ist die Schule nach dem Krieg aufgelöst worden. Die Personalakten der Schüler wurden deshalb im Ministerium archiviert. So konnte mein Bekannter recht schnell ein paar Hintergrundinformationen über Kurtz herausfinden.«

Als sie, von Pferdefuhrwerken unbehindert, die Spandauer Chaussee entlangfuhren, ließ der Graf den Türgriff los, um aus der Innentasche seines Mantels ein Blatt Papier herauszuholen. Anhand seiner Notizen begann er zusammenzufassen, was er über Josef Kurtz wusste.

»Er ist 1887 in Lankwitz bei Berlin geboren und stammt aus kleinbürgerlichen Verhältnissen. Offenbar war er ein besonders begabter Schüler, womöglich hat er auch einen Fürsprecher gehabt, um trotzdem in der Kadettenanstalt aufgenommen zu werden. Allerdings ist er trotz guter Noten nicht in eine der Selecta-Klassen aufgenommen worden, was Voraussetzung für eine weitere militärische Karriere gewesen wäre. Er hat sich trotzdem mehrmals zur Aufnahme in die Kriegsakademie beworben, ist aber jeweils abgelehnt worden.«

»Warum?«, wollte Tristan wissen.

»Es gibt einen Aktenvermerk, dass Kurtz während seiner Schulzeit jüngere Mitschüler schikaniert und gedemütigt habe. Auch seien Fälle von ›abstoßenden Tierquälereien‹ bekannt geworden, mit denen man ihn in Verbindung gebracht hat.«

»Das kann nicht der einzige Grund gewesen sein«, gab

Tristan zurück. »Meines Wissens gehört das Schikanieren von Mitschülern und Quälen von Tieren zur Grundausbildung an solchen Eliteschulen.« Er fühlte sich von seinem Onkel stumm gemustert und warf ihm einen provokanten Blick zu. »Was schaust du so? Das Gymnasium, das ich besucht habe, war zwar nicht militärisch, aber ebenso elitär. Kein guter Ort für einen rothaarigen englischen Bastard, das kann ich dir sagen.« Er fuhr sich unwirsch über seine Haare.

Von Seidlitz schwieg eine ganze Weile, dann sagte er: »Ich weiß, was du meinst. Ich war zehn Jahre alt, als mich mein Vater nach England auf ein Internat geschickt hat. Er fand, etwas Drill und Härte täten mir gut, ich sei viel zu verweichlicht, ein Muttersöhnchen. Ich wäre vor Heimweh und Einsamkeit fast gestorben. Jede Ferien habe ich meine Eltern angefleht, zu Hause bleiben zu dürfen. Aber mein Vater ließ sich nicht erweichen.«

Tristan sah seinen Onkel überrascht an. Es fiel ihm schwer, sich seinen weltgewandten, oft so arrogant wirkenden Onkel als unglücklichen kleinen Jungen vorzustellen.

»Und du hast natürlich recht«, fuhr von Seidlitz fort. »Mit Sicherheit war seine Herkunft ausschlaggebend für die Ablehnung seiner Bewerbung. Die Kriegsakademie hat nur ihresgleichen aufgenommen. Als Sohn eines kleinen Dorfschullehrers stand er von vornherein auf verlorenem Posten.«

Als sie die Havel überquerten und Tristan nach kurzer Suche in die Straße einbog, in der sich das Wohnheim befand, sagte von Seidlitz unvermittelt: »Das waren Kurtz' Leute, oder? Der Angriff auf euren Boxclub?«

Tristan hob die Schultern. »Vermutlich.«

»Sie hätten dich totschlagen können.«

»Oder ich sie«, gab Tristan leichthin zurück, doch er

spürte selbst, wie wenig überzeugend das klang. Sie wussten beide, dass er keine Chance gehabt hätte.

»Du bewegst dich auf sehr dünnem Eis, Tristan«, sagte von Seidlitz beunruhigt.

»Was meinst du?«

»Du weißt, was ich meine. Dieser Zeitungsartikel heute Morgen im *Berliner Tageblatt*. Das ist eine Kriegserklärung.«

»Ist mir klar.«

»Ach, tatsächlich?«

Tristan nickte.

»Das war dein Plan?«, fragte sein Onkel ungläubig. »Du hast dich mit voller Absicht ins Visier dieser Leute gestellt?«

Wieder nickte Tristan.

»Ganz allein und ohne irgendwelche Rückendeckung? Das ist der blanke Irrsinn.«

»Es gab keine andere Möglichkeit. Die Aufmerksamkeit auf mich zu ziehen, ist der beste Schutz für Josephine, den ich zu bieten habe. Sie wissen nicht, wie viel ich weiß. Vielleicht macht sie das nervös. Zwingt sie dazu, ihre Pläne zu ändern. Und dann machen sie Fehler.«

»Oder aber sie bringen dich einfach um«, gab der Graf scharf zurück. Tristan antwortete nicht.

Sie hatten jetzt das Wohnheim erreicht, ein großes Backsteingebäude, das einen ziemlich verwahrlosten Eindruck machte. Er wollte aussteigen, doch sein Onkel packte ihn am Arm und hielt ihn fest.

»Was willst du tun, wenn du Kurtz hier tatsächlich antriffst, Tristan?«

»Ich werde ihn daran hindern, Josephine etwas anzutun.«

»Aber der Mann ist ein Mörder! Du hast mir doch selbst erzählt, wozu er fähig ist. Er wird sich nicht so leicht von dir außer Gefecht setzen lassen.«

»Ich weiß, Onkel.« Tristan zögerte, tastete nach der Waffe, die von seiner Jacke verborgen war und fügte hinzu: »Deshalb ist es besser, wenn du nicht mitkommst. Es könnte gefährlich werden…«

Von Seidlitz war seine Handbewegung nicht entgangen, und er interpretierte sie auch richtig – Tristan konnte es an seinem besorgten Blick sehen. Der Graf lachte freudlos auf. »Gefährlich? Tatsächlich? Schön, dass du mich darauf hinweist.« Dann wurde er ernst und schüttelte den Kopf. »Junge, ich habe dich in diese Geschichte hineingezogen, ich werde dich jetzt nicht allein da reingehen lassen.« Er wartete Tristans Antwort nicht ab, sondern stieg wortlos aus.

Das Büro des Hauswarts befand sich im Eingangsbereich des Wohnheims, der als eine Art Aufenthaltsraum fungierte. An einem der Tische saßen vier ungepflegt aussehende Männer und spielten Karten, auf einem ramponierten Sofa hockte ein weiterer Mann, klapperdürr und unrasiert, und schlief mit offenem Mund, eine Zeitung in der Hand. Der Raum war kalt und schäbig, und es hing ein Geruch nach ungewaschenen Kleidern und diversen anderen Ausdünstungen in der Luft. An den Wänden waren mehrere Schilder angebracht, auf denen zu lesen war, dass im gesamten Heimbereich Alkoholverbot herrschte. Nichtsdestotrotz standen eine halb volle Flasche Schnaps und mehrere Gläser bei den vier Männern auf dem Tisch.

Als Tristan und sein Onkel eintraten, drehten sich die Männer nach ihnen um und musterten sie stumm. Ihre anfängliche Neugier schlug schnell in Feindseligkeit um, was am Erscheinungsbild des Grafen lag, wie Tristan vermutete. Sein Onkel trug, wie immer, seinen unübersehbar teuren Mantel mit Fischgrätmuster nebst elegantem grauem

Hut, Schal und handgenähten Schuhen. Seine Miene wirkte hochmütig, wobei Tristan klar war, dass sie eher wachsam war. Sein Onkel war auf der Hut, genauso wie er.

»Wo ist das Büro des Hauswarts?«, fragte Tristan in einem Ton, der keinen Widerspruch zuließ.

Einer der Männer deutete auf eine Tür am Ende des Raums. »Der is aber nich da«, nuschelte er und entblößte seine fast zahnlosen Kiefer. Tatsächlich hing an der Tür ein handgeschriebenes Schild mit der Aufschrift *Geschlossen*. Tristan drückte trotzdem auf die Klinke. Die Tür war abgesperrt. »Wo ist sein Zimmer?«, fragte er.

»Wieso willste dit denn wissen, wenn er doch nich da is?«, mischte sich ein anderer Mann ein.

Tristan warf ihm einen scharfen Blick zu. »Meine Sache«, sagte er.

»Dann geh mal suchen«, kicherte der Mann, und die anderen fielen in sein Lachen ein.

Tristan brauchte zwei Schritte, um den Tisch zu erreichen. Er packte den noch immer kichernden Mann am Kragen und griff mit der anderen Hand nach der Schnapsflasche. Mit einer schnellen Handbewegung zerschlug er sie an der Tischkante und hielt ihm den gezackten Flaschenhals an die Kehle. »Zimmer«, sagte er leise.

Josef Kurtz' Zimmer befand sich im ersten Stock, und es war ebenso verschlossen wie das Büro.

Der Graf legte Tristan die Hand auf die Schulter und sagte unbehaglich: »Jetzt lass uns gehen, das hat keinen Zweck...«

Doch Tristan schüttelte seine Hand ab. »Ich will nur einen Blick reinwerfen, wo wir schon da sind.« Er sah sich kurz um, ob der Flur leer war, dann griff er in seine Jackentasche, holte sein Universalwerkzeug heraus, das er in letzter Minute noch eingesteckt hatte, und brach mit ein paar geübten Handgriffen das Schloss auf.

Sein Onkel, der ihn schon bei der Sache mit der Schnapsflasche und dem armseligen Penner unten im Aufenthaltsraum erschrocken angesehen hatte, hob seine Augenbrauen, schwieg aber.

Tristan zog die Pistole aus seinem Hosenbund und entsicherte sie. Dann öffnete er leise die Tür, sah sich noch einmal um und zog seinen Onkel in Josef Kurtz' Zimmer. Wie erwartet war niemand da. Penibel aufgeräumt gab der karge Raum kaum etwas Persönliches über seinen Bewohner preis. Mit Ausnahme einiger Bücher, die deutlich machten, dass Kurtz' Herz, sofern er eines hatte, völkisch-nationalistisch und in hohem Masse antisemitisch schlug, gab es keine persönlichen Gegenstände. Und auch Wolfsangeln, verräterische Abzeichen, einschlägige Kriegserinnerungen oder Fotos suchten sie vergeblich. Es war das schlichte Zimmer eines alleinstehenden Mannes ohne besondere Eigenschaften. Eher traurig als bösartig.

Wenn man wusste, wozu dieser Mann imstande war, war vielleicht das Bemerkenswerteste, dass auf dem Fensterbrett ein Blumentopf mit einem üppig blühenden Alpenveilchen stand, was Tristan geradezu bizarr erschien.

Als sie unverrichteter Dinge wieder nach unten gingen, war der Aufenthaltsraum leer. Das Kartenspiel lag noch auf dem Tisch, doch die Männer waren fort, auch der Schläfer auf dem Sofa. Es stank durchdringend nach Alkohol, und auf dem Boden glitzerten inmitten einer großen Pfütze die Scherben der zerschlagenen Schnapsflasche.

Mit einem wütenden Aufschrei trat Tristan gegen einen der Stühle und fegte das Kartenspiel und die Schnapsgläser zu Boden, wo sie klirrend zerbrachen. Er hätte vermutlich noch mehr Einrichtungsgegenstände zerstört, wenn ihn sein Onkel nicht energisch am Arm gepackt und ihm ein »Komm jetzt!« zugezischt hätte.

Es dämmerte bereits, als sie sich wieder der Innenstadt näherten. Tristan, der innerlich noch immer kochte vor Wut über die Vergeblichkeit dieser Fahrt, brütete stumm vor sich hin.

»Wo hast du gelernt, Türen aufzubrechen?« Mit dieser Frage brach von Seidlitz das Schweigen.

Tristan sah kurz zu ihm. »Das ist alles, was dich jetzt interessiert?«

»Nicht alles. Aber es interessiert mich«, sagte von Seidlitz.

Tristan zuckte mit Achseln. »Man lernt mit den Jahren so einiges.«

»Schlösser knacken gehört meines Wissens nicht zur Grundausbildung eines Boxers.«

»Vom Boxen kann man nicht leben, Onkel.«

»Und wovon lebst du dann?«

»Geschäfte.«

»Schwarzmarktgeschäfte? Diebstahl?«

»Misch dich nicht in mein Leben ein!«, blaffte Tristan.

»Schon gut.« Sein Onkel hob die Hände. »Ich bin nicht so naiv, wie du vielleicht denkst. Es ist mir schon klar, dass es nicht leicht ist, sich durchzuschlagen. Moralpredigten wirst du von mir nicht zu hören bekommen.«

Als sie den Tiergarten erreichten, fiel Tristan das Gespräch mit Adelheid von Ost wieder ein. Er hatte seinem Onkel in seiner Aufregung wegen Kurtz noch gar nichts davon erzählt. Wenn er sich nicht täuschte, befand sich das Verbindungshaus der Normannia ganz in der Nähe. Vielleicht trafen sie dort ja Frieder Crantz und Fedor von Busche an? Kurz entschlossen bog er ab und schilderte dem Grafen, was er über das Mordopfer erfahren hatte.

»Heinrich von Ost ist also der Tote? Das ist tragisch«, meinte von Seidlitz, als Tristan geendet hatte. »Ich kannte seinen Vater. Das war einer von den Guten, sofern man das von einem Kriegshelden, der Tausende Soldaten auf dem Gewissen hat, überhaupt sagen kann.«

»Wahrscheinlich wollte sein Sohn ihm nacheifern. Auch ein Held werden.«

Sie waren vor dem Verbindungshaus angekommen. Tristan parkte am Straßenrand und musterte die herrschaftliche Villa, vor der eine Fahne in den Verbindungsfarben hing, finster. »Ich hätte gute Lust, die ganze Bude auszuräuchern«, sagte er grimmig.

»Das wirst du schön bleiben lassen«, widersprach von Seidlitz energisch. »Dieses Mal wirst du mich reden lassen.«

»Aber ...«

Der Graf wischte Tristans Einwand mit einer Handbewegung fort. »Ich glaube kaum, dass wir die beiden hier antreffen und einfach so mit ihnen sprechen können. Aber vielleicht erfahren wir, wo sie sind, wenn wir ihre Kommilitonen nicht gleich mit dem Tod bedrohen.«

Tristan widersprach nicht mehr. Sein Onkel hatte recht. Studentische Burschenschaften waren ohnehin nicht ganz seine Welt. So stand er schweigend daneben, während von Seidlitz den jungen Mann, der auf ihr Klingeln hin öffnete, mit der ganzen gräflich-herrischen Arroganz, die ihm zur Verfügung stand, nach den Kameraden Crantz und von Busche fragte. Mit widerstrebender Bewunderung beobachtete Tristan, wie der junge Mann vor seinem Onkel förmlich in die Knie ging vor Ehrfurcht, nur weil dieser sich als Graf, versehen mit einem überaus klangvollen, wenngleich komplett erfundenen Namen vorgestellt hatte. In dieser Welt zählten Titel und das dazugehörige Auftreten eindeutig mehr als alles andere.

Eilfertig bemühte sich der Student, ihnen mitzuteilen, dass die beiden Studenten, die der »werte Herr Graf« zu sprechen wünschte, leider abwesend seien. Sie befänden sich auf einem Studententreffen in Oranienburg und kämen erst morgen zurück. Ob er etwas ausrichten solle?

Der Graf schüttelte den Kopf, bedankte sich gnädig, und sie gingen gemeinsam zurück zum Auto. Als sie eingestiegen waren, fragte von Seidlitz: »Und? Was meinst du?«

»Sie haben sie aus der Schusslinie genommen«, vermutete Tristan.

Von Seidlitz nickte. »Das glaube ich auch. Sie haben damit gerechnet, dass du versuchen wirst, sie in die Finger zu bekommen. Du hast sie mit dem Zeitungsartikel gehörig aufgeschreckt.« Er lächelte dünn. »Insoweit ist dein Plan schon mal aufgegangen.«

»Und Kurtz?«

»Vielleicht war es Zufall, dass er nicht da war. Oder aber auch er ist in Deckung gegangen.«

Tristan schüttelte langsam den Kopf. »Ich bin mir sicher, dass heute Abend etwas passiert.« Er zündete sich eine Zigarette an.

»Es muss ja nicht unbedingt Kurtz sein, der zuschlägt«, gab sein Onkel zu bedenken. »Er muss nach deinem Artikel damit rechnen, erkannt zu werden.«

Tristan nahm einen tiefen Zug und kurbelte dann das Fenster auf, um den Rauch abziehen zu lassen.

»Du hast recht. Es passt im Grunde auch gar nicht zu Kurtz. Ein Anschlag auf offener Bühne, vor aller Augen ist nicht sein Ding. Er foltert und tötet lieber im Verborgenen und präsentiert danach das Ergebnis. Aber wen schicken sie dann? Was haben sie vor?« Er hieb mit der Faust auf das Lenkrad. »Verdammt! Wir wissen so gut wie nichts.«

»Was wirst du jetzt tun?«, fragte von Seidlitz.

»Das, was ich von Anfang an vorhatte. Zum Theater fahren, auf meine Leute warten und sie so gut wie möglich verteilen. Gemeinsam werden wir versuchen zu verhindern, dass heute Abend etwas Schlimmes passiert.«

Von Seidlitz nickte. »Und was ist mit Josephine Baker?«

Tristan betrachtete so konzentriert die glimmende Zigarette zwischen seinen Fingern, als sähe er sie zum ersten Mal. »Was soll mit ihr sein?«

»Weiß sie Bescheid? Hast du mit ihr darüber gesprochen?«

Tristan rauchte schweigend weiter, dann schüttelte er den Kopf.

»Sie weiß aber von deinem Verdacht? Dass heute Abend bei der Premiere etwas passieren könnte?«

»Nicht direkt.«

»Was soll das heißen?«

»Ich habe ihr nur gesagt, dass wir glauben, sie sei in Gefahr. Aber nichts Genaueres. Ich weiß es ja selbst nicht sicher. Und ich wollte sie nicht unnötig beunruhigen. Außerdem...«, er schnippte die Zigarettenkippe aus dem Fenster und warf seinem Onkel einen kurzen Blick zu, »...hatten wir keine Gelegenheit mehr, richtig miteinander zu sprechen.« Er fuhr sich mit beiden Händen durch die Haare und sah angestrengt aus dem Fenster in die Dämmerung. Die Gaslaternen flammten bereits auf und tauchten die Straße in mildes Licht.

»Tristan!«

Widerstrebend drehte Tristan den Kopf und sah seinen Onkel an. »Was?«

»Gab es... ein Problem zwischen euch?«

»Nein«, schnappte Tristan. Er hörte selbst, dass es zu hastig kam, um glaubhaft zu wirken. Er startete den Wagen. »Ich fahre dich jetzt nach Hause.«

Als sie vor der Wohnung des Grafen angekommen waren, wandte sich von Seidlitz, den Türgriff schon in der Hand, noch einmal Tristan zu. »Ich mag ja in Frauendingen nicht so bewandert sein, Tristan, und ich weiß auch nicht, was zwischen euch vorgefallen ist, aber wenn ich dir dennoch einen Rat geben darf: Sprich mit ihr. Das könnte helfen.«

Tristan schüttelte nur stumm den Kopf.

Von Seidlitz öffnete die Tür und stieg aus. »Dann sehen wir uns heute Abend.«

»Du kommst auch?«, fragte Tristan überrascht.

»Natürlich, Paul und ich haben schon seit Ewigkeiten Karten. Hattest du etwa geglaubt, ich ließe mir die Premiere von Josephine Baker in Berlin entgehen?«

Er lächelte, dann fügte er noch hinzu: »Es wird schon alles gut gehen.«

Tristan nickte, obwohl ihm ebenso wie seinem Onkel klar war, dass es reines Wunschdenken war. Es würde nicht gut gehen. Irgendetwas Schreckliches würde heute Abend passieren, wenn es ihm nicht gelang, es zu verhindern.

30

Josephine war bereit. Sie hatten heute Morgen noch einmal geprobt, eine Art inoffizielle Generalprobe, der nur Rudolf Nelson, der Besitzer des Theaters, ein etwas rundlicher, schon glatzköpfiger Mann mit klugen Augen und einem leicht spöttischen Lächeln, beigewohnt hatte. In der letzten Stunde hatte sie sich geschminkt, ihre kurzen Haare geölt, bis sie wie eine glänzende Kappe an ihrem Kopf anlagen, und ihr Kostüm für das erste Bild hing auch schon bereit.

Es war eine kurze, extrem knappe Latzhose und dazu ein zerrissenes Flanellhemd. Ein bisschen albern, aber eben so, wie man sich in Europa eine Negerin aus Harlem vorstellte. Josephine wusste, niemals würde sich eine Frau, die einigermaßen bei Verstand war, so vor die Tür wagen. Weder in Harlem noch anderswo. Aber das war nicht von Bedeutung. Hauptsache, es gefiel dem Publikum. Sie lächelte ihrem Spiegelbild zu, übte noch ein bisschen Schielen und streckte sich dann selbst die Zunge heraus. Noch eine knappe halbe Stunde bis zum Einlass. Ihr Lächeln im Spiegel verschwand.

Tristan war nicht gekommen. Sie war natürlich selbst schuld, sie hatte ihm ja zu verstehen gegeben, dass sie ihn nicht mehr sehen wollte, aber insgeheim hatte sie dennoch gehofft, er würde sich vielleicht darüber hinwegsetzen und vor der Premiere bei ihr vorbeischauen. Als vor einer halben

Stunde Maud den Kopf hereingestreckt und hämisch grinsend gefragt hatte: »Na, hat dir dein Verehrer etwa kein Blumensträußchen vorbeigebracht?«, hatte sie ihre Haarbürste nach ihr geworfen und sie an der Stirn getroffen.

Maud hatte einen Riesenzirkus deswegen veranstaltet, dabei sah man gar nichts. Ein kleiner Kratzer, den man leicht überschminken konnte. Die blöde Kuh war selbst schuld. Konnte nie ihre Klappe halten.

Josephine stand auf. Sie hielt es in ihrer Garderobe nicht mehr aus. Es gab keinen Ort auf der Welt, an dem sie sich einsamer fühlte als in Garderoben. Dabei spielte es keine Rolle, ob sie, wie hier, einen Raum für sich allein hatte oder ihn sich, wie früher, mit den anderen Girls teilen musste. Die Garderobe einer Bühne war der Ort für davor und danach. Vor und nach der Euphorie, dem Rausch, dem Glück. Davor und danach, das bedeutete Einsamkeit. Nicht umsonst pflasterten ihre Kolleginnen ihre Spiegel, egal, wo sie auftraten, jedes Mal aufs Neue mit Familienfotos zu. Sie ertrugen es auch nicht, in diesem Vakuum zu verweilen, davor und danach, wo es nichts gab, woran man sich festhalten konnte.

Josephines Spiegel war leer. Sie hatte noch nie etwas anderes als den Tanz gehabt, an dem sie sich festhalten konnte. Darüber konnten auch die Blumen, die man ihr schickte, die schwärmerischen Briefchen und teuren Geschenke nicht hinwegtrösten.

Wenn sie irgendwann den Tanz nicht mehr haben sollte, dann hatte sie gar nichts mehr.

Josephine verließ die Garderobe und trat von hinten auf die leere Bühne, die bereit war für den Abend. Die Beleuchtung war noch ausgeschaltet, das Bühnenbild lag im Dunkeln, nur die Lampen im Saal warfen durch einen Spalt im Vorhang einen dünnen, scharfen Lichtstreifen auf den

Boden. Sie hörte eine vertraute Stimme, trat zum Vorhang und spähte hindurch.

Da war er: Im Zuschauerraum stand Tristan, nur wenige Meter von ihr entfernt. Er hatte Mantel und Jackett ausgezogen und sprach zu einer Gruppe Männer, die ihm aufmerksam zuhörte. Es versetzte Josephine einen leisen Stich, als ihr klar wurde, dass er zwar ins Theater, aber nicht zu ihr gekommen war. Er erklärte den Männern etwas, und an seiner Stimme erkannte Josephine, dass es eine ernste Sache sein musste. Er deutete zu den Ausgängen, und sie begriff, dass er offenbar die Männer, die allesamt recht kräftig und zupackend wirkten, einteilte. Sie nickten, stellten Fragen und gingen dann zu den einzelnen Türen oder verschwanden nach draußen.

Am Ende waren nur noch Tristan und sein blonder Freund mit Namen Freddy übrig. Beide sahen besorgt aus. Als Tristan sich zur Seite drehte, sah Josephine, dass er eine Pistole im Hosenbund stecken hatte, und sie fröstelte unwillkürlich. Er trug eine Waffe. Die beiden redeten leise miteinander, dann griff Tristan in die Tasche seines Mantels, der neben ihm auf einem Stuhl lag, und holte ein kleines Paket heraus, das er Freddy reichte. Dieser schüttelte zunächst abwehrend den Kopf, doch dann öffnete er es, und Josephine sah, dass es ebenfalls eine Pistole war. Widerstrebend schob er sie in die Tasche seines Jacketts, und Tristan klopfte ihm auf die Schulter. Als Freddy ihm daraufhin einen Zettel zeigte, verfinsterte sich seine Miene. Er riss ihm das Blatt aus der Hand, zerknüllte es mit einer wütenden Handbewegung und warf es weg.

Dann erklang von draußen ein Ruf, und beide Männer verließen den Zuschauerraum. Josephine huschte von der Bühne und griff nach dem zerknüllten Blatt Papier. Mit beiden Händen strich sie es glatt. Ein Skelett, das mit einer

Frau tanzte, war darauf abgebildet. Es grinste höhnisch, während der Gesichtsausdruck der Frau eher entrückt wirkte, dümmlich und wie betäubt. Darüber stand etwas auf Deutsch.

Nachdenklich ging sie zurück hinter die Bühne, den Zettel noch in der Hand. Als sie Mr Butzke, dem Pförtner, begegnete, der immer so nett zu ihr war, bat sie ihn, den Text für sie zu übersetzen. Er sprach als Einziger hier einigermaßen Englisch, und sie hatten sich hin und wieder unterhalten.

Er runzelte die Stirn, als er das Blatt Papier sah, und sagte: »Das hat nichts zu bedeuten, Frollein.«

»Aber was heißt es?«

»*Berlin halt ein! Besinne dich! Dein Tänzer ist der Tod*«, las er auf Deutsch und übersetzte es ihr. Josephine sah ihn verwirrt an. »Ich verstehe nicht ...«

Der Pförtner kratzte sich verlegen am Kopf. »Es gibt immer Leute, die Kunst nicht verstehen. Und die nicht wollen, dass die Leute sich amüsieren. Die werfen so Zeugs, Flugblätter, vors Theater, um die Zuschauer zu erschrecken.« Er ging zur Tür und öffnete sie einen Spaltbreit. »Schauen Sie. Das interessiert niemanden.«

Vor dem Bühneneingang und auf dem Gehsteig lagen unzählige solcher Flugblätter verteilt. Die Leute, die vorübergingen, beachteten sie gar nicht, traten darauf, gingen einfach darüber hinweg.

Josephine nickte abwesend, bedankte sich und ging zurück in ihre Garderobe. Auch wenn es Mr Butzke nur gut gemeint und versucht hatte, sie zu beruhigen, sie hatte begriffen, dass es durchaus mehr bedeutete. Diese Flugblätter, die vielen ernst dreinblickenden Männer, die Tristan im und um das Theater platziert hatte, seine Unruhe und Angespanntheit, die Waffen, die er und sein Freund trugen – jetzt erst verstand sie es wirklich. Die Bedrohung, von der er gesprochen hatte, war viel ernster, als sie hatte wahrhaben wollen.

Sie war nicht abstrakt, irgendeine Befürchtung, sie war ganz konkret. Jemand wollte ihr etwas Böses. Sie womöglich umbringen. Hier, in diesem Theater. Heute Abend.

Sie setzte sich vor den Spiegel und starrte ihr Gesicht an, die glänzenden Haare, die weit aufgerissenen Augen. Wie dumm war sie nur gewesen. Wie blind. Maud und May hatten unrecht gehabt. Tristan wollte sie weder einsperren noch suchte er ein schnelles Abenteuer mit ihr. Im Gegenteil.

Sie dachte daran, wie er die ganze letzte Nacht vor der Pension im Auto gesessen hatte. Wie kalt es gewesen sein musste. Sie hatte ihm unrecht getan.

Josephine biss sich auf die Lippen und schluckte, doch es gelang ihr nicht, die Selbstbeherrschung aufrechtzuerhalten, und Tränen traten ihr in die Augen. Sie zwinkerte heftig, um sie wegzuklimpern und die Schminke nicht zu zerstören, und tupfte sich dann vorsichtig mit einem Taschentuch um die Augen. Sie durfte nicht weinen. Nicht jetzt, so kurz vor dem Auftritt. Sie musste tanzen. Wenn jemand sie tatsächlich töten wollte, dann nur tanzend. Ganz sicher nicht heulend wie ein Baby in einer Ecke sitzend.

Josephine zuckte vor Schreck zusammen, als es an der Tür klopfte. »Wer ist da?«

»Ich bin's. Tristan.«

Sie sprang auf, lief zur Tür und riss sie auf. Da stand er, noch immer hemdsärmelig, die widerspenstigen Haare zerzaust, und sah sie unsicher an. »Ich wollte dir viel Erfolg wünschen. Und dir etwas erklären…«

Sie ließ ihn eintreten. »Brauchst du nicht. Ich habe schon alles verstanden.«

»Hast du geweint?«, fragte er und sah ihr prüfend in die Augen, nachdem sie einen langen Moment nur stumm dagestanden waren, beide plötzlich unendlich verlegen.

Josephine schüttelte den Kopf. »Nein. Ich bin nur aufgeregt.« Sie versuchte ein Lächeln, das gründlich misslang. Stattdessen begann ihr Kinn zu zittern, und ihre Augen füllten sich nun doch mit Tränen. »Es tut mir leid. Ich war so dumm.«

»Nein. Es war meine Schuld. Ich habe mich wie ein Esel benommen«, sagte Tristan und nahm ihr Gesicht behutsam in seine Hände. »Es wird alles gut werden«, sagte er leise und küsste sie.

Dann strich er ihr über die Wange und sagte: »Du wirst alle bezaubern, Josephine. Tanz einfach. Wie immer. Ich bin da und passe auf dich auf.«

* * *

Tristan hatte das Foyer kaum betreten, als Freddy auf ihn zustürmte und ihn zur Seite zog. »Wo warst du denn? Ich hab dich gesucht. Gleich geht's los.«

Tristan, der Josephines Lippen noch immer auf seinen spürte, musste sich zwingen, sich auf seinen Freund zu konzentrieren.

»Jetzt bin ich ja da. Sind die Männer alle auf ihren Positionen?«

Freddy nickte. Er deutete auf die noch geschlossenen Eingangstüren. »Schau dir das an! Das ist der Wahnsinn, wie viele Leute Josephine Baker sehen wollen. Die drängeln schon seit über einer Stunde. Als ob es was umsonst gäbe.«

Tristan musterte die Eingänge. Jeder war mit mehreren ihrer Männer besetzt, die jeden einzelnen Zuschauer kontrollieren würden.

»Es wird nicht einfach werden, die ganzen Leute im Auge zu behalten«, sagte er nervös.

»Das wird schon klappen«, meinte Freddy. »Unsere Männer sind gut instruiert. Ich hab auch allen Kurtz' Beschreibung gegeben, falls er auftaucht.«

Tristan glaubte das zwar nicht mehr, doch sicher konnte er sich nicht sein.

Sein Freund klopfte ihm auf die Schulter. »Mach dich locker, Nowak. Hier kommt heute keiner rein, der nicht hierhergehört.«

Dann wurden die Türen geöffnet, und die Menschen strömten herein. Freddy und Tristan zogen sich zurück, um einen besseren Überblick zu haben. Als den Gästen klar wurde, dass sie durchsucht werden würden, machte sich kurz Unruhe breit, doch die Männer aus dem Boxclub machten ihre Sache gut. Obwohl sie ruhig und freundlich blieben, strahlten sie eine unmissverständliche Autorität aus, und bald stellten sich die Besucher geduldig in die Reihe, öffneten ihre Taschen und Mäntel, und nur wenige beschwerten sich. Tristan entdeckte Paul und seinen Onkel in der Menge, doch er ging nicht zu ihnen, um kein Aufsehen zu erregen oder Nachfragen von Freddy zu provozieren. Als die beiden durch das Foyer gingen, trafen sich ihre Blicke, und Tristan nickte ihnen nur unmerklich zu. Langsam wurden die Schlangen vor dem Eingang kürzer, und Freddy beschloss, noch einen letzten Rundgang zu machen.

Tristan ging in den Saal. Er stellte sich in den Schatten einer Säule neben der Bühne, von wo aus er sowohl einen Blick auf das Geschehen auf der Bühne als auch in den Zuschauerraum hatte. Dieser füllte sich jetzt schnell mit gut gekleideten, gut gelaunten Frauen und Männern, allesamt in Erwartung des Auftritts jener sagenhaften jungen Frau,

Josephine Baker, von der man bereits so viele Dinge gehört und gelesen hatte.

Die Revue würde insgesamt eine gute Stunde dauern, und der Höhepunkt war Josephines *Danse Sauvage*, den Tristan bereits in der Probe gesehen hatte. Er fand ihn derart spektakulär, dass er allein deswegen gekommen wäre. Trotz seiner Anspannung dachte er an ihren allerersten Abend, als Josephine ihn gebeten hatte, bei der Premiere dabei zu sein und besonders laut zu klatschen. Sie hatte Angst gehabt, dass man sie mit faulen Eiern bewerfen würde.

Er schüttelte ungläubig den Kopf. Sie waren beide so absolut ahnungslos gewesen.

Zunächst begann der Abend jedoch mit allerlei harmlosen Darbietungen, Akrobaten und Tänzerinnen, die allesamt nur auftraten, um die Spannung zu erhöhen, bevor die eigentliche Revue beginnen sollte. Nach einer Weile stieß Freddy zu Tristan und flüsterte ihm zu: »Nichts Auffälliges entdeckt. Die Männer mussten ein paar Leute abwimmeln, die nicht glauben wollten, dass es keine Karten mehr gab, aber das war alles. Keine Waffen. Noch nicht einmal ein Taschenmesser.«

Tristan nickte, noch immer nervös. »Gut. Und niemand kann sich jetzt noch Zutritt verschaffen, weder über den Bühneneingang noch über Notausgänge oder den Haupteingang. Hoffen wir also, dass wir alles getan haben.«

Freddy knuffte ihn in die Seite. »Du hast alles getan, was möglich war, Nowak. Jetzt entspann dich mal.«

Entspannen würde er sich erst, wenn die Premiere vorbei und Josephine nichts geschehen war, dachte Tristan und wandte sich dann der Bühne zu, wo sich jetzt unter erwartungsvollem Applaus der Vorhang für die *Revue nègre* öffnete.

Gleich zu Beginn kamen alle fünfundzwanzig Mitglieder der Revue zusammen auf die Bühne, die Männer in groß karierten Anzügen, die Kleider der Frauen farbenfroh und leuchtend. Anstatt des eigentlichen Orchesters im Graben vor der Bühne begannen die Jazzmusiker zu spielen und die Übrigen zu tanzen. Josephines erster eigener Auftritt folgte als drittes Bild und war verblüffend anders, als alle im Saal erwartet hatten. Zu einem flapsigen, witzigen Lied der Jazzkapelle kam sie in einer knappen Latzhose hereingehüpft, die kaum über den Po reichte, darunter trug sie ein weites, zerrissenes Hemd. Ihre kurzen Haare klebten ihr am Kopf wie aufgemalt und betonten ihren schlanken Nacken. Dazu trug sie weiße Söckchen und schwarze Steppschuhe.

Ihr Tanz war clownesk. Sie verrenkte sich in alle Richtungen, schnitt dazu wilde Grimassen, schob ihren Kopf nach vorne und hinten und rollte dabei die weit aufgerissenen Augen. Sie ließ sich in den Spagat fallen wie eine Gummipuppe, um gleich darauf wieder aufzuspringen, watschelte wie eine Ente und verließ am Ende die Bühne auf allen vieren, mit durchgedrückten Beinen, wie ein seltsames, giraffenähnliches Tier. Es war grotesk und dabei, wie Tristan plötzlich begriff, in höchstem Maße subversiv.

Noch nie hatte man jemanden so auf einer Bühne tanzen sehen. Dieses zerlumpte, seltsame Wesen, war es überhaupt eine Frau – oder war es ein Mann? Hatte sie wirklich solche Haare – oder war es eine Perücke? Welche Farbe hatte eigentlich ihre Haut? War sie dunkel – oder doch hell? All das wirkte wie eine Karikatur, doch man wusste nicht, was sie karikierte.

Waren es die schwarzen Künstler am Broadway, die sich, wie Tristan erst kürzlich gehört hatte, mit übergroßen, grellroten Mündern und noch schwärzerer Farbe schminken mussten, um beim weißen Publikum Erfolg zu haben, und damit erschienen wie eine lächerliche Verzerrung ihrer selbst? Oder aber waren es die Fantasien ebenjenes weißen Publikums, die hier auf die Schippe genommen wurden? Zudem war Josephines Tanzstil so eigen, dass man ihn mit nichts vergleichen konnte. Tristan erinnerte sich, wie er mit ihr getanzt und dabei das Gefühl gehabt hatte, sie folge nicht der Musik, sondern die Musik käme unmittelbar aus ihrem Körper.

Tristan warf Freddy einen kurzen Seitenblick zu, und dessen fassungsloser Blick entsprach der Reaktion der Zuschauer: Sie reagierten überhaupt nicht, sondern starrten allesamt reglos auf die Bühne, unfähig, einzuordnen, was sie gerade gesehen hatten.

Als einige für das Publikum erholsamere, gefälligere Nummern mit wechselnden Bühnenbildern – Hochhäuser, Wassermelonenstapel, Mississippi-Dampfer – folgten, wurde die Stimmung im Saal wieder gelöster. Tristan erkannte Sidney mit seiner Klarinette als Erdnussverkäufer und Louis, der einen atemberaubend eleganten Stepptanz hinlegte. Dann erschien erneut Josephine. Nun trug sie ein glitzerndes, knappes Trikot mit einer langen Straußenfeder an der Hüfte und tanzte Charleston, einen Tanz, den man in Berlin bisher noch nicht kannte. Sie schlenkerte wild mit Armen und Beinen und lachte dabei, als gäbe es nicht Köstlicheres auf der Welt, als auf der Bühne zu stehen und sich die Seele aus dem Leib zu tanzen.

Vermutlich war das auch so, dachte Tristan, während er ihr wie gebannt zusah und sich zwingen musste, immer wieder den Blick abzuwenden und wachsam durch den Zuschauerraum schweifen zu lassen. Josephine war für diese Welt geboren worden, für den Tanz, die Bühne, das Licht und den Glamour. Es gab nichts, was nicht möglich schien, wenn man ihr beim Tanzen zusah. Niemand konnte sich dem entziehen. Tristan sah es an den faszinierten Gesichtern der Zuschauer. Josephines Art zu tanzen hatte etwas mit Glück zu tun: reinem, schierem Glück, ohne an gestern und morgen zu denken. Und die in den letzten Jahren vom Glück nicht gerade verwöhnten Berliner sogen dieses Gefühl, diese pure, energiegeladene Lebensfreude in sich auf wie ausgedörrte Pflanzen das Wasser. Es herrschte eine Art kollektives Aus- und Aufatmen im Saal, dem sich auch Tristan nicht entziehen konnte.

Ein Lächeln stahl sich auf sein angespanntes Gesicht, und er hielt es plötzlich tatsächlich für möglich, dass alles gut werden würde.

Dann, nach einem rauchigen Blues von Maud de Ville, war es schließlich so weit, und die letzte Nummer wurde angekündigt: der Wilde Tanz, *La Danse Sauvage*.

* * *

Hermann Gille fluchte leise. Er kam nicht ins Theater. Diese Schränke von Türstehern am Eingang waren zu aufmerksam, sie kontrollierten jeden Einzelnen, fragten nach den Eintrittskarten, schauten in Taschen und tasteten sogar Mäntel ab. Seine Hand fuhr unbewusst zu seiner in der Jacke verborgenen Waffe. Nicht auszudenken, was passieren würde, wenn sie die bei ihm entdeckten.

Er zog sich ein wenig von den Wartenden zurück, beobachtete die Schutzleute aus der Ferne und meinte, einige Männer aus dem Boxclub wiederzuerkennen. Ihm wurde heiß vor Wut. Natürlich Nowak! Immer dieser Mistkerl! Wie konnte er wissen, was heute passieren würde, wenn Gille selbst es erst gestern erfahren hatte? Er tigerte unschlüssig vor dem Theater auf und ab. Sicher war Nowak selbst auch hier. Er hätte ihn totschlagen sollen in jener

Nacht vor dem *Shalimar*, als er schon am Boden lag. Dann hätte er keinen Ärger mehr machen können.

»He, du!« Einer der Türsteher hatte ihn angesprochen. Gille blieb wie angewurzelt stehen. »Was treibst du hier?«

»W-w-w-wieso?«, stotterte Gille. »Ich schau nur, w-was hier los ist...«

»Hier is nüscht los. Die Vorstellung ist ausverkauft. Schau woanders.« Der Mann scheuchte ihn mit einer Handbewegung weg, und Gille trollte sich widerspruchslos. Besser nicht auffallen.

Erst in einiger Entfernung blieb er stehen und überlegte. So, wie Pfeiffer und Kurtz sich das gedacht hatten – reingehen, herumballern, Panik verursachen und im allgemeinen Getümmel wieder abhauen –, funktionierte es jedenfalls nicht. Er kam ja nicht einmal in die Nähe der Bühne. Nein, er brauchte einen anderen Plan.

* * *

Was zum Teufel trieb der Junge da? Willy Ahl beobachtete Hermann Gille aus sicherer Entfernung. Seit über einer Stunde lungerte er jetzt schon vor dem Theater herum, in dem heute Abend diese sagenhafte Josephine Baker auftrat. Aber wozu? Ahl hatte bemerkt, wie einer der Türsteher Gille angesprochen und ihn dann weggescheucht hatte.

Ahl war seinem Vorsatz treu geblieben und hatte seinen Kollegen den ganzen Tag nicht aus den Augen gelassen. So gegen sieben war Gille unruhig geworden, war aber nicht gegangen, was Ahl schon merkwürdig vorgekommen war, da er es sonst immer recht eilig hatte, Feierabend zu machen, wenn er keine Spätschicht hatte.

Schließlich hatte Ahl die Wache vor ihm verlassen, war jedoch nur um die nächste Ecke gegangen, um auf ihn zu warten. Kurz darauf kam Gille auch. Er hatte sich umgezogen, war jetzt in Zivil, dunkel gekleidet, mit einer Schiebermütze auf dem Kopf. Ahl war ihm bis hierher zum Theater gefolgt. Und jetzt schien Gille das Theater zu beobachten. Seit über einer Stunde schon. Die Vorstellung musste schon bald vorüber sein. Wollte er jemanden treffen? Aber wieso hier?

Als Gille sich plötzlich, verstohlen umsehend, in die dunkle Gasse neben dem Theater schlich, trat Ahl aus der Deckung und folgte ihm. Er würde ihn jetzt zur Rede stellen, bevor er noch irgendeine Dummheit machte.

* * *

Gille stand im Schatten eines Mauervorsprungs und fixierte den Bühneneingang. Ein älterer Pförtner in Uniform stand dort und rauchte eine Zigarette. Neben ihm stand jedoch ein weiterer Mann, offenbar noch einer von Nowaks Leuten. Also auch hier kein Reinkommen. Aber ein Rauskommen! Die Vorstellung dauerte etwas über eine Stunde, hatte Pfeiffer ihm gesagt, also müsste sie bald vorbei sein. Und dann würden die Künstler hier rausgehen. Auch sie, die Frau, um die es Pfeiffer und Kurtz ging. Diese Negertänzerin.

Auf Gilles Gesicht stahl sich ein Lächeln. Es war ja viel einfacher als gedacht. Er musste nur hier irgendwo auf sie warten. Den Plan seiner Auftraggeber, der so kläglich an Nowaks Gorillas gescheitert war, hatte er inzwischen komplett verworfen. Es reichte nicht, nur Krawall zu schlagen. Das würde hier draußen niemanden interessieren. Nein, er wusste etwas viel Besseres: Er würde die Frau töten.

Der Pförtner und sein Begleiter hatten jetzt zu Ende geraucht und gingen wieder hinein. Als sie dafür die Tür öffneten, konnte Gille kurz den Applaus hören. Er nahm die Pistole aus der Jacke und wog sie in der Hand. Sie kam ihm viel schwerer vor als seine Dienstwaffe. Ihr Lauf glänzte matt im Licht der Straßenlaterne. Probeweise zielte er auf die Tür des Bühneneingangs und bewegte dabei lautlos die Lippen, um einen Schuss zu simulieren. Der Winkel war schlecht. Er musste näher ran ...

»Hermann!«

Gille fuhr herum, und seine Augen weiteten sich entsetzt. »Chef! Was machen Sie hier?«

»Dit frag ich dich, Junge.« Ahl sah ihn stirnrunzelnd an. »Wat haste denn, um Gottes willen, vor?«

»Gehen Sie!« Gille brach der Schweiß aus. Er fuchtelte mit der Pistole herum.

»Dit werd ich ganz sicher nicht tun.« Ahl kam langsam einen Schritt näher. »Auf wen hast du's denn bloß abjesehen?«

»Die Tänzerin ... sie muss weg ... ich soll ... Ich muss sie ...«

»Wat denn, wat denn? Wat kümmert dich denn irjend so 'n junges Ding? Die tut doch niemandem was.« Ahl schnalzte betrübt mit der Zunge. »Wat haste dir denn da bloß einreden lassen, Junge?«

»Hauen Sie ab!« Gille hörte, wie ihm die Stimme zu entgleisen drohte.

»Gib mir die Waffe. Wir gehen nach Hause und vergessen dit Janze«, sagte Ahl ruhig. »Mach dich nicht unglücklich. Denk an deine Mutter ...«

»Nein.« Gille wurde plötzlich ganz ruhig. Er hob die Pistole und drückte ab.

* * *

Als die Trommeln einsetzten und die Scheinwerfer sich auf einen einzelnen Punkt auf der Bühne konzentrierten, wich die fasziniert-gelöste Stimmung im Saal einer gebannten Anspannung. Auch Tristan straffte unwillkürlich die Schultern. Er wusste, was nun folgte, war begierig danach, diesen unglaublichen Tanz ein zweites Mal zu sehen, und wollte gleichzeitig, dass niemand Josephine auf diese Weise zu Gesicht bekam.

Als Josephine auf dem Rücken des kräftigen Tänzers hereinkam, beide so gut wie nur mit Federn und Ketten bekleidet, ging ein kollektives Aufseufzen durch das Publikum. Als Josephine dann zu der treibenden, exotisch anmutenden Musik zu tanzen begann, ekstatisch, erregend und vollkommen hemmungslos, standen einige der Zuschauer auf und verließen den Saal. Doch die meisten blieben, unfähig, den Blick von der Bühne abzuwenden.

»Meine Fresse«, sagte Freddy leise, und als Tristan sich zu seinem Freund umwandte, sah er ihn mit offenem Mund auf Josephine und ihren Partner starren. »Dit glaubt mir keiner!«

Tristan merkte erst jetzt, dass er unwillkürlich die Luft angehalten hatte, und atmete stoßartig aus. Er war Freddy dankbar, dass er mit seinem Kommentar die wilde Erregung löste, die ihn bei Josephines Anblick erfasst hatte. Es kam ihm in höchstem Maße unanständig vor, hier im Dunkeln zu stehen und sie auf diese Weise, mit diesen kaum im Zaum zu haltenden Gefühlen zu betrachten. Ohne den Blick von der Bühne zu wenden, beugte sich Freddy zu ihm hinüber und flüsterte: »Pass bloß auf, dass de dir mit der Frau nicht die Finger verbrennst, Nowak.« Er wedelte mit der Hand und pustete sich auf die Fingerkuppen.

Tristan nickte stumm und dachte bei sich, dass Freddys Rat etwas zu spät kam. Er brannte bereits lichterloh.

Dann endete der *Danse Sauvage* mit einem wilden Trommelwirbel, und genau in dem Moment, in dem das Publikum den Bruchteil einer Sekunde lang fast erschrocken schwieg, hörte Tristan ein leises, entferntes Geräusch.

Es kam von draußen, und es klang wie ein Schuss. Er fuhr zu Freddy herum, und dessen Gesichtsausdruck sagte ihm, dass er es auch gehört hatte. Dann brandete frenetischer Applaus auf, der sich mit jedem Bravoruf noch steigerte.

Während die Leute von den Sitzen aufsprangen, jubelten und mit den Füßen trampelten, liefen Tristan und Freddy bereits nach draußen ins Foyer.

Dort standen die drei Männer, die während der Vorstellung ein Auge auf die Türen haben sollten, mit zwei der Theaterangestellten beieinander und schienen unschlüssig, was sie tun sollten.

Tristan und Freddy eilten auf sie zu.

»Habt ihr den Schuss auch gehört?«, fragte Tristan in die Runde, und sie nickten.

»Sollen wir kieken, was los ist?«, meinte einer ihrer Männer, doch Tristan schüttelte den Kopf. »Freddy und ich sehen nach. Ihr bleibt hier und passt weiter auf. Es könnte ein Ablenkungsmanöver sein.«

Sie gingen nach draußen. Beide hatten unauffällig ihre Waffen gezückt und waren mit Taschenlampen ausgerüstet. Freddy hatte sie aus alten Militärbeständen aufgetrieben und heute mitgebracht. Der Kurfürstendamm sah aus wie immer, der Verkehr strömte dicht in beide Richtungen, Lichter strahlten aus den Cafés, und Passanten flanierten die Straße entlang. Hie und da taumelte eine einzelne Schneeflocke vom Himmel. Niemand hier draußen schien einen Schuss gehört zu haben.

Tristan deutete nach rechts. »Ich gehe zum Bühneneingang. Geh du linksrum. Wir treffen uns hinter dem Theater.« Freddy nickte und lief los.

Als Tristan vorsichtig um die Ecke ging, hörte er ein leises Stöhnen. Es kam von der Mauer, die das Theatergelände vom Nachbargrundstück abgrenzte. Dort lag eine dunkle Gestalt am Boden. Tristan schaltete seine Taschenlampe ein und ging vorsichtig näher, die Waffe erhoben.

»He! Was machen Sie hier?«, rief er, als er nur noch ein paar Schritte von der Gestalt entfernt war, die sich als rundlicher Mann mit Schnauzbart herausstellte.

Geblendet vom Strahl der Taschenlampe hob der Mann einen Arm vor das Gesicht. »Nicht schießen! Ich bin Polizist, und ich bin verletzt«, keuchte er.

Jetzt erkannte Tristan die Schupo-Uniform des Mannes, doch erst als er sah, dass er tatsächlich verletzt war – sein rechter Ärmel war blutgetränkt –, ging er vor ihm in die Hocke. Der Polizist hatte eine Schusswunde an der Schulter, die ziemlich blutete, und eine hässliche Platzwunde am Kopf. Offenbar war er beim Sturz gegen die Mauer geprallt.

»Ich muss für einen Moment ohnmächtig geworden sein...«, stammelte er nun benommen und versuchte aufzustehen, doch er sackte sofort wieder stöhnend zusammen.

Tristan, dem der dicke Polizist irgendwie bekannt vorkam, half ihm, sich etwas aufzurichten und mit dem Rücken gegen die Mauer zu lehnen.

»Wer war das?«, fragte er dann.

»Er will die Tänzerin töten«, ächzte der statt einer Antwort. »Josephine Baker. Er sagt, er hat den Auftrag dazu.«

»Wer? Wo ist er jetzt?«

Der Polizist deutete nach hinten. »Bühneneingang«, stieß er schwer atmend hervor. »Er versteckt sich dort und wartet, bis die Künstler rauskommen... Er kam nicht ins Theater rein...«

Tristan nickte. »Gut, danke. Wer sind Sie?«

»Willy Ahl. Schutzpolizei Friedrichstraße... Wir kennen uns. Sie haben mal bei uns logiert.«

»Ah, jetzt erinnere ich mich. Was ist mit Ihrer Wunde? Wir brauchen einen Krankenwagen.«

»Dit geht schon noch«, wiegelte Willy Ahl ab, dem die Schweißperlen auf der Stirn standen. »Der Kerl ist mein Kollege, Hermann Gille, ich wollte ihn aufhalten ... Sehen Sie zu, dass Sie den Irren erwischen.«

Tristan zögerte noch, als der Polizist sich plötzlich vorbeugte und ihm einen Rempler gab, der ihn selbst aufstöhnen ließ. »Ick sagte, dit geht schon, verdammt! Beeilen Sie sich, der Bursche ist am Durchdrehen.«

Mit einem letzten Blick auf Ahl erhob sich Tristan, schaltete seine Taschenlampe aus und schlich im Schatten des Theaters in Richtung Bühneneingang. Kurz bevor er ins Licht der trüben Lampe trat, die über der Tür angebracht war, blieb er stehen. Wo gab es hier einen Platz, um sich zu verstecken? Sein Blick fiel auf das niedrige, gemauerte Müllhäuschen, keine zehn Meter entfernt, das sich fast direkt gegenüber dem Bühneneingang befand. Der Schein der Lampe reichte nur bis zur Tür des Häuschens, der Rest lag vollkommen im Dunkeln.

Tristan wusste, dass die Tür verschlossen war. Seine Männer hatten sie vor der Vorstellung mit zwei Holzlatten aus der Bühnenschreinerei vernagelt, da Arthur Butzke den Schlüssel nicht mehr gefunden hatte. Die Latten waren unberührt, es konnte sich also niemand darin verstecken.

Plötzlich vernahm Tristan ein Geräusch, kaum wahrnehmbar gegen den Verkehrslärm, der von der Straße her zu ihm drang. Seine Sinne waren mit einem Mal aufs Äußerste geschärft. Ohne dass er es bewusst steuerte, schaltete sein Körper wieder auf Krieg, wo ein einziger Schritt auf unbekanntem Terrain, ein achtloses Vorübergehen an einem offenen Fenster, einem angelehnten Scheunentor den Tod bedeuten konnte.

Er lauschte auf das leise Kratzen und versuchte es zu orten. Jeden einzelnen Muskel angespannt, die Ohren aufs Äußerste gespitzt, fixierte er das Häuschen und glaubte, einen Schatten wahrzunehmen. Schlagartig begriff er, was sie alle zuvor nicht bedacht hatten: Der Attentäter befand sich auf dem Dach. Es war die perfekte Lage, um auf jeden zu schießen, der das Theater über den Bühneneingang verließ, und dann unauffällig mit einem Sprung von oben über die Mauer und dann über das Nachbargrundstück zu verschwinden.

31

Hermann Gille war im Krieg. Zumindest fühlte er sich so. Breitbeinig ausgestreckt lag er bäuchlings auf dem flachen, mit Teerdachpappe gedeckten Dach, die Pistole im Anschlag, sein Ziel fest im Blick. Das Blut rauschte in seinen Ohren, und sein Herz raste. Er hatte seinen Chef erschossen. Den fetten Willy Ahl einfach umgemäht. Doch er war selbst schuld. Was hatte er ihm auch nachspionieren müssen? Wie ein gefällter Baum war Ahl zu Boden gegangen und hatte sich nicht mehr bewegt. Gille atmete tief ein. Das Pochen in seinen Ohren wurde lauter, schwoll zu einem Dröhnen an, und leichter Schwindel erfasste ihn. Er hatte getötet. Jetzt konnte ihn niemand mehr aufhalten.

Als Gille ein Geräusch hinter sich hörte, war es bereits zu spät. Etwas Großes, Schweres sprang ihn an. Er versuchte, sich aufzurichten, um zu schießen, doch ein eisenharter Schlag auf seinen Arm ließ ihn aufheulen, und seine Waffe fiel hinunter auf den Boden. Er wurde herumgerissen, und als ein Faustschlag ihn mit voller Wucht im Gesicht traf, konnte er spüren, wie sein Unterkiefer brach. Er wimmerte vor Schmerzen. Den Mund voll Blut hob er schützend die Arme vors Gesicht und krümmte sich zusammen, um den nicht enden wollenden Schlägen zu entgehen. Als er versuchte, einem Schlag in die Nieren auszuweichen, rollte er an die Kante und fiel mit einem Aufschrei vom Dach. Während Gille noch benommen am Boden lag, sprang die dunkle Gestalt ebenfalls vom Schuppen, stürzte sich erneut auf ihn und schlug ihm ein zweites Mal mit voller Wucht ins Gesicht und dann in den Bauch. Während er sich vor Schmerzen am Boden krümmte und nach Luft schnappte, ließ sein Angreifer von ihm ab, drückte ihn bäuchlings auf das Pflaster und drehte ihm den rechten Arm weit auf den Rücken. Gille schrie auf und versuchte, dem Druck auszuweichen, doch der Griff war eisenhart. Er konnte nur ein paar Zentimeter nach vorne rutschen, bevor ihm der Mann ein Knie ins Kreuz drückte und ihn quasi bewegungsunfähig machte. Dabei spürte Gille jedoch etwas Hartes unter seinem Oberschenkel, und nach kurzem Stutzen begriff er, dass es seine Waffe war, auf der er lag. Ein aberwitziges Gefühl von Hoffnung durchströmte ihn.

Es war noch nicht vorbei. Obwohl er nur noch aus Schmerz und Blut und zertrümmerten Knochen zu bestehen schien, hatte er noch eine Chance. Und er würde sie nutzen. Gille blieb ruhig und versuchte mit seiner freien linken Hand unauffällig, die Waffe unter seinem Körper hervorzuziehen, ohne dass sein Angreifer, der noch immer auf ihm kniete, die Bewegung spürte. Während sich seine Finger um den Griff der Pistole schlossen und er sie Millimeter für Millimeter nach oben zog, erklangen schnelle Schritte hinter seinem Rücken, und eine männliche Stimme fragte: »Hast du jemanden erwischt?«

»Allerdings«, knurrte der Mann, der auf ihm kniete, und der Druck lockerte sich etwas, als er sich zu dem Ankommenden umdrehte. »Der Dreckskerl hat hier auf Josephine gewartet.« Das Licht einer Taschenlampe flammte auf, und Gille, der nur mühsam den Kopf drehen konnte, erkannte durch einen Schleier von Blut sowohl seinen Angreifer als auch den anderen Mann, der jetzt dicht neben ihnen stand und – eine Waffe in der Hand – verächtlich auf ihn herabblickte.

Es waren Nowak, der auf ihm kniete, das Gesicht bleich vor Wut, und Freddy Schimek, der die Taschenlampe hielt.

Hermann Gille entfuhr ein hasserfülltes Stöhnen. Nowak! Sein persönlicher Albtraum. Und dann auch noch dieser elende Schimek!

»Wir quetschen ihn aus, bis er uns alles sagt, was er weiß, und dann bringen wir das, was noch von ihm übrig ist, in die Burg«, sagte Nowak, und eisige Kälte lag in seiner Stimme. Er griff unter seine Jacke und zog langsam eine Waffe heraus.

Gille wurde mit Entsetzen klar, was das bedeutete. Sie würden ihn zwingen, seine Freunde zu verpfeifen, und ihn danach der Kriminalpolizei übergeben. Er machte sich keine Illusionen darüber, dass es ihm gelingen würde, den Mund zu halten. Nicht, wenn Nowak und seine Spießgesellen ihn in die Mangel nähmen. Sein gebrochener Kiefer war erst der Vorgeschmack auf das, was folgen würde. Und damit würde er nicht nur zum Verräter, sondern er und seine Kameraden würden vor Gericht gestellt werden – und alle würden wissen, was er getan hatte. Die Schmach dieses Gedankens fuhr ihm heiß durch die Adern und vereinigte sich mit dem Hass und dem Gefühl andauernder Demütigung, die ihn seit Jahren begleiteten und seine Seele vergifteten.

Ruckartig bäumte er sich auf, riss die Pistole unter seinem Körper hervor und schoss.

* * *

Josephine stand auf der Bühne und strahlte. Das Publikum wollte und wollte nicht gehen. Sie feierten sie wie eine Göttin, warfen ihr Blumen zu Füßen, jubelten und riefen Bravo. Sie hatte alles gegeben, was sie hatte, hatte sich die Seele aus dem Leib getanzt, eine Glut hatte jede Faser ihres Körpers erfasst und sie jede Choreografie, jeden einstudierten Schritt vergessen lassen. Mit jedem Sprung hatte sie den Himmel berührt, und mit jeder Landung gewusst, die Erde gehörte ihr.

Josephine winkte, verteilte Küsschen, ließ dabei den Blick über das Publikum schweifen und versuchte, Tristan zu entdecken. Er musste hier irgendwo sein, sie hatte ihn zu Beginn der Revue mit seinem Freund gesehen, ein dunkler, verlässlicher Schatten neben der Säule ganz vorne, ganz nah bei ihr, und sie wusste, dass er ihr zugesehen hatte, dass er begriffen hatte, dass sie heute Abend nur für ihn tanzte und für niemanden sonst auf der Welt.

Noch immer am ganzen Körper vibrierend verließ sie die Bühne und ging in ihre Garderobe, um sich umzuziehen. Die ganze Truppe war vom Theaterdirektor für heute Abend im *Adlon* zum Essen eingeladen, und, einem Ritual folgend, das sie bereits in Paris eingeführt hatte, zog sie dafür eines ihrer teuersten Kleider an.

Eben noch hatten die Zuschauer sie nackt gesehen, die Wilde aus dem Urwald, die sie erwartet hatten. Jetzt, nach der Vorstellung, würde ihnen eine Diva entgegentreten, und niemand würde es wagen, sie verächtlich anzusehen.

Die Garderobiere half ihr beim Anziehen und plapperte dabei unentwegt, begeistert über den Triumph, der dieser Abend gewesen war. Josephine hörte nur mit einem Ohr zu, während sie ihre Schminke erneuerte. Ihre Gedanken galten allein Tristan. Er würde mit ihr ins *Adlon* kommen und bei ihr bleiben, aber nicht als ihr Beschützer, sondern als ihr Begleiter.

Es war nichts passiert, und es würde auch nichts mehr

passieren. Sie würde mit ihm an ihrer Seite das Theater über den Haupteingang verlassen, wie sie es immer nach den Vorstellungen tat. Schimmernd und funkelnd, in einem silbernen Abendkleid, mit den strassbesetzten langen Handschuhen und den elegantesten Schuhen, die sie besaß. Er musste nicht mehr wachsam sein, und deshalb konnten sie ein Paar sein und ihren Triumph gemeinsam feiern, egal, was Maud und May sagten. Sie puderte sich das Gesicht, zog noch einmal ihren Lippenstift nach und schlüpfte in ihr weiches, mit Hermelin besetztes Cape. Dann ging sie voll freudiger Erwartung nach draußen ins Foyer. Doch etwas stimmte nicht. Die Menschen, die sich dort noch drängten, waren zu ruhig, und sie starrten alle zu den Ausgängen.

Von plötzlicher Furcht gepackt drängte sie sich durch die Menge und blieb dann wie angewurzelt stehen. Vor ihr, in der offenen Tür, stand Tristan. Seine Hände und sein Hemd waren voller Blut, und in seinen Augen stand das blanke Entsetzen.

DRITTER AKT

Er streckt ins Dunkel seine Fleischersfaust.
Er schüttelt sie.
Ein Meer von Feuer jagt durch eine Straße.
Und der Glutqualm braust
und frisst sie auf, bis spät der Morgen
tagt.

Georg Heym, »Der Gott der Stadt«, 1910

32

Nach Tagen, an denen der Himmel unbeweglich steinern grau gewesen war und die Stadt in eine eisige Wolke gehüllt hatte, klarte es an jenem Vormittag, zwei Tage nach Josephine Bakers glanzvoller Premiere am Nelson Theater, endlich auf, und ein frischer Ostwind vertrieb die Wolken vom glasig blauen Winterhimmel. Friedrich Lemmau saß in seinem Büro im Reichstag und sah aus dem Fenster. Vor ihm auf dem Schreibtisch lagen mehrere Tageszeitungen. Sie alle berichteten von der Schießerei am Rande jener Premiere, und fast alle waren sich einig: Ein psychisch labiler junger Mann – tragischerweise ein Schupo noch dazu – war der Täter gewesen. Er war von diesem Mann, den offenbar von Seidlitz damit beauftragt hatte, auf die Baker aufzupassen, übel zugerichtet geworden und ins Krankenhaus gekommen, wo man ihn wieder zusammenflicken würde. Und danach würde ihm der Prozess gemacht werden. Ein verwirrter Einzeltäter aus schwierigen Verhältnissen, was die konservativeren Blätter zu der Behauptung veranlasste, dass derartig schamlose Darbietungen wie die *Revue nègre* geradezu zwangsläufig die deutsche Jugend verdarben. Einzig das *Berliner Tageblatt* wagte die leise Vermutung, dass diese Attacke Teil eines größeren Planes gewesen sein könnte und die eigentlichen Drahtzieher noch im Dunkeln lagen.

Lemmau schürzte die Lippen. Eine verdammt gefährliche Sache war das gewesen, politisch gesehen und im Nachhinein betrachtet. Es hätte ihn den Kopf kosten können. Doch das wusste glücklicherweise niemand. Niemand außer einer einzigen Person.

Als das Telefon klingelte, laut und schrill, zuckte Lemmau zusammen, und noch bevor er den Hörer abhob, ahnte er, wer in der Leitung war. Der Graf. Sie tauschten Höflichkeiten aus, sprachen über den bevorstehenden Antrag zur Aufnahme Deutschlands in den Völkerbund, über Stresemanns Versöhnungspolitik mit Briand, über das Wetter und die aufsehenerregende neue Einrichtung eines Passagiertelefons auf der Zugstrecke Hamburg–Berlin.

Von Seidlitz verlor kein Wort über das Geschehen am Theater, war beredt und scharfsinnig wie immer, und nach einer Weile ließ sich Lemmau zu der Hoffnung hinreißen, dass diese unselige Angelegenheit für den Grafen keine Bedeutung mehr hatte. Kurz bevor sie sich verabschiedeten, machte von Seidlitz jedoch Friedrich Lemmaus Hoffnungen, ungeschoren aus der Sache herauszukommen, zunichte.

»Wie gut, dass wir beide befreundet sind, nicht wahr, Fritz?«, sagte er fast beiläufig.

»Ja, äh, durchaus...«, erwiderte Lemmau etwas irritiert. Über Freundschaft hatten die beiden noch nie gesprochen. Er hätte sich auch nicht unbedingt als Freund des Grafen bezeichnet. Sie teilten gemeinsame Ziele, waren beide überzeugte Demokraten, mehr aber auch nicht.

»Wenn wir das nicht wären, könnte ich auf die Idee kommen, zu verbreiten, dass du frühzeitig gewarnt wurdest und nicht bereit warst, auch nur einen Finger zu rühren, um Josephine Baker zu schützen.«

Lemmau schluckte, angesichts der Unverfrorenheit des Grafen, ihm so unmittelbar zu drohen.

»Was fällt dir ein…?«, protestierte er schwach.

»Ich denke, wir sind erwachsen genug, diese Spielchen sein zu lassen«, sagte der Graf ruhig.

»Was willst du?«

»Ich? Nichts. Mir genügt deine Loyalität. Ich denke allerdings, es wäre schön, wenn du dich bei denjenigen Leuten erkenntlich zeigen könntest, denen du dein politisches Überleben verdankst.« Mit diesen Worten legte er auf.

Lemmau blieb noch eine ganze Weile reglos sitzen und starrte auf das stumme Telefon. Es war passiert. Das, wovor er sich immer gefürchtet hatte, war eingetroffen: Der Rote Graf hatte ihn in der Hand.

* * *

Sie trafen sich im *Café Kranzler* unter den Linden. Der Reichstagsabgeordnete Friedrich Lemmau, Graf von Seidlitz und Tristan, der nur auf Drängen seines Onkels mitgegangen war und sich nicht erklären konnte, was es mit diesem Treffen auf sich hatte.

Er musterte den Abgeordneten, der ihn übertrieben leutselig begrüßte und seine Hand bei der Begrüßung gar nicht mehr loslassen wollte, misstrauisch. Hatte nicht sein Onkel gesagt, die Regierung habe keine Veranlassung gesehen, jemanden mit dem Schutz von Josephine zu beauftragen? Was machte dieser Fatzke mit den geschniegelten Haaren und dem aufgesetzten Lächeln nun hier?

Sie setzten sich, und Lemmau bestellte Kaffee und drei Kognak. Der Politiker schien ausnehmend guter Dinge und betonte ein ums andere Mal seine große Erleichterung über »den glücklichen Ausgang dieser unseligen Sache«, was bei Tristan eine leichte Übelkeit aufkommen ließ. Wenn dieser Idiot im Zusammenhang mit der Schießerei noch einmal das Wort glücklich verwendete, würde er aufstehen und gehen.

Der Graf hingegen war freundlich und zuvorkommend zu dem Mann, was Tristan gleichermaßen verwunderte. Er hatte erwartet, dass sein Onkel diesem Backpfeifengesicht gehörig die Leviten lesen würde, Abgeordneter hin oder her. Schweigend zündete er sich eine Zigarette an und beschloss, erst einmal abzuwarten.

Nachdem er sie eine Weile beobachtet hatte, war Tristan sich sicher, dass zwischen den beiden irgendetwas ablief. Während sein Onkel gelassen und sogar ein wenig amüsiert wirkte, schien Lemmaus Freundlichkeit zunehmend angestrengt. Er trank seinen Kognak in zwei schnellen Schlucken aus, während von Seidlitz und Tristan ihre Gläser noch nicht einmal angerührt hatten, und redete dabei ununterbrochen über irgendwelche Belanglosigkeiten. Dann wandte er sich Tristan zu.

»Sie haben unserer jungen Demokratie einen wahrhaft großen Dienst erwiesen«, sagte er und rührte eifrig in seiner Mokkatasse. Durch die hohen Fenster schien die Sonne und ließ den kleinen Silberlöffel aufleuchten. »Nicht auszudenken, was los gewesen wäre, wenn tatsächlich etwas passiert...«

»Es ist etwas passiert«, unterbrach ihn Tristan barsch. »Zwei Männer wurden angeschossen, und einer von ihnen kämpft noch immer um sein Leben.«

»Ja, ja... natürlich!«, beeilte sich Lemmau zu beschwichtigen. »Das vergessen wir natürlich nicht. Ich meinte die politische Dimension, das verstehen Sie doch?«

Tristan gab keine Antwort. Er nickte nicht einmal.

Lemmau räusperte sich etwas unbehaglich. »Nun gut, es war jedenfalls hervorragende Arbeit, Herr Nowak.« Er griff in die Innentasche seines Jacketts und nahm einen dicken Umschlag heraus, den er auf den Tisch legte. »Wir möchten uns daher erkenntlich zeigen...« Tristan fiel auf, dass es der

Abgeordnete vermied, von Seidlitz anzusehen. »Ich hoffe, der Betrag entschädigt Sie für die entstandenen Unannehmlichkeiten.«

»Unannehmlichkeiten?« Tristans Miene verfinsterte sich. Er öffnete den Mund, um Lemmau zu sagen, wohin er sich seine Kohle stecken konnte, doch von Seidlitz legte ihm warnend eine Hand auf den Arm.

»Mit Sicherheit wird es das, Fritz«, sagte er und lächelte unergründlich.

Friedrich Lemmau trank hastig seinen Mokka aus und stand auf. »Ich darf mich empfehlen, meine Herren?«

Als Lemmau gegangen war, sah ihm Tristan eine Weile schweigend nach. »Was war das denn?«, fragte er dann seinen Onkel.

»Was meinst du?«

»Dieser Auftritt? Dieses Geseier. Was wollte der Kerl von mir?«

»Hast du doch gehört. Sich erkenntlich zeigen.« Von Seidlitz' Mund verzog sich zu einem spöttischen Lächeln. »Denk nicht zu viel darüber nach. So sind Politiker nun mal.« Er schob Tristan den Umschlag hin.

Tristan griff danach und warf einen Blick hinein. Wie erwartet war Geld darin. Sehr viel Geld, dem Anschein nach. Er warf es verächtlich zurück auf den Tisch. »Ich brauch das nicht. Nicht von so einem...«

»Nimm es«, unterbrach ihn sein Onkel bestimmt.

Tristan warf ihm einen misstrauischen Blick zu. »Hast du etwas damit zu tun?«, fragte er.

»Auf diese Weise kannst du den Boxclub wieder herrichten«, sagte von Seidlitz, ohne auf seine Frage einzugehen. »Und deine Leute unterstützen. Vor allem Freddy wird Hilfe brauchen, wenn er aus dem Krankenhaus kommt.«

»Freddy...«, wiederholte Tristan bedrückt und nickte langsam.

Das sonnenbeschienene Café mit seinen fröhlich plaudernden Gästen verblasste, und wie so oft in den letzten beiden Tagen herrschte um ihn herum plötzlich Dunkelheit. Er hörte erneut den Schuss, sah Freddy zusammenzucken, zu Boden fallen. Obwohl Tristan dem Angreifer praktisch gleichzeitig die Waffe aus der Hand geschlagen und ihm einen Kinnhaken versetzt hatte, der ihn bewusstlos zusammensacken ließ, hatte er den Schuss nicht verhindern können.

Wieder sah er sich am Boden kauern, Freddys Körper gegen seine Brust gelehnt und seine Hände auf den Bauch seines Freundes gepresst, in dem vergeblichen Versuch, die Wunde zu schließen. Er spürte das warme Blut über seine Finger rinnen, fühlte, wie das Leben seinen Freund verließ, und hörte einen Schrei, der so fremd klang, dass ihm lange nicht klar war, dass er selbst es war, der um Hilfe brüllte, bis Schritte erklangen, bis die Freunde gelaufen kamen, dann endlich, nach einer gefühlten Ewigkeit, die Rettungswache, Sanitäter. Jemand zog ihn von Freddy weg, sie hoben ihn auf eine Trage, brachten ihn fort.

»Tristan!«

Er schrak auf, blinzelte und kehrte mühsam in die Gegenwart zurück. Von Seidlitz war aufgestanden, hatte bereits seinen Mantel angezogen und den Hut in der Hand. »Gehen wir?«

Tristan nickte. Er kippte den Kognak hinunter und warf einen Blick auf den Umschlag, der noch immer auf dem Tisch lag. Nach kurzem Zögern griff er danach und schob ihn in die Innentasche seines Jacketts. Dann stand auch er auf und folgte seinem Onkel hinaus auf den belebten Boulevard, der trotz des scharfen Ostwinds bereits eine winzige Illusion von Frühling vermittelte.

Die Limousine parkte direkt vor dem Café, und dieses Mal setzte sich Graf von Seidlitz hinter das Steuer. Schweigend reihte er sich in den wie immer dichten Verkehr ein, und während sie die Linden entlang und durch das Brandenburger Tor in Richtung Westen fuhren, meinte er: »Lass uns etwas essen gehen.«

Tristan nickte gleichgültig. »Wie du meinst.«

Zu seiner Überraschung fuhren sie zum *Horcher*. Es versetzte ihm einen kleinen Stich, als er an seinen letzten Besuch in diesem Restaurant dachte. Tristan schüttelte unwillkürlich den Kopf. Er wollte jetzt nicht an Josephine denken.

Der grauhaarigen Oberkellner begrüßte sie mit ausgesuchter Liebenswürdigkeit und führte sie, ohne sein schlaues Buch zu konsultieren, zu einem Tisch, der immer für unerwartet hereinschneiende Stammgäste reserviert war, wie er leise erwähnte. Man kannte Graf von Seidlitz hier.

»Einen trockenen Sherry vorab, wie immer, Herr Graf?«, fragte der Kellner mit einem beflissenen Lächeln und nahm beiden Mantel und Hüte ab. Er bedachte auch Tristan mit einem wohlwollenden Blick, und dieser war sich sicher, dass er ihn nicht als denjenigen wiedererkannte, der erst vor Kurzem mit einer dunkelhäutigen Frau hier gewesen war, die nach Würstchen gefragt und eine Schlange um den Hals getragen hatte.

Tristan hatte schon damals mit Josephine nicht in dieses piekfeine Lokal gehen wollen und fühlte sich auch heute nicht besonders wohl, obwohl sein Onkel offenbar Stammgast war. Das Treffen mit dem Abgeordneten und der Kognak waren ihm auf den Magen geschlagen, und wenn er an Freddy dachte, was er praktisch unentwegt tat, verschlug es ihm vollends den Appetit. Lustlos studierte er die

Speisekarte, und als er auf Nachfrage seines Onkels nur die Schultern zuckte, bestellte der Graf Bœuf Stroganoff und Wein für sie beide.

Als das Essen gebracht wurde, stocherte Tristan wenig begeistert in dem Ragout aus Filetspitzen, Senf und Sauerrahm herum.

Von Seidlitz warf ihm einen Blick zu. »Bei allem Mitgefühl, Tristan, aber du wirst das Geschehene nicht dadurch ändern, dass du das Filet bestrafst.«

Diese Bemerkung war so typisch für seinen Onkel, dass Tristan ein wenig lächeln musste. Er zwang sich zu essen und merkte dabei erst, wie hungrig er war. Sein Teller leerte sich rasch, während ihm Lemmaus Worte noch im Kopf herumgingen. »Er denkt, es ist vorbei«, sagte er zwischen zwei Bissen.

Sein Onkel hob den Kopf. »Wie?«

»Dieser Lemmau. Er meint, die Geschichte ist zu Ende.«

»Ist sie das denn nicht?«

»Auf gar keinen Fall.«

»Es war geplant, auf Josephine Baker ein Attentat zu verüben. Und du selbst warst überzeugt davon, dass es bei der Premiere passiert. Es liegt also durchaus nahe, dass es damit zu Ende ist, oder?«, entgegnete der Graf, schien aber selbst nicht ganz überzeugt zu sein. Nachdenklich sah er Tristan an. »Was denkst du?«

Tristan beugte sich vor und zählte leise auf: »Ruben da Silva, ein vollkommen unschuldiger Mann, wird gefoltert und getötet, weil er das Falsche gehört hat. Vermutlich wollte man herausfinden, was genau er wusste und...«, er warf seinem Onkel einen kurzen Blick zu und fügte vorsichtig hinzu, »... wem er es weitererzählt hat.«

Von Seidlitz sah ihn erschrocken an. »Du meinst, Ruben hat ihnen von Paul erzählt?«

Tristan schüttelte den Kopf. »Wenn dem so wäre, hätten sie sich Paul vermutlich schon geschnappt. Ich glaube, Ruben hat dichtgehalten.« Er dachte an dessen zertrümmerte Hand und biss sich auf die Lippen. Mit gedämpfter Stimme sprach er weiter: »Außerdem begehen sie einen grausamen Fememord an Heinrich von Ost, der mit Sicherheit auch zur Abschreckung für die beiden anderen Studenten gedient hat, um dann für ebendieses Attentat einen kleinen Schupo zu beauftragen, der noch grün hinter den Ohren ist?« Tristan tippte sich an die Stirn. »Das klingt für mich völlig absurd.«

»Du denkst also«, folgerte von Seidlitz, »dass diese beiden Morde vorher viel zu monströs sind, um dieses im Vergleich dazu geradezu dilettantische Attentat zu schützen?«

Tristan nickte. »Genau! Ich kenne diesen Gille. Er hat vor dem Boxclub herumgeschnüffelt und …« Er brach ab. Ihm war wieder eingefallen, wo er Gille noch gesehen hatte. »Ich weiß nicht, ob er es war, der mich vor dem *Shalimar* niedergeschlagen hat, aber er hat auf mich eingetreten. Das ist ein kleiner Hanswurst ohne Eier, kein Attentäter.«

»Du vergisst, es musste schnell gehen«, wandte von Seidlitz ein. »Sie mussten ihre Pläne ändern, weil dein Zeitungsartikel sie aufgescheucht hat. Sie wussten, dass du von Kurtz weißt, aber nicht, wie viel genau. Also haben sie ihn aus der Schusslinie genommen. Sie brauchten auf die Schnelle einen unverbrauchten Mann, den niemand kennt. Und dann kamen auch noch deine privaten Bewacher im Theater hinzu. Damit haben sie nicht gerechnet.«

»Das ist doch Blödsinn, Onkel!«, platzte es aus Tristan hervor. Er war laut geworden, und ein paar Gäste drehten sich nach ihnen um. Rasch senkte er wieder die Stimme: »Es ist richtig, der Zeitungsartikel hat sie nervös gemacht.

Sie haben die beiden Studenten weggeschickt und vielleicht auch Kurtz. Mag auch sein, dass sie nicht mit den Wachen gerechnet haben. Aber andererseits wussten sie schon viel früher von mir. Immerhin hat Kurtz mir den Toten praktisch vor die Tür gehängt. Das war kein Zufall. So überrascht dürften sie also nicht darüber gewesen sein, dass ich etwas unternehme. Ich frage mich ohnehin, weshalb sie mich nicht schon längst getötet haben.«

Tristan sah am ertappten Blick seines Onkels, dass er sich dieselbe Frage gestellt hatte. Er wirkte tief besorgt.

»Aber was hatte dann diese Schießerei deiner Meinung nach zu bedeuten?«, fragte er.

»Es war eine Finte.«

»Eine Finte?« Von Seidlitz runzelte die Stirn. »Was willst du damit sagen?«

»Wir sollten genau das glauben: dass die Sache erledigt sei. Ich hätte es genauso gemacht. Einen Angriff vortäuschen und den Gegner dann, gerade wenn er glaubt, ausreichend pariert zu haben, mit einem Hieb in die ungeschützte Seite k. o. schlagen.«

»Das ist kein Boxkampf, Tristan.«

»Nein, das ist Krieg. Zumindest für diese Leute.« Tristan sah seinen Onkel eindringlich an. »Glaub mir, es wird noch etwas passieren. Etwas viel Schlimmeres, als wir uns jetzt vorstellen können. Wie Heinrich von Ost zu Ruben sagte: etwas ganz Großes.«

»Und was sollte das sein?«

»Ich habe keine Ahnung«, gab Tristan zu. »Aber ich werde es herausfinden.«

Von Seidlitz dachte einen Moment nach, dann schüttelte er erneut den Kopf. »Selbst wenn du recht haben solltest, und ich gebe zu, dass es nicht unvernünftig klingt, möchte ich nicht, dass du dich weiter damit beschäftigst. Dein Auftrag ist hiermit beendet. Du kannst froh sein, dass du noch am Leben bist. Nicht nur, dass du dich diesem Kurtz praktisch auf dem Servierteller präsentiert hast, du wärst von diesem ›Hanswurst ohne Eier‹, wie du ihn nennst, um ein Haar erschossen worden.«

Tristan schwieg.

Von Seidlitz sah ihn voller Sorge an. »Lass die Finger davon, Junge. Ich bitte dich darum.«

»Nein«, sagte Tristan. »Tut mir leid, Onkel, aber das geht nicht.«

»Verdammt, Tristan!« Von Seidlitz warf seine Serviette auf den Tisch und schüttelte zornig den Kopf. »Dann befehle ich es dir!«

Als Tristan erneut schwieg, gab von Seidlitz dem Kellner einen knappen Wink, und dieser kam augenblicklich mit der Rechnung.

Von Seidlitz bezahlte für sie beide, und sie gingen zur Garderobe, wo der Oberkellner ihnen bereits mit ihren Sachen entgegenkam. Als sie ihre Mäntel angezogen hatten und zur Tür gingen, traten zwei Männer durch diese, offensichtlich ebenfalls Stammgäste, wie die Reaktion des Oberkellners vermuten ließ. Sie waren beide gut gekleidet und hatten ein entsprechendes Auftreten. Der eine war groß und massig, mit einer Glatze, die von einem spärlichen grauen Haarkranz umgeben war, und einem buschigen Schnauzer. Sein Begleiter hingegen war dunkelhaarig, klein und drahtig, mit herrischem Gesichtsausdruck und einem militärisch kurzen Haarschnitt.

Etwas an ihm ließ Tristan stutzen, womöglich seine Haltung, die typisch für einen Mann war, der sein Leben beim Militär verbracht hatte. Er überlegte gerade, ob er ihm wohl im Krieg schon einmal begegnet war, als sein Onkel so abrupt stehen blieb, dass Tristan fast mit ihm zusammengestoßen wäre. Nach kurzem Zögern versteifte sich der Graf, hob in herrischer Manier das Kinn und schickte sich an, möglichst rasch an den beiden vorbeizugehen. Tristan folgte ihm verwundert. Noch mehr verwunderte ihn jedoch die Reaktion der beiden Männer, als sie ihn und den Grafen bemerkten.

Während der Schnauzbart bei ihrem Anblick regelrecht zusammenzuckte, erstarrte die Miene des anderen zu einer Maske.

»Von Seidlitz...«, sagte er langsam und überdeutlich, so als sei ihm der Name entfallen und er müsse ihn erst mühsam aus den Tiefen seines Gedächtnisses herauskramen. Dabei hätte Tristan schwören können, dass der Mann den Namen seines Onkels ganz genau kannte.

Von Seidlitz blieb widerwillig stehen und nickte den beiden zu, so knapp, dass man es leicht als Beleidigung verstehen könnte.

»Guten Tag, die Herren«, sagte er dann schmallippig, und seine grauen Augen schienen aus Eis zu sein.

Die Aufmerksamkeit des dunkelhaarigen Mannes richtete sich nun auf Tristan, und ihm war, als verweilte er einen Augenblick zu lange auf seinen rötlichen Haaren.

»Kennen wir uns?«, fragte er dann, sein Tonfall hatte jetzt etwas Lauerndes.

»Nein«, antwortete von Seidlitz an seiner Stelle, noch bevor er den Mund aufmachen konnte. »Das ist... ein Freund.« Von Seidlitz setzte seinen Hut auf und wandte sich ohne ein weiteres Wort zur Tür.

Ein Freund. Irritiert hob Tristan die Brauen. Offenbar hatte sein Onkel nicht die Absicht, sie einander vorzustellen, und er fragte sich, wieso. Es ärgerte ihn, dass sein Onkel ständig glaubte, ihm vorschreiben zu können, was er wissen, tun oder lassen durfte und was nicht. Er war schließlich die ganzen Jahre ganz gut ohne ihn zurechtgekommen. Und seine ständige Geheimniskrämerei hatte er ohnehin satt. Wer waren diese beiden Männer?

Er musterte sie nachdenklich, dann sagte er: »Ich glaube nicht, dass wir uns schon begegnet sind. Mein Name ist Nowak.«

Der Mann mit Schnauzbart ächzte. Der Dunkelhaarige dagegen blieb vollkommen ruhig. Nur seine Augen verengten sich zu schmalen Schlitzen, wie die einer Raubkatze kurz vor dem Sprung. Ohne zu lächeln, streckte er Tristan die Hand entgegen.

»Sehr erfreut. Oberst von Geldern.« Er warf seinem Begleiter einen kurzen Blick zu, und nachdem dieser nicht reagierte, stellte er auch ihn vor. »Und das ist der Reichstagsabgeordnete Claussen.«

Tristans Hand, die er bereits ausgestreckt hatte, verharrte mitten in der Bewegung. Er musste sich zwingen, sie nicht zurückzuziehen, als von Geldern sie ergriff.

Seinem Gegenüber war sein Zögern nicht entgangen. Von Gelderns Händedruck war eine einzige Drohung. Stumm musterten sich die beiden einen Moment lang, bevor sich ihre Hände abrupt wieder voneinander lösten.

»Ihr Name ist mir durchaus ein Begriff«, sagte von Geldern nun leise.

»Darauf wette ich«, entgegnete Tristan mit kalter Ironie.

Von Seidlitz öffnete die Tür. Ein Schwall Winterluft drang ins Foyer. Er wandte sich zu Tristan um, und obwohl er kein Wort sagte, schrie sein Blick, seine ganze Haltung Tristan förmlich ins Gesicht: *Halt den Mund, und lass uns gehen.*

Doch Tristan ignorierte die stumme Warnung seines Onkels. Mit einer lässigen Geste setzte er seinen Hut auf und rückte ihn sich zurecht. Dann sagte er, bereits im Gehen: »Netter Versuch.«

Von Gelderns Kopf schnellte ruckartig herum. »Was...?«, begann er, verstummte dann aber abrupt.

»Ihre kleine Finte mit dem Schupo«, fuhr Tristan fort. »Ein bisschen dilettantisch zwar, aber...«

Claussen, der bis dahin geschwiegen hatte, lief puterrot an. »Was fällt Ihnen ein, uns zu unterstellen...«, polterte er los, bevor ihn von Geldern mit einer knappen Geste zum Schweigen brachte.

»Wir wissen nicht, wovon Sie sprechen«, sagte er kalt.

»Dachte ich mir«, gab Tristan zurück. Er tippte sich an den Hut. »Schönen Tag noch.«

Als sie außer Sichtweite waren, blieb von Seidlitz stehen. »Du gottverdammter Idiot«, fuhr er Tristan an, zum zweiten Mal an diesem Tag fluchend. »Musstest du sie auch noch provozieren?«

»Es sind Mörder«, sagte Tristan. »Und sie laufen seelenruhig in der Gegend herum und werden sich jetzt gleich den Magen mit Bœuf Stroganoff vollschlagen.«

»Daran wirst du mit ein paar flotten Sprüchen auch nichts ändern.« Von Seidlitz schüttelte den Kopf. »Ich hätte dich nicht für so dumm gehalten, Tristan. Du hast keine Ahnung, mit wem du es zu tun hast.«

»Das haben die auch nicht.«

Von Seidlitz lachte bitter. »Sei doch kein solcher Esel. Du kannst nur verlieren.«

»Das werden wir ja sehen.«

Sie waren bei ihrem Auto angelangt. Doch erst als von Seidlitz die Fahrertür öffnete, fiel ihm auf, dass Tristan keinerlei Anstalten machte einzusteigen.

»Was ist?«

»Ich gehe lieber zu Fuß.«

»Auch gut.« Von Seidlitz zuckte mit den Schultern. »Holst du den Wagen später ab?«

»Nein. Ich möchte ihn nicht mehr.«

Sein Onkel sah ihn überrascht an. »Warum nicht?«

»Du hast es doch selbst gesagt: Mein Auftrag ist beendet. Außerdem ist er zu auffällig. Zu sehr Bœuf Stroganoff, wenn du verstehst.«

Von Seidlitz' Miene wechselte kurz zwischen Zorn und tiefer Besorgnis, dann straffte er sich und sagte kühl: »Wie du meinst.«

Ohne ein weiteres Wort stieg er ein und fuhr davon. Tristan sah ihm nach und hatte plötzlich das Gefühl, einen Fehler begangen zu haben.

Es waren rund sieben Kilometer vom *Horcher* in die Grenadierstraße. Doch er brauchte frische Luft, je kälter, desto besser, und Zeit, um nachzudenken. Sein Weg führte ihn auch an der Winterfeldstraße vorbei, doch er kreuzte sie, ohne einen Blick in Richtung Pension *Heimat* zu werfen, ging weiter durch den verwaisten, öden Tiergarten, den er mit Josephine besucht hatte, durch das Brandenburger Tor und Unter den Linden entlang. Inzwischen war es später Nachmittag, der Himmel hatte sich verdüstert, bald würde die Dämmerung hereinbrechen.

Als er in der Grenadierstraße ankam, empfing ihn der Boxclub dunkel und leer. Es roch nach Holzspänen, Harz und frischer Farbe, und bereits dieser Geruch kam ihm fremd vor. Die Männer hatten in den letzten beiden Tagen unentwegt daran gearbeitet, die Zerstörungen, die der Schlägertrupp verursacht hatte, zu beseitigen, und heute Morgen waren sie damit fertig geworden.

Wenn Tristan nicht in der Charité gewesen war, auf

einem der harten, unbequemen Bänke im Flur vor Freddys Krankenzimmer sitzend und wartend, hatte er mitangepackt. Für sie alle war es eine Art Therapie gewesen, zu arbeiten, zu streichen, zu hämmern und zu sägen, und sie hatten den Boxclub nur deshalb in Rekordzeit wieder instand gesetzt, weil es ihnen zumindest ein bisschen dabei half, nicht daran zu denken, dass ihr Freund Freddy im Krankenhaus mit dem Tod rang.

Tristan nahm den Umschlag mit dem Geld des Abgeordneten aus seiner Jackentasche und wog ihn in der Hand. Sein Onkel hatte recht. Auch wenn ein Großteil der Zerstörungen beseitigt worden war, konnte er das Geld noch gut gebrauchen. Er würde es dafür einsetzen, den Club ein wenig komfortabler zu machen. Vielleicht einen neuen, größeren Ofen kaufen, neue Sandsäcke und Handschuhe für diejenigen, die sich selbst keine leisten konnten, und den Rest als einen Art Unterstützungsfonds aufbewahren, um seinen Leuten zu helfen, wenn sie in Schwierigkeiten gerieten, was oft genug der Fall war. Einen großen Teil allerdings würde er für Freddy zurückbehalten. Es würde sicher dauern, bis er wieder auf dem Damm war, und in der Zeit sollte es ihm an nichts fehlen. Tristan war klar, dass er damit versuchte, sich von der Schuld freizukaufen, die er verspürte, weil die Kugel seinen Freund nur deshalb getroffen hatte, weil er ihm in dieser Sache zur Seite gestanden hatte, doch andererseits war es alles, was er jetzt tun konnte. Aufstehen, boxen, weitermachen, das hatte Freddy ihm beigebracht. Und für den Freund da sein, wenn er ihn brauchte.

Heute Morgen, als der Glaser die Scheibe eingesetzt hatte und der letzte Sandsack an seinen Platz gehängt worden war, hatte er alle nach Hause geschickt. Tristan hatte gehofft, ein wenig Ruhe würde ihm guttun, nachdem er den

Großteil der letzten beiden Tage und Nächte in der Charité verbracht hatte, doch jetzt, als er durch den leeren Raum ging, wusste er, dass er sich getäuscht hatte.

Es wäre besser gewesen, die anderen wären hier gewesen, und er hätte mit ihnen über Freddy sprechen können.

Noch in der Nacht, in der Freddy eingeliefert worden war, hatte ihm ein junger, gehetzt wirkender Assistenzarzt erklärt, dass der Schuss Freddys Leber getroffen hatte. Steckschuss, meinte er knapp, und nach kurzem Zögern fügte er hinzu, es sei wahrhaftig ein Wunder, dass Freddy noch lebte. Offenbar hatte das Geschoss zunächst eine Rippe getroffen, sodass es an Wucht verloren hatte, als es in die Leber eindrang. Auch war glücklicherweise keine grössere Arterie getroffen worden, sonst wäre er in kürzester Zeit an Ort und Stelle verblutet. Jetzt galt es abzuwarten, da immer noch die Gefahr bestand, dass die Wunde sich infizierte. Zudem hatte Freddy viel Blut verloren und war mit Medikamenten ruhiggestellt worden.

Man hatte ihn damals und auch am folgenden Morgen nicht zu seinem Freund gelassen, weil er kein Angehöriger war. Freddys Zustand sei nach wie vor kritisch, und man müsse jede unnötige Störung von ihm fernhalten, hatte es geheißen, und so hatte er die meiste Zeit auf einer der Bänke auf dem Flur, auf dem Freddys Zimmer lag, gesessen und gewartet, ohne zu wissen, worauf.

Hin und wieder war er eingeschlafen, und die hastigen Schritte und leisen Stimmen der Schwestern und Ärzte, die vorübergegangen waren, hatten sich in seine wirren Träume wie seltsame, fremde Fäden gewoben, denen zu folgen ihm jedoch nie gelungen war. Jedes Mal, wenn er aufgewacht war – meist hatte ihn eine der Schwestern geweckt, die allesamt nach Wäschestärke und Desinfektionsmittel rochen –, hatte er Probleme, sich zurechtzufinden, hatte sich orientierungslos gefühlt, auf eine verstörende Art und Weise fremd, wie nicht mehr zu dieser Welt gehörend.

Die Bilder von Freddy, der blutend in seinen Armen lag, vermischten sich mit Bildern vom Krieg, die unkontrolliert in seinem Unterbewusstsein auftauchten. Plötzliche Blitzlichter in seinem Kopf erhellten Freddys bleiches Gesicht unter dem Stahlhelm dicht neben seinem, schmutzverschmiert und voller Todesangst. Sie kauerten wieder gemeinsam in den Schützengräben, trostlosen schwarzen Furchen, Gräbern gleich, im alles durchdringenden Regen, neben ihnen die toten Kameraden, bereits halb im Schlick versunken, grau verkrustet wie altes Holz. Er roch wieder den Rauch der Geschütze, den nassen Schlamm, die modrige Erde, hörte die Schreie der Sterbenden und den nicht enden wollenden Donner in der Ferne. Und er stand wieder auf dem kahlen Feld, der Wind pfiff ihm um die Ohren, der Tote baumelte am Baum wie ein grausiges Spielzeug.

Auch Kurtz' Gesicht war in seinen Träumen aufgetaucht, so, wie er ihn in Erinnerung hatte, leblose Reptilienaugen, eine Nickelbrille, ein kaltes Lächeln... Vergeblich hatte Tristan versucht, wach zu bleiben, nicht in diesen Zustand des Halbschlafes zu gleiten, wo die Dämonen leichtes Spiel hatten, doch er hatte sich auch nie überwinden können, aufzustehen und nach Hause zu gehen.

Fast immer war jemand von Freddys Familie da gewesen, die Mutter mit rot geweinten Augen, die Großmutter, Schwestern, Brüder, der kleine, krumm gearbeitete Vater. Sie waren einander nie begegnet, und keiner von ihnen beachtete ihn. Er war nur einer dieser traurigen Typen, Angehörige, Patienten, die zusammengesunken in den Fluren hockten und auf irgendetwas warteten. Tristan kannte Freddys Familie nur aus dessen Erzählungen, und er fand nicht den Mut, auf sie zuzugehen und sich zu erkennen zu geben. Wenn sie vorbeigingen, senkte er den Kopf. Er fürchtete sich vor dem Vorwurf in ihren Augen, dem er nichts entgegenzusetzen hatte.

Auch heute Vormittag war er noch kurz im Krankenhaus gewesen, bevor er sich mit seinem Onkel und Lemmau getroffen hatte. Er hatte eine der jüngeren Schwestern, die am nettesten waren, kurz aufgehalten und gefragt, wie es Freddy gehe. Sie erzählte ihm, dass Freddy in der Nacht hohes Fieber bekommen habe, und machte ein besorgtes Gesicht. Er sei nicht ansprechbar und halluziniere, fügte sie hinzu, bevor sie weitereilte. Als Tristan kurz danach das Krankenhaus verlassen und sich auf den Weg zum *Café Kranzler* gemacht hatte, hatte er sich so elend gefühlt, dass er kaum gewusst hatte, wie er einen Fuß vor den anderen setzen sollte.

Tristan ging durch den dunklen Trainingsraum nach hinten. Sein Zimmer war ebenfalls wieder bewohnbar. Er hatte ein neues Bett, das irgendwer mitgebracht hatte, das Waschbecken hing wieder in der Verankerung, und die Wände waren frisch gestrichen. Sogar einen neuen Schreibtisch hatten die Männer aufgetrieben. Nur Jeannes Aquarell war durch die schmutzigen Stiefelabdrücke unwiederbringlich verdorben. Er hatte es trotzdem zurück an die alte Stelle gehängt. Selbst zerknittert und voller Stiefelabdrücke war es immer noch etwas Besonderes, fand er.

Tristan setzte sich an den Schreibtisch, nahm einen Stift und ein Blatt Papier zur Hand und begann aufzuschreiben, was er sich auf seinem langen Nachhauseweg vom *Horcher* überlegt hatte.

33

Josephine ging schon seit mindestens einer Stunde in ihrer Garderobe auf und ab. Sie fühlte sich wie ein eingesperrtes Tier. Den ganzen Tag schon war sie unruhig gewesen, und ihr war klar, dass sie unbewusst auf Tristan gewartet hatte. Doch er war nicht gekommen. Immer wieder hatte sie aus dem Fenster geblickt, gehofft, sein Auto zu sehen, wie in der Nacht vor der Premiere, doch der Platz unter der Laterne vor der Pension war immer leer gewesen. Als der Bus sie am späten Nachmittag abgeholt und zum Theater gefahren hatte, hatte sie wehmütig die Straße entlanggeblickt, die öde und verlassen im Zwielicht lag, und war sich unendlich verloren vorgekommen.

Josephine hielt in ihrem unruhigen Lauf inne und rieb sich die nackten Arme, als sie daran dachte, wie eisig kalt und grau es die letzten Tage gewesen war. Auch heute waren die wenigen Sonnenstrahlen vom Vormittag, die ein bisschen Hoffnung auf wärmere Tage gemacht hatten, schon kurz darauf wieder vom Nebel verschluckt worden. Eigentlich ist diese Stadt nur nachts schön, dachte sie unvermittelt, wenn alle Restaurants und Cafés hell erleuchtet sind und die Menschen ausgehen, um sich zu amüsieren. Sie konnte den bleiernen Himmel und den eisigen Wind, der hier so häufig wehte, nicht ausstehen, er machte sie wütend und traurig zugleich. Von draußen waren leise Klarinettentöne zu hören, und sie öffnete ihre Tür einen Spalt. Sidney spielte in seiner Garderobe. Sie setzte sich auf den Stuhl vor dem Schminktisch, zog die Beine an und hörte zu.

Sidney spielte immer, wenn es Probleme gab. Zwar spielte er auch, wenn es keine Probleme gab und alles gut war, aber er hatte diese besondere Gabe, immer das richtige Lied zu finden, um jemanden zu trösten oder aufzuheitern. Und manchmal, wenn es nötig war, auch, um dem Zuhörer etwas aufzuzeigen, was sonst verborgen geblieben wäre.

Als Josephine das Lied erkannte, wusste sie, dass Sidney es für sie spielte, um sie zu trösten, und sie musste lächeln, obwohl ihr gar nicht danach zumute war. Er spielte den St. Louis Blues. »*I hate to see that evenin' sun go down*«, sang Josephine leise mit, und dann weiter: »*Cause my baby, he's gone left this town…*«

Das Lied handelte von einer Frau, die von ihrem Mann wegen einer anderen verlassen worden war, und endete mit der wehmütigen Zeile »*I love my man till the day I die*«. Spätestens an dieser Stelle musste Josephine jedes Mal weinen, und so war es auch jetzt. Schnell hob sie den Kopf und zwinkerte die Tränen weg. Dann griff sie nach ihrem Schminkzeug. Sie wollte jetzt nicht weinen, schließlich musste sie gleich auf die Bühne, und da sollten ihre Augen strahlen. Besonders heute, nach diesen schrecklichen Ereignissen, wo jeder noch so angespannt und nervös war.

Die gestrige Vorstellung war abgesagt worden. Vorsichtshalber, hatte Herr Nelson erklärt. Man wolle ausreichend Zeit haben, um mit der Polizei zu sprechen, die den Attentäter befragen würde, um sicherzugehen, dass er allein gehandelt hatte und keine weitere Gefahr bestand. Heute Mittag hatte es dann geheißen, es wäre alles geklärt. Es habe sich zweifellos um einen fanatischen Einzeltäter gehandelt. Die Vorstellung könne also wie geplant stattfinden. Ebenso alle weiteren Vorstellungen.

Die ganze Truppe war sehr erleichtert darüber gewesen. Zwar waren alle verstört von der Schießerei gewesen, bei der zwei Männer schwer verletzt worden waren. Dennoch hatte es sie noch mehr belastet, nur in der Pension herumzusitzen und zu warten, wie es weitergehen würde.

Es war gut, weiterzumachen, das hatte Josephine immer schon gewusst. Vor allem, wenn man traurig war oder Angst hatte. Besonders, wenn man Angst hatte. Dann war es sogar überlebenswichtig.

Was bei der Premiere genau passiert war, hatte sie erst später am Abend erfahren. Zunächst hatte sie nur Tristan gesehen, wie er am Eingang stand, die Hände, die Kleidung voller Blut, und sie war überzeugt gewesen, er sei schwer verletzt. Sie hatte sich augenblicklich an ihren Albtraum vor wenigen Tagen erinnert, als sie ihn mit blutigen Händen vor sich gesehen hatte, und war voller Panik auf ihn zugestürzt.

»Was ist passiert? Bist du verletzt?«, hatte sie fast außer sich geschrien.

Er hatte nur den Kopf geschüttelt, sie mit seinen Armen umschlossen und sie so fest gehalten, dass ihr fast die Luft wegblieb. Kaum hörbar hatte er ihr ins Ohr geflüstert: »Alles ist gut ... alles ist gut ...« Als ob ihr etwas geschehen wäre und nicht ihm.

Erst später, als er fort gewesen war, mit seinem Onkel zu seinem Freund ins Krankenhaus gefahren, hatte sie begriffen, dass er geglaubt hatte, sie beruhigen zu müssen, weil es dieser Mann mit der Pistole offensichtlich auf sie abgesehen hatte. Der Schock darüber war erst verspätet gekommen, als sie sich in der Pension im Spiegel gesehen hatte: Ihr silbernes Kleid war nach Tristans heftiger Umarmung ruiniert gewesen, voller Blut, und ihr war plötzlich ganz seltsam zumute gewesen. Einen Moment lang hatte sie fast das Gefühl gehabt, tatsächlich verwundet worden zu sein und im Verborgenen noch immer zu bluten, obwohl es eindeutig das Blut eines anderen war, das an ihrem Kleid gehaftet hatte.

Josephine war fast fertig mit dem Schminken, als es förmlich an der Tür klopfte, obwohl sie noch immer einen Spalt offen stand.

Sie drehte sich um und sagte: »Ja, bitte?«

Als sich die Tür öffnete und Tristan hereinkam, sprang sie erfreut von ihrem Stuhl auf und ging auf ihn zu. Er jedoch blieb an der Tür stehen, machte keine Anstalten, auf sie zuzugehen, sie zu umarmen oder zu küssen, wie sie erwartet hatte, und so blieb auch sie verunsichert stehen und wartete. Tristan wirkte plötzlich zu groß und zu breit in dem kleinen, nackten Raum, der es mit der Pracht der Theaterbühne und des Foyers nicht aufnehmen konnte.

Er war blass und wirkte unglücklich.

»Ich muss mit dir reden«, sagte er tonlos.

»Reden«, wiederholte sie. Sie mochte erst neunzehn Jahre alt sein, und May und Maud mochten sie zu Recht für hoffnungslos naiv halten, aber sie wusste genau, wenn ein Mann so etwas sagte, dann bedeutete das nichts Gutes. Um ihre Angst nicht zu zeigen, ging sie zu ihrem Garderobenstuhl zurück und setzte sich. Ihr Blick fiel dabei einen Moment lang auf ihren leeren Spiegel, bevor sie sich zu Tristan umdrehte. Angriff war die beste Verteidigung, fand sie, schlug die Beine übereinander und sagte so forsch, wie es ihr möglich war: »Los, dann rede.«

»Es tut mir leid, dass ich nicht früher gekommen bin…«, begann er zögernd. »Ich war die ganze Zeit bei Freddy im Krankenhaus. Es geht ihm nicht gut.«

»Natürlich. Das ist furchtbar.« Josephine biss sich auf

die Lippen. Er sorgte sich um seinen Freund. Das war es, was ihn so unglücklich machte. Hoffnung keimte in ihr auf.

»Ist es das, worüber du mit mir reden wolltest?«, fragte sie.

»Nein.« Tristans Antwort kam schnell und war wie ein Schlag ins Gesicht. »Darum geht es nicht. Es geht um uns.«

Josephine schluckte. Sie spürte, wie ihr Kinn zu zittern begann, und verfluchte sich dafür.

»Bitte versteh mich nicht falsch«, bat er und sah sie gequält an. »Aber wir ... ich kann so nicht weitermachen.«

»Wie meinst du das?«, fragte Josephine, und ihre Stimme klang fremd in ihren Ohren.

»Diese Schießerei ... du weißt, dass dieser Angriff dir gegolten hat?«

Sie nickte stumm, und Tristan sprach weiter:

»Das ist noch nicht alles, Josephine. Ich bin überzeugt davon, dass der eigentliche Anschlag noch kommen wird, und ich weiß nicht, aus welcher Richtung, von wem, wie ...« Tristan begann, nervös umherzugehen, ein paar Schritte hierhin und dorthin, so weit der kleine Raum es zuließ. »Du bist noch immer in Gefahr. Und ich kann dich nicht beschützen, ich kann mich nicht darauf konzentrieren, wenn ich ... wenn wir ...« Er schüttelte den Kopf und sah sie dann hoffnungsvoll an. »Das verstehst du doch?«

Josephine hob das Kinn. Es zitterte nicht mehr, und sie war auch nicht mehr kurz davor, in Tränen auszubrechen. Henry, ein junger weißer Mann aus New York, erschien vor ihren Augen – er hatte ihr Geschenke gemacht, sie ausgeführt, ihr Veilchensträuße vor die Tür gelegt, so lange, bis es darum ging, sie seinen Eltern vorzustellen. Und Marcel, ein weiterer Mann, dieses Mal in Paris, er hatte ihr den Himmel auf Erden versprochen. Mehr oder weniger gleichzeitig hatte er ihr – geduldig und ganz und gar vernünftig – erklärt, dass er sich niemals öffentlich zu ihr bekennen würde, weil sie Tänzerin und noch dazu schwarz sei. Beide hatten sie mit diesem hoffnungsvollen Blick gefragt: »Das verstehst du doch, Josephine?« Beide Male war sie gegangen, bevor die Männer sie verlassen konnten, und es brach ihr das Herz, als sie erkannte, dass es dieses Mal wieder genauso sein würde.

»Josephine, bitte, sag doch etwas!«, bat Tristan.

Sie stand auf und deutete auf ihren Spiegel. »Fällt dir etwas auf?«

Überrascht von diesem Themenwechsel schüttelte Tristan den Kopf. »Das ist ein Spiegel.«

»Richtig. Ein Spiegel. Anders als bei all meinen Kollegen ist da nur ein Spiegel. Sonst nichts. Und so wird es auch bleiben.«

Tristan runzelte die Stirn. »Ich verstehe nicht...«

»Ich war elf, als ich zusehen musste, wie weiße Männer einen vor ihnen knienden schwarzen Mann mit einem Knüppel zu Tode prügelten. Als er tot war, blutüberströmt im Staub lag, konnte man vor lauter Blut nicht mehr sehen, ob er einmal weiß oder schwarz gewesen war. Dieselben Männer haben Heloise, der schwangeren Tochter unserer Nachbarin, bei lebendigem Leib das Kind aus dem Bauch geschnitten und John, einem Mann aus unserer Straße, die Augen herausgerissen.«

Tristan starrte sie sprachlos an.

»Als ich dreizehn war und schon von zu Hause fortgelaufen war, habe ich mich in einer Kiste voller Kostüme versteckt, um mit einer Theatertruppe, die mich eigentlich gar nicht dabeihaben wollte, von New Orleans nach New York mitfahren zu können. Ich wäre in dieser verdammten Kiste fast erfroren, doch ich habe es geschafft. Sie haben mich bei sich behalten, als Garderobenmädchen. Und jetzt bin ich hier. In Europa. Paris liegt mir zu Füßen und Berlin bald auch. Die Premiere war erst der Anfang, das kannst du mir glauben. Ich kann gehen, wohin ich will, tun und lassen, was ich will, und niemand kann es mir verbieten. Glaubst du tatsächlich, ich hätte darauf gewartet, dass ausgerechnet ein weißer Mann kommt, um mich vor irgendetwas zu beschützen? Glaubst du das?« Sie war laut geworden, zitterte inzwischen vor Wut.

»Bitte, Josephine!«, sagte Tristan leise, fast flehentlich. »Du kannst doch nicht ernsthaft von mir verlangen, dass ich tatenlos dabei zusehe, wie eine Truppe Mörder versucht, dich umzubringen.«

»Wo ist diese geheimnisvolle Truppe? Zeig sie mir! Ich glaube nämlich nicht, dass es sie wirklich gibt. Die Polizei hat Herrn Nelson gesagt, dass es ein Einzeltäter war, ein junger Mann, und sie haben ihn festgenommen. In wenigen Minuten beginnt die Vorstellung, und so wird es auch die nächsten Tage sein. Niemand außer dir glaubt, dass noch etwas passieren wird.«

Josephine holte tief Luft, schluckte den schmerzhaften Kloß in ihrem Hals mit aller Kraft, die sie aufbringen konnte, hinunter und fuhr fort: »Du hast mich gefragt, ob ich das alles verstehe. Ich verstehe es besser, als du glaubst. Du suchst einen Vorwand, um nicht mit einer schwarzen Frau zusammen sein zu müssen. Du bist nichts anderes als ein erbärmlicher Feigling!«

Tristan prallte zurück, als habe sie ihm einen Schlag versetzt. Aschfahl im Gesicht, die Kiefer so heftig aufeinandergepresst, dass die Sehnen an seinem Hals hervortraten, sah er sie einen Moment lang nur an, mit Augen, die dunkel vor Wut und Schmerz waren.

Dann drehte er sich um und verließ ohne ein Wort die Garderobe. Die Tür ließ er offen stehen.

Josephine sank zurück auf ihren Stuhl und begann zu weinen.

* * *

Tristan floh den Flur entlang zum Bühnenausgang. Er beachtete weder die Männer und Frauen aus der Truppe, die an ihm vorbeigingen und ihn grüßten, noch Arthur Butzke, der ihm etwas zurief. Als er auf der Straße stand, hatte er das Gefühl, einen von vornherein aussichtslosen Boxkampf gekämpft und verloren zu haben.

Sein Blick fiel auf die junge Linde am Straßenrand, und er dachte an den noch nicht lange zurückliegenden Tag, an dem er auf sie eingeschlagen hatte. Heute hatte er keine Kraft dazu. Stattdessen hielt er sich an dem glatten, kalten Stamm fest.

Vielleicht hatte sein Onkel recht, wenn er sagte, es sei nicht mehr seine Angelegenheit. Niemand schien Interesse daran zu haben, dass er weiter auf Josephine aufpasste. Sie am allerwenigsten.

Er spürte, wie heißer Zorn in ihm aufstieg, als er daran dachte, was sie ihm an den Kopf geworfen hatte. Und mit dem Zorn kam die Entschlossenheit. Er würde sich von ihr nicht daran hindern lassen, das zu tun, was er für richtig hielt. Er würde Josephine beschützen, egal, was sie von ihm hielt, und er würde diese Leute zur Strecke bringen, egal, wie lange es dauern würde.

* * *

An diesem Abend tanzte Josephine, ohne zu wissen, was sie tat. Ihr aufsehenerregender Auftritt bei der Premiere hatte sich wie ein Lauffeuer in der Stadt verbreitet, und am Abend standen die Leute vor der Kasse Schlange, in der vergeblichen Hoffnung, doch noch ein paar letzte Restkarten zu ergattern. Die Stimmung im Saal war wie elektrisch aufgeladen, jedes Mal, wenn sie auf die Bühne trat, und als der Höhepunkt, der *Danse Sauvage*, vorüber war, hielt es niemanden mehr auf den Plätzen. Josephine hatte das versammelte Berliner Publikum in eine kollektive Ekstase versetzt.

Beim Schlussapplaus bedankte sie sich wie immer artig, lächelte, warf Handküsschen und ließ den Blick über die jubelnde Menge schweifen. Plötzlich fiel ihr ein Schatten neben der Säule auf. Es war Tristan! Er stand an derselben Stelle, an der er schon während der Premiere gestanden hatte.

Als sie eine halbe Stunde später umgezogen und frisch geschminkt ins Foyer trat, wo Journalisten, Künstler und zahllose andere Leute auf sie warteten, war Tristan ebenfalls dort. Er hielt sich in ihrer Nähe, ohne sie anzusprechen. Nicht so nah, dass es aufgefallen wäre, aber doch so, dass sie seine Anwesenheit spüren konnte.

Josephine widerstand nur mit Mühe der Versuchung, sich zu ihm umzudrehen.

Loni, eine Mitarbeiterin des Veranstalters, die für sie zuständig war, schob sie währenddessen hierhin und dorthin und flüsterte ihr die Namen der Leute ins Ohr, die »wichtig« waren. Josephine kannte das schon zu Genüge.

Jedem dieser bedeutenden Menschen, die ihr vorgestellt wurden, sagte sie jedes Mal den gleichen Satz: »Schön, Sie kennenzulernen, ich weiß, Sie sind der bekannte Maler... die bekannte Sängerin... Ich habe schon so viel von Ihnen gehört...« Und jedes Mal waren sie unendlich geschmeichelt, so, als ob es tatsächlich von Bedeutung wäre, dass ausgerechnet Josephine Baker schon von ihnen gehört hatte. Als Loni ihr inmitten dieses Reigens von Namen und Gesichtern einen Regisseur vorstellte, der angeblich ein »Genie« war, erkannte sie jedoch sofort, dass das hier keine leere Floskel war, obwohl ihr der Name nichts sagte. Der Mann war um die fünfzig, hatte ein etwas pausbäckiges Gesicht und dunkle, gewellte Haare. Er war nicht besonders groß und sah auch nicht gerade spektakulär aus. Wenn da nicht seine Augen gewesen wären. Sie leuchteten, sprühten vor Witz und Charme und Energie. Der Blick, mit dem er sie musterte, war dabei völlig frei von der üblichen männlichen Gier, er sah sie auf eine Weise an, die für Josephine absolut ungewohnt war: mit aufrichtigem Interesse.

Sie wechselten nur ein paar höfliche Worte, er lobte ihre Vorstellung, und Loni übersetzte, doch Josephine hatte das Gefühl, dass er gerne etwas länger mit ihr gesprochen hätte, als es in dem Trubel nach der Vorstellung möglich war. Das Deutsch aus seinem Mund klang in ihren Ohren weicher, als sie es inzwischen schon gewohnt war, es hatte eine andere Melodie – die harten Kanten der Konsonanten klangen wie abgeschliffen, was vermutlich daran lag, dass er Österreicher war, wie ihr Loni später erklärte.

Er leitete eine ganze Reihe bekannter und angesehener Theater, vor allem hier in Berlin. Josephine fand, dass es nicht schaden könne, diesen Mann ein wenig besser kennenzulernen. Da er ebenfalls zum anschließenden Essen im *Hotel Adlon* eingeladen war, bat sie Loni, den kleinen Österreicher an ihren Tisch zu setzen. Es interessierte sie, was er zu sagen hatte.

Sowie sie den ersten Schritt ins *Adlon* setzte, wo das für den Premierenabend geplante Essen nachgeholt wurde, erkannte sie, dass es zu Recht als eines der exklusivsten Hotels der Stadt bezeichnet wurde. Das Foyer wirkte fast einschüchternd mit seinen dunklen Kassettendecken, den zahllosen Kronleuchtern, üppigen Wandmalereien und holzvertäfelten Wänden. Die Angestellten benahmen sich so hochnäsig und eingebildet, als wären sie die besseren Gäste.

Josephine wusste, dass man auf diese Weise der vornehmen Kundschaft möglichst imponieren wollte, das war hier nicht anders als in Paris oder auch New York, nur dass in New York Schwarze, auch die bekanntesten Künstler, nur über den Hintereingang zugelassen waren.

Doch auch hier, wo sie wie eine Königin mit ihrem Gefolge durch das Hauptportal schreiten durfte, ging es allein um Geld und darum, wer es hatte und wer nicht. Josephine scherte sich nicht um Reichtum, sie gab alles, was sie verdiente – mit Ausnahme des Betrags, den sie jeden Monat ihrer Familie nach Hause schickte –, mit vollen Händen aus. Sie hatte sehr schnell begriffen, dass Geld in der Welt, in der sie bestehen wollte, ja bestehen musste, um nicht wieder dorthin zurückgeschickt zu werden, wo sie hergekommen war, das Allerwichtigste war. Man musste es haben, und zwar möglichst viel davon, um mit den Waffen der Gegner kämpfen zu können. Die Reichen dieser Welt wollten sich mit großen Namen schmücken, sie wollten sich umgeben mit wertvollen Dingen und Menschen, über die man sprach, damit ihr Reichtum auch gesehen wurde, und das ließen sie sich etwas kosten.

Josephine spielte das Spiel meist mit, und sie würde es auch heute Abend tun, obwohl ihr nach dem Bruch mit Tristan eher danach zumute war, sich in ihrem Bett zusammenzurollen und die Decke über den Kopf zu ziehen. Doch hier und jetzt, in diesem nach Reichtum und Arroganz stinkenden Hotel mit seinen weichen Teppichen, die jedes laute Wort verschluckten, würde sie den Star geben und genau den Glanz und Glamour versprühen, den alle sehen wollten.

Nur würde sie das Spiel nach ihren Regeln spielen. Denn eines hatte sie sich geschworen: Nie mehr in ihrem Leben würde sie Opfer sein.

Obwohl sie sich vorgenommen hatte, nicht nach ihm zu suchen, sah sie Tristan, als sie in den großen Saal mit den fein gedeckten Tischen trat, sofort. Er stand neben einer der großen Flügeltüren und wirkte trotz seines eleganten Anzugs wie ein Fremdkörper zwischen all den gut gelaunten, aufgeregt plappernden und lachenden Gästen, denen nun als Aperitif Champagner gereicht wurde.

Als auch Tristan Champagner angeboten wurde, schüttelte er den Kopf. Er sah Josephine kein einziges Mal an. Zumindest nicht dann, wenn sie verstohlen in seine Richtung sah. Seine Miene war unbewegt, fast schon unheimlich ruhig. Während noch alle mit den Champagnerschalen in der Hand herumstanden und auf den gelungenen Abend anstießen, ging Josephine zu ihm und zischte leise: »Warum tust du das?«

»Ich habe dir schon erklärt, warum«, antwortete er knapp. Sie sah ihm forschend in die Augen, versuchte, den Tristan zu finden, den sie kannte, doch sie sah nur distanzierte Kühle, Fassade. Nur Nowak.

»Du willst mich ärgern«, sagte sie wütend. »Dich rächen, weil ich dir auf den Kopf zugesagt habe, dass du…«

»Warum gehst du nicht einfach wieder zu deinem Publikum zurück, wackelst mit deinem Hintern, und wir beide tun weiter das, weshalb wir hier sind?«, fuhr er sie barsch an und wandte den Blick ab.

Josephine zuckte zusammen. Er wollte ihr wehtun, das war ihr klar, und sie sollte sich nicht darum kümmern. Schließlich war er schuld daran, dass es so weit hatte kommen müssen. Doch dieses Wissen half ihr nicht im Geringsten. Es tat weh. Seine kalte Stimme, der abweisende Blick, die verletzenden Worte.

Sie ballte ihre Hände zu Fäusten. »Du willst also zusehen, ja?«, fauchte sie. »Kannst du haben.«

Er reagierte nicht. Sah über sie hinweg, als wäre sie gar nicht da.

Aufrecht und mit erhobenem Kopf ging sie an ihren Tisch, wo inzwischen fast alle Platz genommen hatten. Dort wurde sie von dem österreichischen Regisseur und einem anderen Tischpartner erfreut in die Mitte genommen. Der zweite Mann, etwas jünger als der Regisseur, blond, akkurat gescheitelt und mit Nickelbrille, war ein Schriftsteller, wie sie erfuhr. Er sprach gut Englisch und konnte daher übersetzen. Wie sich herausstellte, kannten er und der Regisseur sich gut, sodass die Unterhaltung recht bald ins Fließen kam und ausgesprochen interessant wurde.

Der Regisseur machte Josephine nämlich ohne Umschweife, und noch bevor der Hauptgang aufgetragen wurde, ein Angebot:

»Bleiben Sie hier in Berlin, am Deutschen Theater«, bat er sie drängend. »Sie bekommen von mir drei Jahre lang eine Ausbildung, und danach werden Sie eine der größten Schauspielerinnen sein, die es je gegeben hat. Sie haben die Natürlichkeit, die Kraft und das Talent dazu.«

Josephine sah ihn ungläubig an. *Schauspielerin*. Das klang doch nach etwas ganz anderem als dem, was man bisher so über sie sagte. Heute Morgen erst hatte in einer Zeitung gestanden: *Josephine Baker ist eine Grotesktänzerin. Ihr Popo, mit Respekt zu vermelden, ist ein schokoladener Grießflammeri an Beweglichkeit, und sie ist mit Recht stolz auf diese Gabe der Natur.*

Man hatte es ihr übersetzt, und sie musste sich erklären lassen, was denn ein Grießflammeri war. Als man ihr gesagt hatte, es sei eine Art Pudding, hatte sie lachen müssen. Diese Journalisten schrieben wirklich den größten Blödsinn. Aber würde man so noch über sie schreiben, wenn sie eine echte, ernst zu nehmende Schauspielerin an einem berühmten Theater wäre? Würde es dann noch jemand wagen, über ihren Popo zu schreiben? Sie biss sich auf die Lippen.

So ein Angebot hatte ihr noch nie jemand gemacht. Als ihre Augen verräterisch zu brennen begannen, zwinkerte sie heftig und trank zur Ablenkung schnell einen Schluck Rotwein. Doch als sie das Glas wieder abstellen wollte, war sie zu fahrig und stieß es um. Ein hässlicher roter Fleck verunstaltete die blütenweiße Tischdecke, und einige Köpfe wandten sich neugierig zu ihr hin. Sie verfluchte sich insgeheim. Besonders heute Abend hatte sie weltgewandt und glamourös sein wollen. So, wie es sich für einen Star gehörte. Da passte es schlecht ins Bild, wenn sie Gläser umstieß und vor den Augen aller vor Rührung zu heulen anfing wie ein kleines Mädchen. Immer noch die tollpatschige Tumpie von früher, auch wenn sie inzwischen Abendkleider trug, die mehr Geld kosteten, als ihre Mutter jemals zu Gesicht bekommen hatte.

Als sie sich wieder ein wenig gefangen hatte und die herbeigeeilten Ober das Malheur beseitigt hatten, stammelte sie verlegen, sie habe für die Zeit nach Berlin bereits einen Vertrag für das Folies-Bergère in Paris unterschrieben. Der Regisseur sah sie mit seinen klugen Augen so verständnisvoll an, als wisse er genau, was gerade in ihr vorging, und meinte lächelnd: »Das macht gar nichts. Irgendwann werden Sie frei sein. Und dann kommen Sie zu mir.«

34

Tristan stand vor dem Eingangsportal der Charité. Er war nicht mehr ganz sicher auf den Beinen und stützte sich an der Mauer ab, während er sich fragte, wieso es ihn nach diesem katastrophalen Abend auch noch hierhergezogen hatte. Schließlich hatte er bereits genug Mist gebaut, da musste er sich nicht noch weiter runterziehen.

Er hatte schließlich der Bitte einer Angestellten des Veranstalters nachgegeben und sich zu den anderen an den Tisch gesetzt. Loni, eine tüchtige junge Frau mit einem frechen Bubikopf, hatte ihn in der Nähe von Josephines Tisch platziert, was von Josephine demonstrativ ignoriert wurde.

Sie saß zwischen zwei Männern, die ihm auf Nachfrage von Loni vorgestellt wurden: Max Gmeiner, dem derzeit berühmtesten Theatermann der Stadt, und Gustav Hunkeler, Schriftsteller und Stückeschreiber, dessen um einiges jüngere Lebensgefährtin Schauspielerin auf einer von Max Gmeiners Bühnen war, wie Loni flüsternd hinzufügte.

Beide bemühten sich auf geradezu aufdringliche Weise um Josephine, wie Tristan fand. Der Regisseur beschränkte sich dabei zwar aufs Reden, brachte jedoch Josephine dabei so in Verlegenheit, dass sie ihr Weinglas umstieß und Tristan kurz versucht war, ihr beizuspringen. Hunkeler, ein etwas undurchsichtiger Kerl mit goldener Nickelbrille, dagegen hatte sichtlich keine Lust, sich auf bloße Worte zu beschränken, er lechzte förmlich danach, dem Geplänkel Taten folgen zu lassen. Tristan sah es an den Blicken, die er Josephine zuwarf, den kleinen, wie zufällig erscheinenden Berührungen, seinen ständigen Versuchen, ihre Aufmerksamkeit zu gewinnen.

Josephine, die ein atemberaubendes Kleid trug, geschlitzt bis zum Oberschenkel und dekolletiert fast bis zum Bauchnabel, schien die Aufmerksamkeit zu gefallen. Zumindest tat sie so. Tristan konnte sich beim besten Willen nicht vorstellen, was sie an diesem akkurat gescheitelten, aalglatten Hunkeler fand. Er bemühte sich, sie nicht zu beachten, aß, ohne zu bemerken, was er serviert bekam, nickte abwesend zu den Versuchen seiner Tischnachbarin, ihn in die Tischgespräche miteinzubeziehen, und trank entschieden zu viel Wein.

Nach dem Essen zog man in die Gesellschaftsräume um, wo eine Kapelle spielte, und Josephine tanzte noch einmal auf der kleinen Bühne für die Gäste. In dem schimmernden, perlenbesetzten Haute-Couture-Kleid wirkte sie vollkommen anders als zuvor in der Revue, wo sie halb nackt gewesen war, doch ihre unglaublichen Bewegungen waren dieselben, und Tristan konnte es kaum ertragen, ihr zuzusehen. Es erinnerte ihn an ihren ersten Abend im *Papagei,* wo sie ebenfalls spontan getanzt hatte. Rückwirkend musste er sich eingestehen, dass dies vermutlich der Moment gewesen war, in dem er sich in sie verliebt hatte.

Während sie auf der Bühne wie ein glitzernder Kolibri herumwirbelte und die Gäste mit ihren Grimassen zum Lachen brachte, bestellte sich Tristan einen doppelten Whisky mit Soda. Seine innere Stimme riet ihm, mit dem Trinken aufzuhören, um weiter einen klaren Kopf zu behalten, doch er ignorierte sie.

Nach ihrer Darbietung ging man zum allgemeinen Tanzen über. Josephine führte den Charleston vor, und die Gäste versuchten, mehr oder weniger talentiert, es ihr gleichzutun. Jeder im Raum schien großen Spaß zu haben, doch Josephine überstrahlte alle. Wohin sie auch ging, eine Traube Menschen folgte ihr. Die Männer verschlangen sie mit ihren Blicken, die Frauen bewunderten sie. Einige unter ihnen trugen bereits eine ähnliche Frisur wie sie.

Josephine war hinreißend mit ihrer guten Laune, sie lachte, scherzte, schäkerte mit allen. Tristan bestellte sich einen weiteren Whisky, kippte ihn in einem Zug hinunter und fragte sich, warum er nicht schon längst gegangen war. Er war inzwischen zu betrunken, um noch wachsam sein zu können, und hier, im *Adlon,* auf einer geschlossenen Gesellschaft, würde es ohnehin niemand wagen, Josephine etwas anzutun.

Doch er blieb. Und trank weiter. Und dann, kurz vor Ende des Abends, als die Gäste schon weniger geworden waren, wurden die angestauten Gefühle zu viel. Josephine tanzte gerade einen langsamen, außerordentlich lasziven Tango mit Hunkeler, als dieser sie an sich presste und auf Hals und Dekolleté küsste.

Tristan spürte, wie brennende Eifersucht in ihm aufstieg. Als die Kapelle nach dem Tango den letzten Tanz ankündigte, ging er auf die Tanzfläche, tippte dem Schriftsteller auf die Schulter und reklamierte diesen für sich.

Hunkeler blinzelte Tristan verblüfft durch seine funkelnden Brillengläser an, doch nach einem Blick auf Josephine, die unmerklich nickte, räumte er, wenn auch widerstrebend, das Feld.

Josephine sah zu Tristan auf, ohne zu lächeln, ihre Miene wirkte mit einem Mal traurig, alles Fröhliche, Übermütige war wie weggewischt, und Tristan wusste, dass er dabei war, einen großen Fehler zu machen. Dennoch legte er seinen Arm um ihre schlanke Taille und griff nach ihrer Hand, die sich kühl und ein wenig zögernd in die seine legte. Sie tanzten einen Foxtrott, langsam und melancholisch, ein typischer Rausschmeißer zu später Stunde.

Josephines schimmerndes Kleid war aus hauchdünnem, fließendem Stoff, und er konnte jede Bewegung ihres Körpers so deutlich spüren, als ob sie vollkommen nackt wäre. Auch wenn ihre Miene verschlossen blieb, ihr Gesicht, ihr Hals, das Rund ihrer Schulter war ihm so nah, dass es schmerzte. Er schloss für einen Moment die Augen, und obwohl ihm mit glasklarer Schärfe des letzten nüchternen Restes seines Verstandes klar war, dass es besser wäre zu schweigen, um diesen letzten gemeinsamen Tanz mit Würde zu Ende zu bringen, sagte er: »Du glaubst offenbar, du musst dich diesem alten Langweiler an den Hals werfen, um mir eins auszuwischen?«

Josephine sah ihn konsterniert an. »Wie bitte?«

»Hunkeler könnte dein Vater sein«, sagte Tristan zornig. »Du benimmst dich genau so, wie es die Leute von einer ...«

»Halt den Mund!«, zischte Josephine wutentbrannt und löste sich abrupt von ihm. Prompt kam Tristan ins Stolpern und fing sich gerade noch. Die wenigen verbliebenen Paare auf der Tanzfläche sahen neugierig zu ihnen herüber.

Josephine ließ Tristan auf der Tanzfläche stehen und ging zurück zu Gustav Hunkeler, der an einem der Tische auf sie gewartet hatte. Er sprang auf, legte besitzergreifend seinen Arm um sie, und gemeinsam verließen sie den Tanzsaal. Als Tristan durch das Hotelfoyer zur großen Eingangstür lief, sah er nur noch, wie sie mit ihm in ein Taxi stieg und davonfuhr.

»Du willst zuschauen? Kannst du haben«, schien sie ihm damit unmissverständlich zu sagen.

Daraufhin war Tristan ohne Umwege in die nächste Bar gegangen, um weiterzutrinken, stumm und verbissen, so lange, bis er jedes Gefühl betäubt, jedes Bild von Josephine in seinem Kopf ausgelöscht hatte.

Nachdem ihn der Wirt ziemlich grob vor die Tür gesetzt hatte, war er weitergestolpert, den Kurfürstendamm entlang bis zum Tiergarten, hatte sich auf eine Bank fallen lassen und den blassen Mond betrachtet, der durch die kahlen Bäume blinzelte, als wolle er ihm etwas sagen.

Erst als die Kälte ihm bereits in die Glieder gekrochen war, war er wieder aufgestanden, war durch die menschenleeren Alleen weitergewandert, bis er schlotternd und vollkommen durchgefroren, aber zumindest wieder halbwegs nüchtern vor der Charité angekommen war.

Tristan wartete einen günstigen Moment ab, um am Krankenhauspförtner vorbeizukommen, und schlich sich dann durch die stillen, kaum erhellten Flure. Dieses Mal würde er zu Freddy hineingehen, und niemand würde ihn daran hindern können. Er begegnete keinem Menschen, weder in den Fluren und im Treppenhaus noch auf Freddys Station. Die Nachtschwester war nirgends zu sehen, und auch sonst niemand, der ihn hätte fortschicken können, und so öffnete er unbehelligt die Tür und schloss sie wieder leise hinter sich.

Freddys Zimmer war groß und rechteckig und ganz offensichtlich für mehrere Patienten gedacht, was man an den weißen Trennvorhängen sehen konnte, die jedoch alle zurückgezogen waren. Es gab nur ein Bett, vor dem Fenster, das vom Licht einer Nachtlampe schwach erleuchtet wurde. Mehrere Stühle standen seltsam verloren herum. Tristan nahm sich einen davon und setzte sich zu seinem schlafenden Freund ans Bett.

Es war das erste Mal, dass Tristan Freddy nach dem Angriff zu Gesicht bekam, und er erschrak, wie sehr er sich in der kurzen Zeit verändert hatte. Sein rundes, immer so fröhliches Gesicht war schmaler geworden, die Augen dunkel umschattet. Auf seinen eingefallenen Wangen leuchteten rote Fieberflecken, die blonden Haare klebten ihm schweißnass am Kopf, und sein Atem ging schnell und unregelmäßig. Es roch nach Desinfektionsmitteln und noch nach etwas anderem, Süßlichem, was Tristan nicht identifizieren konnte, was er aber von den Feldlazaretten kannte. Es war der Geruch nach Krankheit. Und Tod.

Tristan fröstelte. Er nahm Freddys Hand, die sich heiß und trocken anfühlte, und hielt sie fest umklammert, zornig, als könne er damit seinem Freund etwas von seinem eigenen Leben einflößen.

»Es tut mir so leid«, flüsterte er zwischen zusammengebissenen Zähnen.

* * *

Die Nachtschwester bemerkte es gegen vier Uhr morgens bei ihrem Rundgang. Obwohl sie noch jung war, kannte sie den Tod inzwischen gut und sah es sofort, wenn es so weit war. Die Gesichter veränderten sich, die Nasen wurden spitzer, die Wangenknochen traten stärker hervor. Die Patienten verloren ihren individuellen Ausdruck, die Gesichter wurden leer und fremd. Zunächst waren es nur feine, graduelle Unterschiede, doch mit der Zeit lernte man, auch sie zu sehen, noch bevor die Angehörigen bereit waren, das Unabänderliche zu akzeptieren.

Bei dem jungen Mann mit dem Lebersteckschuss gab es keinen Zweifel. Sein Gesicht war wächsern, die roten Fieberflecken auf den Wangen waren verschwunden, und sein Atem, der zuletzt so mühsam geworden war, war verstummt. Er war einer ihrer kritischsten Patienten gewesen.

Es war ohnehin sehr viel Glück dabei, eine solche Schussverletzung zu überstehen, aber dann war das Fieber dazugekommen, und man hatte befürchten müssen, dass er es nicht schaffte. Der Organismus war zu geschwächt, der Blutverlust zu groß. Insofern war die Nachtschwester nicht überrascht von seinem Tod, auch wenn es ihr in der Seele wehtat. Er war ein so hübscher junger Mann gewesen, kaum älter als sie selbst.

Er hätte leben, eine Familie gründen, Kinder bekommen sollen. Auf dem Stuhl neben seinem Bett saß ein Mann und schlief, tief und fest. Offenbar hatte er sich nach ihrem letzten Rundgang ins Zimmer geschlichen. Und ganz offensichtlich hatte er vom Tod seines Freundes noch nichts mitbekommen.

Die Schwester wusste, dass sie ihn wecken musste, jetzt gleich, noch bevor sie der Stationsleiterin Bescheid gab. Er durfte gar nicht hier sein, und es würde ein schlechtes Licht auf sie werfen, dass es ihm während ihrer Dienstzeit gelungen war, sich hier einzuschleichen. Doch ihr graute davor. Ihn wecken und ihm sagen zu müssen, dass der Patient, neben dem er hatte wachen wollen, gestorben war, war grausam.

Sie biss sich auf die Lippen und betrachtete den schlafenden Mann genauer. Er war wie für eine Abendgesellschaft gekleidet, trug einen feinen dunklen Anzug, ein weißes Hemd mit steifem Kragen, einen geöffneten Schlips und elegante Schuhe. Sein rotbraunes Haar jedoch war wirr und ungekämmt, die Wangen voller Bartstoppeln, und wie er verkrümmt in dem unbequemen Stuhl kauerte und halb in seinen Mantel gewickelt schlief, musste er ziemlich erschöpft gewesen sein.

Sie warf einen Blick auf die Uhr und räusperte sich dann vorsichtig. Er reagierte nicht.

»Hallo?«, sagte sie, etwas lauter. Und jetzt erwachte er ruckartig. Die Schwester bemerkte, dass er schöne Augen hatte, blaugrau, auch wenn sie gerötet waren und sie verwirrt ansahen. »Sie dürften gar nicht hier sein«, sagte sie leise.

»Ich weiß…« Er kratzte sich am Kinn, was ein schabendes Geräusch verursachte, und sah suchend aus dem Fenster, wo noch tiefe Dunkelheit herrschte. Dann drehte er sich zum Krankenbett um, und seine Miene veränderte sich. »Er…«, begann er unsicher, und man sah, dass er zu begreifen begann.

»Er ist tot«, sagte die Schwester schlicht. Sie hasste es, wenn ihre Kolleginnen immer solche dummen Dinge sagten wie: »Er ist nicht mehr unter uns«, oder, noch schlimmer: »Er ist jetzt beim Herrn.«

Der Mann schüttelte langsam den Kopf. »Nein, nein«, murmelte er, dann beugte er sich vor und nahm die Hand des Toten, nur um sie gleich wieder loszulassen. »Aber ich war doch da!«, rief er, vollkommen fassungslos

»Der Tod kommt oft ganz leise«, sagte die Nachtschwester. »Herr Schimek war sehr geschwächt. Vermutlich hat er einfach aufgehört zu atmen.«

Der Mann schloss die Augen und barg sein Gesicht in den Händen. Dann sprang er so unvermittelt auf, dass sein Stuhl umfiel.

»Bitte! Beruhigen Sie sich«, sagte die Schwester erschrocken und berührte ihn am Arm.

Er wandte sich ihr zu, und ihr stockte für einen Moment der Atem, als sie die Verzweiflung in seinen Augen sah. Dann schüttelte er ihre Hand ab und stürmte aus dem Zimmer.

Als sie das Zimmer ebenfalls verließ, kam ihr Schwester Annegret entgegen, die Stationsleiterin. Sie sah dem Mann, der wortlos den Flur entlanglief, kopfschüttelnd nach.

»Kommt der jetzt auch schon nachts?«

»Kennen Sie ihn?«

Sie nickte. »Er war von Anfang an da, kam noch in der Nacht, als der Patient mit dem Lebersteckschuss eingeliefert wurde. Sitzt die ganze Zeit hier im Flur herum. Ich glaube, er hat was mit der Schießerei zu tun, in die sein Freund verwickelt war. Das personifizierte schlechte Gewissen, wenn Sie mich fragen. Ziemlich dubios. Vielleicht sind das ja irgendwelche Gangster?«

»Gangster?« Die Nachtschwester sah ihre Stationsleiterin mit großen Augen an. »So kam er mir aber nicht vor...«

»Kann man nicht wissen, Mädchen. Die sehen nie so aus.«

»Er ist heute Nacht gestorben«, sagte sie leise. »Sein Freund.« Sie deutete auf die Tür.

Die Stationsleiterin warf einen Blick in das Krankenzimmer, und ihre Miene veränderte sich. »Ach, herrje. Was für eine Schande«, sagte sie betroffen. »Ich hatte so gehofft, dass er es schafft.«

Die Nachtschwester nickte und wischte sich verstohlen eine Träne aus den Augenwinkeln.

35

Irgendwann fand sich Tristan vor dem Boxclub wieder, und als ihm bewusst wurde, dass Freddy hier nie mehr jemanden trainieren würde, dass alles, was ihn mit seinem Freund verbunden hatte, mit ihm gestorben war, hatte er das Gefühl, als öffnete sich der Boden unter seinen Füßen. Tristan konnte spüren, wie er fiel. Er fiel und fiel, und niemand war mehr da, ihn aufzuhalten. Nicht Josephine, nicht Freddy, nicht sein Onkel, niemand.

Nach einer Weile überwand er sich und ging hinein, schwerfällig wie ein alter Mann, machte ein paar Schritte und blieb dann mitten in dem lang gezogenen Raum stehen. Das Licht der Straßenlaterne warf seltsame Schatten an die Wände. Der alte eiserne Ofen, der an der rückwärtigen Wand stand und dessen langes schwarzes Rohr fast über den halben Raum bis zum Kamin führte, war kalt, und daher war es nicht viel wärmer als draußen. Tristans Blick fiel auf einen der neuen Sandsäcke, ein dunkler Umriss, ein paar Schritte von ihm entfernt. Er trat zu ihm und hieb mit der Faust dagegen, und ein Wutschrei drang aus seiner Kehle. Er schlug weiter, prügelte mit aller Kraft, die er aufbringen konnte, auf den Sack ein, als sei er der Feind, den es zu besiegen galt.

Er zog seinen Mantel, sein Jackett, sein Hemd aus und

schlug weiter, und weiter, verbissen, verzweifelt, bis er nicht mehr konnte, auf die Knie fiel und zu weinen begann.

Irgendwann wurde ihm klar, dass er nicht hierbleiben konnte. Nicht heute Nacht. Mühsam rappelte er sich auf, raffte seine Kleider zusammen und ging, ohne sich anzuziehen, durch den Flur zur Hintertür und die Treppe hinauf zu Fannys Wohnung. Er würde in dem leeren Zimmer schlafen. Oder auf dem Sofa in der Küche.

Er musste in der Nähe von Menschen sein, sonst wusste er nicht, was passieren würde. Wie ein streunender Hund, der nach einem warmen Platz sucht, schlich er sich in die Wohnung. Anders als beim letzten Mal, als er mit Josephine hier gewesen war, war noch jemand wach. Unter Helenes Tür fiel ein dünner Lichtstrahl in den Flur, und leises Stimmengemurmel war zu hören. Er ging näher und lauschte. Als er die verächtlich klingende Stimme eines jungen Mannes hörte und Helenes Erwiderung, leise und erstickt, wanderte sein Blick zur Garderobe. Ein teuer aussehendes Tweedsakko, wie es reiche Studenten trugen, hing an einem Haken, darüber ein Wollschal und ein etwas geckenhafter Hut. Helenes feiner Verehrer war da. Graf Koks mit der lockeren Hand. Tristan zögerte nicht. Er ließ seine Kleider auf den Boden fallen, riss die Tür zu Helenes Zimmer auf und stürmte hinein.

Helene saß mit verheulten Augen auf dem Bett, ein blonder junger Mann stand mitten im Raum, in Unterhosen und Hemd. Offenbar war er gerade dabei gewesen, sich anzuziehen. Beide fuhren erschrocken herum, als Tristan hereinplatzte.

Doch bevor sie etwas sagen oder reagieren konnten, packte er den schmächtigen Mann an den Schultern und verpasste ihm einen Kopfstoß, dass er zurücktaumelte und gegen die Frisierkommode fiel.

Der Spiegel zerbrach, und Helenes Parfumflakons, Cremetiegel und Schminksachen fielen klirrend um. Tristan riss den Mann, dem das Blut aus der Nase schoss, am Hemdkragen hoch, und beförderte ihn nach draußen vor die Wohnungstür. Dort versetzte er ihm einen groben Stoß, sodass er die Treppe hinunterstolperte, und schlug die Tür zu. Er ging zurück in Helenes Zimmer, klaubte die Kleidung des Freiers zusammen, nahm Hut und Mantel vom Haken und warf alles zusammen vor die Tür, wo der Mann noch fassungslos unten am Treppenabsatz stand. Seine nackten, blassen Beine staken unter den Hemdzipfeln hervor.

Als er zurück in ihr Zimmer kam, musterte ihn Helene erschrocken.

»Bist du verrückt geworden?«, flüsterte sie dann nach einer Weile.

»Das war doch der Typ, der dich geschlagen hat.« Er deutete auf ihr inzwischen verheiltes Auge.

Sie nickte. »Schon. Aber das gibt dir noch lange nicht das Recht, dich einzumischen.« Sie erhob sich vom Bett und sah ihn wütend an. »Das ist nicht deine Sache, Nowak. Was machst du überhaupt hier? Und warum hast du nichts an? Sie deutete verwirrt auf seinen nackten Oberkörper.«

Tristan hob die Schultern. Er war plötzlich so müde, dass er glaubte, sich keine Sekunde mehr auf den Beinen halten zu können.

»Freddy ist tot«, sagte er. Dann drehte er sich um und ging hinaus in den Flur und in sein altes Zimmer. Er lag schon im Bett, als die Tür leise aufging und Helene hereinkam. Er konnte ihre Umrisse im warmen Schimmer der Flurlampe erkennen. Sie machte kein Licht, sprach nicht, hob nur die Decke und legte sich zu ihm. An seinen Rücken geschmiegt hielt sie ihn fest, er spürte die Wärme ihres Körpers, ihren Atem, roch den Duft ihres Haars, und endlich schlief er ein.

36

Als die Männer am Vormittag in den Boxclub kamen, erwartete Tristan sie einigermaßen gefasst. Gestern, kurz bevor er zu Josephines Vorstellung gegangen war, hatte er Kurt Herzfeld zu Hause aufgesucht und ihn gebeten, so viele von ihnen wie möglich zusammenzutrommeln. Eigentlich hatte er nur vorgehabt, sie um weitere Unterstützung zu bitten, doch jetzt, mit Freddys Tod, hatte sich alles verändert. Es waren sehr viele gekommen. Nicht nur die Boxer, die hier regelmäßig trainierten, auch zahlreiche Männer, die mit seinen und Freddys Schwarzmarktgeschäften zu tun gehabt hatten oder mit Freddy befreundet gewesen waren. Rund dreißig Männer standen etwas unschlüssig im frisch gestrichenen Trainingsraum herum, die Hände in den Hosentaschen, und warteten darauf, was Tristan zu sagen hatte.

Nach einer kurzen Begrüßung erzählte er ihnen in wenigen Worten, dass Freddy in der Nacht gestorben war. Von seiner Verzweiflung darüber, dass er geschlafen und nicht bemerkt hatte, wie sein Freund neben ihm starb, sagte er nichts.

Als er geendet hatte, herrschte eine Weile fassungsloses Schweigen. Die Männer schüttelten ungläubig die Köpfe, einige ballten die Fäuste, und der junge Rudko Franzen hatte Tränen in den Augen.

»Und wie geht's jetzt weiter?«, brach Kurt Herzfeld schließlich die Stille.

Tristan sah erst Kurt an und musterte dann die erwartungsvollen Mienen der Männer. Er hatte mit allem gerechnet, mit stummer Verachtung, mit Beschimpfungen, ja sogar mit Handgreiflichkeiten – schließlich hatte er Freddy in diese, in *seine* Geschichte mit hineingezogen –, nur nicht damit, dass man ihn um Rat fragte.

»Schätze, wir machen weiter«, sagte er nach einer langen Pause und machte eine ausholende Bewegung, die den Boxclub und alle, die sich darin versammelt hatten, umfasste.

Zustimmendes Gemurmel ertönte. Tristan wollte noch etwas hinzufügen, doch ihm versagte die Stimme. Er hatte keine Ahnung, wie er weitermachen sollte ohne Freddy an seiner Seite. Er fühlte sich nicht bereit für diese Rolle, die ihm plötzlich zufiel. In ihrer Partnerschaft war Freddy der Organisator gewesen, der gewiefte Geschäftsmann, derjenige, der der alles zusammengehalten hatte. Er war dafür nicht gemacht. Er war nur der Boxer.

»Als du uns hergebeten hast, wusstest du doch noch gar nicht, dass Freddy stirbt«, half ihm Kurt, der sein Schweigen offenbar richtig deutete, auf die Sprünge. »Du wolltest also etwas mit uns besprechen?«

Tristan nickte langsam. »Ja, das stimmt.«

»Und was war das?«

»Es geht um die Leute, die hinter der ganzen Sache stecken und die schuld an Freddys Tod sind. Ich möchte nicht, dass sie noch mehr Unheil anrichten«, sagte er und fügte nach kurzem Zögern hinzu: »Und ich möchte nicht, dass sie davonkommen.«

»Sag uns, wer sie sind, und wir machen Hackfleisch aus ihnen«, rief einer der Boxer und schlug mit der Faust in seine offene Handfläche. Die anderen Männer pflichteten ihm lautstark bei, einige stießen deftige Verwünschungen und Drohungen aus.

Tristan sah in die Gesichter der Männer. Er kannte einige von ihnen schon seit der Gründung des Boxclubs, und ihm war klar, dass er ihnen schuldig war, ehrlich zu sein. Freddy, der ihn auch ohne große Erklärungen unterstützt hätte, war tot, sein Onkel hatte ihm klar zu verstehen gegeben, dass er ihn für einen Esel hielt, wenn er weitermachte, und Josephine hielt seinen Verdacht für ein Hirngespinst, für die Ausrede eines Feiglings. Wenn er es nicht schon geahnt hatte, begriff er es in diesem Moment: Er war allein. Und allein war es nicht zu schaffen.

Bisher hatte er von der vermuteten Verschwörung nur so viel verraten, wie unbedingt nötig war. Zum einen hatte er die Männer nicht mit den politischen Hintergründen und den noch immer etwas undurchsichtigen Motiven seines Onkels verunsichern wollen, zum anderen – und das war der weitaus gewichtigere Grund, wie er sich ehrlich eingestand – hatte er nicht mehr von sich selbst preisgeben wollen als unbedingt nötig. Und dazu gehörten vor allem auch seine Erlebnisse im Krieg.

Freddy hatte über Kurtz Bescheid gewusst. Er hatte gesehen, wozu jener fähig war, mit ihm hatte er darüber nicht reden müssen. Doch diese Männer wussten es nicht. »Kannst du diesen Leuten denn vertrauen?«, hatte sein Onkel zweifelnd gefragt, und er hatte es rückhaltlos bejaht. Er tastete nach dem Zettel in seiner Hosentasche, auf dem er am gestrigen Abend einen Plan für ihr weiteres Vorgehen skizziert hatte. Nichtsahnend, dass am nächsten Tag nichts mehr so sein würde wie vorher. Wenn er wollte, dass die Männer ihm vertrauten, musste er die Karten auf den Tisch legen. Deshalb gab er sich einen Ruck und sagte: »Die Sache ist sehr viel größer, als sie aussieht. Und sehr viel gefährlicher.« Dann erzählte er ihnen alles, was er wusste, von Josef Kurtz und seinen Gräueltaten, dem toten Studenten, Oberst Franz von Geldern und Alfred Claussen, dem Verdacht, dass dieses Attentat Teil eines groß angelegten Plans war, die Regierung zu stürzen und die Demokratie abzuschaffen. Die Männer hörten ihm zu, anfangs stirnrunzelnd, dann immer gebannter.

Am Ende sprach er auch offen über die Panik, die ihn erfasst hatte, als er beim Anblick des Toten an der Laterne erkannte, dass das Grauen des Krieges ihn eingeholt hatte, und über seine Angst um Josephine. Das Einzige, was er nicht offenbarte, waren seine Herkunft, die Rolle seines Onkels und sein richtiger Name. Stattdessen benutzte er das Geld von Fritz Lemmau, um die Notlüge seines Onkels vom geheimen Regierungsauftrag im Nachhinein zu legitimieren, und erklärte, dass sie von dem Politiker für ihre Arbeit eine Prämie erhalten hatten, was ja irgendwie auch der Wahrheit entsprach.

Am Ende sagte er: »Ich vermute, dass Hermann Gilles Angriff eine Finte war und die Drahtzieher der Verschwörung etwas ganz anderes planen. Diesen Gille bekommen wir im Moment nicht zu fassen. Er liegt im Krankenhaus Moabit und wird bewacht, und danach kommt er erst mal in den Bau. Also müssen wir auf anderem Weg versuchen herauszufinden, was sie tatsächlich vorhaben. Allerdings muss ich euch auch sagen, dass ich bisher der Einzige bin, der das glaubt. Es gibt keinen Auftraggeber und keinen offiziellen Auftrag mehr. Ich handle auf eigene Faust.« Als er mit diesen Worten verstummte, begannen die Männer aufgeregt zu murmeln und zu diskutieren. Tristan wartete.

Schließlich meldete sich eine tiefe Stimme zu Wort. »Aber wenn dit alles nur deine Vermutungen sind, wer sagt uns, dass es auch stimmt und du dir dit nicht nur einbildest,

weil du scharf auf die Titten von dem Negermädel bist?«
Die Stimme gehörte einem bulligen Mann mit Glatze, den Tristan nicht kannte. Er lehnte an der Wand und warf ihm mit vor der Brust verschränkten Armen einen provokanten Blick zu.

Tristan erwiderte seinen Blick. »Niemand.« Er wandte sich in die Runde. »Ihr müsst euch selbst eine Meinung bilden. Wer glaubt, dass es nur darum geht: Dort drüben ist die Tür. Jeder kann gehen, wenn er will.«

Keiner sagte etwas, bis Kurt Herzfeld nach vorn trat, sich zu den Männern umwandte und erklärte: »Ich denke, jeder dürfte begriffen haben, dass es hier um mehr als nur eine Frauengeschichte geht. Und wem das noch nicht klar ist, der sollte sich daran erinnern, dass Freddy das auch so gesehen hat. Wenn ihr es also nicht für Nowak tut, dann für Freddy. Ich jedenfalls will diese Schweine am Arsch kriegen. Und deshalb bin ich dabei.«

Das gab den Ausschlag. Alle blieben, sogar der bullige Kerl. Tristan atmete auf.

»Nachdem wir nicht wissen, was passieren wird, können wir im Augenblick nicht mehr machen, als bei allen Beteiligten den Druck erhöhen«, sagte er. »Dafür kommen drei Ziele infrage: die Studenten, der Verein, dem sie angehören, und von Geldern und Claussen, wobei ich glaube, dass Claussen schneller nervös wird und wir uns auf ihn konzentrieren sollten.« Nachdem Tristan erläutert hatte, wie er vorgehen wollte, kam der bullige Kerl zu ihm und reichte ihm seine schwielige Pranke.

»Nüscht für ungut, ick bin Otto Michalke«, brummte er und fügte hinzu: »Ick bin dabei.«

* * *

Vier Stunden später war es Otto Michalke, ein arbeitsloser Maschinenschlosser, wie Tristan inzwischen erfahren hatte, der dem Burschenschaftler, der ihnen an der Tür des Verbindungshauses entgegentrat und sich weigerte, sie einzulassen, ohne viel Federlesens zwei Zähne ausschlug. Den zweiten, der dazukam, ein blonder Lulatsch mit eng zusammenstehenden Augen und mickrigem Bartflaum, schickte er mit einem gut platzierten Kinnhaken für eine Weile ins Nirwana. Drei weitere Studenten, die der Lärm an der Tür angelockt hatte, ergriffen die Flucht, als die sieben Männer, Tristan, Kurt, Otto und vier weitere junge Boxkollegen, in den Flur drängten.

Einen von ihnen erwischte Kurt noch am Kragen, bevor er verschwinden konnte.

»Wo sind von Busche und Crantz?«, knurrte er, und der blasse junge Bursche, dem die Zähne vor Angst aufeinanderschlugen, deutete nach oben.

»D-D-Dachgeschoss«, stotterte er.

Die vier Boxer blieben unten, während Kurt, Tristan und Otto über die geschwungene dunkle Holztreppe in den dritten Stock liefen. An den getäfelten Wänden hingen Hirschgeweihe, gerahmte Porträts von alten Herren in Couleur, einige Säbel und eine große Fahne in den Verbindungsfarben.

Im Dachgeschoss öffneten sie sofort die erste der drei Türen, es war aber nur eine kleine, zugige Toilette, die nächste führte in den Speicher – es musste also das letzte Zimmer sein. Als Tristan die Türklinke herunterdrückte, blieb sie verschlossen. Entweder hatten die Studenten von innen zugesperrt oder jemand hatte sie eingesperrt. Wieder war es Otto, der den Weg frei machte. Ohne sich auf seine Schlosserkenntnisse zu besinnen, rammte er die Tür einfach mit seiner mächtigen Schulter ein. Sie krachte mit einem gehörigen Wumms nach innen und gegen die Wand. Zu dritt traten sie in das Zimmer und versperrten damit zugleich den Fluchtweg.

Der Raum war nicht besonders groß und hatte eine Dachschräge. An den Wänden standen links und rechts jeweils ein Bett, daneben Schrank und Schreibtisch. Gegenüber der Tür befand sich ein kleiner Erker mit einem großen Giebelfenster. Bücher lagen auf dem Boden verteilt, und auf einem Tisch in der Mitte standen zwei Bierkrüge und ein bis obenhin mit Zigarettenkippen gefüllter Aschenbecher. Die Luft war zum Schneiden. Frieder Crantz und Fedor von Busche hockten im Unterhemd neben dem Tisch auf dem Boden. Sie hatten offenbar gerade Karten gespielt. Das Aufbrechen der Tür und der Anblick der drei Männer hatte sie völlig überrascht. Einem war das Blatt aus der Hand gefallen, und er sprang nun auf, der andere saß reglos da, eine halb gerauchte Zigarette im Mundwinkel. Beide starrten sie an wie eine Erscheinung.

»Schönen guten Tag auch«, sagte Otto Michalke grinsend und schloss überraschend behutsam die ramponierte Tür.

Die jungen Männer gaben keine Antwort.

Tristan warf einen Blick auf die Karten. »Gutes Blatt?«, fragte er den am Boden Sitzenden, dem eine blonde Tolle tief in die Stirn fiel. Er hatte ein langes, eher konturloses Gesicht und eine schmale Nase und erinnerte ein wenig an einen überzüchteten Windhund. Von der arroganten Überheblichkeit, die er an jenem Abend im *Shalimar* ausgestrahlt hatte, war heute nichts zu bemerken. Er starrte Tristan stumm an, mit weit aufgerissenen Augen und bebenden Nasenflügeln. Die Zigarette hatte er inzwischen aus dem Mund genommen, sie brannte ungeraucht zwischen seinen Fingern und produzierte eine schnell anwachsende Aschesäule.

»Frieder Crantz?«, fragte Tristan, und der Blonde nickte, fast automatisch.

»Dann bist du Fedor von Busche?«, wandte er sich an den Dunkelhaarigen, der im Gegensatz zu seinem reglosen Freund fahrig und nervös war.

»Was wollen Sie? Wer sind Sie?«, schoss von Busche zurück. Doch hinter seinem aggressiven Tonfall konnte man deutlich Angst hören.

»Setz dich«, sagte Tristan knapp, und als der junge Mann nicht gleich reagierte, gab er ihm einen unsanften Stoß, der ihn auf das ungemachte Bett plumpsen ließ. Als er seinen Blick auffordernd auf Crantz richtete, rappelte sich dieser vom Boden auf setzte sich neben von Busche auf die Bettkante.

»Was wisst ihr über den Anschlag?«, fragte Tristan, als er beide im Blick hatte.

Während Crantz stumm blieb und seine blassblauen Augen noch weiter aufriss, versuchte von Busche es jetzt mit Trotz. »Wir wissen nicht, wovon Sie reden«, sagte er und fügte mit aufgesetzter Empörung hinzu: »Was fällt Ihnen eigentlich ein, hier hereinzustürmen und uns zu bedrohen?«

Tristan hob die Brauen. »Bedrohen?« Er sah seine beiden Begleiter an. »Haben wir jemanden bedroht?«

»Dit wär mir aufjefallen«, sagte Otto Michalke, und Kurt Herzfeld hob in aller Unschuld beide Hände. »Wir doch nicht.«

Von unten drang jetzt Lärm nach oben, wütende Rufe, Gepolter, irgendetwas ging zu Bruch.

»Die Bedrohung kommt aus einer ganz anderen Richtung, und das wisst ihr«, sagte Tristan nun wieder an die beiden Studenten gewandt. Als sie keine Antwort gaben, fügte er hinzu: »Josef Kurtz hat mit Sicherheit noch zwei Wolfsangeln für euch übrig.«

Auf dem dünnen Hals von Crantz blühten hektische rote Flecken auf. Sein Freund schniefte nervös.

»Wart ihr dabei, als Kurtz euren Freund getötet hat?«, fragte Tristan.

Frieder Crantz senkte den Blick, und seine Lippen verwandelten sich in einen dünnen weißen Strich. Er schüttelte fast unmerklich den Kopf.

Tristan fiel der Kohlewagen von damals wieder ein und die vier Männer mit den geschwärzten Gesichtern, und er sagte langsam: »Aber ihr wart das auf dem Kohlewagen. Er hat euch gezwungen, euren Freund dort von der Laterne herunterzuholen.« Ein Blick auf die Gesichter der beiden genügte, um zu wissen, dass er mit seiner Vermutung ins Schwarze getroffen hatte.

Er fragte sich plötzlich, wieso die Verschwörer diese drei jungen Burschen überhaupt in ihren Plan eingeweiht hatten. Sie waren nicht im Krieg gewesen und auch sonst erkennbar keine Profis, wenn es um Gewalt und Tod ging. Im Gegenteil, die beiden hier waren sichtlich mit ihren Nerven am Ende. Tristan konnte sich nur einen Grund denken, um diese Grünschnäbel in so einer brisanten Sache mit ins Boot zu holen: Sie brauchten sie für irgendetwas. Etwas, was Kurtz und von Geldern oder andere seiner Männer nicht selbst erledigen konnten. Inzwischen schlotterten sie vor Angst, und Tristan konnte sie gut verstehen. Mehr noch, er hatte Mitleid mit ihnen.

»Was war eure Aufgabe in dieser Sache?«, fragte er ruhig. »Was hättet ihr und euer Freund für von Geldern und Kurtz tun sollen?«

Frieder Crantz schluckte schwer, dann beugte er sich in Tristans Richtung und flüsterte kaum hörbar: »Nichts mehr. Wir haben schon...«

Fedor von Busche, der offenbar nicht mitbekommen

hatte, dass sein Freund Tristan etwas zuflüsterte, legte mit mühsam zusammengekratztem Pathos in der Stimme los: »Heinrich war kein Freund. Er war ein feiger Verräter.« Frieder Crantz verstummte augenblicklich, und Tristans Mitleid für von Busche schwand. Ohne ein Wort trat er vor und gab ihm eine heftige Ohrfeige. »Du hast keine Ahnung, wovon du sprichst, du Idiot«, sagte er und wandte sich dann an Crantz. »Was ist mit dir? Bist du auch so ein Trottel, der glaubt, sein Freund hätte es verdient zu sterben?«

Crantz schüttelte den Kopf, schwieg jetzt aber. Tristan hätte von Busche am liebsten eigenhändig den Hals umgedreht. Frieder Crantz war so kurz davor gewesen zu reden.

»Wir können euch schützen«, versprach Tristan. »Kurtz wird euch nicht zu fassen kriegen.«

Von Busche lachte, aber es klang hysterisch. »Beschützen? Ihr? Ich weiß nicht, wer ihr seid, aber wenn ihr zu diesen Hampelmännern gehört, die sich Regierung schimpfen, dann könnt ihr nicht mal euch selbst schützen!«

»Ach, tatsächlich?«, fragte Tristan gedehnt. »Wie meinst du das?«

»Eure Tage sind gezählt«, schrie Fedor von Busche, den jetzt offenbar der Mut der Verzweiflung antrieb. Er sprang auf und baute sich vor Tristan auf. »Kein einziges Wort erfahrt ihr von mir!«

Tristan musterte ihn, bemerkte die blutunterlaufenen Augen, die unnatürlich geweiteten Pupillen, die laufende Nase und zählte zwei und zwei zusammen. Er kannte die Anzeichen für Kokainkonsum nur allzu gut.

»Halt mal die Luft an«, sagte er und schob ihn ein wenig von sich weg, um sich erneut an Crantz zu wenden. »Gilt das auch für dich?«

»Klar!«, krähte von Busche dazwischen, bevor sein Freund antworten konnte. »Wir sind keine Verräter.«

»Darauf kommt es jetzt nicht mehr an«, sagte Tristan. »Es wird euch nämlich keiner glauben, dass ihr uns nichts verraten habt. Wenn wir hier rausgehen, wird klar sein, dass wir die Informationen erhalten haben, die wir haben wollten.« Er deutete zur Tür, hinter der noch immer ein ziemlicher Krach zu hören war. »Jeder Einzelne in diesem Haus bekommt gerade mit, dass wir da sind, um mit euch zu sprechen. Irgendeiner wird es von Geldern erzählen, und der ... der sagt es Kurtz.«

»Mir doch egal!«, schrie von Busche. »Mich kriegt keiner!« Ihm liefen die Tränen über das Gesicht.

»Wir bringen euch an einen Ort, an dem er euch nicht finden kann«, sagte Tristan. »Wenn wir wissen, was sie vorhaben, können wir sie einsperren lassen ...«

»Es ist keiner da, der sie einsperren könnte.« Crantz' Stimme war noch immer kaum lauter als ein Flüstern, dennoch wandten sich alle Köpfe zu ihm. »Mein Vater ist Präsident des preußischen Polizeivereins und ein Kollege von Oberst von Geldern. Die meisten der Polizeioffiziere stehen hinter dem Plan. Übermorgen werden sie ...«

»Halts Maul, du Idiot!«, kreischte von Busche und versuchte, sich auf Crantz zu stürzen.

Kurt Herzfeld sprang nach vorne, packte ihn und drehte ihm einen Arm auf den Rücken. Als von Busche weiter wüste Beschimpfungen gegenüber Crantz ausstieß, verpasste ihm Otto Michalke seinen bereits erprobten K.-o.-Schlag, und der Student klappte mit einem Ächzen zusammen.

»Was ist übermorgen?«, fragte Tristan Frieder Crantz, nachdem die Störung für den Moment beseitigt war.

Der junge Mann zögerte. »Sie nehmen mich mit?«, fragte er dann.

Tristan nickte.

»Jetzt gleich?«

»Jetzt gleich. Unten warten noch vier Freunde von uns. Wie du hörst, kümmern die sich gerade um deine Mitbewohner. Wir sind sieben Mann. Dir wird nichts passieren.«

»Und Fedor?« Crantz blickte auf seinen Freund, der bewusstlos am Boden lag.

»Den auch, wenn er will.«

»Er ist gerade nicht ganz bei Sinnen …«

»Ist mir auch schon aufgefallen«, meinte Tristan trocken. »Ich schlage vor, wir nehmen ihn auch mit, und er kann sich entscheiden, wenn er wieder klar denken kann.«

Der junge Mann stand zittrig auf.

»Also gut. Ich werde Ihnen alles erzählen. Aber erst, wenn ich in Sicherheit …« Er verstummte mitten im Satz, und sein ohnehin schon blasses Gesicht verlor jegliche Farbe. In seinen Augen flackerte Panik auf.

Als Tristan seinem starren Blick folgte, stieß er einen herzhaften Fluch aus. Die Tür, die Otto verschlossen hatte, stand sperrangelweit offen. Niemand war auf dem Flur zu sehen, aber falls dort jemand gestanden hatte, hatte er Crantz' Worte mit Sicherheit gehört.

Tristan wollte gerade zur Tür laufen, als der junge Mann ebenfalls loslief. Jedoch in die entgegengesetzte Richtung. Er lief auf das Giebelfenster zu und stürzte sich, ohne innezuhalten, durch die geschlossenen Scheiben in die Tiefe. Das Klirren der zerberstenden Scheibe prallte am entsetzten Schweigen der Männer ab.

Sie rannten zum Fenster und sahen hinunter. Die Dämmerung hatte bereits eingesetzt, im Hof war es dunkel, mit Ausnahme einer einzelnen Laterne, deren Licht einen gelben Kreis auf dem Pflaster bildete. Inmitten dieses Kreises lag Crantz, die Arme weit ausgebreitet wie zum Flug, die

Beine in einem unnatürlichen Winkel verrenkt. Scherben glitzerten, und unter seinem Kopf breitete sich eine dunkel glänzende Blutlache aus.

Tristan war der Erste, der sich umwandte, um nach Fedor von Busche zu sehen. Doch die Stelle, wo der Bewusstlose eben noch gelegen hatte, war leer.

Und er blieb verschwunden, ebenso der unsichtbare Mann, der Frieder Crantz so offensichtlich in Panik versetzt hatte. Sie suchten das ganze Verbindungshaus ab, jedoch erfolglos. Von den Studenten war kein Widerstand mehr zu erwarten. Diejenigen, die versucht hatten, die Eindringlinge abzuwehren, rappelten sich gerade erst wieder auf, die anderen, die klüger gewesen waren, hatten sich in ihre Zimmer verzogen und blieben auch jetzt, als die sieben Männer noch einmal durch das Haus liefen und alle Türen aufrissen, mucksmäuschenstill.

Nachdem Fedor von Busche nicht am Eingang vorbeigekommen war, musste er einen anderen Fluchtweg gefunden haben. Vermutlich über die Hintertreppe in den Keller und dann über den Kohlenschacht, dessen hölzerne Klappe, die in den Hinterhof führte, nicht abgesperrt gewesen war. Womöglich hatte ihm auch derjenige, der an der Tür gestanden hatte, als Crantz reden wollte, geholfen. Doch gleichgültig, wie er es gemacht hatte: Fedor von Busche war entkommen.

Frieder Crantz dagegen war ohne jeden Zweifel tot. Während die übrigen Männer beklommen im Hof herumstanden, kniete sich Tristan neben dem jungen Mann auf das Hofpflaster. Als er seinen Kopf vorsichtig zur Seite drehte und in die leeren Augen des jungen Mannes blickte, hatte er für einen Moment das Gefühl, sich selbst darin zu sehen.

Und nicht nur sich, auch Freddy, Mara, Heinrich von Ost und all die anderen Toten, die er schon gesehen hatte.

Sein Magen krampfte sich schmerzhaft zusammen. Er sprang auf und übergab sich in die kahlen Büsche, die das ehrwürdige Verbindungshaus umgaben. Eine Zeit lang stand er nur da und versuchte zu begreifen, was gerade geschehen war.

Es war Kurt, der ihn schließlich am Arm packte und mit sich zog. »Komm, Nowak. Der wird nich wieder lebendig. Lass uns mal die Biege machen, bevor die da drinnen Alarm schlagen.«

Sie liefen die stille Straße entlang, die von vornehmen Bürgerhäusern gesäumt wurde, und bogen in eine Seitenstraße ein, die zum Wittenbergplatz führte. Hier hatten sie sich getroffen. Kurt war mit seinem Motorrad gekommen und hatte Tristan als Sozius mitgenommen, Otto Michalke hatte die vier anderen in den zerschrammten Lieferwagen gepackt, mit dem er, seit er arbeitslos war, Botendienste für einen Lebensmittelhändler erledigte.

Während sie langsam wieder zu Atem kamen und sich betroffen ansahen, klopfte Otto Michalke Tristan mit seiner Pranke auf die Schulter.

»Hätten wa nüscht tun können, Nowak«, sagte er. »Der Junge hat sich mit die falschen Leute einjelassen.«

Tristan zuckte mit den Schultern, nur wenig überzeugt. Doch er wollte nicht darüber reden. Stattdessen sagte er: »Wen hat er wohl gesehen, bevor er gesprungen ist?«

»Vielleicht diesen Kurtz?«, schlug Kurt vor. Er hatte sich eine seiner gelblichen selbst gedrehten Zigaretten angezündet und rauchte mit zusammengekniffenen Augen.

»Möglich«, überlegte Tristan. »Aber wo ist er hin? Warum haben die Jungs unten ihn nicht gesehen?«

»Da war ein Mann«, meldete sich einer der Boxer plötzlich zu Wort. »Älter als die Studenten. Der stand im Treppenhaus, im ersten Stockwerk und hat kurz zu uns runterjekiekt. Und dann war er auch schon wieder weg.«

»Wie sah er aus?«, fragte Tristan.

Der Boxer überlegte. »Janz normal, würd ick sagen. Braune Haare, kleener Schnauzer ...«

»Brille?«

»Nee.«

»Das kann jeder gewesen sein, Nowak«, sagte Kurt. »Die werden jemanden von ihren Leuten abgestellt haben, um auf die beiden aufzupassen.«

Tristan fluchte leise. Kurt hatte recht. Es spielte keine Rolle, wer es gewesen war. Fedor von Busche war ihnen durch die Lappen gegangen. Und Frieder Crantz konnte nichts mehr sagen. »Übermorgen«, murmelte er. »Was haben sie vor? Was wird übermorgen passieren?«

»Vielleicht ein weiterer Anschlag während der Aufführung?«, vermutete Kurt, doch Tristan schüttelte den Kopf. Er kannte die Auftrittstage der Revue inzwischen auswendig. »Übermorgen ist keine Vorstellung. Es muss etwas anderes sein.« Er dachte an das, was Frieder Crantz ihm zugeflüstert hatte. »Etwas, wozu sie die drei gebraucht haben. Die haben etwas für sie erledigt, was damit in Zusammenhang steht. Etwas ausgekundschaftet, vorbereitet vielleicht ... Aber was?« Er fluchte erneut und versetzte dem Reifen von Otto Michalkes Gemüsetransporter einen Tritt.

»Wie machen wir jetzt weiter?«, ließ dieser vernehmen.

»So wie besprochen«, gab Tristan zurück. »Kurt versucht, etwas über diesen dubiosen Verein herauszufinden, und Claussen wird weiter beschattet. Ganz auffällig unauffällig, damit er richtig nervös wird. Und der Rest geht wieder ins Theater. Dann sehen wir weiter. Ich werde noch mal mit der Mutter von Heinrich von Ost sprechen. Ich glaube, sie weiß mehr, als sie zugibt. Immerhin wissen wir jetzt den Zeitpunkt. Übermorgen.«

»Sollen wir denn heute das Theater überhaupt bewachen?«, fragte einer der jungen Männer. »Heute wird dann ja wohl nüscht passieren.«

»Wir gehen auf alle Fälle hin, wie abgemacht. Vielleicht ändern sie ihre Pläne nach dem, was gerade passiert ist. Oder sie wollen Vergeltung, kommen, um Krawall zu machen.« Tristan wusste, er würde sowieso hingehen, ganz gleichgültig, wie hoch die Gefahr war, dass heute etwas passierte. Er hatte sich geschworen, Josephine nicht mehr aus den Augen zu lassen, und den Schwur würde er halten.

»Glaubste, die Polente kriegt uns dran wegen dem Toten? Kann doch sein, dass die uns das anhängen«, fragte ein anderer besorgt. »Ick hab schon 'ne Vorstrafe an der Backe. Dit kann ich nicht jebrauchen.«

Tristan dachte kurz nach, dann schüttelte er den Kopf. »Ich glaube nicht, dass sie gerade jetzt großen Staub aufwirbeln wollen. Sie wissen nicht, wie viel wir wissen, und werden nicht riskieren, dass wir womöglich auspacken und es eine Untersuchung gibt. Das würde ihren Plan gefährden. Es gibt immer noch genug einflussreiche Leute in der Stadt, Reporter, Politiker, die auf unserer Seite sind.«

Letzteres klang überzeugter, als Tristan es tatsächlich war. Im Moment hatte er eher das Gefühl, er und der kleine Haufen Verbündeter stünden mit ihrem Verdacht und ihren Bemühungen völlig allein auf weiter Flur. Und im Grunde war es ja auch so.

Die anderen erwiderten nichts. Tristan sah Zweifel in ihren Mienen, was die Unterstützung von außen anbelangte, aber auch Entschlossenheit. Vor allem Otto Michalke schien jeden Moment losstürmen und den Verschwörern im

Alleingang den Garaus machen zu wollen. Dieser Vorfall heute, die panische Reaktion der beiden Studenten, hatte entscheidend dazu beigetragen, dass die Männer jetzt überzeugt davon waren, dass das, was er ihnen erzählt hatte, die Wahrheit war. Und sie würden es den anderen weitersagen.

Schließlich verabschiedeten sich Michalke und die vier jungen Boxer und kletterten in den Lieferwagen. Kurt blieb noch einen Augenblick neben Tristan stehen und rauchte seine Zigarette zu Ende.

»Ich weiß schon, welcher Verein dieses Z als Erkennungszeichen benutzt«, sagte er, während sie Michalkes Wagen nachblickten.

Tristan sah ihn erstaunt an. »Warum hast du das nicht vorhin gesagt?«

Herzfeld schnippte seine Zigarette weg. »Dachte, du solltest es als Erster wissen. Dann kannst du entscheiden, wie wir weiter vorgehen, und es den anderen sagen. Jetzt, wo Freddy weg ist, brauchen die Leute jemanden, der ihnen sagt, wo's langgeht, und das solltest du sein.«

Tristan nickte langsam. Er verstand, dass Kurt ihm damit sagen wollte, dass er ihn dabei unterstützte. Ihn durchströmte ein Gefühl der Dankbarkeit. Er hatte trotz Freddys Tod noch immer Leute um sich, auf die er sich verlassen konnte. Sie vertrauten ihm, und nicht nur das: Sie würden tun, was er ihnen sagte. Das war für ihn, der seit Jahren mehr oder weniger als Einzelkämpfer unterwegs gewesen war, eine ganz neue Erfahrung.

Er räusperte sich und wollte etwas sagen, doch Kurt winkte ab. »Lass stecken. Der Verein heißt Wehrsportgruppe Pfeiffer. Ihr Chef ist ein gewisser Ludwig Pfeiffer. Er war Feldwebel an der Westfront und wär wohl gern noch bisschen länger marschiert. Nach dem Krieg und der Demobilisierung wusste er nichts mehr mit sich anzufangen, deshalb hat er ein paar Leute um sich geschart und Jagd auf Kommunisten gemacht. Sie haben sich einem Freikorps der Garde-Kavallerie-Schützen-Division angeschlossen.«

Tristan pfiff leise durch die Zähne. Freikorpssoldaten der Garde-Kavallerie-Schützen-Division hatten 1919 Rosa Luxemburg und Karl Liebknecht erschossen. Im nachfolgenden Prozess vor dem Kriegsgericht waren die Beteiligten allesamt freigesprochen worden.

»Du liegst richtig«, sagte Herzfeld, dem Tristans Reaktion nicht entgangen war. »Ludwig Pfeiffer gehörte genau dieser Truppe an. Er war nicht an den Morden selbst beteiligt, aber er war einer der Bewacher, als sie Luxemburg und Liebknecht illegal verhaftet und ins *Hotel Eden* verschleppt haben, wo das Freikorps sein Hauptquartier hatte. Und ganz sicher war er einer von denen, die sie vor ihrem Tod gefoltert haben.«

»Bewacher...«, wiederholte Tristan langsam. Die beiden sahen sich an und dachten das Gleiche. »Ich wette, Ludwig Pfeiffer ist dunkelhaarig und hat einen kleinen Schnauzer«, sagte Tristan, und Kurt Herzfeld nickte.

»Würde jedenfalls passen.«

»Woher weißt du das alles?«, fragte ihn Tristan.

Kurt druckste ein bisschen herum, dann sagte er: »Ich hab einen Kumpel, Theo heißt der, dessen Bruder war Mitglied in dem Freikorps.«

»Oha.« Tristan hob die Brauen. »War? Und was ist er jetzt? SA-Mitglied?«

»Jetzt ist er tot. Er wurde erschossen, schon vor einigen Jahren. Von seinen eigenen Leuten, weil er nach der Sache mit der Luxemburg und dem Liebknecht aussteigen wollte. Das war ihm zu viel. Mein Kumpel hat sich damals richtig reingefuchst. Wollte den Mörder seines Bruders drankriegen. Ist ihm aber nicht gelungen. Die halten alle zusammen. Ich hab Theo heute Mittag zum Essen und zwei Bier im *Aschinger* eingeladen und mich ein bisschen mit ihm unterhalten. Es gibt keine Freikorpsleute, die der nicht kennt. Der kann dir sogar deren Schuhgröße sagen. Und er kennt auch Pfeiffer. Der hat sich nach dieser Sache politisch zurückgezogen, doch letztes Jahr ist er plötzlich mit dieser Wehrsportgruppe wieder aufgetaucht.«

»Mit einer Wolfsangel als Erkennungszeichen«, ergänzte Tristan grimmig.

»Exakt.« Kurt nickte.

»Das ist kein Zufall. Kurtz hat ihn vermutlich rekrutiert. Er braucht Handlanger. Leute, die ihm helfen und Unruhe stiften. Und hinter diesen beiden stecken von Geldern und Claussen.«

»Und wer weiß, ob das alle sind«, gab Kurt zu bedenken.

»Wieso? Wie kommst du darauf?«

»Theo glaubt, dass es eine Menge Leute gibt, die immer noch miteinander in Kontakt stehen und die militante Gesinnung der Freikorps weitertragen. Die haben lange noch nicht aufgegeben.«

»Das hab ich auch schon gehört.« Tristan nickte. Sein Onkel hatte etwas Ähnliches gesagt. Er hatte von ehemaligen Mitgliedern der inzwischen verbotenen Organisation Consul gesprochen.

»Es gibt Gerüchte, dass dahinter sogar ein einziger Mann stehen könnte, der alle Fäden in der Hand hält.«

Tristan sah ihn erstaunt an. »Du meinst, hinter von Geldern, Claussen und Kurtz gibt es noch jemanden?«

»Ich meine gar nichts.« Kurt hob beide Hände. »Hab wirklich keine Ahnung von diesen Dingen, Nowak. Deshalb sag ich dir nur, was mein Kumpel denkt. Und es sind nur Gerüchte. Es könnte auch sein, dass sich Theo ein bisschen reingesteigert hat, was diese Leute angeht. Immerhin haben die seinen Bruder auf dem Gewissen.«

»Könnte sein. Könnte aber auch nicht sein...« Tristan brach ab.

Erst vor Kurzem, nach der Entdeckung von Maras Leiche, war ihm dieser ganze Verschwörersumpf vorgekommen wie ein stinkendes unterirdisches Kanalsystem, und eine ähnliche Empfindung hatte er jetzt wieder. Es bedurfte übermenschlicher Kräfte, diesen Morast trockenzulegen, und womöglich würde es nie ganz gelingen. Doch das war nicht seine Aufgabe. Er hatte dafür zu sorgen, dass Josephine nichts passierte. Und es war noch etwas dazugekommen, wie er sich in diesem Moment eingestand: Er musste Freddy rächen. Wenn er diesen Gille erwischen würde, wann und wo auch immer, würde er ihn, ohne zu zögern, töten.

Kurt ging zu seinem Motorrad. »Ich muss noch rausfinden, wann und wo sich die Wehrsportgruppe trifft. Dann können wir zuschlagen.«

Tristan nickte. »Danke.«

Kurt grinste und entblößte seine Zahnlücke. »Da nich für«, sagte er und offenbarte damit einen seltenen Moment lang seine Hamburger Herkunft. Dann warf er seine Maschine an und forderte ihn auf aufzusitzen.

Doch Tristan schüttelte den Kopf. Es ging ihm bei Weitem nicht so gut, wie er Kurt hatte glauben lassen. Er war definitiv nicht in der Verfassung, jetzt in den Boxclub zurückfahren, um mit den anderen zu reden, Fragen zu beantworten und womöglich noch mehr Entscheidungen zu treffen.

Als Kurt davonknatterte, sah ihm Tristan mit gemischten Gefühlen nach. Es hatte gutgetan, seine Unterstützung zu erfahren, andererseits hatte es ihm auch bewusst gemacht, wie isoliert er sich seit Freddys Tod fühlte. Er erinnerte sich an den Moment, als er aus dem Krankenhaus nach Hause gekommen war und das Gefühl gehabt hatte zu fallen.

Er fiel immer noch. Die toten Augen von Frieder Crantz standen ihm wieder vor Augen, und er spürte, dass er dabei war, sich von der Realität abzukapseln, wie er es schon einmal getan hatte: Es hatte nur den Anschein, als nähme er am Leben der anderen teil. In Wahrheit befand er sich an einem anderen Ort. An einem Ort der Finsternis, zu dem nichts von dem mehr durchdrang, was das Leben ausmachte. Keine Freundschaft, keine Liebe, keinerlei Emotionen. Allein der Gedanke daran, dort verweilen zu müssen, trieb Tristan den Angstschweiß auf die Stirn. Als er seine Hände aus den Taschen seines Jacketts nahm, sah er, dass sie zitterten.

37

Während er durch die immer schäbiger werdenden Straßen lief, versuchte Tristan nach Kräften, die warnende Stimme zu ignorieren, die ihn davon abzuhalten versuchte weiterzugehen. Auch Freddy hätte versucht, ihn daran zu hindern, zu tun, was er im Begriff war zu tun, das wusste er. Doch Freddy war nun einmal nicht mehr da.

Dafür war die Finsternis zurückgekommen. Sie würde ihn verschlingen, wenn er nichts dagegen unternahm. Und dann würde er Josephine nicht retten können. Und Freddy nicht rächen. Er würde überhaupt nichts mehr tun können.

Es war nur vorübergehend, redete er sich ein. Um durchzuhalten. Einen klaren Kopf zu behalten. Freddys wächsernes Gesicht zu vergessen. Maras zerstörte Hand, ihr zerschlagenes Gesicht. Den toten Heinrich von Ost an der Laterne, die leeren Augen von Frieder Crantz ... Und nicht mehr darüber nachdenken zu müssen, was hätte sein können, wenn er und Josephine sich zu einer anderen Zeit, an einem anderen Ort begegnet wären.

Die Gegend nördlich des Scheunenviertels gehörte neben Moabit zu den elendsten und gefährlichsten Vierteln Berlins. Tristan kannte die Gassen und unzähligen Hinterhöfe, die sich wie ein Labyrinth durch das Quartier zogen, gut, obwohl er schon einige Jahre nicht mehr hier gewesen war. Gezielt ging er durch die Straßen, schob sich wortlos an den zerlumpten Bettlern und angemalten Huren vorbei und bog schließlich in eine dunkle Sackgasse ein, an deren Ende sich eine schmale Tür befand. Kein Licht, kein Namensschild wies den Weg, doch die, die hierherkamen, wussten ihn ohnehin. Er öffnete die Tür und stieg die Stufen in den Keller hinunter.

Eine mit dem Schmutz vieler Jahre zugekleisterte billige Stofflampe von undefinierbarer Farbe hing von der Decke und schaukelte leise im Luftzug, der von draußen hereindrang. Ihr schwaches Licht schwankte die feuchten Wände entlang, als sei es betrunken. Auf halber Treppe kam ihm eine Frau entgegen. Sie trug einen Pelzmantel, der an manchen Stellen mottenzerfressen war, und darunter ein blutrotes Kleid. Ihre Haare waren ebenfalls rot. Sie hatte grüne Augen und trug ein Monokel. Tristan fühlte sich einen Moment lang prüfend durch das vergrößerte grüne Monokelauge gemustert, dann wandte sie den Blick ab und ging weiter, einen schwachen Geruch nach Puder, süßlichem Parfüm und Verzweiflung hinterlassend.

Unten am Kellerabsatz befand sich eine weitere Tür, und Tristan zögerte einen Moment, bevor er die Klinke drückte und Blochs Reich betrat.

Bloch, dessen Vornamen, wie auch bei Tristan selbst niemand kannte – man wusste auch nicht, ob er tatsächlich Bloch oder vielleicht Lehmann oder Schulze hieß –, hatte nach dem Krieg eine beachtliche Karriere als Drogendealer gemacht. Als Teil einer Sanitätskolonne, die sich um die Feldlazarette kümmerte, hatte ihm die Verwaltung des Kokains oblegen, das man an der Front als lokales Betäubungsmittel eingesetzt hatte. Nach dem Krieg hatte er umsichtig dafür gesorgt, dass die Bestände einer anderen, für ihn sehr viel lukrativeren Verwendung zugeführt wurden. Bloch schien über einen geradezu unerschöpflichen Vorrat zu verfügen und brachte ihn mit Verve unter die Leute.

Viele von Tristans Kameraden waren bereits während des Krieges mit der Droge in Berührung gekommen. Die Soldaten in den Schützengräben hatten schnell herausgefunden, dass das weiße Pulver nicht nur zur Betäubung von körperlichen Wunden taugte, sondern einen auch die Erschöpfung und die Angst eine Weile vergessen ließ.

Damals hatte es Tristan nicht angerührt. Erst in den Jahren danach, die er nur als eine endlose Aneinanderreihung von schwarzen Tagen in Erinnerung hatte, war er, nach einigen unangenehmen Experimenten mit anderen Händlern, ein treuer Kunde von Bloch geworden. Bei ihm konnte man sich wenigstens drauf verlassen, dass es sich tatsächlich um Kokain handelte, was man bekam.

Der Kellerraum, den er jetzt betrat, war auch vier Jahre nach seinem letzten Besuch unverändert: Es war stickig warm, ein kleiner gusseiserner Ofen, neben dem sich Briketts in ordentlichen Reihen stapelten, bullerte mit Anstrengung vor sich hin. Das Ganze galt offiziell, soweit man überhaupt davon Kenntnis hatte, als eine Art Wärmestube für Obdachlose, und tatsächlich befanden sich einige dieser armen Teufel unter den Gestalten, die in der Nähe des Ofens auf alten Stühlen und durchgelegenen Polstermöbeln hockten. Es roch nach ungewaschenen Körpern, vermischt mit etwas widerlich Süßlichem, was Tristan nicht identifizieren konnte, das ihn aber dazu veranlasste, unauffällig durch den Mund zu atmen. Ein paar Huren waren ebenfalls anwesend, sie tranken Tee und wärmten sich für die nächste Schicht, wobei nicht der Ofen die entscheidende Rolle für ihren Aufenthalt in Blochs Reich spielte, was man an ihren ausgemergelten, fiebrigen Gesichtern und den nervösen Bewegungen unschwer erkennen konnte.

In einer Ecke unweit des Ofens stand ein dürrer Tannenbaum, noch von Weihnachten, dürftig mit ein paar Kugeln und Strohsternen geschmückt. An seinen Zweigen hingen zudem nasse Taschentücher, die Blochs Kunden dort zum Trocknen aufgehängt hatten. Bloch selbst, ein hagerer dunkelhaariger Kauz unbestimmten Alters, der immer einen schwarzen Anzug trug und von dem man nie wusste, ob er selbst unter Drogen stand oder einfach nur leicht verrückt war, saß auf einem Hocker neben den Brikettstapeln und trank ebenfalls Tee. Auf einem Sofa ihm gegenüber saß ein junges Mädchen.

Als Bloch Tristan erkannte, hellten sich seine schiefen Züge auf, und er ließ ein paar Goldzähne aufblitzen.

»Sieh an, Nowak. Der verlorene Sohn!« Er stellte seine Tasse auf dem Boden ab und stand auf.

Tristan musterte das Mädchen auf dem Sofa, das mit leeren Augen die Teetasse umklammert hielt. In einer anderen Verfassung wäre sie ganz hübsch gewesen, mit ihren tiefschwarzen Haaren, den großen blauen Augen und dem zarten Gesicht. Doch jetzt wirkte sie nur erbärmlich. Aschfahl, mit bleichen Lippen starrte sie vor sich hin. Jemand hatte ihr eine verfilzte Wolldecke um die Schultern gelegt. Darunter trug sie nur eine Art Unterkleid mit dünnen Trägern und billiger schwarzer Spitze an den Rändern und schwarze Strümpfe ohne Schuhe. Das Kleid war so kurz, dass man die Strumpfbänder sehen konnte, und ihre Oberschenkel waren so dünn wie Tristans Unterarme. Die Schlüsselbeine und Schulterknochen staken hervor, und sie bot einen so verlorenen Anblick, dass es ihn schmerzte hinzusehen. Dennoch konnte er den Blick nicht von ihr abwenden. Sie rührte ihn und kam ihm gleichzeitig seltsam vertraut vor. So, als ob er sie von irgendwoher kannte. Doch das konnte nicht sein. Als er hier verkehrt war, war sie vermutlich noch zur Schule gegangen.

Bloch war seinem Blick gefolgt. »Unser Sterntaler«, sagte er leise, obwohl es offensichtlich war, dass das Mädchen nichts von dem mitbekam, was um sie herum vor sich ging. »Eine von den Frauen hat sie heute Morgen bewusstlos in ihrem Treppenhaus gefunden. Dieses Mal hat sie's ein wenig übertrieben mit den schönen Träumen. Ihr Freund hat sie wohl sitzen lassen.« Er schnalzte betrübt mit der Zunge. »Liebeskummer muss man sich leisten können. Ella kann's nicht.«

Tristan nahm Bloch sein Mitgefühl nicht wirklich ab. Vermutlich sorgte er sich nur um eine gute Kundin. Aber immerhin ließ er sie hier in der Wärme sitzen und heißen Tee trinken. Das war mehr, als manch anderen vergönnt war. »Warum nennst du sie Sterntaler?«, fragte er leise.

»Kennst du das Märchen?«, fragte nun seinerseits Bloch, und als Tristan nickte, erklärte er: »So eine ist sie. Tanzt sich die Seele aus dem Leib, gibt alles, was sie hat, bis sie nur noch im Hemd dasteht, und hofft doch die ganze Zeit über, dass einer kommt und sie rettet. Nur, dass das hier kein Märchen ist. Goldtaler fallen nicht vom Himmel, und Retter kommen auch nicht einfach so um die Ecke.«

»Sie tanzt?« Tristan konnte es sich kaum vorstellen. Er betrachtete Ella, die weder ihn noch Bloch wahrzunehmen oder zu hören schien, erneut. Und plötzlich fiel ihm ein, woher er sie kannte. Sie war die Tänzerin aus dem *Papagei,* die im Tutu mit der Puppe Tango getanzt hatte, als er mit Josephine dort gewesen war. Es versetzte ihm einen Stich, als er an den Abend dachte.

Bloch klopfte ihm auf die Schulter. »Mach dir keine Gedanken. Die wird schon wieder. Sie ist zäh.« Dann wandte er sich von dem Mädchen ab, musterte stattdessen Tristans Gesicht und seine zitternden Hände und kicherte in sich hinein. »Bei dir hat's wohl auch nicht so geklappt mit der Realität, was?«

Tristan schob die Hände in die Taschen seines Jacketts. »Ich brauche nur ausnahmsweise etwas«, erwiderte er hastig. »Für den Notfall, verstehst du?«

Bloch lachte meckernd. »Das ganze Leben ist ein einziger Notfall, mein Lieber. Hast du das noch immer nicht kapiert?« Er breitete die Arme aus und rief laut und mit übertriebener Jahrmarktschreierstimme: »Seht ihr das nicht auch so? Das Leben ist ein Notfall, und ich bin das Lazarett, das versucht, ein paar Ecken und Enden wieder zusammenzuflicken.«

Während Ella nicht einmal aufsah, erwachten einige der Männer aus ihrem Dämmerschlaf und pflichteten ihm bei. Eine der Huren brach ihn hysterisches Gelächter aus und begann dann mit rauer, rauchiger Stimme zu singen:

»*Treibt in der Welt ein krankes Wrack.*
Geist wird geknebelt, der Erdgeist lacht,
und der Ungeist startet nachts im Frack!
Unter der Erde, da glimmt die Zündschnur, gebt nur acht!
Mitten im Foxtrott gibt's einen Knacks, und dann ist Nacht!«

Die anderen Frauen fielen mit ein:

»*Berlin, dein Tänzer ist der Tod!*
Berlin, halt ein, du bist in Not...«

Tristan schauderte, was nicht allein am Text des Liedes und dem wilden Gesang lag, sondern vor allem an den erschöpften, zerstörten Gesichtern der singenden Frauen. Der helle, fast weiße Puder, die grellen Lippenstifte und schwarz umrandeten Augen wirkten wie eine prophetische Vorwegnahme der Liedzeilen. Gleichzeitig verrieten ihre hilflosen Bemühungen, mondän zu erscheinen, wie sehr es ihnen an Liebe, Wärme und Nahrung, einfach an allem fehlte, was man zum Leben brauchte.

»Wie viel?«, unterbrach Bloch Tristans Betrachtungen, jetzt im geschäftsmäßigen Ton, nicht gewillt, seinen fetten Fisch von der Angel zu lassen.

»Kommt darauf an«, meinte Tristan.

»Ein Gramm zu fünfundzwanzig.«

Tristan reichte ihm einen Hundertmarkschein, und Bloch grinste. »Hast recht, ein bisschen Vorrat kann nicht schaden.« Er ging zum Ofen, hantierte bei den Briketts herum und förderte ein hohles Brikett zutage, aus dem er vier kleine Papiertütchen schüttelte und sie Tristan überreichte. Dieser schob sie schnell in die Jackentasche und nickte Bloch zum Abschied zu. Er wollte diesen Ort so schnell wie möglich verlassen.

»Bis bald«, rief Bloch, als Tristan schon an der Tür war, und sein meckerndes Lachen verfolgte ihn, bis er oben wieder ins Freie trat.

Zurück im Boxclub wusch und rasierte er sich rasch in seinem Zimmer. Dann schlüpfte er erneut in seinen eleganten dunklen Anzug, der ihm inzwischen wie eine Erinnerung aus vergangenen Zeiten vorkam. Von der gestrigen Zechtour war er ein wenig in Mitleidenschaft gezogen worden, doch mit einem sauberen weißen Hemd ging es. Es war ohnehin dunkel im Theater, und er hatte nicht vor, länger zu bleiben, als die Vorstellung dauerte. Nie mehr wollte er sich so danebenbenehmen wie gestern Abend.

Vor allem aber wollte er die Männer nicht sehen, die um

Josephine herumschwirrten und sie mit ihren Blicken verschlangen. Nein, er wollte nicht sehen, wie sie mit Kerlen wie diesem Hunkeler nach Hause fuhr, wollte sich nicht vorstellen müssen, was er mit ihr trieb.

Er hoffte, Josephine überhaupt nicht gegenübertreten zu müssen.

Das Kokain füllte er in ein leeres Schnupftabaksdöschen um und schob es in die Innentasche seines Jacketts. Für alle Fälle, sagte er sich. Er hatte es noch nicht angerührt.

Auf dem Weg zum Theater kaufte er sich bei einem Straßenstand zwei Paar Würstchen, verschlang sie hungrig mit wenigen Bissen und trank ein Bier dazu. Danach fühlte er sich einigermaßen gewappnet, das Nelson Theater ein weiteres Mal zu betreten.

Am Eingang, an dem es vor Menschen nur so wimmelte, wurde er von einem der Männer, die er und Kurt zur Kontrolle eingeteilt hatte, aufgehalten. Es war ein sommersprossiger, rothaariger Bursche mit einem Lausbubengesicht, aber beeindruckenden Muskeln. Er hieß Levin Pollak, und Tristan kannte ihn erst flüchtig. Kurt hatte ihn vor einiger Zeit mitgebracht, und er hatte sich gleich mit Rudko Franzen angefreundet.

»Kurt war gerade da, sie haben Neuigkeiten«, flüsterte Pollak ihm zu. »Das Wehrsportkommando Pfeiffer trifft sich immer im *Gasthof Goldener Krug*. Das ist in der Nähe vom Oranienburger Tor.«

»Wann?«, wollte Tristan wissen.

»Heute Abend.«

Tristan stieß einen Fluch aus. »Heute? Verdammt, das ist zu früh...«

»Nein. Kurt meinte, alle wären bereit. Er holt dich nach der Vorstellung mit dem Motorrad ab. Bist du dabei?«

»Ja«, sagte Tristan, ohne zu zögern, und der junge Mann nickte. »Bis später.«

Tristan ging durch das Theaterfoyer, das mit der Champagnerbar, den Spiegeln, funkelnden Kronleuchtern und stoffbespannten Wänden nach seinem Besuch in Blochs Kellerreich wie eine Fata Morgana wirkte, passierte die Ticketkontrolleure, die ihn schon kannten, und stellte sich auf seinen Posten.

Im Theatersaal herrschte gedämpftes Licht, und langsam tröpfelten die ersten Gäste ein. Erwartungsvolles Gemurmel erfüllte den Saal. Tristan lehnte sich an die Säule und schloss für einen Moment die Augen. Als sich der Vorhang hob, fühlte er sich wie in einer Zeitschleife gefangen. Wieder stand er hier, im Dunkeln, vor dieser Bühne, die den Gästen eine so perfekte Illusion darbot. Wieder würde er Josephine sehen, aus nächster Nähe und gleichzeitig Lichtjahre entfernt. Dabei war so viel passiert seit gestern Abend, seit dem Streit mit ihr, dass er kaum glauben konnte, dass seitdem erst vierundzwanzig Stunden vergangen waren. Er hatte das Gefühl, die Anspannung nicht mehr ertragen zu können, und fühlte sich gleichzeitig zu Tode erschöpft. Dann begann das Orchester zu spielen, und er richtete sich auf und straffte die Schultern.

Tristan wusste später nicht mehr, wie er die Vorstellung hinter sich gebracht hatte. Von der ersten Minute an zogen die Bühnenbilder, die Musik, die tanzenden, singenden Künstler und der Applaus an ihm vorüber, ohne dass er es wahrnahm. Einzig Josephine machte eine Ausnahme. Jedes Mal, wenn sie auf die Bühne trat, wurde er schlagartig hellwach. Hin und wieder hatte er sogar das unwirkliche Gefühl, dass sie zu ihm herübersah, dass ihr Blick den seinen suchte, wenngleich es ihm unmöglich schien, dass sie ihn im Dunkel des Zuschauerraums überhaupt erkennen konnte.

Er verfolgte jeder ihrer Bewegungen, hielt sich an ihrem schönen Gesicht, den großen Augen und dem breiten Lächeln fest wie an einem Rettungsanker. Dieses unbekümmerte Lächeln erschien ihm wie der Lichtschimmer, der früher durch den Spalt der von seiner Mutter nicht ganz geschlossenen Tür in sein Zimmer drang. Dieses Licht hatte ihn als Kind immer getröstet, wenn er von einem Albtraum geplagt, schweißgebadet und mit klopfendem Herzen aufgewacht war. Es hatte ihm versprochen, dass es noch etwas anderes gab als die Gespenster und Ungeheuer, die seine Träume bevölkerten. Und ähnlich fühlte er sich jetzt. Auch wenn er wusste, dass dieses Versprechen, das Josephines Lächeln ihm zu geben schien, eine Lüge war. Anders als in seiner Kindheit existierten die Gespenster und Ungeheuer tatsächlich, und kein Licht und kein Lächeln konnte ihn darüber hinwegtäuschen, sosehr er sich auch danach sehnte. Unwillkürlich tasteten seine Finger zur Innentasche seines Jacketts, berührten das kleine Döschen, und er spürte, wie er unruhig wurde, wenn er daran dachte, wie nah er der Erlösung war. Wenigstens für kurze Zeit.

Schließlich, als der *Danse Sauvage* angekündigt wurde, hielt er es nicht mehr aus.

Er stahl sich davon, verließ den Saal über die Tür, die hinter die Bühne führte, und fand sich auf der Suche nach einem ungestörten Plätzchen in Mays und Mauds gemeinsamer Garderobe wieder. Während auf der Bühne der inzwischen vertraute Trommelwirbel erklang und Josephines wilder Tanz begann, schloss er leise die Tür. Das kleine Zimmer war erfüllt vom Duft verschiedener Parfüms, Haarspray, Nagellack, Blumen. Auch hier standen wie bei Josephine Vasen mit Blumensträußen, allerdings bei Weitem nicht in der Menge wie bei ihr. Er setzte sich auf einen der Garderobenstühle vor den Spiegeln, holte die Schnupftabaksdose heraus und hielt sie eine Weile unschlüssig in der Hand. Sein Herz begann wild zu klopfen, und er spürte, wie ihm der Schweiß ausbrach. Er hob den Kopf und betrachtete sich selbst im Spiegel. Äußerlich weitgehend korrekt, gut gekleidet, ordentlich rasiert, graute ihm vor der Verachtung, die ihm aus seinen eigenen Augen entgegenschlug.

Seine Finger schlossen sich fester um den kleinen Behälter, und er wandte hastig den Kopf ab. Ziellos wanderte sein Blick über die unzähligen Fotos, die am Spiegel befestigt waren. Fotos eines Mannes mit tiefschwarzer Haut und einem gutmütigen Lächeln, Fotos einer Familie mit vielen Kindern und das Bild eines schlafenden Babys. Er betrachtete den anderen Spiegel, dort sah es ähnlich aus, auch er war mit Fotos geschmückt, und Tristan verstand plötzlich, was ihm Josephine hatte sagen wollen, gestern bei ihrem Streit, als sie auf ihren eigenen Garderobenspiegel gedeutet hatte, an dem im Gegensatz zu diesen beiden kein einziges Foto hing: Es gab niemanden, der auf sie wartete. Niemanden, nach dem sie sich sehnte. Sie war allein auf der Welt.

Langsam steckte er die Dose in sein Jackett zurück und stand auf. Während auf der Bühne der Applaus aufbrandete, schüttelte er sich wie ein Hund, der unverhofft in den Regen gekommen war, rieb sich mit beiden Händen ein paarmal über sein Gesicht und verließ, ohne dass ihn jemand sah, die Garderobe und dann das Theater.

Draußen erwartete ihn bereits Kurt Herzfeld. Tristan nickte ihm zu, und während er auf ihn zuging, öffnete er unauffällig das Schnupftabaksdöschen und ließ den Inhalt in den Rinnstein rieseln. Dann setzte er sich auf den Sozius der Maschine, und Kurt gab Gas.

Wenig später stellte Kurt sein Motorrad am Straßenrand ab, direkt hinter Otto Michalkes Lieferwagen. Tristan stieg ab, und gemeinsam gingen sie in den kleinen, von einer einzelnen Laterne erhellten Park, den sie als Treffpunkt vereinbart hatten. Nach und nach traten die anderen Männer ins Licht der Laterne.

Tristan fing an zu zählen, hörte aber auf, als er bei über dreißig angelangt war. Alle waren sie gekommen, Freddys Freunde, die Boxer und noch einige mehr, alle fest entschlossen, sich an den Männern, aus deren Reihen Freddys Mörder hervorgegangen war, zu rächen.

Sie begrüßten sich stumm, nur mit Blicken, dann deutete Kurt ans Ende des Parks, wo die Lichter des Gasthauses *Goldener Krug* gelbliche Rechtecke auf das Kopfsteinpflaster warfen. Lautlos schlichen die Männer um den Anbau des Wirtshauses herum, wo das Wehrsportkommando Pfeiffer seinen wöchentlichen Treff abhielt, und spähten vorsichtig durch die hell erleuchteten Fenster.

Tristan war unruhig, das Warten fiel ihm schwer. Am liebsten wäre er direkt reingestürmt, um bei dem erstbesten Spießgesellen, den er zu fassen bekam, Dampf abzulassen. Doch er zwang sich zur Ruhe und trat zusammen mit Kurt nahe an ein Fenster, das einen Spalt offen stand, um hören zu können, was gesprochen wurde. Sobald die Veranstaltung zu Ende wäre, würden sie den anderen ein Zeichen geben. Bis dahin zogen sich die Männer in die Schatten der kahlen Bäume des verwaisten Gastgartens zurück und warteten.

Die etwa vierzig Männer, die Tristan durch das Fenster zählte, feierten in dem von Zigarettenrauch vernebelten Hinterzimmer ihren Helden. Es wurden zahllose Bierkrüge auf Gilles Wohl geleert, und immer wieder ließ man ihn hochleben. Fedor von Busche war nicht unter ihnen.

Nach einer Weile stand ein dunkelhaariger, stämmiger Mann auf und stieg auf die kleine improvisierte Bühne, die sich direkt gegenüber dem Fenster befand, hinter dem Tristan und Kurt standen. Er war ganz offenbar der Anführer, denn als er zu sprechen anfing, wurde es still.

»Heute ist ein Abend der Dankbarkeit«, begann er feierlich und strich sich selbstgefällig über seinen kleinen Schnauzer. »Unser Kamerad Gille hat das getan, was sich jeder aufrechte Deutsche aus tiefstem Herzen wünscht!« Er machte eine effektvolle Pause, und die versammelte Mannschaft brüllte wie aus einem Mund ihre Zustimmung.

Tristan und Kurt wechselten einen Blick, und Kurt tippte sich vielsagend an die Oberlippe. Tristan nickte grimmig. Das musste er sein, Ludwig Pfeiffer, der Mann, den ihr Kollege im Treppenhaus gesehen hatte. Der Mann, der Frieder Crantz veranlasst hatte, aus dem Fenster zu springen. Tristan sah wieder durch das Fenster, wo Pfeiffer seine Zuhörer weiter anstachelte. Inzwischen johlte die Menge vor Begeisterung. Die Gesichter der überwiegend jungen Männer röteten sich, ihre Nackenmuskeln spannten sich an. Selbst als Beobachter konnte Tristan spüren, wie sich bei Pfeiffers eifernder Rede Wut und Hass durch die Begeisterung fraßen wie Flammen durch das Gebälk eines Hauses, bis sie hell und heiß aus jedem einzelnen Fenster loderten.

Schließlich sprach Pfeiffer die Anwesenden direkt an: »Wie lange wollt ihr noch zusehen, wie sich asoziales Gelumpe in unserer Stadt breitmacht? Könnt ihr das Gift nicht spüren, das dieses Pack ausströmt und die Sinne der jungen Menschen verwirrt, bis sie nicht mehr wissen, was anständig, recht und gesund ist?«

Ein einziges, unartikuliertes Gebrüll war die Antwort auf seine Frage. Während des tumultartigen Lärms wandte sich Tristan zu den wartenden Männern um und stieß einen kurzen Pfiff aus. Sie traten aus den Schatten und versammelten sich strategisch um den Ausgang.

Tristan erkannte den jungen Rudko Franzen in vorderster Reihe. Er hatte die Fäuste geballt und tänzelte unruhig auf der Stelle, wie vor einem Boxkampf. Kurt gesellte sich zu ihnen, während er selbst wieder die Versammlung beobachtete. Die ohnehin schon geröteten Gesichter der Angetrunkenen hatten sich bei Pfeiffers Frage weiter verfärbt, bekamen jetzt einen ungesunden Stich ins Purpurrote, Fäuste wurden geschüttelt, und aus den glasigen Augen glühte unheilige Zerstörungswut.

Offenkundig zufrieden mit der Wirkung seiner Rede hob Pfeiffer sein Glas auf Hermann Gille, ließ ihn erneut aus vollem Herzen hochleben und schickte die aufgepeitschten Männer in die Nacht hinaus, um Unheil anzurichten.

Während sie alle aufstanden und eilig ihre Zeche bezahlten, schlich sich Tristan gebückt unter den Fenstern zu den anderen.

Die Männer der Wehrsportgruppe Pfeiffer kamen nicht weit. Tristan und seine Leute fingen sie ab, bevor sie wussten, wie ihnen geschah. Das Überraschungsmoment sowie der Umstand, dass die Wehrsportler im Gegensatz zu ihren Angreifern schon erheblich getrunken hatten, machte sie zu einer leichten Beute, obwohl sie sich mit aller Kraft gegen die Männer, die über sie herfielen, zu wehren versuchten.

Am Ende war der Spuk so schnell vorüber, wie er begonnen hatte. Tristan und seine Männer verprügelten Pfeiffers Schergen nach allen Regeln der Kunst. Sie legten ihre ganze Wut und ihren Schmerz über Freddys Tod in ihre Schläge, sodass ihren Gegnern nicht der Hauch einer Chance blieb.

Als Tristan auffiel, dass Ludwig Pfeiffer nicht unter den Männern war, gab er Kurt einen Wink. Zusammen liefen sie in den Gasthof, stießen alle Türen auf, doch sie trafen nur auf die Wirtsleute und eine verschreckte Kellnerin. Ludwig Pfeiffer hatte seine Leute ihrem Schicksal überlassen und sich klammheimlich aus dem Staub gemacht.

38

Die Berliner Nordbahn, von Stralsund über Neustrelitz und Oranienburg kommend, fuhr schnaufend im Stettiner Bahnhof ein. Ihr entstieg ein Mann in Mantel und Hut, den er tief ins Gesicht gezogen hatte, in der einen behandschuhten Hand einen Gehstock, in der anderen eine kleine Reisetasche. Zufrieden sah er sich um. Er war also wieder da. Sein erzwungenes Exil in diesem Hundertseelendorf, zwanzig Minuten von Berlin entfernt, war zu Ende. Gottlob hatte es nicht lange gedauert. Er durchschritt betont langsam die Bahnhofshalle. Oberst von Gelderns Fahrer, der ihn abholen sollte, konnte durchaus noch ein paar Minuten warten. Er wollte seinen Triumph ein wenig auskosten.

Von Geldern hatte sich offensichtlich getäuscht, als er geglaubt hatte, ohne ihn auszukommen. Er hatte zu voreilig gehandelt. War sich seiner Fähigkeiten zu sicher gewesen. Es musste etwas passiert sein. Etwas Unerwartetes, etwas, mit dem sie alleine nicht zurechtkamen. Sie brauchten ihn. Der Anruf war heute Vormittag gekommen, und sein Gastgeber hatte nichts weiter zu vermelden gehabt, als dass er den nächsten Zug zurück nach Berlin nehmen solle, er würde abgeholt werden.

Jetzt hatte er das hohe Eingangsportal erreicht. Bevor er nach draußen trat, rückte er die runde Brille zurecht, um seine empfindlichen, wimpernlosen Augen vor dem ruppigen Ostwind zu schützen, der im Winter tagein, tagaus durch diese Stadt wehte, und verzog seinen vernarbten Mund zu einem Lächeln. Eine neue Aufgabe erwartete ihn, und er war gespannt, was es sein würde. Oder sollte er besser sagen, wer?

Auf dem Vorplatz stand von Gelderns Wagen. Als der Fahrer ihn erblickte, eilte er auf ihn zu und nahm ihm die Tasche ab. »Guten Tag, Herr Kurtz«, sagte er, beflissen und befangen zugleich, unfähig, ihm ins Gesicht zu blicken.

Er kannte dieses Verhalten. Es war die Scham der Unversehrten, die Scheu der Davongekommenen, gepaart mit einer großen Portion Abscheu.

Immer wieder aufs Neue erzeugten diese abgewandten Blicke dumpfen Zorn in ihm, den er nur mit äußerster Mühe unterdrücken konnte. Diese elenden, jämmerlichen Feiglinge waren nicht einmal in der Lage, ihn anzusehen, geschweige denn, ihren eigenen Kopf hinzuhalten. Kein Wunder, dass Deutschland den Krieg verloren hatte. Er sah den Fahrer, der ihm jetzt die Wagentür aufhielt, absichtlich direkt an, sodass er den Blick nicht abwenden konnte, ohne unhöflich zu wirken.

Als der Fahrer losfuhr, sichtlich nervös, umspielte Josef Kurtz' fast lippenloser Mund ein boshaftes Lächeln.

»Wohin bringen Sie mich?«, fragte er nach einer Weile.

Der Mann antwortete, ohne sich umzusehen. »Zu Oberst von Geldern, Herr Kurtz.«

»Zu ihm nach Hause?«

»Ja. Die anderen Herren sind auch schon eingetroffen.«

Kurtz lehnte sich überrascht zurück in seinen Sitz. Ein Treffen in von Gelderns Villa war höchst ungewöhnlich und, wie Kurtz bei seinem letzten Besuch wieder gespürt hatte, nicht erwünscht. Er und von Geldern trafen sich normalerweise im Tiergarten, oder in einem verschwiegenen Café, weil von Geldern, so skrupellos er sonst auch sein mochte, gegenüber seiner Gattin Cornelia zahm wie ein Lämmchen war, und Kurtz wusste, dass sie es nicht schätzte, wenn ihr Mann die »Geschäfte« mit nach Hause brachte.

Kurtz galt ihre besondere Abscheu, und sie zeigte es deutlich, was in ihm wiederum Mordfantasien weckte, in der Cornelia von Geldern keine unbedeutende Rolle spielte. Mehr noch als die Tatsache, dass sie sich heute dennoch bei von Geldern trafen, erstaunte Kurtz jedoch die Bemerkung des Fahrers, wonach die »anderen Herren« schon eingetroffen seien.

Er hatte erwartet, allein mit dem Oberst zu sprechen. So war es zwischen ihnen üblich. Wer mochten die anderen sein? Claussen natürlich, dessen Geseiere Kurtz auf den Tod nicht ausstehen konnte, aber man brauchte den Politiker nun einmal. Er hatte Einfluss und Macht, auch wenn Kurtz schleierhaft war, weshalb. Doch wer würde noch da sein? Etwa Pfeiffer? Dieser Prolet hatte beim Oberst eigentlich nichts zu suchen. Oder war es gar Parsifal persönlich? Kurtz richtete sich ein wenig auf. Das wurde immer interessanter. Sollte Parsifal tatsächlich extra angereist sein, musste etwas sehr Bedeutendes vorgefallen sein. Jetzt bogen sie in von Geldners Straße ein, und die ehrwürdige Villa des Obersts kam in Sicht. Kurtz reckte das Kinn, und seine Augen wurden schmal. Was auch immer von Geldern von ihm wollte, nach dieser unwürdigen Aktion mit der Landverschickung würde er sich gehörig anstrengen müssen, seine uneingeschränkte Loyalität zurückzuerhalten. Daran würde nicht einmal Parsifals Anwesenheit etwas ändern können.

Das Hausmädchen, ein dummes, kuhäugiges Ding, führte ihn in die Bibliothek. Als er eintrat, drehten sich zwei Männer zu ihm um, die am Fenster standen: Claussen und Pfeiffer. Parsifal war nicht gekommen. Kurtz blieb in der Nähe der Tür stehen und musterte Pfeiffer stirnrunzelnd. Er verstand nicht, wie von Geldern dazu kam, ihn einzuladen. Sie hatten die Hierarchien bisher immer streng eingehalten, ohne je darüber gesprochen zu haben. Einmal Soldat gewesen, verinnerlichte man solche Regeln und vergaß sie nie mehr. Von Geldern und, gezwungenermaßen, auch Claussen gehörten der obersten Ebene an. Dann gab es ihn, Kurtz, der Anweisungen nur vom Oberst entgegennahm, und Pfeiffer, den Einpeitscher, der zuständig war fürs Fußvolk. Pfeiffer erhielt Anweisungen überwiegend von ihm selbst, aber auch gelegentlich von Franz von Geldern. So hatte der ihn angewiesen, auf die beiden Studenten im Verbindungshaus aufzupassen, damit sie nicht das Weite suchten oder ihnen törichterweise einfiel, auch noch zu plaudern.

Und dann gab es Parsifal – doch das war keine Ebene, das war die Spitze, und Kurtz hatte so gut wie nie Kontakt zu ihm. Trotzdem fühlte er sich auf eine gewisse Weise mit ihm verbunden. Sie waren auf der Kadettenanstalt von Anfang an in dieselbe Klasse gegangen; von Geldern dagegen war erst später dazugekommen, weshalb Kurtz sich ein wenig privilegiert fühlte. Er bildete sich ein, Parsifal besser zu verstehen, als es von Geldern tat, wenngleich dieses Gefühl im Grunde nichts als eine Illusion war. Während von Geldern leicht zu durchschauen war – er liebte es, Befehle zu erteilen und andere seine Macht spüren zu lassen –, war Parsifal für sie alle ein dunkles Geheimnis geblieben, ein schwarzer König im Schatten, und dafür verehrte ihn Kurtz über alle Maßen. Er würde alles für ihn tun, er würde ihm folgen bis in den Tod.

Er trat auf die beiden anderen zu und begrüßte sie knapp mit einem Kopfnicken. Pfeiffer und Claussen wirkten ausgesprochen beunruhigt, und Kurtz fragte sich erneut, was während seiner Abwesenheit passiert sein mochte. Von dem Debakel mit der Schießerei während der Premiere wusste er schon – von Geldern hatte ihn telefonisch informiert, also musste es etwas anderes sein. Allerdings fiel ihm nicht im Traum ein, die beiden danach zu fragen. Von Geldern würde ihm schon das Nötige sagen. Während sie gemeinsam auf den Oberst warteten, musterte Kurtz Alfred Claussen, der aussah, als sei er kurz davor, die Nerven zu verlieren. Aber das war nichts Neues. Er war ein Hasenfuß, wie alle Politiker. Er schwitzte stark und hielt sich krampfhaft an einem Glas Kognak fest.

Dann trat von Geldern ein, aufrecht und beherrscht wie immer, begrüßte sie und bat sie, sich zu setzen. Die drei Männer nahmen auf den niedrigen Fauteuils Platz, die um den großen Kamin herumstanden, in dem ein einzelnes Holzscheit vor sich hin glimmte. Zuletzt setzte sich auch von Geldern. Draußen vor den hohen Fenstern begann es sacht zu schneien.

»Es gibt ein paar Komplikationen«, begann er ohne Umschweife und berichtete zunächst von seinem Zusammentreffen mit dem Roten Grafen und Nowak im *Horcher*. Pfeiffer fluchte, als von Geldern schilderte, was Nowak gesagt und Claussen geantwortet hatte, und warf Claussen einen verächtlichen Blick zu. Der dicke Hals des Politikers verfärbte sich rot.

»Dieser Hurensohn hat mich provoziert«, versuchte er sich zu rechtfertigen und wedelte mit seinem halb leeren Glas herum.

»Du hast dich provozieren lassen, Alfred«, korrigierte von Geldern kühl. »Das ist ein Unterschied.« Er blickte in die Runde. »Aber das ist bei Weitem noch nicht alles.« Er warf Pfeiffer einen auffordernden Blick zu. »Erzähl uns, was gestern Abend passiert ist.«

Pfeiffer schilderte, was nach der Vereinsversammlung geschehen war. »Wir hatten keine Chance. Sie waren in der Überzahl und sind über uns hergefallen wie die Berserker. Über die Hälfte unserer Vereinsmitglieder ist im Krankenstand.«

Claussen schüttelte beunruhigt den Kopf und trank sein Glas aus.

»Und das ist immer noch nicht alles«, erklärte von Geldern.

»Was denn noch?«, fragte Claussen alarmiert.

Pfeiffer rutschte etwas unbehaglich auf seinem Sessel hin und her, bevor er sagte: »Bevor es das Wehrsportkommando getroffen hat, hat dieser Nowak zusammen mit einem Rollkommando schwerer Jungs das Verbindungsheim der Normannia überfallen.«

Während Claussen Pfeiffer noch mit offenem Mund anstarrte, begriff Kurtz sofort, was das bedeutete. Dort waren die beiden Studenten untergebracht.

»Haben sie sie erwischt?«, fragte er leise, und von Geldern wandte sich ihm zu. »Nein«, sagte er. »Crantz ist tot, er ist aus dem Fenster gesprungen. Doch er war kurz davor, zu reden. Pfeiffer konnte es gerade noch verhindern.«

»Und der andere?«

Dieses Mal antwortete Pfeiffer selbst. »Ich konnte von Busche in einem unbeachteten Moment über die Hintertreppe und den Kohlenkeller hinausschleusen. Aber dann… ist er mir entwischt.«

»Entwischt«, wiederholte Kurtz heiser und sah ihn an. Pfeiffer senkte den Blick.

Kurtz wandte sich an von Geldern. »Von Busche ist also abgehauen, und ihr wisst nicht, wo er ist?«

Von Geldern nickte.

Mehr brauchte Kurtz nicht. Er wusste jetzt, warum er zurückgeholt worden war. »Ich soll ihn finden«, sagte er.

Von Geldern nickte erneut. »Und zwar noch vor den anderen.«

»Und Nowak?«, fragte Kurtz. Es wurde Zeit, diesem Kerl das Handwerk zu legen.

»Wir behalten ihn einstweilen nur im Auge«, erklärte von Geldern. »Ich glaube nicht, dass er weiß, was wir planen. Er stochert im Nebel und versucht, möglichst viel Unruhe zu stiften.«

»Was ihm vortrefflich gelingt«, murrte Pfeiffer, und auch Claussen nickte aufgebracht.

»Warum beseitigen wir ihn nicht endlich?«, fragte Kurtz. »Das wäre doch viel sicherer.«

Von Geldern schüttelte den Kopf. »Im Gegenteil. Gerade hat sich die Sache in der Öffentlichkeit beruhigt. Der Anschlag bei der Premiere wurde von einem fanatisierten Einzeltäter begangen, so die allgemeine Meinung. Niemand schöpft Verdacht. Aber was glaubst du, wie viel Staub der Rote Graf aufwirbeln würde, wenn wir diesen Nowak aus dem Weg schaffen? Du selbst hast mir doch erzählt, dass er es war, der ihn beauftragt hat. Und jetzt waren sie gemeinsam im *Horcher*. Wie Nowak uns unzweifelhaft wissen ließ, hat er unsere Finte durchschaut. Wenn wir ihn jetzt töten, sorgt der Graf dafür, dass alles auffliegt.«

»Es wird ihm niemand glauben«, wandte Pfeiffer ein. »Er hat keine Beweise. Deshalb hat er ja auch bisher den Mund gehalten.«

»Aber wir können unseren Plan trotzdem nicht mehr zu Ende bringen, wenn alle Welt davon weiß«, fuhr ihn von Geldern ungeduldig an. »Gleichgültig, ob man es anfangs geglaubt hat, danach wird man jedenfalls wissen, wer dahintersteckte. Damit können wir alles Weitere vergessen.«

Kurtz schwieg. Er war keineswegs einverstanden mit dem, was von Geldern sagte, doch er hielt es auch nicht für ratsam, jetzt eine Diskussion zu diesem Thema anzufangen. Sie ließen sich von diesem Kerl an der Nase herumführen. Er trieb sie vor sich her. Und das war inakzeptabel.

»Was ist mit Gille?«, fragte Pfeiffer jetzt. »Die Männer finden es ungerecht, dass er im Gefängnis sitzt.«

»Nun, er hat einen Mann getötet und einen Polizisten, noch dazu seinen Vorgesetzten, verletzt«, gab von Geldern trocken zurück. »Eigentlich hätte er niemandem ein Haar krümmen sollen.«

Kurtz verzog verächtlich den Mund. Noch so eine dilettantische Aktion, die gründlich schiefgegangen war. Hätte von Geldern ihm von Anfang an erlaubt, Nowak aus dem Weg zu räumen, wäre das alles nicht passiert.

»Das war doch nur eine Verkettung unglücklicher Umstände«, wandte Pfeiffer jetzt ein. »Dieser Schimek war ein Schieber und ein Kommunist. Die Männer finden, Gille hat der Gesellschaft einen Gefallen getan.«

Von Geldern lächelte schmal. »Trotzdem muss dem Gesetz Genüge getan werden.« Als er Pfeiffers verdrießliche Miene sah, fügte er hinzu: »Fürs Erste jedenfalls. Gille ist auf diese Weise aus der Schusslinie. Und wenn Gras über die Sache gewachsen ist, spätestens, wenn unser Plan erfolgreich war, wird er als freier Mann das Gefängnis verlassen können. Das verspreche ich dir.«

Pfeiffer nickte, halbwegs zufrieden. Von Geldern warf einen Blick in die Runde. »Ich habe Parsifal über die Ereignisse informiert. Er ist mit dem Vorgehen einverstanden. Kurtz wird den entlaufenen Studenten finden und – bitte möglichst unauffällig – zum Schweigen bringen.« Er warf

Kurtz einen scharfen Blick zu. »Unser eigentlicher Plan läuft weiter wie gehabt.« Er sah auf den Kalender, der an der Wand hing. »Vergesst nicht, die Zeit arbeitet für uns.«

Damit war die Unterredung beendet. Alle standen auf, nur Alfred Claussen blieb sitzen.

»Ich hätte da noch etwas...«, begann er zögernd und wischte sich mit einem Taschentuch über die gerötete Stirn.

»Was denn?«, fragte von Geldern ungeduldig.

»Ich habe das Gefühl, verfolgt zu werden.«

»Verfolgt? Von wem?«

»Ich weiß es nicht.«

»Seit wann?«

»Das weiß ich auch nicht. Aber gestern Abend ist es mir zum ersten Mal aufgefallen. Und dann erneut heute Morgen.«

Von Geldern runzelte die Stirn. »Warum sollte man dich verfolgen?«

Claussen hob die massigen Schultern. »Vielleicht will man mich umbringen? Ich wäre nicht der erste Politiker...«

Von Geldern lächelte säuerlich. »Die Politiker, die ermordet wurden, waren unsere Widersacher, hast du das vergessen? Wer also sollte dich umbringen wollen?«

»Ich habe genug politische Gegner. Und dann ist da ja auch noch dieser Nowak...«

»Wie sieht dein Verfolger denn aus?«

»Ich weiß es nicht. Es ist immer jemand anderes.«

»Aber du weißt, dass sie dich verfolgen?«

»Ja...«

»Haben sie dich angesprochen? Dich bedroht?«

»Nein... Ich habe nur so ein Gefühl, dass man mich im Auge hat.«

»Ein Gefühl. Was du nichts sagst.« Von Geldern beugte sich zu Claussen hinunter und klopfte ihm auf die Schulter.

»Ich glaube, Alfred, du solltest dich einmal gründlich ausschlafen. Wenn dich danach immer noch jemand verfolgt, sehen wir weiter.«

Claussen erhob sich, und sein Gesicht färbte sich erneut puterrot. »Du glaubst, ich bilde mir das ein?«

»Ich denke nur, dass unser Projekt große Anspannungen für uns alle mit sich bringt. Vor allem aber für dich, da du an vorderster Front stehst. Da kann es schon mal sein, dass man sich verfolgt fühlt.«

Alfred Claussen sagte nichts mehr. Er verabschiedete sich und ging, schwerfällig wie ein alter Mann.

Kurtz sah ihm verächtlich nach. Ein Hasenfuß, keine Frage. Dann richtete er seine Gedanken auf das unzweifelhaft größere Problem. Wie konnte dieser rothaarige Hurensohn, ein einzelner Mann, bestimmt noch keine dreißig Jahre alt, von dem vorher niemand je etwas gehört hatte, dieses große, bedeutende Projekt so ins Wanken bringen?

Von Geldern verhielt sich in der Frage, was mit diesem Mann zu geschehen hatte, viel zu zaghaft und zögerlich. Was half es, ihn nicht aus den Augen zu lassen? Er selbst würde sich durch nichts und niemanden abbringen lassen, das zu tun, was er sich vorgenommen hatte. Und wie er Nowak inzwischen einschätzte, war er aus einem ähnlichen Holz geschnitzt. Kurtz hatte mittlerweile das Gefühl, ihn ganz gut zu kennen. Dieser Mann würde nicht aufgeben, bis er ihr Projekt zu Fall gebracht hatte.

Und deshalb musste er unschädlich gemacht werden. Gleichgültig, was von Geldern dazu sagte. Der Oberst hatte ihn, ohne mit der Wimper zu zucken, aufs Abstellgleis gestellt, ja, mehr noch, er hatte ihn sogar mit einer Waffe bedroht. Kurtz fühlte sich ihm nicht mehr zur Loyalität verpflichtet. Wenn er es für notwendig erachtete, würde er von nun an seine eigenen Entscheidungen treffen.

39

Das Anwesen der Familie von Ost befand sich in Charlottenburg und war durchaus Ehrfurcht gebietend. Das dreistöckige, klassizistische Gebäude verfügte über einen eckigen Turm und eine Loggia. Ein pompöses Portal, getragen von zwei steinernen Säulen, wölbte sich über der Eingangstür und lockerte die strenge Fassade ein wenig auf. Hinter dem Haus erstreckte sich ein weitläufiger Park. Steinerne Putten säumten einen schnurgeraden Kiesweg, der zu einem Teich führte. Bereits am Morgen hatte es leicht zu schneien begonnen, und alles war weiß überzuckert. Tristan zögerte kurz, bevor er die Stufen hinaufging. Er hatte die Ohrfeige, die Frau von Ost ihm bei ihrem letzten Treffen verpasst hatte, nicht vergessen. Womöglich würde er überhaupt nicht vorgelassen werden. Andererseits sagte ihm sein Instinkt, dass sie ihn nicht rundheraus abweisen würde. Es ging um ihren Sohn, und selbst wenn sie befürchtete, Wahrheiten zu hören bekommen, die sie bis jetzt erfolgreich verdrängt hatte, würde ein Teil von ihr doch wissen wollen, was er ihr zu sagen hatte. Schließlich war sie nach dem Zeitungsartikel auch deshalb zu ihm gekommen.

Tristan sollte recht behalten. Er nannte dem Hausmädchen, das die Tür öffnete, seinen Namen und sein Anliegen, und kurze Zeit später kam sie zurück und ließ ihn eintreten.

Adelheid von Ost erwartete ihn in einem kleinen Salon, der offenbar ihr persönliches Zimmer war. Alles war in zarten Pastelltönen gehalten, und überall standen Blumen. Sie stand vor der hohen Terrassentür, durch die man einen weiten Blick in den Park hatte, und zog gerade die Gardine zu.

»Mangelnde Courage kann man Ihnen wahrlich nicht vorwerfen«, sagte sie, während sie ihm bedeutete, sich zu setzen. »Ich hätte nicht erwartet, Sie noch einmal wiederzusehen.« Ihre Stimme klang seltsam leblos.

Tristan nickte unverbindlich. »Ich auch nicht«, erwiderte er. »Aber es ist etwas passiert, und ich brauche Ihre Hilfe.«

Adelheid von Ost lächelte etwas bemüht. »Meine Hilfe? Ausgerechnet Sie?«

»Frieder Crantz ist tot.«

Adelheid von Osts porzellanweißes Gesicht erstarrte. »Was sagen Sie da?«

»Es wird sicher bald in den Zeitungen zu lesen sein«, sagte Tristan, »ich weiß nicht, was sie darüber schreiben werden, aber gleichgültig, was sie lesen, glauben Sie nichts davon. Ich war dabei, und ich weiß, wie er gestorben ist.«

»Sie waren dabei?« Sie sah ihn misstrauisch an.

Wieder nickte Tristan. »Er ist aus dem Fenster gesprungen. Aus Angst. Aber nicht vor uns, sondern vor seinen eigenen Leuten. Vor denen, die auch Ihren Sohn getötet haben.«

Da Adelheid von Ost schwieg, fuhr Tristan schnell fort: »Fedor von Busche konnte fliehen. Ich versuche, ihn zu finden. Bevor…«

»… die anderen es tun«, ergänzte Adelheid von Ost. Ihre Hände zitterten jetzt.

»Es sind Mörder, Frau von Ost«, sagte Tristan. »Es geht nicht um Ehre oder Verrat, es geht nur um Macht.«

Sie nickte. »Ich weiß. Entschuldigen Sie bitte meine Feindseligkeit bei unserem letzten Treffen. Ich war…« Sie brach ab, zog ein Taschentuch aus dem Ärmel ihres Kleides und tupfte sich damit über die Augen.

»Möchten Sie eine Tasse Tee?«, fragte sie plötzlich, und als Tristan nickte, stand sie auf und ging hinaus. Als sie zurückkam und sich wieder setzte, fiel das fahle Winterlicht frontal auf ihr Gesicht, und man sah ihr das erste Mal ihr Alter an. Es sah aus, als habe ihr Porzellanteint feine Risse bekommen. »Das Mädchen wird gleich kommen«, sagte sie leise. »Ich trinke immer Tee um diese Zeit.«

Sie warteten schweigend, bis der Tee aufgetragen war und das Hausmädchen die Tür hinter sich geschlossen hatte. Adelheid von Ost nahm eine der zierlichen, durchscheinenden Tassen und hielt sie fest, ohne zu trinken. »Ich trage die größte Schuld am Tod meines Sohnes«, begann sie unvermittelt. »Er wollte sich mir anvertrauen, aber ich habe ihn zurückgewiesen.« Sie schluckte. »Es war dieses Mädchen, das er kennengelernt hatte. Sie hatte ihn vollkommen durcheinandergebracht. Alles, was ihm bis dahin wichtig war, sollte plötzlich nicht mehr gelten. Sie hatte einen schlechten Einfluss auf ihn. Und als er eines Abends zu mir kam und mit mir über ein Problem mit seinen beiden besten Freunden, Frieder und Fedor, sprechen wollte, habe ich gesagt, er solle wegen dieses Flittchens nicht auch noch seine Freundschaften aufs Spiel setzen ...«

Adelheid von Ost schloss für einen Moment die Augen und versuchte mit aller Kraft, die Contenance zu bewahren.

»Warum sind Sie hier? Warum tun Sie das alles?«, fragte sie schließlich.

»Ich möchte verhindern, dass noch mehr Menschen sterben.« Er beugte sich vor und sah Adelheid von Ost in die Augen. »Was hat Ihr Sohn Ihnen erzählt?«

Sie stellte ihre Teetasse klirrend ab. »Nichts. Bei Gott,

ich gäbe mein Leben dafür, wenn ich noch einmal die Chance hätte, ihm zuzuhören.«

Tristan glaubte ihr.

Leise fuhr sie schließlich fort: »Anstatt ihm zuzuhören, habe ich ihm ein Ultimatum gestellt. Entweder er trennt sich von dieser ... oder er ist nicht mehr mein Sohn.« Sie wandte den Kopf ab und sah aus dem Fenster.

»Wer ist dieses Mädchen?«

»Eine Tänzerin.« Adelheid von Ost schien mit sich zu kämpfen. Schließlich wandte sie sich Tristan wieder zu und sagte: »Heinrich hat sie auf einem Verbindungsfest kennengelernt. Sie stammt aus gutem Haus, ihr Vater war ranghoher Offizier, er ist wie mein Mann im Krieg gefallen. Das Mädchen hat eine gute Schulbildung, die Familie hat Geld, es fehlt ihr also an nichts ...« Sie zuckte ratlos mit den Schultern.

Tristan erwiderte nichts, wartete nur darauf, dass sie weitersprach. Es hatte keinen Sinn, Adelheid von Ost darauf hinzuweisen, dass Herkunft, Bildung und Geld nicht zählten, wenn es an anderem fehlte.

Auf ihrer glatten Stirn erschien eine tiefe Falte. »Es ist diese kranke Zeit. Es gibt keine Werte mehr. Die jungen Leute haben jeglichen Halt, jede Orientierung verloren.« Sie betrachtete angestrengt ihre Hände, die reglos im Schoß lagen, dann fügte sie so leise hinzu, als mache sie ihm ein pikantes Geständnis: »Sie ist drogenabhängig.«

Tristan verstand, welche Überwindung es sie kostete, einem Fremden davon zu erzählen. Für eine Frau aus ihren Kreisen war es außerordentlich beschämend, zuzugeben, dass ihr Sohn ein Liebesverhältnis mit einer drogenabhängigen Tänzerin gehabt hatte.

»Heinrich hatte sich in den Kopf gesetzt, sie zu retten. Dieser dumme Junge ...« Sie machte eine hilflose Handbewegung und schüttelte dann den Kopf. »Er kam mir vor, als habe er vollkommen den Verstand verloren. Einmal versuchte er, mir weiszumachen, dass das, was sie vorführte, Kunst sei. Satire gar. Sie tanze mit einer Art Puppe und führe damit den Zuschauern ihre eigene Vergnügungssucht und ihre Gier vor Augen.« Adelheid von Ost schnaubte, doch es klang eher verzweifelt als verächtlich.

Tristan war bei ihren Worten hellhörig geworden. Er kannte eine junge Frau, die mit einer Puppe tanzte. Und er hatte sie erst gestern gesehen. Bei Bloch auf dem Sofa, zugedröhnt und völlig am Ende, weil sie angeblich ihr Freund sitzen gelassen hatte. Sterntaler. Das Mädchen, das alles hergab und auf einen Retter wartete, der nie kam.

»Kannten seine Freunde denn dieses Mädchen auch?«, fragte er und unterdrückte nur mühsam seine Erregung.

Adelheid von Ost nickte. »Ich glaube schon. Sie haben sie ja zusammen auf diesem Fest kennengelernt. Doch nur mein Sohn war so dumm, auf sie hereinzufallen.«

»Wissen Sie, wie sie heißt? Wo sie wohnt?«

Sie zuckte mit den schmalen Schultern. »Heinrich hat sie Ella genannt. Aber fragen Sie mich nicht, ob das ihr richtiger Name ist. Ich habe keine Ahnung, wo sie wohnt, aber sie tanzt in einem Etablissement, das *Kolibri* heißt oder so ähnlich. Irgendein Vogel...«

»*Papagei*.« Tristan konnte kaum noch ruhig sitzen bleiben.

Adelheid von Ost musterte ihn forschend. »Weshalb interessiert sie dieses Mädchen so? Denken Sie...?« Sie unterbrach sich und nickte dann, langsam begreifend. »Sie glauben, Fedor versteckt sich bei ihr?«

»Es ist immerhin möglich.« Tristan nickte und dachte an den fiebrigen Blick und die fahrigen Bewegungen des Studenten. Vor allem, wenn er Nachschub an Drogen brauchte, würde er zu ihr gehen. Diese ganze kaputte Truppe von Studenten aus sogenanntem gutem Hause hatte viel tiefer in der Scheiße gesteckt, als Frau von Ost es wahrhaben wollte. Doch es gab keinen Grund, sie jetzt noch darauf hinzuweisen. Sie hatte zuerst ihren Mann und dann ihren Sohn verloren. Das war mehr, als man ertragen konnte. Selbst wenn man aus Porzellan war.

»Wissen noch andere als seine Freunde von dieser Beziehung Ihres Sohnes?«, fragte er stattdessen.

»Also, ich habe mit Sicherheit niemandem davon erzählt.« Sie dachte nach. »Ich kann mir jedoch vorstellen, dass Frieder und Fedor mit anderen darüber geredet haben. Wie diese Jungs eben so sind. Ich glaube, sie alle fanden dieses Mädchen ... irgendwie aufregend. Ich habe einmal eins ihrer Gespräche mitbekommen. Diese junge Frau hatte offensichtlich etwas an sich, das die jungen Männer verrückt gemacht hat.«

Tristan nickte und versuchte, sich seine Unruhe nicht anmerken zu lassen. Damit wussten vermutlich alle, die Heinrich von Ost und seine Freunde kannten, von Ella. Zumindest die Studenten aus der Verbindung. Und damit war es ein Leichtes für Kurtz, es ebenfalls in Erfahrung zu bringen. Wenn er es nicht schon wusste.

»Danke«, sagte er, »Sie haben mir sehr weitergeholfen.« Er stand auf und reichte Adelheid von Ost die Hand.

Sie stand ebenfalls auf, und zu Tristans Überraschung hielt sie seine Hand mit beiden Händen fest, umklammerte sie fast.

»Werden Sie diese Leute aufhalten?«, fragte sie. »Bevor sie noch mehr Menschen ermorden?«

Tristan nickte unwillkürlich, obwohl er sich keineswegs sicher war. Bisher hatte er keinen einzigen Mord verhindern können. »Ich werde es versuchen.«

Er fuhr mit der U-Bahn zurück zum Alexanderplatz, und während er ungeduldig die Haltestellen zählte, ärgerte sich Tristan zum ersten Mal darüber, dass er den Wagen seines Onkels nicht mehr hatte. Vom Alexanderplatz aus hetzte er durch die Straßen und Gassen bis zu Blochs Keller, stürzte die Treppe hinunter und – stand vor verschlossener Tür. Fluchend trat er dagegen, hämmerte mit den Fäusten auf das Holz ein und ließ dann schwer atmend die Arme sinken.

Er hätte es wissen müssen, es war noch zu früh. Bloch würde erst am Abend kommen, und er hatte keine Ahnung, wo er wohnte. Auch der *Papagei,* wo er sich auch noch nach Ella erkundigen konnte, öffnete erst viel später. Es blieb ihm also nichts anderes übrig, als unverrichteter Dinge abzuziehen und nach Josephines Vorstellung wiederzukommen.

40

Die Vorstellung verlief wie an den letzten Tagen auch, und Tristan fühlte sich zunehmend angewidert von den Zuschauern. Sie kamen ihm vor wie eine Horde Affen, die darauf warteten, dass ihnen eine Banane zugeworfen wurde, um sich dann um sie zu balgen. Als er Hunkeler ebenfalls im Publikum, natürlich in der ersten Reihe, entdeckte, verzog er verächtlich den Mund. Offenbar hatte dieser Lackaffe noch nicht genug von Josephine. Oder sie von ihm.

Ein Grund mehr, nach der Vorstellung so rasch wie möglich zu verschwinden, die Sache mit Ella und von Busche brannte ihm ohnehin unter den Nägeln. Doch als er sich danach durch die sich gemächlich zum Ausgang bewegenden Leute drängte, war es ausgerechnet Gustav Hunkeler, der ihn im Foyer aufhielt.

»Nowak, warten Sie!«, rief er ihm hinterher.

Offenbar hatte Josephine ihm seinen Namen verraten. Vermutlich hatten sie sich gemeinsam über ihn lustig gemacht. Er konnte es ihnen nicht einmal verdenken. Widerwillig drehte er sich um.

Zwinkernd kam der Schriftsteller auf ihn zu. »Sie können's wohl auch nicht lassen, was? Geht mir genauso. Aber dieses Mädchen ist einfach fantastisch. Ich könnte sie unentwegt ansehen.«

Darauf möchte ich wetten, dachte Tristan, doch er schwieg. Neben Hunkeler trat ein dunkelhaariger, hübscher junger Mann mit dunklem Bartflaum. Er trug einen gut geschnittenen Smoking.

»Darf ich Ihnen meine Gefährtin vorstellen?«, fragte Hunkeler, und der junge Mann, der offenbar keiner war, reichte Tristan die Hand.

»Ich bin Ruth, guten Abend«, sagte sie und lächelte. Ihr Händedruck war forsch, und sie duftete nach einem herben Männerparfüm. Tristan bemerkte erst jetzt, dass der Bartflaum aufgeschminkt war.

Die beiden amüsierten sich sichtlich über Tristans verblüfftes Gesicht.

»Wir geben heute Abend noch eine kleine Soiree bei mir zu Hause«, sagte Hunkeler leutselig. »Kommen Sie doch vorbei. Josephine wird auch da sein.«

»Ich glaube nicht, dass mir der Sinn danach steht«, sagte Tristan, um Höflichkeit bemüht. »Aber danke.«

»Keine Ursache. Falls Sie es sich noch anders überlegen, Sie sind jederzeit willkommen.« Er nannte ihm eine Adresse am Pariser Platz.

Tristan nickte unverbindlich. Aus den Augenwinkeln nahm er eine gewisse Unruhe unter den plaudernden Gästen wahr, dann sah er Josephine, die ins Foyer trat und augenblicklich von Menschen umringt war. Er setzte rasch seinen Hut auf und nickte Hunkeler und seiner Freundin zu. »Schönen Abend noch.«

Doch Hunkeler ließ ihn nicht gehen. Er hielt ihn am Arm fest und beugte sich vertraulich vor. »Kommen Sie, Nowak. Ich zeige Ihnen was.« Er führte ihn nach draußen, wo sich ebenfalls eine Menschenmenge versammelt hatte. Es waren keine Theaterbesucher, sondern Passanten und Schaulustige, die hofften, einen kurzen Blick auf Josephine Baker zu erhaschen. Im Moment jedoch galt ihre Aufmerksamkeit einem seltsamen Gefährt, das am Straßenrand stand. Es war ein Sulky, wie man ihn bei Trabrennen verwendete, jedoch war kein Pferd davorgespannt, sondern ein Strauß.

Tristan runzelte die Stirn. »Was soll das?«

»Ist das nicht fantastisch?«, freute sich Hunkeler. »Ich habe das veranlasst. Für Josephine.«

»Ein Straußengespann?«

»Ja! Sie mögen das vielleicht nicht verstehen, Nowak, aber Josephine ist anders als Sie und ich. Sie ist ein Geschöpf aus einer fremden Welt, ein Fantasiewesen. Daher braucht sie eine wundersame Kutsche!«

»Aha.« Tristan sah Hunkeler verächtlich an. »Sie wird höllisch frieren auf diesem klapprigen Ding.«

»Nein. Ich habe eine Zobeldecke für sie. Sie wird durch die Nacht schweben wie eine Fee…«

Tristan ließ Hunkeler, der begeistert das Straußengespann betrachtete, einfach stehen. Er war schon viel zu spät dran. Das Letzte, was er hörte, waren Hunkelers fröhliche Worte: »Bis heute Abend, mein Lieber! Auf die Soiree mit unserer Fee!«

Bloch war zwar erstaunt, als Tristan ihn nach dem Mädchen fragte, aber er konnte ihm die Adresse nennen. Es war gleich um die Ecke. Ella sei in der Nacht noch nach Hause gegangen, meinte er, und Tristan sah ihm an, dass er liebend gerne gewusst hätte, weshalb er danach fragte. Irgendetwas an Tristans Auftreten hielt ihn jedoch davon ab, und das war gut, denn Tristan hatte nicht vor, es ihm unter die Nase zu binden. Neben dem Drogenhandel war das Sammeln von Informationen über die Leute aus seinem Kiez Blochs Lieblingsbeschäftigung. Er bedankte sich knapp und war schon aus der Tür, bevor Bloch noch etwas sagen konnte.

Vor dem Haus, das ihm Bloch genannt hatte, hatten sich ähnlich viele Menschen versammelt wie vor dem Nelson-Theater nach Josephines Vorstellung. Die Leute standen in Gruppen herum und unterhielten sich aufgeregt. Ein Polizeiauto stand auf dem Bürgersteig. Eine Ahnung stieg in ihm hoch.

»Was ist hier los?«, fragte er eine dicke Frau, die in ein wollenes Schultertuch gehüllt dastand und einen kleinen Hund auf dem Arm hielt. Sie rauchte eine Zigarette.

»Die ham jesagt, das Mädchen is tot«, meinte sie. »Sie hat da oben jewohnt.« Sie deutete mit einem kurzen, dicken Finger in den zweiten Stock des Gebäudes. »Möbliert. Die Zimmerwirtin ist meine Freundin.« Sie deutete wieder in Richtung Gebäude. Die arme Ida. Hat die beiden jefunden.«

»Die beiden?«

Die Frau nickte. »War 'n junger Mann bei ihr. Auch tot. Vielleicht haben se sich zusammen umgebracht. Oder es war 'n Versehen. War ja immer uff Kokolores, die Kleene.« Tristan nickte. Er verstand, was die Frau sagen wollte. Kokolores war eine höfliche Umschreibung für einen Kokainrausch.

Jetzt erschienen Männer in der Tür, die zwei zugedeckte Bahren hinaustrugen. Bei einer war das Tuch verrutscht, und man konnte einen schlanken weißen Arm erkennen. Tristan drängte sich durch die protestierenden Menschen, bis er an die Bahre kam, und zog nacheinander die Tücher herunter. Es waren Fedor von Busche und Ella. Sie war wieder gekleidet wie eine Ballerina, mit einem weißen Trikot und Tutu, allerdings ohne Strümpfe und Schuhe, und die mageren, nackten Beine, die eckigen Knie und die zerschrammten Füße sahen aus wie die einer Zwölfjährigen. Er trug noch immer die Hose und das schmuddelige Unterhemd, mit dem er aus dem Verbindungsheim geflohen war, und auch er wirkte erschreckend jung.

Beide schienen äußerlich vollkommen unversehrt.

»Was ist passiert?«, fragte Tristan den Sanitäter, der ihm am nächsten stand.

Der Mann zuckte mit den Schultern. »Kann ick nich genau sagen. Dem Jungen da hat jemand das Genick jebrochen, so viel ist mal sicher, aber das Mädchen... Würde mal auf Überdosis tippen. Kokain, wenn Se mich fragen. Lag 'ne Menge von dem Zeug bei ihr im Zimmer herum. Könnte aber auch erstickt sein...« Er hob die Tücher auf und breitete sie wieder über die beiden Toten.

»Wie lange sind die beiden schon tot?«

»Nich lang. Vielleicht 'ne Stunde oder zwei. Wieso wollen Se dit so jenau wissen? Sind Sie 'n Verwandter oder so?«

»Nicht mal oder so. Aber trotzdem danke.« Tristan wandte sich ab und ging den Weg zurück, den er gekommen war.

Als er am Alexanderplatz ankam, war es weit nach Mitternacht. Aus übermorgen war heute Abend geworden, und er wusste immer noch nicht, was es mit diesem Datum auf sich hatte. Die einzige Quelle, die er noch gehabt hatte, war gerade versiegt, und er hatte keine Ahnung, wo er noch weitersuchen, wen er noch fragen könnte. Er zögerte kurz, dann winkte er ein Taxi heran.

Die Wohnung befand sich direkt am Pariser Platz, unweit des Brandenburger Tors. Tristan wusste, dass es besser wäre, nach Hause zu gehen und zu schlafen. Oder zur Not in irgendein Bierlokal zu gehen, in eine Absteige, was auch immer. Er wusste, dass alles besser wäre, als jetzt bei Hunkelers Soiree aufzutauchen. Doch etwas in ihm zog ihn dorthin, und er hatte nicht die Kraft, sich zu wehren. Josephine würde da sein. Vielleicht konnte er mit ihr sprechen.

Vielleicht konnte er ihr erzählen, was er herausgefunden hatte. Und vielleicht würde sie ihm dann glauben.

Hunkeler schien ehrlich erfreut zu sein, Tristan zu sehen. Der Schriftsteller drückte ihm ein volles Glas in die Hand, klopfte ihm auf die Schulter und bugsierte ihn durch den Vorraum in den Salon, der im schummrigen Halbdunkel lag. Vom Grammofon ertönte Jazzmusik. Es waren zahlreiche Männer in Abendgarderobe und etwa ein halbes Dutzend junger Frauen anwesend. Sie waren alle praktisch nackt bis auf ein paar Perlenketten, Tücher und ihre Schuhe. Nur Hunkelers Freundin Ruth trug noch immer ihren Smoking und sah darin ausgesprochen anziehend aus. Sie stand bei einer Gruppe Männer, rauchte und unterhielt sich angeregt mit ihnen, während die anderen Frauen auf den Sofas saßen, Cocktails tranken oder miteinander zur Musik tanzten, die aus dem Grammofon drang. Tristan erkannte nun unter den Gästen, die sich mit Ruth unterhielten, auch den Regisseur Max Gmeiner. Er ging jedoch nicht zu ihnen, sondern schritt langsam durch den großen Salon und hielt dabei weiter Ausschau nach Josephine.

Als er sie schließlich entdeckte, wusste er, dass es ein Fehler gewesen war, herzukommen, und ein vermutlich noch größerer Fehler, zu hoffen, mit ihr sprechen zu können. Josephine war ebenfalls nackt, sie trug nur einen winzigen Schurz und tanzte ein wenig abseits, ganz allein, mit geschlossenen Augen und vollkommen selbstvergessen. Sie verrenkte sich auf groteske Art und Weise, erfand seltsame Figuren, ohne jemals lächerlich dabei zu wirken. Tristan blieb stehen, hin- und hergerissen von dem Verlangen, zu ihr zu gehen, und der Scheu, sie in ihrem Tanz zu stören. Gerade als er sich durchgerungen hatte, sie anzusprechen, kam Ruth auf sie zu, und sie tanzten eine Weile zusammen, umarmten sich und küssten sich dann leidenschaftlich.

Er war hier vollkommen überflüssig. Abrupt wandte er sich ab und bahnte sich einen Weg durch die Leute hindurch zum Ausgang. Das Letzte, was er sah, bevor er den Salon verließ, war, dass Josephine und Ruth auf einem der Sofas lagen, eng umschlungen, und sich liebkosten wie ein Liebespaar, während die Männer um sie herumstanden und sich weiter unterhielten. Die Platte auf dem Grammofon spielte weiter Jazz, und Tristan drückte sein Glas einem der nackten Mädchen in die Hand und ergriff die Flucht.

Im Vorraum traf er auf Hunkeler, der ebenfalls ein Mädchen im Arm hielt.

»Das war aber ein kurzer Besuch!«, rief Hunkeler. »Keinen Spaß gehabt?«

»Geht so«, brachte Tristan mühsam heraus.

»Sehen wir uns morgen, nein, heute Abend wieder bei Nelson?«

»Heute Abend ist keine Vorstellung«, sagte Tristan.

»Keine öffentliche Vorstellung, mein Lieber.« Hunkeler nahm eine Karte von der Anrichte und reichte sie Tristan. »Das Theater feiert sich selbst. Nelson hat dazu die ganze Crème de la Crème der Künstlerszene Berlins eingeladen. Josephine wird tanzen, der Champagner ist frei, und wir werden alle großen Spaß haben. Lassen Sie sich das bloß nicht entgehen!«

Hunkeler gab der jungen Frau, die an seinem Arm hing, einen heftigen Schmatz auf den Busen, dann hob er sie hoch und verschwand mit ihr in einem der Zimmer, die vom Vestibül abgingen. Tristan hörte sie kreischen und kichern.

Er warf einen Blick auf die Karte, es war eine aufwendig gedruckte Einladung zum *Künstlerfest im Nelson Theater – Stargast Josephine Baker,* und schob sie dann langsam in die Brusttasche seines Jacketts. Heute Abend. Alle wichtigen Künstler Berlins würden versammelt sein. Dazu mit Sicherheit auch Politiker und andere einflussreiche Leute. Rudolf Nelson kannte Gott und die Welt. Und Josephine würde tanzen. Es war ein perfekter Zeitpunkt für ...

Plötzlich traf es ihn wie ein Blitz. Das Rätsel, das er bisher nicht hatte lösen können. Als Adelheid von Ost mit ihm in dem polnischen Café über den Zeitungsartikel gesprochen hatte, hatte ihn etwas stutzig gemacht, doch er hatte es nicht zu fassen bekommen. Jetzt war es ihm klar: Sie sagte, dass alle drei jungen Männer Jura studierten. Doch das passte nicht zu dem, was Ruben ihm im *Shalimar* erzählt hatte, nachdem er das Gespräch der drei belauscht hatte. Er meinte, sie wären wohl Architekturstudenten, hätten über Bauarbeiten gesprochen. Und über Füllmaterial.

»Nicht Füllmaterial, sondern Füllpulver«, sagte Tristan leise, und es lief ihm kalt den Rücken hinunter.

Füllpulver 02 war der militärische Tarnname für TNT.

Er wusste jetzt, was sie vorhatten. Sie wollten das Theater in die Luft sprengen. Und mit ihm nicht nur Josephine, die Symbolfigur für alles, was diese Leute hassten, sondern alle Künstler und Freigeister, die es in der Stadt gab, gleich mit.

Einen Moment lang war Tristan versucht, zurück in den Salon zu gehen, Josephine zu packen und sie auf der Stelle irgendwohin zu bringen, wo sie in Sicherheit wäre. Doch er musste etwas anders zuerst tun: mit seinem Onkel sprechen. Und zwar sofort. Noch war genug Zeit, das Theater nach Sprengstoff zu durchsuchen und das Fest abzusagen.

Er verließ Hunkelers Wohnung und machte sich auf den Weg zur Wohnung seines Onkels. Es war nicht weit, vielleicht zehn Minuten, er wäre zu Fuß schneller, als wenn er sich ein Taxi bestellte. Es schneite noch immer, und Tristan blieb kurz stehen und schlug den Kragen seines Mantels hoch, als er Schritte hinter sich hörte. Er kam gerade noch dazu, sich umzudrehen, als ihn ein harter Schlag auf den Kopf traf und er das Bewusstsein verlor.

* * *

Josephine schrak plötzlich auf. Sie glaubte, Tristan gesehen zu haben. War er nicht gerade noch dort gestanden, am Eingang zum Salon, und hatte zu ihr herübergeschaut? Sie richtete sich auf.

Ruth sah sie überrascht an. »Was ist? Willst du lieber tanzen?«

Josephine schüttelte den Kopf und sprang vom Sofa. Sie spürte die Blicke der anwesenden Männer, doch das kümmerte sie nicht. Rasch sammelte sie ihre Kleider zusammen. Inzwischen hatte sich auch Ruth träge vom Sofa erhoben. »Willst du fort?«

»Hast du Nowak gesehen?«, fragte Josephine und stieg in ihr Kleid.

»Wen?« Ruth knöpfte ihr Anzughemd zu und strich sich die kurzen, lockigen Haare glatt.

»Du hast ihn heute nach der Vorstellung getroffen. Hunkeler hat euch vorgestellt.«

»Ach, dieser finster dreinblickende Rotschopf.« Sie lachte. »Ich erinnere mich. Was ist mit dem?«

»Ist er hier?«

»Keine Ahnung.«

Josephine rannte in den Vorraum, doch da war niemand. Sie eilte zu Ruth zurück und zog sich Strümpfe und Schuhe an. »Seltsam. Ich hätte für einen Moment schwören können, ihn gesehen zu haben.« Sie lief ans Fenster. Der Platz war menschenleer, nur ein dunkler Mercedes fuhr ziemlich schnell vorbei.

Die Lust auf Tanz und erotische Abenteuer war ihr

plötzlich vergangen. »Ich möchte nach Hause«, sagte sie leise zu Ruth.

»Du kannst auch hier schlafen, wenn du möchtest. Gustav und ich würden uns freuen.« Ruth lächelte.

Josephine schüttelte den Kopf. »Nein, danke. Rufst du mir ein Taxi?«

Sie gingen zusammen in den Vorraum, wo das Telefon stand. Ruth bestellte ein Taxi und sah Josephine dann neugierig an. »Wer ist dieser Nowak? Dein Liebhaber?«

»Eigentlich war er nur mein Fahrer...« Josephine hob unbestimmt die Schultern. Sie wusste selbst nicht recht, wie sie das benennen sollte, was zwischen ihnen gewesen war. Sie wusste nur, dass es vorbei war. Und dass es so tief schmerzte, dass sie versuchte, so wenig wie möglich darüber nachzudenken. Doch es gelang ihr nicht richtig. Sie musste ständig an ihn denken, trotz ihres unglaublichen Erfolges hier, trotz des steten Trubels und der vielen Leute, die sie unentwegt umgaben, um sie hierhin und dorthin zu zerren.

Gestern hatte sie erfahren, dass Freddy Schimek im Krankenhaus gestorben war. Auch wenn sie nie darüber gesprochen hatten, konnte sie erahnen, was Freddy für Tristan bedeutet hatte, und sie hätte ihn gerne getröstet. Aber seit ihrem letzten Zusammentreffen im *Adlon* ging er ihr konsequent aus dem Weg, was nicht weiter verwunderlich war.

An jenem Abend hätte sie ihn am liebsten geohrfeigt. Inzwischen war ihre Wut verraucht. Die Nacht mit Hunkeler war recht amüsant gewesen, mehr aber nicht. Er war ein guter Liebhaber, reichlich kreativ, aber er berührte sie nicht. Sie musste zugeben, dass sie vor allem deswegen mit ihm mitgefahren war, um Tristan wehzutun. Sie hatte ihn leiden lassen wollen. Seine Weigerung, mit ihr zusammen zu sein, war wie ein Schlag ins Gesicht gewesen, und sie hatte ihn dafür gehasst.

Andererseits war er jeden Abend im Publikum, stand stets an derselben Stelle, und auch wenn sie es nicht gerne zugab, musste sie sich eingestehen, dass ihr seine allabendliche Anwesenheit guttat. Es beruhigte sie und gab ihr ein Gefühl von Sicherheit. Obwohl sie seine Angst um sie angesichts der Begeisterung und Freundlichkeit, die ihr überall begegnete, nicht glauben konnte, war sie nicht mehr restlos davon überzeugt, dass dies nur ein Vorwand von ihm gewesen war, um sich aus der Affäre zu ziehen. Schon während jenes furchterregenden Boxkampfes am Tag nach ihrer Ankunft hatte sie eine Art Seelenverwandtschaft zu diesem schweigsamen Mann gespürt, der vorgab, ihr Fahrer zu sein, und offenbar sehr viel mehr war. Der so kontrolliert wirkte und während des Kampfes dennoch völlig die Kontrolle verloren hatte. Tristan konnte so brutal sein, ja regelrecht gefährlich, das hatte sie gesehen, und gleichzeitig hatte sie ihn verletzlich, sanft und zärtlich erlebt. Er war ein Rätsel für sie, jedoch eines, das sie nicht losließ.

Sie schüttelte unwirsch den Kopf. Inzwischen ging es schon so weit, dass sie sich einbildete, ihn an Orten zu sehen, wo er mit Sicherheit nicht war. Nach seinem unwürdigen Auftritt im *Adlon* würde er auf gar keinen Fall bei Hunkeler in der Wohnung auftauchen, so gut glaubte sie ihn inzwischen zu kennen. Sie schlüpfte in ihren Mantel und wollte gerade gehen, als die Schlafzimmertür aufging und Gustav Hunkeler herauskam. Er war barfuß und stopfte sich gerade sein Hemd zurück in die Hose.

»Du verlässt uns auch schon, schöne Josephine?«, rief er und machte ein enttäuschtes Gesicht. »Fährst du etwa deinem schweigsamen Verehrer hinterher?«

»Welchem Verehrer?«, fragte Josephine.

»Na, dem hübschen Rothaarigen. Der mir letztens so rüde den letzten Tanz mit dir gestohlen hat.«

»Nowak war hier?«

»Ja. Ich hatte ihn eingeladen. Habe ihn damit geködert, dass du auch da sein wirst.« Er zwinkerte ihr verschmitzt zu. »Aber er ist nicht lange geblieben. Unsere Art der Soirees hat wohl nicht ganz seinen Geschmack getroffen.«

Also hatte sie sich nicht getäuscht. Er war hier gewesen. Um sie zu sehen. Sie hätten miteinander sprechen können, in Ruhe, fernab der lärmenden Aufmerksamkeit, die immer nach den Vorstellungen herrschte. Doch sie war zu beschäftigt gewesen. Mit der Musik, mit Ruth und dem unwiderstehlichen Drang, alles auszukosten, alles auszuprobieren, was das Leben ihr bot. Und jetzt war er fort.

Der Gedanke, ihn so knapp verpasst zu haben, versetzte ihr einen schmerzhaften Stich, so als sei diese versäumte Gelegenheit etwas Endgültiges, etwas, was sich nie wiedergutmachen ließ.

Hunkeler bemerkte offenbar ihren Gefühlsaufruhr, denn er sagte tröstend: »Gräm dich nicht, Schätzchen, heute Abend siehst du ihn ja wieder.«

»Heute ist doch keine Vorstellung«, wandte Josephine ein.

Hunkeler lachte vergnügt auf. »Dasselbe hat er auch gesagt. Aber du vergisst das Fest! Ich habe ihm eine Einladung gegeben.« Er legte Ruth, die noch immer neben Josephine stand und ihnen schweigend zuhörte, seinen Arm um die Taille, zog sie zu sich heran und gab ihr einen Kuss. »Wir werden uns alle zusammen mächtig amüsieren, meinst du nicht?«

Josephine lächelte. Es war also doch noch nicht zu spät. Sie würde ihn schon bald wiedersehen. »Ja, ich denke schon.«

Dann klingelte der Taxifahrer, sie verabschiedete sich von den beiden und trat hinaus in die Winternacht.

41

Tristan kam erst wieder zu sich, als er fiel. Anfangs meinte er, ins Bodenlose zu fallen, doch dann erkannte er rasch an den schmerzhaften Stößen, dass es eine Treppe sein musste. Er konnte nichts sehen und sich nicht abstützen, seine Angreifer hatten ihm die Hände gefesselt und einen Sack über den Kopf gestülpt.

Als er endlich liegen blieb, traf ihn ein brutaler Tritt in den Bauch, und er krümmte sich stöhnend. Jemand riss ihn in die Höhe und zerrte ihn weiter. Es war noch immer dunkel, doch durch den groben Stoff des Sackes konnte man einen schwachen Lichtschimmer sehen. Zudem war es kalt und roch modrig.

Ein Keller, dachte er. Er versuchte, sich die Richtung zu merken, in der sich die Treppe befunden hatte, für den Fall, dass es ihm gelänge zu entkommen, doch als man ihm schließlich den Sack abnahm, wusste er, dass er sich die Mühe nicht hätte machen müssen. Wenn es nach dem Mann ging, der jetzt mit einem kalten, lippenlosen Lächeln auf ihn herabblickte, würde er diesen Keller nicht mehr lebend verlassen.

»Nowak«, sagte der Mann mit heiserer Stimme. Es war kaum mehr als ein Flüstern, doch es drang Tristan durch Mark und Bein.

Es war Josef Kurtz, der Mörder aus Flandern, Beherrscher seiner jahrelangen Albträume. Obwohl er Kurtz im Krieg nur ein einziges Mal gesehen hatte und jener damals noch unversehrt gewesen war, erkannte Tristan ihn augenblicklich wieder. Sein seelenloser Blick, die kalte Grausamkeit, die sich hinter den funkelnden Brillengläsern verbarg, hatten sich unauslöschlich in das Gedächtnis des verstörten Jungen eingebrannt, der er damals gewesen war. Die spätere Verwundung hatte Kurtz' Gesicht zwar auf grausige Weise verzerrt, doch das war nicht wirklich eine Veränderung. Vielmehr schien es Tristan so, als hätte sich sein bis dahin unter der unscheinbaren Buchhaltermaske verborgener eigentlicher Charakter auf brutale Art und Weise nach außen gekehrt.

Er wandte den Blick von Kurtz ab und sah sich um. Wie er in dem schwachen Licht einer einzigen herabhängenden Glühbirne erkennen konnte, befanden sie sich in einem niedrigen Raum aus Bruchsteinwänden, die, wie die Decke, teilweise mit Holzbalken abgestützt waren. Er lag auf gestampftem Boden, der nach Erde und Fäulnis roch, und es gab keine Fenster. Ein alter Kartoffelkeller, wie es Tausende in der Stadt gab. Wie geschaffen dafür, einen Menschen zu töten, ohne dass es jemand mitbekam.

Ihn traf ein Stoß in die Nieren.

»Sag schön Guten Tag, Großmaul.« Die Stimme kam ihm bekannt vor. Tristan drehte mühsam den Kopf. Hinter ihm stand, breitbeinig und mit einem dreckigen Grinsen auf seiner breiten Visage, Rudi Maschke.

»Dampfwalze«, stieß Tristan fassungslos aus. »Du? Was machst du hier?«

»Nur Geduld. Du wirst es gleich sehen. Oder besser spüren.« Rudi lachte, als habe er einen besonders guten Witz gerissen. Dann holte er aus und sprang Tristan mit voller

Wucht in den Rücken. »Hatte ich nicht gesagt, du sollst Guten Tag sagen?«

»Träum weiter, Arschloch«, keuchte Tristan, nachdem er wieder Luft bekam. Rudi riss ihn auf die Knie und schlug ihm mit der Faust ins Gesicht. Tristan fiel auf die Seite, spürte Blut und Erde zwischen den Zähnen.

»Genug gespielt«, flüsterte Kurtz. »Setz dich hin.« Er deutete auf einen Tisch mit zwei Stühlen, die ein paar Meter neben Tristan standen. Als Tristan nicht sofort reagierte, stieß er ihm mit dem Gehstock unsanft in die Rippen. »Wird's bald?«

Tristan versuchte, sich aufzurappeln, doch er knickte mehrmals ein, und wegen seiner gefesselten Hände konnte er sich nicht abstützen. Es dauerte eine Weile, bevor er es schließlich schaffte, aufzustehen und sich auf den Stuhl zu setzen. Sein Mund war voller Blut, und er hatte das Gefühl, dass er keinen Knochen im Leib hatte, der nicht schmerzte. Gleichzeitig ahnte er, dass dies erst der Anfang war.

Kurtz setzte sich ihm gegenüber. Auf einen Wink hin löste Rudi Maschke Tristan die Handfesseln.

»Soll ich ihn am Stuhl festbinden?«, fragte er, doch Kurtz schüttelte den Kopf. »Er wird nicht mitten im Gespräch versuchen, sich davonzumachen. Und wenn er doch so unhöflich sein sollte...« Er zuckte mit den Schultern, und diese Geste sagte mehr, als es Worte gekonnt hätten.

»Hände auf den Tisch«, befahl er.

Als Tristan sich nicht rührte, packte ihn Rudi von hinten am Genick und schlug ihn mit dem Gesicht auf die Tischkante. Tristan spürte, wie seine schon einmal gebrochene Nase mit einem hässlichen Knirschen ein zweites Mal brach. Er legte seine Hände auf den Tisch.

»Brav.« Kurtz nickte. »Schön ruhig halten. Ich möchte

keine Bewegung sehen. Sonst werde ich ungemütlich.« Er musterte ihn eine Weile schweigend, bevor er fortfuhr: »Du hast uns ziemlich geärgert.«

Tristan gab keine Antwort. Er spürte, wie sein Gesicht und seine Lippen anschwollen. Das Blut rann ihm aus Nase und Mund und tropfte auf sein Hemd. Er hatte Mühe zu atmen.

Kurtz schnalzte mit der Zunge. Scheinbar betrübt. »Und das alles wegen dieser kleinen Negerhure.«

Tristan starrte ihn wutentbrannt an. »Halten Sie Ihr dreckiges Maul«, zischte er.

Rudi gab ihm eine Ohrfeige, die seinen Kopf herumriss. »Nicht so unhöflich, Großmaul.«

Kurtz redete weiter, als habe es keine Unterbrechung gegeben. »Ich mag es nicht, wenn man mich ärgert. Außerdem habe ich mich gefragt, woher du meine Vorliebe für Wolfsangeln kennst, und habe ein bisschen nachgeforscht. Ich weiß, wer du bist.«

Tristan erstarrte.

»Jan Nowak. Reserve-Korps der vierten Armee in Flandern. Könnte also sein, dass wir uns schon einmal begegnet sind.«

Tristan bemühte sich, seine Erleichterung darüber, dass Kurtz nicht seine wahre Identität herausgefunden hatte, nicht zu zeigen. Er nickte. »Sturmtruppe Wolf. Sie haben einen meiner Kameraden abgeschlachtet. Er hing an einem Baum. Oder das, was von ihm übrig war.«

Kurtz lachte. »Du hast einen von diesen feigen Deserteuren also gesehen? Wie nett. Dann war meine Botschaft vor dem Boxclub ja doppelt erfolgreich. Ein Déjà-vu sozusagen. Haben dir die Beine geschlottert, Nowak? Hast du dich nass gemacht?«

Tristan gab keine Antwort.

Kurtz' Miene wurde hart. »Man kann kein gutes Gespräch führen, wenn der Gesprächspartner nicht antwortet.« Er beugte sich vor. »Weißt du, was mein Vater mit mir gemacht hat, wenn ich unhöflich war? Ihm nicht gehorcht habe?«

Als Tristan nicht reagierte, packte Rudi ihn am Nacken und zischte: »Soll ich dir deine hässliche Nase noch mal brechen?«

Tristan schüttelte gehorsam den Kopf.

»Möchtest du es wissen?«, fragte Kurtz leise. Und als Tristan erneut den Kopf schüttelte, lachte er heiser auf. »Kein bisschen neugierig? Ich bin heute gut aufgelegt, daher werde ich es dir trotzdem sagen. Mein Vater hatte eine wunderbare Methode, Kindern Gehorsam beizubringen. Funktioniert auch bei Erwachsenen. Bei den Soldaten in meiner Sturmtruppe hat es auch vortrefflich Wirkung gezeigt.«

Er holte drei Gewehrpatronen aus seiner Tasche und legte sie sorgfältig auf den Tisch. »Mein Vater war Jäger, musst du wissen. Wir sind oft zusammen auf die Jagd gegangen. Das erste Mal habe ich einem erlegten Reh das Herz herausgeschnitten, noch warm und zuckend, da war ich neun. Mein Vater war es auch, der mir gezeigt hat, wofür man das hier verwendet.« Kurtz deutete hinter sich, und Tristans Blick fiel auf mehrere Wolfsangeln, die an einem der Balken hingen. Schwarz und böse glänzte das schartige Eisen im matten Licht. Ihm wurde übel, und er wandte den Kopf ab.

Kurtz grinste. »Wo waren wir stehen geblieben? Ach ja. Bei Höflichkeit und Gehorsam. Sie sind ein Ausdruck des Respekts. Und Respekt ist das Wichtigste überhaupt.«

Er wischte die Patronen mit einer Handbewegung zu Boden. Sie rollten über die unebene lehmbraune Erde und blieben neben dem Tisch liegen. »Würdest du mir den Respekt erweisen und die Patronen aufheben?«

Tristan warf ihm einen überraschten Blick zu.

»Hast du nicht gehört?«, sagte Kurtz, und Rudis Pranke umfasste wieder sein Genick.

Tristan bückte sich vorsichtig und streckte die Hand aus, um nach einer der Patronen zu greifen, als ihn ein schmerzhafter Hieb mit dem Gehstock traf. Er zuckte zurück.

»Nicht mit den Händen. Das wäre doch zu einfach. Mit den Zähnen.«

Tristan richtete sich auf. »Das mache ich nicht«, presste er mühsam hervor.

»Hast du gehört, Rudi?«, meinte Kurtz. »Das macht er nicht.«

Rudi lachte wiehernd.

»Nun, dann sollte ich vielleicht dafür sorgen, dass du deine Hände nicht mehr gebrauchen kannst«, sagte Kurtz und legte einen Hammer vor sich auf den Tisch. »Das ist jetzt meine eigene Methode.« Er grinste. »Damit hat mein Vater nichts mehr zu tun.«

Tristan dachte an Ruben, seine gequälten, zerstörten Finger, und er zuckte zurück. Doch Rudi packte blitzschnell seine Hände und legte sie auf den Tisch.

»Du weigerst dich also, mir Respekt zu erweisen?«, fragte Kurtz noch einmal, gefährlich leise.

»Respekt erweise ich nur, wer ihn auch verdient«, sagte Tristan mit dem Mut der Verzweiflung.

Der Schlag kam blitzschnell.

Kurtz ließ den Hammer mit voller Wucht auf seinen linken Handrücken niederfahren. Man konnte förmlich hören, wie die Mittelhandknochen unter dem Schlag zerbarsten.

Tristan schrie auf. Die Finger seiner getroffenen Hand zuckten unbeherrschbar.

»Hatte ich nicht gesagt, du sollst deine Hände ruhig halten?« Ein weiterer Schlag traf ihn, dieses Mal auf den Ring-

und Mittelfinger, und Tristan rann der Schweiß zwischen den Schulterblättern hinunter, während er sich bemühte, seine Hände ruhig zu halten.

Kurtz lächelte. »Wie wäre es jetzt mit einer kleinen Respektbekundung?« Er deutete auf eine Patrone, die neben seinem Schuh lag.

»Sie sind ein gottverdammtes Sadistenschwein, Kurtz«, flüsterte Tristan.

Dieses Mal war er auf Rudis Ohrfeige gefasst und wich zurück, sodass dessen Hand ihn nur streifte. Doch dabei zuckten seine Hände erneut.

Kurtz sah ihn kalt an. »Hatte ich dich nicht um etwas gebeten? Wir werden strenger sein müssen.«

Rudi hielt Tristans gebrochene Linke auf den Tisch gepresst, während Kurtz ihm mit langsamer und sorgfältiger Akribie das Gelenk des kleinen Fingers auskugelte.

Tristan wurde ohnmächtig.

Als er wieder zu sich kam, lag er vornübergebeugt halb auf dem Tisch, die Arme vor sich ausgestreckt. Der kleine Finger seiner linken Hand stand in einem seltsamen Winkel ab. Er hob den Kopf und blickte in das zernarbte Gesicht seines Gegenübers. Kurtz hatte seine Brille abgenommen und neben sich auf den Tisch gelegt. Seine Reptilienaugen ruhten gleichgültig auf Tristan.

»Ich dachte, du bist Boxer, Nowak? Wenn du so weitermachst, musst du in Zukunft einhändig boxen.«

»Mit der Hand kann er sich jetzt schon nicht mal mehr den Arsch abwischen«, fügte Rudi der Klarheit halber hinzu und richtete Tristan wieder auf.

»Was wollen Sie?«, flüsterte Tristan, der sich kaum noch aufrecht auf seinem Stuhl halten konnte. Er zitterte vor Anstrengung.

»Wollen? Ich? Nichts.« Kurtz lachte, als hätte Tristan einen Witz gemacht. »Ich passe nur ein bisschen auf dich auf, damit du uns nicht weiter in die Quere kommst.«

»Wegen heute Abend. Ihr habt vor, das Theater in die Luft zu sprengen.«

Kurtz lächelte. »Dann hast du es also herausgefunden. Ich war von Anfang an der Meinung, dass von Geldern dich unterschätzt.«

»War das die Aufgabe der drei Studenten?«, fragte Tristan. »Haben sie den Sprengstoff deponiert?«

Kurtz neigte anerkennend den Kopf. »Bist ein schlaues Bürschchen, Rotschopf. Das Theater beschäftigt beim Bühnenaufbau für Gastspiele immer Hilfskräfte von außerhalb, meist Studenten. Dafür haben wir sie gebraucht. Unsereins wäre da etwas auffällig gewesen.«

Er lehnte sich selbstgefällig zurück. »Doch leider kommst du zu spät mit deinen Erkenntnissen.«

»Nicht nur ich weiß es. Sie wissen alle Bescheid«, versuchte Tristan verzweifelt einen Bluff. »Ich habe alle informiert. Sie werden den Sprengstoff finden und die Leute evakuieren…«

Der Schlag mit dem Hammer kam vollkommen unerwartet und traf erneut den verletzten Handrücken. Tristan traten die Tränen in die Augen. Er schwankte. Seine gesunde Hand presste sich auf die raue Tischplatte, um nicht umzukippen.

»Weißt du, wofür das war?«

Tristan schloss die Augen und schwieg, schwer atmend.

»Antworte mir, wenn ich dich etwas frage.«

Er brachte nur ein Kopfschütteln zustande.

»Wenn es etwas gibt, was ich mehr hasse als mangelnder Respekt, dann sind das Lügen. Du lügst. Niemand weiß Bescheid.« Er zog seine Taschenuhr heraus und warf einen Blick darauf. »In diesem Moment trudeln bereits die ersten Gäste ein. Gelackte Hanswurste in Smoking und Frack und dazu ihre angemalten Weiber in Pelz, Federn und Seide, glitzernd und klingelnd mit Schmuck behängt wie Weihnachtsbäume. Der Graf wird übrigens auch dabei sein, wusstest du das? Er wurde ganz kurzfristig eingeladen, habe ich gehört, zusammen mit seinem hübschen Sekretär...«

»Nein...«

»Sie bekommen Häppchen serviert, Kaviar und Ei und Hühnchen auf Salat, die Champagnerkorken knallen, und dann kommt Josephine, der Star des Abends, und um Mitternacht wird es ein schönes Feuerwerk geben...«

»Es ist noch nicht so spät!«

»Woher willst du das wissen?«

»Es war früher Morgen, als Sie mich entführt haben. Ich kann nicht den ganzen Tag bewusstlos gewesen sein...«

»Ach, nicht? Bist du dir da sicher?« Kurtz lachte.

Tristan sagte nichts mehr. In seinem Inneren breitete sich Entsetzen aus. Er wusste, dass es möglich war. Er brauchte sich nur an die Pille erinnern, die er nach dem Boxkampf geschluckt hatte und die ihn für Stunden ins Dunkel befördert hatte.

»Anders als der Oberst habe ich nie daran geglaubt, dass es reicht, dich nur im Auge zu behalten. Daher habe ich beschlossen, dich vorsorglich aus dem Verkehr zu ziehen, bis es zu spät ist, etwas zu unternehmen«, sagte Kurtz, jetzt ganz sachlich. »Und der Rest« – er deutete in den Raum – »ist mein Privatvergnügen.« Er grinste wieder. »Es ist vorbei, Nowak. Du hast verloren.«

Tristan starrte ihn an. Er spürte, wie an seiner Schläfe eine Ader zu pochen begann. Es war nicht vorbei. Es durfte nicht vorbei sein.

Kurtz hob den Hammer, doch bevor er ein weiteres Mal zuschlagen konnte, stürzte sich Tristan auf ihn. Ohne zu wissen, woher er die Kräfte nahm, sprang er über den Tisch und bekam Kurtz mit seiner gesunden rechten Hand an der Kehle zu fassen. Er drückte mit aller Kraft zu, so fest er konnte. Kurtz' Stuhl kippte, und sie fielen zusammen auf den Boden. Kurtz keuchte und zerrte an seinem Arm, doch Tristan ließ nicht los. Er hörte sich selbst brüllen wie ein Tier, und als Rudi mit einiger Verspätung versuchte, ihn von Kurtz wegzureißen, hielt er dennoch weiter seine Hand um Kurtz Kehle gekrallt. Selbst wenn er gewollt hätte, er hätte seinen Griff nicht lockern können. Doch er wollte nicht. Er wollte Kurtz tot sehen. Erst als Rudi begann, Tristan seinerseits zu würgen, verließ ihn seine Kraft, und Kurtz konnte sich befreien.

Er rappelte sich hustend auf, sein bleiches Gesicht rotfleckig, seine Augen flackernd vor Wut. Er griff sich an den Hals und schluckte schwer. »Du elender Hurensohn!«, presste er hervor. Dann ging er in die Knie und beugte sich zu Tristan hinunter, den Rudi im Schwitzkasten hielt. Er griff Tristan grob ans Kinn und zog sein Gesicht herum, bis sie sich ganz nahe waren.

»Du bist tot, Nowak«, flüsterte er. Seine Stimme war von Tristans Würgegriff erkennbar in Mitleidenschaft gezogen worden, sie war kaum mehr zu verstehen.

Dann packte er Tristans Kopf und presste ihn auf den Boden, neben seine Stiefel, dort, wo eine der Patronen lag. Tristan hatte keine Kraft mehr, sich zu wehren. Seine Zähne schlugen auf das Metall, er schmeckte den sandigen Boden, sah Kurtz' Stiefel neben sich, spürte die Gewehrpatrone kalt und schwer in seinem Mund, dann traf ihn ein Schlag an der Schläfe, und er verlor erneut das Bewusstsein.

Als Tristan wieder zu sich kam, hatte er das Gefühl, jemand versuche, ihm die Arme auszureißen. Mühevoll öffnete er die Augen. Sein Kopf dröhnte, und in seinem Mund befand sich noch immer Kurtz' Gewehrpatrone. Mühsam spuckte er sie aus. Sie war voller Blut. Langsam erfasste er seine Situation. Er kniete gebückt am Boden, die Hände auf den Rücken gefesselt. Sie waren mit einem langen Seil an einem der Deckenbalken festgebunden und so weit nach oben gezogen, dass er sich nicht bewegen konnte, ohne sich die Schultergelenke auszukugeln. Doch er war allein. Sie waren fort. Fürs Erste.

Mit Sicherheit würden sie zurückkommen. Wenn alles vorbei war. Wenn alle tot waren. Er richtete sich ein wenig auf, um den Druck aus seinen Armen zu nehmen. Die Fesseln hatten sich bereits gedehnt, weil er offenbar bereits längere Zeit mit seinem ganzen Gewicht dagegengedrückt hatte, doch der Schmerz in seinen Schultern und die gebrochene Hand hinderten ihn daran, sie weiter zu lockern.

Tristan versuchte, möglichst ruhig und flach zu atmen. Es war eiskalt, er konnte den Hauch seines Atems sehen. Die Kälte drang unbarmherzig in seine Arme und Beine und machte sie steif. Wie lange würde er es aushalten, so zu kauern? Er kannte diese Art von Fesselung, hatte sie bereits im Krieg bei der Gefangennahme angeblicher Heckenschützen gesehen. Man verlor recht schnell das Bewusstsein, und irgendwann starb man, an Herz-Kreislauf-Versagen, oder man erstickte, langsam und qualvoll. Doch in seinem Fall würde Kurtz zuvor zurückkehren, dessen war er sich sicher, und er wusste nicht, was schlimmer war.

Nach einer Weile fielen Tristan die Augen zu. Er fror so stark, dass sein ganzer Körper schlotterte. Bilder erschienen vor seinen Augen, sein Onkel, der mit einer Frau im roten Kleid tanzte, die ein Monokel trug. Als sie sich zu Tristan umdrehte, glotzte ihn ein riesiges grünes Auge an. Sie begann zu singen, und nackte, weiß geschminkte Frauen gaben den Backgroundchor. Sie wackelten mit ihren Brüsten und Armen und Beinen und kreischten: »*Halt ein, dein Tänzer ist der Tod...*« Er sah sich selbst am Boden kauern, weißes Pulver schnupfend, sein Gehirn explodierte in bunten Farben, und Freddy lief vorbei und winkte ihm zu. Sein Freund sah ganz normal aus, abgesehen von einem großen Loch im Bauch, aus dem unablässig Blut lief. Dann erschien Josephine. Sie trug ein himmelblaues Kleid und tanzte Charleston mitten auf der Straße. Von hinten kam ein Bus angefahren, doch sie bemerkte es nicht, sie tanzte immer weiter und lachte dabei, während der Bus näher und näher kam...

Mit einem Ruck wachte Tristan wieder auf. Er musste wach bleiben. Er musste versuchen, sich zu befreien. Vielleicht hatte Kurtz doch geblufft, und es war noch nicht zu spät. Wenn er noch einmal einschlief, würde er vielleicht nicht mehr aufwachen, und dann war alles verloren. Als er sich bewegte, fiel ihm auf, dass er seine Arme nicht mehr spürte. Sie waren vom Schultergelenk bis zu den Fingern vollkommen taub geworden. Ihm kam ein Gedanke: Wenn er den Schmerz nicht spürte, würde er dann so an den Fesseln reißen können, dass sie sich weiter lockerten?

Er musste es versuchen. Mit zusammengebissenen Zähnen ließ er sich nach vorne fallen, dann richtete er sich erneut auf und ließ sich fallen. Immer wieder. Langsam wachten seine Glieder auf, und er heulte vor Schmerz. Doch mit jedem Mal begannen sich die Fesseln ein wenig weiter zu lockern, und in einer letzten, schier übermenschlichen Anstrengung warf er sich noch einmal nach vorne. Etwas in seinem linken Schultergelenk knackte, und ein Stich durchfuhr seinen Arm wie ein elektrischer Schlag, doch seine Hände rutschten aus den Fesseln, und er fiel nach vorne.

Eine Weile blieb er so liegen, mit dem Gesicht auf dem kalten Boden, und versuchte, wieder zu Atem zu kommen. Dann rappelte er sich mühsam auf. Sein linker Arm war nicht mehr zu gebrauchen, er hing nutzlos herunter, und in seiner Schulter tobte es. Das gebrochene Handgelenk war grotesk angeschwollen, und der kleine Finger stand ab, als gehöre er nicht dazu. Vorsichtig winkelte Tristan den Arm ab und presste ihn vor seinen Oberkörper, um die Schmerzen etwas zu mildern. Dann ging er zur Tür. Sie hatte kein Schloss, war nur mit einem Riegel von außen verschlossen, und es kostete ihn nur ein paar Tritte mit dem Fuß, um sie zu öffnen. Offenbar war sich Kurtz seiner Sache sehr sicher gewesen.

Schwerfällig stolperte Tristan die lange Treppe nach oben. Die Kellertür war ebenso unverschlossen, und als er nach draußen trat, herrschte tiefe Dunkelheit. Doch war es noch derselbe Morgen, an dem Kurtz ihn entführt hatte, oder tatsächlich schon wieder Abend?

Tristan sah sich um. Er befand sich in einem Hof, in dem eine einzelne Kastanie ihre kahlen Äste in den Nachthimmel streckte. Der Keller befand sich in einem Anbau, das große, mehrstöckige Haupthaus lag vor ihm. Einige Fenster waren beleuchtet, und das Gebäude kam ihm irgendwie bekannt vor. Er humpelte langsam darauf zu, dann erinnerte er sich. Es war das Männerwohnheim, in dem Kurtz als Wachmann arbeitete. Jetzt wusste er zumindest, wo er sich befand. Er war noch in der Stadt. Allerdings in Spandau, rund zehn Kilometer vom Nelson Theater entfernt. Er ging los, stolperte die Straße entlang, planlos, orientierungslos. Jeder Schritt war mühsam. Die wenigen Leute, die ihm entgegenkamen, sahen ihn erschrocken an, wichen aus. Inzwischen war er sich sicher, dass er den Tag über bewusstlos gewesen war. Als er eine Frau nach der Uhrzeit fragen wollte, lief sie vor ihm davon.

Schließlich kam er an eine Straßenbahnhaltestelle, an der auch eine Uhr stand. Halb elf Uhr abends. Tristan blieb schwer atmend stehen. Kurtz hatte nicht geblufft. Das Fest hatte bereits begonnen. Er war zu spät. Es war alles umsonst gewesen.

Als die Straßenbahn Richtung Stadtmitte kam, stieg er ein und suchte in seinen Hosentaschen nach Kleingeld.

»Wie sehen Sie denn aus? Hatten Sie 'nen Unfall?«, rief der Fahrer erschrocken. »Sie müssen ins Krankenhaus.«

Tristan schüttelte den Kopf. »Ku'damm«, nuschelte er.

»Da ham Se Glück. Komm ick vorbei.« Er deutete nach hinten. »Setzen Sie sich mal hin, bevor Sie noch umkippen.«

Tristan ließ sich vorsichtig auf einer der Bänke nieder und schloss die Augen. Sein Atem ging stoßweise, und obwohl er nur sein Hemd trug und vor Kälte zitterte, lief ihm der Schweiß über das Gesicht. Die Straßenbahn fuhr quietschend und immer wieder Halt machend durch die Nacht, und jeder Stopp, jedes Rütteln fuhr ihm durch Mark und Bein. Je näher sie dem Zentrum kamen, desto mehr Menschen stiegen zu. Tristan spürte ihre Blicke auf sich ruhen und fragte sich, wie er wohl aussehen mochte. Doch darum konnte er sich nicht kümmern. Es erforderte bereits seine ganze Kraft, überhaupt bei Bewusstsein zu bleiben. Es würde noch eine Ewigkeit dauern, bis sie am Kurfürstendamm wären. Wenn er nicht solche Schmerzen gehabt hätte, hätte Tristan gelacht.

Er versuchte, Josephines Leben zu retten. Und kam dazu mit der Straßenbahn.

42

Josephine hatte zusammen mit ihrer Truppe auf der Bühne eine Weile für die Gäste des Künstlerfests getanzt, keine Tänze der Revue, nur ein bisschen Charleston, auf den die Berliner ganz heiß waren, da sie ihn noch nicht kannten. Danach hatte sie sich zurückgezogen, um sich umzuziehen. Jetzt trug sie ihr allerschönstes Kleid. Es war aus schimmerndem schwarzem Samt mit einem raffinierten, tief ausgeschnittenen Dekolleté, das aus einem lose geknüpften Netz aus Strasssteinen bestand und fast schon unanständig tiefe Einblicke gewährte. Aber eben nur fast. Durch die transparente, funkelnde Netzstruktur glaubte man, viel mehr zu sehen, als tatsächlich der Fall war.

Sie liebte diese Art von Täuschung, dieses Spiel mit den Sehnsüchten und Fantasien der anderen. Als Kind war sie einmal in einem Wanderzirkus gewesen, der in St. Louis Station gemacht hatte. Dort war eine Seiltänzerin aufgetreten, die sie nachhaltig beeindruckt hatte. Sie war hoch über ihren Köpfen balanciert, in einem knappen, paillettenbesetzten Kostüm, mit nichts als einem kleinen Schirm in der Hand. Es hatte so leicht ausgesehen, wie sie am Seil entlangbalanciert war, fast schwerelos, und sie hatte dabei unentwegt gelächelt.

Im Grunde war sie selbst nichts anderes als diese Seiltänzerin, dachte Josephine, während sie sich vor dem Spiegel drehte und prüfend von allen Seiten betrachtete. Auch sie tanzte ihr Leben auf einem Seil, glitzernd und lachend und ohne jeden Halt, und ließ damit den Abgrund vergessen machen, über dem sie balancierte, für die Zuschauer ebenso wie für sich selbst. Nachdenklich betrachtete sie ihr Gesicht im Spiegel. Sie war perfekt geschminkt, die Augen mit dunklem Lidschatten umrahmt, die Brauen nachgezogen, der Lippenstift tiefrot. Ihre krausen Haare hatte sie mit Brillantine geglättet, sodass sie glänzend anlagen und wie aufgemalt aussahen, mit stilisierten Locken auf der Stirn und an den Schläfen. *La Baker* war bereit. Die Leute bekamen genau das, was sie erwarteten.

Aber was würde *er* sehen?, fragte sie, plötzlich beunruhigt, das Gesicht im Spiegel. Würde Tristan sie hinter all dem Strass und der Schminke wirklich sehen? Würde er das Mädchen noch erkennen, mit dem er zum Würstchenstand gegangen war und Bier getrunken hatte? Das er in den Arm genommen hatte, als es geweint hatte, weil seine Schlange verschwunden war?

Ihr wurde bewusst, dass sie sich heute Abend einzig für ihn so spektakulär gekleidet hatte und sich gleichzeitig nichts sehnlicher wünschte, als nackt vor ihm zu stehen. Ungeschminkt und mit krausen Haaren. Sie wusste, trotz allem, was zwischen ihnen vorgefallen war, Tristan würde sie dennoch lieben. Energisch schüttelte sie den Kopf. An solche Dinge durfte sie nicht denken, sonst konnte es passieren, dass sie auf ihrem dünnen Seil die Balance verlor.

Es klopfte an der Tür ihrer Garderobe, und May steckte ihren Kopf herein.

»Kommst du langsam?«, fragte sie ungeduldig. Alle sind schon drin und feiern.«

Josephine nickte, warf einen letzten Blick in den Spiegel und zog eine Grimasse. Sie war bereit.

Das Theater platzte aus allen Nähten. Im Saal hatte man die Stuhlreihen entfernt, auf der so entstandenen Tanzfläche traten sich die Paare gegenseitig auf die Füße, und das hauseigene Orchester spielte ohne Pause. Sie ging durch den mit Blumen geschmückten Raum, und die Menge teilte sich vor ihr wie das Rote Meer. May folgte ihr etwas verschüchtert. Die Leute klatschten und jubelten ihr zu, einfach nur, weil sie da war. Sie lächelte allen zu, blieb jedoch nicht stehen. Sie wollte hinaus ins Foyer, wo eine Champagnerbar aufgebaut war.

Doch der Champagner interessierte sie nicht. Sie hoffte, Tristan dort zu finden. Als sie sich umsah, konnte sie ihn jedoch nirgends entdecken. Stattdessen nickte ihr von der anderen Seite des Foyers ein großer, schlanker Mann in Smoking und Fliege lächelnd zu. Sie erkannte ihn sofort, es war Graf von Seidlitz, Tristans Onkel. Sie hatte ihn am Abend der Premiere flüchtig kennengelernt, als er Tristan zu Freddy ins Krankenhaus gefahren hatte.

Ihr Herz begann ein wenig schneller zu schlagen. Der Graf würde mit Sicherheit wissen, ob Tristan schon da war. Sie erwiderte sein Lächeln. Während er sich durch die Leute, von denen ihn viele ansprachen – er kannte offenbar jeden hier –, einen Weg zu ihr bahnte, stieß May sie an.

»Schau mal diesen hübschen Kerl an, der gerade zu uns kommt.« Josephine folge Mays Blick. Sie meinte nicht den Grafen, der auch nicht hässlich war, aber in ihren Augen schon viel zu alt, sondern den jüngeren Mann, der mit ihm kam. Er war tatsächlich sehr gut aussehend, mit schwarzen Locken und einem etwas hochmütigen, aber interessanten Gesicht. Josephine bemerkte, wie May das Standbein wechselte und ein verführerisches Lächeln aufsetzte, und dachte bei sich, dass die Bemühungen ihrer Freundin vermutlich vergeblich waren. Etwas an dem dunkelhaarigen Mann, seine Bewegungen, seine Art, den Kopf zu halten, ließ sie vermuten, dass sein Interesse nicht unbedingt dem weiblichen Geschlecht galt. Aber man konnte es ja mal versuchen.

Dann waren beide Männer da und begrüßten sie und May mit ausgesuchter Höflichkeit. Von Seidlitz deutete sogar einen Handkuss an, was vortrefflich zu seinem britischen Upperclass-Akzent passte, der bei ihm noch ein wenig stärker ausgeprägt war als bei Tristan, was Josephine nicht verwunderte. Immerhin war er ein Graf.

May stürzte sich sofort auf seinen Begleiter, der sich als Paul Ballin vorgestellt hatte und ebenfalls recht passabel Englisch sprach. Schnell waren die beiden in ein angeregtes Gespräch vertieft. Josephine und der Graf lächelten sich an. Er hatte die gleichen schönen Augen wie Tristan und war ihr auf Anhieb sympathisch.

»Amüsieren Sie sich?«, fragte er sie.

Sie sah sich um. »Es geht«, antwortete sie ehrlich. »Es ist schon ganz schön, aber ...« Sie zuckte die Schultern, hatte das Gefühl, Tristans Onkel nichts vorspielen zu müssen.

»Eben das übliche Spiel, nicht wahr?« Er zwinkerte ihr zu und nahm zwei Schalen Champagner von der Theke. »Möchten Sie?«

Sie nickte und nahm das Glas entgegen. »Haben Sie Tristan schon gesehen?«

Er hob überrascht die Augenbrauen. »Tristan ist hier?«

Das klang nicht so, als ob der Graf wüsste, wo sein Neffe war.

Josephine versuchte, sich ihre Enttäuschung nicht anmerken zu lassen. »Gustav Hunkeler meinte, er würde kommen. Er hat ihn eingeladen.«

Von Seidlitz sah sich um. »Ich habe keine Ahnung. Paul und ich sind selbst gestern erst eingeladen worden.«

Josephine nippte an ihrem Champagner. Dann nahm sie ihren ganzen Mut zusammen und fragte: »Hat Tristan mit Ihnen gesprochen? Über mich?«

Von Seidlitz sah sie einen Moment lang verdutzt an, dann schüttelte er den Kopf. »Ich habe Tristan schon eine Weile nicht mehr gesehen. Wir hatten ... eine kleine Meinungsverschiedenheit.« Er musterte sie, und sein Blick strahlte viel Verständnis aus, als er sagte: »Gab es ein Problem zwischen Ihnen? Mein Neffe ist manchmal etwas ungestüm ...«

»Nein, nein!«, wehrte Josephine schnell ab. »Es ist nur ... ich hatte gehofft, er kommt heute.« Sie biss sich auf die Lippen und wich seinem forschenden Blick aus. Sie schämte sich plötzlich, dem Grafen eine solche Frage gestellt zu haben. Sie kannte ihn ja gar nicht.

Inzwischen war das Gedränge um die Bar herum größer geworden. Das Orchester im Saal hatte offenbar Pause, und die durstigen Tänzer strömten ins Foyer. Josephine hatte Mühe, die zahlreichen Bewunderer und Verehrer, die sie plötzlich bedrängten, sie für den nächsten Tanz gewinnen oder auf ein Glas Champagner einladen wollten, abzuwehren. May und Paul Ballin waren verschwunden.

Obwohl ihr nicht danach war, lächelte sie tapfer, antwortete auf alle Fragen, bemühte sich, jedem gegenüber freundlich, höflich und interessiert zu sein, aber ihr Lächeln wurde zunehmend angestrengt. Da spürte sie, wie jemand sie vorsichtig am Ellenbogen nahm und aus der Traube von Menschen herauslotste. Es war der Graf.

»Lassen Sie uns an den Tisch da vorne gehen, dort ist es ruhiger.« Er deutete auf einen leeren Stehtisch am Eingang. Dankbar ließ sich Josephine von ihm dorthin führen. Hier war es tatsächlich ruhiger und auch ein wenig kühler. Sie warf einen Blick durch die Glastür auf die Straße, wo noch zahlreiche Nachtschwärmer unterwegs waren. Nur Tristan war nicht darunter.

Der Graf hatte ihren Blick bemerkt und deutete auf die Uhr, die an der Wand hing. »Es ist bald Mitternacht. Ich glaube nicht, dass Tristan noch kommt.«

Sie schüttelte trotzig den Kopf. »Er wird kommen. Ganz sicher«, beharrte sie und hörte selbst, wie unwahrscheinlich das klang. Wenn er hätte kommen wollen, wäre er längst da.

Von Seidlitz entgegnete nichts, und Josephine war sich im Klaren darüber, dass er nur aus Höflichkeit nicht widersprach. Ihr Blick wanderte in den Saal, wo das Orchester die Gäste jetzt zu einer Polonaise animierte. Ein langer Wurm aus bereits ziemlich betrunkenen Gästen stolperte vergnügt durch das Theater.

»Vielleicht ist ihm etwas passiert«, sagte sie, plötzlich beunruhigt. Als sie dem Blick des Grafen begegnete, erschrak sie. Er sah ebenfalls beunruhigt aus.

»Wie kommen Sie darauf?«, fragte er.

»Er hat die ganze Zeit von einer Gefahr gesprochen. Von Leuten, die mich bedrohen.« Sie hob die Hände. »Ich habe ihm nicht geglaubt, aber ...« Sie verstummte.

Der Graf schwieg ebenfalls, doch seine Miene sprach Bände. Josephine wurde kalt, und sie begriff, dass sie die ganze Zeit die Augen vor der Realität verschlossen hatte.

»Es ist alles wahr, nicht wahr?«, flüsterte sie. »Die Geschichte von den Leuten, die mich noch immer töten wollen, die Verschwörung ...«

Von Seidlitz nickte unbehaglich. »Tristan jedenfalls ist davon überzeugt, dass es mit diesem Schuss während der Premiere nicht vorbei war. Ich habe ihn gebeten, dennoch die Finger davon zu lassen, weil die Sache zu groß und zu gefährlich ist …« Er schüttelte den Kopf. Seine grauen Augen waren jetzt dunkel vor Sorge.

Während die Polonaise-Gesellschaft wieder den Saal erreichte und der Kapellmeister weiterspielen ließ, spürte Josephine, wie ihre Knie weich wurden. Es war alles wahr gewesen. Er hatte versucht, es ihr zu erklären, und sie hatte ihn beleidigt und davongejagt. Tränen traten ihr in die Augen, während sie so angestrengt nach draußen starrte, als könne sie Tristan damit herbeirufen.

* * *

Von Seidlitz folgte Josephines angespanntem Blick hinaus auf den Kurfürstendamm, und eine Weile betrachteten sie, jeder in Gedanken versunken, die Passanten, die vorübergingen. Gerade stoppte direkt vor dem Theater eine Straßenbahn, und der Graf wunderte sich, weshalb sie hier anhielt, wo doch gar keine Haltestelle war, da stolperte ein Betrunkener aus der Tür und fiel fast auf die Schienen.

Vermutlich hatte der Fahrer ihn aussteigen lassen, damit er nicht die anderen Gäste belästigte oder sich auf die Bänke übergab, überlegte von Seidlitz und betrachtete den Mann genauer. Irgendetwas erschien ihm seltsam. Es lag an seinem Gang, er schwankte nicht in diesem typischen Torkelgang Betrunkener, sondern schleppte sich eher vorwärts, so als bereite es ihm unendliche Schwierigkeiten, einen Fuß vor den anderen zu setzen. Dann sah er, dass das Hemd, das der Mann trug, voller Blut war, ebenso sein Gesicht. Den linken Arm hielt er an sich gepresst. Als er den Kopf in Richtung Theater wandte, erkannte von Seidlitz seinen Neffen. Er sprang auf. Im gleichen Moment stieß Josephine einen kleinen Schrei aus und stürzte hinaus auf die Straße. Von Seidlitz holte sie ein, noch bevor sie Tristan erreichte.

In dem Moment verließen Tristan die Kräfte. Seine Knie knickten ein, und er sank auf die Straße. Josephine stürzte auf ihn zu, schlang die Arme um ihn und hielt ihn fest. Von Seidlitz stand daneben und starrte stumm vor Entsetzen auf Tristans blutiges Gesicht. Sein linker Arm, den er noch immer fest an sich gepresst hielt, hing merkwürdig leblos herunter, und die Finger ... Der Graf zog scharf die Luft ein. Tristans Hand war völlig zerstört. Sie war dick und blau geschwollen, ein Finger stand in einem aberwitzigen Winkel ab, und an einer Stelle stak ein Stück Knochen heraus.

Josephine berührte Tristans Wange und begann zu weinen. »Wer war das?«, schluchzte sie. »Was ist ...?«

»Die Leute«, unterbrach Tristan sie. Es war offensichtlich, dass er sich trotz seiner Schmerzen krampfhaft bemühte, deutlich zu sprechen. »Sie müssen raus aus dem Theater. Sofort ... « Er schob Josephine beiseite und versuchte aufzustehen, doch es gelang ihm nicht. Von Seidlitz half ihm hoch, und zusammen mit Josephine gelang es ihm, Tristan über die Straße zu führen. Schaulustige blieben stehen und gafften.

Am Theater angekommen, packte Tristan seinen Onkel mit der gesunden Hand am Revers. »Die Leute«, wiederholte er drängend. »Sie sprengen das Theater. Mitternacht ... Feuerwerk ... « Er keuchte.

Von Seidlitz zuckte angesichts des zerschundenen Gesichts seines Neffen zusammen. Er konnte nicht sprechen, der Anblick schnürte ihm die Kehle zu. Hastig nickte er. Er hatte verstanden, was Tristan ihm sagen wollte.

Es waren nur noch wenige Minuten vor zwölf. Er wandte sich an Josephine. »Können Sie ihn vom Theater wegschaffen?« Er sah sich um und deutete nach links. »So weit weg wie möglich. Schaffen Sie das allein?« Josephine nickte entschlossen. Ihr Gesicht war blass.

»Und bleiben Sie bei ihm. Rühren Sie sich nicht weg!«

Als Josephine Tristan vom Theater wegführte, wobei sie ihn mehr schleifte, als dass er selbst ging, rannte von Seidlitz zurück ins Theater, ohne genau zu wissen, wie er die vielen Menschen in der kurzen Zeit hinausschaffen sollte. Als er Paul, gefolgt von May, inmitten der Polonaise sah, kam ihm eine Idee.

»Geh an den Anfang«, rief er ihm zu. »Führe sie hinaus auf die Straße. So weit entfernt wie möglich.« Paul, der einen Haarreif mit Pfauenfedern auf dem Kopf hatte und auch ansonsten ein wenig derangiert aussah, sah ihn erstaunt an. »Was ist los?«, fragte er.

Von Seidlitz winkte ab. »Schnell!«, rief er gehetzt. »Beeil dich!«

Paul gehorchte, ohne weitere Fragen zu stellen. Er scherte aus der Schlange aus und setzte sich an die Spitze. Mit lautem Hallo trabte er zur Tür hinaus. Die Gäste folgten ihm entzückt.

Von Seidlitz lief in den Saal und kletterte auf die Bühne. Der Kapellmeister sah ihn erstaunt an. Er rief den wenigen noch Anwesenden – herumstehende und -eilende Kellner und ein paar Gäste, die sich nicht an der Polonaise beteiligt hatten – mit seiner autoritärsten Kommandostimme zu: »Es brennt! Feuer! Begeben Sie sich hinaus! Alle.«

Die Leute liefen augenblicklich los. Einige Kellner rannten geistesgegenwärtig in die Küche und die Nebenräume, um die anderen Angestellten zu warnen, und die Köche, Küchenmädchen und Garderobieren mischten sich unter die nun panisch flüchtenden Gäste. Von Seidlitz winkte dem Kapellmeister und dem Orchester, die noch nicht begriffen zu haben schienen, was gerade passierte, und befahl: »Sie auch!«

Die Musiker legten ihre Instrumente beiseite und ergriffen ebenfalls die Flucht. Es war zwei Minuten vor Mitternacht. Von Seidlitz wollte ihnen hinterherlaufen, als ihm der alte Portier am Hintereingang einfiel, der vollkommen ahnungslos war. Er drehte um und rannte hinter die Bühne.

* * *

Zusammen mit einem hilfsbereiten Passanten war es Josephine gelungen, Tristan weiter vom Theater wegzubringen. Der Mann war anschließend in ein nahes Restaurant gelaufen, um die Sanitäter zu rufen. Jetzt saß Josephine neben Tristan an der Mauer eines Nachbarhauses am Boden. Sie hatte ihre Arme um ihn geschlungen und hielt ihn fest. Er hatte die Augen geschlossen und reagierte kaum. Sein Atem ging angestrengt. Angstvoll blickte Josephine zum Theater hinüber, wo gerade die Polonaise herausgekommen war. Als andere Gäste sowie Kellner und Küchenangestellte ebenfalls herausgelaufen kamen und schrien und panisch mit den Armen fuchtelten, begriffen alle, dass etwas nicht stimmte, und begannen, kreuz und quer über die Straße zu laufen. Autos und eine Straßenbahn kamen quietschend zum Stehen, und es brach Chaos aus. Josephine dachte an May und die anderen ihrer Truppe und hoffte, dass sie unter den Flüchtenden waren. Sie spürte, wie Tristan sich bewegte, und wandte sich ihm zu. Er hatte die Augen halb geöffnet und tastete nach ihrer Hand. Sie reichte sie ihm, und seine Finger schlossen sich überraschend fest um die ihren.

»Josephine«, flüsterte er und war kaum zu verstehen. Sie beugte sich ganz nah zu ihm. »Ja. Ich bin da.«

Er nickte. »Gut.« Dann schloss er die Augen wieder. Ihre Hand ließ er jedoch nicht los.

Als die Glocken der nahen Kaiser-Wilhelm-Gedächtniskirche Mitternacht schlugen, gab es einen gewaltigen Donnerschlag, und innerhalb von Sekunden war der ganze Kurfürstendamm in Rauch und Staub gehüllt. Steinbrocken und Holzteile flogen umher, und Josephine wurde zu Boden gedrückt, als Tristan sich auf sie warf und sie mit seinem Körper abschirmte. Nach einer Weile, als der schlimmste Rauch sich gelegt hatte, schob sie Tristan ein wenig von sich weg, um zu sehen, was passiert war. Das Nelson Theater existierte nicht mehr. Der Sprengsatz hatte das Dach weggerissen, und aus den Ruinen loderte Feuer, das sich rasend schnell ausbreitete. Josephine konnte die Hitze der Flammen fühlen. Die Menschen, die gerade noch rechtzeitig nach draußen gebracht worden waren, standen in sicherer Entfernung auf der Straße oder auf dem gegenüberliegenden Gehsteig und betrachteten fassungslos das Inferno, dem sie entronnen waren.

Tristan hatte sich ebenfalls wieder aufgerichtet, und Josephine umarmte ihn. Er starrte schweigend in die Flammen, und sie schwieg ebenfalls. Es gab nichts zu sagen. Kein einziges Wort war dem Feuer hinzuzufügen, dessen Widerschein ihre Gesichter erhellte.

In dem Moment, als die Feuerwehr ankam, lief Paul auf sie zu. Er war vollkommen aufgelöst und rief: »Habt ihr Henry gesehen? Ich kann ihn nirgends finden.«

43

Vier Wochen später

Tristan stand vor dem Spiegel in Fannys Badezimmer und versuchte, sich mit einer Hand einen Schlips zu binden, was gründlich misslang, sodass er es nach einigen Versuchen schließlich entnervt sein ließ. Seine Hand war eingegipst, und der Arm steckte in einer Schlinge, um die ausgekugelte Schulter zu schonen, doch abgesehen davon war er einigermaßen wiederhergestellt, auch wenn er noch ein wenig verboten aussah. Seine Nase hatte einen weiteren Knick bekommen, und sein Gesicht schillerte an manchen Stellen nach wie vor grünlich.

Die Ärzte im Krankenhaus hatten versucht, seine Hand wieder zusammenzuflicken, doch es war ihnen nicht zur völligen Zufriedenheit gelungen, wie ihm der behandelnde Arzt mitgeteilt hatte. Der kleine Finger würde wohl steif bleiben, und auch sonst werde die Beweglichkeit eingeschränkt bleiben.

»Pianist können Sie damit nicht mehr werden«, hatte der Arzt nach der Operation trocken gemeint.

Tristan konnte damit leben. Er hatte nicht mehr Klavier gespielt, seit er ein Kind gewesen war, und das war in einem anderen Leben gewesen. Was schwerer wog als seine Hand, war die Tatsache, dass Josef Kurtz entkommen war. Es gab keine Spur von ihm, nirgendwo, ebenso wenig von

Rudi Maschke. Und auch Franz von Geldern und Alfred Claussen würden ungeschoren davonkommen. Es gab keinerlei Beweise für ihre Täterschaft, und in der allgemeinen Meinung und in der Presse wurden »kommunistische Splittergruppen« für das Attentat verantwortlich gemacht, was bereits zu Ausschreitungen gegenüber Mitgliedern der Kommunistischen Partei und ihnen nahestehenden Organisationen geführt hatte. Die Stimmung in der Stadt war aufgeheizt bis offen feindselig, da half es auch nichts, dass liberale Blätter wie das *Berliner Tageblatt* diese Theorie infrage stellten und eine genaue Untersuchung forderten.

Sein Onkel war buchstäblich in letzter Minute zusammen mit Arthur Butzke über den Bühnenausgang aus dem Theater entkommen und war zu ihrer großen Erleichterung nach einer Weile rußverschmiert und leicht benommen von der Explosion zu ihnen gestoßen. Paul war ihm spontan um den Hals gefallen, was seinem Onkel trotz des Schocks sichtlich peinlich gewesen war.

Der Graf hatte Tristan täglich im Krankenhaus besucht und über alle Entwicklungen auf dem Laufenden gehalten, und weil er die Zeitung selbst nicht hatte halten können, hatte er ihm ausgewählte Artikel daraus vorgelesen. Tristan hatte schweigend zugehört, und als sein Onkel während seiner Besuche hin und wieder einmal die Zeitung sinken ließ und ihre Blicke sich trafen, wurde ihm klar, dass sich der Hass auf ihn, den er all die Jahre so hingebungsvoll gepflegt hatte, verflüchtigt hatte und einer – noch etwas vorsichtigen – Zuneigung gewichen war.

Als Tristan aus dem Krankenhaus entlassen worden war, hatte es eine offizielle Ehrung für ihn und auch für seinen Onkel für dessen couragierten Einsatz gegeben. Fritz Lemmau hatte die beiden anschließend zum Essen ins *Hotel Bristol* eingeladen. Vom *Horcher* als Treffpunkt, was Lemmau zunächst vorgeschlagen hatte, hatten Tristan und sein Onkel Abstand genommen. Beide hatten keine Lust, in einem Lokal zu verkehren, wo Leute wie Oberst von Geldern und Alfred Claussen Stammgäste waren.

Während des Essens hatte Lemmau Tristan einen Vorschlag gemacht. Ob er sich vorstellen könne, für die Regierung zu arbeiten, hatte er gefragt, und Tristan, dem dieser Vorschlag völlig absurd vorgekommen war, hatte gelacht und wissen wollen, in welcher Funktion. Pianist bei Empfängen fiele schon mal aus, hatte er gewitzelt und seine Gipshand gehoben.

Doch es war Friedrich Lemmau vollkommen ernst gewesen. Man benötige Unterstützung in ähnlich »heiklen« Angelegenheiten, hatte er gemeint. Tristan und seine Männer aus dem Boxclub hätten bewiesen, dass sie eine schlagkräftige Einheit seien, und es käme den demokratischen Kräften sehr gelegen, wenn sie wüssten, dass sie in Notfällen auf Leute wie sie zurückgreifen könnten. Er bot Tristan dafür eine recht ansehnliche monatliche Apanage, die auch dann gezahlt werden würde, wenn man seine Dienste nicht benötigte. Tristan hatte kurz nachgedacht und dann den Kopf geschüttelt. Erst als Lemmau vorgeschlagen hatte, auch den Boxclub mit einer gewissen Zuwendung zu unterstützen, hatte er gemeint, er wolle es sich überlegen. Und wenn er jetzt so darüber nachdachte, schien das nicht die schlechteste Idee zu sein. Der Schwarzmarkthandel war ohne Freddy praktisch zum Erliegen gekommen, und Tristan hatte nicht vor, ihn alleine wiederaufleben zu lassen. Er war kein Geschäftsmann und würde nie einer werden.

Dann war Freddys Beerdigung gekommen, die er nur mit äußerster Selbstbeherrschung überstanden hatte, und kurz darauf auch Maras Beerdigung, bei der er, sein Onkel, Paul und ein paar Angestellte des *Shalimar* die einzigen Trauergäste gewesen waren, was ihn fast noch mehr deprimiert hatte als Freddys große, lautstark trauernde Familienschar.

Ein paar Tage später war er noch einmal allein zu Freddys Grab gegangen, mit dem Vorsatz, all das loszuwerden, was er ihm noch hätte sagen wollen. Doch dann war er sich absolut fehlplatziert vorgekommen, wie er da vor dem frischen, blumengeschmückten Grab stand und verlegen nach Worten suchte, die ohnehin niemand mehr hörte. Wo auch immer Freddy jetzt sein mochte, auf diesem Friedhof war er jedenfalls nicht. Als er am gleichen Abend allein im dunklen Boxclub gesessen und einen Whisky auf Freddys Wohl getrunken hatte, hatte er ihm doch noch etwas erzählt, und zwar die Sache mit dem Kokain, und er versprach, Blochs Keller nie mehr zu betreten. Danach war ihm leichter ums Herz gewesen. Er hatte seinen Whisky geleert und danach zum ersten Mal seit vielen Tagen wieder einigermaßen schlafen können.

Am nächsten Tag hatte Tristan seinen Schwarzmarktvorrat geplündert und eine Flasche Korn, kubanische Zigarren, türkischen Kaffee, getrocknete Würste und einige andere, schwer zu bekommende Leckereien, die es nur in den noblen Hotels und den Feinkostläden am Kurfürstendamm gab und die schweineteuer waren, in eine alte Obstkiste gepackt.

Mit der Kiste unter dem Arm ging er zur Polizeiwache in der Friedrichstraße. Er hatte Willy Ahl schon im Krankenhaus besuchen wollen, doch als er dazu wieder einigermaßen in der Lage gewesen war, hatte man ihm gesagt, er sei bereits entlassen worden. Anders als er und sein Onkel hatte der tapfere Schupo keine offizielle Ehrung erhalten, und Tristan konnte sich vorstellen, dass es Oberst von Geldern gewesen war, der dies verhindert hatte.

Nachdem niemand Franz von Geldern mit dem Attentat in Verbindung bringen konnte, war er noch immer Kommandant der Schutzpolizei und würde wohl tatsächlich bald Polizeipräsident werden.

Als Tristan ihm kurz vor Feierabend die Kiste auf seinen Schreibtisch stellte und sich für seinen Einsatz bedankte, war Willy Ahl völlig baff.

»Na, da brat mir doch einer 'nen Storch«, murmelte er und kratzte sich am Kopf. »Ick wees ja nich, ob dit so janz koscher ist?« Er strich sich über seinen Walrossschnurrbart und drohte Tristan mit einem Finger. »Dit eine sag ick dir, Nowak. Wenn du mir hier schon heiße Ware unterjubelst, dann musste auch mitpicheln.«

Mit diesen Worten stand er auf, sperrte die Wache zu, holte aus einem Wandschrank zwei Schnapsgläser und öffnete die Flasche Korn. Es war ein recht vergnüglicher Abend geworden, und als Tristan spät in der Nacht und nicht mehr ganz sicher auf den Beinen nach Hause gelaufen war, war ihm zu seiner eigenen Verblüffung klar geworden, dass er wohl gerade mit einem Polizisten Freundschaft geschlossen hatte. Er hatte einen Blick in den Himmel geworfen und Freddy, den er dort oben irgendwo vermutete, leicht beschwipst zugewunken. »Das hättest du nie gedacht, was? Das kommt davon, weil du mich einfach so im Stich gelassen hast.«

Er selbst hatte eine Menge Besuch im Krankenhaus bekommen. Neben seinem Onkel waren Kurt und Rudko da gewesen und sogar Otto Michalke. Und dann natürlich Fanny, Helene und Doro. Einmal waren sogar Frieda, Babette und Olga mitgekommen, was in dem Mehrbettzimmer, in dem Tristan lag, für einen gewissen Aufruhr gesorgt hatte. Seine Mitpatienten waren sichtlich beeindruckt gewesen von den aufreizend und farbenfroh gekleideten sechs Frauen, die ihn einerseits bemutterten und andererseits zu laut und schrill lachten, derbe Witze machten und die eine oder andere nicht ganz jugendfreie Bemerkung vom Stapel ließen.

Und dann war da Josephine.

Auch sie hatte ihn fast jeden Tag im Krankenhaus besucht, und so waren seine Bettkollegen aus dem Staunen nicht mehr herausgekommen.

Jedes Mal, wenn sie hereinkam, verstummten schlagartig alle Gespräche, die Männer reckten ihre Hälse und sahen mehr oder weniger unauffällig zu ihnen herüber. Dies trug nicht gerade dazu bei, dass Tristan unbefangen mit Josephine reden konnte, und auch sie wirkte ganz entgegen ihrer sonstigen Art schüchtern und zurückhaltend. Hin und wieder nahm er ihre Hand und hielt sie fest, so, als müsse er sich vergewissern, dass sie tatsächlich real war. Und wenn sie nach einer Weile wieder ging, sah er ihr nach und wartete auf den Moment, an dem sich die Tür öffnen und sie wiederkommen würde.

Nachdem Tristan das Krankenhaus verlassen hatte, trafen Josephine und er sich weiter, aber immer nur tagsüber, vor den Vorstellungen. Abends hatte Josephine keine Zeit. Die Betreiber der *Scala-Varietébühne* unweit des *Horcher* hatten kurzerhand angeboten, die *Revue nègre* zu übernehmen, samt den bereits verkauften Karten, und so gingen die Vorstellungen für die gesamte restliche Spielzeit weiter, fast, als wäre nichts geschehen. Josephine wurde weiter gefeiert, bestaunt und herumgereicht wie ein goldener Pokal, von einer Soiree zur anderen, von einem Empfang zum nächsten, und die Zeitungen übertrafen sich darin, ihre Kleider und ihren Stil zu loben und jeden ihrer Schritte zu kommentieren, sodass es sich nicht vermeiden ließ, dass auch Tristan Details von dem »ausschweifenden Lebensstil« des Stars aus Paris erfuhr, ohne zu wissen, was davon die Wahrheit war und was nicht.

Er jedenfalls fragte sie nie danach. Er fragte nicht nach Gustav Hunkeler und auch sonst nicht, mit wem und auf welche Weise sie ihre restliche Zeit in Berlin verbrachte.

Sie trafen sich meistens im *Romanischen Café*, im »Schwimmerbassin«, wo man vor allzu neugierigen Blicken geschützt war. Das war Tristans heilige Zeit mit Josephine, und alles andere interessierte ihn nicht. Er ging zu keiner Vorstellung mehr, konnte den Gedanken, die Revue noch ein einziges Mal sehen zu müssen, nicht ertragen. Die Regierung hatte inzwischen eine offizielle Schutzmannschaft engagiert, um die Truppe während der Aufführung auch weiterhin zu schützen, angeblich vor den Kommunisten, doch im Grunde glaubte niemand, dass Josephine noch weiter in Gefahr war.

Nicht einmal Tristan. Ihre Feinde waren gescheitert und hatten sich fürs Erste zurückgezogen, um ihre Wunden zu lecken. Eines Tages würden sie sich sammeln und zurückkommen, daran zweifelten weder Tristan noch sein Onkel, aber wenn es so weit war, würde es nicht mehr um Josephine gehen.

So saßen Tristan und Josephine regelmäßig zusammen im Café, redeten wenig, sahen sich oft nur an, befangen, geradezu sprachlos angesichts dessen, was über sie hereingebrochen war. Nach einer Weile begannen sie zu reden. Sie begannen mit Alltäglichem, Josephine schilderte lustige und kuriose Begebenheiten von ihren Auftritten, klatschte ein bisschen über die immer wieder auftauchenden Querelen in der Truppe und erzählte ihm von einem verlockenden Angebot, das ihr ein österreichischer Regisseur gemacht hatte.

Nach einer Weile erzählte sie ihm auch von ihrer lieblosen Kindheit in St. Louis, den Schlägen und dem Hunger, den Rassenunruhen, die sie miterlebt hatte, und dass sie als

Kind immer getanzt hatte, um sich warm zu halten. Nach einigem Zögern sprach Tristan schließlich auch bruchstückhaft und stockend über seine Erlebnisse im Krieg, erzählte ihr mehr von seinem Freund Freddy, der das alles zusammen mit ihm durchgestanden hatte und jetzt tot war. Von da an führten sie lange Gespräche, mal ernst, mal leicht, lachten hin und wieder sogar miteinander, doch sie blieben sich dabei fern, berührten sich nur vorsichtig mit Worten und fanden die innige Vertrautheit und Leidenschaft, die sie miteinander erlebt hatten, nicht wieder. Sie war begraben worden unter all dem, was geschehen war. Und darüber sprachen sie nicht.

Dann ging Josephines Engagement in Berlin zu Ende, und schließlich kam der Tag, an dem sie zurück nach Paris fahren sollte.

Die Truppe war schon gestern abgereist, doch zu Tristans Überraschung hatte Josephine ihm vor ein paar Tagen verkündet, dass sie noch einen Tag länger bleiben würde, und ihn fast schüchtern gebeten, mit ihm noch einmal in den Zoo zu gehen, bevor sie am Abend in den Zug steigen würde, und Tristan hatte ohne zu zögern genickt.

Halbwegs zufrieden mit seinem Erscheinungsbild trat Tristan aus dem Badezimmer und ging in die Küche. Helene saß am Tisch und las in einem ihrer Bücher. Sie hatte wieder zu studieren begonnen, und dieses Mal schien sie es ernst zu meinen. Sie stand auf, als sie seinen hilflosen Blick bemerkte, und band ihm seine Krawatte.

»Gut siehste aus«, sagte sie. »Deine Josephine kann sich glücklich schätzen.« Ihr Lächeln war nicht ganz aufrichtig, und Tristan wusste es. Doch er konnte nichts daran ändern. »Ist es fertig geworden?«, fragte er, und Helene nickte. Sie reichte ihm einen kleinen, flachen Umschlag. »Ist richtig schön geworden. Wenn sie's nicht will, schenkst du's dann mir?«

»Du siehst mich doch jeden Tag«, wandte Tristan lächelnd ein.

Helene verdrehte die Augen. »Das ist nicht dasselbe, Nowak.«

Tristan nickte. »Du hast recht. Das ist nicht dasselbe.«

* * *

Es war ein trüber, kalter, windiger Februartag. Sie trafen sich am Zooeingang, und Josephine trug dasselbe Kleid und denselben hellgrauen Mantel, den sie auch bei ihrer Ankunft in der Stadt getragen hatte. Nur ohne Hut und ohne Schlange um den Hals. Tristan konnte sie kaum ansehen, ohne von Gedanken und Gefühlen überwältigt zu werden, die alle mit dem Satz begannen: »Was hätte sein können, wenn …?«

Sie gingen nebeneinanderher, auf den fast menschenleeren Wegen, an den verlassen wirkenden Gehegen entlang, und redeten kaum ein Wort. Nach einer Weile bat Josephine Tristan, mit ihr noch einmal zu den Aquarien zu gehen.

Sie setzten sich auf dieselbe Bank wie beim letzten Mal und sahen stumm den bunten Fischen zu, die ihre Kreise zwischen den sich träge bewegenden Algen zogen. Nach einer Weile fasste sich Tristan ein Herz und legte den Arm um sie, und Josephine rückte ein wenig näher und legte den Kopf an seine Schulter.

Diese kleine Bewegung, der Moment, als er ihren Körper an seinem spürte, als ihr vertrauter Duft ihm in die Nase stieg, ihre Haare sie am Kinn kitzelten, führten dazu, dass er meinte, es nicht mehr aushalten zu können. Der Gedanke, dass sie in weniger als zwei Stunden fort sein würde, zerriss ihm das Herz. Er hätte ihr noch so viel zu sagen, so viel zu zeigen, so viel zu geben gehabt. Doch obwohl er glaubte, fast ersticken zu müssen, blieb er stumm, und auch Josephine blieb still.

Nach einer Weile löste Tristan sich von ihr und stand auf. »Ich glaube, du musst zum Bahnhof.«

Josephine nickte und erhob sich ebenfalls.

Sie verließen das grüne Dunkel des Aquariums und traten wieder nach draußen, wo sich zaghafte Sonnenstrahlen durch die Wolken gekämpft hatten und blasse Muster auf die Wege malten. Tristan blieb stehen und nestelte an den Knöpfen seines Mantels herum. Verlegen sagte er: »Ich habe noch ein Geschenk...«

Josephine schüttelte den Kopf. »Nein, Tristan, nicht du. Alle diese Männer schenken mir andauernd Dinge, Blumen, Schmuck... aber nicht du, Tristan. Bitte nicht!«

Tristan zog den Umschlag, den Helene ihm gegeben hatte, aus der Innentasche seines Mantels. »Es ist nichts Wertvolles. Nicht, was du denkst.« Er schluckte und kam sich plötzlich lächerlich vor, während er umständlich mit einer Hand das Foto aus dem Umschlag zog. »Ich dachte...« Er stockte und vermied es, sie anzusehen. »Weil doch dein Garderobenspiegel immer so leer ist...«

Er reichte ihr das Bild. Es war eine Porträtaufnahme, die Helene von ihm gemacht hatte. Sie besaß einen Fotoapparat und konnte ganz gut fotografieren. Sie hatten es an einem sonnigen Tag im Tiergarten geschossen, gleich, nachdem er aus dem Krankenhaus gekommen war, und er sah blass aus und noch ein wenig angeschlagen, aber er lachte. Helene hatte ihn so lange getriezt, geärgert und mit witzigen Bemerkungen zum Lachen gebracht, bis sein Lachen tatsächlich echt wirkte und nicht gestellt.

»Vielleicht erinnerst du dich dann eher an das Schöne,

das wir zusammen erlebt haben...« Er konnte nicht weitersprechen.

Josephine strich mit einem Finger über das Foto und sagte nichts, doch Tristan sah, wie eine Träne auf das Bild tropfte. Behutsam umfasste er ihr Kinn, sodass sie ihn ansehen musste. Ihre Augen waren feucht.

»Ich danke dir«, sagte er und strich mit seiner Hand sanft die Konturen ihres Gesichts nach, um sie sich für immer einzuprägen. »Für alles.« Dann nahm er sie in den Arm und küsste sie ein letztes Mal.

Als sie langsam zum Ausgang zurückgingen, hielten sie sich an der Hand, und für Beobachter von außen sahen sie aus wie ein Liebespaar, dessen gemeinsamer Weg erst begann.

Tristan brachte Josephine mit dem Taxi zum Bahnhof und ging mit ihr bis zum Bahnsteig. Er half ihr beim Einsteigen in den Zug, begleitete sie an ihren Platz, und als er wieder auf dem Bahnsteig stand und sie am Fenster, eine Hand an die Scheibe gepresst, sahen sie sich in die Augen, bis der Schaffner in seine Pfeife blies und die Dampflok sich schnaufend und fauchend in Bewegung setzte.

Tristan blickte ihrem Zug noch nach, als der längst seinen Blicken entschwunden war. Als er schließlich widerwillig den Bahnsteig verließ, kam ihm in der Bahnhofshalle sein Onkel entgegen.

»Ich dachte, ich hole dich ab«, sagte er.

Tristan nickte. Er wollte lächeln, sich bedanken, doch es ging nicht.

Sein Onkel klopfte ihm auf die Schulter. »Du wirst sie wiedersehen. Irgendwann.«

Sie gingen gemeinsam zur Limousine seines Onkels. Als sie losfuhren, sagte Tristan unvermittelt: »Wusstest du, dass Max Gmeiner Josephine das Angebot gemacht hat, sie hier in Berlin zur Schauspielerin auszubilden? Und ihr ein Engagement zu geben?«

Von Seidlitz schüttelte überrascht den Kopf. »Ich hatte keine Ahnung.«

»Sie hat mich gefragt, ob sie annehmen soll. Sie hat darüber nachgedacht, den Vertrag mit Folies-Bergère in Paris deswegen platzen zu lassen und ganz hierzubleiben. In Berlin.« Er hätte gerne »bei mir« hinzugefügt, tat es aber nicht.

»Und was hast du gesagt?«

Sie fuhren gerade am Brandenburger Tor vorbei, und von Seidlitz musste halten, weil sich ein Stau gebildet hatte. Weiter vorne demonstrierte eine Gruppe Studenten rechtsnationaler Burschenschaften zusammen mit SA-Mitgliedern in braunen Hemden und Armbinden. Sie brüllten und hielten Fahnen in die Höhe.

Die beiden sahen schweigend zu. Als von Seidlitz weiterfahren konnte, sagte Tristan: »Ich habe ihr dringend abgeraten.«

44

Berlin, März 1926

Ein Hauch von Frühling wehte durch die Stadt. Zartes Grün überzog die Ulmen am Kurfürstendamm, und die Luft war lau. Als sie an der Stelle vorbeifuhren, an der bis vor Kurzem noch das Nelson-Theater gestanden hatte, jener Tempel der lasterhaften Vergnügungssucht Berlins, bat der dunkelhaarige Mann im Fond der Limousine seinen Fahrer, anzuhalten. Er wollte sich sein Werk noch einmal ansehen. In der Zeitung war zu lesen gewesen, dass die gewaltige Explosion unter der Bühne das Dach zum Einsturz gebracht und die Bühne und das Parkett unter sich begraben hatte. Das nachfolgende Feuer hatte sich rasend schnell im Foyer und den Garderoben ausgebreitet und die ganze Nacht gebrannt, sodass von dem prächtigen Bau nur mehr eine rußgeschwärzte Ruine übrig geblieben war. Inzwischen hatten die Aufräumarbeiten begonnen. Man wolle das Theater so schnell wie möglich wiederaufbauen, hatte Hindenburg gleich danach öffentlichkeitswirksam verkündet. Der Mann verzog den Mund vor Bitterkeit. Niemand hätte dem Inferno entkommen sollen. Nicht das Negerweib und ihre Bande und nicht all die verkommenen Speichellecker, die um Leute wie sie herumkrochen und sich dabei mit Champagner volllaufen ließen. Ihr gemeinsamer Tod wäre die Katharsis des deutschen Volkes gewesen, deren es so dringend bedurfte. Er hätte den Untergang jener Scheinwelt eingeläutet, in der nichts mehr echt und von Wert war. All das hätte brennen sollen, um daraus ein gereinigtes, wie Stahl durch das Feuer gehärtetes neues Deutschland hervorgehen zu lassen.

Er warf einen Blick auf die Litfaßsäule ein paar Meter neben dem Theater. Ein Arbeiter war gerade dabei, sie neu zu bekleben. Soeben trug er Leim auf die Stelle auf, wo noch ein altes Plakat der Negerrevue hing, mit einer stilisierten Josephine Baker. Seine verstümmelte Hand krampfte sich bei dem Anblick des Plakates zusammen. Wie hatten seine Leute nur so versagen können. Für von Geldern und Claussen war diese Aktion gescheitert und damit zu Ende. Inzwischen waren sie nur noch erleichtert, ungeschoren aus der Sache herausgekommen zu sein.

Den beiden ging es einzig und allein um Macht und Einfluss, und deshalb hockten sie jetzt wieder still auf ihren alten, schon gut vorgewärmten Sesseln und lauerten darauf, dass sich eine neue Chance bot, die sie ergreifen konnten.

Ihr Denken war zu klein für seine Visionen. Sie konnten die Schönheit nicht sehen, die sich entfaltete, wenn aus der Asche des Alten etwas ganz Neues entstand. Sie konnten nicht erkennen, dass es um viel mehr ging als nur um Macht in einem überkommenen System und längst nicht mehr darum, die alten Verhältnisse wiederherzustellen, wovon die beiden Narren noch immer träumten.

Er hatte sie dennoch in dem Glauben gelassen, weil er sie brauchte. Doch das Kaiserreich war Vergangenheit. Sie standen am Beginn einer neuen Zeit, mit einer neuen Menschenrasse, die sich über alles erheben würde, was schwach und wertlos war. Und er, Parsifal, der Gralsritter, würde dabei sein. Er würde das Feuer weitertragen. Ein Zittern durchlief seine Glieder, wenn er daran dachte. Sein Blick wanderte zurück zu den Trümmern des Theaters, und erneut wurde ihm heiß vor Zorn, als er daran dachte, wie nah er seinem Ziel schon gewesen war. Ein einzelner Mensch hatte zwischen ihm und dem Beginn einer neuen Zeitrechnung gestanden. Und keinem seiner Männer war es gelungen, diesen Niemand namens Nowak rechtzeitig auszuschalten. Noch nicht einmal Kurtz.

Der Mann schnaubte vor Verachtung. Bisher war er der Überzeugung gewesen, Kurtz sei ihm in gewisser Weise ähnlich, auch wenn er von seiner Herkunft und seiner Intelligenz natürlich weit unter ihm stand. Schon in der Schulzeit, aus der sein Spitzname Parsifal stammte, war Kurtz ihm deswegen aufgefallen. Und später, im Krieg, hatte sich sein eigentliches Wesen voll entfaltet. Kurtz hatte etwas Dunkles, Grausames an sich, und Parsifal schätzte das. Seine Grausamkeit war pur und unverstellt, noch nicht zugekleistert von der klebrigen Tünche der Zivilisation. Und doch hatte er versagt. Und das war unverzeihlich. Um ihn würde er sich noch kümmern. Genauso wie um Josephine Baker. Diese Frau hatte es nicht verdient weiterzuleben.

Doch das hatte Zeit. Es gab etwas, das dringlicher war als das. Er wandte sich vom Fenster ab und beugte sich nach vorne zu seinem Fahrer. »Es gibt einen Boxclub in der Grenadierstraße. Das ist irgendwo hinter dem Alexanderplatz. Fahren Sie mich dorthin.«

NACHWORT

Der vorliegende Roman, Auftakt zu einer Trilogie, ist eine fiktive Geschichte, allerdings mit Josephine Baker als einer historischen Person im Mittelpunkt. Ein solches Konzept stellt jeden Autor vor die Herausforderung, dem realen Menschen so weit als möglich gerecht zu werden, ohne dabei den fiktiven Charakter der Handlung aus den Augen zu verlieren.

Josephine Baker war eine in vielerlei Hinsicht herausragende Persönlichkeit, deren Bedeutung nicht nur für die Emanzipation der Frauen ihrer Zeit, sondern auch für den Kampf gegen Rassendiskriminierung nicht zu unterschätzen ist. Von ihrer mutigen Arbeit für die Résistance während des Zweiten Weltkriegs und – ganz nebenbei – der Revolutionierung des Tanzes ganz zu schweigen. Darüber hinaus verkörperte sie natürlich wie keine andere die ungebremste Lebenslust und den Glamour der Goldenen Zwanziger. Ich habe mich ihr mittels mehrerer Biografien und Autobiografien (vgl. nachstehende Literaturliste) und den verfügbaren Foto- und Filmaufnahmen anzunähern versucht und hoffe, es ist mir gelungen. Einige Episoden und einige ihrer Aussagen in dem Roman sind von tatsächlichen Ereignissen inspiriert, wie ich sie Josephine Bakers Biografien entnommen habe. Sie wurden der fiktiven Handlung des Romans und dem jeweiligen Kontext angepasst.

Besonders beeindruckt haben mich ihre Furchtlosigkeit, ihre Energie und Spontaneität, aber auch ihr eiserne Wille, hart an sich zu arbeiten. Man darf nicht vergessen, sie war 1926 erst neunzehn Jahre alt. Josephine hat in ihrem bewegten Leben vieles verkörpert, wurde vom blutjungen Mädchen aus den Südstaaten zum bestbezahlten schwarzen Star ihrer Zeit. Doch trotz Bananenröckchen und viel nackter Haut war sie eines nie: ein Opfer. Und das ist nicht nur angesichts der Zeit, in der sie lebte, etwas absolut Bewundernswertes.

Neben Josephine Baker als reale Protagonistin habe ich mich auch von anderen zeitgenössischen Persönlichkeiten inspirieren lassen, allen voran Harry Graf Kessler, dessen geschliffen und launig formulierte Tagebücher ein wahrer Schatz für jeden sind, der sich für diese Epoche interessiert. Meine Figur des Grafen von Seidlitz ist an ihn angelehnt.

Zum Abschluss noch eine Bemerkung zur Wortwahl. Im Roman taucht der Begriff »Neger« in diversen Zusammenhängen auf, da Josephine Baker und ihre gesamte Revuetruppe Afroamerikaner waren und dies dem Sprachgebrauch der damaligen Zeit entsprach. Zu Recht und aus gutem Grund ist diese Bezeichnung heutzutage verpönt und sollte nicht mehr verwendet werden. Dennoch halte ich es für unabdingbar, in einem historischen Kontext auch die damals übliche Wortwahl zu verwenden, zumal der Roman in einer Zeit spielt, in der Rassismus ein beherrschendes Thema war – sowohl in den USA als auch in Europa und besonders in Deutschland. Man könnte nicht verdeutlichen, wie herabwürdigend, verletzend und hetzerisch die Begrifflichkeiten damals in den einschlägigen Kreisen verwendet wurden, wenn man sie durch heutzutage übliche, neutrale Bezeichnungen ersetzte.

Veronika Rusch, März 2020

LEBENSLAUF
JOSEPHINE BAKER
VON 1906 BIS 1926

Saint Louis – New York – Paris – Berlin

3. Juni 1906: Geburt in St. Louis, Missouri, USA, als Freda Josephine McDonald, uneheliche Tochter von Carrie McDonald und Eddie Carson, drei jüngere Stiefgeschwister, Richard, Margret und Willie Mae, Stiefvater ist Arthur Martin; die Mutter arbeitet als Wäscherin, der Stiefvater kaum. Josephine wächst teilweise bei ihrer Tante und der Großmutter auf.

ab ca. 1914: Arbeit als »Haushaltshilfe« in weißen Familien, Misshandlungen.

Ende Mai 1917: Rassenunruhen in East St. Louis, eines der schlimmsten Pogrome, die sich im und nach dem Ersten Weltkrieg in den USA ereigneten und deren Zeugin Josephine Baker als Elfjährige wird.

ab ca. 1919: Arbeit als Kellnerin, Heirat mit Willie Wells. Die Ehe dauert nur wenige Wochen
Erster Auftritt im Booker T. Washington Theater in St. Louis mit den *Dixie Steppers*; Josephine schließt sich

ihnen an und verlässt mit dreizehn Jahren ihr Zuhause in St. Louis.

ab 1921: Heirat mit Willie Baker, dessen Namen sie auch nach der baldigen Trennung behält.
Auftritte mit den *Dixie Steppers*.
Mit fünfzehn reist sie allein nach New York, um dort ein Engagement bei *Shuffle Along* zu erhalten, einem der ersten erfolgreichen »All-black-musicals« am Broadway; Josephine wird nur als Garderobiere eingestellt, springt aber bei Ausfällen der Tänzerinnen ein und erhält zunehmend Aufmerksamkeit. Eintritt ins Ensemble. Danach Engagement für *The Chocolate Dandies* und das Angebot für eine Revue in Paris.

22. September 1925: Abreise nach Frankreich; erfolgreiche Aufführung der *Revue nègre* bis Dezember 1925.

Januar 1926–Februar 1926: Gastspiel der *Revue nègre* am Nelson-Theater in Berlin.

Fortsetzung folgt…

DANKSAGUNG

Ein Buch ist nicht nur das Werk eines Einzelnen. Es bedarf Unterstützung, Anregung und Hilfe von vielen Seiten, um aus einer Idee einen Roman entstehen zu lassen.

Mein Dank gilt meinem Agenten Thomas Montasser und Dr. Andrea Müller vom Piper Verlag für ihre Unterstützung, für wunderbare Ideen und inspirierende Mittagessen. Dann, in ganz besonderem Maße, meiner Lektorin Martina Vogl, die es immer wieder schafft, das Beste aus mir herauszukitzeln. Liebe Tina, ich finde, wir sind ein echtes Dream-Team!

Mein größter Dank aber gilt wie immer meiner Familie. Meinem Mann für geduldiges Lesen meiner Entwürfe, seine ebenso kritischen wie ermutigenden Anmerkungen, die Tassen Kaffee zur rechten Zeit und unsere unersetzbaren Pizzagespräche sowie meiner Tochter für ihre tröstliche Gelassenheit angesichts meiner unvermeidlichen Zweifelattacken (»die hast du doch jedes Mal«) und ihre wirklich unschlagbare Begeisterung für dieses Buchprojekt. *You make my day. Every day.*

LITERATURVERZEICHNIS

Baker, Jean-Claude; Chase Chris (1993): *Josephine. The Hungry Heart.* New York: Random House Inc.

Baker, Josephine (1978): *Ausgerechnet Bananen.* München: Droemersche Verlagsanstalt Th. Knaur Nachf.

Baker, Josephine (1980): *Ich tue, was mir passt. Vom Mississippi zu den Folies Bergère.* aufgeschrieben von Marcel Sauvage. Frankfurt a. M.: Fischer Taschenbuch Verlag GmbH.

Bienert, Michael; Buchholz, Elke Linda (2018): *Die Zwanziger Jahre in Berlin. Ein Wegweiser durch die Stadt.* Berlin: Berlin Story Verlag GmbH.

Graf Kessler, Harry (2017): *Tagebücher. Tagebücher 1918 bis 1937.* Herausgegeben von Wolfgang Pfeiffer-Belli. Berlin: Insel Verlag.

Haffner, Sebastian (2000): *Geschichte eines Deutschen. Die Erinnerungen 1914–1933.* Stuttgart/München: Deutsche Verlags-Anstalt.

Metzger, Ralf (Hg.) (o. J. [2019]): *Berlin in den 1920er-Jahren.* Unter Mitarbeit von Ralf Burmeister, Maik Novotny und Ulrike Zitzlsperger. Köln: Taschen.

Moreck, Curt (2018): *Ein Führer durch das lasterhafte Berlin. Das deutsche Babylon 1931.* Herausgegeben von Marijke Tropp. Berlin: be.bra verlag GmbH.

Rose, Phyllis (1994): *Josephine Baker oder Wie eine Frau die Welt erobert. Eine Biografie.* München: Droemersche Verlagsanstalt Th. Knaur Nachf.

QUELLENANGABEN

Das den einzelnen Akten vorangestellte Gedicht »Gott der Stadt« von Georg Heym (1910) ist entnommen aus: Georg Heym, Werke; Reclam, Philipp, jun. GmbH, Verlag (September 2006).

Lied und Flugblatt (»Berlin, dein Tänzer ist der Tod«): aus »Fox Macabre«, Text und Musik von Friedrich Hollaender; über http://www.totentanz-online.de/medien/musik/hollaender.php [zuletzt abgerufen 10.3.2020].